T. J. ARMSTRONG

Die Bruderschaft

Buch

Nürnberg im Jahre 1176. Mit einer mysteriösen Entführung beginnt die Lebensgeschichte des damals fünfjährigen Walter von der Ouwe, dessen Schicksal von einer geheimen Bruderschaft gelenkt wird. Der Junge wird von einem ominösen Reiter in einen Wald verschleppt, wo er für einige Zeit von einer jungen Frau großgezogen wird. Schon bald kann Walter jedoch in die Stadt zurückkehren, sein Entführer wird als Expriester erkannt und öffentlich hingerichtet. Von nun an soll die Kette der dramatischen Ereignisse, die Walters Leben begleiten, nicht mehr abreißen: Das Kloster, an dem er studiert, wird durch einen Brand völlig zerstört, sein jüdischer Lehrer Uqhart stirbt auf dem Scheiterhaufen, seine Jugendliebe Katrin ist eines Tages spurlos verschwunden, und sein bester Freund Pauli findet einen qualvollen Tod. Erst als sich Walter auf dem Hof von Frankenburc einen Namen als Sänger macht und seine große Liebe Hildegunde trifft, scheint sein Leben ruhiger zu verlaufen. Doch schon bald bahnt sich das nächste Unheil an: Auf dem Weg nach Marseille, wo er an einem Kreuzzug teilnehmen will, wird Walter erneut festgesetzt. Ihm wird ein Prozeß gemacht, in dem er für alle dramatischen Vorkommnisse, die in seinem Leben geschehen sind, zur Verantwortung gezogen wird – die Brandstiftung im Kloster, die Verschwörung mit dem schwarzen Magier Uqhart, das Verschwinden Katrins, der Tod seines Freundes. Walter wird zum Tod durch Rädern verurteilt. Doch bisher gab es in seinem Leben immer einen überraschenden Ausweg. Sollte das Tribunal nur eine weitere Prüfung sein, ein Mosaikstein im Plan der geheimen Bruderschaft?

Autor

T. J. Armstrong unterrichtet an einer Public School in Canterbury. Sein Spezialgebiet ist das Mittelalter. »Die Bruderschaft« war sein erster Roman, der sogleich in England mit dem begehrten *Author's Club First Novel Award* ausgezeichnet und auch in Deutschland bei Presse und Publikum ein großer Erfolg wurde.

T. J. Armstrong

Die Bruderschaft

Historischer Roman

Aus dem Englischen
von Jürgen Bürger

GOLDMANN

Die Originalausgabe erschien 1995 unter dem Titel
»Walter and the Resurrection of G.«
bei Headline Book Publishing, London

Umwelthinweis:
Alle bedruckten Materialien dieses Taschenbuches
sind chlorfrei und umweltschonend.

Einmalige Sonderausgabe Oktober 2006
Wilhelm Goldmann Verlag, München,
in der Verlagsgruppe Random House GmbH

Umschlaggestaltung: Design Team München
Umschlagmotiv: Sandro Botticelli
Druck und Einband: GGP Media GmbH, Pößneck
Printed in Germany
ISBN-10: 3-442-46352-1
ISBN-13: 978-3-442-46352-7

www.goldmann-verlag.de

Walter von der Ouwe

Einführung

Der Narr

*De plusurs choses a remembrer li prist…**
(Das Rolandslied)

Seit ich dir im Hafen von Kyrenia begegnet bin, Philippos, als du mich fragtest, ob ich die Kunst der Umwandlung von Materie beherrsche, und als du mich fragtest, ob du an meinem Wissen teilhaben könntest, habe ich dich viele Dinge gelehrt – über die Musik und den Gesang, die wahre Arithmetik, die Werke der Schriftsteller des Altertums und ihre Philosophie. Ja, ich habe dir sogar die geheimen Diagramme so weit ausgelegt, daß du den Rest selbst herausbringen kannst, besonders im Zusammenhang dessen, was du derzeit liest. Da ich nun alt bin – wahrscheinlich wird es nicht mehr lange dauern, bis ich diese Erdenwelt verlasse – und weil du selbst mich danach fragtest, wie ich hergekommen bin, möchte ich dich, auf der Grundlage von Schriften, die ich in meiner Jugend verfaßt habe, ein letztes Mal unterweisen.

Du kannst nicht wissen, wie sehr mich meine weit zurückliegende Vergangenheit immer noch verfolgt, jene Zeit, bevor ich hierherkam. Wieder und wieder durchlebe ich Geschehnisse, von denen ich manche selbst erlebt habe, andere nur aus Erzählungen kenne. Um dir ein Beispiel zu geben, gerade erst schloß ich meine Augen und sah ein Pferd durch den Lorenzerwald streifen, ganz in der Nähe meiner Heimatstadt in Deutsch-

* Erinn'rung überkömmt ihn mancher Dinge… (Das Rolandslied)

land. Das Pferd schleifte einen Toten hinter sich, dessen Fuß sich im Steigbügel verfangen hatte. Der Boden hatte alle Gesichtszüge des toten Mannes eingeebnet. Man mochte meinen, es sah aus wie ein rohes Stück Fleisch. Dann wieder rieche ich verbrennendes Menschenfleisch unter Nieselregen. Andere Male ist mir, als sei ich nicht mehr hier, sondern wieder vereint mit Hildegunde, an jenem Herbsttag auf der Burg derer von Frankenburc.

Wenn dies alles einen Sinn für dich ergeben soll, muß ich mit dem Anfang beginnen.

Im Jahre des Herrn 1171 bin ich in Nurenberc zur Welt gekommen. Ich schließe meine Augen und sehe wieder den Lindenbaum, der seine Äste ausbreitet, sehe seine Blätter, die Jahr für Jahr austrieben, sehe seine Blüten, die Sommer für Sommer fortgeweht wurden; ich sehe seine jeden Herbst vom rauhen Wind und Regen entlaubten Äste, und doch krümmen sie sich immer noch, bedrohlich wie ein vertrauter Geist, über das Holzhaus, in dem ich aufgewachsen bin.

Es ist Nacht. Eine Nachtigall singt in den Ästen des alten Baumes. Als die Venus untergeht, glänzen seine Blätter golden. Mars steht niedrig und rotglühend zwischen den Dächern der Stadt am blauschwarzen Firmament, und irgendwo hinter dem fernen Kirchturm geht im Sternbild des Schützen eine silberne Mondsichel auf. Die Sterne scheinen sich in der tiefen Stille zu drehen.

In meinem Traumbild verwandelt sich das Gesicht meines Vaters in den Feuern der Erinnerung, wird zum Gesicht des alten Uqhart: verhutzelt, unheimlich gelb, von Flammen beleuchtet, meine Kindheitserinnerungen an Nurenberc überlagernd. Ich höre die Stimme des alten Mannes. »Schwefel und Quecksilber. *Solve et coagule.*« Ich sehe jede Einzelheit der Straßen und Gassen, die Holzhäuser, die Kirchen, die Burg und die Türme der Stadt, alles dicht zusammengedrängt im Dunkelblau der Nacht.

Dann verstummt die Nachtigall, und ein Schrei durchdringt die Stille. Ich bin im riedgedeckten Haus meiner Eltern. Ein angedeutetes Lächeln liegt auf dem geisterhaften und tränenüberströmten Engelsgesicht der Mutter, die ich nie kannte, während sie vor Freude und Schmerz weint. Mein Vater schaut zu, hilflos zwar, jedoch sich seiner Verantwortung bewußt. Silbrige Schatten fallen auf das blutverschmierte Neugeborene.

Die Nabelschnur wird zerschnitten wie eine Saite, ein Akkord, wodurch die vorgeburtliche Harmonie der Sphärenmusik jäh gekappt wird. Die erste Dissonanz. Abwechselnd wiegen mich, den Säugling, Mutter und Vater auf ihren Armen, und meine Mutter legt mich an ihre Brust.

Dann sehe ich Uqhart den Juden, meines Vaters Freund, sowie einen Priester aus der Benediktinerabtei in seiner schwarzen Ordenskutte die Kammer meiner Eltern betreten. Uqhart bringt Kräuter, und der Priester für den Fall, daß Kind oder Mutter stirbt, alles Erforderliche für die Letzte Ölung.

Mein Vater deutet auf mich. Er lächelt. Ich bin gesund. Meine Mutter ebenfalls. So weit. Der Priester nickt und schlägt das Kreuz. Uqhart stellt einen Tonkrug auf den Tisch. Er enthält einen Aufguß aus Johanniskraut, Eichenblättern, Farnsamen und Mistelbeeren, gemischt mit warmer, frischer Milch: ein stärkender Trunk für meine Mutter.

Dann folgen die üblichen Rituale nach der Geburt. Während die Männer zuschauen, nimmt mich die Hebamme, die Freundin meiner Mutter. Ich werde in einem Zuber voll warmen Wassers gebadet. Meine Finger und Glieder werden geknetet, um böse Säfte zu vertreiben. Dann werde ich auf ein Bett von Salz bestreuten Rosenblättern gelegt. Die Hebamme taucht ihren Finger in Honig und reibt damit Gaumen und Zahnfleisch ein. Dann stimmt der Priester die Worte zur Teufelsaustreibung an, bevor ich in Windeln gewickelt werde.

Oft habe ich mich später gefragt, ob er vielleicht diesen Dienst nicht richtig versah und ob das der Grundstein all meiner späteren Heimsuchungen war.

Als nächstes sehe ich vor meinem geistigen Auge ein Licht, das hell leuchtet, ja fast brennt. Es ist das Licht des Tagesanbruchs im Frühling. Alle Vögel singen. Mein Vater kann nicht mehr schlafen. Er steigt aus seinem Bett, wandert auf Zehenspitzen umher, ist bloß ein Schatten seiner selbst, als er Mutter und Kind anlächelt, die beide fest schlafen. Lautlos verläßt er das Holzhaus genau in dem Augenblick, als die Morgenröte von Rosa zu Rot übergeht. Durch die kühle Morgenluft streift er über die festgestampfte, rote, taufeuchte Erde der Gassen.

Da sind die vertrauten Anblicke meiner Kindheit: Bäume, Blätter, Kiesel, die Fenster der schiefen Fachwerkhäuser, kaum mehr als Schlitze, jeder einzelne Grashalm. Spatzen und Finken schnellen von Baumkrone zu Baumkrone, deren Blüte strahlend weiß vor dem Hintergrund der rosa und goldenen Wolken schimmert.

Dann kommt die Dunkelheit – die Frauenkirche –, mein Vater kniet im Gebet. In den Gewölben noch immer die Geister und Schatten der Nacht, der unvergessene Schmerz. Nur ein schmaler, goldener Sonnenstrahl beleuchtet das traurige Antlitz der hölzernen Madonna. Die Sonne geht auf. Langsam füllt sich die Kapelle mit Licht, Schatten werden vertrieben, und die Luft wimmelt beinahe sichtbar von Scharen heiliger Gesichter, körperloser Mächte des Himmels, schwebender Engel. Selbst die ernste Madonna lächelt angesichts der Geburt des Stellmachersohns.

Die körperlosen Mächte des Himmels? Vielleicht sind sie dafür verantwortlich, daß ich das alles träume. Vielleicht sind dieselben Engel jetzt hier gegenwärtig – Engel, die außerhalb der Zeit stehen, für die Vergangenheit ewig gegenwärtig ist. Vielleicht teilen sie mit mir ihr Wissen.

Mein Vater betritt das Haus von Uqhart dem Juden, dem Heilkundigen; überirdische Symbole, Mondsicheln, Kreise, Kreuze, Diagramme, Pergamente, Tiegel, Flaschen, Kräutertöpfe, schwere Düfte, Staub, Holz, die bronzene Glocke auf dem Eichentisch, all die Dinge, die ich eines Tages liebenlernen sollte. Bevor sie ihn verbrannten.

Uqhart wartet. Mein Papa bietet ihm Silber, Angst liegt in der Luft, Angst vor dem alten Mann, Angst vor dem Wissen. Uqhart spricht: »Silber – ein merkwürdiges Entgelt für Gottes Kräuter. Möge dein Sohn also, wie der Mond, das Licht Gottes spiegeln.«

Ich kenne die Worte dieses Segens auswendig, obwohl mein Vater sie mir nur ein einziges Mal sagte.

Was als nächstes geschah, weiß ich von meinem Vater, auch wenn mir ist, als sei ich selbst dabeigewesen. Als er aus Uqharts Haus zurückkehrte, hörte er Geschrei.

»Lügenkrämer, Priester Satans, Bankert! Gib mir mein Geld zurück, sonst zeige ich dich beim bischöflichen Gericht an.« Ein lautstarker Streit zwischen zwei Handwerkern: Josephus, ein wegen seiner Beziehung zu einer Ketzersekte aus dem Priesteramt Verstoßener, und Wolfgar, ein früherer Bauer, der, so mein Vater, gern als Tagelöhner bei den Handwerkern arbeitete und viel zu stolz war, um wieder zur Scholle zurückzukehren, doch auch häufig dem Trinken zusprach. Er war derjenige, der brüllte, und es bestand kein Zweifel, daß er auch den Streit angezettelt hatte.

Mein Vater schrie beide an, sie sollten aus dem Hof verschwinden. Mein Vater war ein großer, starker Mann. Wer ihn kannte, begegnete ihm mit gebührendem Respekt. Wütend war er geradezu furchterregend. Es ist schon sonderbar, daß er auf die Weise gestorben sein soll – durch seine eigene Hand. Doch das geschah erst später, und zunächst muß ich mich mit diesem Rätsel befassen.

Der Bauer und Josephus, der vormalige Priester, stürmten auf die Gasse hinaus. Aber der Bauer hob noch eine Eisenstange vom Boden auf und verfolgte Josephus. Josephus griff sich einen Hammer. Der Bauer holte nach dem einstigen Priester aus. Josephus duckte sich jedoch flink und schwang im Aufrichten den Hammer in einem weiten Bogen auf den Kopf des Bauern zu. Vielleicht erwartete er, daß Wolfgar ihm den Weg freigab. Wahrscheinlich wollte er ihm nur angst machen.

Doch der Bauer tat nichts, um den mörderischen Schlag abzuwehren.

Ich sah sein breites, einem Ochsen nicht unähnliches Gesicht mit starrem, wildem Blick, wie er verwundert dastand und nicht daran dachte auszuweichen, gerade so, als sei der Todesstoß unvermeidlich, ja vom Schicksal bestimmt. Ein Ausdruck, wie ich ihn unzählige Male bei Prügeleien und Schlachten gesehen habe. Als wollten die Opfer ihren eigenen Tod erzwingen. Es folgte ein Augenblick der Unschlüssigkeit und Stille, dann Blut und Schreie. Der Bauer lag tot auf dem Boden.

Mein Vater schrie Zeter und Mordio. Der ehemalige Priester lief nicht fort. Er ließ sich von den Männern ergreifen, die dann kamen. Und ging ganz ruhig mit ihnen zur Burg.

Ich frage mich, wie mein Vater sich wohl gefühlt haben mag, als er nach Hause zurückkehrte – aufgewühlt, vielleicht erpicht, seinen Sohn zu sehen, mit seiner Frau zu sprechen und ihr von seinem Abenteuer zu erzählen, von dem Kampf der Tötung. Und doch stand ihm noch weit Schrecklicheres bevor als der Mord, dessen Zeuge er geworden war.

Der Priester erwartete meinen Vater. Er hielt mich auf seinen Armen.

Eine Stunde zuvor war meine Mutter gestorben.

Ich sehe ein leichenblasses Gesicht, das Antlitz eines Todesengels, und dann sehe ich das groteske Bild eines Kindes, das an der Brustwarze einer Leiche trinkt; sie ist kalt, bitter vom Gestank des Todes und dieser Welt, der sich mit dem Geschmack von Schmutz und Fieber in meinem eigenen Mund vermischt.

1

Der Magier

Wenn immer ich an den Himmel, an die Ewigkeit denke und mich frage, wie es wohl sein muß, sehe ich mich als kleines Kind in einem Wald. Es ist ein echter Wald, und gleichzeitig ist es ein Wald voller Symbole. Darin herrscht ein tiefes Gefühl der Geborgenheit, und das Licht ist immer ein volles, goldenes Grün. Doch wie ich dorthin kam, bleibt ein Geheimnis, ist das Ergebnis eines Ereignisses, das, wie so vieles andere, mein Leben von dem der meisten Menschen abgrenzt.

Es geschah im Spätfrühjahr im Jahre des Herrn 1176, ein Jahr, bevor meine Ausbildung begann, und an dem Tag, als mein Vater mich ins Zunfthaus mitnahm. Ich starrte zu all den Gesichtern auf, zum blauen Himmel über ihnen. Ich erinnere mich an die vollen Düfte der Stadt. Dann herrschte plötzlich Gebrüll, Gedränge und heilloses Durcheinander, als sich ein Reiter auf einem großen schwarzen Pferd, ein Mann mit einem wilden Bart und merkwürdiger Kleidung, gewaltsam einen Weg durch die Menge bahnte. Hände wie Pranken griffen herab, packten mich und zogen mich aufs Pferd. Mein Vater brüllte, doch es war zu spät. Wir galoppierten so schnell es ging davon, verließen den großen Kirchplatz, ritten um die Rückseite des Zunfthauses, durch die schmalen Gassen, stießen Leute aus unserem Weg und waren durch die Stadttore, bevor noch irgendwer Gelegenheit hatte, uns aufzuhalten, dann weiter über die Felder der Bauern und hinein in die Wälder dahinter, durch Dörfer, Wälder, Felder und weiter fort, als ich je zuvor in meinem Leben gewesen war.

Dann waren da die verräucherte Blockhütte, sommerliche Waldgerüche, die Vögel, die Angst.

Die ersten Tage weinte ich nur. Ich nehme an, ich muß wohl nach meinem Vater gerufen haben. Ich verweigerte die angebotenen Speisen. Und doch schlief ich nachts lange und gut auf meinem Lager aus Stroh. Meine Entführer, der Mann mit dem langen Bart, der mich auf sein Pferd gehoben hatte, und die junge Frau, die seine Frau oder Buhle war, sprachen beide freundlich mit mir.

In der Hütte gab es zwei Kammern, oder besser gesagt, es gab einen Raum, von dem ein kleinerer Bereich notdürftig abgeteilt war, in dem ich schlief. Im großen Raum aßen wir, und dort schlug auch das Paar sein Nachtlager auf. Außer dem einfachen Bett gab es keine Möbel.

Ich erinnere mich, daß während meines gesamten Aufenthaltes zu allen Tages- und Nachtstunden fremde Männer ein und aus gingen, Männer mit Messern, Bogen, die sie über den Schultern trugen, und Äxten. Ich kannte die Geschichte von Sankt Nikolaus und den drei Waisenkindern. Zunächst war ich überzeugt, daß ich in winzige Stücke zerhackt, lebendig begraben oder zu einem Fleischkuchen verarbeitet würde. Doch die Leute waren mir freundlich gesonnen. Irgendwie wußte ich, daß ich ihnen vertrauen konnte. Vielleicht können Kinder einfach besser als Erwachsene Bosheit und Güte unterscheiden. Ich trank etwas Milch, knabberte an den altbackenen Kanten und dem Käse, die mir vorgesetzt wurden. Ich aß sogar einige Brocken Fleisch. Ich wurde ruhiger. Irgend etwas in mir begann zu erkennen, daß dies ein Abenteuer war, und das machte es erträglicher.

Eines Abends schließlich, als die Sonne hinter den sich als Schattenriß abzeichnenden Bäumen unterging, legte die Frau, wie ich mich entsinne, einen Arm um meine Schulter und fragte: »Bist du glücklich, hier im Wald?«

Ich brachte den Mut auf auszusprechen, was mich beschäftigte. »Bin ich. Aber wer seid Ihr? Und wo ist mein Vater?«

»Dein Vater ist in Sicherheit, und es geht ihm gut. Kein Grund zur Sorge.«

»Aber wer seid Ihr?«

»Ach, das mußt du doch wissen. Wir können nicht in die Stadt gehen. Wir sind vogelfrei, frei wie die Vögel.«

Damals wußte ich noch nicht, daß dieser Ausdruck Geächtete bedeutete. Statt dessen dachte ich, vielleicht wegen der Umhänge, die sowohl der Mann als auch die Frau trugen, sie müßten so etwas wie Vogelmenschen sein. Ich dachte, daß ich vielleicht von sonderbaren Waldgeistern gefangen worden war, über die ich die Leute bereits hatte reden hören.

Ich suchte Trost und Geborgenheit bei der jungen Frau. Ich hatte nie eine eigene Mutter gekannt. Noch heute erinnere ich mich an ihre Sanftheit und ihren ganz besonderen Duft. Sie kam mir gütiger und verständnisvoller vor, als mein Vater oder meine Amme es je gewesen war. Tatsächlich hatte ich immer noch Angst vor ihnen, aber mein Zutrauen wuchs. Mit der Zeit spürte ich, daß mir vermutlich doch nichts geschehen würde.

Schließlich fragte ich eines Tages: »Werdet Ihr mich zerhacken und kochen oder lebendig begraben?«

Was den Mann zu belustigen schien, obwohl die Frau entsetzt reagierte. Sie sagte: »Du bist bei uns in Sicherheit, denn wir lieben dich. Wir werden auf dich aufpassen.«

Der bärtige Mann war den größten Teil des Tages über fort, aber die junge Frau war ständig da, bereitete das Essen, nähte oder saß draußen und schaute mir beim Spielen zu. Ich erinnere mich an ein Lied, das sie immer gesungen hat, was im übrigen meinen Eindruck bestärkte, daß sie Vogelmenschen waren:

Ich zôch mir einen valken mêre danne ein jâr.
Dô ich in gezamete als ich in wolte hân
und ich im sîn gevidere mit golde wol bewant
*er huop sich ûf vil hôhe und fluog in anderiu lant.**

Manchmal unternahm ich lange Wanderungen, ging Hand in Hand mit der Frau. Auch gab es Tage, an denen ich mit dem Mann auf seinem Pferd ausritt. Mit der Zeit lernte ich die Geschwindigkeit genießen, wie die Bäume des Waldes an mir vorbeisausten. Er und seine Freunde lehrten mich, auf Bäume zu klettern, Pfeile zu schießen und kleine Speere zu werfen. Manchmal nahmen sie mich sogar zur Jagd und zum Fallenstellen mit. Der Mann brachte mir die Namen der Vögel und Bäume bei, und auch der Blumen des Waldes. Ich bin überzeugt, dies ist der Grund, warum ich eine Vorliebe für körperliche Mutproben, Leibesertüchtigung und das Kriegshandwerk entwickelt habe.

Das Abenteuer endete so plötzlich und unerklärlich, wie es begonnen hatte. Eines Morgens im Spätsommer, gerade als die Sonne aufging, kam der bärtige Mann herein. Er lächelte auf eine traurige Art, und ich spürte, daß er fahrig und unsicher war. Nachdem er eine Weile unschlüssig dastand, erklärte er schließlich, daß er mich nach Hause bringen werde. Ich erinnere mich, daß die junge Frau mich küßte, und ich erinnere mich, daß sie Tränen in den Augen hatte, als sie den Mann inständig bat achtzugeben.

* Ich zog mir einen Falken länger als ein Jahr.
Als ich ihn gezähmt, wie ich ihn haben wollte und sein Gefieder mit Gold geschmückt hatte hob er sich hoch auf und flog davon. (»Der von Küremberg«)

Wir ritten den ganzen Morgen. Gelegentlich schaute ich zu dem Mann auf. Sein Gesicht war sehr ruhig. Er sagte nichts. Also schaute ich wieder geradeaus und genoß den rhythmischen Trott des Pferdes. Wir ritten langsamer als gewöhnlich, beinahe im Schritt. Das gelbe Getreide auf den Feldern hinter den Wäldern war reif zur Ernte. Der Himmel war strahlend, schimmernd blau, die Septembersonne voll und gelb. Ich erinnere mich an den Duft der Bäume, Wälder, Blumen am Wegesrand, des Weizens und der Tiere.

Je länger wir ritten, desto mehr schien sich die Stimmung des Mannes aufzuheitern. Er sprach wieder so, wie ich es von ihm zu hören gewohnt war. »Sieh nur«, sagte er, »dort ist die Kirche von Sankt Barnabas. Siehst du die Kirche da? Die bauen sie aus Stein. In diesem Dorf muß es reiche Männer geben. Weißt du, was das für eine Pflanze ist? Richtig, Fingerhut.«

Alles, was er mir erzählte – über Dörfer, Häuser, Pflanzen und Tiere –, wiederholte ich beinahe ehrfürchtig. Ich spürte, daß es das letzte Mal sein würde. Ich schaute mich um und blickte dann auf die rauhe, knotige und behaarte Hand, die mich über dem Bauch festhielt. Ich erinnere mich, gedacht zu haben, dies sei die Hand von Sankt Nikolaus und nicht die Hand eines Schlächters.

Wir ritten den ganzen Tag, hielten von Zeit zu Zeit, um von den Brotkanten und dem Wild zu essen, das die junge Frau uns mitgegeben hatte, und um aus dem Krug zu trinken oder ihn nachzufüllen, wenn wir auf einen Bach stießen, dessen Wasser gut war. Der Mann sang mir ein trauriges Lied über die Bäume und Wälder. Ich kann mich weder an die Worte noch an die Weise erinnern. Es muß wohl ein Volkslied aus seinem Dorf im Osten gewesen sein. Allerdings leben die Stimmung und der Klang seiner Stimme immer noch in mir fort. Stets hoffte ich, vielleicht eines Tages zufällig jemanden dieses Lied singen zu hören, damit ich es sogleich auswendig lernen könnte.

Gerade als die Sonne unterging, kamen die Türme und Dächer von Nurenberc in Sicht, zeichneten sich als Schattenbild gegen den fernen Horizont ab, zerklüftet und unheilkündend vor dem Gold und dunklen Grünblau des Abendhimmels.

»Weißt du, wo wir sind?« fragte der Mann. »Schau dort drüben hin! Diese Stadt ist Nurenberc, Ziel und Ende unserer Reise.«

Wir machten Rast in einem Wäldchen nicht weit vor den Stadttoren, jedoch außer Sicht der Wachen oder anderer Reisender, die womöglich vorbeizögen. Dort saßen wir zusammen und verspeisten den Rest unserer Wegzehrung. Der Mann erklärte, daß er warten wolle, bis es völlig dunkel sei, bevor er die Stadt betrat.

Allmählich schwanden die letzten Spuren des Tageslichts. Die Nacht brach herein. Am Himmel stand nur ein Halbmond, aber die Sterne leuchteten, so daß man wenigstens ein bißchen sehen konnte. Sobald er glaubte, daß alle Einwohner von Nurenberc außer den Nachtwächtern schliefen, hob er mich hoch in die Luft, starrte mich einen Augenblick an, lächelte, setzte mich wieder ab und gab mir einen Kuß auf die Wange. Dann trat Entschlossenheit auf sein Gesicht. Er hob mich aufs Pferd, und wir galoppierten mit halsbrecherischer Geschwindigkeit über die Straße, die zu den Stadttoren führte, hinein in die Stadt und vorbei an den Wächtern, die uns irgend etwas nachbrüllten, während wir die unheimlichen, menschenleeren Gassen hinunterflogen. Es war zu spät, sie konnten uns nicht mehr aufhalten. Ich erinnere mich an die vertrauten Gerüche der Stadt, während wir am Zunfthaus, an den Kirchen und schlafenden Häusern vorbeipreschten. Ich wurde fast vor die Tür meines Elternhauses geworfen.

Ich brüllte, von heillosem Schrecken ergriffen, verwirrt und nicht wissend, was aus mir werden würde. Doch der Mann war bereits fort, ließ mich allein in der Dunkelheit vor dem Haus meines Vaters.

Schließlich hörte ich etwas, eine Bewegung, und ein Gesicht tauchte im Fenster auf. Es war mein Vater. Zunächst erkannte er mich nicht und knurrte nur. Mit schroffem Ton befahl er, ich solle mich davonmachen. Er sagte, er wolle keine schmutzigen Bettler zu solch nachtschlafender Zeit vor seinem Haus. Einen entsetzlichen Augenblick lang befürchtete ich, er würde mich einfach vor der Tür stehenlassen. Ich weinte. Endlich stürmte er die Stufen herunter, umarmte mich und brachte mich hinein.

Trotz der ungeduldigen Fragen meines Vaters wollte ich nicht darüber sprechen, wo ich gewesen war und was ich gemacht hatte. Irgendwie spürte ich, daß dies eine Art von Verrat gewesen wäre.

Am nächsten Tag kamen Söldner. Sie fragten mich über den Mann aus, wie er aussah. Aber ich sagte nichts. Ich hatte Angst. Einer von ihnen drohte, mich zu schlagen, wenn ich nicht reden wollte, aber das steigerte meine Entschlossenheit nur noch. Schließlich gaben sie auf und verließen unser Haus.

Als sie gingen, fuhr mein Vater unbeirrt fort, mich auszufragen, und dafür haßte ich ihn. Einige Tage lang war ich mürrisch, verschlossen und verweigerte mein Essen. Ich fühlte mich wie zwischen zwei Welten hin- und hergerissen, der Welt des Waldes und der Welt meines Zuhauses. Ich wollte beiden treu bleiben, wiewohl ich genau wußte, daß dies unmöglich sein würde. Schweigen war meine einzige Zuflucht.

Etwa eine Woche später führte mein Vater mich zu der Hauptstraße umittelbar vor der Stadt, wo die Galgen standen. Eine große Menge hatte sich dort eingefunden; derbe Menschen drängelten und brüllten schreckliche Worte: »Mörder, Kinderdieb, Priester der Verdammnis!« Und ich sah, wie der bärtige Mann von den Soldaten zum Baum hinausgeführt wurde. Bei seinem Anblick wurde die Menge ruhiger. In seiner Haltung lag

Würde. Einen flüchtigen Moment meinte ich, daß er mich ansah. Ich versuchte, meine Augen abzuwenden. Ich glaubte, den Anblick nicht ertragen zu können, aber irgend etwas ließ mich starren. Unter dem Baum kniete der Mann nieder und betete. Ich sah, wie seine Lippen sich bewegten. Er schien unverletzt, daher kann ich glauben, als man mir später erzählte, er sei gut behandelt worden. Ich habe schon Männer und Frauen gesehen, die vor ihrer Hinrichtung so gefoltert, gebrochen und zerschlagen worden waren, daß es schien, als vergeude man nur Zeit und Strick. Überdies wurde er auch nicht verspottet und verhöhnt wie viele andere in den Augenblicken vor ihrem Tod. Etwas an der Ausstrahlung dieses Mannes flößte allen Hochachtung ein.

Es herrschte völlige Stille, als sie ihm die Schlinge um den Hals legten. Und wie der Strick angezogen wurde und er aufstieg zu dem Ast, da strampelten seine Beine, die nicht gefesselt waren, einige Augenblicke verzweifelt, geradeso, als liefe er im Tod einer besonderen Art Freiheit entgegen, vielleicht zurück in den Wald. Ein Knacken war zu vernehmen, als sein Hals brach. Seine Zunge hing heraus, und seine Augen starrten mit wildem Blick auf die Menge, als brüstete er sich uns gegenüber mit einem geheimen Wissen.

Nach allem, was seitdem geschehen ist, kann ich nur schließen, daß er tatsächlich ein solch geheimes Wissen besaß und daß er genau aus diesem Grund sterben mußte. Aber was war es? Ging es um mich? Später gab es dieses Zusammentreffen mit Stephanus. Er wußte es. Er muß es gewußt haben. Hatte es mit der Bruderschaft zu tun?

Kurz nach diesem Vorkommnis heiratete mein Vater wieder. Ich haßte seine neue Frau Erna. Sie war fett, faul und ständig verstimmt. Vielleicht war ich auch nur eifersüchtig. Doch Vater schien ihrer allmählich überdrüssig zu werden und mir mehr

Aufmerksamkeit zu schenken. Jeden Abend unterrichtete er mich im Lesen der Buchstaben des Stundenbuchs, das meine Mutter als junges Mädchen im Kloster benutzt und das sie mitgenommen hatte, als sie am Ende fortlief. Wir lasen gemeinsam immer wieder dasselbe Gebet, und dann half er mir, es auf die Wachstafel zu übertragen, die er mir gefertigt hatte.

Ich erinnere mich gut an jenen Tag, an dem ich mit leichtem Fieber im Bett lag. Mein Vater rief nach Uqhart, der mit Hagebutte und Kamille kam. Zuvor hatte mir der alte Mann mit dem weißen Haar, den leuchtenden, glühenden Augen und dem Bart eines alttestamentarischen Propheten stets Furcht eingeflößt. Doch heute hatte ich meine Tafel und meinen Griffel bei mir. Ich wollte großtun.

Uqhart fragte, ob ich lesen und schreiben gelernt habe. Ich nahm die Tafel und schrieb das Wort *scribo*, »ich schreibe«. Lächelnd nahm er darauf die Tafel und schrieb *scripsisti*, »du hast geschrieben«. Ich war wie verzaubert. Sodann erzählte Uqhart, er komme aus einem Ort am Rande der Welt namens Toledo, wo viele Menschen den ganzen Tag lang nichts anderes täten als lesen und schreiben.

Wir unterhielten uns weiter. Ich sagte Fragmente der Psalmen und Gebete auf, die mein Vater mir beigebracht hatte. Ich lauschte entzückt Uqharts Geschichten von der weit entfernten fremden Stadt, wo es große Häuser namens Bibliotheken gab, voller Bücher und Pergamente in vielen verschiedenen Sprachen. Er sagte, er verstehe Griechisch, Latein, Hebräisch, Aramäisch, Chaldäisch und Arabisch, und daß er die Künste der Medizin und der geheimen Heilkunde studiert habe sowie andere Disziplinen, die als hermetische Wissenschaften galten.

Nach ein oder zwei Stunden kehrte Vater aus den Werkstätten zurück und befürchtete, das Fieber sei schlimmer geworden, da Uqhart sich noch nicht bei ihm gemeldet hatte. Doch er traf mich erholt an, lebhaft plaudernd und munter mit Griffel und Tafel hantierend. Uqhart lobte mich und sagte, soviel Gelehrsamkeit bei einem so jungen Menschen begegne man ausgesprochen selten.

Ich habe oft sagen hören, daß das Schreiben magische Kräfte besitze, daß es Bedrängnisse heilen könne. Auch habe ich Abbildungen vom Schwert des Grals gesehen, die dieses ganz bewußt wie einen Griffel darstellen. Gewiß ist das Schreiben für manche von uns die einzige Möglichkeit, uns selbst zu verwirklichen. Weiterhin habe ich bemerkt, daß meine Mutter in gewissen Träumen stets umgeben ist von Buchstaben und Symbolen. Es gab eine Zeit, da glaubte ich, Lesen und Schreiben brächten uns näher zu Gott, und daß ihnen aus diesem Grunde heilende Eigenschaften innewohnten.

Ich erinnere mich, schuldbewußt hinter der Tür gelauscht zu haben, als Uqhart mit meinem Vater sprach.

»Dein Sohn ist begabt«, sagte der alte Mann. »Ich werde ihn gern unterrichten, falls du es mir erlaubst. Lernen wird bei ihm keine Zeitverschwendung sein.«

Mein Vater schwankte offenbar.

»Ich sage das nicht, um damit Geld zu verdienen«, fuhr Uqhart fort. »Ich würde keines verlangen.«

»Warum sonst solltest du es tun wollen?« fragte mein Vater. Er war mißtrauisch gegenüber dem Juden, aber auch höflich genug, dies nach Kräften zu verbergen.

Uqhart zögerte eine Spur zu lange, lange genug jedenfalls, um auch mich mißtrauisch zu machen. Schließlich kam seine Antwort. »Aus Liebe zum Wissen«, sagte er.

Jahre später fragte ich mich, ob Uqhart dies aus Güte tat und weil er mich mochte oder ob es noch einen anderen Grund dafür gab.

Ich bin überzeugt, daß Vater große Achtung vor ihm hatte.

Ich halte meinen Vater für einen Mann, der die besondere Eigenschaft jener erkannte, die lesen und schreiben können. Vielleicht sah er in Uqhart das gleiche Licht der Gelehrtheit, welches er auch in meiner Mutter gesehen hatte, und dieses Lichtes wegen schien er sich zu dem alten Mann hingezogen gefühlt zu haben. Doch Uqhart war ein Jude. Und es wäre schmachvoll gewesen, seinen ältesten Sohn von einem Juden unterrichten zu lassen.

Ich erinnere mich nicht, meinen Vater außer an diesem einen Tag jemals lügen gehört zu haben. Ich vermute, er log, um die Gefühle des alten Mannes zu schonen. »Ich danke dir für dein Angebot«, sagte er. »Aber ich habe bereits mit einem der Patres des Benediktinerklosters gesprochen und einen jungen Mönch eingestellt, meinen Sohn zu unterrichten.«

Uqhart sagte, er verstehe. Als der Heilkundige ging, fragte ich, wann der Mönch denn kommen würde. Vater sagte nichts. Er entfernte sich mit schnellen Schritten. Er war ein Mann, der zu seinem Wort stand.

Zwei Tage später kam ein gewisser Bruder Aloysius ins Haus. Er trug die schwarze Kutte der Benediktiner, die vorne mit einer neuen, weißen Kordel zugebunden war. Er war kein großer Mann. Sein Schädel rasiert, das Kinn schmal und spitz, womit es in einem merkwürdigen Gegensatz zum oberen Teil seines Kopfes stand, der breit und rund war. Seine Gesichtshaut war rein, hatte eine gesunde, rötliche Farbe.

Unmittelbar nach unserer Unterhaltung war Vater zur Benediktinerabtei im Stadtkern gegangen. Er hatte dem Abt Geld geboten, damit einer der Ordensbrüder zu uns käme und mir Lesen, Schreiben und Latein beibrächte. Der Abt empfahl Bruder Aloysius. Er erzählte meinem Vater, der Novize sei sehr gelehrt, aber etwas übereifrig in seiner Andacht. Er sagte meinem Vater, ein Hausunterricht könne dem Bruder sicher helfen, mit beiden Beinen fester auf der Erde zu stehen. Viel später, als ich bereits in Babenberch studierte, erzählte mein Vater mir all das.

Ich mochte Bruder Aloysius vom ersten Augenblick an. Vor allem an seine Ruhe erinnere ich mich. Er hatte ein Lächeln, das von einem unerschütterlichen Wissen um eine höhere Welt zeugte, der Welt Gottes und der Engel, die ich in meinen Visionen sah – so dachte ich wohl damals.

Er kam dreimal die Woche, um mir Gebete und Psalmen beizubringen; zuerst mußte ich sie auswendig lernen, und nachdem ich sie vortragen konnte, erklärte er mir ihre grammatischen Strukturen, warum Worte diese oder jene Endung besaßen und so weiter. Wenn ich einen Text gelernt und gründlich verstanden hatte, so daß ich ihn sowohl laut als auch schweigend lesen konnte, ohne dabei die Lippen zu bewegen, war es Zeit für die Lektion, die mir die liebste war. Aloysius nahm dann sein Wachstäfelchen und schrieb die Neumen des Gesangs auf, der zu dem Text gehörte. Wir verbrachten daraufhin einen ganzen Morgen damit, gemeinsam die Musik zu lernen, manchmal im Haus, wenn das Wetter schön war, auch draußen im Hof unter dem Lindenbaum. Während dieser Lektionen schien sich ein ganz besonderes Gefühl der Stille und Wärme um uns zu legen. Es war die gleiche Stille, die ich beim Gebet verspürt hatte, die Stille, die ich auf dem Gesicht meiner Mutter gesehen zu haben meinte.

Mit der Zeit lernte ich diese Stille zu lieben und dachte, sie müsse von der Macht der Musik kommen, verkörpert in den Formen der Neumen, die wiederum herrühren mußten von den Engeln und von Gott selbst.

Aloysius erklärte mir, daß die Welt erst sechstausend Jahre alt sei. Er sagte, kluge Männer seien der Ansicht, die Welt würde bald enden, der Letzte Kaiser würde kommen, sodann der Antichrist und schließlich der Tag des Jüngsten Gerichts. Der Psalmist sagte, für Gott seien tausend Jahre wie ein Tag, und da die Schöpfung sieben Tage dauerte, stand gewiß das letzte Zeitalter, die Epoche des Sabbats, unmittelbar bevor. Der Gedanke machte mir schreckliche Angst. Ich wurde heimgesucht, ja gequält von Abschnitten wie denen am Ende des Buches Jesaja, welche von den Flammen der Hölle erzählten, die die Seelen der Verdammten verzehren, deren Würmer niemals zugrunde gehen.

Eines Tages hatte ich eine Vision der Hölle, die mir noch heute angst macht, denn es ist eine regelmäßig wiederkehrende Vision. Ich sehe die Seelen der Verdammten, blutig rot und gehäutet, empfindlich, nackt, verdorrt und hilflos. Ich spüre den durch die sengende Hitze des Flammenpfuhls verursachten Schmerz.*

Und in ihrem Leiden können die armen Menschen doch niemals schlafen, nie vergessen, wo sie sind und warum. All ihre Sünden haben sie ständig vor Augen, und doch ist es zu spät für Reue, und sie wissen, daß sie für immer und ewig dort sein werden. Selbst wenn sie versuchen zu weinen, nimmt der Schmerz lediglich zu. Sie können ihre Leidensgenossen zwar sehen, nicht aber mit ihnen sprechen. Es gibt keinen Trost für sie, noch wird es je einen geben. Wäre ich Gott, würde ich selbst die übelsten Sünder vor einer solchen Qual erretten, erretten, erretten! Wie kann nur jemand im Himmel Freude empfinden, wenn er doch gleichzeitig weiß, daß da noch andere sind, die sich in solcher Agonie befinden?

Was den Teufel betrifft, fürchtete ich, daß er jeden Augenblick erscheinen könnte. Ich habe ihn mir früher gelegentlich als abscheuliches Geschöpf vorgestellt, mit Pferdefuß und Schwanz, höhnisch grinsend wie ein Mensch und stinkend wie das übel-

* Offenbarung 19,20

ste Tier, gleich jenen, die ich auf der Säule in der Margaretenkirche in Nurenberc gesehen hatte. Bei anderen Gelegenheiten sah ich den Teufel als einen Menschen von großer Schönheit und mit dem festen Vorsatz, mich vom rechten Pfad zu locken.

In einer anderen Vision sah ich den heiligen Johannes. Er hatte einen langen, wallenden, dunkelbraunen Bart und stechende Augen wie Amethyste. Er sagte, ich müsse ein Priester des Allmächtigen werden. Auch dies hat mich nicht mehr losgelassen und mir viel Leid gebracht. Leicht hätte ich seinem Befehl folgen können, mich irgendwo niederlassen und bei einem Pfarrer lernen können. Ich hätte unbeirrt das mönchische Leben fortführen können. Doch irgend etwas stand mir immer im Weg – Ehrgeiz, Stolz, die Umstände. Es hat keinen Sinn zu versuchen, mich zu rechtfertigen. Ich wußte, daß ich die Welt hätte verlassen und nackt dem nackten Christus ans Kreuz hätte folgen müssen!

Der Unterricht bei Aloysius dauerte über ein Jahr. Schon bald verstand ich mehr vom Lesen und Schreiben als Vater, was ihn vielleicht traurig machte. Zuweilen wurde seine Laune schlechter, wenn ich ihm etwas vorlas. Vielleicht war er eifersüchtig auf mich. Vielleicht hätte auch er gern studiert, doch er war zu beschäftigt mit seiner Arbeit.

Eines Tages dann, im Frühsommer im Jahr des Herrn 1179 – dem Jahr, in dem Hildegard von Bingen starb, dem Jahr, in dem unser Kaiser gegen Heinrich den Löwen prozessierte –, kam Aloysius mit einem Schreiben von seinem Abt. Darin schlug dieser vor, mich in die Domschule nach Babenberch zu schikken. Er schrieb, daß sein Kloster das Schulgeld gern übernehme, da man mich für eine klugen jungen Mann hielt und eine solche Ausbildung bei mir nicht vergebens sei.

Zunächst äußerte Vater sich abschätzig über diesen Vorschlag. Wie konnte der Sohn eines Wagners von der berühmten Domschule zu Babenberch aufgenommen werden, wohin die Söhne des Adels und der kaiserlichen Ministerialen zum Studium gingen, eine Schule, geleitet von Bischof Eberhard, der bereits bei mehr als einer Gelegenheit zwischen Papst und Kaiser vermittelt hatte? Was hätte ich überhaupt davon, eine Ausbildung zu erhalten, die doch jenen weit über dem Stand eines Wagners vorbehalten sein sollte, der zu werden meine Bestimmung war?

Aloysius nahm meinen Vater zur Seite. Er sagte ihm, es sei nicht ohne Beispiel, daß der begabte Sohn eines vermögenden und angesehenen Mannes wie ihm die Babenbercher Schule besuche; außerdem solle mein Vater an die Ehre denken, an die Zukunft, an das Ansehen, das seinem Sohn als gelehrter Mann zuteil würde, und an die Reputation, die es für seine Geschäfte brächte.

Es ist möglich, daß Aloysius der Macht der Bruderschaft unterworfen war, doch ich glaube vielmehr, er hoffte insgeheim, einen Mönch und Mystiker aus mir zu machen. Natürlich erwähnte er meinem Vater gegenüber nichts von seinem geistlichen Vorhaben. Mein Vater war ein gläubiger Mensch. Er verehrte die Heiligen unseres Herrn sehr. Und doch stand er im Einklang mit seinem Stand des Handwerkers und war stolz darauf, frei zu sein, niemandem verpflichtet, keinem anderen Herrn untertan außer Gott.

Trotz allem ließ Vater sich von Aloysius' Begründungen überzeugen. Als er mit meiner Stiefmutter darüber sprach, leuchteten ihre Augen auf. Sie war vermutlich hoch erfreut über den Gedanken, mich loszuwerden. Schließlich ging er zum Abt, um mit ihm alles zu bereden. Bald war die Sache besiegelt, und meine Abreise wurde vorbereitet.

Nur drei Monate später verabschiedete ich mich von meinem Elternhaus, der Werkstatt, dem Lindenbaum, meiner Stiefmutter und meinem kleinen Halbbruder Marcus, bei dem ich spürte, daß er sich bereits meinen Platz in der Familie aneignete. Mein Vater und ich machten uns in einem schönen neuen Fuhrwerk auf den Weg. Nach einer Reise von fünf langen Tagen durch Wälder, Felder und winzige Weiler, über Ebenen, durch Weinberge, sanft wogende Berge hinauf und hinab sollte meine Ausbildung an der Domschule zu Babenberch schließlich beginnen.

Die Stimmungen und Eindrücke meines ersten Schultags sind mir noch heute fast greifbar gegenwärtig: Kreuzgänge, Türme und Glocken, Scharen von Knaben, die in ihren Umhängen kauerten, Neuankömmlinge wie ich, die die Hände der Väter hielten, schier endlos weit gehend, weiter und immer weiter über den Hof, durch rostfarbene Blätter schlurfend, während niedrig hängende Herbstwolken über die Baumkronen und Dächer dahineilten. Ich schaute zu dem goldenen Flecken am Himmel auf, wo die Sonne vergeblich durchzubrechen versuchte. Aus Angst, in der Menge verlorenzugehen, klammerte ich mich an die Hand meines Vaters und senkte den Kopf gegen Wind und Nieselregen.

Ich erinnere mich, einem schmalen Weg gefolgt zu sein, der hinaus auf den Platz führte. Vater plauderte mit einem der anderen Väter, einem Wollhändler aus Babenberch. Als wir die Ecke auf dem Marktplatz umrundeten, ragte vor uns unvermittelt und atemberaubend das größte und prächtigste Gebäude auf, das ich bis dahin gesehen hatte. Ich drückte die Hand meines Vaters und zeigte darauf. Er erklärte, dies sei der Dom, und genau hier würde ich leben und studieren.

Ich war voller Ehrfurcht. Langsam schoben wir uns mit der Menge näher und näher auf die große Tür zu, die in den Dom und die Dunkelheit führte.

Im Innern der Bischofskirche konnte ich im gedämpften gelben Kerzenlicht, das aus dem Chor und vom Altar schien, zwar sonderbare, aber auch herrliche Wandgemälde, Blumen und

Heilige und Engel, körperlos und scheinbar in der von Weihrauch duftenden Luft schwebend, gerade eben noch erkennen. Gelegentlich sah ich die Gesichter häßlicher Dämonen, in die Wände und Bogen eingelassen, um zu zeigen, welche bösen Mächte von diesem Ort verbannt waren. Ich erinnerte mich an die Worte des Gebets: »*Terribilis est locus iste. Vere est aula Dei et porta coeli.*«*

Der Dom gemahnte mich an ein mächtiges Schiff, das mit Christus als Steuermann durch die Wasser des Mysteriums segelt, während die riesigen Wände und Fenster zum Himmel hinaufweisen. Dann ließ er mich an einen großen Wald denken, mit seinen ganz eigenen Düften und Licht und Schatten. Die Fensterrose war wie die Sonne, die im neuen Jerusalem scheinen würde. Ich schaute zum Gesicht meines Vaters auf, so ernst und andächtig, als leuchte es im Kerzenlicht.

Ich erinnere mich, nach der Messe in einer Schlange in der großen Halle darauf gewartet zu haben, daß ein Mönch meinen Namen in das wuchtige Register schrieb. Ich starrte auf die Flammen und den Rauch des offenen Feuers am anderen Ende der Halle. Vater schrieb in das Buch: *Adam Ouwe schreibt seinen Sohn Walter ein – 1179.* Dies wurde daraufhin von dem beiwohnenden Mönch gegengezeichnet mit dem Wort »*matriculat*«.

Wir wurden herumgeführt. Zuerst kam die Bibliothek; noch nie hatte ich so viele Bücher und Schriften gesehen. Dann folgten die Schulzimmer: kalt, stickig und bedrückend im trüben Licht des Spätherbstnachmittags. Voller Angst schaute ich zu den Reihen harter Bänke, wo in der Vergangenheit bereits andere Knaben Stunde um Stunde, Tag für Tag gesessen hatten. Dann gingen wir zu den Schlafsälen. Endlose, wacklige Holztreppen

* Furchtbar ist dieser Ort. Wahrhaftig ist es das Haus Gottes und das Himmelstor.

mußten hinaufgestiegen werden, bis wir die langen trostlosen Giebelfluchten mit ihren hölzernen Dachsparren erreichten, wo es einige harte Holzbetten, einige in die Wände eingelassene Holzbänke und ansonsten einen riesigen Holzfußboden gab, auf dem rauhe Lager aus altem Stroh verteilt waren. Die wenigen richtigen Betten waren den älteren Schülern vorbehalten. Der Ordensbruder zeigte mir meinen Platz in der Ecke unter einem zugigen Fenster. Mein Vater und ich schwiegen, auch wenn wir lächelten und höflich nickten.

Wir gingen die Treppe hinunter zurück auf den Hof, und es kam der Augenblick des Abschieds. Ich erinnere mich, nachdem mein Vater mich geküßt hatte, ihm nachgeschaut zu haben, wie er fortschlenderte, traurig, die Hände fest auf dem Rücken verschränkt. Schweigend stand ich da und kämpfte gegen die Tränen, bis ein älterer Mönch zu mir trat und sagte, ich solle meine Augen trocknen und tapfer sein. Er legte eine Hand auf meine Schulter und führte mich ins Refektorium, zu den alten Eichenbänken und Tischen, wo Gemüsesuppe und Brotkanten bereits warteten. Ich sprach kein Wort mit den anderen Knaben, die genauso verängstigt waren wie ich. Dann folgte ich der Menge zum Completorium und schließlich in die Schlafsäle, wo ich versuchte, auf dem unebenen, kratzigen Strohlager zu schlafen.

In dieser Nacht hatte ich eine Vision.

Die anderen Jungen schliefen. Hinter dem schmalen Fenster tauchte der Vollmond den Himmel in ein unheimliches, silbriges Dunkelblau. Ich allein lag wach und konnte nicht einschlafen. Ich versuchte, zu Gott, den Heiligen und Engeln zu beten und ihren Schutz zu erbitten. Auf einmal war da ein goldenes Schimmern in der Luft. Ich dachte an all die anderen, die ihre erste Nacht hier verbrachten. Ich dachte an all die, die in der Vergangenheit ihre erste Nacht hier geschlafen hatten, und auch an all die, die es in der Zukunft noch tun würden: diese Knaben, die jetzt hier schliefen, geschlafen hatten und schlafen würden. Ich konnte etwas von ihnen spüren, von all den Jungen der Vergangenheit und all den Jungen der Zukunft. Es war, als könnte ich all ihre Gesichter sehen, ohne sie zu sehen, als könnte ich mit ihnen sprechen, auch wenn einige von ihnen noch gar nicht geboren waren, andere erwachsen, wieder andere jetzt tot im Nirgendwo. Selbst bei denen, die tot waren, spürte ich eine Stille, die weder etwas zu tun hatte mit dem Himmel, an den ich glauben wollte, noch mit der Hölle, die ich so sehr fürchtete.

Statt dessen war es, als befänden wir alle uns in einem großen Wald, in einer großen Prozession, die sich langsam auf ein Licht zubewegte, das irgendwo hinter dem Horizont leuchtete wie ein Springbrunnen aus vielen Farben. Es lag ein merkwürdiger Duft in der Luft, eine eigentümliche Mischung aus einem feuchten, holzigen Geruch und Weihrauch. Die Bäume hatten allesamt etwas Menschliches, als wären ihre Zweige Arme und ihre Äste Gesichter. Ich hörte Musik, die aus einem Brunnen erklang, doch gleichzeitig war sie auch Teil der Bäume und des Waldes selbst. Wir konnten den Brunnen nicht wirklich sehen, von dem wir wußten, daß er größer war als das höchste Gebäude, mächtig wie eine Wolke, die sich zum Himmel hochreckte, und doch konnten wir ihn spüren, und wir alle wußten, wo er war und daß wir uns darauf zubewegten.

Ich erzählte diesen Traum, aber die Mönche sagten, Träume solle man unbeachtet lassen, da sich nur sehr schwer sagen ließe, ob sie von Gott kämen oder vom Teufel.

Nach diesem ersten Tag verschwimmen die Erinnerungen in einem Wirbel von Tagen, beherrscht von Glockengeläut, Unterricht, Gebeten – Matutinen, Laudes, Vespern und Completorien –, Messen an Sonn- und Feiertagen sowie langen Unterrichtsstunden bei den Mönchen mit ihren schwarzen Kapuzen, gefolgt von endlosen Stunden des Studiums, des Auswendiglernens von lateinischen Texten und Grammatikregeln, des Erlernens der Notenschrift Guido von Arezzos und von Gebeten; Augenblicke des Spiels mit neuen Freunden in den Kreuzgängen; zweimal am Tag die fleischlosen Mahlzeiten im alten Refektorium (da Fleisch nur an bestimmten Festtagen erlaubt war), das sommers wie winters brennende Kaminfeuer, Rauch stieg zwischen Suppenkesseln und Gemüseeintöpfen auf; die langen Nächte halb schlafend, halb wachend auf dem Stroh, von meinen Studien träumend, von Kerzen und Weihrauch, Grammatik und Musik, Heiligen, Engeln und Teufeln, Hölle und Himmel, und von zu Hause.

Die Gebete und Gesänge, die ich bei Bruder Aloysius gelernt hatte, mußten hier alle neu gelernt werden. Die Mönche sangen wieder und immer wieder Melodien, bis die Jungen sie sich schließlich einprägten. Dies war mühselig für die Mönche, besonders wenn sie mit Jungen arbeiteten, die nicht sonderlich musikalisch waren oder Guidos System der Musikumschrift nicht verstanden. Da ich viele Gesänge bereits kannte und mir neue sehr schnell aneignete, beeindruckte ich die Mönche, die mich unterrichteten. Auch war meine Stimme kräftiger als die der meisten anderen Jungen. Schon bald konnte ich sowohl vom Blatt als auch aus dem Gedächtnis singen, und ich beherrschte die Eselsbrücken, Noten mit verschiedenen Teilen der Hand zu assoziieren. Auch bereiteten mir weder Grammatik noch die Texte, die wir studieren mußten, nennenswerte Schwierigkeiten. Es dauerte nicht lange, bis ich mir den Ruf erworben hatte, einer der aufgeweckteren jungen Schüler zu sein. Einige meiner Lehrer nahmen mich beiseite, förderten mich und erwiesen mir viele Gefälligkeiten. Dies erfüllte mich mit großem Stolz.

Eines Tages wurde ich zu Abt Wilfridus gerufen. Bei ihm in

seiner Zelle befand sich ein weiterer Mann. Schon da beschlich mich ein unheimliches Gefühl über seine Art und Weise, wie er mich musterte, wie er während des ganzen Gesprächs stumm blieb. Heute bin ich sicher, daß es Abt Quintus aus Frankenburc war, der später in meinem Leben noch eine so wichtige Rolle spielen sollte. Jedenfalls, Wilfridus sagte folgendes zu mir: »Wenn du weiterhin so hart arbeitest und schnell begreifst wie bislang, wirst du eines Tages vor der schweren Wahl stehen, dich zwischen dem Dienst an Gott und dem Dienst am Menschen entscheiden zu müssen. Welche Wahl wirst du treffen?«

»Ich weiß es nicht«, antwortete ich. »Ist es nicht möglich, beides zu tun, Gott zu dienen, indem man den Menschen dient, und den Menschen zu dienen, indem man Gott dient?« Ich wollte ihn beeindrucken, doch noch während ich sprach, kam mir wieder die Vision vom heiligen Johannes in den Sinn, wie um mich zurechtzuweisen.

»Du antwortest wie ein Scholastiker aus Paris«, sagte er. »Wenn du so sprichst, besteht überhaupt kein Zweifel daran, daß du wahrscheinlich beides äußerst gut tun wirst. Und doch hast du die Frage offensichtlich nicht verstanden, bist noch zu jung dafür.« Ich erinnere mich, daß es mir weh tat, als er dies sagte. Aber er fuhr fort: »Ich habe dich gerufen, um dir mitzuteilen, daß das Grundstudium deiner Ausbildung abgeschlossen und es für dich nun an der Zeit ist, mit dem Studium der freien Künste fortzufahren. Du wirst unmittelbar im Anschluß an die herbstliche Vakanz damit beginnen. Sei weiterhin fleißig, und du wirst gut abschließen.«

Ich mochte Wilfridus. Er war ein freundlicher alter Mann, der eine natürliche Würde besaß, niemals brüllte oder die Beherrschung verlor wie einige der Mönche. Wir waren alle traurig, als wir nur etwa eine Woche nach unserer Rückkehr aus der Herbstvakanz von seinem Tod erfuhren.

Während dieser freien Zeit zu Hause in Nurenberc geschah etwas mit mir, das ich wohl nie vergessen werde. Wie für Stadtjungen üblich, war ich mit einer Gruppe hinausgezogen, um mich an der Arbeit der Bauern zu beteiligen, die ihre Felder aberntenten. Es war ein harter Arbeitstag gewesen, doch ich wurde allmählich stark und genoß die körperliche Anstrengung. Ich schlurfte müde am Waldrand entlang, starrte die Sonne an, die über Nurenberc unterging, das einem Schattengebilde gleich vor dem Horizont stand, und sang einige der Choräle, die ich in der Schule gelernt hatte, lautlos vor mich hin. Irgendwie war ich von den anderen getrennt worden. Ich begann richtig zu singen, zuerst noch zögernd, dann aber immer lauter und lauter.

Ein tiefes Gefühl des Friedens überkam mich mit einemmal. Es war ein vertrautes Gefühl, das ich in Verbindung brachte mit der Andacht in der Kirche, dem Singen geistlicher Musik und mit Träumen von meiner toten Mutter. Während ich jedoch weiterging, wandelte sich das Gefühl des Friedens allmählich in ein Gefühl überwältigender Hochstimmung, ja der Verzückung. Es war nicht länger einfach nur, daß ich dem Sonnenuntergang entgegenmarschierte, der Sonnenuntergang war vielmehr zum einzigen geworden, das es im Universum noch gab, war zu einem Teil dessen geworden, was ich sang. Ich spürte, daß mein ganzes Gesicht brannte, und ich bemerkte, daß ich nicht mehr lateinisch sang, ja nicht einmal deutsch, sondern in einer anderen Sprache. Ich versuchte die Worte zu analysieren, die ich deutlich artikulierte, doch es wollte mir einfach nicht gelingen. Mir blieb nur, ihren Klang zu genießen.

Eine Weile lang verlor ich mich vollkommen. Mir kam der Gedanke, daß ich vielleicht im Himmel war oder man mir einen flüchtigen Blick darauf erlaubte, wie das Leben dort sein würde. Doch im selben Augenblick, als ich in Frage stellte, was geschah, verließ mich dieses Gefühl.

Wieder versuchte ich, die Worte zu analysieren, die aus meinem Mund kamen. Was sagte ich? War es kindisches Kauderwelsch oder steckte mehr dahinter? Ich hatte bei Paulus von der Gabe gelesen, in fremden Zungen zu reden, davon, wie es war, mit der Zunge der Engel zu sprechen. Sprachen, sangen vielleicht Engel durch mich? Und wenn dem so war, warum verstand ich nicht, was die Engel sagten?

Oder war dies ein Zeichen, daß ich von Teufeln besessen war?

Ein Schauder durchfuhr mich. Wenn der Heilige Geist sprach, wie konnte ich so verderbt sein, es nicht zu wissen? Bestimmt war ich verdammt. Oder wenn es Teufel waren, wie konnte ich so verderbt sein zu denken, es könnte der Heilige Geist sein? Was geschah mit mir? Wie konnte ich es nicht wissen? War ich verflucht? Bestand die Sünde wider den Heiligen Geist etwa darin, nicht zu wissen, was die Sünde wider den Heiligen Geist ist? Oder wurde mir eine Vision des Himmels beschert, damit der Schmerz, wenn ich meinen vorherbestimmten Platz in der Hölle erreichte, dort um so größer sein würde?

Während ich weiterging, schlug meine Stimmung von Hochgefühl in Verzweiflung um. Ich begann zu zittern. Dann schaute ich mich um, fürchtete, womöglich in diesem Zustand gesehen zu werden. Niemand war da, und trotzdem verließ ich den Weg und floh in den Schutz der Bäume. Dort warf ich mich auf die Knie und bat um Vergebung. Sofort schossen mir Tränen in die Augen und rollten über meine Wangen. Ich rieb meine Augen; dabei geriet Schmutz von meinen Händen in sie hinein und verursachte mir Schmerzen. Ich blinzelte den Schmerz fort. Dann versuchte ich die gleichen gesungenen Laute zu erzeugen wie zuvor.

Die Laute kamen, die fremde Sprache, die Lieder und Rhythmen. Doch diesmal ohne jedes Gefühl der Verzückung darüber, sie hervorzubringen. Eher ein Gefühl der Leere, einer bitteren

Leere. Ich stand auf, und beinahe war mir, als sei überhaupt nichts geschehen, nur daß ich immer noch in der Lage war, die aberwitzigen Lieder zu singen und verwirrt darüber war, wie so etwas möglich sein konnte.

Ich wollte versuchen, die Angelegenheit in den hintersten Winkel meines Kopfes zu verbannen, bis ich jemanden deswegen befragt hatte. Einer der Priester oder Brüder würde mir gewiß einen Rat geben. Inzwischen würde ich eben einfach abwarten müssen.

Ich habe nie eine zufriedenstellende Antwort in der Schule erhalten. Ich habe es nie wirklich geschafft, mein Erlebnis in einer Weise darzustellen, daß es Sinn machte.

Viele der Knaben waren auf der Schule unglücklich. Die Faulen und Aufmüpfigen wurden häufig wegen der geringsten Verfehlung mit Lederriemen oder Stöcken geschlagen. Die Mönche schlugen uns jedoch niemals mit bloßen Händen, behaupteten sie doch, dies würde uns in unserer Würde beleidigen.

Für mich war das nie wirklich ein Problem. Ich wurde nur ein einziges Mal wegen einer Dreistigkeit geschlagen, als ich in einer Astronomiestunde das Osterdatum für das Jahr 934 vor Christi Geburt berechnete. Doch dies war die absolute Ausnahme; meistens war mein Verhalten beispielhaft. Ich war fromm. In der Rückschau kann ich sagen, daß ich wohl auf eine Weise fromm gewesen war, die meinem Alter eigentlich nicht entsprach.

Für mich war alles nur herrlich und überwältigend. Das Trivium: Grammatik, da ich zum erstenmal die Werke von Vergil und Ovid lernte; Rhetorik, als uns beigebracht wurde, wie man Reden und Briefe gestaltete, Buchhaltung und Recht; Logik, während ich die Werke von Cassiodorus, Beda, Isidor, Alkuin und Hrabanus entdeckte.

Dann das Quadrivium. Die Arithmetik lehrte mich das Wesen der Zahlen: Eins ist das Zeichen der Einheit, des Schöpfers;

zwei steht für Harmonie und Ausgewogenheit; drei für die Dreifaltigkeit, Kreativität und Erlösung; vier, die erste quadrierte Zahl, Symbol für Harmonie, Vollständigkeit, die vier Elemente, somit für die vier Evangelien und so weiter; fünf für die fünf Sinne, das Pentagramm und seine Gefahren; sechs für die Tage der Schöpfung, die Eintracht von Feuer und Wasser und damit die menschliche Seele; sieben für alles, was gut ist, die sieben himmlischen Ränge – Seraphim, Cherubim, Throne, Herrschaften, Kräfte, Fürstentümer und Mächte –, die sieben Gaben des Geistes; und so weiter und so fort.

In Astronomie lernten wir die Berechnung von Daten, und man führte uns in den Gebrauch der Sonnenuhren, Wasseruhren und Astrolabien des Doms ein. Wir lernten die Einteilung der Zeit in ihre Bestandteile: Jahrhunderte, *lustra*, welche fünf Jahre dauern, Wochen, Tage, Quadranten, Minuten, Augenblicke, die Zeit, die erforderlich ist, um wahrzunehmen, daß die Zeit vorangeschritten ist; das *ostentum*, die erforderliche Zeit, um etwas mit den Augen zu erkennen; und schließlich das *atomus*, die kleinste mögliche Unterteilung der Zeit. Doch trotz all unserer Macht, die Zeit zu messen, gibt es doch nichts, womit wir sie jemals zurückholen können, nicht einmal das kleinste Atom.

In Geometrie wurde uns beigebracht, daß das Universum ein System konzentrischer Sphären ist und daß jeder der sieben Himmel, in aufsteigender Ordnung, enthält: die Luft, den Äther, den Olympus, den feurigen Raum, das Firmament der Sterne, den Himmel der Engel und schließlich den Himmel der Dreifaltigkeit. Auch erfuhren wir von weit entfernten Ländern. Einer der Mönche, die uns unterrichteten, war tatsächlich schon auf Pilgerschaft in Jerusalem gewesen. Er berichtete uns, wie er an jener Stelle gestanden hatte, die sich genau im Mittelpunkt der Welt befindet, nur dreizehn Fuß von dem Ort, an dem unser Herr gekreuzigt wurde.

Doch meine größte Liebe galt der Musik. Etwa einen Monat nach meiner Ankunft in der Schule sang ich in allen Andachten und Messen in der Kathedrale. Diesem Umstand verdanke ich meine Gewandtheit beim Gesang und Komponieren. Vor allem anderen wollte ich den Ursprung der Musik verstehen. Manchmal schien Musik so mächtig, daß ich glaubte, sie zu verstehen hieße, alles zu verstehen. Bei anderen Gelegenheiten wunderte ich mich über ihre Vergänglichkeit und Zerbrechlichkeit und überlegte, ob das Nachdenken über Musik nicht gleichbedeutend war mit dem Nachdenken über den Tod. Und ich war immer noch verwirrt über mein Erlebnis des ekstatischen Singens an jenem Erntetag.

Ich nahm mir ebenfalls die Zeit, die Verskunst zu erlernen. Ich dachte nach über die Beziehung der Zahlen bei Betonung und Silbenzählung in Verskunst und Musik und ihre Auswirkungen auf die Lieder und die Dichtung. Dies wiederum schien mir in Zusammenhang zu stehen mit spirituellen Disziplinen, die wir erlernten, wie zum Beispiel das Zählen der Atemzüge beim Beten, und Rythmen zu entwickeln, die Symmetrie und Proportionen der Domkirche widerspiegelten, in der wir beteten.

Ich erinnere mich, im Verlauf des Jahres des Herrn 1184 von den Feierlichkeiten in Mainz zu hören, wo Heinrich, der Sohn unseres Kaisers, und Friedrich von Schwaben zu Rittern geschlagen wurden. Im selben Jahr sah ich zum erstenmal das Mysterienspiel »Ludus de Antichristo«, in dem dargestellt wird, wie der Letzte Kaiser, ein Kaiser von Deutschland, kommen wird, wie er die Griechen, Jerusalem und den rebellischen König von Frankreich unterwirft. Sodann wird er vom Antichrist hinters Licht geführt, dessen Schreckensherrschaft dem Jüngsten Gericht vorangeht.

Während meiner Schulzeit war ich besessen von der Vorstellung, daß die Welt des Lernens und des Gebets die eigentliche, wahre Welt sei. Daher verachtete ich die weltliche Gesinnung mancher meiner Mitschüler und stürzte mich statt dessen in meine Studien und das klösterliche Leben, das ich für das Tor zu einer Wahrheit hielt, die der ihren weit überlegen war.

Der Schlüssel zum Verständnis des gesamten Universums schien im Zahlenkonzept zu liegen. Stunden verbrachte ich mit Reflexionen über die Vorstellung, daß Gott Eins war, sich jedoch selbst in Begrifflichkeiten der Trinität ausdrückte. Daraus schien sich so vieles abzuleiten. Ich hatte gelesen, daß die drei Wege des Wissens mit den drei Personen der Dreifaltigkeit korrespondierten: Erinnerung mit dem Vater, Vernunft mit dem Sohn und Liebe mit dem Heiligen Geist. Ebenfalls hatte ich gelesen, daß die bereits zuvor genannten sieben Artes-liberales-Fächer die Inspiration des Heiligen Geistes waren und daß diese wiederum korrespondieren mit den sieben Gaben des Geistes. Ich wußte, daß es sieben Erzengel gab.

Im Verlauf meiner Studien stieß ich immer wieder und überall auf solche zahlenmäßigen Übereinstimmungen. Ich hörte von der jüdischen Tradition der Ausdeutung des Alten Testaments in numerischen Ausdrücken, die durch die Buchstaben des hebräischen Alphabets symbolisiert wurden. Ich las Boethius' Theorien zur Musik und experimentierte mit Proportionen auf dem Monochord, und ich lernte, daß einfache numerische Beziehungen im Kern des Verständnisses jeder Musik liegen: Die Oktav fußt auf einer Eins-zwei-Beziehung und die Quint auf einer Drei-zwei-Beziehung. Und hieß es nicht auch, daß weltliche Musik ein Widerschein der göttlichen Musik ist? Daher gelangte ich zu der Überzeugung, daß das Verständnis der Zahl nicht nur der Schlüssel zum Verständnis des Göttlichen war, sondern gleichzeitig dazu beitrug, unmittelbar in den Geist Gottes einzudringen und die zeitlose Welt – die Welt der Zahl und Musik, die Welt des Wesens der Dinge und der Liebe.

Meine Zeit auf der Schule erfuhr ein jähes Ende, aber nicht etwa durch die Entdeckung des Lichts der Wahrheit, sondern durch die Feuer der Zerstörung. Damals war ich vierzehn; es war im Jahr des Herrn 1185. Wir befanden uns im Dom und sangen das Completorium, als wir Brandgeruch wahrnahmen. Zunächst schenkten wir dem keine weitere Aufmerksamkeit, doch schon bald wurde der Geruch unerträglich. Rauch zog in dichten Schwaden durch das Südportal herein.

Konfusion und Chaos brachen aus, und wir stürmten an die frische Luft. Ich wählte den Weg durch das Skriptorium, um den Vergil und den Ovid zu retten, die ich so sehr mochte. Ich stopfte sie mir vorn ins Hemd und rannte, so schnell ich nur konnte.

Noch heute erinnere ich mich an die Flammen, höre das Knacken von Holz, die Schreie anderer Jungen, sehe mich aus Angst um mein Leben rennen, sehe manche Mönche die Ruhe bewahren und versuchen, eine geordnete Flucht zu organisieren, während andere laufen, ihre Kameraden dabei rüde zur Seite stoßen und nur daran denken, die eigene Haut in Sicherheit zu bringen.

Als ich endlich im Freien war, hatte das Feuer bereits den größten Teil der Küchen und Schulgebäude verschlungen. Die meisten Häuser der Stadt waren aus Holz. Ich wußte nur zu gut, daß es dort bestimmt keine Sicherheit gab. Es war Nacht, doch alles wurde von den Flammen erhellt. Jetzt schienen sogar die Steine des Doms selbst zu brennen. Ich spürte die Hitze, und ich hörte die schweren Steine auf die Erde krachen.

Ich hörte erst auf zu laufen, als ich die Ebene am Fuß des Berges erreicht hatte, auf dem die Stadt erbaut war. Ich drehte mich um und starrte lange und wie gebannt auf die Flammen, die an der Kathedrale und großen Teilen der Stadt emporzüngelten. Ich war weit genug entfernt, so daß mir alles still und unwirklich erschien. Nur hin und wieder vernahm ich ein lautes Krachen, wenn riesige Balken oder ganze Steingebäude einstürzten. Dann folgten das Knistern und Zischen eines Brandes, Rufe und Schreie. Dann wieder Stille.

Eine Schar Bauern stand in meiner Nähe und verfolgte schweigend das Schauspiel. Erst als der neue Tag anbrach, war das Feuer von allein heruntergebrannt. Ich habe keine Ahnung, wie viele Menschen in dieser Nacht starben oder Verbrennungen erlitten. Ich habe versucht, ein Gebet für sie zu sprechen, aber ich war viel zu aufgewühlt, war viel zu erschöpft dazu.

Eine Bauernfamilie nahm mich auf. In ihrem Haus stank es nach Schweinen. Ich hatte gar keine andere Wahl, als dankbar zu sein.

Einige Stunden nach Tagesanbruch schreckte ich aus dem Schlaf auf. Die Bauern waren bereits draußen und arbeiteten auf ihren Feldern. Ich dachte an die Unterrichtsstunden, die ich an diesem Tag hätte besuchen sollen. Es hatte keinen Sinn. Es würde keinen Unterricht mehr geben. Ich tastete nach Vergil und Ovid. Sie waren noch da. Ich war froh, sie vor den Flammen gerettet zu haben.

Ich kehrte nach Babenberch zurück und fand schließlich den Abt, nachdem ich mich durch die Trümmer vorgearbeitet hatte, von denen einige immer noch schwelten. Er trug eine tapfere Miene zur Schau, doch ich merkte, daß er geweint hatte. Er hielt es für das beste, wenn ich nach Nurenberc zurückkehrte.

Dies alles lege ich hier aus folgendem Grund schriftlich nieder: Viele Jahre später wurde ich beschuldigt, das Feuer in Babenberch gelegt zu haben. Ich schwöre, daß ich zum Zeitpunkt des Ausbruchs der Feuersbrunst in der Andacht war und das Completorium gesungen habe. Außerdem würde niemand, der weiß, wie sehr ich diese Schule und das Lernen liebte, auch nur im Traum daran denken, mich eines solchen Verbrechens für fähig zu halten.

2

Die Hohepriesterin

Nach dem Brand kehrte ich also nach Nurenberc zurück, wo mein Vater und Erna mich überredeten, das Lernen und die Kirche aufzugeben. Ich wurde zunächst als Lehrling und dann als Stellmachergeselle in der Werkstatt meines Vaters aufgenommen. Glücklich war ich damit nicht, denn ich vermißte meine Bücher und die Gesellschaft jener, die meinen Geist anregen konnten. Doch alles verlief still und ereignislos für drei oder vier Jahre – bis zu jenem Sonntag, an dem ich Katrin zum erstenmal durch den Weihrauch und unter den Menschen in der Kirche erblickte. Es war der sechste April des Jahres, als unser Kaiser Barbarossa zum Kreuzzug aufbrach, in dessen Verlauf er sterben sollte.

Ich erinnere mich an diesen Tag, an dem ich Katrin das erstemal sah, als wäre es gestern gewesen.

Ein bitterkalter Winter war vorüber, und jetzt wehte ein lauer Südwind. An diesem Morgen wachte ich zeitig auf. Es begann gerade erst zu dämmern, und durch das Fenster erspähte ich die winzigen Knospen an den Ästen des Lindenbaums. Ich stand auf und schaute hinaus. Der Mond schien noch durch die Zweige, die im Licht des frühen Morgens fahl und unheimlich wirkten. Die aufgehende Sonne flammte dunkelrot am Horizont. Goldene Lichtstrahlen brachen durch die rosaroten Wolken, als ich mich mit meinem Vater auf den Weg zur Kirche machte.

Ich sehe noch klar und deutlich vor mir, wie sie damals an jenem ersten Tag war, inmitten der versammelten Gemeinde, im Kerzenlicht und durch den Weihrauch in der Kirche. Sie war das schönste Geschöpf, das ich jemals gesehen hatte, mit ihren rosa Wangen, dem roten Mund, den langen, rotbraunen Haaren, der blassen Haut und den braunen Augen, die vor Leben sprühten – was ich als Freude mißverstand. Ihr Gesicht erinnerte mich an gewisse Engelsdarstellungen, die ich in den illustrierten Büchern im Skriptorium zu Babenberch gesehen hatte. Seitdem hat mich dieses Gesicht nie mehr losgelassen, vielleicht wird es mich über den Tod hinaus verfolgen, denn ich habe mit ihr gesündigt.

An diesem Sonntag trug sie ein enganliegendes, wollenes, graues Kleid. Ihr Leib war vollkommen. Trotz meiner mönchischen Erziehung mußte ich sie einfach immer wieder ansehen. Im Gedränge beim Verlassen der Kirche konnte ich nicht widerstehen, sie zu grüßen und zu fragen, woher sie denn käme. Sie erzählte, ihre Familie sei erst kürzlich aus Thüringen in die Stadt gekommen. Sie sah mir hochnäsig in die Augen. Ihr Blick wanderte zu meinen Füßen, dann wieder hoch zu meinen Augen. Bevor ich noch etwas sagen konnte, errötete sie und ging fort. Die ganze Woche über mußte ich ständig an sie denken, an ihr Aussehen, den Klang ihrer Stimme. Nichts machte ich richtig bei der Arbeit, die ich für meinen Vater erledigen sollte.

Als wir am nächsten Sonntag die Kirche verließen, wurde ich wie magnetisch von ihr angezogen. Ich wurde von meinem Vater getrennt, und bald fand ich mich neben ihr wieder. Einige Frauen der Pfarre hatten getrocknete Sonnenblumen auf die Schwelle der Kirche gelegt, glaubte man doch, kein Ehebrecher könne eine von Sonnenblumen bewachte Kirche verlassen.

Ich brach das betretene Schweigen und sagte: »Du bist neu hier, nicht wahr?«

»Ja.« Ihr Blick trotzte mir und verschlang mich doch gleichzeitig.

»Gefällt es dir hier in Nurenberc?« fragte ich mit einem gezwungenen Lächeln.

Sie nickte.

»Könnten wir uns mal treffen?« platzte ich heraus.

Zu meiner Überraschung nickte sie. Ich war überzeugt gewesen, sie würde mich zurückweisen. Mein Herz pochte. »Wir könnten zur alten Mühle gehen«, sagte sie. »Dorthin gehe ich oft, wenn ich Zeit habe.«

»Wann?«

»Wie wär's nächsten Donnerstag nach den Nonen?«

Es überraschte mich, daß sie das klösterliche Zeitmaß verwendete. Es war ihre Art, mir zu sagen, daß sie nicht nur eine gewöhnliche Müllerstochter war, sondern daß es da noch mehr gab. Zum Glück wurden wir von der Menge getrennt, bevor ich noch etwas Dummes sagen konnte.

Ich lief den ganzen Weg zurück nach Hause. Ich aß wenig, wich dem Gespräch mit Erna und Marcus, meinem Halbbruder, aus und verbrachte den restlichen Tag mit der Lektüre von Ovid und Vergil, die ich vor der Feuersbrunst in Babenberch gerettet hatte.

Von diesem Moment an waren meine Gedanken von Verlangen und Lüsternheit. Ich stellte mir vor, wie sich wohl Katrins Brüste unter meinen Händen anfühlen mochten, wie sie schmeckten, wenn ich sie küßte, wie sie nackt aussehen mochte. Ich wußte, daß diese Gedanken des Fleisches schlecht waren. Ich wußte, daß Wollust eine der sieben Todsünden war. Und doch zählte dies nichts, sobald sich meine Augen schlossen und die Sonne auf sie fiel. Außerdem, wie sehr ich auch versuchte, solche Gedanken zu verbannen, es wollte mir doch nicht gelingen.

Die drei Tage der Arbeit zwischen Sonntag und Donnerstag

waren schier endlos. Die ganze Zeit sprach ich in Gedanken mit Katrin. All mein Denken und Handeln kreiste um sie. Ich wollte ihr alles über mich erzählen. Meine Laune wechselte von Verträumtheit zu fahriger Verzweiflung über die Trägheit der verstreichenden Zeit.

Endlich wurde es Donnerstag. Ich traf frühzeitig ein. Ich setzte mich auf einen großen Stein neben der alten Mühle. Das Sonnenlicht fiel goldgelb durch die Blätter des Waldes. Ein Eichhörnchen flitzte einen Baum hinauf, Vögel schossen von Baumkrone zu Baumkrone, und es wehte eine sanfte Brise. Ein Zephir. Ich erinnere mich an das Grün des Grases und des Mooses auf dem Waldboden, auch an die winzigen gelben, weißen und blauen Blumen.

Unmittelbar neben der Mühle verlief ein Bach. Es hieß, daß nach dem Bau der Mühle vor etwa fünfzig Jahren das Wasser des Bachs aufgehört hatte, mit ausreichender Kraft zu fließen, um das große Rad zu drehen. Deshalb war die Mühle heute verfallen. Das klare Wasser des Bachs plätscherte über die Steine. Es war niemand in der Nähe. Ich wartete. Dann hörte ich Schritte, das leise Knacken von Zweigen. Katrin. Sie war wunderschön.

Sie setzte sich neben mich auf den Stein. Ich erinnere mich an ihren Duft, ihren Schweiß, vermischt mit dem Geruch von Kräutern. Durch das Laufen war sie ein wenig außer Atem. Es wäre ein leichtes gewesen, sie auf der Stelle zu nehmen. Die Mühle lag am Ende einer Lichtung, und außer den Vögeln und einigen Rehen kam niemand je dorthin. Ich war stark genug, um sie zu nehmen. Aber das wäre nicht richtig gewesen.

Ich erinnere mich nicht mehr in allen Einzelheiten, worüber wir sprachen. Das war nicht wichtig. Sie erklärte mir, daß ihre Familie Weber seien und daß sie in der Hoffnung, mehr Arbeit zu finden, aus dem nördlichen Thüringen hergezogen waren. Sie sagte, sie habe einen Bruder, der seinen ganzen Ehrgeiz darein setzte, Tuchhändler zu werden.

Die ganze Zeit über hing ich mit all meinen Sinnen an diesen roten Lippen, ihrem schlanken Körper, ihrem Wohlgeruch. Ich legte eine Hand auf ihr Knie. Sie nahm keinen Anstoß daran.

Sie fragte mich über mich aus. Ich erklärte, daß ich ein Stellmachergeselle sei, aber auch auf der Schule in Babenberch gewesen war. Sie meinte, ich müsse wohl sehr klug sein. Sie selbst habe eine Klosterschule besucht und könne lesen und schreiben, liebe auch das Singen, habe allerdings bereits in recht jungen Jahren die Schule wieder verlassen müssen, da ihr Vater und ihre Mutter sie zu Hause benötigten. Ich war sehr aufgeregt, weil sie des Lesens und Schreibens kundig war und wir über die Dinge würden sprechen können, die mich interessierten. Sie seufzte und sagte, es sei schlimm, das Lernen und die Musik zu lieben, jedoch keine Zeit zu haben, diesen Leidenschaften nachzugehen. Ich empfand eine tiefe Verbundenheit und legte meinen Arm um ihre Schultern. Wieder erhob sie keine Einwände.

Dann sang sie mir etwas vor. Es war das alte Lied, das jeder kennt, in dem ein Mädchen von ihrem Geliebten erzählt, der davongeritten war und sie verlassen hatte:

Gruonet der walt allenthalben:
wâ is mîn geselle alsô lange?
der is geriten hinnen
*owî! wer sol mich minnen?**

Noch nie zuvor und nie mehr seitdem habe ich es so wunderschön vorgetragen gehört. Ihre Stimme machte das, was sie sang,

* Der ganze Wald spießt grün:/Wo bleibt mein Schatz solange?/Er ist fortgeritten weit/Oje, wer wird mich lieben, sprich? (Verfasser unbekannt)

feinfühliger und ausdrucksvoller als die herrlichsten gregorianischen Choräle oder jeden Minnesang, den ich je gehört habe. Sie sang sehr langsam, mit einem traurigen, melodischen Tonfall. Wenn immer ich an dieses Lied denke, kann ich den sattgrünen Wald, das durch die Bäume schimmernde Sonnenlicht und das fließende Wasser halb spüren, halb sehen. Es ist der gleiche Stil, den ich zu meinem eigenen machte, als ich bei Hofe sang, doch verdanke ich das alles allein ihr.

An diesem Donnerstag küßte ich sie zum erstenmal. Ich erinnere mich an die Reinheit und die Frische des Geschmacks ihrer Lippen. Erst bei unserem nächsten Treffen liebten wir uns.

Ein oder zwei Stunden wanderten wir umher. Tief im Wald, wo die Bäume so hoch sind, daß uns schien, als befänden wir uns in einer riesigen, lebendigen Kathedrale und das durch die Baumkronen scheinende Licht fiele durch grünes Buntglas, fanden wir eine riesige alte Eiche, die vom Blitz getroffen worden war. Ihr Stamm war hohl und sah aus wie ein kleines Haus. Ich erzählte Katrin die Geschichte von Ovids Philemon und Baucis. Ich erinnere mich, daß wir eine ganze Weile schweigend im Innern des Stammes standen und darüber sinnierten, wie es wohl sein mochte, für immer als Liebende im Wald zu sein, von einem großmütigen Gott in Bäume verwandelt.

Wenn Katrin mich zu empfinden lehrte, dann war es Uqhart, der mich zu zweifeln lehrte. Dieses erste Zusammentreffen mit Katrin fand in derselben Woche statt, in der ich mein Studium bei Uqhart dem Juden begann.

Ich war von meinem Vater zu ihm geschickt worden, um die Kräuter abzuholen, die meine Stiefmutter einnahm, wenn sie sich nach zuviel Trinken unwohl fühlte. Uqhart lebte von Kräuterheilmitteln. Mein Vater mochte den alten Mann und hatte seinen Arzneien vertraut, solange ich mich erinnern konnte.

Nicht jeder mochte ihn. Er war in Nurenberc ein Fremder, weil er ein Jude war und weil er deutsch mit dem Akzent eines Fremden sprach. Wegen des Kreuzzugs war zu dieser Zeit die Stimmung gegenüber den Juden schlecht. Viele von ihnen waren im Jahr zuvor aus Mainz geflohen, als sie hörten, daß der Kreuzzug begann.

Es hieß, die Juden seien verantwortlich für den Tod unseres Herrn, doch durch meine Studien in Babenberch wußte ich, daß viele von ihnen, genau wie die Sarazenen, große Gelehrte waren. Während meiner Schulzeit hatte ich großen Wert darauf gelegt, mehr über Toledo zu erfahren. Die Juden und einige Sarazenen hatten dort ausgezeichnete Übersetzungen aus dem Griechischen und Hebräischen angefertigt. Ich wünschte mir sehr, selbst nach Toledo zu reisen; und doch, welche Hoffnung gab es für mich, den Sohn eines Stellmachers, sofern ich nicht alles aufgab?

Damals kannte ich Pauli nicht sonderlich gut, obwohl er bei Uqhart gelebt hatte, seit er ein kleiner Junge war. Selbstverständlich kannte ich ihn und hatte ihn auch des öfteren gesehen. Er war etwa ein Jahr jünger als ich. Manche sagten, er sei Uqharts Sohn, und seine Mutter sei während der langen und anstrengenden Reise von Toledo gestorben. Andere tuschelten, Pauli sei ein fränkischer, christlicher Junge, der mit Hilfe der Schwarzen Kunst des Juden seinen Eltern geraubt worden sei. Doch zu jener Zeit hatte nie jemand in aller Öffentlichkeit Uqharts Reputation in Frage gestellt.

Um zu Uqharts Haus zu gelangen, mußte ich durch einen Teil der Stadt gehen, wo ich nur wenige Menschen kannte, auch wenn es nicht weit von unserem Haus war. Es waren jene Gassen, in denen die Zuzügler lebten: Handwerker, Bauern, die in der Stadt Arbeit suchten, Adlige, die schwere Zeiten durchmachten. Manche der Häuser waren winzig, sehr ärmlich, andere jedoch überraschend groß. Die Gassen waren breiter als in meinem Teil der Stadt. An diesem Tag brannte die Sonne vom Himmel, und die meisten Straßen waren menschenleer. Ein verwildert aussehender Hund folgte mir. Er war schwarz und hatte ein bösartig gelbes Funkeln in den Augen.

Uqharts Haus war wie unseres aus Holz, allerdings größer und im Innern in mehr Räume unterteilt als gewöhnlich. Die vordere Stube war klein und diente als Geschäft. Was in den Zimmern dahinter geschah, wußte niemand mit Sicherheit, denn nur wenige waren jemals dort gewesen. Ich sollte es herausfinden.

Pauli mischte an diesem Tag im vorderen Teil des Ladens Kräuter. Ich nannte ihm mein Anliegen, und er verschwand, um Uqhart zu holen. Ich bat ihn um die Kräuter und schaute mir die verschiedenen Diagramme, Tiegel und Werkzeuge an, aber auch die Bündel getrockneter Kräuter. Uqhart lächelte mich schweigend an und begann, die Kräutermischung zuzubereiten. Ich erinnere mich noch gut an Uqharts freundliches, verhutzeltes Gesicht, an seine grauweißen Haare, seine dunklen, stechenden Augen.

Ich war fest entschlossen, mich ernsthaft mit ihm zu unterhalten. Ich wußte sehr wohl, daß ich meine Schulausbildung letzten Endes ihm zu verdanken hatte. Nun brannte ich darauf, die Früchte meines Lernens mit ihm zu besprechen. Gleichzeitig wollte ich aber auch nicht den Eindruck erwecken, daß ich den Gerüchten Glauben schenkte, er praktiziere die Schwarze Kunst.

Als er mir die Kräuter gab, fragte ich ihn: »Stimmt es, daß es Leute gibt, die wissen, wie man Blei in Gold verwandelt?« Ich hatte während meiner Schulzeit das eine oder andere über die Kunst der Alchimie gelesen, obwohl ich wenig genug darüber wußte.

Er antwortete ausweichend. »Wie ich höre, kannst du Latein und hast in Babenberch auch die freien Künste studiert. Das ist ungewöhnlich für den Sohn eines Stellmachers, nicht wahr?«

»Wie *ich* höre, sprecht Ihr noch andere Sprachen, Griechisch und Hebräisch, und habt auch die geheimen Künste studiert«, erwiderte ich, diesmal auf lateinisch. Pauli spitzte die Ohren. Er spürte, daß ich Uqhart herausforderte.

»Wenn du von mir lernen möchtest«, sagte Uqhart, »bist du willkommen. Du kannst freitags zu mir kommen, zwischen dem Ende deiner Arbeit und Sonnenuntergang.« Auch er sprach Latein, in einem gespielt ernsten Tonfall, den ich erheiternd fand, erinnerte es mich doch daran, wie wir uns in Babenberch manchmal unterhalten hatten, um uns über die Lehrer lustig zu machen. Also nahm ich die Einladung an.

Meine erste Stunde bei dem alten Mann muß wohl an dem Freitag nach meinem ersten Zusammentreffen mit Katrin stattgefunden haben.

Ich war sehr darauf erpicht, mehr über Kräuter und Blumen und die Alchimie zu lernen. Mir war die Gelegenheit recht willkommen, aus meiner Alltagsroutine auszubrechen. Außerdem war ich insgeheim froh, etwas zu haben, das mich von Katrin ablenkte.

Also ging ich an jenem Freitag zu Uqhart. Bei meiner Ankunft bot er mir in einem tönernen Trinkbecher einen Kräutertee an. Nach einem schwierigen Arbeitstag schmeckte das Gebräu köstlich und erfrischend. Dann führte er mich durch die zur Gasse liegende Stube nach hinten, vorbei an dem Eichentisch und durch einen kleineren Raum voller Gestelle mit Flaschen und Kräutern, Tiegeln und allen möglichen Werkzeugen, Büchern und Handschriftenstapeln in solchen Mengen, wie ich sie außerhalb des Skriptoriums in Babenberch noch nie gesehen hatte.

Die blaßroten Strahlen der untergehenden Sonne fielen

durch die schmalen Fensterschlitze und spendeten gerade genug Licht, daß ich etwas sehen konnte. In der Luft hing der Duft von Holz und Kräutern, aber auch ein brandiger, schwefeliger Geruch, der aus einem größeren Raum zu kommen schien. In dessen Mitte sah ich dann die Quelle der Gerüche: Dort war ein Feuer, das heruntergebrannt war, und darüber befand sich eine Retorte mit einer Substanz, die in vielen verschiedenen Farben leuchtete. Auf einem Tisch lagen zahlreiche Bücher, manche davon aufgeschlagen, andere übereinandergestapelt. An der Wand hingen Diagramme mit mir fremden Symbolen von Monden, Kreuzen und Kreisen. Einen Teil der Schriftzeichen erkannte ich als Hebräisch, da ich im Skriptorium zu Babenberch hebräische Handschriften gesehen hatte, auch wenn ich es damals noch nicht lesen konnte.

Mir blieb keine Zeit, mich zu sammeln oder irgendwelche Fragen zu stellen, da Uqhart auch schon meine Hand ergriff und mir Salböl in den Nagel eines Fingers rieb.

»Schau hin! Was ist das?« fragte er.

»Ein Finger.«

»Sieh nur, es ist ein Engel.«

Einen Augenblick fragte ich mich, ob er verrückt geworden war, doch als ich auf meinen Fingernagel blickte, sah ich tatsächlich darin das Gesicht eines Engels. Halb sah er aus wie Katrin und halb wie eine Vision von meiner toten Mutter. Ich sagte nichts. Uqhart lächelte. Ich begann zu zittern. Ich schwitzte, ein wohliges Gefühl zog mir in den Rücken und breitete sich entlang meiner Wirbelsäule aus. In meinem Kopf explodierten helle, sprühende Lichter. Ich konnte nicht sprechen.

»Was ist das?« fragte Uqhart, und er nahm meine linke Hand, rieb mehr Öl in den Nagel des Zeigefingers und zeigte wieder darauf.

»Engel«, sagte ich wie in Trance.

»Nein, es ist ein Teufel.«

Was wie Lichtstrahlen in meinem Rücken gewesen war, erstarrte jetzt zu Eis, mein Zittern wurde zum Zittern der Angst, und in meinem Fingernagel sah ich die Fratze einer alternden Vettel, wie Katrin, nur alt, mit Furunkeln und dem angemalten Antlitz einer Hexe. Dann verwandelte sich das Gesicht in den Kopf eines Schakals. Es war grauenhaft. Mein Zittern steigerte sich zu Krämpfen.

Ich riß mich aus dem Bann und starrte wieder auf meine Nägel. Sie waren wie immer, ganz gewöhnlich.

Ich schaute zu Pauli hinüber, der zurückhaltend lächelte.

»Es reicht«, sagte Uqhart. Ich sah den alten Mann fragend an. »Erzähle niemandem, was du gesehen oder empfunden hast, um deiner eigenen Ehre willen; niemand wird dir glauben. Eines Tages wirst du verstehen. Und jetzt geh!«

Die letzten Worte wurden mit einer solchen Entschiedenheit gesprochen, daß ich, ohne ein weiteres Wort zu verlieren, spornstreichs hinausging.

Ich fühlte mich ruhig und gefaßt, aber auch seltsam hin und her gerissen, als sei irgendeine lebenswichtige Tür in mir aufgestoßen worden. Vor dem Haus fühlte ich mich schlechter, als etwas von dem Gefühl zurückkehrte, da ich den Teufel auf meinem Nagel gesehen hatte. Ich hatte schreckliche Angst, mit Mächten – spirituellen Mächten – in Berührung geraten zu sein, mit denen einzulassen uns die christliche Religion verbietet.

Einem inneren Drang folgend rannte ich zur Frauenkirche und betete um meine Seele. Jetzt kehrte das Engelsgefühl zurück, die Wärme und Nähe dessen, was ich als das Göttliche auffaßte, und ich dachte an meine verstorbene Mutter, an ihr Grab, taufeucht des Nachts, still und kalt sogar im Frühling, und dann an meine eigenen Gefühle, Verwirrungen, Unzulänglichkeiten. Ich zwang mich, das Kruzifix über dem Altar anzusehen, atmete dann, wie es mir auf der Schule beigebracht worden war, tief ein und hauchte die Worte *»kyrie eleison, kyrie eleison«*. Dies brachte mir einen gewissen Frieden. Nur einen Moment entstand vor meinen Augen das Gesicht des alten Uqhart und verwandelte sich dann in das von Katrin. Katrin, Katrin. Stumm und schmerzlich sehnte ich mich nach ihr. Dann erinnerte ich mich, wo ich war, und versuchte, das abendliche Kirchenlied zu singen: *»Te ante lucis terminum.«*

Ich verließ die Kirche und lief nach Hause. Dort wurde ich von meinem Vater begrüßt. Ich setzte mich zu ihm an den alten Eichentisch in unserer Küche, wo wir unsere Mahlzeiten einnahmen. Draußen schwand das Licht. Das ruhige Gleichmaß des Hauses bot mehr Trost und Erleichterung, als ich je für möglich gehalten hätte. Mein Vater meinte, wie gut ich aussehe, und bot mir etwas Bier an. Ich nahm an und erlaubte, daß sich eine kurze Unterhaltung über geschäftliche Belange entwickelte, ging dann zu Bett.

In den folgenden Tagen verstärkten sich meine Qualen. Ich war besessen von der Vorstellung, ähnlich Baucis und Philemon eine Ewigkeit in der Geborgenheit des Baumes zu verbringen, den Katrin und ich gefunden hatten. Gleichzeitig war die Ruhe dieses Idylls durchzogen von dem Verlangen, Katrin zu berühren und sie nackt zu sehen. Ich war äußerst neugierig, was den Akt der körperlichen Vereinigung betrifft, eine Erfahrung, die ich natürlich noch nicht gemacht hatte.

Dann wanderten meine Gedanken zu dem Alchimisten, zu seinem Engel und Teufel. Es war, als kenne ich mich nicht mehr. Türen waren in mir geöffnet worden zu einem sonderbaren, orgiastischen Reigen von Kräften und Bildern, die hanebüchen, dämonisch, bacchantisch und himmlisch waren, aber nicht in Einklang standen mit der Anmut der christlichen Religion.

Trotzdem hielt ich mein Wort und erwähnte niemandem gegenüber etwas von Uqharts Engel und Teufel.

Katrin und ich trafen uns an jenem Sonntag nachmittag wieder. Der Tag war grau, und es nieselte. Ich fühlte mich bedrückt. Ich mußte immer wieder daran denken, was wohl geschähe, falls Katrin mich nicht mehr mochte, und wie ich mich fühlen würde, wenn sie nicht erschien. Obendrein hatte ich mir bereits so viele lüsterne und sündige Gedanken über sie gemacht, daß es mir peinlich war, sie wiederzusehen. Ich befürchtete, sie könne womöglich meine Gedanken lesen, sehen, wie verderbt ich wirklich war und was mit ihr zu tun ich bereits in Erwägung gezogen hatte.

Ich erinnere mich noch gut an die vollen Gerüche des Waldes und an die Beschaffenheit des Lichts – grün, golden und braun –, während ich mit erwartungsvoll klopfendem Herzen die Stadt im Regen verließ, der inzwischen große Pfützen auf dem matschigen Erdreich gebildet hatte, unter den triefnassen Blättern der Bäume dahineilte und von Zeit zu Zeit zum bedrohlichen, bewölkten Himmel aufschaute.

Als ich die Mühle schließlich erreichte, war ich naß bis auf die Haut, und doch war es mir gleichgültig, denn bei dem Fußmarsch war mir warm geworden. Als ich mich näherte, hörte ich ein überraschendes Geräusch aus der Mühle, Musik, eine lange, herrliche Melodie, die auf einer Flöte gespielt wurde. Zunächst zögerte ich und fragte mich, ob die Musik vielleicht eine übernatürliche Quelle hätte. Dann fiel mir ein, daß Katrin mir erzählt hatte, sie spiele die Flöte.

Es war schwierig, einen Weg hinein zu finden, da die Mühle so überwuchert war. Endlich gelang es mir, eine Lücke im Grün aufzuspüren; die Tür des einstigen Hintereingangs stand halb offen.

Dort sah ich Katrin sitzen, die Beine ausgestreckt, den Rükken an die staubige Holzwand gelehnt. Ihr langes, rotbraunes Haar fiel locker über die Schultern.

Ich lauschte eine Weile, dann setzte ich mich zu ihr. Ihr Anblick und Duft, vermischt mit dem Geruch des Regens, besaß eine berauschende Frische. Es war, als sei sie der Geist des Regens und des Waldes, und die Musik, die sie spielte, die Stimme dieses Geistes. Ich konnte sie einfach nur anstarren. Es schien ihr nichts auszumachen.

Ich sagte etwas zu dem Lied, das sie spielte. Sie versuchte, es mir beizubringen. Als ich das Lied gelernt hatte, beschlossen wir, daß auch ich Flöte lernen sollte. Meine ersten Versuche waren nicht sonderlich erfolgreich. Wir lachten über die Geräusche, die ich hervorbrachte. Ich kann mich noch gut an ihren ungebrochenen Enthusiasmus erinnern, an ihre Begeisterung. Wenn ich dies doch nur auch jetzt noch, in unserer älter werdenden Welt finden könnte. Doch ich war derjenige, der das alles zerstörte. Oder vielleicht war sie es ja auch selbst, die es zerstören wollte, und ich war ihr lediglich dabei behilflich.

Nicht lange, und wir küßten uns. Sie leistete keinen Widerstand, als ich sie berührte; sie berührte mich ebenfalls.

Bald liebten wir uns. Ich erinnere mich, daß in der Ferne Blitze zuckten, gleißend hell in der Lücke im Dach aufleuchteten. Als dann das Donnern heranrollte, nahm ich dies als Omen, daß ich unrecht tat. In diesem Augenblick wollte ein Teil von mir fortlaufen. Dann schaute ich sie an; fast völlig nackt lag sie auf dem schmutzigen Holzboden der Mühle und gehörte mir. Bald tobte das Gewitter nahezu über uns. Ich sah, daß der Sturm auch sie beunruhigte, doch zu diesem Zeitpunkt konnte ich mich nicht mehr zurückhalten. Wir verloren uns ineinander, schmiegten uns fest aneinander, Brustkorb berührte Brustkorb, Lippen auf Lippen gepreßt.

Während ich mich in Katrins herrlichem kräuterartigen Duft

verlor, im Rausch der Liebe, während der Sturm über uns tobte, spürte etwas in mir, daß uns eine dritte Präsenz – jemand, etwas, körperlos und doch vertraut – beobachtete. Ich versuchte erst nachher, als es bereits zu spät war, dieses Etwas zu Gesicht zu bekommen. Es wirkte auf mich wie die Präsenz eines alten Mannes, vielleicht wie ich selbst, nur eben ein älteres Ich, das aus der Zukunft zurückschaute.

Während wir uns anzogen, erzählte ich Katrin davon. Katrin glaubte an Gespenster und Geister. Sie meinte, es könne der Geist eines unserer Ahnen gewesen sein. Sie sagte, falls sie sterben sollte, würde sie als Geist zu mir zurückkommen und auf mich achtgeben. Ich erinnerte mich, bei Tertullian gelesen zu haben, daß Frauen empfänglicher für Magie und Intuition sind als Männer, daher dachte ich gründlich über das nach, was sie sagte.

Als ich an diesem Abend heimkehrte, empfand ich eine Mischung aus Befriedigung, Trauer und Ekel vor mir selbst. Hatte ich Katrin benutzt, oder hatte sie mich benutzt? Liebte ich sie? Was bedeutete das überhaupt? Ganz bestimmt vermißte ich sie bereits. Ganz bestimmt wollte ich ständig mit ihr zusammensein.

Der Regen hatte aufgehört, aber die Blätter waren noch tropfnaß, und gräulich gelbe Wolken jagten vor der untergehenden Sonne über die Dächer hinweg.

Ich dachte daran, sie zu heiraten. Doch was würde mein Vater sagen? Ich beabsichtigte, Mönch zu werden. Würde ich jetzt das Geschäft meines Vaters ernster nehmen müssen? Eine weitere Frage keimte in mir. Sie hatte sich bereitwillig hingegeben; war ich der erste? Ganz sicher nicht. Spielte das eine Rolle? Es spielte eine Rolle. Oder zumindest schien es mir so, auch wenn ich nicht wußte, warum.

An diesem Abend aß ich nichts, sondern ging gleich zu Bett. Ich versuchte vergebens zu beten. Es sollte eine ganze Woche vergehen, bevor ich sie wiedersah.

3

Die Herrscherin

Am folgenden Freitag begrüßte mich Uqhart überschwenglich wie einen Freund. Wieder führte er mich durch die Tür und nach hinten in die Werkstatt, Diagramme, Bücher und Kräuter überall verstreut, der Athanor und die Retorte genau in der Mitte. Wir setzten uns an einen Tisch vor den altarähnlichen Ofen.

»Es ist gut, daß du mit niemandem über deine letzte Lektion gesprochen hast«, sagte Uqhart. Woher er dies wußte, weiß ich nicht; vielleicht sah er es meinem Gesicht an. Er fuhr fort: »Es ist das beste, niemals über Teufel und Engel zu reden, zumindest nicht von einer unmittelbaren Begegnung, die immer voller Täuschung steckt. Denn sie sind nur Vorboten. Heute werde ich dir die Zeichen und Symbole der Alchimie erklären, die zugleich die Zeichen der Planeten sind. *Solve et coagule, solve et coagule* – vergiß dies nie.«

Über diese Worte dachte ich später noch lange nach und fragte mich, ob mein Gefühl für Katrin vielleicht auch ein Vorbote war, doch falls dem so war, handelte es sich dann um einen Engel oder um einen Teufel?

Der Unterricht ging weiter. Zuerst zeichnete Uqhart einen Kreis mit einem Kreuz darunter und einem kelchförmigen Bogen darüber. Rechts daneben dann ein Kreuz mit einem abnehmenden Halbmond darunter. Schließlich eine Mondsichel ohne Kreuz.

»Dies ist das kleine Werk«, erläuterte er. »Merkur, der Götterbote, fliegt von Saturn zu Jupiter und dem Mond. Folglich wandelt sich Blei zu Zinn und schließlich zu Silber.«

Als zweites zeichnete er einen Kreis mit einem Kreuz darunter, dann einen Kreis mit einem Kreuz darüber und schließlich einen Kreis mit einem Punkt in der Mitte und sagte: »Dies ist das große Werk. So wird Eisen in Kupfer verwandelt, das sich dann wiederum in Gold verwandelt. Merkur fliegt von Mars zur Venus und schließlich zur Sonne. Der Kreis ist also die Sonne, die Mondsichel empfängt das Licht der Sonne, und das Kreuz ist die Erde, wo euer Christus gekreuzigt wurde. Daher ist geschrieben worden, daß Quecksilber wie ein Lamm zur Schlachtbank geführt wird und Blut und Wasser schwitzt, um die Menschheit von Armut und Elend zu befreien. Doch der Kreis ist das Symbol der Vollkommenheit. Geh jetzt nach Hause und denke darüber nach, und kommenden Freitag berichtest du mir dann, was es bedeutet. Erzähle niemandem, worüber wir gesprochen haben.«

Wieder ging ich auf Befehl und ohne ein weiteres Wort. Manche der Zeichen hatte ich bereits zuvor gesehen; sie entstammten der Astronomie, die ich ein wenig auf der Schule studiert hatte. Aber nie zuvor hatte ich gesehen, daß die Zeichen mit den Metallen in Beziehung gebracht wurden.

Am nächsten Freitag war Uqhart beeindruckt von den Beobachtungen, die ich auf meine Kenntnis der Astrologie gestützt anstellte. Von da an sollte ich Uqhart jeden Freitag sehen.

Während dieser Unterrichtsstunden lernte ich vieles über die hebräische Sprache, den hebräischen Glauben, das platonische Denken, wie es von den Juden und Sarazenen verwendet wurde, um den Lauf des Kosmos zu beschreiben, und wie dies alles genutzt werden könnte, um tatsächlich Blei in Gold zu verwandeln. Unterdessen bemerkte ich, daß die Substanz der eiförmigen Retorte, die am Anfang in allen Farben des Regenbogens geschillert hatte, inzwischen offenbar zerfallen und faulig geworden war.

Ich erinnere mich noch gut an die Bücher des alten Mannes, die er mich im Verlauf dieser Lektion studieren ließ – alte, kopierte Schriften, manche in fremden Sprachen wie Griechisch, Hebräisch und Arabisch, geschmückt mit Symbolen und Bildern: der Drache, die ihren Schwanz verschlingende Weltenschlange, Weise aus alten Zeiten mit schlangenumwundenen Stäben in Händen, der doppelköpfige Hermaphrodit, erfaßt von einem Adler, Sonne und Mond fressende wilde Wölfe, Adler und Eier, Teufel und Drachen, Könige und Königinnen, die nackt beieinanderlagen. Allmählich bildeten sich Muster heraus, die ich zumindest ein wenig verstand. Ich lernte einige der griechischen und hebräischen Wörter und begann ein Verständnis für die Grammatiken dieser Sprachen zu entwickeln.

Der Teufel oder der Engel wurde nicht mehr erwähnt, dafür wurde um so mehr von der Existenz verschiedener Geister gesprochen. Uqhart sagte, wir alle versuchten, Jakobs Leiter zu erklimmen, doch alles Wissen, das wir uns aneigneten, während wir höher und höher hinaufstiegen, hülfe uns doch nie, denn das Gewicht unseres Fleisches ließe uns immer wieder zurückfallen.

Wenn ich bedenke, daß sie all seine Bücher ebenfalls verbrannt haben...

An den meisten Sonn- und Feiertagen traf ich mich weiterhin mit Katrin, wann immer sie sich freimachen konnte. Mir bereitete es keine Mühe, sie zu sehen, denn damals war ich häufig zu Fuß oder zu Pferd in geschäftlichen Dingen für meinen Vater unterwegs, suchte die Häuser von Grundbesitzern, Ministerialen, Mönchen, Fürsten und Rittern auf, die Wagen oder Räder aus den Werkstätten meines Vaters kaufen oder zu Bruch gegangene Wagen repariert haben wollten.

Wenn ich Katrin sah, dann stets heimlich im Wald oder in der Mühle. Wir sprachen fast immer über Musik. Wir spielten und sangen zusammen. Ich lernte viel von ihr und ihrem Gesang. Und ich sah auch, wann immer ich ihr etwas vorsang, besonders neue Lieder, die ich selbst komponiert hatte, wie ihre Augen zu glänzen begannen und sie gebannt zuhörte, als besäße mein Singen wahrhaftig die Kraft zu bezaubern. Durch sie wurde ich mir der Macht meiner eigenen Stimme und Musik bewußt.

Doch es gab auch Tage, an denen sie schmollte, an denen sie sich über mich und alles, was mit mir zu tun hatte, zu ärgern schien. Dann liebten wir uns nicht, und ich verließ sie in einem schrecklichen Zustand voller Schuldgefühle und Besorgnis, fragte mich, was ich nur getan haben könnte, um sie zu beleidigen, ob sie vielleicht einen anderen kennengelernt hatte, ob ich womöglich wegen meiner Unerfahrenheit nicht gut genug für sie war. Dann kehrte meine Eifersucht zurück und nahm gelegentlich so umfassend von mir Besitz, daß ich sie nie wiedersehen wollte. Manchmal dachte ich, ich wäre vielleicht verhext oder verlöre den Verstand.

Bei unserem nächsten Treffen war sie dann wieder ganz die alte, lächelte, war begeistert, herzlich und voller Liebe. Niemals erklärte sie, warum sie sich beim vorausgegangenen Mal anders verhalten hatte, und ich fragte mich dann, ob sie es vielleicht absichtlich getan hatte, um mich zu quälen. Wollte sie mich zu ihren Füßen liegen sehen, die Macht genießen, die sie über mich besaß? Wie auch immer, ich war völlig in sie vernarrt.

Ich erinnere mich an so vieles, das wunderbar war. Am Tag des heiligen Johannes stiegen wir auf einen Berg, sahen uns zusammen den Sonnenuntergang an und liebten uns. Ich erinnere mich an das seltsame gelbrote und violette Licht am Himmel. Unmittelbar nach Sonnenuntergang sahen wir einen merkwürdigen Funken dort über den Himmel ziehen, wo zuvor die Sonne gewesen war. Ich fragte mich, ob es wohl ein Engel war, der vom Himmel herabstieg.

Hand in Hand liefen wir zurück nach Hause. Die winzigen Blumen auf dem Waldboden sahen wie Reflexionen der Sterne am Nachthimmel aus, die vor unseren Augen herumzuwirbeln schienen.

Warum heiratete ich sie nicht? Ich bin überzeugt, genau das wollte sie. Ich kann mir nur die niedrigsten Motive zuschreiben. Ich schämte mich über das, was ich mit ihr getan hatte, und wagte nicht, mit meinem Vater darüber zu sprechen, auch wenn ich jetzt, im Rückblick, sicher bin, daß er mich verstanden hätte. Oft sprach er davon, mir mit Hilfe seiner Beziehungen in der Zunft eine Frau zu suchen, aber ich hätte sehr lange warten müssen, bis ich Ende Zwanzig, vielleicht sogar Anfang Dreißig war. In mancher Hinsicht klammerte ich mich immer noch an das, was ich für meine Berufung zum Priesteramt hielt, was natürlich bedeutet hätte, ihr und meinen Gefühlen für sie als sündig zu entsagen. Vielleicht hegte ich ja auch die stille Hoffnung, eine reichere Frau zu heiraten, die eine schöne Mitgift in die Ehe einbrachte. Vielleicht. Schon damals war ich geblendet von den flüchtigen Blicken, die ich auf das Leben bei Hof geworfen hatte, und wollte den ritterlichen Ständen beitreten – ein ehrgeiziges Ziel, das ich, leider, verwirklichen sollte.

Uqhart lehrte mich viele verschiedene Theorien der Medizin, und ich genoß die spöttische Art, wie er sie erklärte, auf die Merkwürdigkeiten von manchen hinwies, zum Beispiel was den Glauben betraf, daß man beim Kräutersammeln Geschlechtsverkehr vermeiden und von der Verwendung eines eisernen Werkzeugs absehen sollte.

So lernte ich, daß Buchenblätter Rheumatismus heilten, Brombeeren die Gicht kurierten, Lorbeer und Pfingstrose – Apollos Blumen – ausgezeichnet für Prophezeiungen geeignet waren, Holunder, Schierling, Nachtschatten und Petersilie aus dem Garten des Teufels stammten, Safran und Wermut Flöhe fernhielten und ihre Bisse heilten, daß Schwarzdorn verwendet wurde, um den Tod vorherzusagen, und Farn und Hagedorn Donner und Blitz abwandten. Darüber hinaus lernte ich, wie beliebt Efeu, Myrte und Mohn bei unfruchtbaren Frauen waren, Dill, Klee und Nesseln Hexen daran hinderten, Milch gerinnen zu lassen, daß Johanniskraut und Hanfsamen, Lorbeer und Tagetes, zur rechten Zeit gepflückt, einer Jungfrau Träume von ihrem zukünftigen Mann schenkten.

Im Hochsommer dachte ich pausenlos darüber nach, ob Katrin Jungfrau gewesen war oder nicht, als wir uns das erstemal trafen. Meiner mönchischen Erziehung hatte ich eine Reihe Ideale zu verdanken, und eines davon war Reinheit. Ich erinnerte mich an die Abschnitte im dritten Buch Mose, die es den Leviten verbaten, unreine Frauen zu heiraten. Eine gefallene Frau war zu verachten und zu fürchten. Außerdem schien es zwei Katrins zu geben, und ich war nicht sicher, welche die echte war. Die eine war jung, unschuldig, rein, voller Liebe und Leben. Die andere war mürrisch, leicht gekränkt, besitzergreifend, habsüchtig, versuchte mich ständig zu überreden, einen Bund von Dauer einzugehen, für immer bei ihr zu bleiben.

Düstere Gedanken und Eifersucht drängten sich in meine Andacht, wenn ich versuchte, mich einem Gebet zu widmen. Wieder beunruhigten mich Visionen von Hölle und Apokalypse, nur daß ich jetzt sah, wie die Dämonen der Hölle unanständige Handlungen vollzogen. Vor lauter Scham konnte ich meine Sünden keinem Priester beichten. Ich hatte das Gefühl, in einem Alptraum aus Engelsflügeln zu ersticken, verzweifelt um mich zu schlagen, während Dämonenklauen sich ständig an meine Fersen krallten. Gleichzeitig brauchte ich Katrin, wollte bei ihr sein, dachte an sie und vermißte sie jeden Augenblick, den wir getrennt waren. Doch ich spürte, daß sie bereits mit einem anderen verbunden war.

Uqhart lehrte mich viele verschiedene Sichtweisen der Anatomie eines Menschen. Er sprach vom *Evestrum,* unserem finsteren Zwilling, der die Zukunft kennt, weil er aus der *turba magna* kommt, die wir mit unserem Verstand zu verstehen trachten müßten. Er beschrieb den Menschen als einen elementaren Körper, gemacht aus Schwefel, Quecksilber und Salz, dem Leben eingehaucht wird vom *Archaeus,* der Lebenskraft. Er sagte, wir besäßen zudem einen Astralleib, durch den wir von den Sternen beeinflußt würden, einen animalischen Körper als Sitz unserer Lüste und Begierden und eine rationale Seele, durch die wir zwar versuchten, die unterschiedlichen Bestandteile unseres Wesens zu verstehen und zur Einheit zu verschmelzen, aber dennoch kläglich scheiterten. Wir scheitern, weil diese Synthese allein durch die spirituelle Seele erreicht werden kann, die, sofern wir es ihr denn erlaubten, die Einheit unseres wahren Selbst herbeiführt.

Uqhart sprach auch von den Grundprinzipien – den Geistern der vier Elemente – und daß sie das Sein des Menschen im Zusammenspiel mit den Metallen beeinflussen, die mit den Sternen korrespondieren und somit wiederum Einfluß nehmen auf den Astralleib des Menschen. Er sagte, daß wir unseren Astralleib durch den Prozeß der Alchimie reinigen müßten, damit wir zurückkehren könnten zum *Yliaster,* dem urzeitlichen und ursprünglichen Quell aller Existenz.

Er erklärte, daß Geister nichts anderes sind als die Astralleiber der Toten, Grundbestandteile, die nicht selbständig denken können, sondern dies nur zu tun scheinen, bis sie schließlich durch den Alkahest der Zeit im Äther aufgelöst werden.

All dies war schön und gut, und doch hatte ich den Engel und den Teufel nicht vergessen. Ich fragte mich, ob Uqhart wirklich nur alchimistische Magie praktizierte oder ob er womöglich vielmehr interessiert war an Goeteia, der Schwarzen Magie, und Nekromantie, der Beschwörung von Geistern. Weiterhin fragte ich mich, ob durch den Geschlechtsakt die Astralleiber von Männern und Frauen, oder ihre *Evestra,* auf eine Weise verbunden würden, die wir weder verstehen noch unmittelbar wahrnehmen können, und ob es genau diese Vereinigung war, die aus verbotener Sinnenfreude eine Sünde machte.

Meine Eifersuchtsanfälle, wen Katrin wohl vor mir geliebt haben mochte, wurden zunehmend stärker. Die dadurch ausgelöste Angst stand sicherlich in Zusammenhang mit Uqharts Betrachtungen der menschlichen Anatomie, obwohl es mir bis zum heutigen Tag schwerfällt zu verstehen, warum ich als Folge davon soviel erlitten haben sollte.

Eines Abends kehrte ich nach Hause zurück, nachdem ich mit Katrin zusammengewesen war. Voller Wärme und Liebe im Herzen für Katrin trat ich durch den Vordereingang unseres hölzernen Stadthauses. Ich bemerkte sofort, daß die Stimmung im Haus anders war, eine Spannung und Kälte in der Luft lagen, etwas, das mich bis ins Mark erschütterte.

Bei meinem Vater saß ein großer Mann mit glühenden, gelbbraunen Augen, ein Mann mit langem, wallendem, grauem Haar und einer weißen Mönchskutte aus gebleichter Wolle. Ich erinnere mich genau an seinen Gesichtsausdruck. Er lächelte mich an. Vielleicht meinte er es zu diesem Zeitpunkt durchaus gut, doch seine Augen brannten sich in mich hinein. Falls es Flammen in der Hölle gab, dachte ich, dann loderten sie mit haargenau dem gleichen Licht wie diese Augen. Ich spürte sofort, daß er ein Mann mit übernatürlichen Kräften war, vielleicht ein Seher. Während meiner Zeit in Babenberch hatte ich Männer kennengelernt, die ein solches Fluidum besaßen. Gewöhnlich waren es die Mönche, die nicht unterrichteten, sondern ein Leben in stillem Gebet und Andacht führten.

Der Mann ging, ohne ein einziges Wort zu mir zu sagen.

»Hast du diesen Mann schon einmal gesehen?« fragte mein Vater.

»Nein. Wer ist er?«

»Er sagt, er komme aus dem Norden. Er ist ein Eremit, aber ein Mann edler Geburt. Er behauptet, dich zu kennen, und deine Belange lägen ihm am Herzen.«

»Aber er ist mir noch nie zu Gesicht gekommen.«

»Er sagt, es gebe eine Bruderschaft der Beobachter, die sich für dich interessierte, Walter.«

Das war das erste Mal, daß ich von der Bruderschaft hörte.

»Was will er von mir?«

»Er sagt, du triffst dich mit einem Mädchen. Ist das wahr?«

»Ja.«

»Er sagt, du mußt dich sofort von ihr trennen.«

»Aber, Vater…«

»Nicht ich habe das gesagt, sondern er. Ich war auch einmal jung, Walter. Ich weiß, wie es ist. Wer ist sie?«

»Sie heißt Katrin. Es ist das Mädchen mit den rotbraunen Haaren aus der Kirche.«

»Dachte ich's mir doch. Sie ist anziehend. Recht leichtlebig, könnte ich mir vorstellen?«

Meinen Vater so reden zu hören, entrüstete und erzürnte mich, nicht zuletzt weil er mit dem Wort »leichtlebig« meine eigenen dunkelsten Gefühle zum Ausdruck gebracht hatte; Katrin war »leichtlebig«, während die Liebe, nach der ich strebte… nun… damals wußte ich noch nicht, was es war; erst viel später sollte ich es bei Hildegunde erkennen.

Mein Vater sah mich an. »Es ist dir doch nicht ernst mit ihr, Walter! Ich meine, du willst sie doch nicht heiraten. Du weißt, daß sie dem Stand nach eindeutig unter uns steht. Wahrscheinlich ist sie nur auf unser Geld aus.«

Das aus seinem Munde zu hören, empörte mich. Wie konnte er wissen, was zwischen uns war? Was wußte er denn von der Musik, von der geistigen Vereinigung, die sie verhieß? Er dachte an nichts anderes als an Räder, Karren, Geld und gewinnbringende Dinge. So glaubte ich zumindest zu diesem Zeitpunkt; heute bin ich nicht mehr sicher, ob er recht hatte oder nicht. Wahrscheinlich werde ich es nie erfahren.

Mein Vater fuhr fort: »Außerdem weiß er, daß du bei Uqhart studierst. Er sagt, auch diese Beziehung solltest du sofort abbrechen.«

»Warum?«

»Einen Grund hat er nicht genannt. Er sagte, wenn du dein Herz erforschtest, dann würdest du es wissen. Walter, was hast du getan? Wie kann es sein, daß sich solche Menschen für dich interessieren? Hat es mit etwas zu tun, das in Babenberch geschehen ist, als du dort auf der Schule warst?«

»Ich weiß es nicht, Vater, ich weiß es wirklich nicht. Was soll ich machen?«

»Du hast keine Wahl. Unsere Stellung in der Welt ist heikel. Wenn die Kirchenoberen oder die Adligen auf Leute unseres Standes aufmerksam werden und wir uns gegen sie stellen, dann weißt du ebensogut wie ich, daß sie die Macht besitzen, uns wie Fliegen wegzuwischen.«

Ich wußte nicht, was ich sagen sollte, in einem solchen Aufruhr befanden sich meine Gefühle. Der adlige Priester, dieser unerwünschte Besucher aus dem Norden, schien eine Verkörperung meines eigenen Gewissens zu sein, des Gewissens, gegen das anzukämpfen ich mir solche Mühe gab. Und doch war der Gedanke, sowohl Katrin als auch Uqhart zu verlieren, mehr, als ich ertragen konnte.

Zwei Tage nach Tremgistus' Besuch sah ich Katrin wieder. Ich beabsichtigte, ihr zu sagen, daß wir uns nicht mehr wiedersehen würden. Um dies tun zu können, hatte ich mir, so vermute ich wenigstens, in Gedanken ein finsteres Bild von ihr gemacht. Katrin die Verführerin, die Frau mit lockerer Moral. Doch als ich sie sah, war ich sofort wieder von ihr angetan. Mit ihr zusammenzusein, war mehr wert als alles, was ein Adliger oder Seher sagen oder tun konnte. Mit ihr zusammenzusein, war wertvoller als der Himmel selbst, denn der Himmel war immer ungewiß, doch Katrin war hier und jetzt zugänglich.

Es näherte sich die Zeit für das Fest der Narren, des jährlichen Marktes und der Prozession. Es bedeutete sehr viel für Katrin. Sie wollte gern mit mir zusammen dort hingehen und sich mit mir sehen lassen.

Ich machte Fortschritte in der Beherrschung von Katrins Flöte. An diesem Tag brachte sie mir ein weiteres Lied bei. Ich erwähnte ihr gegenüber nichts von dem Priester oder meinem Vater. Aber in Gedanken faßte ich den Entschluß, sie auch weiterhin zu sehen, gleichgültig, zu welchem Preis.

Eine von Uqharts Lektionen handelte von der Anatomie Gottes und des Menschen. Er erklärte, die göttliche Erscheinung sei wie ein Blitz, daß sie im Zickzack zwischen passiven und aktiven Polen hin und her schösse. Alles Sein entstand durch göttlichen Willen. Die aktiven Manifestationen, auf der rechten Seite des zickzackförmigen Blitzes, waren Weisheit, Gnade und das ewige Leben. Auf der linken, der passiven Seite standen Verständnis, Urteilsvermögen und der Widerhall der Pracht des ewigen Lebens. Dieser Dualismus wurde ausbalanciert durch Wissen, Schönheit und das solide Fundament der niederen Welt. Diese niedere Welt konnte auch als der Stamm eines Baums dargestellt werden, wobei die essentiellen, ausgleichenden Kräfte aus ihm heraus nach oben drückten, während sich die aktiven und passiven Polaritäten auf jeder Seite wie die Äste verhielten. So gesehen war der Blitz wie der Baum des Lebens. Mich hat schon immer die Vorstellung betört, daß Schönheit im Spannungsfeld zwischen ewigem Leben und dem Widerhall des ewigen Lebens existiert, und zwischen Gnade und Urteilsvermögen.

Uqhart führte aus, daß die Gestalt des Baums in der stofflichen Welt, der gedanklichen Welt, der geistigen Welt und der göttlichen Welt gegenwärtig war und diese wiederum im Menschen gegenwärtig waren. Ich faßte dies als Echo der Lehren auf, die ich in Babenberch gehört hatte: »Wie darüber, so darunter.« Was mir zu diesem Zeitpunkt jedoch relativ wenig sagte.

Uqhart erläuterte, daß sich diese vier Welten ebenfalls in der Vorstellung der vier Elemente widerspiegeln, aufsteigend von der Erde zur Luft und dann weiter in den Himmel, wie die Leiter Jakobs, und wie diese vier Welten ebenfalls impliziert waren in den göttlichen Namen YHWH, IHUH, JSHS und AGLA (Ala Gibor Liolam Adonai).

Es gab noch so vieles mehr, das ich von Uqhart lernte, aber wichtiger noch als alles, was er sagte, war die Art und Weise, wie er es sagte. Er erläuterte System nach System, Zusammenhang nach Zusammenhang. Doch stets lag auch ein gewisser Zweifel, ein gewisses Hinterfragen in der Art und Weise, wie er alles darlegte, geradeso, als wollte er verdeutlichen, daß, wenn wir – wenn jeder, er selbst eingeschlossen – jemals die Wahrheit erfahren sollten, wir dann unbedingt aufgeschlossen bleiben, weiterhin bezweifeln und hinterfragen mußten.

An jenem schicksalsschweren Abend vor dem Jahrmarkt hatten Katrin und ich vereinbart, uns an der alten Mühle zu treffen. Es regnete, genau wie beim ersten Mal, als wir uns liebten. Ich traf vor der vereinbarten Zeit ein. Es regnete in Strömen. Ich wartete.

Ohne sie war die Mühle ein trostloser, steriler, ja beinahe gespenstischer Ort. Ein Gewirr aus Ranken wand sich zwischen den Brettern hindurch und wirkte auf mich wie die verunstalteten Glieder der Toten. Der Regen ließ nicht nach, und es schien, als würde unsere arme kleine Welt schon bald hinweggespült werden. Worte aus dem Matthäusevangelium gingen mir durch den Kopf: »Wer aber Ärgernis gibt einem dieser Kleinen, die an mich glauben, dem wäre besser, daß ein Mühlstein an seinen Hals gehängt und er ersäuft würde im Meer…« Auf was für einen Menschen bezogen sich diese Worte? Auf Katrin? Auf mich? Ich begann über die Sünde wider den Heiligen Geist nachzudenken, die nicht vergeben werden konnte. Hatte ich sie begangen, indem ich sie liebte? Oder wäre es eine noch schlimmere Sünde, sie zu verlassen? Schließlich erinnerte ich mich an eine Redensart Uqharts, aus der ich einen gewissen Trost zu ziehen versuchte: »Wie kannst du von mir erwarten, vollkommen zu sein, wenn ich so voller Widersprüche bin?« Am durch den Regen dringenden Glockengeläut in der Ferne hörte ich, daß Katrin sich bereits mehr als eine Stunde verspätet hatte. Es war das erste Mal, daß sie unpünktlich war. Mich quälte der Besuch des alten Priesters bei meinem Vater. Konnte es sein, daß er schon Maßnahmen ergriffen hatte, um unser Treffen zu verhindern?

Schließlich hörte ich jemanden durch den Wald laufen. Ich lauschte aufmerksam. Ich dachte, es müsse Katrin sein, doch dann erkannte ich, daß es nicht eine, sondern zwei Personen waren. Ich hörte das Schluchzen eines Mädchens und gelegentlich die rauhe, wütende Stimme eines Mannes.

Ich lugte durch einen Spalt im Holz. Meine Füße und die Seite meines Hemdes wurden naß. Schließlich kamen die beiden Gestalten in Sicht. Beide waren völlig durchnäßt. Katrin sah sehr klein aus, sehr mitgenommen. Neben ihr ging die große, kräftige Gestalt eines jungen Mannes, ihr Bruder. Er hatte sie grob behandelt, und dafür verabscheute ich ihn.

Schnell schaute ich mich in der Mühle um und fand ein Stück Holz von befriedigender Länge: leicht genug, um es handhaben zu können, aber auch schwer genug, um bei Bedarf Schaden anzurichten. Ich hielt mich außer Sicht, während sie sich der Mühle näherten.

Im letzten Augenblick rannte Katrin plötzlich los. Ihr Bruder brüllte etwas und lief ihr nach, doch sie war zu behende für ihn. Ihr geringes Gewicht war ein Vorteil auf dem schlüpfrigen Boden. Sie rannte zum Hintereingang der Mühle, rief meinen Namen, sobald sie sicher war, ihm entkommen zu sein. Ich stürmte ihr entgegen, und sie sank erschöpft in meine Arme. Ihr Gesicht war blaß und tränenverschmiert; ich sah kleine Verletzungen und Druckstellen.

Sobald sie zu Atem gekommen war, stieß Katrin hervor: »Er weiß über uns Bescheid. Ich weiß nicht, woher. Er droht damit, es allen zu erzählen, meinen Eltern, deinem Vater, den Priestern, jedem.«

Wenn ich schneller reagiert hätte, hätte ich ihrem Bruder mühelos den Zutritt versperren können, doch als ich endlich begriff, was Katrin sagte, war er bereits halb drinnen. Er war ein großer, starker Kerl mit breiten Schultern und einem verquollenen, fleckigen Gesicht. Er schielte; seine Augen zeugten von Dummheit, Kälte und Grausamkeit.

Er sagte: »Du bist also der prächtige junge Mann, mit dem sie's treibt, Walter von der Ouwe. Ich hätte eigentlich gedacht, daß jemand mit deiner Bildung mehr Geschmack besäße, als es mit einem Bankert und Flittchen zu treiben.«

Ich blieb stumm.

»Ich sage die Wahrheit«, fuhr er mit der spöttischen, jaulenden Stimme fort, die nicht recht zu seinem Körper paßte. »Sie ist die Tochter meines Vaters, aber nicht von meiner Mutter. Sie ist ein Bankert. Und wie viele Männer die schon hatte! Denk ja nicht, du wärst der erste.«

»Hör nicht auf ihn!« schrie Katrin.

»Was willst du?« fragte ich und versuchte ruhig zu bleiben.

»Wenn du sie haben willst, bezahlst du mir jedesmal einen Silberpfennig, einen Silberpfennig aus Nurenberc. Du kannst ihn ihr geben, und sie gibt ihn dann uns. Umsonst kriegst du sie nicht. Andernfalls mußt du sie heiraten. Aber ich glaube nicht, daß dein feiner Vater besonders begeistert wäre, wenn er mehr über sie wüßte.«

»Hör auf damit!« sagte Katrin. Sie umklammerte mich, als klammere sie sich ans Leben. »Hör nicht auf ihn, Walter! Er ist schon immer so gewesen. Er will immer alles zerstören.«

»Und deinen ersten Pfennig kannst du gleich jetzt bezahlen, andernfalls kommt sie sofort wieder mit.« Er kam mit großen Schritten auf uns zu, packte Katrins Arm und begann zu ziehen.

»Nimm deine Finger von ihr«, sagte ich.

»Dann mußt du bezahlen.«

»Raus!« brüllte ich ihn an und schwang den Stock, um ihm zu drohen und zu beweisen, daß ich es ernst meinte.

Er zögerte einen Moment. »Wie du willst«, sagte er und wich zurück. »Aber ich möchte nicht mit dir tauschen, wenn du heute abend nach Hause gehst. Dein Vater wird's als erster erfahren. Und dann gibt's noch einen Mann, mit dem ich reden werde –

einen Priester, du kennst ihn wahrscheinlich. Pater Tremgistus nennt er sich. Langes, weißes Har, ja, du hast schon von ihm gehört. Der ist sehr großzügig. Scheint dich richtig gut leiden zu können, Walter. Ich werde wohl ein paar Worte mit ihm wechseln müssen. Bist du sicher, daß du es dir nicht doch noch anders überlegst?«

»Raus!« war alles, was mir über die Lippen kommen wollte, auch wenn ich Angst vor den Folgen hatte.

Sobald wir allein waren, drückte Katrin sich an mich und flüsterte: »Walter, du wirst mich doch nie verlassen, oder?«

»Nein.«

Ich weiß nicht, ob sie die fehlende Überzeugung in meiner Stimme hörte. Jedenfalls lächelte sie gezwungen und schloß mich in die Arme wie ein Kind. Es war wahrscheinlich das erste Mal, daß keinerlei fleischliche Begierde in unserer Umarmung lag. Es war die körperliche Verbundenheit der Verzweiflung.

Wir setzten uns schweigend hin, kauerten uns gegen die Kälte, die Feuchtigkeit und das Nieseln aneinander. Die einzigen Geräusche kamen vom Regen und unserem Atmen. Katrin, die für gewöhnlich so voller Leben gewesen war, wirkte verloren, irgendwie nicht für diese Welt geschaffen.

»Ich kann nicht zurück«, sagte sie. »Was soll nur aus mir werden?«

»Wird dein Bruder wirklich tun, was er sagt?«

»Ja. Bei ihm kannst du dich nur auf eins wirklich verlassen: seine Gemeinheit.«

Ich sagte, ich werde diese Nacht bei ihr in der Mühle bleiben. Ich schwor ihr, daß ich sie niemals verlassen würde, auch wenn ich die ganze Zeit wußte, daß es für mich mit jedem verstreichenden Augenblick leichter und leichter wurde, genau das zu tun.

»Morgen ist Jahrmarkt«, sagte ich. »Wir werden vor aller Augen tanzen, und dann werde ich mit meinem Vater sprechen, ihn um Vergebung bitten, und wir werden heiraten.«

»Was, wenn er nein sagt?«

»Wird er nicht.«

Ich weiß nicht mehr, worüber wir danach sprachen – möglicherweise über die erste Ehe meines Vaters, wie er meiner Mutter am Wegesrand begegnet war, als sie gerade das Kloster verlassen hatte, in dem sie ihre Mädchenzeit verbracht hatte, er damals noch ein Stellmachergeselle wie ich. Auf jeden Fall unterhielten wir uns, bis wir schließlich beide einschliefen.

Ich erinnere mich an etwas, das Uqhart sagte: Ein Gebet werde allein deshalb beantwortet, weil alle Teile allen Seins miteinander verbunden sind, so wie eine Saite, die, an einem Ende gezupft, am anderen vibriert. Doch was ist, wenn Gebete unbeantwortet bleiben? Was ist, wenn eine offenbare Verbindung wie die zwischen mir und Katrin sich als nichts Derartiges herausstellt? Wie an dem schrecklichen Tag, der folgte.

Wir wachten erst auf, als das Licht des Tagesanbruchs sich bereits blutrot über den Himmel ausgebreitet hatte. Ich erwachte als erster. Es war bitter kalt. Als ich Katrin betrachtete, verspürte ich zunächst Groll. Man stelle sich vor: Ich zog tatsächlich in Erwägung, alles, was ich besaß, für dieses Wesen, das dort vor mir lag, zu opfern. Welchen Anspruch konnte sie auf mich erheben? Beinahe hätte ich sie in diesem Augenblick verlassen. Doch schlagartig änderte sich meine Stimmung, und ich war von Mitleid für das schlafende Mädchen erfüllt. Nun wollte ich nur noch für immer mit ihr zusammensein, mich um sie kümmern und für sie sorgen. Hernach dachte ich wieder an mein Leben in Babenberch, ein Leben des Studiums und des Gebets, nach dem ich gestrebt hatte. Wenn ich bei ihr bleiben sollte, würde ich dem für immer den Rücken kehren. Mein Verstand war gelähmt von widersprüchlichen Gefühlen und Wünschen.

Als sie aufwachte, wurden wir von einer gewissen Abenteuerlust überwältigt. Ich stellte mir vor, daß ich mir wie Uqhart den Lebensunterhalt verdienen konnte, indem ich Kräuter und Medizin verkaufte oder, sollte dies mißlingen, wir beide zusammen singen und musizieren würden. Ich hatte schon von fahrenden Sängern und Musikern gehört, denen es gar nicht so schlecht dabei erging. Ich redete mit Katrin darüber. Sie war begeistert, und wir redeten, bis die Welt schließlich hoffnungsvoller für uns aussah, und wieder einmal überkam uns das Verlangen nacheinander.

Die Sonne stieg höher. Da wir nichts anderes zu tun hatten, als unser Begehren zu stillen, liebten wir uns noch einmal und schliefen schließlich ineinanderverschlungen ein. Als wir wieder aufwachten, war es Mittag. Zu diesem Zeitpunkt mußte der Jahrmarkt bereits begonnen haben, also standen wir auf, zogen uns an und traten Arm in Arm hinaus ans Licht, waren bereit, uns der Welt zu stellen.

Erst als Nurenberc in Sicht kam, wurden wir wieder unruhig. Ich dachte an die Arbeit, die ich vernachlässigt hatte. Ich hatte meinem Vater bei den Vorbereitungen für den Jahrmarkt helfen sollen.

Während wir gingen, sprachen wir kaum etwas. Das Licht war jetzt eher septemberlich gelb und weniger sommerlich weiß, und ein paar flaumige Wolken segelten über uns dahin. Hoch oben zwitscherte eine Lerche vergnügt, wußte nichts von unserem Abenteuer.

Wenn ich im Rückblick an die Tiefen denke, in die ich danach sank, an all die Frauen, die ich hatte, von denen ich keine außer Hildegunde liebte, bin ich überrascht, daß ich mich immer noch erinnere, wie ich mich damals fühlte, so einfältig, unerfahren und überempfindlich. Ausschweifung ist Lüge, und Lügen werden schnell vergessen. Es ist die erste Schuld, welche die Wahrheit enthält.

Ich erinnere mich, wie Katrin zu der Lerche hinaufzeigte und sagte: »Ist es dir noch nicht aufgefallen? Die Lerche singt immer, wenn wir uns hier treffen.« Ich hatte es nicht bemerkt, aber ich erinnerte mich vage, daß ich einmal jemanden hatte sagen hören, Vögel seien die Spione des Himmels.

Es dauerte nicht mehr lange, bis wir die Stadttore erreichten. Wir konnten bereits das Geschrei und die Musik hören. Trommeln wurden geschlagen, Pfeifen und Flöten ertönten, Verkäufer brüllten, Tiere muhten, blökten, heulten.

Wir betraten die Stadt auf einem Weg, der nicht an den Häusern unserer Eltern vorbeiführte. An jeder Ecke wurde Bier ausgeschenkt, und die Spätsommerluft war erfüllt von Musik; von Kochgerüchen, den Düften von Gewürzen, Essenzen, Vieh und Dung; Männer tranken, krakeelten bereits und stritten sich, Handwerker, Bauern und Taugenichtse, Mädchen gekleidet, um die Männer anzuziehen, und ältere Frauen, die nicht so dumm waren.

Wir stürzten uns ins Getümmel. Es muß gewesen sein wie jedes Jahr, aber mir kam es diesmal anders vor, denn ich fühlte mich nicht dazugehörig. Trotzdem vermittelte die Menge ein Gefühl der Sicherheit. Wir klammerten uns aneinander, fürchteten am meisten, getrennt zu werden. Einige vertraute Gesichter lächelten, andere warfen uns finstere Blicke zu.

Ich kaufte uns zwei Bier. Wir tranken und tanzten zusammen inmitten der Armen, langsam und schüchtern zunächst, dann immer leidenschaftlicher, bis alles – Gesichter, Farben, Menschen und der blaue Himmel – über und um uns herumwirbelte, und wir müde und glücklich waren in der animalischen Wärme der Menschenmenge.

Schließlich wurde uns bewußt, daß wir hungrig waren. Wir gingen zu einem Stand und kauften Brot, Käse und mehr Bier. Wir setzten uns auf eine Bank und aßen, während um uns herum die Menge drängelte und stieß. Überall waren Banner und leuchtende Farben. Schweine und Rinder wurden durch die Straßen getrieben. Leute mit angeketteten Bären kamen vorbei, Spielleute, Wanderprediger warnten vor dem nahenden Jüngsten Gericht. Jeder Garten und jeder Obsthain war voller Menschen. Die Musik wurde lauter und lauter, während jede Gruppe Musikanten versuchte, die anderen noch zu übertreffen.

Zwangsläufig erspähte ich schließlich in der vor dem Rathaus versammelten Menge das Gesicht meines Vaters, der mit versteinerter Miene neben seinen neuesten Wagen stand, die er zur Ausstellung gebracht hatte.

Unterdessen sagte Katrin: »Sieh nur, da drüben, wie hübsch!«

Ich setzte mir in den Kopf, daß ich ihr etwas bei dem braunhäutigen Mann kaufen wollte, der auf einer Steinplatte saß. Auf einem vor ihm ausgebreiteten Teppich lag allerlei Schmuck: Armbänder, Ringe und Ketten. Er mußte Hunderte von Meilen weit aus dem Osten angereist sein, um hier zu handeln. Vielleicht lag sein Zuhause ja noch weiter im Osten als Jerusalem, ganz nahe dem irdischen Paradies.

Katrin entschied sich für einen wohlfeilen Messingring, der dort, wo ein teurerer Ring einen Stein gehabt hätte, ein eingraviertes Rosenmuster aufwies. Ich kann mich klar und deutlich daran erinnern, weil es haargenau das gleiche Muster war, das ich in einem von Uqharts Büchern gesehen hatte. Katrin bestand darauf, daß ich ihr den Ring ansteckte – an den Finger, an dem Adlige eine Verlobung anzeigen, jenen Finger, von dem angeblich ein Nerv direkt zum Herzen verläuft.

Dann stand auf einmal mein Vater neben uns. Er sah uns mit dem Ring.

»Vater, Vater, das hier ist Katrin.«

»Ich weiß alles über dich…«

»Vater, verzeih mir. Ich hätte es dir ja gesagt, aber…«

»Ich hätte für dich eine Ehe vereinbart. Jetzt bist du nicht mehr mein Sohn. Laß mich nicht…«

»Vater…«

Ich denke, heute verstehe ich, wie er sich gefühlt haben muß, als er sah, daß sich sein Sohn an ein Mädchen aus einer niedrigen Familie vergeudete, das nichts zu bieten hatte und, soweit er wußte, auch noch gewöhnlich und schlecht bemündelt war. Wahrscheinlich fürchtete er die Schande vor seinesgleichen. Dennoch spürte ich sofort, daß ich ihm niemals würde verzeihen können, was er als nächstes tat. Er spuckte vor Katrins Füße. Dann schleuderte er mir eine Geldbörse entgegen. Sie traf mich im Gesicht und trieb mir die Tränen in die Augen.

»Du bist nicht mehr mein Sohn…«, sagte er. Sich Katrin zuwendend, biß er die Zähne zusammen und zischte: »Du Lügnerin, du Schlampe, du Metze…« Er drehte sich um und verschwand in der Menge. Eine Zeitlang war ich zu benommen, um mich zu rühren. Der Schmerz in meinem Gesicht war nichts, verglichen mit dem Schmerz, meinen Vater zu verlieren. Ich liebte ihn. Ich hatte ihn immer geliebt, und jetzt stieß er mich zurück. Wie konnte ich jetzt jemals wieder glücklich werden?

Katrin mußte verstanden haben, was in meinem Kopf vor sich ging, doch sie dachte nur an sich selbst. Sie schrie: »Walter, hasse mich nicht, bitte, hasse mich nicht.«

Ich fühlte mich verloren, war viel zu verletzt, um ein Wort herauszubekommen, und haßte meinen Vater, haßte das Mädchen, das mich von ihm entfernt hatte.

Irgendwann im Lauf des Nachmittags kehrten wir in den Wald zurück, liebten uns und schliefen wieder. Wir versuchten, Pläne für die Zukunft zu schmieden, doch da war ich längst der Verzweiflung nahe. Katrin war still und schmollte. Ich wußte nicht, was ich von ihr halten sollte. War sie selbstsüchtig und eigensinnig? Oder war sie ebenfalls zutiefst getroffen und verletzt, hin und her gerissen zwischen Liebe, Hoffnung und heilloser Angst, was die Zukunft wohl bringen mochte?

Trotz allem wollte Katrin tanzen. Also kehrten wir abends in die Stadt zurück und gingen in die Gassen, wo nur noch die Armen waren; vornehmere Leute waren zur Burg gegangen. Wir tanzten uns dort die Seele aus dem Leib, wozu allerdings nicht sonderlich viel nötig war. Wir tanzten, wie um unsere Sorgen und Nöte zu vertreiben – oder doch zumindest die Wahrheit. Als es dunkel wurde, verschwanden nach und nach auch die letzten ehrbaren Städter, und nur die Reisenden und Landstreicher blieben zurück.

Das Bier, das wir tranken, war stark, und es war mir in den Kopf gestiegen. Ein Teil von mir liebte Katrin und die Freiheit. Ein Teil von mir fühlte sich unter all diesen heimatlosen Menschen fehl am Platz. Ich schaute sie an, bewunderte sie beinahe und hatte doch auch Angst vor ihnen.

»Die neuen Spielleute kommen!« brüllte jemand. Bald tauchten sie auf, gekleidet in einstmals vornehme Gewänder, abgelegte höfische Kleidungsstücke: ein Sänger mit schwarzem Haar, Rock und Bundhose, ein Trommler gekleidet wie ein Ritter, eine Lautenspielerin gekleidet wie eine Adlige und ein Flötenspieler mit langem, blondgelocktem Haar und strahlend blauen Augen, der sein Hemd offen und eine Kniebundhose aus Leder trug.

Zunächst war Katrin bezaubert, doch nachdem sie einen

flüchtigen Blick auf sie werfen konnte, wurde sie blaß und wollte gehen. Ich bestand darauf, daß wir uns in eine Ecke setzten und noch ein Glas tranken, bevor wir in den Wald zurückkehrten. Außerdem wollte ich diese Musiker hören, um die jeder ein solches Aufheben machte.

Ihr erstes Lied war ein trauriges Lied über einen Mann, der von seiner Geliebten verlassen wurde. Inzwischen war es fast völlig dunkel, aber Fackeln waren entzündet worden und flakkerten um uns herum, warfen ihr Licht auf die behelfsmäßige Bühne, wo die Musikanten spielten. Sie sangen gut. Der Sänger setzte seine Stimme genau wie Katrin ein.

Ich war entzückt von der Musik. Das zweite Lied erkannte ich. »Katrin, hörst du?« sagte ich. »Das Lied, das du mir vorgesungen hast.«

Katrin hatte beklommen zu Boden gestarrt, ihre Hand lag auf meinem Arm. Sie fuhr zusammen, hochgeschreckt, wie aus einem Traum.

»Sie spielen ausgezeichnet«, sagte ich. Meine Begeisterung war aufrichtig. In die Welt der Musik einzutauchen, war wieder einmal ein Trost für mich.

Katrin schaute zur Bühne hinauf. Es lag nicht nur am Licht – sie war schrecklich blaß geworden.

»Was ist los?«

»Nichts«, antwortete sie einsilbig.

Der schwarzhaarige Sänger zeigte auf Katrin, winkte und lachte. Sie vergrub ihr Gesicht in den Händen. Dann stimmten sie ein neues Lied an, ein unanständiges Lied, das den Beischlaf schilderte. Ich sah Katrin an. Sie war erschüttert, auch wenn ich immer noch nicht den Grund verstand. Jetzt zeigte der Sänger wieder auf sie und schnitt ihr Fratzen. Alle starrten sie an, sie lachten darüber, daß sie sich versteckte.

»Kennst du ihn?« fragte ich.

Katrin sagte nichts.

Der Sänger sprang von der Bühne, packte mit beiden Händen seinen Hosenbeutel, bewegte sich auf Katrin zu, machte weitere unziemliche Gesten. Jetzt sang er unmelodisch, mit einer derben, knurrenden Stimme.

»Was machst du hier? Hör auf! Hör auf!« schrie Katrin.

Der Mann lachte. »Komm zu mir zurück, ich kann dich immer noch lieben.«

Ich erhob mich und baute mich vor dem Mann auf. In meinem Zorn forderte ich ihn zum Kampf heraus.

Unbeherrscht schluchzend rief Katrin: »Nein, nein, Walter, laß dir nicht weh tun! Laß dich von dem nicht verletzen! Es ist alles wahr!« Bald weinte sie so sehr, daß sie nicht mehr sprechen konnte.

Ich eilte ihr zu Hilfe. Der Musiker legte eine Hand auf meine Schulter und sagte: »Rein und jungfräulich wie der Herbstmist. Sie ist meine Buhle. Ich hab sie nur vorübergehend wegen einer anderen verlassen. Aber sie vögelt gut, wie du ja zweifellos weißt. Sie sieht gut aus. Sie kann zurückkommen und wieder die meine werden.«

Der Mann ging zur Bühne zurück, und sie sangen weiter.

Ich half Katrin, aus der Menge fortzukommen. Sie zitterte am ganzen Leib. Sie sagte: »Du wirst mich doch nicht verlassen, Walter, nicht wahr?«

»Nein, sicher nicht. Warst du seine Geliebte?«

»Ja.«

»War er der einzige?«

»Nein. Sei nicht dumm. Es gab viele andere. Seit ich ein kleines Mädchen war. Mein Stiefvater, meine Stiefbrüder, jeder, der mich wollte. Ich hatte keine Wahl.«

»Dann ist es also wahr, was er sagte, dein Stiefbruder, meine ich.«

»Walter, du bist der einzige, der je gut zu mir gewesen ist. Verlaß mich nicht.«

Ich spürte irgend etwas in mir schwinden, zerbrechen. Mir war nach heulen zumute, ich konnte aber nicht.

»Ich hol uns was zu trinken, sagte ich. Ich gab ihr einen Kuß auf die Stirn. Es sollte der letzte sein.

Wie benommen ging ich zu dem Tisch, an dem das Bier ausgeschenkt wurde. Die Musikanten spielten ein anderes Lied, das ich von Katrin gelernt hatte. Ich begriff, daß es der schwarzhaarige Sänger gewesen war, der ihr all die Lieder beigebracht hatte, die sie mich lehrte. Ich erkannte den Tonfall wieder, auch wenn Katrin die schönere Stimme von beiden hatte. Ich dachte von ihnen bereits als Paar, er auf ihr, daß er sie nahm, wie ich es getan hatte… Sie gehörte ihm. Er gehörte ihr. Hätte ich sie geheiratet, wären mir bereits vor meiner Hochzeit Hörner aufgesetzt worden. Solcherart Gedanken rasten mir durch den Kopf, als ich mich langsam durch die Menge vorarbeitete. Ich konnte sie damals nicht vor mir rechtfertigen. Ich kann es heute noch nicht.

Ich holte zwei Krüge Bier und kehrte langsam zu der Stelle zurück, wo ich Katrin verlassen hatte. Sie war nicht mehr da.

Ich trank meinen Krug aus und wartete. Die Musikanten spielten immer noch. Ich wartete länger. Immer noch kein Zeichen von Katrin.

Ein großes Mädchen kam und setzte sich neben mich. Sie bot sich mir für einen Silberpfennig an. Ich sagte, sie solle weggehen. Ich wurde zunehmend wütender, wütender und verzweifelt. Ich trank Katrins Bier und stand auf, um neues zu holen.

Als ich zurückkehrte, war von Katrin immer noch nichts zu sehen. Es gab keinen Platz mehr zum Sitzen. Ich dachte, vielleicht ist sie zur Mühle zurückgegangen. Ich leerte die Bierkrüge und schaute mich um in der Hoffnung, sie vielleicht irgendwo zu erspähen. Nirgendwo eine Spur von ihr. Der Sänger sang immer noch, aber er schien den Zwischenfall längst vergessen zu haben, der mich so aufgewühlt hatte.

Also machte ich mich auf den Weg durch die Gassen. Unter gewöhnlichen Umständen hätte ich Angst gehabt, allein bei Nacht durch den Wald zu gehen, aber getrieben von Alkohol und Zorn, machte ich mir weder Gedanken über irgendwelche Gefahren noch um die Nesseln oder Dornenzweige, die meine Haut zerstachen und meine Kleidung zerrissen.

Bei der Mühle war niemand. Ich warf mich in die Ecke, wo wir geschlafen und uns geliebt hatten. Niemand kam. Die ganze Nacht über starrte ich durch einen Spalt im Dach zu den Sternen hinauf. Vielleicht schlief ich, vielleicht auch nicht. Ich erinnere mich jedenfalls nur daran, dort gelegen zu haben, den Kopf voller Bilder des vergangenen Tages, wie ich mich im Geiste hin und her wälzte, abwechselnd vor Abscheu und Sehnsucht nach Katrin.

Als der Morgen kam und sie immer noch nicht da war, stand ich auf und ging. Ich ging ohne Ziel und wie benommen, nur daß ich in einem dunklen Winkel meines Bewußtseins damit rechnete, Katrins Gesicht hinter jedem Baum, auf jeder Lichtung zu sehen. Ich weiß nicht, was mich trieb. Es war das erste Mal, daß es mir widerfuhr, dieses fiebrige Gehen bei völlig leerem Kopf und dem inneren Zwang, einfach nur weiter, immer weiter zu marschieren.

Ich muß wohl fast zwei Wochen von Dorf zu Dorf gewandert sein, ohne einen Gedanken daran zu verschwenden, wie weit ich mich von meiner Heimatstadt entfernt hatte. Die Münzen meines Vaters gab ich für Essen und Bier aus, manchmal ging ich auch einen oder zwei Tage, ohne etwas zu essen, streifte durch die Wälder und über abgeerntete Felder, achtete nicht auf den

Herbstregen, während verschwommene Gedanken durch meinen Kopf jagten wie die dunklen, dahinjagenden Herbstwolken. Andere Tage verbrachte ich in der einen oder anderen Schenke und trank Bier, aß mich satt und fragte mich, warum ich so allein war, so abgeschnitten von allem. Dann schritt ich wieder in die Welt hinaus, vorbei an Scheunen und Häusern, strohgedeckten Fachwerkhäusern, manchmal nur noch Ruinen, an Bauern, Leibeigenen, Frauen mit leuchtendbunten Kopftüchern, die sich mit den Herbstfrüchten abplagten, an regengepeitschten, winddurchfegten Kirchen, manche einfach und andere bunt bemalt.

Wann immer ich versuchte, mich in die Gewalt zu bekommen, standen drei riesige Geister – Verdammnis, Eifersucht und Selbstekel – vor mir, öffneten weit die Arme, um mich in ihre widerliche Umarmung zu nehmen, und wieder wurde mein Verstand ganz taub, und ich setzte meine ziellose Wanderung fort.

Dann hatte ich eines Tages eine Eingebung, daß vielleicht doch alles, was zwischen uns geschehen war, Teil der Natur war, Teil dessen, was Gott beabsichtigt hatte. Doch dieses Gefühl hielt nur einen flüchtigen Augenblick an; sofort kehrte die Dunkelheit zurück, die Verzweiflung und der Ekel vor mir selbst. Aber jetzt konnte ich besser damit umgehen. Da wußte ich, daß ich geheilt war, und ich sah im Wald das Gesicht Christi, gekreuzigt und auferstanden.

Ich kehrte nach Hause zurück. Mein Vater verzieh mir. Er veranstaltete nicht gerade einen Willkommensschmaus; das war nicht seine Art. Er sagte, er verstünde schon und sei auch eher traurig als wütend gewesen, habe aber einfach nicht mit ansehen können, wie ich mich selbst unglücklich machte und den guten Namen der Familie beschmutzte. Er sagte, sein einziger Wunsch sei, daß unser Leben wieder in die gewohnten Bahnen zurückkehren möge.

Nach ein oder zwei Tagen ging ich zu Katrins Elternhaus, machte den Versuch, sie zu finden. Es war verlassen. Die Nachbarn erzählten, die ganze Familie sei gänzlich unerwartet ausgezogen, kurz nachdem das Narrenfest begonnen hatte. Weder hätten sie einen Grund für ihre Abreise genannt noch einen Hinweis darauf gegeben, wohin sie ziehen würden.

Ich fragte jeden, von dem ich meinte, er könne wissen, wohin sie gegangen waren. Sie waren spurlos verschwunden, als wären sie nie hiergewesen. Ich versuchte mir zusammenzureimen, was geschehen sein mußte. Ich vermutete, daß es etwas mit dem Priester zu tun haben mußte, der meinen Vater aufgesucht hatte. Er mußte sie unter Druck gesetzt haben zu gehen. Aber warum? Es hatte etwas mit meiner Beziehung zu Katrin zu tun. Ich verstand einfach nicht, aus welchem Grund er sich so für uns interessieren sollte.

Schließlich gab ich meine Suche auf und ließ alle Hoffnung fahren, Katrin jemals wieder zu begegnen. Ich machte wieder wie vorher meine Arbeit, als ob nichts geschehen wäre.

4
Der Herrscher

Gleichmaß bestimmte allmählich wieder mein Leben. Ich arbeitete hart, doch es gab nichts, das mir Katrin ersetzte, und ich fühlte mich leer.

Heute ist mir schleierhaft, warum ich meinem Vater so wenig Aufmerksamkeit schenkte. Ich vermute, sein wachsender Wohlstand bewirkte, daß ich meinen Vater als selbstverständlich ansah – und auch seine Stille. Jetzt bin ich sicher, daß er sich nach meiner Mutter gesehnt haben muß. Vielleicht sah er in ihr die vervollkommnete Seele, von der die Katharer sprechen. Ich habe gehört, es sei nichts Ungewöhnliches, daß Katharer die Sünde des Selbstmords begehen, um sich von den Schrecken dieser Welt zu befreien. Wer kann es ihnen zum Vorwurf machen?

Während der Zeit nach Katrins Verschwinden waren die Unterrichtsstunden bei Uqhart mein einziger Trost. Ich machte damit trotz der Warnungen des Priesters weiter, und trotz der Ängste meines Vaters. Ich studierte weiterhin Griechisch und Hebräisch, desgleichen die Überlieferungen hinsichtlich der Übereinstimmung zwischen dem, was darüber, und dem, was darunter ist, daß sich die Bewegungen der Sternbilder und Sterne in der menschlichen Welt und in den Welten der Tiere und Metalle spiegeln.

Ich war nicht mehr allein bei meinen Studien: Pauli schloß sich mir an. Er hatte sein ganzes Leben bei Uqhart verbracht und dessen Denkart übernommen, sie war ihm nachgerade in Fleisch und Blut übergegangen. Er verfügte über solide Kenntnisse des Hebräischen, das er gelegentlich mit Uqhart sprach. Sein Latein reichte auf jeden Fall zum Lesen, auch wenn er es nicht so flüssig sprach wie ich. Im Griechischen war er mir weit voraus.

Pauli war klein und dünn, hatte schwarzes, borstiges Haar und braune Augen, die unstet, bisweilen giftig hin und her schossen. Deutlich erinnere ich mich an ihn während dieser Unterrichtsstunden, wenn er Listen alchimistischer Prozesse, Kräuter, Symbole, griechischer Konjugationen und Deklinationen herunterrasselte, dabei die ganze Zeit vornübergebeugt und fahrig, aber doch auch voller Humor, wenn er versuchte, mich auf sich aufmerksam zu machen, immer bereit, einen Witz zu erzählen, besonders wenn Uqhart, aus welchem Grund auch immer, nicht bei uns war. Pauli besaß einen unbändigen Scharfsinn und nahm neue Sachverhalte schnell auf; trotzdem gab es auch Tage, an denen er unbestimmt und griesgrämig ins Nichts starrte.

Der Unterschied zwischen uns beiden wurde in unseren abweichenden Einstellungen zur Musik am deutlichsten. Für mich war Musik immer, und ist es heute noch, etwas Ernstes, ja Heiliges. Pauli hingegen liebte derbe Lieder, die er sammelte oder selbst komponierte. Wann immer wir allein waren, sang er sie mir vor und studierte meine Reaktion. Viele waren so komisch, daß ich lachen mußte. Von Pauli hörte ich auch zum erstenmal das alte provenzalische Lied über die *cons gardats*. Im Lied heißt es, es gebe nichts Schlimmeres als einen *cons gardats*, nicht einmal ein Fischtümpel ohne Fisch sei so schlimm, und es behauptet, das *cons* sei die einzige Sache auf der Welt, die zunimmt, je mehr man davon stiehlt. Es werden noch andere Dinge festgestellt, aber das sollte ich hier nicht aufschreiben.

Durch die Musik wurden wir zu Freunden, und durch die Musik begannen wir auch das Abenteuer, das zu seinem Tod führen sollte. Musik – wie kann Musik so eng verbunden sein mit dem Ideal und doch solche Folgen nach sich ziehen? Oder ist es unvermeidlich, daß die Annäherung an das Ideal zum Tod führen muß?

Von dem ersten Geld, das mein Vater mir für meine Arbeit in seiner Werkstatt zahlte, kaufte ich mir eine Fiedel. Sie war billig, aber gut. Außerdem gelang es mir damals, an eine Laute, ein Rebec und eine Flöte zu kommen. Aber die Fiedel wurde meine ständige Begleiterin in der freien Zeit, und ich benutzte sie, um eigene Lieder zu komponieren. Manche davon standen in der Tradition der Volkslieder, aber die meisten ahmten Meister nach wie den Kürenberger, Dietmar von Aist und einen neuen Sänger namens Meinloh von Sevelingen.

Pauli war ein wunderbarer Imitator. Er konnte mir meine Lieder vorsingen, nachdem er sie nur ein einziges Mal gehört hatte. Wenn ihm das Lied gefiel, war sein Vortrag schmeichelhaft, wenn er aber das Lied oder meinen Vortrag nicht mochte, dann äffte er mich grausam, aber immer auch witzig nach. Gelegentlich verletzte er meine Gefühle, aber dank seiner Erfahrung lernte ich Lektionen von unschätzbarem Wert. Ich schulde ihm sehr viel. Er war der erste Sänger, mit dem ich je die Kunst der *Tenzone* übte. Wenn wir uns in den Strophen abwechselten, die wir aus dem Stegreif beim Singen erfanden, konnte das Ergebnis zuweilen ausgesprochen komisch sein, und manchmal war es berauschend schön.

Pauli hatte auch eine unheimliche Seite. Wenn er meinte, allein zu sein, überraschte ich ihn manchmal dabei, wie er merkwürdige, unregelmäßige Rhythmen auf einem Tisch schlug und höchst seltsame Melodien in einer mir unbekannten Sprache sang – eigentlich eher ein Sprechgesang. Zunächst hielt ich es für

Hebräisch, was er jedoch vehement bestritt. Er sagte, es sei seine eigene Sprache, und er beschwöre die Geister. Ich erinnerte mich an meine eigenen Erfahrungen mit seltsamen Zungen. Doch seine Sprache war ohne Wärme oder Gefälligkeit. Wenn Pauli in diesem Zustand war, starrte er mit leerem Blick geradeaus, als hätte er Visionen einer dunkleren, okkulten Welt. Wiederholt war er eine ganze Zeitlang mißmutig und launisch, nachdem ich ihn so gesehen hatte.

Meine Gesellenzeit näherte sich ihrem Ende. Ich würde ein vollwertiges Mitglied der Zunft und gleichberechtigter Partner in der Werkstatt meines Vaters werden.

Ich hätte überglücklich sein müssen, befand mich jedoch in einem Zustand größter Verwirrung. Das Gefühl der Verletztheit in der Folge meiner Trennung von Katrin hielt an. Ich vermißte es, mich völlig dem Studium widmen zu können, wie ich es auf der Schule getan hatte. Mich quälte das Gefühl, womöglich zum Priester berufen zu sein. Ich brannte vor Verlangen, mehr von der Welt zu sehen.

Ich fand immer mehr über jene heraus, die vom Singen lebten. Eines Tages schickte mich mein Vater mit einem Auftrag zu einem Kammerherrn des Bischofs auf die Burg in Nurenberc. Dort sah ich dann einen Minnesänger. Er war einiger Geschäfte wegen in Nurenberc und aus Eschenbach hergeritten. Was sein äußeres Erscheinungsbild betraf, war ich mit Neid erfüllt. Er trug vornehme Kleidung und ritt ein wunderschönes Pferd. Er bewegte sich mit großer Anmut. Sobald ich begriff, daß er ein Sänger war, unternahm ich alles in meiner Macht Stehende, um meinen Aufenthalt bei Hofe zu verlängern. Es gelang mir, in der großen Halle etwas von seinem Gesang zu hören.

Ich erinnere mich, wie ich dort stand, um eine Ecke zum Bischof lugte, dieser fetten, kleinen Kröte von einem Mann, der sich umringt von seinem Anhang auf einem Klappstuhl fläzte und selbstgefällig über die Schmeicheleien lächelte, die der Sänger zum besten gab. Der Anblick erfüllte mich mit Verachtung und Neid zugleich. Ich war teils überrascht, teils ermutigt, daß sein Gesang überhaupt nichts Besonderes war. Pauli und ich waren zumindest genausogut. Wenn dieser Mann davon leben konnte, dem Bischof und seinesgleichen mit Gesang zu schmeicheln, dann konnten wir es auch.

Als wir uns das nächste Mal trafen, erzählte ich Pauli, was ich bei Hofe gesehen hatte. Es endete damit, daß wir einen Plan ausheckten, in die Welt hinauszuziehen, um zu sehen, ob wir als fahrende Sänger leben konnten. Wir stellten uns vor, den Ausflug unter dem Deckmantel einer Pilgerfahrt zu unternehmen. Zunächst dachten wir daran, nach Santiago de Compostela zu reisen, doch das war viel zu weit entfernt. Jerusalem war zu gefährlich geworden, nachdem es den Sarazenen in die Hände gefallen war, und Rom war wegen der zurückliegenden Kriege zwischen unserem Kaiser und dem Papst nicht sicher für Deutsche. Zu jener Zeit sprachen viele von Chartres und daß dort eine prächtige neue Kathedrale gebaut wurde. Dorthin beschlossen wir schließlich zu gehen.

Pauli erzählte Uqhart von unserem Plan. Zu unserer Überraschung war er begeistert. Auch er hatte von der neuen Kathedrale gehört. Es gab Gerüchte, daß sie unter Verwendung von Mustern der sakralen Geometrie gebaut wurde. Er sagte, wir sollten uns bei den Steinmetzen und Baumeistern nach der Bedeutung der Zahl einhundertdreiundfünfzig erkundigen. Weiter sagte er, dort werde auch ein neues Kollegium erbaut, wo wir vielleicht studieren könnten.

Was die Reise anbelangte, waren die Vorahnungen meines Vaters vernünftiger als die von Uqhart. Er war unglücklich darüber. Er sagte, er werde alt und brauche mehr Hilfe in der Werkstatt.

Und doch waren es gerade diese Worte, die mich noch entschlossener machten fortzugehen. Mein Vater wußte sehr wohl, wieviel mir die Reise bedeutete, auch wenn ich ihm nicht die ganze Wahrheit über unsere Pläne erzählte. Als frommer Mann zeigte er sich verständnisvoll für den geistlichen Nutzen einer Pilgerfahrt. Er wußte von Leuten, die an der Grabstätte des heiligen Jakobus in Santiago gewesen waren und die Vergebung ihrer Sünden erreicht hatten. Viele dieser Menschen führten danach ein langes, erfolgreiches und glückliches Leben.

Schließlich gab er nach. Den Winter über arbeitete ich weiterhin hart für ihn, doch ich sehnte innig das Frühjahr und den Tag unserer Abreise herbei.

Schließlich kam der Frühling. Es war das Jahr des Herrn 1191. Die Belagerung von Akkon dürfte zu diesem Zeitpunkt ihren Höhepunkt erreicht haben, jene Belagerung, die damit endete, daß Richard Löwenherz, König von England, über dreitausend Einwohner der Stadt so niedermetzeln ließ, daß das gesamte Heer der Sarazenen es sehen konnte.

Trotz seiner Bedenken hatte mein Vater mir Geld gegeben und das beste Pferd gekauft, das er sich leisten konnte. Es war jenes Pferd, das schon bald Paulis Leiche durch den Wald schleppen würde.

Ich erinnere mich an die Aufregung, die ich am Tag unserer Abreise empfand, und an die Traurigkeit in den Augen meines Vaters. Ich umarmte ihn zum Abschied, etwas, das ich schon lange nicht mehr getan hatte. Hatte er eine Vorahnung, was die nächste Zukunft bringen sollte? Vielleicht ist es gut, daß wir nicht in die Zukunft blicken können, denn wenn wir es könnten, wäre die Gegenwart unerträglich.

Pauli und ich brachen auf, hielten uns in nordwestlicher Richtung nach Fürth, dann weiter nach Norden Richtung Eltersdorf und zur Stadt Erlangen. Wir wechselten uns darin ab voranzugehen oder auf dem Pferd zu reiten. Manchmal übernachteten wir im Freien, häufiger verbrachten wir die Nacht in billigen Schenken.

Als wir durch die Wälder ritten, die im Frühlingslicht grün und luftig waren, wurden Paulis Gespräche düsterer und wilder. Einmal, wir waren gerade auf einem Waldweg, sagte er: »Hast du schon mal mit zwei Mädchen gleichzeitig geschlafen?«

»Nein. Sollte ich?« Es folgte ein betretenes Schweigen.

»Weißt du, als du mit Katrin zusammenwarst, hast du da mal irgend etwas gesehen?«

»Was meinst du damit?«

»Hast du jemals Gespenster oder Geister gesehen?«

»Ich weiß nicht, wovon du redest«, erwiderte ich schroff, um ihn zum Schweigen zu bringen. Aber ich log. Als er es sagte, schoß mir die Erinnerung an jenes Mal in den Kopf, als ich in der Mühle die Anwesenheit eines alten Mannes gespürt hatte, auch wenn ich ihn nicht sehen konnte. Aber über solche Dinge wollte ich mit Pauli nicht reden.

»Weißt du, was ich glaube?« fuhr er fort. »Beischlaf bewirkt nicht nur etwas in deinem Körper. Es steckt noch mehr dahinter. Es ist ein Mittel, um Geister zu beschwören. Ich werde im Verlauf unserer Reise experimentieren. Falls ich Gelegenheit dazu bekomme.«

Dies bestürzte mich nicht nur, sondern machte mir richtiggehend angst.

An einem anderen Tag, es war spätnachts, als wir uns in einem Gasthaus ein Zimmer teilten – ich erinnere mich, daß das Stroh hier besonders übel stank, obwohl wir die einzigen Gäste waren – fragte er: »Du glaubst doch an Gott, oder?«

»Ja, selbstverständlich«, antwortete ich.

»Ich habe nachgedacht«, sagte er. »Vielleicht gibt es gar keinen

Gott und keinen Teufel. Vielleicht gibt es weder Anfang noch Ende. Vielleicht geht das ganze Universum einfach immer so weiter.«

Ich versuchte ihn zu unterbrechen. »Solche Dinge solltest du nicht sagen.«

»Sag mir, woher du weißt, daß noch etwas außerhalb dessen existiert, was du mit deinen Sinnen wahrnehmen kannst.«

Ich wollte schon »Vertrauen« sagen, aber ich wußte, er würde einfach erwidern, Vertrauen gehöre in das Fach des Glaubens, nicht in jenes des Wissens, daß es ein Geisteszustand war und nichts mit Logik zu tun hatte. Also blieb ich still und erlaubte ihm zu glauben, daß er mich erwischt hatte.

Solche Unterhaltungen waren lediglich beunruhigende Intermezzi in einem Leben, das – zunächst – versprach, idyllisch zu werden. Frische Frühlingsbrisen wehten, während wir im Sonnenschein und unter den Blüten immer weiter durch die Wälder zogen und das Pferd das junge Gras und die Frühlingsblumen unter seinen Hufen zertrampelte.

Das Gefühl von Freiheit war berauschend. Gelegentlich schlossen wir uns anderen Reisenden an, doch meistens waren wir allein. Wann immer uns danach war, hielten wir an und musizierten gemeinsam, in Städten und Dörfern, in Schenken und auf Jahrmärkten, machmal auch einfach am Wegesrand – wo immer wir gerade Rast machten. Oft genug lockten wir Gruppen von Bewunderern an, die unseren Liedern lauschten und dann bei den Liedern, die sie kannten, mit uns zusammen sangen.

Der erste und letzte Ort, an dem wir je gegen Bezahlung in der Öffentlichkeit spielten, war eine Schenke in Erlangen. Erlangen ist eine kleine Stadt, und die Schenke war der Mittelpunkt allen Lebens, das es in diesem Ort gab. Es war eine buntgemischte Zuhörerschaft: Mädchen auf der Suche nach Männern, Reisende, Trunkenbolde, zwei Mönche, die keine bessere Unterkunft hatten finden können, einige Bauern, sogar ein Ritter und sein Diener, dessen wunderbares Pferd wir draußen angebunden sahen.

Die Schenke selbst lag im Herzen der Stadt. Sie bestand aus drei großen Holzhäusern, die miteinander verbunden worden waren. Das Haupthaus besaß einen großen Raum im Erdgeschoß mit einigen Tischen und Laternen. Der Boden war mit Schilf vom Fluß ausgelegt, der ganz in der Nähe unter einer alten Steinbrücke vorbeiströmte. In diesem Raum wurden Speisen und Getränke aufgetragen, und hier sollten wir auch spielen. Früher hatten die Gäste hier auch schlafen müssen, doch nachdem die Wirtsfamilie die beiden angrenzenden Häuser erworben hatte, wurden die Gäste dort untergebracht.

Pauli sagte dem Wirt, daß wir gern für Kost und Unterkunft singen würden. Der Wirt sagte, wir könnten so lange kostenlos bleiben, wie ihm unser Gesang Kundschaft anlockte; andernfalls müßten wir zahlen wie jeder andere auch. Sobald wir uns darauf geeinigt hatten, wurden wir von anderen Leuten in der Schenke mit Fragen überhäuft, woher wir kamen, was wir machten und wohin wir gingen. Die Mädchen interessierten sich ganz besonders für uns.

An diesem Abend begannen wir mit einigen meiner ernsteren Lieder über die Minne. Dafür ernteten wir nur Spott. Ich war enttäuscht, daß sich mein edles Ansinnen den Zuhörern nicht von selbst erschloß. Ein Teil von mir verachtete sie für ihr Unverständnis. Gleichzeitig hatte ich, wenn auch widerwillig, Verständnis für sie. Vielleicht waren meine Lieder ja zu gekünstelt und zu anspruchsvoll für eine solche Zuhörerschaft.

Paulis derbe Lieder kamen da schon erheblich besser an. Er spielte seine Flöte und sang, während ich ihn auf der Fiedel begleitete. Die Leute lachten und stampften mit den Füßen, und es dauerte nicht lange, da sang und tanzte die ganze Gesellschaft. Als sie müde waren, trug ich einige langsamere Lieder vor, die nun auch gefielen.

Am Ende des Abends erhielten wir von einer erklecklichen Anzahl Leuten genug Geld, um eine Woche in der Schenke bleiben zu können. Wir gelangten zu der Überzeugung, daß wir vom Singen durchaus leben, ja vielleicht sogar reich werden könnten.

An diesem Abend erfüllte sich einer von Paulis Wünschen. Zwei der jüngeren Frauen, die sich in der Schenke aufhielten, boten sich uns an. Ich lehnte ab, aber Pauli nahm sie mit auf seine Kammer. Am nächsten Tag erzählte er mir, daß er sie beide genommen hatte. Dies bestürzte mich, obwohl ich nicht ganz sicher war, warum. Von da an blieb er jeden Tag lange mit den Mädchen im Bett. Ich stand frühzeitig auf und versuchte, Matutinen zu sprechen, mußte jedoch feststellen, daß Heimweh, Schuldgefühle und Wehmut mich an der nötigen Andacht hinderten.

Wir blieben auf Einladung des Wirts fast eine Woche in der Schenke, sangen und musizierten jeden Abend. Wir lockten eine ansehnliche Zuhörerschaft an.

Die Taschen voller Geld und mit einigen neuen Liedern verließen wir Erlangen. Paulis Huren erwiesen sich als Anregung für eine Reihe derber Texte.

Für Pauli gab es nichts Kompliziertes an seiner Beziehung zu den Mädchen. Er genoß die körperlichen Freuden, die sie ihm boten, und damit war es getan. Ich hatte in meinem Leben selbst genug Huren, aber immer habe ich auch entsetzlich unter meinem schlechten Gewissen gelitten. Paulis bereitete ihm keinen solchen Kummer.

Als wir die Schenke verließen, hatten wir einige Mühe, Paulis zwei Mädchen loszuwerden. Wir brachen am frühen Montag morgen auf und führten unser Pferd über den geschäftigen Marktplatz. Die Mädchen mußten gehört haben, daß wir abreisten, und bestanden darauf, uns bis zum Stadtrand zu begleiten. Dann folgten sie uns bis zum Wald. Das letzte, was Pauli und ich wollten, war, daß sie sich uns anschlossen, also bestiegen wir beide unser Pferd, warfen den Mädchen noch etwas Geld zu und ritten, so schnell wir konnten, in den Wald hinein, bis sie schließlich die Verfolgung aufgaben. Die armen Dinger!

An diesem Tag versuchten wir, noch ein gutes Stück Richtung Frankenburc zu schaffen. Ich wollte Babenberch wegen der damit verknüpften Erinnerungen und Gefühle meiden. Ich wollte niemandem aus meiner Schulzeit begegnen. Dies sollte ein völlig neuer Anfang sein.

Der Morgen verlief gut, aber zur Sext erkannten wir, daß wir uns verirrt hatten. Wir beschleunigten den Schritt unseres Pferdes, als sich Wolken zusammenzogen. Der Wald war dunkel und bedrückend. Wir hatten Wegzehrung für den Rest des Tages, aber kaum noch Hoffnung, ein Obdach für die Nacht zu finden.

Gegen Abend regnete es wieder. Dies machte das Vorankommen noch schwieriger. Uns war elend zumute. Weit und breit war weder ein Dorf in Sicht noch jemand unterwegs, den wir nach dem Weg fragen konnten.

Den ganzen Abend bis weit in die Nacht ritten wir ohne einen Halt. Der einzige Unterschlupf, den wir fanden, war eine Senke unterhalb einiger Felsen an einem steilen Bergrücken; doch auch hier war es bitter kalt, und wir hatten nicht ausreichend Schutz vor Wind und Regen.

Pauli schlief tief und fest. Dies war vermutlich sein Verderben. Ich erinnere mich, durchfroren wach gelegen und die Wolken betrachtet zu haben, die, nur schwach beleuchtet vom Mond, über den Himmel jagten. Von Zeit zu Zeit hörte der Regen auf, die Wolkendecke wurde dünner, und der Mond schien hindurch, dunstig, silbern und gespenstisch. Dann bewölkte es sich wieder mehr, und es regnete erneut. Die Nacht schien eine Ewigkeit zu dauern, und unser Pferd wieherte und kaute geräuschvoll, zerrte an seinem Zügel, hungrig und unfähig, Ruhe zu finden. Düstere Gedanken und dunkle Vorahnungen quälten mich die ganze Nacht. Ich dachte an die Hölle, an Katrin, an Walddämonen und fragte mich, durch welche Kräfte wohl die Winde und der Sturm angetrieben wurden.

Hätte Pauli nicht so fest geschlafen, so hätte ich ihn geweckt; es erschien mir sinnvoll, unsere Reise fortzusetzen, damit wir warm blieben. Aber ich wollte ihn schlafen lassen; ich wollte nicht, daß er dachte, ich hätte ihn geweckt, weil ich Angst hatte. Am nächsten Morgen waren wir beide völlig durchgefroren. Wir gingen schweigend weiter. Während die Sonne am Himmel aufstieg, begannen wir allmählich zu trocknen. Das Wetter war zwar ein wenig besser geworden, doch immer noch drohte es jeden Augenblick von neuem zu regnen.

Wir waren erschöpft und wechselten kaum ein Wort, während wir durch den Wald trotteten. Noch immer wußten wir nicht, wo wir waren. Erst am späten Vormittag begegneten wir einem Bauern, der uns den Weg zu einer Straße beschrieb, die uns schließlich nach Kitzingen führte.

Pauli war blaß und stumm. Schon da machte ich mir Sorgen um ihn. Es war, als hätte ihn alle Lebenskraft verlassen. Am Ende fanden wir in einer kleinen Stadt namens Forchheim ein Gasthaus. Wir setzten uns ans Feuer, ließen uns trocknen und schafften es, etwas zu essen zu bekommen.

Ich fühlte mich gut. Pauli sagte, er fühle sich auch gut, aber in meinen Augen sah er krank und elend aus. Sein Gesicht war blaß, und seine Augen waren blutunterlaufen. Auf seinen Wangen lag eine trostlose Blässe. Er sah gebeugt, alt und gequält aus.

Wir erboten uns, an diesem Abend zu singen, und taten es auch. Doch in dem Gasthaus waren nicht viele Leute, und unsere Bemühungen ernteten zunächst Gleichgültigkeit und dann unverhohlene Feindseligkeit. Pauli hatte so gut wie keine Stimme und war kaum noch in der Lage, die Lieder durchzuhalten, ganz zu schweigen davon, Spannung und Erregung zu erzeugen, wie es ihm in Erlangen gelungen war. Damals hatte ich noch nicht gelernt, auf die Stimmung der Zuhörer einzugehen, daher war ich ihm keine große Hilfe.

Wir fanden uns damit ab, an diesem Tag zahlen zu müssen, und gingen bald zu Bett. Wieder ging Pauli nicht allein; ein Mädchen, das sich den ganzen Abend in seiner Nähe herumgedrückt hatte, folgte ihm aufs Zimmer. Ich war unruhig. Ich konnte den Gedanken einfach nicht abschütteln, daß der Regen eine Art Strafe für die sündigen Narrheiten der vorangegangenen Woche war.

Am nächsten Morgen fragte ich Pauli beim Frühmahl, ob er glaube, daß Gott uns zürne. Pauli gluckste vor Lachen und meinte prustend, daß Gott seinen Regen den Gerechten wie Ungerechten gleichermaßen schicke. Aber aus seinem Lachen wurde schnell ein Hustenanfall. Draußen regnete es immer noch, und in der Ferne hörte ich das Grollen des Donners.

Pauli räumte ein, daß er sich nicht wohl genug fühle, um die Reise fortzusetzen, und wir beschlossen, noch einen weiteren Tag zu bleiben.

Pauli wurde im Laufe des Tages schwächer, doch er bestand darauf, an diesem Abend wieder mit dem Mädchen zu schlafen. Am nächsten Morgen wachte er auf und mußte feststellen, daß sie fort war und seinen Geldbeutel mitgenommen hatte. Niemand im Gasthaus wußte, wer sie war oder woher sie kam. Zum

Glück befand sich in dem Beutel nur sein Anteil dessen, was wir in Erlangen eingenommen hatten.

Wäre Pauli in besserer Verfassung gewesen, hätten wir das Mädchen vielleicht verfolgt; doch sein Gesundheitszustand hatte sich weiter verschlechtert. Die meiste Zeit hustete er nun, und seine Stirn war heiß. Wir entschieden, uns noch einen weiteren Ruhetag zu gönnen. Falls es ihm weiterhin schlechtging, wollten wir gemeinsam nach Nurenberc zurückkehren.

Der nächste Tag kam. Es ging ihm nicht besser, aber auch nicht schlechter.

Es war an diesem Morgen beim Frühmahl, daß wir die Entscheidung trafen, die seinen Tod bewirken und den weiteren Verlauf meines Lebens bestimmen sollte. Wir beschlossen, unser Geld zu teilen und daß Pauli, wegen der größeren Geschwindigkeit, allein auf meinem Pferd zurück nach Nurenberc reiten sollte, während ich die Reise nach Chartres fortsetzen würde.

Unser Abschied an diesem Morgen war überstürzt. Das Wetter war gut, aber es waren auch Wolken am Himmel, und wir befürchteten beide, daß die Stürme zurückkehren könnten.

Als Pauli in den Wald aufbrach, vornübergebeugt auf dem Pferd, erschien er mit schrecklich klein. Selbst da hustete er noch. Woher sollte ich wissen, daß ich ihn nie mehr wiedersehen würde?

Ich stelle mir vor, wie er durch die Wälder ritt, ununterbrochen hustete, schwächer und immer schwächer wurde, vielleicht zu krank, um sich der Gefahr bewußt zu werden, in der er sich befand. Nurenberc war keine Tagesreise entfernt, wenn man vernünftig vorwärts kam. Er muß sich wohl überfordert haben.

Ich stelle mir vor, wie er vor Schwäche die Besinnung verlor, noch ein kleines Stück weitergetragen wurde, ohnmächtig auf dem Pferd gefährlich hin und her schwankte, das Pferd dann eine plötzliche Bewegung machte und Pauli herabfiel, vielleicht einen entsetzlichen Augenblick lang begriff, was geschah, jedoch viel zu spät, da er mit dem Kopf auf einen Stein schlug und sich sein Fuß im Steigbügel verfing. Dann sehe ich, wie er von dem Pferd den Weg entlanggeschleift wurde, wie Haut und Fleisch seines Gesichts vom harten Waldboden weggekratzt wurden.

Später erzählte man mir, sein Gesicht, sein ganzer Körper habe ausgesehen wie ein Stück rohes Fleisch. In so kurzer Zeit war mein lieber Freund eine gesichtslose Leiche geworden, eine schaurige Erscheinung, die den Bauern und Waldarbeitern, die ihn als erste sahen, eine heillose Angst einjagte. Als der Bischof schließlich Söldner losschickte, die Leiche einzuholen, hatte sich bereits das Gerücht verbreitet, daß ein Ungeheuer an ein Pferd geschnallt worden war, ein Gespenst, ein Vorbote. Als schließlich klar war, daß das Pferd einen menschlichen Leichnam mit sich schleifte, gab es ein paar, die behaupteten, das Opfer sei von Waldgeistern geschlachtet worden, vom Volk der Elfen, durch Hexerei, oder daß es seine Seele dem Teufel verkauft hätte.

Bis zum heutigen Tag plagt mich immer noch der Gedanke, daß Pauli vielleicht doch nicht durch einen Unfall gestorben ist, wie ich es mir vorstelle. Vielleicht waren ja Erscheinungen aus einem anderen Reich daran beteiligt. Doch ich bin fest davon überzeugt, daß Uqhart keinerlei Schuld trifft.

Ich kann mir den Aufschrei des alten Mannes sehr gut vorstellen, als das Pferd und der Leichnam in Nurenberc eintrafen. Sie sagten, sein Aufheulen habe bewiesen, daß er von den Geistern des Bösen besessen war. Doch gewiß waren es Trauer und Entsetzen über das, was er sah. Gewiß wäre dies genug gewesen, jeden um den Verstand zu bringen.

Die Behörden beschuldigten Uqhart, zunächst Dämonen ausgeschickt zu haben, die Pauli und mich überfallen sollten, und uns dann als kultisches Opfer dem Bösen dargebracht zu haben. Sie bestritten, daß Pauli Uqharts Sohn war, und behaupteten vielmehr, Uqhart habe ihn all die Jahre als Leibeigenen gehalten; die ganze Zeit über sei es Uqharts einziges Ziel gewesen, ihn zu opfern. Niemand, der Uqhart kannte oder etwas von seiner Gelehrtheit wußte, konnte ihn allen Ernstes beschuldigen, Magie dieser Art praktiziert zu haben. Und doch war ich der einzige, der sich dafür verbürgen konnte, und ich war zu dieser Zeit weit fort.

Wenn ich doch nur die Großherzigkeit oder den Weitblick besessen hätte, mit Pauli nach Nurenberc zurückzukehren. Wie die Dinge lagen, setzte ich nichtsahnend meine Reise fort. Ich hielt mich nach Westen. Zunächst vermißte ich Pauli, aber schon bald genoß ich die größere Freiheit, die ich nun hatte, weil ich allein war. Ich zog durch die sanfte Hügellandschaft Frankens, durch die Wälder und Weinberge, vorbei an Bächen, kam durch Dorf um Dorf, blieb mal in dieser, mal in jener Stadt, sang in der einen oder anderen Schenke, verdiente genug Geld, um davon leben zu können, trinken, essen, schlafen, alles tun zu können, wonach immer mir der Sinn stand. Ich war stolz auf meine Unabhängigkeit, meine Freiheit und die Fähigkeit, meinen Unterhalt selbst zu bestreiten. Und ich strebte weiter nach meinem Ideal, jenem Ideal, vermute ich, das ich schließlich in Hildegunde verkörpert finden sollte: dem Ideal der Freiheit, Musik, Harmonie, Anmut und Reinheit.

Und doch war ich mir wie immer nicht des Preises bewußt. Ich war mir Paulis Tod ebensowenig bewußt wie des Massakers an dem Dreitausend vor Akkon.

5
Der Hierophant

Ich setzte meine Pilgerfahrt fort. Als die Tage kürzer wurden, ließ der Reiz, allein zu reisen, bereits deutlich nach. Ich war mehrmals vom Weg abgekommen und hatte es ganz und gar nicht genossen, im Freien zu übernachten.

Ich war alles andere als in bester Laune an jenem Morgen, als ich den Mann erblickte, den ich als Pater Jonathan kennenlernen sollte und der mir auf dem Waldweg entgegenkam. Er war in das schwarz-weiße Gewand der Zisterzienser gekleidet und hätte wie eine riesige Elster ausgesehen, wäre da nicht das leuchtende Rosa seiner Glatze gewesen.

Ich begrüßte ihn, erkundigte mich, woher er kam, wohin er ging. Er war einer dieser Menschen, denen man sofort vertraut und denen man sein ganzes Leben erzählt. Ich erzählte ihm alles über meine Ausbildung in Babenberch und meine Pilgerfahrt, daß ich mir als fahrender Sänger meinen Unterhalt verdiente und vieles mehr. Er hatte zu essen und trinken dabei, das er gern mit mir teilte. Nicht lange, und wir waren in eine angeregte Unterhaltung vertieft.

»Hast du schon gehört, daß der alte Welfe gestorben ist?« fragte er.

Davon hatte ich nichts gehört.

»Wir leben in unruhigen Zeiten«, fuhr er fort. »Es gibt Gerüchte, daß unser Kaiser Heinrich in Italien auf dem Rückweg nach seinem Sieg in Sizilien am Fieber gestorben ist. Und dann gibt es jene, die behaupten, er habe geplant, einen der Anwärter für das Bischofsamt von Trier zu töten.«

Dieses Gerücht hatte auch ich gehört und fragte ihn, ob es seiner Meinung nach zutreffe.

»Die einzige Wahrheit lautet«, antwortete er, »daß es jene gibt, die einen Bürgerkrieg schüren wollen, und sie werden jedes Gerücht in Umlauf bringen, das ihren Zwecken dient. Trotzdem, so ist die Welt nun einmal und so wird sie wahrscheinlich auch immer sein, bevor dieses Zeitalter der Sünde vorbei ist. So«, sagte er und deutete auf meine Fiedel, »dann ist Musik also wichtig für dich?«

»Ihr gilt meine größte Liebe«, erwiderte ich.

»Dann mußt du ins Kloster kommen. Ich habe Freunde dort, die behaupten, Musik sei das erste und bedeutendste unter Gottes Geschenken. Dort sind auch Brüder, die Abschriften der Sammlung lateinischer und deutscher Lieder aus dem Kloster Benediktbeuern besitzen. Vielleicht hast du ja Lust, mich ins Kloster zu begleiten?«

»Wie weit ist das?«

»Nur ein paar Meilen. Wir werden noch vor der None dort sein.«

Begeistert nahm ich die Einladung an. Bis dahin hatte ich ausschließlich mit Benediktinern zu tun gehabt, Anhängern der augustinischen Regel. Dennoch war ich mir des wachsenden Einflusses der Zisterzienser und der Regel des Bernhard von Clairvaux bewußt. Diese weißgewandeten Mönche standen im Ruf, ein Orden der Gelehrsamkeit und Reinheit des Lebens zu sein, was sie veranlaßte, ihre Klöster draußen auf dem Land zu errichten, weit außerhalb der Städte. Überdies hatte ich während meiner Reisen in verschiedenen Gasthäusern und Schenken bereits von Graf Friedrichs Hof zu Frankenburc gehört, auch, daß dort viele provenzalische Sitten und höfische Umgangsformen übernommen worden seien. Natürlich hatte ich zu diesem Zeitpunkt keine Ahnung davon, daß ich jemals eine Anstellung am Hof finden würde. Trotzdem zog es mich auch wegen des Rufs dieses Hofes zu dem Kloster, da ich, wie sich noch herausstellen sollte, zu Recht annahm, daß es Verbindungen zwischen beiden gab.

Ich weiß noch, wie glücklich ich mich fühlte, als wir uns dem Kloster näherten. Zum Teil lag dies an der guten Laune von Pater Jonathan, der immer unbeschwerter wurde, während er Anekdoten über diesen oder jenen Bruder oder dieses oder jenes Abenteuer erzählte. Je mehr wir uns dem Kloster näherten, desto friedlicher wurde die ganze Atmosphäre. Das Gezwitscher der Vögel wurde fröhlicher, harmonischer, und die sanften Winde, die über die Welt zogen, dufteten süß. Beinahe war es, als erzeuge und verbreite das Kloster eine Aura des Friedens, die nicht nur den Menschen berührte, sondern die gesamte Natur.

Etwa eine Stunde später machten wir auf einer Lichtung Rast, und Pater Jonathan teilte sein Mittagessen mit mir. Danach führte der Waldweg, dem wir folgten, bergan. Rechts ging es steil nach unten, und ab und an konnte man durch die Bäume einen flüchtigen Blick auf die weite Ebene werfen, die sich unter uns erstreckte. Schließlich kamen wir aus dem Wald und fanden uns auf einem kalkigen Kamm hoch über der Landschaft wieder. Dann sahen wir mit einemmal tief im vor uns liegenden Tal das Kloster im strahlenden Licht der Nachmittagssonne, ruhig und still.

Das Kloster war ein neues Gebäude. Es war schlicht und harmonisch gebaut, die Steine fügten sich sauber zusammen. Es gab keinen Kirchturm, nur ein Firsttürmchen. Auf den Bergen konnte ich ein paar Bauernhütten erkennen. Auf der anderen

Seite des Flusses stieg das Land sanfter an. Hinter den Obstgärten lag fruchtbares Ackerland, das zum Kloster gehörte. Pater Jonathan erzählte, alles Land befände sich im Besitz des Klosters. Abgesehen vom gedämpften Klang einer Glocke und dem Muhen der Kühe war nichts zu hören bis auf das gelegentliche Knarren eines großen Mühlrads, das vom Fluß angetrieben wurde.

Ich spürte sofort, daß dieser Ort etwas Spirituelles besaß, daß er eine heilige Stätte sein könnte, ein Vorzimmer zum Paradies. Die Glocke läutete für die None, als wir den Berg zum Kloster hinabstiegen, und ich hätte leicht glauben können, daß die Glocke die Macht besaß, alles Böse zu vertreiben, wo immer sie erklang, und eine unmittelbare Verbindung zu schaffen zwischen dieser Welt und der nächsten. Wenn ich jedoch daran denke, was genau an diesem Tag in Nurenberc geschah – die Entdeckung von Paulis Leichnam, die Festnahme von Uqhart, die Verbreitung von Gerüchten und bösartigem Gerede, dem ich allein ein Ende hätte setzen können –, dann kann ich mich nur wundern, wie es sein kann, daß Gott, die Engel, die Mächte einem gestatten können, einen solchen Frieden zu erfahren, ein solches Gefühl der Heiligkeit, während sie gleichzeitig einen Schleier über das breiten, was geliebten Menschen widerfährt. Ich erinnere daran, was Uqhart mir sagte, daß Engel nur Vorboten seien, nicht die Wahrheit.

Vor dem Eingang des Klosters befand sich eine Fläche kurzgeschnittenen, smaragdgrünen Grases, wie ich es noch nie zuvor gesehen hatte. Zur Begrüßung kamen uns zwei Mönche entgegen, wie Pater Jonathan gekleidet in die weißen, wollenen Kutten der Zisterzienser. Es waren alte Männer, doch mir schien ihr Äußeres etwas Jugendliches auszustrahlen, ein Licht, das in ihren Gesichtern leuchtete – wobei ich mich erinnerte, es auch auf den Gesichtern mancher Mönche in Babenberch gesehen zu haben. Sie begrüßten Jonathan voller Herzlichkeit und Zuneigung. Sie nahmen mich nacheinander in den Arm, auch wenn sie mich gar nicht kannten oder, so nahm ich doch wenigstens an, nichts von mir wußten. Ich war überwältigt von einem Gefühl des Friedens.

Dann erinnere ich mich, Lichter am Himmel aufblitzen gesehen zu haben; die Erde schien tief aufzuseufzen und sich zu öffnen, wie um mich zu verschlucken. Es war ein seltsames Gefühl, als ich zusammenbrach. Es war, als hätte ich die Gewalt über meinen Körper verloren, und das Gras stürmte auf mein Gesicht zu. Da war nur noch Schwärze, als mein Gesicht auf den Boden schlug, und ich wurde ohnmächtig.

Es war bereits Nacht, als ich aufwachte. Ein freundliches Gesicht schaute auf mich herab, erkennbar im Schein eines Talglichts. Ich lag auf einer niedrigen Matratze in einer Zelle, eingehüllt in warme Wolldecken. »Willkommen«, sagte der alte Mann leise. »Ich bin der Medicus des Klosters. Wie fühlst du dich?«

»Schrecklich müde«, erwiderte ich. Tatsächlich hatte ich kaum die Kraft, die Schale Suppe zu trinken, die er mir anbot.

Meine Kräfte kehrten nur sehr langsam zurück. Am ersten Tag versuchte ich gegen alle Weisungen, in die Kapelle zu gehen, aber meine Muskeln versagten ihren Dienst, und ich stürzte, brach auf der kalten, taufeuchten Erde zusammen. Pater Jonathan fand mich auf dem Rücken im Gras liegend, von wo aus ich zum blauen Himmel hinaufstarrte, zu den weißen Wolkenfetzen. Ich konnte mich nicht bewegen. Es dauerte eine Woche, bis es mir wieder gut genug ging, daß ich den Sommersonnenschein außerhalb der mir zugewiesenen Zelle begrüßen konnte.

Als ich während der nächsten paar Tage in der Zelle des Medicus lag, zwang ich mich einzugestehen, daß ich krank war, einen Zusammenbruch erlitten hatte, unter Auszehrung litt, wie auch immer man es nennen will, und daß ich keinesfalls imstande war, meine Reise fortzusetzen.

Auf jeden Fall war ich nach einer Woche Ruhe so weit wiederhergestellt, daß ich an den Messen der Mönche teilnehmen konnte. Pater Jonathan besuchte mich regelmäßig, und ich erzählte ihm ausführlich von meiner Ausbildung sowie meinen Zielen und ehrgeizigen Plänen. Abgesehen von den üblichen Aufgaben – kochen, auf den Feldern und in den Ställen arbeiten, putzen und an den Andachten teilnehmen – verbrachten die Mönche einen Großteil ihrer Zeit damit, Abschriften von Manuskripten anzufertigen. Es war unmöglich, meine Begeisterung dafür zu verbergen.

Sobald ich dazu in der Lage war, machte Pater Jonathan mit mir einen Rundgang durch das Skriptorium. Es war ein länglicher, schmaler Saal mit einer niedrigen Decke, die von riesigen Balken gestützt wurde. In Regalen stapelten sich prächtige alte und moderne Handschriften, von denen viele kostbare Ledereinbände hatten. Das Herrliche war, daß die niedrigen Regalborde den gesamten Bestand jedem sofort zugänglich machten. Sonnenstrahlen fielen durch schmale Fenster im Dach und beleuchteten die Arbeitstische, die über die gesamte Länge des Raumes in der Mitte standen. Hier herrschte eine Atmosphäre der stillen, staubigen, goldenen Unwirklichkeit. Es raubte mir den Atem, und mein erster spontaner Gedanke war, daß ich gern den Rest meiner Tage hier verbringen würde.

Es war ein Schatz, in mancher Hinsicht sogar noch größere als jener, den ich in Babenberch gesehen hatte. Neben den herrlich geschmückten Psaltern, Evangelien und Stundenbüchern, strahlend bunt und vollendet, die es mit jeder Regensburcer Arbeit aufnehmen konnten, gab es überdies eine Fülle von Werken der Schriftsteller des Altertums. Pater Jonathan erzählte mir von der Gewohnheit der Mönche hier, sich stets hinter dem Ohr zu kratzen, wenn sie Bücher von Heiden in Auftrag gaben, um sich daran zu erinnern, daß die Heiden nicht besser waren als Tiere; und dies, obgleich viele ihrer Schriften so prachtvoll waren, daß es gelegentlich schwer zu glauben war.

Weiterhin gab es gebundene Sammlungen lateinischer und deutscher Lieder von Verfassern, die entweder noch lebten oder längst tot waren. Sie kreisten um die Natur, Blumen, die Schönheit des Frühlings und die Wunder der Liebe. Darunter befanden sich einige deutsche Lieder, die ich bereits kannte. Man zeigte mir eine Abschrift der Handschrift aus Benediktbeuern. Manche dieser Lieder waren schlicht berauschend. Ich sang das eine oder andere davon den Mönchen vor. Sie sahen sich während meines Vortrags an und baten mich um eine Zugabe. Ich merkte, daß mein Gesang nach ihrem Geschmack war, und dies bereitete mir große Freude. Sie ermunterten mich sogar, Liebeslieder zu singen.

Zu den eigentümlichsten Bänden der Bibliothek zählten für mich die Sammlungen der Sibyllinischen Orakel, lateinisch verfaßte Prophezeiungen der letzten Dinge in heidnischer Versform, und doch handelten sie vom Jüngsten Tag, dem Letzten Kaiser und dem Millenium. Diese Worte sprachen mich an und rührten mein Herz auf eine Weise, die ich erst viel später verstehen sollte.

Im Kloster befanden sich etwa fünfzig Mönche. Es gab keine Oblaten, womit ich als einziger kein Priester war. Man behandelte mich mit großer Höflichkeit und Rücksichtnahme. Viele von ihnen waren von edler Geburt, waren aber aus religiöser Überzeugung Mönche geworden oder weil irgendein Gebrechen es ihnen unmöglich machte, ein aktives Leben in der Welt zu führen. Pater Werner und Pater Ulrich zum Beispiel hatten beide einen Buckel. Diese Männer gehörten zu den liebenswürdigsten und gottgefälligsten, denen ich je begegnete, waren so völlig anders als die Söhne des Teufels oder die in der Nacht des Sabbat empfangenen Monstren, für die der ignorante und abergläubische Pöbel Bucklige hielt.

An Feiertagen und zu Zeiten, an denen es uns erlaubt war, ungehindert zusammenzukommen, verbrachte ich viele herrliche Stunden damit, weltliche Lieder mit den Brüdern auszutauschen, die sich für Musik interessierten, und sie erzählten mir mehr über die neue geistliche Musik, die unter anderem auch mit mehrstimmigem Gesang experimentierte. Meiner Vorstellung nach könnte nichts angemessener für das Lob Gottes sein, denn gewiß ist die Harmonie der Musik das gleiche wie die Harmonie der Sphären. Dennoch wurde im Kloster ein hitziger Disput geführt, da einige der älteren Mönche nachdrücklich die Auffassung vertraten, daß Musik zur Ehre des Einen Gottes auch nur eine einzige Stimme haben dürfe.

Ich blieb den ganzen Herbst. Wann immer ich andeutete, es sei für mich an der Zeit zu gehen, fand entweder Pater Jonathan oder aber der Abt selbst irgendeinen neuen Vorwand, mich zu halten. Nach einigen Wochen war ich überzeugt, meinen Himmel auf Erden gefunden zu haben. Was konnte ich mehr erhoffen? Das Leben war in mancher Hinsicht hart und einfach, doch dann war da dieses Gefühl des Friedens, die Musik, die Gelegenheit zu studieren, die Zeit zur tiefen Kontemplation. Ich war bereit zu glauben, daß die Zisterzienser, deren Ziel die Rückkehr zum ursprünglichen Geist der Benediktinerregel war, die berechtigten Erben der Urkirche waren und eine wesentliche Rolle bei der Erlösung der Menschheit spielten.

Den Abt, den sie Quintus nannten, sah ich nur höchst selten. Etwas Übermenschliches ging von ihm aus. Er war groß und stämmig, hatte aber trotz seines Alters einen athletischen Körperbau. Sein Kinn war ausgeprägt und entschlossen, so daß sein Kopf eher rechteckig als rund wirkte. Seine Miene konnte innerhalb von Sekunden von größter Herzlichkeit zu tiefster Ernsthaftigkeit wechseln. Er kam mir von Anfang an bekannt vor, aber ich brauchte recht lange, mich zu erinnern, wo ich ihn schon einmal gesehen hatte: Er war bei Abt Wilfridus von Babenberch gewesen, als Wilfridus bekanntgegeben hatte, daß ich meine Studien der freien Künste fortsetzen sollte.

Ich erinnere mich noch gut an den Tag, als er mich nach der Morgenmesse mit strahlendem Gesicht ansprach.

»Die Zeit ist gekommen, daß ich dir eine wichtige Frage stelle, mein Sohn. Du kannst dir gar nicht vorstellen, wie sehr wir deine Anwesenheit hier schätzen. Wirst du die Kutte nehmen, wenn ich sie dir anbiete? Du wirst selbstverständlich trotzdem den Status eines Novizen behalten. Doch dies wird zeigen, daß du ein vollwertiges Mitglied unserer Gemeinschaft bist und du dich darauf einläßt, bei uns zu bleiben. Es wird mich sehr glücklich machen, wenn du zustimmst.«

Ich willigte ohne Zögern ein. Ich spürte, daß er mir eine große Ehre erwies.

»Dann folge mir jetzt und beichte«, sagte er. Ich erinnere mich an den durchdringenden Blick in seinen Augen, als er sprach. »Dies wird der erste Schritt deiner Vorbereitung sein, uns ganz beizutreten.«

Es war meine erste Beichte, seit ich von zu Hause fortgegangen bin. Ich brach unter Tränen zusammen, als ich ihm von meiner Beziehung zu Katrin erzählte. Aus welchem Grund auch immer, er war ausgesprochen freundlich zu mir. Er erinnerte mich an die Geschichte von Christus und Maria Magdalena und an die Worte unseres Herrn zu der Frau, die beim Ehebruch ertappt worden war. Er rief mir ferner die Geschichte von Tristan und Isolde in Erinnerung und erklärte, daß die Leidenschaften der Liebe eigentlich nur Andeutungen des Himmels sind und nur dort wirklich und wahrhaftig befriedigt werden können. Er sagte, die eigentliche Sünde bestehe darin, irdische Liebe mit der wahren Liebe der Heiligen zu verwechseln, die auf der Erde allein im Kloster gegenwärtig sei, denn hier würden wir mit dem göttlichen Prinzip vermählt.

All diese Worte sollten mich natürlich zum Bleiben ermuntern. Die mir auferlegte Buße bestand im zusätzlichen Kopieren von Handschriften und weiterem Studieren im Skriptorium, eine Buße, die für mich nicht schwer zu ertragen war, da ich die Atmosphäre des zeitlosen Lernens in diesem Saal so sehr liebte. Am Festtag des heiligen Nikolaus in diesem Jahr empfing ich die Novizentracht. Wir kamen überein, daß ich nach einem weiteren Jahr mein Gelübde als Laienbruder ablegen und dann eine Ausbildung in Erwägung ziehen sollte, um Priester zu werden.

Jetzt begann mein Leben als Mönch wirklich. Wir standen um Mitternacht zur Matutina auf und blieben bis zu den Laudes in der Kapelle. Anfänglich fiel es mir sehr schwer, wach zu bleiben, denn die Regel verlangte, daß wir erheblich weniger schliefen, als ich zu schlafen gewohnt war. Ich erinnere mich, daß man, wenn einer der Mönche während der Matutina einschlief, ihm die Laterne zu halten gab. Erst wenn ein anderer Bruder einschlief, wurde dem ersten erlaubt, letzteren zu wecken und ihm die Laterne zu übergeben. Ich erkannte, daß in diesem Zustand zwischen wachen und schlafen, Gebet und Andacht erheblich leichter fielen, und gelegentlich war ich fest überzeugt, die Gestalten von Heiligen und Engeln zu sehen, die durch die Kapelle streiften. Es war auch zu jener Zeit, daß ich zu der Überzeugung gelangte, ich könne die Gegenwart verschiedener Engel spüren. Für mich sind sie keine kleinen, flatternden Wesen, wie ich sie eigentlich in verschiedenen Illustrationen gesehen habe, obwohl ich recht sicher bin, daß auch solche Wesen existieren. Vielmehr sind sie große, mächtige, spirituelle Geschöpfe, die mit ihrer Präsenz einen ganzen Raum, ja eine ganze Kapelle ausfüllen können.

Wer nur wenig Zeit in stummem Gebet und Kontemplation verbracht hat, verwechselt solche Präsenzen häufig mit Gott selbst, denn sie sind von Gott. Doch wer zwischen spirituellen Präsenzen zu unterscheiden lernt, der erkennt Engel auch als eigenständige, unterschiedliche Wesen.

Ich habe von jener jüdischen Doktrin gelesen, die besagt, jeder von uns habe einen guten und einen bösen Engel, die uns einflüstern, was wir tun sollen. Sie sind uns zugeteilt und begleiten uns unser ganzes Leben. Ich erinnerte mich beklommen an den Tag, an dem Uqhart mir auf meinem eigenen Fingernagel den Engel und den Teufel sichtbar gemacht hat. Ich überlegte, ob es meine eigenen Engel und Teufel waren, die er mir gezeigt hatte, oder mir fremde Wesen. Dies würde den Sinn seiner Veranschaulichung erklären, wenn auch nicht, wie er es demonstriert hatte.

Zu dieser Tageszeit hatte ich auch immer wieder Einfälle, welche ich in der anschließenden Zeit des privaten Gebets aufzugreifen versuchte, die ich entweder in der Kapelle oder im Skriptorium verbrachte. Mein bevorzugter Gegenstand der Kontemplation war die platonische Vorstellung der Ordnungen des Universums, aufgebaut wie eine riesige Pyramide, mit Gott als dem Einen an der Spitze, dann die Dreifaltigkeit, dann die Ränge der Engel, dann die Himmelskörper, dann der Mensch, dann die Seinsstufen der Tiere, Pflanzen und Mineralien. Ich sah in der menschlichen Gesellschaft eine Erweiterung dieser Seinsstufen, bestehend aus jenen, die beten, jenen, die Gott am nächsten sind, jenen, die kämpfen, und schließlich jenen, die arbeiten. In meinem Hochmut nahm ich an, daß mir gewährt worden war, das Leben eines Betenden zu führen.

Andere Male versenkte ich mich in Gedanken über die Natur der Existenz Gottes, wie zum Beispiel Anselms Argument, daß es, da es besser ist zu existieren als nicht zu existieren, und da Gott das Größte und Beste ist, was wir uns vorstellen können, so gesehen unmöglich ist, ihn sich als nicht existent vorzustellen. Ich drehte und wendete solche Argumente in meinem Kopf, versuchte all ihre unterschiedlichen Permutationen und Implikationen zu sehen.

Ein anderes Problem, das meinen Verstand schärfte, war die Wirklichkeit der Dinge. Ist es uns möglich, die Schöpfung als etwas anderes zu sehen als einen Wald von Symbolen, als Gedanken im Geiste Gottes? Oder besitzt Materie eine eigene Realität, getrennt von der Idee des Göttlichen?

Auf solcherart mentale und spirituelle Übungen folgten die Laudes, bei denen wir in Vorbereitung auf den einfachen Gottesdienst, der gesprochen und nicht gesungen wurde, über unsere früheren Fehler reflektieren und um Vergebung bitten mußten. Um diese Uhrzeit begann, anders als im Winter, die Sonne aufzugehen, und ich schaute durch die hohen Fenster der Kapelle zum Morgenhimmel hinauf und träumte von den Welten der Sphären dort oben.

Dann folgten die Stunden des Lesens und Kopierens oder körperlicher Arbeit. In der Morgenmitte kam dann das Hochamt, das außer in der Fastenzeit feierlich begangen wurde. Für diese Messe waren die prächtigsten Gesänge und der edelste Weihrauch reserviert. Bei der Wandlung klingelten wir mit allen Glocken zugleich. Kein anderes Geräusch auf dieser Welt scheint mir dem Himmel so nahe zu kommen. Dies war meine Lieblingszeit des Tages. Wenn das Amt vorüber war, war ich häufig so tief in die Musik und meine Andacht versunken, daß es mir schwerfiel, mich von den Knien zu erheben, und ich daran erinnert werden mußte, die Kapelle zu verlassen und die nächsten Aufgaben des Tages in Angriff zu nehmen. Einmal kam mir der Gedanke, daß ich vielleicht mehr in die Schönheit verliebt war als in Gott.

Unmittelbar auf die Messe folgte ein Abschnitt der Unterrichtung; verschiedene ältere Mönche wechselten sich darin ab, mir die Möglichkeiten zu erklären, über die Heilige Schrift zu meditieren, und die geeignetsten Arten zu atmen für das stille Gebet zu demonstrieren. Dann kam das Gebet zur Sext, und ich teilte mir den Rest des Tages auf zwischen dem Anfertigen von Manuskriptabschriften, stummen Gebeten, Reinigung, Dienst im Gästehaus für die Reichen, Arbeit in der Mühle und an der hydraulischen Maschine, Bruder Jakobs ganzem Stolz, und Arbeit im Hof, wo die Fuhrwerke des Klosters untergebracht waren. Andere Mönche beaufsichtigten die Arbeit auf den Feldern, versorgten das Vieh oder kümmerten sich um die Bienen. Die Bienenkörbe standen nicht weit von der Kapelle. Als ich sie sah, dachte ich an die Worte von Gerard, wenn das Menschengeschlecht nur Abstand nehmen könnte vom schmutzigen Akt der Kopulation, dann würde Gott den Menschen gestatten, sich wie die Bienen in Reinheit zu vermehren.

Nur an Feiertagen wurde mir erlaubt, Musik zu schreiben und für die anderen Brüder zu singen, auch wenn ich einräumen muß, daß ich ein Gutteil der Zeit, die ich eigentlich dem Gebet hätte widmen sollen, damit verbrachte, mir Rhythmen und Melodien auszudenken.

Die Tagesarbeit wurde zur None unterbrochen, dann noch einmal von der einzigen Mahlzeit des Tages, in deren Anschluß wir ungehindert über andere Themen als Arbeit und Andacht sprechen, Schach spielen, Musik für die Gottesdienste üben, lesen, schreiben oder kopieren konnten. Dann kamen die Vesper und vor dem Completorium und der Schlafenszeit eine Weile für stille Andacht und Studium.

Um Mitternacht standen wir zur Matutina wieder auf, und so begann der Kreislauf des Tages erneut, und der Kreislauf der Wochen wiederholte sich ebenfalls, so daß im Verlauf der Woche jeder Psalm zumindest einmal gesprochen oder gesungen und ein großer Teil der Evangelien und des Alten Testaments verlesen wurde.

Einmal hörte ich, wie jemand sagte, verschiedene Gefühlslagen würden mit verschiedenen Aspekten des Lebens Christi in Verbindung gebracht – sanguinische Veranlagungen mit der Fleischwerdung, ätherische Temperamente mit der Auferstehung und Melancholie mit der Kreuzigung. Es gab viele Gelegenheiten, wenn ich allein in stummem Gebet war und sich mein Verstand dem Leiden meiner Mitmenschen zuwandte, bei denen ich sicher war, tatsächlich die vom gekreuzigten Christus erlittenen Schmerzen und Qualen zu fühlen, an meinen eigenen Händen, Füßen und an der Seite, und daß ich, melancholisch, wie ich nun einmal bin, beinahe das Leben in Dummheit und Sünde vorhersah, das ich führen sollte, wenn auch nicht deutlich genug, um etwas dagegen unternehmen zu können. Damals begann ich zu verstehen, daß wir alle von der Zeit gekreuzigt werden, von der Vergangenheit in die eine und von der Zukunft in die andere Richtung gezogen, was den zerbrechlichen Körper der Gegenwart schmerzhaft auf die Auferstehung warten läßt.

In meiner Erinnerung ist jene Zeit zu einem einzigen Tag verschmolzen. Ich hätte durchaus den Rest meines Lebens dort verbringen können, wäre da nicht die Tatsache gewesen, daß mein Gewissen mich mit Gedanken an meinen Vater zu plagen begann.

Ich hätte ihn bereits viel früher besuchen sollen. Ich wußte, ich hätte es tun sollen. Aber ich tröstete mich mit dem Gedanken, daß er glaubte, ich befände mich auf einer Pilgerfahrt. Und tatsächlich befand ich mich auf einer Pilgerfahrt, auch wenn sie sich von einer in der äußeren zu einer in der inneren Welt gewandelt hatte. Was mich davon abhielt, ihn früher zu besuchen, war vermutlich die Angst vor seiner Reaktion, wenn ich ihm sagte, daß ich nicht mehr gemeinsam mit ihm arbeiten und sein Gewerbe übernehmen würde.

Unter anderem würde er argumentiert haben, es sei unangemessen für jemanden meines Standes, Mönch zu werden, und ganz besonders Zisterzienser. Es stimmte schon, daß viele Brüder aus adligen oder Ritterfamilien kamen, nicht selten die jüngeren Söhne mit wenig Hoffnung auf eine Erbschaft, nichtsdestoweniger jedoch Adlige. Woher sollte ich denn wissen, daß ich zu bleiben ermutigt wurde wegen etwas, das mit meiner Geburt zu tun hatte, was erst viel später zutage kommen sollte? Damals glaubte ich wirklich, es sei allein meiner Talente wegen gewesen, daß ich so bereitwillig in die Gemeinschaft aufgenommen worden war.

Recht früh im neuen Jahr, etwa zu jener Zeit, als wir alle hörten, daß Richard von England in einem Gasthaus in der Nähe von Wien erkannt und von Leopold von Österreich gefangengenommen worden war, erhielt ich Besuch von Abt Quintus. Er kam in meine Zelle und bat mich, ihn an den Hof von Frankenburc zu begleiten. Er sagte, ich solle meine Fiedel mitnehmen und mich darauf vorbereiten, dem Grafen und der Gräfin von Frankenburc sowie wahrscheinlich dem versammelten Hof einige meiner Lieder vorzutragen.

Im ersten Licht des Morgens zogen wir am nächsten Tag den Berg hinauf, der sich über dem Tal erhob, in dem abgeschieden das Kloster lag; dann ging es hinunter in das nächste Tal, wo wir dem Fluß folgten, der ruhig und golden in der frühmorgendlichen Sonne glitzerte, über die neue Steinbrücke, errichtet auf unsere Anweisung hin, und dann in die ersten schmalen Gassen der Stadt und den steilen Weg hinauf, der zu der prächtigen Burg Friedrichs von Frankenburcs führte.

Während der Wanderung unternahm ich alles mögliche, um den Abt zu beeindrucken. Ich verwickelte ihn in ein Gespräch über meine eigene Erfahrung mit der platonischen Tradition, die ich Uqhart dem Juden verdankte, dessen Ideen denen von Quintus nicht unähnlich waren, wenngleich Uqhart in seiner Kosmologie der Person Christi selbstverständlich nicht die gleiche, alles beherrschende Rolle zubilligte. Der Abt hörte aufmerksam zu und lobte mich für die breitgefächerte Fülle meines Wissens, das ich mir bereits in meinen jungen Jahren erworben hatte (zu diesem Zeitpunkt war ich einundzwanzig Jahre alt).

»Dieser Uqhart«, sagte er, »woher kommt er eigentlich?«

»Aus Toledo, wo es hervorragende Bibliotheken gibt.«

»Das weiß ich. Aber warum ist er nach Deutschland gekommen?«

Zu meiner Schande kannte ich die Antwort nicht. Statt zu lügen, sagte ich: »Das hat er nie gesagt. Vielleicht sind die Juden dort verfolgt worden.«

»Unsinn. Es gibt keine freiheitlichere Stadt auf der Welt. Dort leben Juden, Christen und Sarazenen zusammen. Sie veranstalten sogar große öffentliche Dispute, um ihre Ansichten darzulegen. Ich sage dir, in dieser Stadt ist die Religion mehr ein öffentlicher Zeitvertreib als eine Frage des Glaubens.«

»Sicherlich sollten wir alle voneinander lernen«, wagte ich zu äußern.

»In der jüdischen Doktrin liegen subtile, nichtsdestoweniger große Gefahren verborgen, und ich ermahne dich eindringlich zur Vorsicht.«

»Gibt es nicht auch die Doktrin«, hakte ich nach, »daß am Tag des Jüngsten Gerichts die Juden an der Auferstehung des Gerechten teilhaben werden?«

»Das mag durchaus sein«, sagte er. »Aber was kümmert es dich, wo du ja ein Christ bist?« Er starrte mich an und fügte hinzu: »Oder bist du es nicht?«

Ich nickte und wechselte das Thema zu den Abschnitten Vergils, die ich jüngst studiert hatte. Jahre später fragte ich mich, ob diese harmlose Unterhaltung womöglich eines der Glieder in der Kette der Ereignisse gewesen war, die zu Uqharts Verbrennung führten.

Schließlich erreichten wir die hohen Burgmauern, wo wir warten mußten, bis die Wache sicher war, daß wir eingelassen werden durften. Der Graf hatte über den Wassergraben sogar eine Holzbrücke bauen lassen, die bei einem Angriff an Seilen hochgezogen werden konnte.

In der Nähe des Bergfrieds hielt sich eine ansehnliche Menschenmenge auf, von der ich mich in den großen Saal im Erdgeschoß mittreiben ließ, wo ich in einem Meer Bewaffneter, Diener, Bauern und Handwerker unterging. Der Graf saß in der Mitte der Halle auf seinem Klappstuhl und empfing dort Adlige, Ministerialen, Priester und Bauern, die allesamt Bitten vorzutragen, Fälle zu beurteilen oder Geschäfte zu tätigen hatten.

Hier sah ich zum erstenmal den Mann, der später mein Meister werden sollte. Er wirkte streng, war sehr groß, vielleicht Ende Vierzig, hatte aber auch das schlanke Erscheinungsbild eines Kriegers. Seine Bewegungen waren geschmeidig, und offensichtlich hatte er immer noch beträchtliche Kraft. Er sprach auf eine Art, die wenig von ihm verriet, ohne jedes Gefühl, beinahe mechanisch, als er sich um die Tagesgeschäfte kümmerte: der Ankauf des Landes eines erbenlos gebliebenen Hintersassen, die Bitte um Geldmittel für den Ausbau einer Kirche, Eheerlaubnisse, die zu unterzeichnen waren, und ein Urteil, das in einem Fall von Hexerei gesprochen werden sollte. Der Graf wies die Klage ab, ohne die Beweise gehört zu haben.

In meiner Erinnerung ist der Raum an diesem Tag dunkel und sehr kalt gewesen, trotz des Feuers, das brannte. Das Licht war schlecht, da es ein verhangener Tag war. Lediglich dem Licht des Kaminfeuers war es zu verdanken, daß ich die Wandteppiche ausmachen konnte, die mir später so vertraut werden sollten.

Auf jeder Seite des Grafen saß ein Schreiber, der eine Priester und der andere vermutlich ein niederer Ministeriale.

Als der Abt sein Anliegen vorgebracht hatte, stellte er mich dem Grafen vor und fragte, ob ich singen solle. Man beschloß, damit bis nach der Mahlzeit zu warten, wenn die Damen ebenfalls zugegen seien; dann solle ich Loblieder auf sie singen. Dies war endlich die richtige Umgebung für meine Lieder. Ich würde vor einer erlauchten Zuhörerschaft singen, die etwas vom Minnesang verstand. Mein Herz pochte vor Aufregung.

Es folgte ein schier endloses Warten, während die Tische aufgebaut und aus der Küche Essen und Trinken hereingebracht wurde. Der Graf blieb die ganze Zeit auf seinem Klappstuhl sitzen, der sein Amt versinnbildlichte.

Endlich kamen die Damen herein. Ich hatte noch nie zuvor so wunderschöne Wesen gesehen. Sie bewegten und verhielten sich auf so höfische Art und trugen die erlesensten Kleider nach neuester Sitte. Ich spürte, wie sich mein Körper regte beim Anblick ihrer roten Lippen, und stellte mir ihre schlanken, weißen Körper unter den Gewändern vor; und auch mein Geist regte sich, als ich über ihre Weisheit, Würde und Reinheit sinnierte. Ich war viel zu aufgeregt, um auch nur den Versuch zu machen, unterscheiden zu wollen, wer von den Damen nun wer war. Die Gräfin setzte sich neben den Grafen, und die anderen Damen nahmen zu zweit oder dritt auf Kissen und den Bänken unter den Fenstern Platz.

Ich knabberte an dem Brot und dem Fleisch des frisch erlegten Rehs, aber die Aussicht, vor einer so erlesenen Gesellschaft zu singen, raubte mir allen Appetit.

Schließlich war es soweit. Der Abt stellte mich vor, wobei er sowohl meine Gelehrtheit als auch meinen Gesang lobte. Die Damen sahen mich ohne Ausnahme an. Angesichts ihrer Schönheit empfand ich äußerst nachhaltig meine eigene Unwürdigkeit.

Ich verbeugte mich sehr höflich und hob meine Fiedel. Manche der Damen lachten über mich. Ich hörte, wie eine ihrer Nachbarin zuraunte, sie sei überrascht, daß man mich überhaupt hereingelassen habe. Statt mir die Lust zu verderben, erzürnte mich diese Bemerkung und verlieh mir den Mut, mich zur Wehr zu setzen. Mein Herz klopfte nun noch schneller, und meine Hände waren schweißnaß, aber ich war fest entschlossen, die Aufgabe zu Ende zu bringen, die ich mir selbst gestellt hatte.

Während meines ersten Vortrages, einem altbekannten Kampflied, hörten alle aufmerksam zu. Ich kam zum Ende, und es herrschte Stille. Als nächstes trug ich ein von mir komponiertes Liebeslied vor. Einige Damen starrten mich mit steinerner Miene an, während andere zu schwatzen begannen, aber ich konnte nicht erkennen, ob sie wohlwollend oder mißbilligend waren.

Ich sang zwei weitere Lieder, und als ich damit fertig war, hatte es den Anschein, als sei ich nicht mehr da. Jeder unterhielt sich, keiner hörte mehr zu. Ich ließ den Kopf sinken. Ich fühlte mich geschlagen. Und doch befahl der Graf Ruhe, lobte meinen Vortrag, wenn auch sehr förmlich und ohne jede Herzlichkeit, und bat mich, äußerst höflich, doch noch ein letztes Lied zu singen. In meiner Verzweiflung sang ich das traurigste Lied, das ich kannte, ganz allein für mich, ohne der Zuhörerschaft auch nur die geringste Beachtung zu schenken, wobei es mir völlig gleichgültig war, ob ich das Herz von irgendwem rührte oder nicht. Als ich fertig war, herrschte wieder Stille. Der Graf warf mir Geld zu, das aufzuheben ich in meinem Stolz unter meiner Würde hielt. Zum Glück hob es der Abt für mich auf, um niemanden vor den Kopf zu stoßen. Dann führte er mich aus dem Saal, während der Hof seinen üblichen Beschäftigungen nachging.

»Dein Gesang hat ihnen gefallen«, sagte der Abt auf dem Rückweg, sobald wir wieder unter freiem Himmel auf den Feldern waren. Dies waren die ersten Worte, die wir wechselten; ich hatte bis dahin geschmollt, weil mein Gesang nicht so gut aufgenommen worden war, wie ich es erhofft und erwartet hatte.

»Es spielt keine Rolle«, sagte ich. Meine Erfahrung mit dem Hochmut des Hofes brachte mich zu der Überzeugung, daß das klösterliche Leben mir wohl am ehesten entsprach.

»Du hast sie nicht gesehen, wie ich sie gesehen habe, Walter«, beharrte der Abt. »Sie waren sehr von dir angetan, besonders die Gräfin, und sie ist diejenige, auf die es ankommt.«

Trotz der Worte des Abtes schien es mir, daß ich versagt hatte, meine Lieder nur Gleichgültigkeit geerntet hatten, und es für mich als Sänger keine Zukunft gab. Bis zu diesem Punkt hatte es immer wieder Tage gegeben, an denen ich noch glaubte, meine Pilgerfahrt nach Chartres fortsetzen oder meine Versuche, als Minnesänger zu leben, wiederaufnehmen zu können. Ich hatte mich immer noch nicht endgültig darauf festgelegt, ein Mönch zu werden. Jetzt hatte ich nichts Besseres zu tun. Ich hatte im Anschluß daran, was zwischen mir und Katrin geschehen war, allen Wünschen auf eine Heirat entsagt – oder bildete es mir zumindest ein. Ich hatte eine Weile mit Reisen und ausschweifendem Leben verbracht, und dies hatte meinen Hunger nach einem Leben auf der Straße doch sehr gedämpft. Im Kloster war ich von Menschen umgeben, die mir freundlich begegneten; ich konnte studieren und Musik spielen. Mehr noch, die Aussicht auf eine innere Reise, eine innere Pilgerfahrt reizte mich ungeheuer.

Drei Tage nach unserer Rückkehr suchte ich den Abt auf, um ihm meine Entscheidung mitzuteilen. Er brachte seine Freude über das zum Ausdruck, was ich ihm sagte. Ich erbat mir einen Urlaub, um meinen Vater zu besuchen und ihn von meiner Entscheidung in Kenntnis zu setzen, doch der Abt überzeugte mich, daß die Zeit für mich noch nicht reif war, das Kloster zu verlassen und damit das Wagnis einzugehen, der Versuchung zu erliegen. Statt dessen verordnete er mir zunehmend strengere Exerzitien und einen noch ausführlicher ausgearbeiteten Tagesablauf, was ich begeistert akzeptierte.

Es dauerte nicht lange, bis mein Tag so gestaltet war, daß jeder Augenblick entweder in Andacht, Arbeit oder im Studium verbracht wurde. Ich aß nur einmal täglich und lernte immer mehr Gebetstechniken, einschließlich Atmung und Übung der Phantasie, um durch Kontemplation das eigentliche Wesen des Göttlichen zu erkennen, von dem unsere weltlichen Symbole bloße Reflexionen sind. Ich glaubte und verstand schließlich, daß viele Dinge, von denen wir symbolhaft sprechen, beispielsweise die sieben Todsünden und die sieben Kardinaltugenden, keine Beschreibungen des menschlichen Verhaltens sind, sondern eigentlich spirituelle Realitäten, einander gegenüberstehend wie Schachfiguren oder Krieger in einer spirituellen Schlacht, die realer ist als die materielle Welt um uns herum.

In der Zwischenzeit hatte ich den Abt dreimal um Erlaubnis gebeten, nach Hause reisen zu dürfen. Jedesmal erinnerte er mich an meine Berufung, meine Liebe zur Religion, Musik und zum Studium. Er sagte, da ich der Welt bereits den Rücken gekehrt habe, schulde ich der Welt auch keine Erklärung. Er drohte mir mit den spirituellen Gefahren, denen ich außerhalb des Klosters begegnen würde; der Versuchung, zum Leben eines Stellmachers zurückzukehren, der Verlockung durch Frauen und so fort.

Es ist wohl wahr, daß es Momente der Dunkelheit in meiner

Wahrnehmung des Klosters gab. Zum Beispiel wußte ich, daß der Boden des Parlatoriums aus Mühlsteinen bestand, die einst armen Bauern gehört hatten, Mühlsteine, die sie ohne Erlaubnis unseres Stammhauses besessen hatten und ihnen deswegen von den dortigen Mönchen abgenommen und zur Strafe zerschlagen worden waren, um die eigenen Einkünfte zu schützen. Auch hatte ich gelesen, wie unser Gründer Bernhard von Clairvaux den großen französischen Scholasten Abaelard behandelt hatte. Doch solche Gedanken verbannte ich in den hintersten Winkel meines Kopfes, denn zu diesem Zeitpunkt hatte ich Vertrauen zum Orden und zu meinem Schicksal – oder vielmehr war ich nicht in der Lage, zwischen Vertrauen und Leichtgläubigkeit zu unterscheiden.

Ich nehme an, ich hätte einfach gehen können. Angst, meine Zukunft zu gefährden, hielt mich davon ab. Weiterhin war ich überzeugt, daß das Gehorsamsgelübde ernstgenommen werden mußte.

Schließlich bat ich den Abt um ein Gespräch. Damals hegte ich eine gewisse Beunruhigung, was seine Person betraf. Der Termin folgte unmittelbar auf die Matutina. Draußen war es noch dunkel, als ich zu seiner Zelle ging. Ich zitterte sowohl vor Kälte als auch vor Angst.

»Tritt ein, Walter«, forderte er mich förmlich und ungeduldig auf. Er saß auf einem breiten Holzstuhl. Eine einzelne Kerze brannte auf seinem Pult, warf ihr Licht auf die Unterlagen, mit denen er sich gerade befaßte, und ließ sein rechteckiges Gesicht merkwürdig kantig, unwirklich erscheinen. »Was willst du?« knurrte er beinahe.

»Pater Abt, ich bin gekommen, weil ich um Eure Erlaubnis bitten möchte, zu meinem Vater nach Hause zurückkehren zu dürfen. Ich möchte ihm meine Freude vermitteln, meine wahre Berufung gefunden zu haben.«

»Es ist doch wohl eher so, daß du gehen und dein Handwerkergewissen besänftigen oder Zeit mit diesem Juden vergeuden willst. Weißt du denn nicht, wie viele schreckliche Versuchungen dir auflauern werden, wenn du dich in die Welt hinauswagst? Frauen, die Gesellschaft der Teufel, die versuchen werden, dich vom rechten Weg abzubringen, jene, die alles in ihrer Macht Stehende tun werden, um deine Berufung zu erschüttern.«

»Aber ich kann keinen Frieden finden, bevor ich ihn gesehen habe. Ich werde mein Gelübde niemals ernst nehmen können.«

»Es steht geschrieben, wenn du Christus folgen willst, dann sollst du es den Toten überlassen, die Toten zu begraben.«

»Vater«, sagte ich, »ich flehe Euch auf Knien an.«

»Wohl denn«, sagte er, »aber ich versichere dir, daß nichts Gutes dabei herauskommen wird. Ich erwarte dich in vierzehn Tagen zurück, andernfalls könnte dein Platz hier in Frage gestellt sein.«

Ich war schockiert, auf solch schroffe Art entlassen zu werden. Ich hatte nun die Freiheit, die ich ersehnte, aber ein bitterer Nachgeschmack blieb in meinem Mund.

Nur eine Stunde später, als die Sonne aufging, ein fahles, unheimliches Rot über dem Wald, kam Pater Jonathan zu mir ins Refektorium.

»Bist du sicher, daß du gehen willst?« fragte er. »Du weißt, daß der Abt glaubt, es sei gefährlich für dich, jetzt zu gehen.«

»Und ich nehme an, du glaubst es auch.«

»Ich habe in meinem Leben schon vieles gesehen, Walter, vieles, was du kaum glauben würdest.«

»Bitte«, sagte ich, »ich muß gehen.«

Er hielt mich nicht zurück, sondern gab mir Wegzehrung für die Reise und begleitete mich zu dem großen Holztor, das aus dem Kloster führte.

Es war trüb, und die Kälte der Nacht hing noch in der Luft, als ich in den Wald aufbrach. Ich versuchte, die graue Stimmung aus meinem Kopf zu verbannen. Ich brannte darauf, meinen Vater wiederzusehen. Ich dachte an das neue Wissen, das ich erworben hatte, worüber ich mit Uqhart sprechen wollte. Ich war hochmütig genug zu denken, ich wäre mit meiner neu gefundenen Würde und Weisheit in der Lage, Uqhart zum Christentum zu bekehren und ihn zu überzeugen, daß das eine fehlende Element in seiner Kosmologie die Person Christi war.

Auf meinem Weg kam ich durch Babenberch, das ich nach zweitägiger Wanderung erreichte. Es war das erste Mal, daß ich seit jenem großen Brand zurückkehrte, der den Dom und die Schule im Jahr des Herrn 1185 zerstört und meine eigene Schulzeit beendet hatte. Das Gebäude war noch immer eine Ruine, obwohl der Wiederaufbau begonnen hatte. Fast schien es, als hätte mir die Erinnerung an diese Flammen eine Warnung sein sollen, von denjenigen, die in Nurenberc vorbereitet wurden. Lange Zeit stand ich inmitten der Ruine, dem Schutt des alten und den Fundamenten des neuen Gebäudes.

Zwei Tage später stieg ich in demselben Gasthaus ab, wo ich das erstemal mit Pauli gesungen hatte. Es herrschte eine gedämpfte Stimmung, und ich bemerkte, daß mich die Leute bei meinem Eintreten entsetzt ansahen. Ich begriff, daß dies an meiner Zisterzienserkutte lag. Schließlich wurde ich in der Gesellschaft einer Gruppe fahrender Händler aufgenommen, die um das Feuer saß. Wir tranken zusammen Bier. Sie erzählten mir, daß es in zwei Tagen auf dem Marktplatz zu Nurenberc eine Verbrennung geben sollte. Ich schenkte dem keine weitere Beachtung.

Zwei Tage später, kurz vor Mittag, traf ich schließlich in Nurenberc ein. Ich hatte die Stadt noch nie so voller Menschen außerhalb des Jahrmarkts zum Narrenfest gesehen. Alles war auf der Straße. Und doch war es anders als beim Jahrmarkt. Zwar wurde an Ständen auch Bier und Essen verkauft, aber die Menschen waren still oder unterhielten sich nur mit gedämpften Stimmen, rührten sich kaum, blickten alle in dieselbe Richtung, nämlich zu dem Gerüst auf dem großen Platz. Die Luft war feucht, und die Wolken hingen tief am Himmel. Es hatte nicht geregnet, aber es konnte jeden Augenblick beginnen. Wo die Sonne versuchte durchzubrechen, zogen sich merkwürdige goldbraune Streifen über die Wolken. Die allgemeine Stimmung unterstrich noch den Gestank in der Luft, den Gestank von verbranntem Menschenfleisch.

Ich schob mich nach vorn, um besser zu sehen. Die Flammen züngelten immer noch vom Scheiterhaufen auf, auch wenn das Feuer eigentlich bereits heruntergebrannt war. In den Flammen lag eine goldene, gelbbraune Röte gleich der Farbe am Himmel. In den Flammen konnte ich gerade noch die geschwärzte Form von etwas erkennen, das einmal menschlich gewesen war. Während ich hinstarrte, mußten die Seile, die die Leiche festhielten, schließlich durchgebrannt sein. Ich sah Zähne, wie zum Schrei geöffnet, in dem geschwärzten und augenlosen Kopf, als der Leichnam trotzig nach vorn auf die Menge zuschwankte. Er brach zusammen, sprühte einen Funkenschauer über jene, die ganz nahe standen, schickte eine Flammensäule zum Himmel hinauf und löste sich in der schwarzen Asche in nichts auf.

Genau in diesem Moment begann es zu nieseln.

Die Menge war verstummt. Die Gesichter der Menschen waren aschfahl vor Haß. Manche grinsten zufrieden, mit angesehen zu haben, was sie für einen Sieg der Gerechtigkeit hielten; andere waren versunken im Schrecken des Schauspiels, und wieder andere begannen sich zu langweilen und zu fragen, was sie nun tun sollten. Ich wandte mich an die Leute neben mir und fragte, wer hier verbrannt worden war und warum. Ich hörte ihre Worte, doch mein Verstand weigerte sich, das Gesagte zu verstehen.

Zunächst einmal erfuhr ich, daß der Mann ein Ketzer gewesen sei – und nicht nur ein Ketzer, sondern obendrein ein Zauberer, der die Menschen mit Schwarzer Magie verhext und Satan einen jungen Christen geopfert habe. Er habe das Gesicht des jungen Mannes herausgeschnitten und ihn dann an ein Pferd gebunden. Nur durch Eingreifen des heiligen Sebald, sagten sie, sei das Pferd nach Nurenberc zurückgeführt worden, wobei es den armen, geschundenen Körper des jungen Mannes immer noch hinter sich herschleifte. Unter Folter habe der Magier gestanden, auch noch einen anderen jungen Mann auf diese Weise geopfert zu haben, und daß er den Vater dieses Mannes verflucht und ihn dazu getrieben habe, sich das Leben zu nehmen, indem er ihn mit bösen Geistern quälte. Ein anderer sagte, daß der Zauberer wochenlang der Folter standgehalten habe, bevor er schließlich seine Verbrechen gestand, nämlich Schwarze Magie zu praktizieren, teuflische Substanzen herzustellen, den Teufel anzubeten und sich gegen unseren Herrn zu verschwören. Seine Schmerzunempfindlichkeit bewies, daß er dem Teufel gehörte.

Erst nachdem ich die Geschichte begriffen hatte, hörte ich jemanden den Namen Uqhart sagen. Als ich zu verstehen begann, zitterte ich am ganzen Leib und hätte mich am liebsten erbrochen. Dann mußte ich wohl auf die Knie gefallen sein. Ich erinnere mich, wie die Menge über mir aufragte. Laut habe ich seinen Namen hinausgebrüllt, als mir bewußt wurde, was geschehen war.

Jemand schrie: »Bringt ihn zum Schweigen, bringt ihn zum Schweigen! Er ruft seinen Geist an!«

Das Entsetzliche des Geschehens wurde mir nach und nach deutlicher. Ich begriff, daß Pauli der junge Mann gewesen sein mußte, der angeblich geopfert worden war – und ich der andere

Mann. Ich besaß gerade noch die Geistesgegenwart, mich zusammenzureißen, bevor ich erkannt wurde, bevor die Menge mich ohne Federlesens hängte oder bei lebendigem Leib zerriß.

Ich stand auf und sagte: »Was redest du? Seht mich an. Ich bin ein Zisterzienserbruder. Ich bete, für euch alle und für diese Stadt des Bösen.« Dann zog ich mir die Kapuze tief ins Gesicht und machte mich auf den Weg zum Haus meines Vaters.

Als ich dort eintraf, war es verlassen. Tiefe Stille lag über allem. Kein Lachen und Rufen der Handwerker, nicht das kleinste Geräusch von Holzbearbeitung oder Stahlschmieden. Meine Stiefmutter und mein Halbbruder waren nirgends zu sehen. Die Linde stand noch; ansonsten war es wie das Haus eines Fremden, ein Geisterhaus.

Ich schaute genauer hin. Aus den Werkstätten und auch vom Hof waren sämtliche Werkzeuge entfernt worden. Ich warf einen Blick ins Haus: alle Möbel verschwunden. Ich stand davor und versuchte nachzudenken. Inzwischen regnete es in Strömen, und die ganze Stadt schien in ein unheimliches, gelblichgraues Licht gebadet. Ich fürchtete das Gespräch mit den Nachbarn. Ich wollte nicht erkannt werden. Wollte niemandem Rechenschaft ablegen müssen, wer ich war und was aus mir geworden war.

Draußen auf der Straße sah ich eine Fremde, eine Frau, deren Rücken gebeugt war vom Alter. »Ich suche Adam von der Ouwe, den Stellmacher«, sagte ich.

»Nun, hier wirst du ihn nicht finden, nicht im Land der Lebenden. Er hat sich ertränkt. Vor über einem Monat. Das weiß hier jeder.« Ich starrte sie an. Sie fuhr fort. »Manche sagen, es war, weil ihm die Frau mit ihrem Buhlen aus Fürth durchgebrannt ist. Aber andere sagen, er sei von diesem Magier verflucht worden, den sie heute verbrannt haben. Was ich mir sehr gut vorstellen kann. Es heißt, er habe seinen eigenen Stiefsohn ermordet...«

Irgendwie gelangte ich zum Friedhof. Die Dämmerung hatte bereits eingesetzt. Was ich in der dazwischenliegenden Stunde getan habe, weiß ich nicht mehr. Aber ich erinnere mich an den Totengräber. Ich erinnere mich an sein Gesicht. Er hatte eine riesige Schwellung am Kinn; er würde den Toten schon bald Gesellschaft leisten. Er führte mich zum Grab meines Vaters. Ich erinnere mich an seine Stimme: Er zischte und gluckste beim Sprechen, wie ein Teufel, der aus der Hölle heraus höhnte. Er deutet auf eine noch frische Grabstelle.

»Hätte am Scheideweg beerdigt werden müssen, das ist meine Meinung«, sagte er, »wo er sich doch selbst entleibt hat! Das hier ist geweihter Boden. Hier ist kein Platz für solche. Hand an sich zu legen ist eine Sünde, eine unverzeihliche Sünde, selbst wenn er von diesem Juden dazu getrieben wurde. Es gab nie einen herrlicheren Duft in Nurenberc als heute der Geruch seines brennenden Fleisches. Der Stiefsohn von diesem Juden liegt dort drüben«, sagte er und zeigte auf ein anderes, nur wenig älteres Grab, das ein Kreuz trug. Ich dachte an den armen Pauli, erinnerte mich an seine Stimme, seine Lieder. »Er hat diesen armen Christenjungen wie seinen Leibeigenen behandelt, bis man ihn als Dank für all seine Mühen von einem gespenstischen Pferd durch den Wald geschliffen fand und sein Gesicht nur noch ein Brei war. Der arme Kerl! Kein Mensch hätte ihn mehr erkannt, wenn Uqhart nicht aufgeheult hätte, als er ihn sah. Er war vom Dämon besessen, und nicht mal unter der Folter empfand er Reue.«

Ich erinnere mich, gestürzt zu sein. Es war, als zögen mich die Gräber, als zöge mich die dunkle, unterirdische Welt der Gräber an. Dann sah ich das Gesicht des Mannes, das sich über mich beugte, ein zahnloses Grinsen griente. Ich glaube, es waren noch andere Leute dort. Ich muß aufgestanden und auf sie losgegangen sein. Ich weiß nicht, ob ich jemanden verletzte. Ganz bestimmt schlug ich den großen Totengräber lange genug, um zu entkommen.

Dann weiß ich nur noch, daß es dämmerte und ich im Wald war, nicht weit entfernt von jener Stelle, wo Katrin und ich uns immer getroffen hatten. Der Wald war ein grauer, dunstiger Schatten. Die Nacht kam. Überall um mich herum meinte ich wiehern zu hören, das Wiehern des Pferdes, das Pauli schleifte. Und die ganze Zeit hatte ich den Gestank des Scheiterhaufens in der Nase. Ich wollte zum Kloster zurück. Doch ich wußte, daß das Unheil erst durch meinen Aufenthalt dort seinen Lauf genommen hatte.

Ich warf mich verzweifelt zu Boden, während Wut und Reue mich bedrängten und folterten. Die Erkenntnis, daß die ganze Zeit, die ich im Kloster verbracht hatte, ein Betrug gewesen war, war einfach zuviel für mich. Jeder neue Gedanke, der kam, jede neue Erkenntnis war wie eine Klinge, die mir in den Kopf gestoßen wurde. Ich krümmte und wand mich auf dem kalten Waldboden. Inzwischen war es fast völlig dunkel. Ich war sicher, Geister zu hören, überall, Gespenster, Kobolde, boshafte Kreaturen der Nacht, die mich auslachten. Wenn sie doch nur wirklicher gewesen wären, gegenwärtiger als das Geschehene!

Dann stand ich flußaufwärts vom Stadtkern auf einer der Brücken über die Pegnitz. Ohne das fahle Licht des Halbmonds, der gelegentlich zwischen den Wolken hervorlugte und sich im dunklen Wasser spiegelte, wäre es eine pechschwarze Nacht gewesen. Ich wußte, es war die Brücke, von der mein Vater gesprungen war. Ich wollte ebenfalls springen, in die Schwärze, die Leere, um bei ihm zu sein. Über der ganzen Welt lag eine stickige, erdrückende, bleierne Stille. Der Wind war kalt, bitterkalt und herzlos. Alles, was ich geliebt hatte – Katrin, mein Zuhause, meine Schule und das Kloster – das alles war jetzt leer und dahin.

Während ich ins Wasser starrte, verwandelte sich meine Verzweiflung in eiskalte Verbitterung und Trotz. In diesem Augenblick wäre der Tod zu einfach gewesen. Ich wollte mehr leiden auf dieser Erde. Aber vor allem anderen, ich wollte wissen. Ich mußte wissen, warum sich alles so entwickelt hatte.

Ich zitterte vor Haß auf mich selbst, wie ich da stand, und sah ein Wahngebilde, eine verzerrte Spiegelung meines Gesichts im Wasser, gewaltig, rund, haarlos und weiß mit einem spöttischen, zahnlosen Grinsen. Wie von wilden, dämonischen Mächten getrieben rannte ich fort, zurück in den Wald, wo ich tage- und nächtelang ziellos umherirrte, aus Bächen trank, nichts aß und nur um den Tod betete.

Irgendwie gelangte ich dann nach Fürth, wo ich von einem liebenswürdigen Priester, Pater Ludovicus, gepflegt wurde, der mich bewußtlos auf dem Marktplatz gefunden hatte.

Ich habe nur seltsame, unzusammenhängende Erinnerungen an ihn. Ich weiß noch, daß er versuchte, mich mit süßlich riechenden Suppen zu füttern und mir Kräuteraufgüsse einflößte, damit ich schlafen konnte. Ich erinnere mich, daß ich versuchte, ihm meine Lebensgeschichte zu erzählen. Und ich erinnere mich an Augenblicke, in denen der Wahnsinn zurückkehrte und ich um mich schlug und mich auf dem Boden krümmte, Selbstvorwürfe hinausschrie.

Er hörte mir geduldig zu und half mir, meine Gelassenheit wiederzufinden. Dafür werde ich ihm ewig dankbar sein.

Sobald ich konnte, machte ich mich wieder auf den Weg nach Nurenberc, zur Burg. Ich wollte mit dem Bischof sprechen. Er war ein widerlicher Mensch, aber falls jemand die Wahrheit über Uqharts Tod kannte, dann er.

Es regnete in Strömen, als ich mich durch die Wälder schleppte, die zwischen Fürth und Nurenberc liegen. Ich war immer noch geschwächt. Doch was zuvor Unfähigkeit gewesen war, mich mit den Veränderungen in meinem Leben abzufinden, hatte sich jetzt zu erdrückender, bleierner Gewißheit gewandelt. Mein einziges Ziel bestand darin, die Last zu verringern, indem ich mehr Tatsachen herausfand.

Auf meinem Weg durch die hölzernen Tore im Süden der Stadt sah ich ein paar bewaffnete Männer des Bischofs herumstehen und schwatzen. Ich glaubte, sie wären wegen der Gerüchte einer Revolte unter den Bauern dort.

Als ich vorbeiging, hörte ich eine der Wachen rufen: »Das ist er!«

Zuerst achtete ich nicht weiter darauf, doch dann spürte ich eine plötzliche Bewegung in meine Richtung. Ich war es, auf den sie es abgesehen hatten.

Dummerweise begann ich zu laufen, doch der Boden war matschig. Ich rutschte immer wieder aus, und die Pfützen bremsten mich. Weit konnte ich nicht gelaufen sein, bevor mich ein harter Schlag auf den Hinterkopf traf. Ich stürzte mit dem Gesicht in den Schlamm und wurde ohnmächtig.

In einem Verlies kam ich wieder zu mir. Ich war allein. Mein Hinterkopf pochte gnadenlos. Ich hatte Durst, und mir war kalt. Schließlich kam ein Kerkermeister mit Wasser. Es stank nach Harn. Ich verlangte etwas zu essen und erhielt nichts als ein oder zwei altbackene Kanten am Tag.

Ich bekam Fieber. Meine Versuche der Andacht wurden von abscheulichen Halluzinationen heimgesucht. Einmal phantasierte ich, mein Kerker wäre von schwarzen, kriechenden Insekten mit scherenartigen Kiefern übersät, und der Wärter wäre ein riesiger schwarzer Adler mit bösartigen Krallen und ekelhaft gelben Augen. Gleichzeitig hörte ich von draußen das Krachen und Scheppern von Kriegsmaschinen, die wie große Insekten mit metallenen Rüsseln waren, über Nurenberc in der Luft hingen und Feuer und das Böse über alles und jeden in der Stadt spuckten. Ich hatte das Gefühl, unaufhaltsam vorwärts in der Zeit zu reisen, vielleicht zu den Tagen des Armageddon.

Das muß vier oder fünf Tage gewesen sein, bevor ich in eine größere Zelle geschleift wurde. Das Licht, das durch das schmale Fenster hoch oben in der Wand fiel, tat mir in den Augen weh. Hinter dem Tisch saß, in all seiner Pracht und Herrlichkeit, der Bischof höchstselbst. Links und rechts von ihm standen mit Piken bewaffnete Wachen.

Der Bischof war ein gehässiger, kleiner Mann, kahlköpfig, fett und mit einem Gesicht, das tölpelhaft gewesen wäre, hätte es nicht soviel Bosheit und Hartherzigkeit ausgestrahlt.

»Wer bist du?« krächzte er.

»Walter von der Ouwe, der Sohn Adams von der Ouwe.«

»Aber der ist tot!«

»Mein Vater ist tot, das weiß ich.«

»Nein, nein. Walter von der Ouwe ist tot. Er wurde von Uqhart dem Magier ermordet. Also bist du entweder ein Beutelschneider oder aber ein böser Geist, der sich als er ausgibt.«

In meiner Bestürzung versuchte ich aufzustehen, doch die Wachen drückten mich sofort wieder herunter. Der Bischof nahm das Kruzifix von seinem Hals und hielt es mir entgegen, als sei ich wirklich ein Dämon.

»Nein«, sagte ich, »hört zu...«

Ich erzählte ihm meine Geschichte – daß ich zurückgekehrt war, daß ich die Verbrennung gesehen hatte. Es gelang mir, weder zu weinen noch zu brüllen; dieser Mann hätte es nur als Beweis dafür genommen, daß ich ein böser Geist war oder doch zumindest von einem solchen besessen.

»Warum glaubt Ihr, daß Uqhart mich ermordet hat?« fragte ich.

»Er hat es gestanden, hier, genau in diesem Kerker.«

Zorn beflügelte meinen Geist, als ich begriff, daß genau hier, an diesem Ort, Uqhart gefoltert worden war. Genau hier hatten sie ihn mit heißen Eisen gequält, geschlagen und gedemütigt. Ich erkannte, daß ich um mein eigenes Überleben kämpfte.

»Das muß ein Irrtum sein«, sagte ich. »Die letzten sechs Monate habe ich als Mönch bei den zisterziensischen Brüdern in Frankenburc gelebt. Ich flehe Euch an, schickt Abt Quintus eine Nachricht. Er wird sich für mich verbürgen.«

Plötzlich verdunkelte ein beunruhigter Ausdruck sein mopsartiges Gesicht. Die Zisterzienser sind eine einflußreiche Macht, und es liegt weder im Interesse eines weltlichen noch eines kirchlichen Herrschers, sich mit ihnen zu überwerfen.

»Bringt ihn zurück in seine Zelle«, befahl er.

Von da an änderte sich alles. Ich wurde in eine bessere Zelle verlegt. Es gab genügend Platz, um sich auszustrecken, und einen Schreibtisch, einen Tisch und etwas Licht durch ein kleines, schmales Fenster, das auf den Burggraben hinausging.

Mir wurde ein neuer Kerkermeister zugewiesen, der mir sehr gutes Essen brachte, Bier und auch Bücher, eine Kerze, in deren Licht ich lesen konnte, und schließlich sogar meine Fiedel. Ich spürte, wie meine Kräfte zurückkehrten. Dieser neue Wächter hieß Bruder Andreas. Er war Anfang Zwanzig, dünn, blond und fahrig, verstand jedoch viel von den Künsten der Konversation und Disputation. Er plauderte mit mir über die Ereignisse, die zu meiner Gefangenschaft geführt hatten. Auch sprachen wir über Philosophie und Religion. Dies ging etwa eine Woche so.

Eines Tages steckte er mir heimlich einen Zettel zu, auf den er geschrieben hatte: »Walter, mein Freund, wir werden belauscht. Alles wird gut. Bald soll ich dich zum Bischof bringen. Verspreche ihm alles, worum er dich bittet. Du stehst unter Schutz.«

Ich versuchte, ihm in die Augen zu sehen, doch sein Gesichtsausdruck war unmißverständlich: Ich durfte mir nichts anmerken lassen. Statt wie üblich sitzen zu bleiben, stand Bruder Andreas auf und sagte, ich solle meine Fiedel und Papiere nehmen und ihm folgen.

Ich wagte kaum zu hoffen, daß ich meine Zelle zum letztenmal verließ. Wir gingen die Wendeltreppe hinauf, und mir erstarrte das Blut, als ich die Schluchzer, Rufe und Schreie der Gefolterten hörte. Ich fragte mich, was mir wohl bevorstand.

Ich wurde zu einem abgetrennten Raum im zweiten Stockwerk der Burg geführt, einem Vorzimmer der großen, oberen Empfangshalle, in der die Festgelage für die vornehmsten Gäste stattfanden. Die Düfte in dem Raum waren verglichen mit dem Gestank der Verliese geradezu himmlisch. Es roch nach herrlich zubereiteten Speisen – Wild mit seltenen Früchten und Gemüsen –, und über allem hing der Duft von Weihrauch. Die Wände waren mit wunderschönen Gobelins aus prächtigen rotgoldenen Webereien geschmückt. Die Stühle waren aus wunderbar geschnitztem Holz mit Löwenköpfen an den Armlehnen. Ich hätte geglaubt zu träumen oder im Himmel zu sein, wäre ich nicht so nervös und mißtrauisch gewesen.

Ich wurde vom Bischof begrüßt. Er saß auf einem Klappstuhl und trug elegante Gewänder. Auf dem Tisch vor ihm standen eine Flasche Wein und drei Kelche sowie eine Auswahl an Wild, Schinken, Leckereien, seltenen Früchten und Käse. Er bot mir ein Kelchglas Wein an, das ich annahm.

Anders als bei unserer ersten Begegnung unternahm der Bischof nun alles, um mir gegenüber seinen guten Willen zu bekunden. Sein Mienenspiel war leutselig, auch wenn seine Augen genauso hart, grau und herzlos blieben, wie ich mich noch an sie erinnerte.

»Es liegt auf der Hand«, erklärte er schwülstig, »daß bei dem Verfahren gegen den Magier Uqhart ein Fehler unterlaufen ist – allerdings nur, soweit es deine Person betrifft. Und das hast du dir selbst zuzuschreiben, da du so lange fort warst, ohne eine Nachricht zu schicken. Man ging aufrichtig davon aus, daß du tot wärest.«

Ich erinnerte mich an Andreas' Zettel und widerstand der Versuchung, ihm zu widersprechen.

»Nichtsdestoweniger«, fuhr er fort – auf lateinisch natürlich, damit die Diener uns nicht verstehen konnten –, »stehe ich als Bischof von Nurenberc über dir und bin dein Herr in allen weltlichen wie kirchlichen Belangen. Daher steht es mir zu, dir zu gebieten. Und das werde ich auch tun. Uqhart war der Zaubersprüche schuldig, die zum Tod seines Stiefsohns und dadurch zum Tod deines Vaters führten. Der Mann hatte viele Teufelsmale, von denen eines darin bestand, daß er Schmerzen gegenüber recht unempfindlich war. Verstehst du das? Was ich sagen will, ist folgendes: Beim gemeinen Volk darf kein Zweifel an der Richtigkeit des Urteilsspruchs in Uqharts Prozeß geweckt werden. Daher verbiete ich dir, mit irgendeiner Menschenseele über das zu sprechen, was sich zwischen uns zugetragen hat, ebensowenig darfst du Zweifel an der Richtigkeit von Uqharts Verurteilung äußern.«

Ich verstand, daß er vor irgend jemandem oder irgend etwas Angst hatte. Ich wußte ferner, daß ängstliche Männer gefährlich sind.

»Ich habe vollstes Vertrauen in die Urteilskraft der über mir stehenden Männer«, sagte ich. »Daher ist mir die Tugend des Gehorsams auch sehr wichtig. Genau aus diesem Grunde habe ich mich im übrigen auch für das Leben als Zisterzienser entschieden.«

Mir fiel auf, daß er bei dem Wort »Zisterzienser« leicht zusammenzuckte.

»Gut, dann müssen wir nicht weiter über diese Angelegenheit

sprechen. Ich habe Vorkehrungen getroffen, daß du sofort zum Kloster Frankenburc zurückreisen kannst, wo sich der Abt um deine weitere Zukunft kümmern wird. Wie ich höre, besitzt du eine schöne Stimme und große dichterische Gaben. Nachdem wir gegessen haben, könntest du mir vielleicht etwas singen.«

Ich bedankte mich noch einmal beim Bischof. Wir aßen, gleichwohl es schon merkwürdig ist, daß einem jede noch so gute Speise im Halse steckenbleibt, wenn man sich in Gesellschaft einer Person befindet, die man so sehr verachtet, wie ich den Bischof verachtete.

6
Die Liebenden

Ich zog meine Reise in die Länge, indem ich für drei oder vier Wochen einfach im Wald lebte, ehe ich den Entschluß faßte, ins Kloster nach Frankenburc zurückzukehren – aber nicht etwa, weil ich als Mönch leben, sondern weil ich wissen wollte, warum der Abt meine Abreise so lange hinausgezögert hatte. Je mehr ich darüber nachdachte, desto überzeugter war ich, daß ihn die Schuld an Uqharts und meines Vaters Tod traf.

Ich trat durch das große Tor des Klosters und meldete meine Ankunft dem diensthabenden Bruder. Er bat mich zu warten und ließ Pater Jonathan rufen, der innerhalb weniger Minuten kam. Pater Jonathan war ganz offensichtlich unruhig, begrüßte mich aber dennoch mit all der Herzlichkeit, die er aufbringen konnte. Ich freute mich, ihn zu sehen. Er führte mich sofort zum Abt. Inzwischen verdächtigte ich diesen Abt, mich unter Vorspiegelung falscher Tatsachen im Kloster festgehalten zu haben, und war fest überzeugt, daß er die ganze Zeit gewußt hatte, was mit meinem Vater geschehen war, wenn ich es auch nicht wirklich mit Sicherheit sagen konnte. Allein schon der Anblick des Abts erzürnte mich, wie er dort stand und mich mit seinem überlegenen Lächeln anstrahlte.

Er unterließ es, sich nach meinem Befinden zu erkundigen und wie es mir ergangen war; er wußte es bereits. Was meinen

Argwohn nur verstärkte. Ich begrüßte ihn verhalten, aber höflich. Er muß meine Kühle gespürt haben, besonders wie ich bei seiner Umarmung zurückwich.

Ich beabsichtigte, mich behutsam wieder ins Klosterleben einzufügen, da ich hier zumindest ein Bett und zu essen hatte, um dann womöglich mehr über die Ereignisse in Nurenberc herauszufinden. Allerdings sollte ich nicht einmal eine Nacht dort verbringen. Abt Quintus hatte meinen Groll vorhergesehen. Er schlug vor, daß ich in den Waschraum gehen und mich saubermachen sollte. Dort gab es einen Spiegel. Es war schon richtig, ich sah fürchterlich aus mit dem langen, verfilzten Haar und meinem ausgemergelten Gesicht, gegerbt von Sonne und Wind und sehr schmutzig, obwohl ich häufig in Seen und Bächen ein Bad genommen hatte.

Dann wurde ich in die Zelle des Abts gebeten, wo man mir eine Mahlzeit mit Wild, Früchten, Gemüse und Wein, vorsetzte. Dort erzählte er mir dann freiheraus, daß ich eingeladen worden war, am Frankenburcer Hof zu dienen und zu singen. Anscheinend erinnerten sich die Damen von meinem ersten Besuch noch gut an mich, und die Gräfin sprach immer noch besonders von einem meiner Liebeslieder. Der Graf und die Gräfin waren bereit, mir eine Anstellung zu geben; ich sollte singen, schreiben und bei der Ausbildung der Pagen behilflich sein. Ich wiederum würde Gelegenheit haben, die höfischen Künste der Reiterei, Waffenkunde, Falknerei und mehr zu erlernen. Sofern ich meine Arbeit und Dienste gut versah, stellte man mir schließlich in Aussicht, zum Ritter geschlagen zu werden.

Ich hätte vermutlich überglücklich sein sollen. Statt dessen jedoch fühlte ich mich wie benommen. Mir wurde gesagt, was ich zu tun hatte. Es blieb gar keine andere Wahl. Wegen meines Wissens wurde meine Anwesenheit im Kloster nicht länger geduldet, also schickte man mich an einen Ort, wo man mich auch weiterhin im Auge behalten konnte. Nach der Mahlzeit bat ich darum, einige Zeit allein gelassen zu werden, um alles zu überdenken. Ich ging in die Klosterkirche und versuchte zu beten, doch es gelang mir nicht, mich wie früher in tiefe Andacht zu versenken.

Ich kehrte zur Zelle des Abts zurück. Der Abt war allein. Ich fiel auf die Knie und flehte ihn an: »Bitte, Euer Gnaden. Ich weiß, es gibt etwas, das Ihr mir verheimlicht. Ich muß wissen, was es ist.«

Er sagte nur: »Du bist sehr müde, Walter. Du hast eine schreckliche Zeit hinter dir. Komm, ich bringe dich an einen Ort, wo du ausruhen kannst.«

»Ich muß es wissen!« brüllte ich noch einmal.

Er setzte eine strenge Miene auf: »Walter, du darfst weder hochmütig sein noch dich mit Gedanken und Ideen tragen, die über deiner derzeitigen Stellung im Leben liegen. Du hast viele Freunde. Wir sind deine besten Freunde. Was wir wollen, geschieht ausschließlich und allein zu deinem Besten.«

Ich stand auf und ergriff meine Fiedel. Ich fragte kurz angebunden, ob ich sofort nach Frankenburc gehen solle.

Der Abt nickte. Ich ging, ohne ein weiteres Wort zu verlieren.

Und so war ich allein bei meiner zweiten Ankunft in Frankenburc. Außer meinen Kleidern besaß ich nichts weiter als eine kleine Geldbörse und meine Fiedel. Ab jetzt würde ich für jene singen, die riesige Ländereien ihr eigen nannten, deren Besitz sich über größere Entfernungen erstreckte, als ich in meinem ganzen bisherigen Leben gereist war.

Es war bereits später Nachmittag, als ich die Stadt erreichte. Ich ging durch die Tore und besuchte die Baustelle, wo die neue Kirche errichtet wurde. Die Stadt war klein, aber auch sauber und wohlhabend, besaß Reihen erst kürzlich gebauter Häuser.

Manche Häuser waren aus Stein statt aus Holz; sie sahen in der Tat ausgesprochen vornehm aus. Ich erinnere mich an den frischen Duft aus einer Bäckerei, an der ich vorbeikam. Es war ein heller Tag, doch das Licht war dunstig, und ein leichter Nebel waberte träge, beinahe ruhig über dem gemächlich dahinfließenden Main im Tal.

Die Burgmauern erhoben sich majestätisch und entmutigend auf einem steilen Berg am anderen Ende der Stadt. Ich spürte, wie sich Hoffnung, Ehrgeiz und der Geschmack einer neuen Freiheit in mir regten, während ich den gewundenen Weg zu den Toren auf dem Gipfel des Berges hinaufstieg.

Ein bißchen beklommen stellte ich mich dem Torwächter vor, einem tatterigen alten Burschen mit kahlem Haupt und Spitzbauch. Die Burg war kleiner als die in Nurenberc, aber auch neuer, und aus einem prächtigen, gräulich weißen Stein gebaut, der in der Sonne schimmerte. Rundherum führte eine äußere Mauer, bevor man die eigentliche Burg erreichte. In dem Bereich zwischen äußerer und innerer Burgmauer waren einige Häuser, ein Platz für die Viehhaltung einschließlich der Ställe und ein weiterer Platz, auf dem Waffenübungen stattfanden. Sodann kam die innere Mauer mit den Wehrtürmen. Genau in der Mitte stand massig und kantig die eigentliche Festung, doch ich bemerkte ebenfalls, daß einige ihrer Bogen herrliche Zickzackausschmükkungen besaßen, genau wie die stattlichsten Kirchen, was der vornehmen Geburt und dem kultivierten Leben derjenigen, die dort lebten, auch ziemte. Zumindest dachte ich das damals.

Hinter der Burg erstreckte sich das Land in einer Ebene, die höher lag als die, aus der ich über die Stadt heraufgestiegen war. Diese Hochebene war, abgesehen von einem abgeholzten Gebiet unmittelbar hinter der Burg, bewaldet. Dies war die Stelle, an der ich eines Tages beim Turnier gegen Johannes von Ulm antreten sollte.

Ich mußte etwa eine halbe Stunde vor dem Tor warten. Der alte Mann tapste davon und kehrte nicht zurück. Meine einzige Gesellschaft waren zwei mürrisch dreinblickende Soldaten, die den Zugang bewachten und mit ihrer Haltung unmißverständlich zu verstehen gaben, daß ich keinesfalls weitergehen sollte.

Durch ein Gitter über dem schmalen Fenster konnte ich einen flüchtigen Blick auf eine hohe Frau werfen, die aus einer Tür an der gegenüberliegenden Seite des Hofes trat. Sie war jung und schön – atemberaubend schön –, hatte langes, wallendes, goldblondes Haar. Ihr Gesicht war mädchenhaft. Sie trug ein blaugefärbtes Kleid. Sie bewegte sich mit unnachahmlicher Grazie. Ich rechnete damit, daß sie jeden Augenblick aus meinem Blickfeld verschwand, durch eine andere Tür wieder das Hauptgebäude der Burg betrat. Doch ging sie zu meiner Überraschung weiter in meine Richtung. Mein Herz machte einen Satz, als ich begriff, daß sie kam, um mit mir zu sprechen.

Sie hieß mich auf der Burg willkommen, benutzte dazu vornehme, höfliche Wendungen und erkundigte sich nach meiner Reise und meinem Befinden. Nachdem ich ihr gebührlich geantwortet hatte, führte sie mich schweigend über den Hof zu einem Saal.

Dies war Hildegunde. Schon bei unserer ersten Begegnung wurde ich stark von ihr angezogen. Vielleicht weil ihr Status zuließ, zu solch niederen Botengängen wie der Begrüßung unbedeutender Sänger abgestellt zu werden, nahm ich jedoch an, sie sei nicht von adliger Geburt und vielleicht zu mädchenhaft, um der edlen Liebe würdig zu sein, von der zu singen ich durch meine Studien und meine kurze Wanderschaft mit Pauli gelernt hatte.

Ich erinnerte mich an diesen Saal der Burg noch von meinem ersten Besuch. Diesmal war es dort erheblich ruhiger. Graf Friedrich saß auf seinem Klappstuhl vor dem Kamin und besprach geschäftliche Dinge mit vier Rittern und drei Damen; eine der Damen erkannte ich als die Gräfin. Wie beim ersten Mal war ich wieder beeindruckt von der Größe und kraftvollen Gestalt des Grafen. Diese war selbst im Sitzen zu erkennen. Er war wirklich ein Hüne von einem Mann, und auch wenn er angesichts seines Alters und Standes die Zeit des Kampfes wahrscheinlich längst hinter sich hatte, mußte man immer noch ausgesprochen mutig sein, wollte man sich mit ihm anlegen.

Auch war ich entzückt von dem Adel der äußeren Erscheinung und Haltung seiner Gemahlin, der Gräfin. Sie stand hinter dem Grafen, eine Hand auf seiner linken Schulter.

Hildegunde gesellte sich zu der Gruppe und setzte sich neben die Gräfin. Prächtige Behänge hingen an den steinernen Wänden hinter den Adligen und rechts von ihnen. Der Boden war mit Gras, Blumen und frisch gesammelter Binse bestreut, was einen natürlichen Wohlgeruch verbreitete. Herrlich bestickte Kissen lagen auf den Fenstersitzen und Steinsockeln der Säulen. An der Wand, die nicht mit Bildteppichen geschmückt war, sah ich eine Reihe von Schilden. Einen Ehrenplatz nahm selbstverständlich jenes mit dem Wappen des Grafen ein: ein riesiger schwarzer Adler auf einem weißen Kreuz auf goldenem Grund. Ein anderer Schild trug querlaufende Streifen und das Zeichen des Halbmonds auf rotem Grund. Zweifellos ein Beutestück von den Sarazenen. Ich starrte es erstaunt an.

Ich betrat schüchtern die Halle, wurde aber dennoch freundlich begrüßt. Der Graf stellte mich den anderen vor und fragte mich aus Höflichkeit das eine oder andere über meine Person, was ich angemessen zu beantworten wußte. Dann bat er mich, ihnen aufzuspielen. Die Gräfin sagte, sie brenne darauf, eine Komposition über das Thema der Minne zu hören.

Ich war müde von meiner Wanderung, gab aber mein Bestes. Ich sang ein Lied, in dem die Tugenden des höfischen Lebens gepriesen wurden, ein weiteres über das Idealbild der Edelfrau und danach ein Kreuzfahrerlied, das eines von Barbarossas Lieblingsstücken gewesen war und von dem ich meinte, es könne diesem Kreis gefallen. Die Frankenburc war ein Lehen der Hohenstaufen.

Die Gräfin starrte mich mit großen Augen an, während ich sang, als wolle sie nicht nur jedes einzelne Wort und jeden Ton verschlingen, sondern mich gleich mit. Hildegunde blieb zwar im Saal, hielt jedoch ihren Blick abgewandt; sie ging, sobald ich meinen Vortrag beendet hatte. Die Männer und die anderen Damen hörten still zu. Beim Singen spürte ich die Macht der Musik aus meiner Stimme und meiner Fiedel strömen. Ich machte mir Gedanken über die Macht dieser Leute, daß sie mich nach Lust und Laune vernichten konnten. Ich erinnerte mich an die Geschichte von Orpheus, wie er die wilden Ungeheuer gezähmt hatte. Ich hätte gründlicher über diese Legende nachdenken sollen.

Graf Friedrich bedankte sich für meinen Gesang und sagte, ich sei an seinem Hof willkommen und könne so lange bleiben, wie ich es wünschte. Als Gegenleistung für Kost und Unterkunft müsse ich bei den Mahlzeiten und Festen singen, wenn es denn gewünscht werde. Ferner solle ich mich unter Anleitung des Höflings Theodor um die Erziehung und Ausbildung der Pagen kümmern, der jüngeren Mitglieder des Hofes. Ich sollte ihnen Fertigkeiten im Reiten beibringen, im Fechten, im Tanz und der Musik, im Tricktrack- und Schachspiel, im Aufschneiden von Fleisch und richtigem Kredenzen von Wein im Knien. Ich stimmte bereitwillig zu, obwohl ich viele der genannten Fertigkeiten selbst noch nicht beherrschte.

Theodor war ein kleiner Mann von etwa vierzig Jahren mit lockigem, ergrauendem Haar, schmalem Gesicht und drahtigem

Wuchs. Er steckte voller überfließender Lebenskraft. Neben anderen Pflichten war er für die hauswirtschaftlichen Angelegenheiten des Hofes verantwortlich. Zunächst führte er mich zu meiner Schlafstelle. Um dorthin zu gelangen, mußten wir den hinten liegenden Hof überqueren, uns einen Weg durch die Enten und Hühner bahnen, die in einer entlegenen Ecke gehalten wurden, dann zwei Treppenabsätze und schließlich noch eine Leiter zu einem kleinen Lagerraum hinaufsteigen, einem Dachboden, der sich in einem der Türme befand. Dieser Raum erfüllte im wesentlichen Verteidigungsaufgaben, denn eine Falltür führte hinaus aufs Dach. Ein an eine Schießscharte erinnerndes schmales Fenster bot einen Ausblick auf Frankenburc, verhieß gleichzeitig einen schrecklichen Zug zur Winterszeit.

Der Raum wurde zur Lagerung von Heu benutzt. Theodor meinte, ich könne mir daraus ja ein Bett bereiten. Mir kam in den Sinn, daß ich mit dem Heu im Winter die Fenster abdichten könnte. Dies sollte also für die Dauer meines Aufenthalts bei Hofe mein Zuhause sein.

Danach führte er mich zu den Kemenaten auf der anderen Seite des Innenhofs, damit man mir für Kleidung Maß nehmen konnte. Hier verbrachten die jungen Hofdamen ihre Tage mit Lesen, Singen, Studieren oder Weben und Nähen, wenn sie nicht bei den Männern waren.

Mein Anblick ließ sie kichern. Wohl wegen meiner unmodischen, zerlumpten Kleider. Unter ihnen war auch Hildegunde, und sie spielte eine wesentliche Rolle bei dem, was folgte. So wurden also meine Maße genommen, und ich erhielt einen Satz Kleidung für den täglichen Gebrauch – eine derbe, wollene Jacke, ein Hemd, Stiefel und Reithosen – sowie ein sauberes, dunkelrotgefärbtes Lederwams samt dazu passender Hose, die ich tragen sollte, wenn ich vor den Adligen sang.

Dann machte Theodor mit mir einen Rundgang durch die Burg. Er zeigte mir die Unterkünfte der Pagen, für die ich mitverantwortlich sein würde, die Küchen, die neu gebauten Baderäume, die Gemächer der Edelleute, die Ställe für die Jagdpferde, die Holzhäuser für die Verheirateten, die außerhalb des Bergfrieds, aber innerhalb der Mauer errichtet worden waren, die Ställe, in denen Streitrosse und Hunde gehalten wurden. Dann zeigte er mir das Aviarium der Falken, die Waffenkammer in den Gewölben unter der Burg und schließlich die Zugänge zu den Dächern und Schutzwällen.

Schließlich führte Theodor mich durch den großen Rittersaal zurück, wo jetzt ein Kommen und Gehen herrschte – Gesinde, Bewaffnete, Schriftführer, Diener, Stallburschen, Stallmeister, Pagen –, vorbei an der Stelle, wo die Böcke und Holzplatten gelagert wurden, die bei Gelagen als Tische und für bedeutende Gäste als Betten genutzt wurden, vorbei an den großen Truhen, in denen die geschnitzten Trinkkelche aufbewahrt wurden, und dann eine Holztreppe hinauf zu den Gemächern, die vom Grafen und der Gräfin für ungestörte Entspannung, unbeobachtete Zusammenkünfte mit denen, die ihnen nahestanden, oder für vertrauliche Empfänge derjenigen genutzt wurden, denen sie Treue schuldeten. Kaiser Barbarossa höchstselbst war bereits des öfteren dort gewesen, wie auch Philipp von Schwaben und päpstliche Gesandte.

Ich stand da, stolz in meinen neuen Kleidern, versunken in Bewunderung für den Raum, denn hier wurden auch die Schätze aufbewahrt. Dies war ein Ort, der meiner Vorstellung vom Himmel am nächsten kam. Hier gab es farbenprächtige und kunstvoll gewebte Wandbehänge mit Abbildungen fremdartiger Wesen, mit Jagd- und Schlachtszenen, feingeschnitzte Schränke, ein weiteres Sarazenenbild, und auf einem geschnitzten Holztisch am Ende des Raums waren prächtig verzierte goldene und silberne Kelche, Teller und Schmuckgegenstände zur Besichtigung ausgestellt.

Theodor sagte gerade zu mir, es gebe noch andere Zimmer, die für die Erben des Grafen vorgesehen seien, welche jedoch leider bislang noch ausblieben, so daß sie leerstünden, als die Gräfin hereinkam. Sie war ruhig, groß und schlank. Aus der Nähe betrachtet konnte ich jetzt auch sehen, daß ihr Gesicht seine Frische verloren hatte und mit zunehmendem Alter Falten bekam. Ihr Haar war braun, begann jedoch grau zu werden. Sie hatte sich einen Zopf geflochten, der ihr über den Rücken herabhing. Sie trug ein schlichtes, dunkelrotgefärbtes Wollkleid, das sie noch atemberaubender aussehen ließ, da es ihre gerade Haltung und ihr ausdrucksstarkes Gesicht betonte. In ihrer Jugend mußte sie sehr schön gewesen sein, und sie hatte die Gewohnheit noch nicht abgelegt, sich auch so zu sehen. In ihren Augen schimmerte ein nicht zu brechender Stolz, und dies war die eigentliche Quelle ihrer Anmut. Sie war eine Frau, die es gewohnt war, nicht nur Gehorsam, sondern auch Liebe und Bewunderung zu fordern.

Sie bat mich, wieder zu singen. Sie sagte, sie bewundere meine Stimme und meine Lieder. Sie befragte mich über meine Fähigkeiten als Reiter, ob ich wisse, wie man Pfeile abschieße, ob ich etwas von der Jagd verstehe, Schach und Tricktrack spielen und Falken abrichten könne. Sie fragte mich auch, mit einem fast boshaften Ausdruck in den Augen, was ich über den Kampf hoch zu Roß wisse.

Ich beantwortete all ihre Fragen wahrheitsgemäß und machte gar nicht erst den Versuch zu verschleiern, was ich nicht wußte. Die Gräfin schien zufrieden mit dem Rechenschaftsbericht, den ich über mich ablegte.

Sie fragte, welche Bücher ich kenne. Sie hatte viele höfische Romane gelesen. Ich konnte ihr Auszüge aus Tristan und König Arthur vortragen. Sie sagte, wenn ich mir Mühe gebe, werde es mir gewiß gelingen, die höfische Lebensweise zu übernehmen und mir die angemessenen Umgangsformen, richtiges Betragen und vieles mehr anzueignen. Vor allem anderen, sagte sie, erwarte sie von mir, daß ich Liebe und Hochachtung für die Damen erlerne, die Kunst der Minne. Als sie das sagte, lächelte sie verführerisch, und ich spürte, wie ich errötete.

Dann wurde ich entlassen. Ich ging auf meine Kammer oder, besser gesagt, in meine Dachstube im Turm. Ich war froh, diesen Raum für mich allein zu haben, und ich versuchte, ein Lied zu komponieren, das all meine Gefühle zusammenfaßte, doch ich war erschöpft und schlief ein, bevor das Lied fertig war.

Das nächste Mal sah ich sie bei der zweiten Mahlzeit des folgenden Tages. In der Burg aßen wir zweimal, einmal am späten Vormittag, das andere Mal am frühen Abend. Es war dieses spätere Mahl, das die Adligen zu einem Gelage ausdehnten, falls wichtige Gäste zu Besuch waren. Dies gefiel mir erheblich besser, als nur einmal am Tag zu essen, wie wir es im Kloster getan hatten. Außerdem liebte ich die Gewürze, die im Essen benutzt wurden – Pfeffer, Ingwer und Safran – und eigens aus dem Heiligen Land mitgebracht worden waren.

Ich erkannte Hildegunde sofort an ihrem langen, goldenen Haar. Sie kam und setzte sich neben mich.

Zunächst unterhielten wir uns nicht. Dann sprach sie mich an. Ihr Benehmen war edel, lebhaft, völlig natürlich und doch beherrscht. Sie erkundigte sich nach meinem Namen, woher ich komme und fragte etliches andere. Ich antwortete kurz und knapp, stellte ihr dann ähnliche Fragen.

»Mein Name ist Hildegunde. Ich bin siebzehn«, sagte sie, »und ich bin das Mündel des Ritters von Ochsenfurt, die Waise seines jüngeren Bruders, der bei dem Kreuzzug getötet wurde.«

»Welche Aufgaben erfüllst du hier?« fragte ich.

In ihrer Art zu sprechen lag ein bestrickender Stolz. Sie nahm sich ernst, ohne jedoch zu prahlen.

»Ich bin eine der ersten Hofdamen der Gräfin von Frankenburc. Ich nehme an, dies werde ich wohl auch bleiben, bis sie einen Edelmann finden, der mich zur Frau nimmt.«

Ich fühlte mich auf quälende Weise ausgeschlossen. Neid durchzuckte mich. Ich war nicht von adligem Blut, und ich wußte, daß es mir niemals erlaubt sein würde, mit einer Frau wie ihr die Ehe einzugehen.

Nach einigem Schweigen fragte ich: »Interessierst du dich für Musik?«

»Ja«, sagte sie. »Deshalb wollte ich ja auch mit dir sprechen. Ich erinnere mich an die Lieder, die du bei deinem letzten Besuch hier gespielt hast. Sie haben mir sehr gefallen. Ich selbst spiele die Fiedel und das Psalterium. Ich kann leidlich singen. Tatsächlich singen die Gräfin und ich häufig zusammen.«

Ich war verblüfft. Allmählich begann ich zu begreifen, daß ich hier nicht mit einer gewöhnlichen jungen Frau sprach. »Wo hast du all das gelernt?« fragte ich.

»In der Klosterschule, die ich bis zu meinem fünfzehnten Lebensjahr besucht habe.«

»Dann mußt du auch Latein gelernt haben.«

Wie sich herausstellte, konnte sie, wie ich, ganze Abschnitte von Vergil auswendig und auch einige von Ovid. Ich glaubte meinen Ohren kaum zu trauen – noch meinen Augen, denn je länger ich sie anschaute, desto mehr prägte sich mir ihre Schönheit ein.

Jetzt würde ich sie nie mehr vergessen.

Hätte ich nicht inzwischen gehen und der Gräfin vorsingen müssen, ich glaube, ich wäre dort bei ihr geblieben und hätte mich die ganze Nacht mit ihr unterhalten. Seit dieser ersten Zusammenkunft war es ihr Gesicht und nicht mehr Katrins, das mir in den Kopf kam, wenn ich von der Minne, von der Liebe sang. Als ich mich in dieser Nacht schlafen legte, bemerkte ich, daß ich im Geiste das Zwiegespräch fortsetzte, das ich mit ihr an diesem Abend begonnen hatte. Von diesem Augenblick an schien es, daß alles, was ich bislang gelernt und getan hatte, nur den einen Zweck gehabt hatte, es ihr zu erzählen, daß ich sie irgendwie schon immer gekannt hatte und daß alle Gedanken, die ich jemals gedacht hatte, Teil eines Zwiegesprächs waren, nur daß ich eben nicht gewußt hatte, wer mein Gesprächspartner sein würde…

Si ist mir liep und liebet mir fur elliu wip,
si ist mir iemer lieber dan min selbes lip,
si ist lieb ane zal, daz spriche ich offenbar,
*si ist min liehtiu rose rot und ouch min spilnder sunne klar.**

Je mehr Leute ich am Hof kennenlernte, desto ausgefüllter wurde mein Alltag. Meine ersten Pflichten hatten unmittelbar mit Musik und Gesang zu tun. Es gab noch andere mit guten Stimmen und auch mit Talent, doch ich wurde bevorzugt. Einen Teil meiner Zeit verbrachte ich damit, gemeinsam mit anderen zu musizieren sowie die jüngeren Pagen und Mündel in den Künsten des Lesens, Schreibens und der Musik zu unterweisen. Ich arbeitete unter der Führung von Theodor.

Theodor ermutigte mich, ritterliche Tugenden zu entwikkeln, und hegte auch die Hoffnung, ich könnte womöglich eines Tages zum Ritter geschlagen werden, was für einen jungen Mann meines Standes durchaus schon dagewesen war; Voraus-

* Sie ist mir lieb und schenkt mir mehr Liebe als jede andere Frau,/Sie ist mir lieber als mein Leben,/Sie ist mir unendlich lieb, und ich gestehe dies freiheraus,/Sie ist meine schöne rote Rose und meine strahlend helle Sonne. (Reinmar von Brennenburg)

setzungen dafür waren die erforderliche Hingabe, Talent und kriegerisches Geschick. Der Graf entschied, daß ich an weiteren Aktivitäten teilnehmen solle, um meinen Hang zur Melancholie durch Führung eines rührigen Lebens zu bekämpfen. Erlernen sollte ich turnen, reiten, schwimmen, jagen, die Falknerei und das Fechten zusätzlich zu Bogenschießen, Schach, Musik und der Verskunst, die ich allerdings bereits beherrschte. Am Hof gab es viele Musikinstrumente, von denen ich einige noch nie zuvor gesehen hatte. Die Fiedeln und Lauten waren von erheblich besserer Güte als meine eigenen Instrumente; es gab Rebecs und Leiern, eine sehr schöne Harfe, Flöten, Sackpfeifen und verschiedene Hörner. Ja es gab sogar eine Drehleier, die von zwei Männern gespielt werden mußte. Eines nach dem anderen meisterte ich schließlich all diese Instrumente.

Ich fing an, mehr Zeit mit den jungen Adligen zu verbringen, die sich darauf vorbereiteten, Ritter zu werden. Es waren viele anständige junge Männer unter ihnen und ein oder zwei Dummköpfe. Zunächst nahmen mich die Adligen aufgrund meiner niederen Geburt nicht ernst. Erst als ich ihnen bewies, daß meine Talente nicht nur im Gesang lagen, sondern ebenfalls in solchen Zeitvertreiben wie Tanz, Bogenschießen, Fechten und der Jagd sowie den Wettkämpfen, wer am besten voll bewaffnet auf ein Pferd springen konnte, erst da begannen sie mich wie einen von ihresgleichen zu behandeln, und am Ende schauten sie sogar zu mir auf. Die Zeit, die ich als kleiner Junge im Wald verbracht hatte, erwies sich nun als nützlich, denn damals hatte ich gelernt, wie man aus Eibenholz Langbogen herstellte. Damit konnte ich sehr treffsicher schießen. Viele Ritter hielten die Verwendung einer solchen Waffe für unter ihrer Würde, denn es widerspreche den Regeln des Kampfs, daß ein Ritter einen Mann oder ein Pferd auf größere Entfernung töte. Trotzdem wollten sie sehen, wie der Bogen funktionierte, und wissen, wie tödlich diese Waffe in den Händen von jemandem sein konnte, der damit gut zu schießen verstand.

Ich führte lange Unterhaltungen mit Theodor und auch mit der Gräfin über die höfischen und ritterlichen Tugenden, die dem Hörensagen nach in Aquitanien und an anderen Höfen im Deutschen Reich gepflegt wurden: Ehre, Treue, Mäßigung und Rechtschaffenheit.

Doch mein wichtigster Einfluß war Hildegunde. Seit dieser ersten gemeinsamen Mahlzeit hatten wir immer danach gestrebt, beim Abendessen nebeneinanderzusitzen, und wir unterhielten uns über unsere Lektüren, über meine Lieder oder über das, was wir während des Tages getan hatten. Wann immer ich sie sah, nahm ich ihr Bild mit mir und dachte an sie, bis wir uns das nächste Mal begegneten. Deswegen und weil ich jede Gelegenheit nutzte, bei den Mahlzeiten und auch sonst mit ihr zu reden, hatte ich schon bald eine recht klare Vorstellung von ihrem Tagesablauf.

Jeden Morgen ging sie mit den anderen Frauen zur Andacht. Als Gunstbeweis erlaubte die Gräfin ihr häufig, neben ihr zu stehen. Auf dem Rückweg aus der Kapelle unterhielten sie sich. Darauf verbrachte Hildegunde einige Zeit mit den Frauen, half ihnen beim Weben und Nähen. Aber sie mußte nicht so viele Stunden arbeiten wie die meisten anderen, da sie das besondere Wohlwollen der Gräfin genoß. Auch bat die Gräfin Hildegunde oft, ihr vor dem Mittagsmahl ein oder zwei Stunden vorzulesen. Hildegunde hatte eine wunderbare Lesestimme und war für ihr Alter sehr gebildet. Es gab nichts, worüber man mit ihr nicht sprechen konnte. Hildegunde hatte viele bemerkenswerte eigene Ideen, aber sie wußte, wann es Zeit war zu sprechen, wann zuzuhören und wann sie die Gedanken und Ansichten wiedergeben sollte, die von ihr erwartet wurden. Diese mochte sie aufgreifen und ausschmücken, aber sie übernahm sie deshalb noch lange nicht.

Nachmittags ruhten die Frauen für etwa eine Stunde. Während dieser Zeit war Hildegunde nicht selten bei der Gräfin und übte Gesang. Hildegunde erlernte das Harfenspiel. Das Psalterium beherrschte sie bereits gut und die Fiedel ganz annehmbar. Vor der None und dem Abendessen unterrichtete sie dann für etwa eine Stunde die jüngeren Mädchen im Schneidern und Lesen wie auch in den Künsten des Tanzes und Singens.

Der Hof besaß eine recht gute Bibliothek, die in den Kellergewölben eines älteren Teils der Burg untergebracht war. Sie enthielt zwar nicht annähernd so viele Handschriften wie die Klosterbibliothek, aber nichtsdestoweniger gab es eine ansehnliche Auswahl weltlichen Schriftguts, höfischer Dichtung, Lieder und so weiter. Hildegunde und die Gräfin verbrachten viel Zeit damit, von den jüngeren Mädchen Abschriften von Manuskripten anfertigen zu lassen und Priester und durchreisende Ritter mit Sinn für Gelehrsamkeit zu überreden, nach weiteren Manuskripten zu forschen, die der Hof erwerben könne, bevor sie in die Hände der Klöster fielen. Wie ich hatte auch Hildegunde die Angewohnheit, nach dem Abendessen in die Bibliothek zu gehen und lange aufzubleiben, um noch zu lesen. Wenn wir gemeinsam dort waren, fiel es mir sehr schwer, sie nicht anzustarren. Allerdings konnten wir uns dann nicht unterhalten, denn die Bibliothek war ein Ort der Stille, und eine der älteren Frauen wachte stets darüber.

Hildegunde führte ein vielbeschäftigtes, aber auch reiches und harmonisches Leben, ausgefüllt mit Lernen, Musik und den vornehmen Zeitvertreiben des Hofes. Nie hörte ich aus ihrem Mund eine Klage, und wann immer sie mich sah, lächelte sie mich stets auf äußerst liebreizende Art an. Ich vermute, in vieler Hinsicht ähnelte ihre Rolle unter den Frauen bei Hof meiner eigenen unter den Männern. Vielleicht aus diesem Grund betrachtete es auch niemand mit Stirnrunzeln, wenn wir uns über Musik, Dichtung und höfische Angelegenheiten unterhielten, die uns beide betrafen.

Der wesentliche Unterschied lag in unserer Geburt: Sie war eine Adlige. Ihr Vater war tot; er starb während des Kreuzzugs mit Barbarossa, und sein Besitz war seinem Bruder, dem Ritter von Ochsenfurt, zugefallen, der Hildegunde nach Frankenburc geschickt hatte. Schon damals spürte ich an der Art und Weise, wie sie von ihm sprach, daß an ihrem Oheim etwas war, das sie nicht mochte.

Ich dachte immerzu an sie. Für mich verkörperte sie alle höfischen Tugenden. Alles, was ich tat – mein ganzes Streben, die Lebensweise bei Hofe zu meistern, das Ideal des höfischen Lebens im Alltag umzusetzen, die Kriegskünste zu beherrschen, mein Singen und Schreiben zu vervollkommnen, meinen Körper zu stärken und mich für politische Fragen zu interessieren –, all dies geschah, um Hildegunde zu gefallen.

Ich erinnerte mich an meine Erfahrungen mit Katrin; wie könnte ich die auch vergessen? Ein Teil von mir, der niederste Teil, hätte alles darum gegeben, sie mit Hildegunde zu wiederholen. Und doch drängte mich mein besserer Teil, ihre Reinheit zu achten. Ging sie nicht jeden Morgen als erstes in die Kapelle? Betete sie nicht jeden Abend mit der Gräfin und den anderen Damen? Befolgte sie nicht einen geregelten Ablauf von persönlichen Andachten? Und wenn ich sie beim Gebet in der Kapelle beobachtete, konnte ich da nicht das Licht der Reinheit auf ihrem Gesicht erstrahlen sehen? Als die Jungfrau Maria ein Mädchen war, konnte sie gewiß nicht schöner und anmutiger gewesen sein als Hildegunde. Ich sah in ihr die reine Seele, wie sie die Äbtissin von Bingen beschreibt: »*O felix Anima, et o duleis creatura dei, que edificata es in profunda altitudine sapientie dei…*«*

* O glückliche Seele, herrliche Kreatur Gottes, geformt in der wunderbaren Größe göttlicher Weisheit…

Hildegunde erzählte mir immer, was die Gräfin den Frauen über ihre Aufgabe bei Hofe sagte: daß es die Pflicht einer wahren Dame sei, an ihren Gott und ihren Herrn zu denken und sich immer rein zu halten. Sie sollte gewiß Kinder gebären (und dies sagte sie trotz der Tatsache, selbst keine eigenen zu haben). Die Bereitschaft, Kinder zu gebären, mache sie einem Mann, was Tapferkeit anbelangte, ebenbürtig, denn bei der Geburt setze sie ihr Leben genauso aufs Spiel wie ein Mann seines auf dem Schlachtfeld. Eine Dame sollte jedoch ebenfalls darauf achten, stets genügsam zu bleiben und gleichzeitig schön; großzügig, aber auch standesbewußt. Sie sollte die Künste der Musik, des Lesens und Schreibens, der Dichtung, des Tanzes, ja, wenn sie wollte, sogar das Reiten und die Falknerei erlernen und pflegen, genaugenommen alle angenehmen Dinge, die ihrer Stellung entsprachen.

All diese Dinge hörte ich, aber gleichzeitig wußte ich auch, daß es Frauen am Hof gab, die bereit waren, sich jedem jungen Mann hinzugeben, der ihnen gefiel, immer vorausgesetzt, der junge Mann besaß die Gunst des Grafen. Sie waren keine Huren, denn sie nahmen kein Geld, doch sie hatten lose Sitten. Auch hörte ich, daß sogar eine verheiratete Frau gelegentlich einem jüngeren Mann beiwohnte, wenn er ihr denn gefiel. Von solchen Dingen hatte ich in den höfischen Aventiuren gelesen, die nicht selten von ehebrecherischer Liebe handelten. Doch soweit es mich selbst betraf, wies ich solche Gedanken weit von mir – Narr, der ich war.

Wie Hildegunde war ich begeistert von den höfischen Idealen. Ich arbeitete sie in meine Lieder ein, die ich so klug und geistreich machte wie möglich und die doch zugleich voller Sehnsucht und Verlangen waren nach der Schönheit der Damen und dem wohlgeordneten Leben, zu dem sie anregten. Aufgrund der Umstände, unter denen ich schließlich den Hof verlassen mußte, sollte ich später mutmaßen, daß die Gräfin glaubte, die Liebe und Sehnsucht, welche ich mittels meiner Kunst auszudrücken suchte, seien die eines jungen Dieners, eines dankbaren Vasallen, und hätten ausschließlich ihrer Person gegolten. Und doch könnte nichts weiter von der Wahrheit entfernt gewesen sein. Das Ziel all meiner Bewunderung war einzig Hildegunde. Alles in der Burg erinnerte mich an sie. Da war die Stelle, an der sie morgens mit der Gräfin umherwandelte; da war die Stelle, wo ich eines Morgens mit ihr geplaudert hatte, wohin ich oft in der Hoffnung zurückkehrte, sie wiederzusehen. Da war das Gemach, in dem sie und die jüngeren Frauen nähten, da war der Baderaum, wo ich sie einmal flüchtig unbekleidet gesehen hatte... Selbst die Formen der Bogen und die Schwünge in den Mustern auf den Gemälden und Behängen schienen Widerhall der Formen und Umrisse ihres Gesichts und Körpers zu sein.

Bevor wir ein Liebespaar wurden, schien stets ein goldenes Licht um ihre Züge zu spielen, das gleiche Licht, das ich früher immer in Uqharts Augen gesehen hatte. War es ein Licht aus einer unsichtbaren Welt, das Licht, von dem die Äbtissin von Bingen schrieb: *Verbum dei clarescit in forma hominis et ideo fulgemus cum illo edificantes membra sui pulchri corporis...** Oder war es ein Licht, das aus einer anderen Welt kam, die weder göttlich noch teuflisch ist, aber gesondert von der unseren, der Welt der idealen Liebe und Schönheit...?

ir süeze sur, ir liebez leit,
ir herzeliep, ir senede not,
ir liebez leben, ir leiden tot,
*ir lieben tot, ir leidez leben...***

* Die Welt Gottes erstrahlt weiter in der menschlichen Gestalt/und daher erstrahlen wir weiter mit ihr/bilden so die Glieder Seines herrlichen Körpers...

** [...Eine andere Welt meine ich,/die mitsamt in einem Herzen trägt]/süße Bitterkeit mit Liebesleid,/Herzensfreud mit Sehnsucht,/das Leben der Liebe mit bittrem Tod,/des Geliebten Tod mit bittrem Leben... (Gottfried von Straßburg, *Tristan und Isolde*)

Ich war nur wenige Monate am Hof gewesen, als sie war, wie ich sie eben beschrieben habe. Es war das Jahr des Herrn 1193, das Jahr, in dem Saladin starb, jenes Jahr, in dem Richard von England an unseren Kaiser Heinrich ausgeliefert und des Mordes an Conrad von Montferrat beschuldigt wurde. Es war auch das Jahr, in dem Dandolo, Doge von Venedig, mit dem Meer vermählt wurde, wovon ich einst den Eindruck hatte, es hätte ihm solch entsetzliche Zerstörungskräfte verliehen.

Es gibt einen Nachmittag, an den ich mich bis an die winzigste Einzelheit erinnere. Es war Herbst. Ich gewöhnte mich allmählich an meine zahlreichen Pflichten. Es war dunkel und kalt, wenn auch nicht unerträglich. Der Geruch des Rauches von den Feuern war in jedem Winkel der Burg, und einen großen Teil des Tages mußten wir Talglichter entzünden, um überhaupt zu sehen, was wir taten.

Es war dies eine Zeit des Jahres, die ich liebte. Die Ernte war eingebracht, der Großteil der Zehnten abgeliefert, und ich hatte meine Ritte über die Güter beendet, um die geschuldeten Abgaben einzuverlangen. Viele Tiere waren bereits geschlachtet und eingepökelt worden. Die Zeit für kriegerische Auseinandersetzungen war lange vorbei, aber es war doch noch nicht so kalt, daß alle Süße aus dem Leben vertrieben war. Es gab wenig zu tun, daher hatte ich viel Zeit für mich und meine Musik.

An den meisten Nachmittagen fand ich eine Gelegenheit, Hildegunde während der Mahlzeit in der großen Küche unter dem Hauptsaal zu treffen. An diesem Nachmittag sprachen Hildegunde und ich wie üblich über Bücher. Ich liebte diese Augenblicke, wenn Hildegunde sich verträumt umschaute und ihre Erinnerung nach einzelnen Textstellen absuchte. Ich war sehr dankbar, daß ich mir zu einem früheren Zeitpunkt meines Lebens die Muße genommen hatte, so vieles auswendig zu lernen. Ich frage mich immer noch, ob meine glücklichsten Augenblicke nicht jene waren, die ich damit verbrachte, für Hildegunde zu rezitieren, wobei ich mir erlaubte, mich an den Worten wie auch an ihrem Anblick zu berauschen. Es war, als stünden unser Verstand und unsere Seele in einem direkten Dialog und als offenbare sich mir der Adel ihres Geistes wie ein aufgeschlagenes Buch.

Ich sprach über den Gedanken, daß Gott den absoluten Höhepunkt der Vollkommenheit darstelle und sich unter Ihm, in Stufen absteigend, die Ordnungen ausbreiten, beginnend mit den verschiedenen Rängen der Engel – erst Erzengel, dann die Cherubim und Throne und die Fürstentümer –, daß die nächste Ordnung aus Sternen und Himmelskörpern bestehe, dann folge der Mensch, dann die Tiere, Pflanzen und verschiedenen Metalle und Steine und schließlich die triste Erde. Jede dieser Ordnungen manifestiere in einem stetigen Abstieg einen Schritt fort vom Göttlichen und hin zum Chaos der Materie, auch wenn das Göttliche selbst noch in den niedersten Formen der Materie gegenwärtig sei, wenngleich schwerer zu erkennen. Erst die Anwesenheit der Essenz des Göttlichen ermögliche die Transformation und Erlösung der Schöpfung, und genau dies sei die Quintessenz, die Blei in Gold verwandle.

Die ganze Zeit saß Hildegunde still da, ihre Augen sprühten vor Anmut und Begeisterung, ihr Haar war wie feines, reines Gold im Licht des Feuers und der Kerzen, das aus sich heraus zu leuchten schien wie das Haar eines Engels.

Ich sagte, die Menschen sind die vollendete Reflexion der Quintessenz, da unsere Körper alle Elemente enthalten, und doch sind wir gleichzeitig auch spirituell. Und genau dies sei der Grund, warum wir eine Sonderstellung im Universum einnähmen, gleichzeitig unter und über den Engeln stünden, denn wir seien in der Lage, die Ordnung des Makrokosmos aus seinem Innern heraus wahrzunehmen. Dies sei den Engeln nicht möglich, da sie ja rein spirituell seien. Wegen dieser Erkenntnisfähigkeit heiße es auch, wir seien nach dem Abbild Gottes erschaffen worden, da jeder von uns einen Mikrokosmos in sich trage.

Ich erwähnte die Schriften der Mystikerin Hildegard von Bingen.

Hildegunde unterbrach mich mit einer Bemerkung, die mir fast den Atem verschlug.

»Ich war auf der Klosterschule in Rupertsberc, bevor ich hierherkam«, sagte sie.*

»Kanntest du die Äbtissin?« fragte ich töricht.

»Für wie alt hältst du mich?« erwiderte sie lachend. »Aber ich kenne viele, die sie kannten.«

Ich war wie vor den Kopf gestoßen. Ich hätte mir denken können, daß es hier eine Querverbindung gab, einen Faden, der von Hildegard zu Hildegunde führte – wegen des von ihr ausgehenden Lichts, das ich an ihr wahrnahm.

»Du kanntest Leute, die sie kannten?« wiederholte ich, wobei mir der Vortrag peinlich war, den ich gerade eben gehalten hatte, da all diese Gedanken lediglich meiner Lektüre zu verdanken waren.

»Ja, die Gräfin zum Beispiel.«

»Was?« Ich war so erregt. Ich konnte mein Glück nicht fassen!

»Die Gräfin hat mit der Äbtissin bis zu ihrem Tod im Jahr 1179 in ständigem Briefwechsel gestanden.« Sie sah mich mit gespieltem Entsetzen über meine Unwissenheit an, um auch ja sicherzugehen, daß ich die Tragweite dieser Tatsache begriff. »Ich war erst drei bei ihrem Tod«, sagte sie. »Die Gräfin disputiert gern mit mir Hildegards Vorstellung, daß ein weltlicher Hof, genau wie ein Kloster oder Konvent, die göttliche Ord-

* Die Benediktinerin Hildegard von Bingen (* 1098) gründete das Kloster Rupertsberg bei Bingen (1147/50), wo sie am 17. 9. 1179 starb.

nung verkörpern sollte. Die Äbtissin hielt die Anwesenheit von Musik, Kunst und Gottesdienst an einem weltlichen Hof für unerläßlich.«

Hildegunde lachte wieder ihr besonderes Lachen. Diesen Vorstellungen war ich bislang noch nicht begegnet. »Fahr bitte fort«, sagte ich.

»Durch Musik und Kunst, verstehst du«, sagte sie und sah mich mit einer hochgezogenen Augenbraue an, »könnten Männer wie du mit ihrer rauhen Lebensart vielleicht von höheren Dingen bezaubert, für sie begeistert und ihre Herzen für die subtilen Aspekte des Spirituellen empfänglich gemacht werden. Dann könnten Männer, deren Leben von Gewalttätigkeit und Krieg geprägt ist, vielleicht allmählich dazu gebracht werden, dem Willen Gottes gemäß statt allein zu ihrer eigenen Befriedigung zu handeln. Aus diesem Grund achtet sie streng darauf, daß hier in der Frankenburc die Kunst und die Schönheit, Mäßigung, Treue, ein rechtschaffenes Leben und die Achtung vor den Damen gepflegt werden, damit unser Hof ein himmlisches Jerusalem wird.«

Ich tat gekränkt über ihre Stichelei bezüglich rechtschaffen lebender Männer. Ehrlich gesagt, hatte ich mich selbst immer zuerst und vor allem anderen als Sänger gesehen und machte mir Sorgen, daß meine jüngste Hingabe an die Kriegskünste mein Wesen womöglich verändert haben könnte. Gleichzeitig berührte es mich, daß sie so vertraut mit mir sprach.

»Im Ernst, Walter. Deshalb will sie dich hierhaben. Es ist wegen deiner Musik, daß sie dich mehr als alle anderen schätzt.«

Es gibt nur ein Wort, um meine Regung auf ihre Worte zu beschreiben: Freude.

Gewiß war ich begeistert vom Adel dieser Gedanken, denn ich hatte das Gefühl, daß ich vielleicht hier am Hof die hohen Ziele und Ideale verwirklichen könnte, die ich in Babenberch, im Verlauf meiner Unterhaltungen mit Uqhart, im Kloster und durch meinen Gesang lieben- und ehren gelernt hatte. Doch vor allem anderen wußte ich jetzt, daß ich Hildegunde liebte – als eine Schwester, einen Seelenfreund, als die herrlichste Seele, der zu begegnen ich mir je erträumt hatte.

An diesem Abend mußte ich in den oberen Burgsaal gehen, um der Gräfin vorzuspielen. Nach dem ersten Lied sprach ich sie auf Hildegard von Bingen an. Ich begann mit einem Zitat Hildegards über Adam, nämlich, daß er der vollkommene Musiker gewesen sei und der Teufel aus Neid auf seine Talente beschlossen habe, ihn in Versuchung zu führen. Die Gräfin erkundigte sich, was ich von Hildegard kenne, und ich sagte, welche ihrer Schriften ich gelesen hatte. Einige Melodien aus dem *Ordo Virtutum* kannte ich auswendig und konnte sie ihr vorsingen.

Die Gräfin wurde lebhaft. Sie gestand, wie sehr sie das Werk Hildegards und die provenzalischen Dichter schätzte und wie sehr sie sich danach sehnte, ihr Hof zu Frankenburc möge erfüllt sein von Musik und höfischer Liebe, die wiederum nur die göttliche Liebe widerspiegle. Ich konnte meiner Begeisterung kaum Einhalt gebieten.

Von da an hegte sie eine noch stärkere Wertschätzung für mich, zumindest hielt ich es dafür, was sogar bis zu unverhohlener Bevorzugung reichte. Das unmittelbare Ergebnis war, daß mir mehr Verantwortung für die Erziehung der jüngeren Mitglieder des Hofes übertragen wurde. Tatsächlich wurden mir sogar einige der älteren Diener unterstellt. Selbstverständlich war ich stolz – aber nicht auf mich selbst. All meine Gedanken galten Hildegunde. Während ich aufstieg, schien mir, daß vielleicht der Hof als eine Widerspiegelung der Schöpfungshierarchien gesehen werden konnte und ich einen Schritt hin zur Vollkommenheit getan hatte. Doch ich hatte in Wahrheit nichts anderes getan als einen Schritt auf mein eigenes Verderben zu.

Trotz all meiner aufgewühlten Gefühle wurde ich rein körperlich gesehen stärker und gesünder, während ich mein Leben bei Hofe verbrachte.

Der Winter kam und ging, und im folgenden Jahr hielt ich mich mit den länger werdenden Tagen zu einem immer größeren Teil im Freien auf. Ich erlernte sämtliche Kriegskünste, wie mit Pferden und Hunden umzugehen war, die Künste der Jagd und der Falknerei. Theodor war mein Mentor und mein stets liebenswerter und gewissenhafter Lehrer. Umgekehrt gab ich mein gesamtes Wissen an die jüngeren Männer weiter, die unter meiner Obhut standen. Ich wurde ein guter Reiter und geschickt im Umgang mit sämtlichen Waffen von Schwert und Keule bis hin zu Pike und Lanze. Ich verbrachte lange Stunden mit den jungen Männern, preschte über Felder und Höfe, ersann Schlachten, Strategien und Kampfspiele.

Im Verlauf des Jahres kamen auch weitere junge Ritter und solche, die es werden wollten, auf der Durchreise zum Hof, meistens jüngere Adelssöhne auf der Suche nach einer Mitgift. Manche waren hochmütig und unhöflich, aber mit vielen verbrachte man gern und angenehm seine Zeit. Einige von ihnen wurden so gute Freunde und waren mir gegenüber so wohlgesonnen, daß ich beinahe die Minderwertigkeit meiner Geburt vergaß. Doch früher oder später zogen sie alle weiter, denn wie es im Lied heißt: »Zu langes Trödeln ist eine Schande für den Edelmann.« Ein solches Leben war nichts für mich, denn ich war an den einen Hof gebunden.

Ich aß mit gutem Appetit, bekam breite Schultern und eine gesunde Farbe. Heute weiß ich, daß es viele Damen am Hof gegeben hat, die mich sehr anziehend gefunden haben, doch das war das letzte, was mir damals in den Sinn kam. Die einzige Dame, an die ich dachte, war Hildegunde. Ich konnte mir damals wirklich nicht vorstellen, sie könnte meine Gefühle erwidern, schon gar nicht in fleischlicher Hinsicht.

Ich erinnere mich an einen Traum, den ich damals hatte und in einem Lied verarbeitete. Ich träumte von herrlichstem Maiwetter, alles war sonnig, grün und golden. Ich tanzte mit anderen jungen Männern und Frauen auf einer Wiese. Eine der jungen Frauen war sehr schön, und ich gab ihr eine Blumenkrone. Ich hätte ihr gern Schmuck geschenkt, doch ich hatte nur Blumen. Dann war ich mit ihr allein, und wir beide pflückten Blumen in einem entfernten Wald, steckten sie zusammen, um einen weiteren Kranz zu binden, einen ganz besonderen. Ich war sehr glücklich. Als ich aufwachte, wußte ich, daß die junge Frau, von der ich geträumt hatte, immer ein Teil von mir sein würde. Sie war Hildegunde.

Die meisten Männer waren nicht wie ich. Meine Freunde am Hof spielten in Gegenwart von Damen das Spiel der höfischen Umgangsformen, doch sobald sie allein waren, machten sie die unflätigsten Bemerkungen und ließen kaum versteckte Andeutungen fallen. Mehr noch, sie prahlten mit ihrer Manneskraft, wie viele Frauen sie gehabt hätten, Adlige wie Bäuerinnen, ja sogar die Frauen anderer Männer, und gaben Einzelheiten über das Wo, Wann und Wie zum besten. Weder waren sie sich der Todsünde des Ehebruchs bewußt, noch machten sie sich Gedanken darüber, ob die Frauen, mit denen sie schliefen, womöglich mit ihnen verwandt waren, in welchem Fall sie das zusätzliche Wagnis eingingen, die Sünde der Blutschande zu begehen und schreckliche Monstren zu zeugen. Für mich war der Ehebruch eine schmachvolle Sache, und ich konnte jene nicht verstehen, die ihn in Worten und Taten verherrlichten, auch wenn ich vermute, daß viele meiner Lieder auf ehebrecherische Liebschaften anspielten.

Damals hätte ich leicht in Ausschweifungen hineingezogen werden können, wie ich es später zuließ; doch in dieser frühen Zeit verachtete ich jene, für die die Liebe nichts als fleischlicher

Genuß war. Vielleicht hatte es etwas mit meiner früheren Beziehung zu Katrin zu tun. Auf jeden Fall existierte in meinem Kopf eine klare Unterscheidung zwischen hoher Minne und niederer Minne. Sogar in meinen Liedern pries ich erstere auf Kosten von letzterer.

Vielleicht steckte aber auch mehr dahinter. Ich war keine Jungfrau, und doch wollte ich rein sein. Ich wollte mich selbst läutern. Für mich war Hildegunde beinahe etwas Göttliches, das nicht einmal im Geiste durch fleischliche Gedanken besudelt werden sollte, die ich inzwischen fast schon fürchtete. In vielen meiner Lieder moralisierte ich über Mäßigung, eine Tugend, die ich damals natürlich nie völlig besaß.

Auf meinen Reisen entdeckte ich viele prächtige Gebäude zum Ruhme des Herrn, wie sie die Welt seit dem Tempel Salomons nicht mehr gesehen hat. Ich denke an die wunderbaren Bogen, bin berauscht von den leuchtenden Farben der Wandmalereien im hellen Schein der Sonne, dezent schimmernd im Kerzenlicht der frühen Abendstunden oder flüchtig erspäht durch die Weihrauchschwaden während einer Messe. Konnte irgend etwas strahlender oder schöner sein?

Ja, für mich nur ein einziges. Die Erinnerung an Hildegunde, wie sie damals war. In diesen neuen Bauwerken, in diesen Bogen und Buntglasfenstern, in den geometrischen Formen der Säulen und Türme, im leuchtenden, rauchigen und hell glänzenden Licht sind es ihre Linien, ist es ihre Gestalt, die ich sehe. Die Formen ihres Körpers und der Fluß ihres Verstandes, seine göttliche Essenz, spiegeln sich in den architektonischen Formen wider.

Bis zum Frühling war ich ein guter Reiter geworden und konnte mich sehr gut selbst verteidigen, daher wurde ich oft gebeten, Nachrichten zu anderen Höfen zu bringen. Häufig genug waren diese geheim, und es war ein Zeichen größter Wertschätzung und höchsten Vertrauens, welches mir damals entgegengebracht wurde, in dem man mir solche Aufgaben anvertraute. Ich genoß es sehr, die Unterschiede zwischen den einzelnen Höfen herauszufinden und was in der Welt der Politik geschah. So kam es, daß ich unter den ersten war, die von der Eroberung Siziliens durch Heinrich erfuhren, von den Bedingungen für Richards Entlassung aus der Gefangenschaft, von den Einzelheiten der Aussöhnung des Kaisers mit Heinrich dem Löwen. Lange vor jedem anderen bekam ich sogar Wind von der geheimen Kunde, daß der Alte vom Berge* und nicht Richard Löwenherz hinter dem Mord an Conrad von Montferrat stand und daß die Mörder eigentlich Henri de Champagne hatten meucheln wollen und sich für den tödlichen Anschlag entschuldigten.

Als sich mir allmählich die größeren Zusammenhänge offenbarten, konnte ich kaum glauben, wie ich so lange so einfältig hatte sein können. Ich hatte immer gedacht, daß die Welt der Prinzen und des Adels starr und unveränderlich war, eine Welt, in der alles einträchtig und wohlwollend entschieden wurde. Ich wußte, daß es Kriege gab und sie notwendig waren; und doch dachte ich, Kriege würden immer von uns christlichen Rittern und Soldaten gegen die Mächte des Bösen und der Finsternis ausgefochten. Ich hatte viele Geschichten über die Kreuzzüge gehört, und als ich mit den Waffen übte, war es stets ein sarazenischer Feind, gegen den zu kämpfen ich mir vorstellte, oder doch zumindest gegen ein Heer derjenigen, die sich von Gott abgewandt hatten.

* Der islamische Geheimbund der Assasinen (12. bis Ende 13. Jh.) suchte unter ihrem Führer, dem Alten vom Berge (o. *Gebieter des Gebirges*), durch Meuchelmorde an (vor allem) Fürsten die Kreuzfahrer und Sultan Saladin gegeneinander auszuspielen.

Hildegunde und ich kamen uns immer näher; es gab vieles, das wir miteinander gemein hatten. So hatte sie zum Beispiel die Sibyllinischen Orakel gelesen. Wir sprachen über den Jüngsten Tag, und dieses Thema erfüllte uns beide mit Furcht.

Gedanken an meinen Vater und Uqhart lasteten weiterhin auf mir, und eines Abends schließlich, unmittelbar nachdem wir zusammen Musik gemacht hatten, erzählte ich Hildegunde von diesen Dingen – von meiner Freundschaft zu Uqhart und Pauli, von Paulis Tod, Uqharts Verbrennung und dem Selbstmord meines Vaters.

Ich war ein Narr, denn ich wußte, daß ich die Macht besitze, die Gefühle der Menschen anzusprechen; warum sonst sollte ich die Anstellung am Hof vor allem als Sänger erhalten haben? Hildegunde war jung und leicht beeindruckbar. Und ich war so überzeugt von der Vollkommenheit ihrer Person, daß mir nie auch nur der Gedanke kam, daß ihre Vollkommenheit auch jene Qualitäten der Gewogenheit, Zärtlichkeit und Großzügigkeit umfassen könnte, die wir Sänger ja angeblich bei den Damen suchen und doch nie wirklich zu finden beabsichtigen. Bis dahin hatten Hildegunde und ich oft über unsere Ideale gesprochen, unsere Gedanken und Beobachtungen. Wir hatten sogar über die Liebe geredet, allerdings nur im Zusammenhang von Andreas Capellanus' Buch über die Minne. Nie sprachen wir darüber, was wir fühlten, vor allem nicht darüber, was wir füreinander empfanden. Und doch sah ich an diesem Tag Tränen in ihren Augen, als ich von den üblen Dingen erzählte, die mir widerfahren waren. Ich fragte, was denn los sei.

Sie nahm meine Hand und lehnte kurz ihren Kopf an meine Schulter. Ich glaube, sie unterdrückte ihre Tränen. Sie sagte: »Weißt du, Walter, manche von uns sind dafür bestimmt, niemals glücklich zu werden, niemals auf dieser Welt zu Hause zu sein.«

Daran, wie sie das sagte, spürte ich, daß sie mir – vielleicht – gehören könnte.

Am nächsten Tag sollte ich zum Hof nach Zertheim reiten, um eine Botschaft zu überbringen und im Namen des Grafen von Frankenburc eine dringende Angelegenheit zu besprechen. An einer verlassenen Stelle auf dem Weg dorthin kannte ich eine riesige alte Linde, die mich aufgrund ihrer vollendeten Form beeindruckt hatte. Einmal hatte ich zu Hildegunde gesagt, falls es so etwas wie die Verkörperung der Idee eines Baums gab, dann mußte es ganz sicher diese Linde sein. Sie hatte geantwortet, sie würde sie eines Tages gern einmal sehen. Also schlug ich vor, daß wir uns am folgenden Abend dort treffen sollten.

Hildegunde war sofort einverstanden. Sie sagte, sie werde sich irgendwann am Nachmittag wegstehlen. Der Baum war leicht zu finden, da er sich unweit einer der nach Westen führenden Straße Richtung Zertheim erhob. Er stand ganz allein auf einer Allmende in einem abgelegenen Tal. Ich sollte etwas später dort eintreffen, so daß wir Gelegenheit hätten, uns auf eine Weise zu unterhalten, wie dies am Hof nicht möglich war. Ich denke, wir waren uns beide wohlbewußt über unsere wahren Absichten, doch gestanden wir sie uns nicht offen ein.

Flos campi, cadet in vento, pluvia spargit eum.
O virginitas, tu permanens in symphoniis supernorum civium:
Unde es suavis flos qui numquam aresces… *

In den Städten und Dörfern waren die jungen Männer unterwegs gewesen, um Blumen zu sammeln für die Mädchen, die sie heiraten wollten. Es war herrliches Maiwetter, und das Licht war

* Die Wiesenblume fällt im Wind, und der Regen darauf hernieder./O Jungfräulichkeit, du gedeihst in der Sinfonie der Bewohner der himmlischen Stadt:/wo du die wunderschöne Blume bist, die niemals welkt… (Hildegard von Bingen)

von einer Klarheit, die strahlender war als alles, was ich je gesehen hatte, weder vorher noch nachher. Die Temperatur war überaus angenehm, weder zu warm noch zu kalt. Sanfte Böen streichelten unsere Haut. Der Zephir vielleicht. Myriaden winziger Blumen übersäten den Waldboden. Heute kann mich ein solches Wetter nicht mehr glücklich machen, denn es wird mich immer an sie erinnern.

Ich traf frühzeitig ein und quälte mich mit Fragen, ob sie wohl kommen würde, ob sie mich wirklich liebte. Ich nahm Blumen und Grashalme und zerpflückte sie, zählte wie ein kleines Mädchen: »Sie liebt mich, sie liebt mich nicht.« Irgendwie schien dabei immer herauszukommen, daß sie mich liebte; doch je häufiger es geschah, desto weniger glaubte ich es.

An diesem Abend schenkte Hildegund sich mir, dort unter der Linde, als die Sonne unterging und der Mond an einem kristallblauen Himmel aufstieg. Wo wir auf einer mit Moos und Gras bewachsenen sanften Böschung beieinanderlagen, war die Erde noch warm vom Tag. Bis zu diesem Abend war sie Jungfrau gewesen. Als wir uns geliebt hatten, als wir dicht nebeneinanderlagen, als die einsetzende Frische des Abends uns, nach Wärme suchend, noch enger aneinander schmiegen ließ, als der blaue Himmel zuerst violett und dann dunkel wurde, als die Sterne aufgingen, einer nach dem anderen, wie Kerzen des Himmels, ich schwöre, es ist die Wahrheit, da sang eine Nachtigall in der Linde über unserem Bett. Wir lagen auf dem Rücken und schauten zu ihr auf. Alles war so still, daß ich mich erinnere, gedacht zu haben, vielleicht fühlt es sich so an, wenn man tot ist: Der eigene Körper liegt neben dem Körper der Gemahlin oder Geliebten, neben dem Menschen, mit dem man sein Leben auf der Erde geteilt hat.

Ich stellte mir vor, daß Engel, unsichtbare Mächte des Himmels, ganz nah über uns durch die wohlriechende Luft flogen. Ich meinte eine Stimme sagen zu hören: »Liebe verwandelt sich dort zu Kristall und stirbt.« Es war nicht Hildegunde, die da sprach. Vielleicht war es nur ein Geist oder auch nur meine Einbildung, denn ich mußte mir ständig neue Zeilen für meine Lieder einfallen lassen. Ich war nicht sicher, was diese Worte bedeuten sollten.

Ich dachte daran, was Aristoteles über die kristallenen Sphären des Himmels geschrieben hatte. Ich fragte mich, ob vielleicht die kristallenen Sphären aus einstigen irdischen Liebenden bestanden, so daß, selbst wenn die Liebenden gestorben waren, ihre Liebe trotzdem immer noch existierte.

Ich versuchte, dies alles Hildegunde zu erklären; dies waren Gedankengänge, die sie gewöhnlich genoß. Doch daran, wie ihre Augen in das Zwielicht starrten, erkannte ich, daß sie in Gedanken eigentlich ganz woanders war. Ich fragte, was mit ihr sei.

Sie antwortete mit der Frage, ob ich zuvor schon einmal geliebt hätte.

Inzwischen kühlte die Luft merklich ab, doch ich bemerkte es nicht. Ein Gefühl des Friedens, der Stille und Geborgenheit umfing mich. Es war, als seien Hildegunde und ich in Wahrheit eins, bereits eins, und ich spräche in gewisser Weise mit mir selbst, als ich zu ihr sprach.

Also erzählte ich ihr wie ein Narr von Katrin. Vielleicht wurde ich auch getrieben von dem Bedürfnis nach Beichte, nach Absolution. Vor Gott hatte ich bereits gebeichtet, aber ich empfand das Bedürfnis, auch vor einer Frau so etwas wie eine Beichte abzulegen. Ich erzählte ihr die ganze Geschichte, ließ nicht eine Kleinigkeit aus, war überzeugt, sie würde mich verstehen.

Als ich fertig war, drehte ich mich zu ihr. Ihr Gesicht war schmerzverzerrt. Es sah aschfahl aus im verblassenden Licht. Ihre Wangen waren tränenfeucht.

Ich schaute sie an, berührte ihre Schulter, schüttelte sie sanft und fragte, was sie habe.

Zunächst starrte sie einfach weiter ins Leere und weinte. Dann verzog sich ihr Gesicht auf eine Art, die sie, für mich zum erstenmal, häßlich aussehen ließ. Sie sagte: »Die arme Hildegunde ist zerrissen.«

Ihre Worte durchdrangen mein Herz wie ein Pfeil. Nichts mehr würde sein wie vorher. Trotz unserer Nähe stand nun eine Dunkelheit, etwas Böses zwischen uns.

An diesem Abend liebten wir uns noch einmal, unter den Sternen, obwohl es dieses zweite Mal animalischer, verzweifelter war. Dann stahl sie sich in die Frankenburc zurück, während ich weiter nach Westen und Zertheim ritt.

Ich ritt unter den hohen, sich wölbenden Bäumen, über die wogenden Berge mit ihren Weinstöcken, Wäldchen und grasenden Schafen, vorbei an Bauernhäusern mit ihrem Geruch nach Schweinen und menschlichen Ausscheidungen, durch weite, einsame Landstriche mit hohen Bergen, während die ganze Zeit der Mond und die Sterne von einem wolkenlosen Himmel herabfunkelten.

Während des Rittes schien mein ganzes Sein in zwei voneinander unabhängige Wesen geteilt. Zunächst war da der Walter, der leidenschaftlich in Hildegunde verliebt war. Dieser Walter empfand alle Freuden einer neuen Liebe: das klopfende Herz, überall Hildegundes Augen, wohin ich auch schaute, immer noch versuchend, ihren Duft auf meinen Kleidern wiederzufinden, an meinen Händen, jeden einzelnen Augenblick noch einmal durchlebend, den wir zusammen verbracht hatten, um den wundersamen Lauf der Ereignisse zurückzuverfolgen, der schließlich zu dem Augenblick geführt hatte, an dem wir uns liebten. Der andere Walter war verhalten und kühl, ein Zuschauer, der ahnte, daß diese Beziehung zum Scheitern verurteilt war, daß die Liebe, die wir füreinander empfanden, belastet war und in einer Katastrophe enden würde. Ich dachte an die Worte Hildegards von Bingen, mit denen sie die Leiden der reinen Seele beschrieb, die zur Erde gefallen war:

O Gravis labor, et o durum pondus
quod habeo in veste huius vitae,
quia nimis grave michi est
*contra carnem pugnare**

Es war ein tiefer Fall, zu dem ich Hildegunde veranlaßt hatte, dem reinsten Wesen, dem ich bisher je begegnet war. Also war ich jetzt zwiegespalten: Da war jener Teil von mir, der leidenschaftlich in Hildegunde verliebt war, und der andere Teil, der zurückhaltend war und doch zugleich eine spirituelle Verwundung spürte. Alles, was die beiden Walters verband, war das Wissen darüber, was sich an diesem Abend ereignet hatte.

Ich faßte einen Entschluß. Zunächst war es noch ein schattenhafter Entschluß, doch er sollte zum Leitgedanken für alles werden, was seitdem in meinem Leben ehrenhaft gewesen ist: Was immer auch geschah, ich würde einen Weg suchen, Hildegunde vor Schaden zu bewahren, und versuchen, eine Lebensweise zu finden, die ihrer würdig war. Darin habe ich versagt. Trotzdem – als Ideal hat er mich immer begleitet.

Dann war da das Lied. Ich mußte mir bis zu meiner Rückkehr ein neues Lied für die Gräfin einfallen lassen, und mein Verstand war auf der ständigen Suche nach Anregungen. Ich wollte in einem Stil schreiben, der sich zunehmender Beliebtheit erfreute, wie aus der Sicht einer Frau, die von ihrer Leidenschaft für ihren

* Oh, ich werde erdrückt von Arbeit und schwerer Last/die das Gewand dieses Lebens mir gebracht,/denn es fällt mir immer so schwer/gegen das Fleisch anzukämpfen.

Geliebten singt. Tatsächlich ähnelten diese Lieder in vielem den schlüpfrigen Weisen, die ich Bauersfrauen über ihre Männer habe singen hören – für die Höfe mußten die fleischlichen Gesichtspunkte selbstverständlich vornehmer eingearbeitet werden, eher in Andeutungen als in unverblümten Beschreibungen.

Eine Melodie bildete sich in meinem Kopf heraus. Ich summte sie bereits zur Begleitung der Pferdetritte, während ich durch die Nacht ritt. Auch die Worte kamen ohne Mühe:

Under der linden an der heide, dâ unser zweier bette was,
Dâ mugt ir vinden schône beide
gebrochen bluomen unde gras.
Vor dem walde in einem tal,
Tandaradei,
Schône sanc diu nahtegal. *

Das Lied ist heute berühmt, daher muß ich kein weiteres Wort darüber verlieren. Sogar Walther von der Vogelweide, dieses selbstgerechte Tugendlamm, singt es. Mir ist es einerlei. Ich weiß von diesem Abend mit Hildegunde, und ich weiß auch, was darauf folgte.

Ob sich später jemand an dieses Lied erinnert oder nicht, das mir noch soviel Kummer bringen sollte, diesen Abend werde ich immer in Erinnerung behalten, und immer wird es meiner gewesen sein.

* Unter der Linde/auf der Heide,/Wo unser Lager war;/Da kann man finden,/Liebevoll gebrochen/Blumen und Gras./Vor dem Wald in einem Tal,/tandaradei,/sang schön die Nachtigall…(Walther von der Vogelweide)

7

Der Wagen

Die ganze Zeit war ich auch weiterhin von Fragen zu meiner Vergangenheit besessen. Wann immer ich im Auftrag des Grafen Friedrich auf Reisen ging oder wann immer ich mich bei Hofe in Gesellschaft von jemandem mit guten Verbindungen befand, der mir obendrein wohlgesonnen war, stets versuchte ich, an Informationen zu kommen. Ich erwähnte den weißhaarigen Mann, der Katrin von mir getrennt hatte; ich erwähnte ebenfalls, daß ich Uqhart gekannt und in Babenberch studiert hatte. Ich stellte dies selbstredend so harmlos wie möglich an, nur für den Fall, daß ich ein verlegenes Zucken der Augen oder einen etwas zu schnellen Themenwechsel bemerkte.

Auch erzählte ich die Geschichte meiner Entführung als kleines Kind. Mein Vorwand war, daß ich oft genug gefragt wurde, warum ich Geschmack am höfischen Leben entwickelt hatte und auch für körperliche Betätigungen im Freien, wo ich doch eher mit Büchern und unter Mönchen aufgewachsen war. Dies bot mir Gelegenheit, die Geschichte zu erzählen und die Reaktionen meiner Zuhörer zu studieren.

Eines Abends wurde ich auf unerwartete Weise für meine Hartnäckigkeit belohnt. Es geschah nach der Abendmahlzeit im großen Saal der Burg, nur etwa eine Woche, nachdem ich zum erstenmal mit Hildegunde geschlafen hatte. Ich hatte gerade die

Gäste mit meinem Gesang unterhalten und erzählte nun meine Geschichte einer kleineren Schar, zu der auch ein Ritter und seine Dame aus Hüttenheim sowie zwei oder drei Dienstmannen aus Nurenberc und Babenberch gehörten. Wie immer kam die Geschichte gut an, und ich dachte zunächst nicht weiter darüber nach.

Als es dann dunkel geworden war und die meisten Gäste bereits im Begriff standen, sich schlafen zu legen, nahm mich Rudolfus, einer der Ministerialen, beiseite.

»Gehen wir doch ein wenig hinaus«, sagte er. »Ich habe Euch etwas zu erzählen.«

Wir verließen den großen Saal und traten auf den mondbeschienenen Burghof.

»Eure Geschichte interessiert mich«, sagte er. »Ihr müßt wissen, daß meine Aufgabe am bischöflichen Gericht zu Nurenberc darin besteht, die Unterlagen zu archivieren und zu ordnen. Wie der Zufall es will, sind mir die Unterlagen des Verfahrens gegen den ehemaligen Priester Josephus unter die Augen gekommen.«

Die Nacht war klar, und der Himmel war voll herrlicher Sterne. Endlich, dachte ich, werde ich die Wahrheit erfahren …

»Entsprechen die Unterlagen nicht meiner Darstellung der Geschichte?«

»Nein. Es ist erheblich verzwickter. Der Fall ist mir wegen seiner nicht vorschriftsmäßigen Durchführung in Erinnerung geblieben.«

»Sind die Unterlagen immer richtig?«

»Fast immer. Da sie ohnehin vor aller Augen, außer vor Leuten wie mir, geheimgehalten werden, hat es kaum Sinn, sie zu fälschen.«

»Was waren das für Vorschriften, gegen die verstoßen wurde?« fragte ich.

»Zunächst einmal stand nichts davon in den Akten, daß Josephus ein Geständnis abgelegt hat. Für gewöhnlich ist ein Geständnis das wichtigste Schriftstück in einem Gerichtsverfahren. Es war, als wäre die Schuld des Angeklagten niemals strittig gewesen. Und doch wurde ihm der Prozeß hinter verschlossenen Türen gemacht.«

»Warum wurde das Eurer Meinung nach getan?«

»Im Verlauf des Verfahrens legte man Josephus nahe, über seine ›Verbindungen‹ zu schweigen. Wenn er sich daran hielte, könne er in Würde gehängt werden, und seine Buhle komme straflos davon. Sollte er jedoch seine Meinung deutlich vertreten wollen, würde seine Buhle geholt, und sie beide würden vor ihrer Hinrichtung öffentlich gefoltert werden.«

Ich dachte an die liebenswürdige Frau, die sich im Wald um mich gekümmert hatte.

»Was waren das für Verbindungen, von denen da gesprochen wurde?« fragte ich.

»Genau das ist es ja. Ich weiß es nicht. Aber es ist schon beachtenswert, nicht wahr? Ich nehme nicht an, daß Ihr irgendeine Ahnung habt.«

»Überhaupt keine.« Ich schaute zu den im Mondlicht liegenden Burgzinnen hinauf. Sie waren so dunkel wie die Geheimnisse, die mein Leben zu umgeben schienen. »Gibt es jemanden, der es wissen könnte?« fragte ich.

Er zögerte. »Es gibt einen leitenden Dienstmann am bischöflichen Gericht zu Nurenberc. Sein Name ist Stephanus. Wenn Ihr das nächste Mal nach Nurenberc kommt, könnte ich dafür sorgen, daß Ihr ihn kennenlernt.«

Ich verachtete den Bischof und sein Gericht wegen der Zeit, die ich dort im Kerker zugebracht hatte; aus diesem Grund hatte ich es bislang vermieden, in die Stadt zurückzukehren. Doch es gab Belange des Grafen, die ich als Vorwand für meine Rückkehr nach Nurenberc nutzen konnte.

»Rudolfus«, sagte ich, »ich werde Euch nie genug danken können. Ich hoffe, wir werden uns schon bald in Nurenberc wiedersehen.«

Als ich ihn zurück in den Saal führte, bevor ich zum Schlafen in meine Dachkammer ging, spürte ich, daß er irgendwie ängstlich war. Ich fragte mich, ob ich zu überschwenglich gewesen, ob ich zu weit gegangen war.

Wochenlang brannte ich vor Neugier, was ich womöglich von Stephanus in Erfahrung bringen könnte. Zu dieser Zeit wurde ich allmählich bekannt für meinen Gesang, und man bat mich oft, Botschaften an andere Höfe zu überbringen, wo ich dann nächtigte und buchstäblich für mein Abendbrot sang, und doch erschien es mir wie eine Ewigkeit, bevor sich eine Gelegenheit ergab, nach Nurenberc zu reisen. Schließlich wurde ich gebeten, oder vielmehr bot ich mich an, dem Bischof von Babenberch die Einladung des Grafen von Frankenburc zu dem Turnier zu überbringen, das er im späten Frühjahr veranstalten wollte.

Als der Tag kam, beschlichen mich dunkle Ahnungen und Ängste. Ich machte mich über die vertrauten Straßen auf den Weg, die ich bereits auf meinen Wanderungen mit Pauli bereist hatte, abseits derer ich Katrin geliebt hatte. Ich stieg in einigen Gasthäusern ab, in denen Pauli und ich aufgespielt und wo ich bereits als Zisterzienser genächtigt hatte.

Nach drei Tagen traf ich in Nurenberc ein. Ich durchschritt die Stadttore und ging durch die vertrauten Gassen zu jener Stelle, wo einst meines Vaters Haus gestanden hatte. Die Stadt war für mich so voller Traurigkeit und schrecklicher Erinnerungen, daß ich bei meinen Wanderungen durch die Gassen beinahe schon damit rechnete, wieder den Gestank brennenden Fleisches zu riechen.

Und doch war alles friedlich. Dort, wo ich meine Kindheit

verbracht hatte, stand immer noch die Linde, aber das Haus und der Hof, wo ich gespielt hatte und aufgewachsen war, wo Ambosse laut erklungen waren, wo Arbeiter gesungen und geflucht hatten, wo ich gelernt hatte zu reden, zu gehen und zu laufen, wo ich das erstemal von der Liebe geträumt hatte – all das war nur noch Asche. Die Stadtverwaltung mußte angeordnet haben, daß alles niedergebrannt wurde, um böse Geister zu vertreiben. Und doch war die Linde noch da. Ich stand dort und starrte sie an. Ihr Stamm war verkohlt, aber irgendwie hatte sie überlebt.

Ich versuchte, mich an glückliche Tage meiner Kindheit zu erinnern, konnte jedoch an nichts anderes denken als an diesen Tag, an dem ich aus dem Kloster zurückgekehrt war, um eine Menschenmenge auf dem Hauptplatz anzutreffen, die Uqharts Verbrennung beigewohnt hatte. Immer wieder kreisten Ereignisse dieses Tages in meinem Kopf, und abermals spürte ich die Klingen, die sich mir in den Hinterkopf bohrten, genau wie damals, als ich herausfand, was geschehen war, und daraufhin kopflos in den Wald rannte.

Über das alles war ich nun hinweg. Ich war gefaßt, oder zumindest glaubte ich es zu sein. Ich erlaubte diesen Bildern, vor meinem geistigen Auge vorüberzuziehen. Ich stellte mich ihnen. Und die alten Gefühle von Wut und Verzweiflung legten sich, wandelten sich zu einer stillen Sehnsucht nach jenen Zeiten, bevor dies alles stattgefunden hatte.

Ich führte mein Pferd durch die Stadt und den Berg hinauf zur Burg.

Ich meldete meine Ankunft am Tor und wurde sogleich zum Bischof geführt, der mir mit ausgesuchter Höflichkeit entgegentrat, mir Wein anbot und mich einlud, an diesem Abend zu singen. Mit keiner Silbe erwähnte er unsere frühere Begegnung; ganz im Gegenteil schien er sehr darauf erpicht, die Angelegenheit gar nicht erst zu erwähnen und vielmehr einen so förmlichen und höflichen Umgang wie möglich mit mir zu pflegen.

Ich erkundigte mich, ob ich in der Zwischenzeit ein Gespräch mit Stephanus führen könne. Als Grund für meinen Wunsch, ihn zu sprechen, gab ich an, er sei ein gelehrter Mann und habe Plato und die Schriftsteller des Altertums studiert. Rudolfus wurde damit betraut, mich zu seinem Zimmer zu führen, das ein Geschoß darüber und unmittelbar unter den westlichen Zinnen gelegen war.

Stephanus nahm gerade ein Bad, und ich plauderte einige Zeit mit Rudolfus über Belanglosigkeiten, dem wiederum viel daran zu liegen schien, jede Erwähnung der Gründe zu meiden, warum ich hier war. Schließlich tauchte Stephanus nur mit einem Laken bekleidet auf.

Ich war von Stephanus beeindruckt. Ein ausgesprochen selbstsicherer Mann von Ende Vierzig. Kopf und Gesicht, wie auch seine übrige Gestalt, waren breit und kantig. Eine ungeheure Entschlossenheit strahlte aus seinen Augen, und auch seine Bewegungen vermittelten ungebrochene Tatkraft. Mir gegenüber zeigte er sich ausgesprochen freundlich, herzlich und liebenswürdig, doch gleichzeitig trug er die Überlegenheit, die ihm sein Alter und seine Stellung verliehen, offen zur Schau.

Er zog sich schnell an. Danach dauerte es nicht lange, bis Rudolfus uns verließ, und ich erklärte, warum ich gekommen war. Ich erzählte ihm in aller Kürze die Geschichte meiner Entführung und was meines Wissens das Schicksal meiner Entführer gewesen war. Ich erzählte ihm ebenfalls, daß Rudolfus mir Anlaß zu glauben gegeben hatte, es stecke mehr hinter dieser Geschichte, und ich fragte ihn, ob er mir mehr erzählen könne.

Umgehend veränderte sich sein Verhalten. Zwar blieb er freundlich und liebenswürdig, doch er schien nachdenklich, nicht sicher, ob es mir zustünde, solche Dinge zu fragen. Und doch war seine Reaktion bereits eine Antwort; er war schlau genug, dies zu erkennen.

»Vielleicht sollten wir hinausgehen«, sagte er. Also verließen wir die Burg durch ein Seitentor, suchten uns einen Weg über die Felsen und schlenderten dann über die grasbewachsenen Hänge oberhalb der geschäftigen Stadt. Das Wetter war immer noch trostlos. Es war ein kalter Tag. Es regnete zwar nicht, aber dunkle Wolken jagten tief über die Stadt, und der Wind blies rauh. Trotz seines Alters und obwohl er eben erst aus dem Bad gekommen war, schien Stephanus die Kälte nichts auszumachen. Im Gegenteil, die Richtung, die unser Spaziergang nahm, schien nicht nur sicherstellen zu sollen, daß niemand zufällig unser Gespräch belauschen konnte, sondern auch, daß der Wind unsere Worte sofort mit sich nahm, so als seien sie niemals ausgesprochen worden.

Stephanus hakte sich bei mir ein, und einmal legte er seinen Arm um meine Schulter, als er leise und verschwörerisch mit mir sprach. Sein Benehmen erinnerte an einen alten Lehrer oder einen Oheim, der einen verloren geglaubten Neffen wiedergefunden hat. Manchmal schien etwas Weibisches in seiner Art zu liegen; und dann wieder schien er mich zu behandeln, als sei ich ein bedeutender Herr und er mein Vasall. Erst später sollte ich herausfinden, daß an diesem Eindruck durchaus etwas dran war.

Zunächst schien er meinem Ansinnen auszuweichen. »Seid Ihr glücklich am Hof von Frankenburc?« erkundigte er sich.

»Ja, sehr.« Er sah mich fragend an, wie um mir seine Überraschung zu vermitteln, daß ich die alten Geschichten nicht auf sich beruhren lassen konnte.

»Euer Singen und Eure Musik«, sagte er als nächstes. »Habt Ihr eine dankbare Zuhörerschaft?«

»Ich habe es sehr glücklich getroffen. Meine neuen Lieder werden oft sehr wohlwollend aufgenommen.«

»Ich weiß«, sagte er. »Denn es gibt viele, die Eure Lieder lernen, um sie an anderen Höfen vorzutragen. Ich kenne mehr von Eurer Musik, als Ihr wahrscheinlich ahnt.«

»Es ist sehr freundlich von Euch, mir ein solches Lob zu erteilen, Herr, und ich hoffe, es wird sich eine Gelegenheit finden, persönlich für Euch zu singen. Aber ich brenne darauf, mehr darüber zu erfahren, wie es zum Tod des ehemaligen Priesters Josephus kam. Ich weiß, daß Ihr Zugang zu den Unterlagen habt. Ihr werdet vermutlich meinen, dies sei nur eine Laune von mir…«

»Ich werde Euch sagen, was ich weiß. Ich war damals nur ein kleiner Schriftführer. Der ehemalige Priester Josephus stellte sich einem Nachtwächter am Stadttor. Er wurde zur Burg geführt, wo er das Geständnis ablegte, dich aus Rache entführt zu haben. Er hatte in Diensten deines Vaters gestanden, bevor er ein Geächteter wurde. Er bekannte ebenfalls, immer noch einer ketzerischen Sekte anzugehören, den verruchten Katharern nämlich, und bat um Absolution, um der öffentlichen Folter zu entgehen. Sein Geständnis wurde als aufrichtig angenommen. Außerdem besteht stets die Gefahr des Aufruhrs, wenn es zu einer öffentlichen Folterung kommt. Daher wurde entschieden, ihn ohne weiteres Aufheben zu hängen.«

»Wurde ihm öffentlich der Prozeß gemacht?«

»Nein.«

»Seid Ihr sicher, daß nicht doch mehr dahintersteckt? Mir wurde angedeutet, der Mann besäße möglicherweise Verbindungen, über die er Stillschweigen wahren sollte.« Ich stellte die Frage in aller Unschuld und wußte nicht, auf welch gefährlichem Terrain ich mich bewegte.

Statt dies nun zu bestätigen oder abzustreiten, blieb Stephanus stehen, legte mir die Hände auf die Schultern, sah mir in die Augen und sagte: »Walter, du hast Visionen. Wir wissen, daß du

Visionen hast. Außerdem hast du manches gehört. Ich weiß nicht, wieviel du bereits weißt, wieviel du herausgefunden hast, wieviel man dir vielleicht gesagt hat. Ich kann dir nur soviel sagen, daß es Dinge gibt, die ich dir nicht offenbaren kann. Aus Rücksicht auf andere ebenso wie dir und mir zuliebe. Ich kann dir jedoch versichern, dir wird nichts geschehen, und es gibt viele Menschen, die dir alles Gute, ja das Allerbeste wünschen. Zu diesen zähle auch ich mich.«

»Ich verstehe nicht…«

»Warte ab, Walter, verhalte dich ruhig und warte. Früher oder später wird dir alles klarwerden, wenn es nicht schon bereits klar ist.«

Einem inneren Drang folgend fragte ich: »Was ist mit meinem Vater und mit Uqhart dem Juden? Ist das, was ihnen zugestoßen ist, etwas, was ich wissen müßte?« Ich sagte dies, ohne ernsthaft zu glauben, daß Stephanus auch nur ahnen könnte, wovon ich sprach. Und doch war er von der Frage sichtlich erschüttert. Tatsächlich beunruhigte mich seine Reaktion mehr als das, was er schließlich sagte, nachdem er seine Fassung wiedergefunden hatte. Ich war überrascht, daß er soviel über mich wußte. In Anbetracht unseres Standesunterschieds wäre es völlig verständlich gewesen, wenn er mich ohne ein weiteres Wort einfach stehengelassen hätte. Doch er sagte folgendes:

»Soweit ich weiß, hat sich dein Vater entweder ertränkt, weil er von dem Juden verflucht worden war oder weil er selbst in die Schwarze Kunst der Katharer verstrickt war. Und der Jude wurde verbrannt, weil allgemein bekannt war, daß er die Schwarze Kunst übte, und weil er den Christenjungen geopfert hatte, der bereits als kleines Kind bei ihm gewesen war. Doch wir dürfen nicht weiter über diese Dinge sprechen. Es ist Zeit, zur Burg zurückzukehren.«

Ich erinnere mich, unsere Spiegelbilder im aufgewühlten

Wasser des Burggrabens gesehen zu haben, als wir zurückgingen. Ich hatte doch einiges von ihm erfahren. Mir war nicht bewußt gewesen, daß mein Vater im Verdacht stand, an der Katharerhäresie beteiligt zu sein. Außerdem war ich verwirrt und verlegen, weil Stephanus von meinen Visionen wußte. Trotz all seiner Güte lag auch eine gewisse Drohung in seiner Stimme, die mich spüren ließ, daß ich keine weiteren Fragen stellen sollte. Außerdem löst in gewissen Kreisen allein schon die Erwähnung der Katharer blankes Entsetzen aus, und sofern man seine Worte nicht sehr sorgfältig wählt, besteht immer die Gefahr, sich selbst zu belasten.

Von da an unterhielten wir uns über nichts Wichtiges mehr; wir betrieben einfach nur noch oberflächliche Konversation, wie es bei Hofe üblich ist. Die restliche Zeit meines Aufenthalts in Nurenberc verlief ereignislos.

Was Stephanus über meinen Vater und die Katharer angedeutet hatte, ergab in gewisser Hinsicht durchaus einen Sinn. Mein Vater hatte schon immer etwas Verschlossenes und Grüblerisches gehabt, so als verachtete er diese Welt aus tiefstem Herzen. (Anders als ich. Ich habe mir oft eingeredet, daß ich sie hasse, und doch erfüllt mich jetzt der Gedanke, sie zu verlassen, mit Kummer und Furcht.)

Bis zu seinem Tod war mein Vater für mich ruhender Pol und Sinnbild des unvermeidlichen Triumphs über alle Widrigkeiten gewesen, auch wenn er stets eine gewisse Traurigkeit und Hoffnungslosigkeit ausstrahlte. Er war immer da, arbeitete in den Werkstätten, leitete die Gehilfen an, stellte Karren um Karren her, Wagen um Wagen, mehrte langsam sein Vermögen, zweifellos mit dem geduldigen Ziel, eines Tages alles an mich weiterzugeben, seinem Sohn, damit ich seinen Namen weiterführte und seinen Platz in Nurenberc einnähme. Trotzdem wußte ich ihn nie wirklich zu schätzen, auch wenn es Zeiten gab, in denen ich hart für ihn arbeitete und ungeachtet der Tatsache, daß ich ihn liebte. Es war seine Stille, die es mir so leichtmachte, ihn als selbstverständlich anzusehen. Nachdem er nun tot war, dachte ich immer öfter darüber nach, was für ein Mensch er wohl gewesen war.

Trotz all seines Erfolgs haftete ihm etwas zutiefst Schwermütiges an. Oft war er verschlossen und mißmutig, und ich erinnere mich, wie er häufig im alten Stundenbuch meiner Mutter blätterte. Ich habe gehört, daß es für Katharer nichts Ungewöhnliches ist, die Sünde der Selbstentleibung zu begehen, um sich von der Abscheulichkeit dieser Welt zu befreien. Wer kann es ihnen zum Vorwurf machen?

Nur drei Wochen nach unserer Begegnung wurde Stephanus von Räubern getötet. Ich war bis ins Mark erschüttert. War er ermordet worden? War sein Tod eine unmittelbare Folge unseres Zusammentreffens an jenem Tag?

8
Gerechtigkeit

Die Vorbereitungen für das Turnier des Grafen liefen an. Ich hatte gehofft, die Gelegenheit nutzen zu können, um Näheres über Stephanus' Tod sowie meines Vaters und Uqharts Schicksal in Erfahrung zu bringen. Doch die bevorstehenden Ereignisse sollten erheblich dramatischer verlaufen, als ich es mir vorgestellt hätte.

Es waren die ersten Festspiele, die der Graf von Frankenburc auf seiner Burg veranstaltete. Für sein Ansehen war es wichtig, dieses Turnier so glanzvoll wie nur irgend möglich zu gestalten.

Der Graf wollte aber die Exzesse vermeiden, von denen wir zum Beispiel in Toulouse gehört hatten, wo ein Fürst angeblich Tausende der besten Kerzen allein fürs Kochen verbraucht hatte, ein anderer zweiundsiebzig Ochsengespanne auf die Felder hinaus getrieben hatte, um dreißigtausend Silberschillinge zu säen, und wieder ein anderer aus Lust und Laune dreißig Pferde verbrannt habe, und das alles nur, um zu zeigen, wie reich sie waren. Dennoch sollte es ein kolossales Treffen werden, und vor den Burgmauern mußten Zelte aufgeschlagen werden, damit alle einen Platz zum Schlafen fänden. Es würde große Gelage geben, Theater, Tänze, Gesang und einen Tjost am Montag, denn damals vor dem großen Bruderkrieg galt von Donnerstag bis

Sonntag der Waffenstillstand Gottes*, und an solchen Tagen waren Kämpfe jeglicher Art verboten.

Das Turnier sollte zu Pfingsten im Jahr des Herrn 1194 stattfinden. Überall herrschte die Hoffnung, daß wir endlich eine Zeit des Friedens und Wohlstands genießen könnten. Die Ernten waren gut gewesen, und Saladin war tot. Richard Löwenherz von England war kürzlich erst gegen Zahlung eines Lösegelds von einhundertfünfzigtausend Silbermark freigelassen worden, hatte den Lehnseid geleistet und war damit zum Vasallen des Kaisers geworden. Somit war Heinrich VI. als Kaiser nun erheblich gestärkter, da Richard einer derjenigen gewesen war, die den Welfenwiderstand geschürt hatten.

Am Hof legten wir uns alle gehörig ins Zeug. Meine Hauptaufgabe bestand darin, Lieder für die Festgelage zu komponieren, die jungen Ritter für eine Waffenschau auszubilden und bei den Vorkehrungen für Verpflegung, Unterbringung und Unterhaltung der Gäste behilflich zu sein. Außerdem mußte ich zu meinem eigenen Wohl gründlich üben, denn der Graf hatte mich in seiner Gnade gebeten, die Eröffnung des Turniers zu bestreiten. Vor Beginn der anderen Kämpfe sollte ich in einem Tjost gegen den Hauptmann der gegnerischen Ritter antreten.

Darüber hinaus sah ich Hildegunde täglich, auch wenn es nicht leicht war, Zeit für uns allein zu finden. Ich liebte sie leidenschaftlich; aber seit jenem Abend, an dem wir ein Paar wurden, schien es, daß wir mehr verloren als gewonnen hatten. Manchmal kam sie zu mir, lächelte und war freundlich wie eine Lieblingsschwester. Bei anderen Gelegenheiten war sie so hochmütig, als

* Die *treuga Dei* (Waffenstillstand Gottes) untersagte neben dem *pax Dei* (Gottesfrieden – Schutz für best. Personen u. Orte) Fehden (bzw. Gefährdung oder Verletzung des öffentl. Friedens) an bestimmten Tagen wie den christlichen Festen sowie von Mittwochabend bis Montagmorgen. Wurde im 12. Jh. nach und nach durch den Landfrieden abgelöst.

hasse sie mich. Vielleicht tat sie dies nur zur Schau, aber vielleicht verübelte sie mir, ihr die Unschuld genommen zu haben. Es entsprach ihrem Wesen, daß sie alles tat, um Gerede zu vermeiden. Bevor wir ein Paar wurden, kennzeichnete feuriger Unternehmungsgeist unsere täglichen Zusammenkünfte. Jetzt hatte alles, was wir taten, eine gewisse Künstlichkeit. Unsere Freundschaft war vorbei, und an ihre Stelle war eine schwierige Liebe getreten.

Am Abend meiner Rückkehr aus Zertheim bestellte die Gräfin mich zu sich. Sie wollte immer die erste sein, die ein neues Lied hörte, das ich geschrieben hatte; gewiß schmeichelte es mir, ihrem Wunsch zu entsprechen. Wie ein Narr spielte und sang ich für sie mein *Under der linden*. Die Gräfin war entzückt. Ich mußte es wieder und wieder spielen. Dabei waren ihre Augen die ganze Zeit fest auf mich geheftet, gerade so, als wollte sie mich verschlingen. Dann sprach sie davon, daß ich bei dem Turnier *für sie* reiten würde, und nannte mich ihren »tapferen Ritter«. Dies war dumm von ihr, denn sie wußte so gut wie ich, welchen Rang ich einnahm. Selbst in einem kämpfenden Heer hätte ich von Glück reden können, hätte man mir den Rang eines Knappen gewährt. Meine gesamte Ausrüstung war eine Leihgabe des Grafen.

Zum erstenmal kam mir da der Gedanke, daß selbst eine Adlige wie sie fleischliche Gelüste auf einen jungen Mann wie mich entwickeln könnte. Ich beschloß, mich in Zukunft vorzusehen.

Ich mußte ihr versprechen, bis zu dem Abend des Festes, an dem sich alle Gäste für den Tjost des folgenden Tages eingefunden hatten, niemand außer ihr das Lied vorzutragen. Sie sagte, sie wolle die Gesellschaft vom hohen Wert der Kunst an ihrem Hof überzeugen, und deshalb dürfe dieses Lied vor dem Turnier an keinem anderen Ort gehört werden. Selbstverständlich brannte ich die ganze Zeit darauf, es Hildegunde vorzuspielen oder es ihr doch wenigstens vorzusingen. Aber dummerweise hörte ich auf die Gräfin und bildete mir ein, es wäre eine große Freude, eine große Ehre für Hildegunde, wenn sie hörte, wie ich vor all den Adligen der Umgebung von ihr als meiner Dame sang, und dies auf eine Weise, die nur wir beide allein verstehen würden.

Die Vorbereitungen des Turniers waren langwierig und anstrengend. Der Graf nahm es noch mit jeder Kleinigkeit äußerst genau. Ich wußte, daß er während des Krieges in Italien ein sehr erfolgreicher Heerführer gewesen war; nun begann ich auch zu verstehen, warum.

Etwa zwei Wochen vor dem Turnier teilte er mir mit, Johannes von Ulm werde mein Gegner bei dem Zweikampf sein. Jeder kannte den Ruf des Johannes von Ulm. Er war ein furchterregender Riese von einem Mann, der sich in zahllosen Schlachten ausgezeichnet hatte. Er war bekannt für seine unerschütterliche Treue jedem gegenüber, dem er gerade diente, aber auch für seine Bereitschaft, einen Streit mit jedem anzufangen, den er als Widersacher betrachtete. Er saß fest im Sattel, und seine Lanze stieß stets mit solcher Wucht zu, daß er bei früheren Turnieren mehr als einen Gegner bereits beim ersten Ritt aus dem Sattel geworfen hatte. Zwei waren an ihren Verletzungen gestorben.

Inzwischen war ich stark und kräftig und ein guter Reiter geworden. Trotzdem machte ich mir Sorgen wegen des Zweikampfs. Immerhin war es mein erstes richtiges Turnier. Der ausgesetzte Preis würde hoch sein (obwohl ich nicht wußte, wie hoch genau). Aber ich wollte mir keinesfalls die Angst anmerken lassen, die ich empfand.

Ich erzählte Hildegunde, wer mein Gegner sein sollte. Ihre Reaktion überraschte mich, denn sie erbleichte und flehte mich an, nicht teilzunehmen. Von da an – und dies war etwa zehn

Tage vor dem Turnier – veränderte sich ihr Verhalten mir gegenüber noch einmal. Nun war sie nie hochnäsig oder unzugänglich. Im Gegenteil, sie unternahm alles in ihrer Macht Stehende, um in meiner Nähe zu sein, und starrte mich mit großen traurigen Augen an. Auch ergriff sie jede sich bietende Gelegenheit, um sich allein mit mir zu treffen, damit wir uns lieben konnten.

Es gab einen Nachtwächter namens Ulrich, ein alter Söldner mit einem gütigen Herzen, der uns wohlgesonnen und treu ergeben war. Hildegunde kam mitten in der Nacht in meine Dachbodenkammer, und wir liebten uns bis kurz vor Morgengrauen. Dann gab er uns Bescheid, daß für sie die Zeit gekommen war, wieder zu gehen.

Ich erinnere mich an Hildegundes Körper, strahlender als jeder Tagesanbruch, weißer als der Schnee im ersten Licht, wenigstens in meinen Augen, und ich erinnere mich an ihre tränenfeuchten Haare, die sie an mein Gesicht drückte, wenn wir uns aneinanderschmiegten und mit Schrecken an den Augenblick unseres Abschieds dachten. Ich sang:

Owê, si kuste âne zal
in deme slâfe mich,
dâ vielen hin ze tal
ir trêne nidersich,
iedoch getrôste ich sî,
daz sî ir weinen lî
und mich al ummevî,
*dô taget ez.**

* O weh, sie küßte ungezählt/im Schlafe mich./Da fielen niederwärts/die Tränen ihr dahin,/doch tröstete ich sie,/daß sie ihr Weinen ließ,/und mich ganz umfing./Da ward es Tag (Heinrich von Morungen; übertragen von Max Wehrli)

Fünf Tage vor dem Turnier trafen wir uns im Wald, nur drei Pfeilschüsse weit von der Burg entfernt. Es war eine schöne mondhelle Nacht, und ich sehnte mich danach, sie zu sehen. Sie kam zu spät, blaß, außer Atem und zitternd. Auf dem Weg hinaus war sie von der Gräfin gesehen worden. Die Gräfin hatte nichts gesagt, sondern ihr nur nachgestarrt. Hildegunde sagte, es sei zu spät zur Umkehr gewesen; deshalb war sie einfach weitergegangen, um mich zu warnen, denn die Gräfin würde mit Sicherheit herausfinden, daß ich nicht da war.

Bis zum heutigen Tag weiß ich nicht, warum Hildegunde dieses Wagnis einging, wo sie doch mühelos irgendeine Ausrede hätte erfinden und umkehren können. Es war beinahe, als hätte sie eine Vorahnung gehabt, daß die Dinge sich nicht gut entwickeln würden, so als hätte sie so viel Zeit wie möglich mit mir verbringen wollen, bevor es zu spät war. Sie machte mich überall ausfindig. Selbst wenn ich mich auf dem Turnierplatz stählte oder auf dem Hof mit den jüngeren Männern die Waffen übte, kam sie und schaute mir zu. Es ist mir noch heute schwer vorstellbar, und damals wußte ich es ganz sicher nicht, wieviel Kummer ich Hildegunde bereitet haben mußte. Für mich war sie und ist sie immer noch ein Ideal. Ich konnte mir wohl nicht vorstellen, daß ein Ideal auch leiden könnte.

Jedenfalls war ich es nun, der sich Gedanken darüber machte, nicht umsichtig genug zu handeln. Es gab nur wenige Leute am Hof, die nichts von uns wußten. Ich machte mir deswegen Sorgen, tat aber kaum etwas, um unsere Zusammenkünfte zu vermeiden. Ich nehme an, wir wußten beide, daß es nicht mehr lange so weitergehen konnte. Während all dem kam mir aber nicht in den Sinn, wie die Reaktion der Gräfin ausfallen könnte. Und ebendies sollte sich als entscheidend erweisen.

Unsere Stelldichein waren wunderbar. Hildegunde bat mich jedesmal, für sie zu singen, obwohl sie die meisten meiner Lieder bereits auswendig kannte. Es war, als präge sie sich die Lieder für den Fall ein, mir stieße etwas zu, so daß ein Teil von mir in ihr weiterlebte, selbst wenn wir nicht mehr zusammensein konnten. Wir liebten uns und sprachen über Gott und die Welt. Und sie war so schön; sie zu lieben war die reinste Verzückung. Ich wollte nur, daß sie für immer mir gehörte und unsere Verbindung den Segen der Kirche erhielt. Doch wann immer wir darüber sprachen, verstummten wir beide traurig.

Kurz vor Ankunft der ersten Gäste veränderte sich Hildegundes Verhalten wiederum. Ich bemerkte, daß sie mir aus dem Weg ging. Sie kam nicht einmal mehr zum Abendessen. Sie war an keinem der Orte, wo ich sie üblicherweise traf. Schließlich sah ich sie über den Hof gehen. Ich lief ihr nach und rief ihren Namen. Als sie mich sah, schien es zunächst, als käme sie auf mich zu, dann brach sie in Tränen aus und stürmte in Richtung Kemenate davon.

Als wir dann bald darauf zusammen im Speisesaal waren, sagte sie: »Warum hast du mir nicht von ihnen erzählt? Warum benutzt du mich? Ist es dir gleichgültig? Wie kannst du nur so gedankenlos mit deiner Seele umgehen? Sie haben mir gesagt, warum wir niemals zusammensein können.« Dann brach sie wieder in Tränen aus. Damals glaubte ich, sie meinte die Gräfin und ihren Oheim. Später erst keimte in mir der Verdacht, daß vielleicht mehr dahintersteckte. Vielleicht hatte der Grund für ihre nachfolgenden Handlungen etwas mit denselben Mächten zu tun, die auch zwischen mich und Katrin getreten waren.

Am selben Abend, als sie auf dem Hof vor mir weglief und die ersten Gäste eintrafen, wurde mein übliches abendliches Zusammentreffen mit der Gräfin abgesagt. Ihre Erklärung lautete, sie sei zu sehr mit den Vorbereitungen beschäftigt und ich kenne ja bereits meine Anweisungen für das Turnier. Wie es sich ergab, sollte ich nie wieder allein mit ihr sprechen.

Es waren so viele Gäste, und so viele von ihnen waren derart erlaucht und hochgerühmt, daß ich gar nicht wüßte, wo ich mit der Aufzählung all ihrer Namen beginnen sollte. Sogar Prinzen und Prinzessinen von königlichem Geblüt waren zugegen. Ich bemerkte die verschiedenen Sitten und Geschmäcker in Kleidung und Erscheinung, besonders unter den Männern. Die Ritter aus dem Rheinland trugen ihr Haar in unechten Ringellocken – dazu drehten sie ihr Haar auf Brennscheren auf –, während es in Thüringen offenbar Brauch war, das Haar sehr lang in die Stirn wachsen zu lassen, während man es hinten stutzte.

Ich genoß es, mit all den Männern und Damen aus verschiedenen Ländern zu reden. Ich erinnere mich gut an einen sehr gelehrten Herrn namens Lambert d'Andres, einen gedrungenen Mann mit grau-blondem, gelocktem Haar und lächelnden Augen, der mit seinem Herrn den weiten Weg aus Macon bis hierher unternommen hatte. Er erzählte mir, er habe eine Geschichte der Familie, der er diente, geschrieben und dabei entdeckt, daß sie von dem edlen Ritter Sifridus abstammte, der zur Zeit Karls des Großen gelebt habe. Er sagte, der fränkische Adel stamme ursprünglich von den Trojanern ab, die Jahrhunderte vor Christi Geburt bei der Plünderung ihrer Stadt von den Griechen vertrieben worden waren.

Von solchen Unterhaltungen genoß ich zahlreiche. Etliche der Gäste, darunter einige der engsten Verwandten des Grafen, behandelten mich mit ausgesuchter Höflichkeit und schenkten mir viel Aufmerksamkeit. Ein ganz besonderes Interesse zeigten die Damen, auch wenn ich den Grund dafür nicht verstand. Immerhin war ich am Hof nur ein kleiner Vasall. Ich hatte keinen eigenen Besitz und besaß daher auch keinen Stand, der damit einhergegangen wäre. Ich nahm an, mein Ruhm als Sänger habe sich herumgesprochen. Überdies erwies der Graf mir eine große

Ehre, indem er mir erlaubte, ihn persönlich beim Turnier zu vertreten.

Zu diesem Zeitpunkt war ich voller Begeisterung. In meiner Einfalt erhoffte ich mir viel von dem Turnier. Ich war ehrgeizig und glaubte, falls ich mich auszeichnete, würde mir eine höhere Stellung angeboten werden, vielleicht an einem anderen Hof, die mir ermöglichte, Hildegunde zu ehelichen. Ich bildete mir ein, ich könnte an einem der kaiserlichen Höfe zu einem Dienstmann ernannt werden und erhielte irgendwo ein kleines Lehen, ein Landgut, auf das ich mich mit Hildegunde zurückziehen und immer noch einem edlen Herrn dienen könnte. Ich stellte mir das Ereignis vor, wie ich meine gefalteten Hände in die meines Herrn legte, der die seinen über meinen schließen würde, während ich sprach: »Herr, ich werde Euer Mann«, woraufhin er mich auf den Mund küssen und mir das Rechtssymbol oder Schriftstück überreichen würde, durch das ich in den Besitz seines Landes käme. Es war auch möglich, daß ich zum Ritter geschlagen werden würde. Ich träumte davon, an der feierlichen Einsetzung teilzunehmen: das rituelle Bad, die Schwertlilie, die Überreichung von Geschenken und das Festessen, das darauf folgte. Meine Geburt wäre kein Hindernis, Ritter zu werden, da ich weder der Sohn eines Bauern noch eines Priesters war, sondern der eines freien Handwerkers.

Das erste Gelage wurde nachmittags und abends vor dem Turnier abgehalten, das unmittelbar vor Pfingsten stattfinden mußte, wenn der Waffenstillstand Gottes in Kraft treten würde und einige jüngere Verwandte des Grafen in den Ritterstand erhoben wurden. Das Fest begann in den Zelten vor der Burg. Im Verlauf des Abends zogen wir dann in die Burg um. Während des Mahls wurde ich ermuntert, mich nach Belieben unter die Gäste zu mischen, und konnte mit vielen adligen Damen und ihren Herren reden. So prächtig viele der Damen auch sein mochten, keine ließ sich weder an Schönheit noch an geistigem Adel mit meiner lieblichen Hildegunde vergleichen.

Zu den Gästen zählte auch der Ritter von Ochsenfurt, Hildegundes Vormund. Er war ein alter, kahlköpfiger und verhutzelter Mann mit gebeugtem Rücken. Die Mehrheit der edlen Fürsten, ob sie nun gekommen waren, um sich das Schauspiel der Kämpfe nur anzusehen oder selbst daran teilzunehmen, behandelten mich, wie schon gesagt, mit ausgesuchter Höflichkeit. Doch jener Herr beachtete mich gar nicht. Tatsächlich hatte ich sogar den Eindruck, er versuchte bewußt, mich zu brüskieren.

Am Abend waren wir schließlich alle im großen Saal versammelt. Im Kamin brannte ein prächtiges Feuer, und das Festessen, das den Gästen von jungen Hofdamen aufgetragen wurde, war der reinste Augenschmaus. Es gab alle möglichen Sorten Fleisch und Leckereien, Fisch und sogar Früchte aus weit entfernten Ländern. Viele Gewürze waren benutzt worden, die aus den entlegensten Winkeln der Erde kamen. Überall brannten Kerzen, und der Saal war mit Blumen geschmückt, die sogar noch leuchtender waren als die Wandbehänge. Noch heute erinnere ich mich an den Wohlgeruch der Speisen und den Duft der Damen, die Geräusche der sich überlagernden Stimmen, ein Meer von Gesichtern. Zwischen den einzelnen Gängen wurde getanzt, gespielt und Kurzweil angeboten, wozu auch ein Gaukler und ein Bärenführer zählten. Ich sollte vor dem letzten Gang aufspielen. Ich genoß in vollen Zügen das Vorrecht, mich in solch erlauchter Gesellschaft bewegen zu können. So viele von ihnen, Männer wie Frauen, trugen herrlichen Schmuck und Kleider aus den wunderbarsten Stoffen – dicke Wolle aus Flandern, scharlachrote aus Brüssel und gestreifte aus Genf, feine Wolle aus Florenz, hergestellt im Calimala-Stil, Seide aus Zypern und buntes Leinen aus Reims –, ganz zu schweigen von all den Pelzen wie Eichhorn, Hermelin, Lamm und Zobel.

Ich traf Johannes von Ulm. An diesem Nachmittag während des Fests schien er mir ein recht angenehmer Kerl. Er war stark wie eine Eiche, ein Bulle von einem Mann und schon recht alt, wahrscheinlich Ende Dreißig. Er hatte einen langen, schwarzen Bart, der an den Rändern bereits grau wurde, und dunkle, blitzende Augen. Als er begriff, wer ich war, kam er herüber und schlug mir auf die Schulter; es raubte mir den Atem. Ich dachte, daß Nimrod wohl ein Mann wie dieser gewesen sein mußte.

Er sagte, ich träfe ihn guter Dinge an, denn nach all seinen Jahren des Soldatenlebens und der Hurerei habe ihm nun jemand eine Frau gefunden, eine knackige Jungfrau, die ihm viele Söhne gebären werde, so daß sein Name weiterlebte. Er sagte, es sei die Gräfin von Frankenburc, die das Mädchen für ihn gefunden habe, und er sei dankbar, denn sie sei ein recht gutaussehendes Mädchen. Was blieb mir anderes übrig, als ihn zu beglückwünschen? Obwohl meine erste Reaktion darin bestand, Mitleid für das arme Mädchen zu empfinden, das ein derartiges Tier heiraten mußte, auch wenn er in einer festlichen Umgebung durchaus umgänglich wirkte.

Er war bereits recht angetrunken. Als ich ihn beglückwünschte, erstrahlte sein Gesicht vor Freude, und er versicherte mir wieder, ich solle mir keine Sorgen wegen des Turniers am nächsten Tag machen. Er sagte, er würde zwar einen guten Kampf mit mir genießen, jedoch darauf achten, mir keine ernsthaften Verletzungen zuzufügen, da ich ein Vasall der Gräfin sei – und außerdem sei ich ein viel zu angenehmer und weibischer junger Mann, um mein Leben aufgespießt auf seiner Lanze zu beenden, wo ich noch keine echte Schlacht mit wahren Gemetzeln erlebt hatte. Dann schlug er mir erneut auf den

Rücken, wobei ich mich diesmal allerdings wappnete und nicht die Luft aus den Lungen geschlagen bekam.

Zunächst dachte ich noch, dies sei die Art der Gräfin, mir zu helfen. Ich fragte ihn, wer denn die Glückliche sei. Doch er hob nur eine Augenbraue und legte einen Finger auf seine Lippen.

Während des Essens wurde ich zunehmend unruhiger. Noch nie zuvor hatte ich vor einer solch edlen Zuhörerschaft gespielt, und vor allem hatte nicht mehr soviel von meinem Vortrag abgehangen, seit ich in Gesellschaft von Abt Quintus das erstemal in Frankenburc aufspielte. Ich war versucht, meine Nerven mit Wein zu beruhigen, doch aus Erfahrung wußte ich, wie sehr dies meine Aufmerksamkeit und meinen Gesang verderben konnte.

Bevor ich sang, sollte es einen Tanz geben. Ich spielte die Fiedel und schaute den Damen zu, die in Reihen vor den Männern tanzten, ihnen die Hände reichten, sich verbeugten und dann anmutig im Kreis tanzten. Danach gingen die anderen Musikanten zum Essen und Trinken, überließen es mir, allein zu singen. Zunächst sollte ich drei Lieder singen. Ich wollte mit einem schnellen beginnen, dann mein neuestes Lied vortragen und mit einem aufhören, das ich bereits vor einiger Zeit geschrieben hatte; es ging dabei um die Tugenden eines galanten Ritters und wie er sich Damen gegenüber verhalten sollte. Als sich das Mahl dann seinem Ende näherte, ergriff ich meine Fiedel und zupfte einige bekannte Weisen. Die Damen scharten sich um mich, die Männer standen zum größten Teil etwas abseits und lehnten sich gegen die Wände.

Mein erstes Lied war ein Kampflied, mit dem ich jene pries, die ins Heilige Land gezogen waren, um Jerusalem von den Sarazenen zu befreien. Ich sah, wie aller Augen leuchteten, besonders die der Damen. Ich spürte, daß alles gut für mich lief.

Dann stimmte ich das neue Lied an, »*Under der linden*«. Ich begann so langsam zu singen, wie ich nur konnte. Die Frauen waren entzückt. Eine nach der anderen sah ich sie an. Die jüngeren erröteten, und die älteren schienen Erinnerungen nachzuhängen, über die zu sprechen sie niemals wagen würden. Nur wenige sahen streng und ernst aus. Ich dachte, daß diese entweder niemals die Liebe kennengelernt hatten oder aber verletzt oder verlassen worden waren, oder daß ihnen im Lauf ihres Lebens irgend etwas zugestoßen war, das ihnen die Liebe heftig verleidet hatte. Ich warf der Gräfin einen kurzen Blick zu und bemerkte zu meiner Überraschung, daß sie mich mit steinerner Miene anstarrte.

Dann suchte ich Hildegundes Augen. In meiner Einfalt hatte ich mir vorgestellt, daß sie geschmeichelt, aber dennoch gefaßt reagieren, vielleicht ein anerkennendes Zucken um ihre Lippen spielen würde. Statt dessen wirkte sie verloren, abgehärmt und verletzt. Ihre Augen wirkten leblos und schienen doch gleichzeitig aus Verzweiflung zu glänzen. Ihre Wangen waren gerötet, doch nicht in der gesunden Röte der Jugend. Dieses Rot war eine ungesunde, stumpfe Farbe, und ihr üppiges Gesicht wies ein entsetzliches, wächsernes Weiß auf. Ich dachte daran, wie sie an jenem Abend ausgesehen hatte, als wir uns das erstemal liebten, unter der Linde. War es das, woran sie sich nun erinnerte? War sie aus irgendeinem Grund wütend auf mich?

Ich wurde mir bewußt, daß ich sie ein wenig zu lange angesehen hatte, und richtete meinen Blick wieder auf die Gräfin. Sie lächelte jetzt, aber ich spürte, daß ihr Lächeln falsch war. Es war die Maske eines Menschen, der Böses will und es nicht verbergen kann, gleichgültig wie sehr er seine Züge auch verzerren mag.

Mein Lied näherte sich dem Ende:

daz er bî mir laege,
wessez iemen
(nu enwelle got!) so schamt ich mich.
Wes er mit mir pflæge,
niemer niemen
*bevinde daz wan er und ich…**

In diesem Augenblick wurde die Stille im Saal unterbrochen. Eine Frau schluchzte herzzerreißend auf und rief dann mit verzweifelter Stimme meinen Namen. »Walter… Walter!« Ich hörte einen dumpfen Schlag, als sie ohnmächtig wurde und zu Boden fiel. Es war Hildegunde.

Ich hörte sofort auf zu singen und erhob mich, um zu sehen, was geschehen war. Andere Damen hatten sich bereits in Bewegung gesetzt, um ihr zu helfen. Sie stellten sie auf die Beine und führten sie aus dem Saal.

Ich wollte ihr schon nach, wurde jedoch von der Gräfin zurückgehalten. »Mach dir nicht zu viele Gedanken über eine solche Kleinigkeit, Walter«, sagte sie. Ich hatte sie noch nie in diesem Ton mit mir sprechen hören. »Sie wird nächste Woche verheiratet. Du weißt ja, wie Jungfrauen sind. Der Gedanke daran und all die Gefühle in deinem Lied müssen wohl einfach zuviel für sie gewesen sein.«

»Verheiratet«, sagte ich und suchte verzweifelt, meine Beherrschung zu wahren. »Verheiratet mit wem?«

Bosheit, Haß und Eifersucht lagen in der Art, wie sie die Worte halb sprach, halb zischte. »Mein lieber Junge«, sagte die Gräfin, »du mußt der letzte am ganzen Hof sein, der es erfährt. Sie ist Johannes von Ulm gegeben worden.«

* Daß er bei mir lag/(da sei Gott vor!) so schämte ich mich./Was er tat mir/niemals soll jemand/das erfahren als er und ich… (Walther von der Vogelweide)

Ich schaute durch den verräucherten Saal. Dort war Johannes von Ulm und starrte mich mit glühenden Augen an, doch diesmal nicht mit der Freundschaft des Waffenbruders, sondern voller Wut und Haß. Vielleicht war er kein vornehmer Mann, auch nicht kultiviert oder belesen, aber ganz sicher war er nicht so dumm, daß er nicht mitbekam, was sich zwischen Hildegunde und mir zugetragen hatte.

Er heftete seinen Blick auf mich. Ich gebe zu, ich hatte schreckliche Angst. Gleichzeitig wußte ich aber auch, daß ich meinen Mann stehen mußte. Er kam auf mich zu. Mein Gefühl riet mir wegzulaufen, aber ich bin stolz, daß ich es nicht tat. Ich starrte zurück. All mein Denken galt nur Hildegunde. Koste es, was es wolle, ich würde dafür sorgen, daß sie wenigstens nicht gegen ihren Willen diesem Tier gegeben wurde, selbst wenn sie niemals mir gehören sollte.

Johannes von Ulm kam mit großen Schritten auf mich zu. Gerade noch rechtzeitig griffen drei oder vier andere Ritter ein, um ihn zurückzuhalten. Er leistete keinen Widerstand.

»Du wagst es also« – halb sagte er, halb spuckte er es aus –, »meiner Zukünftigen deine schmutzigen Lieder zu singen. Sollte ich herausfinden, daß du auch nur einen Finger an sie gelegt hast, bist du ein toter Mann.«

»Mein Herr«, erwiderte ich, »ich werde die Tatsache nicht verhehlen, daß ich Hildegunde liebe, genausowenig wie die Tatsache, daß sie mich geliebt hat.«

Johannes von Ulm versuchte bereits, sein Schwert zu ziehen, wurde aber im letzten Augenblick von den Männern links und rechts von ihm daran gehindert. Zum Glück trat mein Herr vor, der Graf von Frankenburc, und hob eine Hand.

»Meine Herren«, sagte er. »Ich sehe keinen guten Grund, daß einer der Gegner hier und jetzt Genugtuung begeht, da ihr euch morgen ohnehin auf dem Feld begegnen werdet.«

Bis der Graf das Wort ergriff, hatten alle anderen geschwiegen. Jetzt erhob sich unter denen in der Nähe ein zustimmendes Gemurmel.

Langsam breitete sich ein sattes Lächeln auf von Ulms Gesicht aus. »Mein hochverehrter Gastgeber hat selbstredend recht. Der junge Walter wird das Vergnügen haben, sich den Rest der Nacht auf seinen Tod zu freuen. Denn morgen werde ich keine Gnade zeigen. Mit der Erlaubnis des Grafen werden wir auf stumpfe Waffen verzichten und mit Kampfbewaffnung gegeneinander antreten – es sei denn, Walter hat nicht den Schneid dazu. Morgen abend wird nichts mehr von ihm übrig sein als ein verwesender Balg, der bestenfalls noch für den Misthaufen zu gebrauchen ist. Aber ich werde mir Zeit lassen. Ihr habt völlig recht, mein Herr. Wir werden uns morgen gegenübertreten und unseren Zwist dann beilegen.«

Mit großen Schritten verließ er mit den Dienern und Rittern seiner Gefolgschaft den Saal.

Zunächst sprach niemand mit mir. Simon, Wolfi, Herbert und Kaspar, die jungen Männer, die beim Turnier an meiner Seite kämpfen sollten, kamen zu mir und versprachen mir ihre Unterstützung. Ich versuchte, Worte zu finden, um mich zu bedanken und sie zur beruhigen. Ich versicherte ihnen, es handle sich um eine Angelegenheit ausschließlich zwischen von Ulm und mir, sagte, sie sollten mich allein hinausreiten lassen, und es wäre nicht richtig, daß sie sich der Gefahr aussetzten, verletzt zu werden.

Mehrere Damen von verschiedenen Höfen kamen zu mir und raunten, sie würden in dieser Nacht für mich beten. Sie starrten mich an, als wäre ich so etwas wie ein Opferlamm. Sie amüsierten sich köstlich. Nur die Gräfin war nirgends zu sehen.

Als die meisten Gäste sich verstreut hatten, kam schließlich der Graf von Frankenburc selbst zu mir und nahm mich zur Seite.

»Du bist ein Narr«, sagte er. Sein Ton war nicht unfreundlich, und ich faßte Mut. »Du hast ohne meine Erlaubnis eine junge Hofdame genommen. Und jetzt hast du dir einen der wildesten Krieger des Kaiserreichs zum Feind gemacht. Was willst du nun unternehmen?«

Die schlichte Wahrheit lautete, daß auch er in seinem Element war. Schließlich hatte er ja nichts zu verlieren – so schien es mir damals zumindest. Mein Tod würde ihn nichts kosten. Ich konnte mühelos als tumber Junge abgeschrieben werden, der seine Güte mißbraucht hatte und nun bekam, was er verdiente. Mein Tod würde seinem Hof im ganzen Land vermehrtes Ansehen eintragen; er würde die nächsten Monate für reichlich Gesprächsstoff in höfischen Kreisen sorgen. Wenn ich andererseits durch irgendein Wunder siegen und mich Johannes von Ulm gegenüber behaupten sollte, dann wäre der Ruhm seines Hofes noch größer.

»Herr, seid Ihr zornig wegen mir und Hildegunde?«

»Ich war auch einmal jung.«

»Werdet Ihr diese Hochzeit zwischen ihr und von Ulm zulassen?«

»Es ist der Wille der Gräfin. Alles andere liegt allein bei dir. Möchtest du den Hof verlassen und fliehen, die Schmach auf dich nehmen und wahrscheinlich auch die Ächtung? Das kannst du, wenn du es wünschst; ich werde dir nicht im Wege stehen. Obwohl dies selbstredend bedeutet, Hildegunde ihm zu überlassen.«

»Das kann ich nicht.«

»Dann wirst du bleiben und kämpfen?«

»Ich muß.«

»Gut. Dann hör mir zu…«

Ich hatte den Grafen von Frankenburc noch nie lebhafter und überschwenglicher erlebt als an diesem Abend. Er verbrachte über eine Stunde damit, mir Kampftricks zu erklären: wie man ein Pferd beim Kampf bändigte, wie man Angriffe vortäuschte und Finten ritt, um den Gegner zu verunsichern und aus dem Gleichgewicht zu bringen, wie man mit einem Mann umging, der schwerer war als man selbst, welches die Schwachpunkte seiner Rüstung und die besten Hebelpunkte waren, um ihn aus dem Sattel zu werfen. Der Graf sprach aus jahrelanger Erfahrung. Ich lernte viel, und ich muß sagen, daß ich dieses Gespräch unter Männern über den Krieg und Kampf sehr genoß – oder hätte es zumindest getan, wäre ich nicht so pessimistisch gewesen, was meine Aussichten betraf.

Am Ende klopfte er mir auf die Schulter, wünschte mir für den morgigen Tag viel Glück und Gottes Segen, auch wenn ich überzeugt war, daß er dies eher aus dem Wunsch heraus tat, einen guten Kampf zu sehen, als daß ihn meine Sache sonderlich interessierte. Wie hätte ich auch erraten können, was wirklich in seinem Kopf vor sich ging?

Ich kehrte in mein Zimmer zurück, um mich auf das Turnier vorzubereiten. Ich kniete vor meinem Bett nieder und beichtete, so gut es eben ging. Ich schlief unruhig. Die ganze Nacht durchlebte ich wieder und wieder die Ereignisse des Abends; wie ich mich unter die Gäste mischte, trank, aß, mit den vornehmen Damen plauderte, sang, und dann … wie sich dann alles änderte, als öffnete sich ein gähnender Abgrund: Hildegunde wurde ohnmächtig, von Ulms Drohungen, Frankenburcs gute Ratschläge für den Zweikampf. Die Gräfin. Ich hatte sie für eine Freundin gehalten, Narr, der ich war. Warum hatte sie die Vermählung zwischen Hildegunde und von Ulm eingefädelt? Was war in sie gefahren? War sie eifersüchtig, weil ich mit Hildegunde geschlafen hatte, eifersüchtig auf die Spiritualität unserer Liebe? Oder steckte mehr dahinter? Vielleicht hatte sie den Schmerz und die

Dunkelheit gespürt, die unser Liebesspiel verursacht hatte, ja, vielleicht erhielt ich auch durch sie das mir zustehende Urteil.

Dann richteten sich meine Gedanken auf den kommenden Tag. Ich sah mich gegen Johannes von Ulm losreiten, stellte mir verschiedene Verläufe vor, die der Zweikampf nehmen könnte. Jedesmal stürzte ich oder wurde auf unterschiedliche Weise getötet, und ich verkrampfte mich vor Angst, da ich die verschiedensten Schmerzen erlitt – ich fiel vom Pferd, erhielt einen Schlag auf den Kopf, wurde von Johannes' Lanze durchbohrt, qualvoll mit seinem Schwert erstochen. Zeilen aus dem Rolandslied kamen mir in den Kopf, wie manche durch Lanzen getötet wurden und anderen der Kopf gespalten wurde, so daß ihr Hirn auf den Boden spritzte. Dann verweilten meine Gedanken bei den letzten Augenblicken des Schmerzes und der Angst, bevor die bleierne Kälte des Todes mich ergriff. Wie es wohl sein würde, für immer die Kraft zu verlieren, Dinge auf dieser Welt zu sehen und zu hören. Wie ich dort lag, war es, als geschehe dies alles wirklich, und dann schreckte ich plötzlich schweißgebadet und vor Angst zitternd aus dem Schlaf hoch, starrte aus dem Fenster zum Mond hinauf und versuchte zu berechnen, wie lange es noch bis zum Morgen dauern würde.

Es schüttelte mich, als ich mich an die Gebote der Kirche erinnerte, die jedem bei einem Turnier Getöteten das Recht auf Bestattung in geweihtem Boden verweigerten. Ich hatte als Mönch einmal gelesen, daß bei einem Turnier jede einzelne der sieben Todsünden gegenwärtig war: Stolz in dem Wunsch nach Ehre; Wut im Kampf und das Verlangen nach Rache; Verzweiflung in der Niederlage; Neid und Habgier bei dem Gedanken an Beute; Maßlosigkeit während der Festgelage; und Wollust, weil von den Frauen ein bestimmtes Verhalten erwartet wurde. Auch erinnerte ich mich an Geschichten über Dämonen, die man bei Turnieren schon durch die Luft hatte fliegen sehen, wie sie ihre eigenen Turniere abhielten und schaurige Freudenschreie ausstießen, während sie darauf warteten, die Seelen der Gestürzten an sich zu reißen. Ebenfalls erinnerte ich mich an die Geschichten über jene, die bei Tjosten gefallen und noch für einige Augenblicke wieder lebendig geworden waren, um den Lebenden von den schrecklichen Qualen zu berichten, die sie im Jenseits als Strafe für ihre Teilnahme am Wettkampf erleiden mußten.

Ich versuchte, solche Gedanken zu vertreiben, und erforschte noch einmal mein Gewissen, ob ich irgend etwas bei meiner nächtlichen Beichte vergessen hätte, eine Sünde vielleicht, die mich vom ewigen Leben ausschließen würde. Und so wirbelte mir damals, genau wie jetzt, meine Vergangenheit durch den Kopf, und ich versuchte, einen Sinn darin zu finden, irgendeine Regel zu erkennen, einen mildernden Umstand, einen Anlaß zur Hoffnung, daß ich trotz allem den Feuern der Hölle vielleicht doch noch entkäme.

Einmal fiel ich in einen unruhigen Schlaf und träumte von dem sagenumwobenen Ritter, dessen Dame ihn gebeten hatte, ohne Rüstung und nur mit ihrem Hemd bekleidet in ein Turnier zu ziehen. Er gehorchte ihr und wurde beim Kampf tödlich verwundet. An diesem Abend kam die Dame zum Festmahl und trug ihr mit seinem Blut getränktes Hemd.

Wie erbarmungslos langsam die Zeit bis zur Stunde vor Tagesanbruch verging, als endlich Simon in mein Zimmer kam. Er sollte mein Knappe sein und mir in den Zweikampf folgen, nachdem ich zunächst allein gegen Johannes von Ulm gekämpft hatte. Simon war ein großer, schlanker, aber auch starker Bursche von vielleicht achtzehn Jahren. Er war der zweite Sohn einer adligen Familie, die schwere Zeiten durchlebte. Ich freute mich, ihn zu sehen, freute mich über seine Gesellschaft, da er mir stets ein guter Freund gewesen war, freute mich, daß endlich etwas geschah, daß endlich das Warten vorüber war.

Simon sagte wenig. Es fiel ihm wohl schwer, die passenden Worte zu finden. Zusammen gingen wir in den unteren Saal, wo bereits ein Feuer brannte und wo unsere Kampfbekleidung und Ausrüstung für uns zurechtgelegt worden waren. Ich zog die Rüstung an, die der Graf mir geliehen hatte. Das Kettenhemd war nicht zu schwer. Ich bevorzugte Beweglichkeit. Aus diesem Grund verzichtete ich auch auf die schweren Beinplatten, die in jüngster Zeit in Mode gekommen waren, und begnügte mich mit einfachen Schützern für Schienbein und Oberschenkel. Ich überprüfte das Schwert und die Lanze, die ich im Kampf tragen würde, und probierte den Helm an.

Nicht lange danach kamen die anderen Jugendlichen, Wolfi, Herbert und Kaspar, in den Saal. Wir aßen gemeinsam Fleisch, Brot und Früchte, die von den Küchenfrauen für uns vorbereitet worden waren. Wir unterhielten uns kurz über die Strategie, auf die wir uns geeinigt hatten, doch wir waren die Pläne bereits so oft durchgegangen, daß es nicht mehr viel zu sagen gab. Die Sonne war gerade aufgegangen, als wir gingen, um die beiden Streitrosse zu satteln.

Ursprünglich war geplant, daß ich zunächst allein losreiten und gegen Johannes von Ulm antreten sollte. Erst wenn der Ausgang unseres Zweikampfs vorhersehbar schien, würde den anderen vier Männern auf beiden Seiten das Signal gegeben werden, einer beritten und drei zu Fuß, den Kampf fortzusetzen. Jetzt ging ich davon aus, daß es beträchtliche Zeit dauern würde, bis das Signal gegeben wurde: Sie würden nicht warten, bis der Ausgang des Kampfes voraussagbar war, sondern bis einer von uns tot oder im Sterben auf dem Boden lag.

Es war ein nieseliger Tag und recht kalt. Gleichwohl standen bereits einige Damen in der Nähe, die uns nachstarrten, als wir in unseren Rüstungen aus den Ställen kamen und die beiden Pferde herausführten. Das Zelt Johannes' von Ulm und seines

Gefolges lag außerhalb der Zinnen. Ich war dankbar dafür, ihn nicht mehr sehen zu müssen, bevor der Gottesdienst auf dem Turnierfeld zelebriert wurde.

Weitere Damen in ihrem besten Staat erschienen. Das Nieseln ließ die Kleider der jüngeren an ihren Körpern kleben. Es schien ihnen nichts auszumachen, daß die Männer ihnen nachgafften. Viele lächelten uns gefallsüchtig an, als wir unsere Pferde durch die großen Tore führten, um zur Messe zu gehen. Als ich die Burg verließ und über die Felder ging, sang hoch über uns eine Lerche.

In der Ferne, irgendwo im hinteren Teil der Burg, meinte ich jemanden, eine Dame, den Kehrreim meines *»Under den linden«* singen zu hören. Es war nicht die Stimme der Gräfin. Ich schaute zur Burg zurück und bemerkte, daß die Zinnen aus gegebenem Anlaß mit Bannern geschmückt worden waren. Sie hingen traurig und schlaff im Nieselregen.

Schließlich hatten wir uns alle unter dem grauen Himmel eingefunden, und die Messe begann. Ich sollte mit meinen Gefährten in der ersten Reihe links stehen. Johannes von Ulm stand rechts, und ich bemerkte, daß der Graf und die Gräfin sich im hinteren Teil der Meßbesucher aufhielten. Alle waren da, bis auf eine: Hildegunde.

Erst als die Messe bereits angefangen hatte, sah ich sie durch das Burgtor kommen, um sich der Gemeinde anzuschließen. Auch sie trug ein feines Kleid, blau mit goldenem Besatz. Doch ihr Haar war ungekämmt und ihr Gesicht tränenverquollen, rot und fleckig.

Während die Messe gelesen wurde, sah ich mich immer wieder nach ihr um. Zu gern wäre ich neben ihr gestanden, um einen Arm um sie zu legen, sie zu trösten oder vielleicht von ihr getröstet zu werden. Ich dachte darüber nach, daß alles, was ich am Hof besaß, nur geborgt war; es gehörte nicht mir, sondern wurde mir nur mit stillschweigender Duldung zugestanden. Ohne den Hof war ich nichts. Hildegunde, nur Hildegunde war das einzige auf dieser Welt, worauf ich einen Anspruch erheben konnte. Und doch, dort war sie und litt, und hier war ich, am Rande von etwas, das auf eine rituelle Schlachtung hinauslief. Mehr hatte ich ihr nicht anzubieten.

Ich war nicht übermäßig erregt. Ich hatte mich jetzt in der Gewalt. Ich hatte die Schrecken der Nacht hinter mir gelassen und mich damit abgefunden, daß ich wahrscheinlich sterben würde. Deshalb wollte ich Hildegunde so lange wie möglich noch ansehen. Ich mußte mich auf meine Kampftaktik besinnen, mein Pferd und meine Gefährten beruhigen, und gleichzeitig wollte ich auch richtig an der Messe teilnehmen, damit ich im Fall meines Todes meinem Schöpfer mit Würde gegenübertreten konnte. Vor allem anderen aber wollte ich mein Gesicht nicht verlieren. Ich dachte an eine andere Zeile aus dem Rolandslied: *Male chancun n'en deit estre cantee…*

Immer wieder begegnete ich dem Blick des Johannes von Ulm, dessen Augen starr und höhnisch auf mich gerichtet waren. Er stand nur wenige Meter entfernt bei den Rittern und jungen Männern, die an seiner Seite den Kampf bestreiten sollten. Es war mir durchaus bewußt, daß ich mich auch gegen diese Männer würde verteidigen müssen, die ohne Frage angewiesen worden waren, mich zu töten, sollte es mir irgendwie gelingen, den ersten Angriff von Johannes selbst zu überleben.

Es stand noch eine weitere Gruppe Männer in der Nähe der Wälle, nahezu außer Sicht. Einige von ihnen erkannte ich, aber nicht alle. Der Graf hatte sich zu ihnen begeben und sprach nun mit ihnen. Einer war Abt Quintus. Ein anderer war groß und hatte einen langen Bart. Seine Augen wirkten zu groß für die Augenhöhlen, und sein Haar war lang wie bei einem Propheten aus dem Alten Testament. Es waren ausnahmslos stille, betagte

Männer, mindestens Ende Vierzig. Einer von ihnen, ein kleinerer Mann mit zierlichem, kahlem Kopf und einem Gehstock, trug ebenfalls ein kirchliches Gewand. Ich war sicher, daß er blind war; er mußte von den anderen geführt werden. Ein anderer war mittelgroß, hatte gelocktes, graues Haar und trug die Gewänder eines Adligen.

Sie waren am vergangenen Abend ganz sicher noch nicht in der Burg gewesen. Ihre Anwesenheit erzürnte mich, auch wenn ich nicht sagen konnte, warum. Tatsächlich machte ich mir ihretwegen richtiggehend Sorgen.

Ich versuchte meine Gedanken auf meine unsterbliche Seele zu richten und mich auf den Gesang der Priester zu konzentrieren, deren Stimmen zusammen mit dem Duft süßen Weihrauchs vom Wind zu uns getragen wurden. Ich versuchte, für meine vielen Sünden um Vergebung zu beten. Vor allem anderen jedoch betete ich für Hildegunde, da es einzig und allein meine Schuld war, daß sie in diese unglückliche Lage geraten war.

Die Messe war vorüber, und es war an der Zeit, den Zweikampf zu beginnen. Nach dem Schlußsegen für die Gemeinde wurden die gegnerischen Mannschaften nacheinander zum Segen vor die Priester geführt.

Wir gingen an das Ende des Feldes, das uns zugewiesen worden war. Ich plauderte mit meinen Männern, um sie aufzumuntern, als gebe es überhaupt nichts zu fürchten. Ich rief einige Begebenheiten in Erinnerung, die sie während unserer Übungen belustigt hatten. Simon und Herbert antworteten mit breitem, beinahe tränenfeuchtem Lächeln; Wolfi und Kaspar erteilten mir noch einmal letzte Ratschläge, während ich meine Vorbereitungen abschloß. Ich stieg auf das Pferd des Grafen. Nachdem nun der Augenblick des Abschieds vor dem Kampf gekommen war, lächelten sie mich an und wünschten mir Gottes Segen. Es war wirklich, als rechneten sie nicht damit, mich jemals lebendig wiederzusehen.

Ich sah, daß Johannes' Pferd auf der anderen Seite des Feldes ebenfalls bereit war, und wartete auf das Zeichen des Grafen.

Alle Beklommenheit war inzwischen von mir gefallen. Ich empfand einen tiefen Frieden, einen Einklang mit allem um mich herum. Selbst dem Grafen gegenüber verspürte ich tiefe Dankbarkeit für alles, was er mir gegeben hatte. Ich sah zur Zuschauermenge hinüber, wo ich Hildegunde wußte. Ich spürte in mir meine Liebe zu ihr wie eine reine, spirituelle Präsenz. Ich blickte zu Johannes von Ulm. Er war ein edler und würdiger Gegner. Falls er mich haßte, so war es einerlei. Während ich ihn anschaute, zu Pferd und voll bewaffnet auf der anderen Seite des Feldes, spürte ich, daß der nun folgende Kampf einer größeren Harmonie willen geschah.

Das Zeichen wurde gegeben, und wir preschten beide los. Es war ein unbeschreibliches Gefühl. Die Kühle der Morgenluft auf meinem Gesicht, der Rhythmus der Hufe auf der weichen, noch taufeuchten Erde, das Lied einer Lerche, die irgendwo über mir sang. Ich war mir der Burg zu meiner Linken bewußt, des Waldes zu meiner Rechten, des trostlos grauen Himmels und der Menschenmenge, die stumm das Geschehen auf dem Turnierplatz verfolgte. Und im Mittelpunkt meiner Aufmerksamkeit stand die ganze Zeit die prächtige Gestalt des Johannes von Ulm, der auf mich zugestürmt kam, weit weg zunächst, dann größer und immer größer werdend.

Den ersten Vorbeiritt führten wir beide bewußt in deutlichem Abstand aus. Die Gefahr eines Kontakts in vollem Galopp ist einfach zu groß, die Folgen eines Stoßes sind selbst für den besten Reiter unvorhersehbar, und dies sowohl für denjenigen, den die Lanze trifft, als auch für den, der sie führt. Trotzdem hatte ich damit gerechnet, daß Johannes versuchen würde, mich zu überrumpeln. Wie sich herausstellte, waren meine Befürchtungen grundlos.

Erst nach dem Vorbeiritt erkannte ich seine wahre Absicht. Er hatte soviel Platz zwischen uns gelassen, damit ich meine Dekkung vernachlässigte und er dies ausnutzen konnte. Nur knapp zehn Meter nach dem Vorbeiritt riß er sein Pferd herum, erheblich früher, als man es üblicherweise bei einem ritterlichen Kampf tun würde.

Einer der Ratschläge, die der Graf mir wiederholt gegeben hatte, lautete, meinen Gegner keinen Moment aus den Augen zu lassen, und falls ich mich nicht umschauen konnte, so sollte ich wenigstens mein Gehör aufs äußerste konzentrieren. Jedenfalls blieb mir gerade noch genug Zeit, mein Pferd herumzubringen, um ihm entgegensehen zu können. Diese Wende erforderte meine ganze Reitkunst. Hätte ich bei seinem Angriff noch seitlich zu ihm gestanden, hätte ich ihn nicht mehr daran hindern können, mich aus dem Sattel zu stoßen und vermutlich auf der Stelle zu durchbohren. Als er angriff, sah ich, daß seine Lanze genau auf meinen Kopf gerichtet war, und ich sah auch, wie er grinste, nicht erwartete, daß ich ihm noch ausweichen könnte.

Es ist nun aber durchaus heikel, auf den Kopf zu zielen; denn wenn der Gegner der Lanze ausweichen kann und sie über seine Schulter geht, dann ist der Angreifer für den Rest des Vorbeiritts sehr verwundbar. Indem ich dem Pferd die Sporen gab und mich tief wegduckte, gelang es mir, seinem Stich auszuweichen. Dann richtete ich mich so schnell wie möglich auf und verpaßte ihm mit meiner Lanze einen Schlag auf den Hinterkopf.

Der Schlag war nicht heftig genug, um ihm mehr als einen Schrecken einzujagen und ihn zu reizen. Doch genau das hatte ich beabsichtigt, da es die Wahrscheinlichkeit vergrößerte, daß er Fehler machen würde.

Ich riß mein Pferd herum und ritt ihm nach. Eine Verfolgung ist sehr gefährlich für einen Reiter, da es dadurch fast unmöglich wird, das eigene Pferd erneut herumzubringen. Während ich ihm über das Feld nachjagte, hörte ich Beifallsrufe von den Zuschauern. Selbst wenn er mich am Ende tötete, hatte ich ihn wenigstens diesen einen Augenblick gedemütigt.

Doch er ritt gut, und ich hatte nicht die geringste Chance, ihn zu erwischen. Außerdem wollte ich ihn nicht von hinten aus dem Sattel heben, da sich so etwas einfach nicht gehört. Also verlangsamte ich den Schritt, um mein Pferd zu schonen und Johannes die Möglichkeit zu geben, sich einem neuen Angriff zu stellen.

Sobald er bemerkte, daß ich nicht mehr dicht hinter ihm war, wendete er sofort und ritt seinen nächsten Angriff aus kürzester Entfernung. Eigentlich hätte ich ausreichend Zeit gehabt, mich zu verteidigen, war aber zu überrumpelt. Angesichts seines ausgefallenen Angriffs war es überdies schwer zu entscheiden, was nun zu tun war.

Es gelang ihm jedenfalls, mit seinem Schild meine Lanze abzufälschen, während mich seine Lanze, die er mit wenig oder keinem Gedanken an das Pferd bewußt tief hielt, am Bein erwischte und sich in mein Fleisch bohrte. Die Spitze drang weiter in das Fleisch des Pferdes ein, während der Schaft der Lanze mich aus dem Sattel hebelte, das Pferd vor Schmerz wieherte und sich aufbäumte.

Ich hatte überhaupt keine andere Wahl, als abzusitzen.

Bei einem gewöhnlichen Wettkampf wäre dies das Ende der Attacken zu Pferd und der Beginn des Gemenges gewesen. Ich hätte Johannes das Pferd zusichern und ein Lösegeld für mich selbst anbieten müssen. Doch an seinem Lachen erkannte ich, daß es keine Verhandlungen geben würde! Er hatte mir eine blutende Wunde beigebracht, und es war Blut, was er wollte.

Er ritt geruhsam fort und wendete langsam. Immer noch lachend verhöhnte er mich mit seiner Lanze, richtete sie zuerst auf meinen Kopf, dann auf meine Brust, als entscheide er gerade, wie er mich am besten erledigen solle.

Der Schmerz in meinem Bein durchzuckte mich. In gewisser Weise war ich dankbar dafür, da es meiner Konzentration auf die Sprünge half. Ich raffte mich auf und begann, meine Rüstung abzulegen – zuerst die Brustplatte, dann die Beinschützer und schließlich den Helm. Nur das Kettenhemd behielt ich an.

Johannes von Ulm lachte laut, aber es hatte einen Sinn, was ich tat. Eine Rüstung schützte mich nicht gegen einen Ritter zu Pferd. Meine einzige Hoffnung lag in der Beweglichkeit, vorausgesetzt, mein Bein spielte mit. Es bewegte sich auf Befehl, tat aber weh, und ich spürte das warme, feuchte Blut auf meinem Knie. Ich zog mein Schwert und wartete.

Zunächst langsam, dann mit wachsender Geschwindigkeit kam von Ulm auf mich zugeritten. Da ich mich im Nachteil befand, hielt ich es für berechtigt, zu einer Finte zu greifen. Ich humpelte, als wäre ich übler verletzt, als es tatsächlich der Fall war. Ich hielt mein Schwert schlaff mit einer statt mit beiden Händen. Einerseits wollte ich zeigen, daß ich den Kampf fortsetzen würde, andererseits wollte ich aber auch den Eindruck vermitteln, keine Kraft mehr zu haben.

An dem gemeinen Funkeln in den Augen meines Gegners erkannte ich, mir wäre keine Gnade gewährt worden, hätte ich mich jetzt auf die Knie geworfen und ihn angefleht – vielmehr hätte er es genossen, mich langsam zu töten und so lange wie möglich zu quälen.

Ich hielt meine Täuschung bis zum letzten Augenblick aufrecht. Als die Lanze dann nur noch etwa einen Meter von meinem Körper entfernt war und Johannes von Ulm in vollem Galopp angriff, wich ich blitzschnell aus und schaffte es, die Lanze zwischen linkem Arm und Oberkörper einzuklemmen. Ich hielt fest.

Ich hatte vor, meinen Gegner entweder aus dem Sattel zu wuchten oder ihm doch wenigstens die Lanze zu entreißen. In dem Bruchteil eines Augenblicks, als ich seine Lanze festklemmte, erkannte ich, daß er dafür zu stark war. Er hatte die Lanze fest im Griff.

Meine einzige Chance bestand darin, die Lanze mit dem Schwert zu zerschlagen. Also schwang ich mit aller Kraft das Breitschwert in meiner Rechten in einem weiten Bogen über meinen Kopf und ließ es dort herunterkrachen, wo ich den Schaft der Lanze wußte.

Ich hörte ein widerliches Knacken. Sofort fiel die Lanze zu Boden, und ich mit ihr.

Mein ganzer Körper wurde bei dem Sturz erschüttert, und es war allein die verzweifelte Angst, ich könnte jetzt erledigt sein, wenn ich nicht sofort aufstand, die mir die Kraft verlieh, mich wieder aufzuraffen.

Von Ulm wendete sein Pferd und versuchte nach seinem eigenen Schwert zu greifen. An der Langsamkeit und Unbeholfenheit seiner Bewegungen erkannte ich sofort, daß irgend etwas nicht stimmte.

Er hatte das Pferd nun gewendet, versuchte immer noch, sein Schwert zu packen. Wut loderte in seinen Augen.

Dann sah ich, warum. Er konnte sein Schwert nicht packen, überhaupt irgend etwas packen, weil aus dem Ende seines Ärmels ein heißer, dampfender Blutstrahl schoß. Da war keine Hand mehr – da waren nur Fetzen durchtrennten Fleisches.

Ich senkte den Blick auf die Stelle, wohin die Lanze gefallen war, und sah, daß sie noch immer von seiner im Panzerhandschuh steckenden Hand umklammert wurde. Sie war am Handgelenk abgetrennt worden.

Doch der Kampf war noch nicht vorbei.

Johannes gab seinem Pferd die Sporen, um mich über den Haufen zu reiten. Wäre ich nur einen Moment später ausgewichen, ich wäre niedergetrampelt worden.

Ich hatte nicht die Zeit, mein Schwert erneut zu führen, aber ich erwischte seinen Fuß. Ich hielt fest, auch wenn ich einige Meter weit mitgeschleift wurde, bis ich mit Befriedigung spürte, daß seine gewaltige Masse sich langsam aus dem Sattel löste. Ich befürchtete, zerschmettert zu werden, falls er auf mich fiel, und ließ sofort los, als ich sicher war, daß er sich nicht mehr länger im Sattel halten konnte; stürzte dann selbst zu Boden, hörte jedoch in einiger Entfernung einen zufriedenstellenden, dumpfen Aufschlag, als sein riesiger, gepanzerter Körper auf die Erde krachte.

Langsam erhob ich mich, wußte nicht, was ich nun zu erwarten hatte. Inzwischen schmerzte mein Bein stark, und ich konnte mich kaum noch bewegen.

Ich dachte, mein Gegner sei bezwungen, doch zu meinem Entsetzen erhob sich Johannes von Ulm wie ein schwerfälliger Bär und stapfte auf mich zu.

Er war unbewaffnet, und von seinem Handgelenk tropfte immer noch Blut. Seine Augen waren irre, unmenschlich. Von dem fröhlichen und geselligen Burschen des vorausgegangenen Abends war nichts mehr geblieben. Dies hier war ein weidwundes Tier, blind vor Mordlust.

Während er auf mich zutaumelte, hob ich mein Schwert an seine Brust. Er stieß es zur Seite. Ich wollte keinen unbewaffneten und verletzten Mann durchbohren, also zögerte ich törichterweise.

Bevor ich noch die Möglichkeit hatte zu entscheiden, was ich tun sollte, war er über mir, und zu meinem Entsetzen nahm er mich in eine gewaltige Umklammerung, drückte mich mit aller Kraft an sich, atmete mir seinen giftigen, abscheulichen Atem in verzweifelten, schnellen Stößen ins Gesicht, starrte mich mit diesen irren Augen an, brach mir fast die Rippen an seinem Brustpanzer.

Langsam gelang es mir, die Arme freizubekommen und meine Handflächen auf sein Kinn zu drücken, seinen Kopf so weit wie möglich nach hinten zu biegen, um seine Umklammerung etwas zu lockern. Ich konnte wieder atmen, wenn auch nur mit großer Mühe.

Schließlich verließ ihn seine Kraft, und mit einem gewaltigen Schrei stürzte er nach hinten.

Um nicht selbst zu fallen, stellte ich einen Fuß auf seine gewaltige Brust. Die Zuschauer mußten dies als Zeichen meines Sieges aufgefaßt haben, denn nun erhob sich ein großes Hurrageschrei von den Burgmauern.

Ich schaute mich um und sah die anderen, die bei dem Gemenge ebenfalls kämpfen sollten, sich uns nähern. Ich deutete dies so, daß der Kampf weitergehen würde, und hob mein Schwert, um mich den Gegnern zu stellen. Ich betete darum, daß meine Männer rechtzeitig an meiner Seite wären.

Doch längst war das Signal für das Ende des Kampfes gegeben worden. Es waren genug kämpferische Heldentaten für einen Tag vollbracht worden. Der Ehre war Genüge getan, und es hatte keinen Sinn weiterzukämpfen.

Alle Ritter beglückwünschten mich und trugen mich im Triumph zur wartenden Menge. Meine Beinverletzung bereitete mir inzwischen jedoch sehr große Schmerzen, und ich wurde ohnmächtig.

Den Rest des Tages, der eigentlich mein Ruhmestag hätte sein sollen, verbrachte ich mehr oder weniger bewußtlos. Ich hatte solche Schmerzen, wenn ich aufwachte, daß ich weder denken, reden noch meinen Sieg auf irgendeine Weise genießen konnte.

9
Der Eremit

Ich habe mich oft gefragt, wie die Seele auf den Körper einwirkt. Einmal habe ich gelesen, es geschehe mittels Licht, da Licht sowohl in der spirituellen als auch in der materiellen Welt zu finden sei. Das würde erklären, weshalb wir manchmal den spirituellen Zustand eines Menschen mittels eines Lichts spüren können, das sie auszustrahlen scheinen. Und es ist ein solches Licht, nicht Schmerz, woran ich mich erinnere, als ich nach dem Kampf darniederlag. Denn Hildegunde war an meiner Seite und pflegte mich, und ich badete in ihrer Anwesenheit.

In einem kleinen Raum im Erdgeschoß, nicht weit von den Küchen, wurde ein Lager für mich aufgeschlagen. Gegen Abend war die Blutung gestillt und mit Kräutern versorgt, um Wundbrand zu verhindern. Den Rest der Nacht und den folgenden Tag tauchte ich immer wieder für kurze Zeit aus der Bewußtlosigkeit auf. Trotz der Schmerzen fühlte ich mich wie im Himmel, denn Hildegunde war ständig an meiner Seite. Wann immer ich die Augen aufschlug, sah ich als erstes ihr Gesicht, und wenn ich die Augen schloß, spürte ich die Anwesenheit ihrer Seele. Vielleicht war es damals, daß ich ihre Liebe am vollkommensten erfuhr. Es ist oft geschrieben worden, Schmerz bändige fleischliches Verlangen, lasse jedoch das Wesen der Liebe unversehrt.

Sobald ich am zweiten Tag wieder genug bei Kräften war, um

zu reden, erkundigte ich mich nach Johannes von Ulm. Hildegunde schüttelte sich, als ich seinen Namen erwähnte.

»Ja«, sagte sie. »Ihr seid das einzige Gesprächsthema bei Hofe. Er hat viel Blut verloren, und die meiste Zeit ist er nicht bei Bewußtsein.«

»Gibt es noch Hoffnung für ihn?«

»Bei seinem Sturz ist Schmutz in den Armstumpf gekommen. Sie mußten die Wunde ständig auswaschen, damit sie sich nicht entzündete. Doch das hat ihm große Schmerzen bereitet, und sie konnten tun, was sie wollten, die Gifte haben sich in seinem Körper ausgebreitet.«

Ich hatte niemandem ein solches Ende gewünscht; doch schließlich war es nicht mein Wille gewesen, daß es soweit kam.

Ich war überzeugt, nun Ruhm erlangt zu haben. Während ich schlief und träumte und ihre Hand hielt, schien es mir, als sei ich bereits am Ende all meiner Sehnsucht und all meines Suchens angekommen. War ich nicht ein Held? Hatte ich nicht mit Kampf und Lied bewiesen, daß ich Hildegundes würdig war? Hatte nicht der Graf von Frankenburc in den letzten Monaten und noch am Abend vor dem Turnier seine Liebe und Zuneigung zu mir offen bekundet und damit seinen Schutz angezeigt? Da war gewiß immer noch die Gräfin, aber was war ihr Wille im Vergleich zu seinem? Sie war lediglich Zierat, soweit es den Hof betraf. Es war sein eiserner Wille, der den Hof beherrschte.

In meinem Fieberwahn glaubte ich, daß er mich zum Ritter erheben und mit größeren Aufgaben betrauen würde; oder sogar, daß er mir ein kleines Lehen gewährte, das ich für ihn verwalten würde, während ich gleichzeitig am Hof bliebe. Auch träumte ich von der Ehe mit Hildegunde.

Nach ein oder zwei Tagen hatte ich mich ausreichend erholt, um Besuch empfangen zu können. Alles, was geschehen war, stützte meine Überzeugung, daß ich nun als eine Art Held angesehen wurde. Zuerst kamen die Ritter und Pagen der Burg. Theodor war außer sich vor Begeisterung über den Tjost. Dann kamen die Damen, die zum Hof gehörten, Verwandte des Grafen und auch viele von weit entfernten Höfen, die zum Turnier angereist waren. Sie alle lobten meine Tapferkeit, meinen Gesang und mein ritterliches Benehmen, wünschten mir eine gute und baldige Genesung. Viele weitere wichtige Leute kamen. Sogar Abt Quintus vom Zisterzienserkloster Frankenburc suchte mich auf, der sich wieder mir mir versöhnen wollte.

Keinen Besuch jedoch erhielt ich vom Grafen oder von der Gräfin. Vermutlich hätte ich deshalb mißtrauisch werden müssen, aber dem war nicht so.

Meine Gedanken kreisten immer wieder um Johannes von Ulm. Ich haßte ihn nicht. Ich wollte nicht, daß er starb, er sollte nur seinen Anspruch auf Hildegunde aufgeben. Wenn er Hildegunde liebte, wie sollte ich ihn deshalb verachten? Für mich war Hildegunde die bezauberndste aller Frauen, und das Schlimmste, was ich für jene empfinden konnte, denen sie ihr Herz nicht geschenkt hatte, war Mitleid.

Meine Besucher berichteten mir, daß niemand den Wundbrand beseitigen konnte. Trotz aller Aderpressen und Verbände blutete die Verletzung immer noch. Die ständigen Wundreinigungen hatten ihm große Schmerzen verursacht, und jetzt lag er völlig erschöpft da, die meiste Zeit nicht bei Bewußtsein. Man ging davon aus, daß er nicht mehr lange zu leben hatte. Er war blaß und ausgezehrt. Wenn er wach war, sprach er von nichts anderem als der Schmach seiner Niederlage, bestand jedoch darauf, daß er diese Schande verdient habe. Ständig wiederholte er, daß er gesündigt hatte, weil er wütend auf mich gewesen war und mich gehaßt hatte. Er sagte, nachdem er jetzt seine rechte Hand verloren hatte, die für einen Soldaten lebensnotwendig war, wollte er nur noch sterben.

Solche Worte aus dem Mund eines Mannes von anerkanntem Heldenmut waren für viele bei Hofe bestürzend. In der Folge erhielt er immer weniger Besuch. Ich hörte, daß ihn sogar die Ritter nur noch selten besuchten, mit denen er gereist war. Ihren einst wild kämpfenden und zechenden Gefährten zu einem menschlichen Wrack werden zu sehen, dessen einziges Thema Selbstvorwürfe waren, war mehr, als sie ertragen konnten.

Ich empfand Mitleid für ihn. Nach zwei weiteren Tagen ging es mir wieder gut genug, um mich aufzusetzen und für längere Zeit zu konzentrieren. Über Hildegunde ließ ich Johannes eine Nachricht zukommen. Darin wünschte ich ihm alles Gute und versicherte, ich hege keinerlei Groll gegen ihn, würde jedoch gern wissen, ob er immer noch Anspruch auf Hildegunde erhebe. Kaum hatte ich diese Nachricht abgeschickt, bedauerte ich es auch schon, da ich meinte, sie werde entweder als zu beleidigend, zu schwach oder zu armselig angesehen.

Wenige Stunden, nachdem ich meine Nachricht abgeschickt hatte, erhielt ich eine Antwort von ihm. Ich konnte kaum glauben, was ich las. Er sprach mich als seinen geliebten Bruder in Christus an. Er bat mich um Verzeihung für das große Unrecht, das er mir zugefügt habe, und sagte, er verzeihe mir nicht nur und verzichte auf Hildegunde, sondern bedanke sich zudem für die Verwundung. Durch die Verletzung habe er zu Christus gefunden. Er bat mich, ihn zu besuchen, sobald es mir wieder gutginge.

Ich habe nie erfahren, ob er seinen Frieden gefunden oder aufgrund seiner schmerzhaften Verletzung den Verstand verloren hatte.

Zuerst machte mich der Gedanke, ihn zu besuchen, nervös, nicht zuletzt, weil ich eine Falle fürchtete. Ich besprach die Angelegenheit mit Hildegunde. Sie sagte, nach allem, was sie gehört habe, sei Johannes viel zu schwach, um jemandem Schaden zufügen zu können. Außerdem bereiteten sich die Ritter, mit denen er gekommen war, auf die Abreise vor. Sie sagte, sie würden es nicht wagen, Rache an mir zu nehmen, da sie der Graf mit Sicherheit dafür bestrafen werde; außerdem seien sie weder Verwandte noch Vasallen von Johannes, hätten also gar keine Veranlassung, mich anzugreifen.

Der guten Sitten wegen blieb Hildegunde ab dem vierten Tag nicht mehr ständig bei mir, und wenn sie kam, brachte sie immer eine andere Dame mit. Nachdem nun die Zeit vorüber war, da ich mit ihr ganz allein sein konnte, brannte ich darauf, die ersten Schritte in mein neues Leben zu tun; ich wollte ihr beweisen, daß ich ihrer immer noch würdig war.

Ich traf Vorkehrungen, Johannes von Ulm am sechsten Tag nach dem Tjost zu besuchen. Ich ging in Gesellschaft von Simon und Wolfi, denn diesen beiden jungen Adligen vertraute ich mehr als irgend jemandem auf der Welt.

Sie stützten mich, als ich die Treppe hinunter, über den Hof und schließlich in das Zimmer neben der Kapelle ging, wo Johannes gepflegt wurde. Als ich über den Hof humpelte, kamen eine ganze Reihe Leute zusammen, um mich zu sehen. Ich genoß den Ruhm und dachte nur wenig darüber nach, wohin mich das führen würde.

Ich schaute in den kleinen, an eine Klosterzelle erinnernden Raum. Eine Kerze brannte. Dort, auf einem niedrigen Bett, lag ausgestreckt Johannes von Ulm, und neben ihm saß ein Priester. Sonst war niemand da.

Als ich näher kam, roch ich Johannes' Wunde. Es war der Gestank der Verwesung, den ich seitdem immer mit Tod und dem Schlachtfeld in Verbindung bringe. Er lag auf dem Rücken. Sein verwundeter Arm war von der Schulter bis zum Ellbogen nackt. Der Stumpf war fest verbunden, aber trotzdem sickerten Blut und Eiter durch.

Sein massiger, bärtiger Kopf war zu mir gedreht, obwohl er die Augen geschlossen hatte. Sein Gesicht war teigig und wirkte leblos im Kerzenlicht. Seine ganze massige Gestalt lag ruhig wie im Tode, und einen Augenblick lang fragte ich mich, ob ich zu spät gekommen war.

Der Priester schaute mich mit traurigen, tiefliegenden Augen an. Er war ein älterer Mann, und seine mitleiderregende Magerkeit und die Zerbrechlichkeit seines wächsernen, kahlen Kopfes standen in seltsamem Gegensatz zu Johannes, der neben ihm wie ein niedergestreckter Riese wirkte. Hier lauerte keine Gefahr auf mich. Ich entließ Simon und Wolfi und setzte mich neben Johannes. Ich versuchte zu beten.

Der Priester berührte sanft Johannes' Kopf und streichelte über sein Haar, wie es eine Mutter bei einem kranken Kind getan hätte. Johannes öffnete langsam die Augen. Ich sah ihn kurz vor Schmerz zusammenzucken, doch dann, als sich seine Augen auf mich richteten, lächelte er auf eine Art, die ich niemals vergessen werde: friedlich, entrückt.

Ich erkundigte mich nach seinem Befinden und wünschte ihm eine schnelle Genesung. Er schien meine Worte gar nicht zu beachten, und doch drang sein Blick zum Kern meines Wesens vor.

»Ihr habt gut gekämpft«, sagte er. »Ihr seid ein tapferer Mann. Ich begluckwünsche Euch dazu.«

Ich versuchte, etwas angemessen Höfliches zu erwidern, ihm zu seinen eigenen Fertigkeiten als Krieger zu gratulieren, doch er hob nur die linke Hand, um mich zum Schweigen zu bringen.

»Mir bleibt nicht mehr viel Zeit«, sagte er. »Ich habe es gehört. Ihr seid der Eine. Verzeiht mir, daß ich mich gegen Euch gestellt habe. Es geschah in Unwissenheit. Hütet Euch vor dem Grafen und seiner Frau. Sie sind starrsinnig. Sie wollen Euch benutzen,

Euch insgeheim manipulieren. Hütet Euch auch vor Abt Quintus.«

Der Priester brachte ihn mit einem Zischen zum Verstummen. Überrascht schaute ich auf und entdeckte Beunruhigung und Angst auf dem Gesicht des Geistlichen.

Johannes legte etwas von seiner alten Grimmigkeit und Willenskraft an den Tag, genug jedenfalls, um den Priester zum Schweigen zu bringen. Er stemmte sich ein Stück auf und fuhr fort: »Ich bin jetzt schon so gut wie tot. Niemand kann einem Toten den Mund verbieten, wenn er sprechen will.«

Dann wurden Johannes' Worte wirr und zusammenhanglos. Ich konnte kaum ein Wort vom anderen unterscheiden. Er sprach von Wahrsagern und Prophezeiungen, von Karl dem Großen und einer Bruderschaft des Gebets. Erst viel später verstand ich, was er mir zu erklären versuchte.

Er schaute mich mit weit offenen Augen an, als er mir schließlich klar und deutlich sagte: »Nimm Hildegunde und liebe sie, falls sie dich läßt. Sie war nie für mich bestimmt. Aber nimm dich vor ihnen in acht. Ich hatte ein langes und gutes Leben…«

Seine Augen schlossen sich. Ich blieb noch eine ganze Weile bei ihm sitzen, starrte ihn an und versuchte zu beten, bis ich schließlich aus dem Raum geführt wurde.

Mit Hilfe von Simon und Wolfi kehrte ich in meine eigene Kammer auf der anderen Seite des Hofes zurück. Ich rechnete damit, Hildegunde dort anzutreffen, fand aber keine Spur von ihr.

Johannes starb noch in derselben Nacht. Nach unserer Begegnung war er nicht mehr zu Bewußtsein gekommen.

Der nächste Tag verstrich, und mein einziger Besucher war Theodor. Hildegunde kam an diesem Tag nicht. Auch nicht am nächsten. Am dritten Tag nach meinem Besuch bei Johannes von Ulm war von Hildegunde immer noch nichts zu sehen. Inzwischen hatte ich die Hoffnung aufgegeben, einen Besuch vom Grafen oder der Gräfin zu erhalten. Theodor kam regelmäßig. Er war gut gelaunt wie immer, aber ich spürte, daß er etwas verbarg.

Nach zwei weiteren Nächten waren alle Gäste abgereist. Simon und Wolfi kamen gelegentlich vorbei. Außer Theodor waren sie nun meine einzigen Besucher. Irgend etwas war nicht in Ordnung, obwohl ich mir nicht vorstellen konnte, was.

An diesem dritten Tag hielt ich es dann nicht länger aus. Ich beschloß, meine Beine auf die Probe zu stellen und selbständig den Hof zu überqueren, wo ich den Grafen und die Gräfin und vielleicht sogar Hildegunde im unteren Saal zu finden hoffte.

Ich brauchte eine Weile, um aufzustehen und mich allein anzuziehen, aber ich schaffte es. Mein Bein war zwar noch steif, die Wunde verheilte jedoch gut. Ich nahm meinen Stock und machte mich auf den Weg über den Hof. Beim Gehen verschwand etwas von der Steifheit in meinem Bein, und mein Schritt war gar nicht mal so schlecht.

Ich bedauerte, so lange im Bett gelegen zu haben. Theodor kam mir entgegen, und ich winkte ihm gutgelaunt zu.

Ich dachte, Theodor wäre erfreut, mich wieder auf den Beinen zu sehen, aber plötzlich war er völlig anders als der fröhliche Besucher, den ich erst am vergangenen Tag am Krankenlager empfangen hatte. Als er mich sah, bekam er einen Wutanfall, beschimpfte mich mit den unflätigsten Worten unter der Sonne, verfluchte mich, aufgestanden zu sein, ohne ihm Bescheid gesagt zu haben, wollte wissen, was ich mir eigentlich dabei dachte und wohin ich überhaupt wollte.

Ich antwortete, daß es mir wieder gut genug ginge, um meinen Pflichten am Hof nachzukommen, und entschuldigte mich, sollte er sich dadurch auf irgendeine Weise gekränkt fühlen.

Eine Weile starrte er mich daraufhin an, als hätte es ihm die Sprache verschlagen. Schließlich sagte er: »Du denkst vielleicht, daß es dir wieder gut genug geht, junger Mann. Aber was glaubst du denn, was der Hof von dir will? Du hast die Gräfin beleidigt, und du kannst machen, was du willst, du wirst sie nicht mehr mit dir versöhnen. Sie und der Graf haben den Hof verlassen, um Verwandte in Schwaben zu besuchen. Ich muß dir sagen, daß du der letzte bist, den sie bei ihrer Rückkehr hier anzutreffen wünschen.«

Zuerst dachte ich, er scherze. Ich konnte es einfach nicht glauben. »Warum? Was habe ich denn getan?« fragte ich.

»Es ist ihr Wille. Wie könnten wir den in Frage stellen?«

»Aber Hildegunde! Wo ist sie?«

»Sie ist fortgeschickt worden.«

»Wohin fortgeschickt?«

»Es ist mir nicht gestattet, dir das zu sagen.«

»Was ist mit dem Grafen und der Gräfin? Wann sind sie abgereist?«

»Vor etwa zwei Stunden. Sei froh, daß du ihnen nicht über den Weg gelaufen bist...«

Theodor starrte mich weiter an, zunächst zornig, dann mitleidig. Er sah, daß er mit seinen Worten mein Leben zerstört hatte, all meine Hoffnungen auf die Zukunft und auf alles, was ich liebte.

Ich wandte meinen Blick von Theodor ab und schaute mich um. Es war schon richtig, der Hof war leerer als üblich. Viele Leute mußten mit dem Grafen und der Gräfin gereist sein; vielleicht hatte der Graf sie auch zu ihren eigenen Verwandten geschickt, wie es Sitte ist, wenn die hohen Fürsten solche besuchen, die ein großes Gefolge nicht bewirten könnten. Ein kalter Wind erfaßte die letzten Fahnen, die noch nicht heruntergenommen worden waren. Sie flatterten und machten ein leeres, gespenstisches Geräusch, als wollten selbst sie mir Angst einjagen und mich verspotten.

Plötzlich wurde mir bewußt, daß die Burg, die inzwischen ein so großer Teil meines Lebens war, zu einer leeren Schale verkommen war. Nachdem der Graf und die Gräfin mich verstoßen hatten, nachdem Hildegunde fort war, erschienen mir die Mauern selbst erdrückend und voller dunkler Vorahnungen. Aber ich mußte wissen, wo Hildegunde war.

»Theodor, du mußt es mir sagen. Hildegunde, wann ist sie gegangen? Wenigstens das wirst du mir doch sagen können.«

»Vor etwa zwei Stunden.«

»Mit ihrem Oheim?«

Theodor schwieg.

»Wo geht sie hin? Bitte. Du mußt es mir sagen.«

Er schaute sich nervös um und vergewisserte sich, ob auch niemand unser Gespräch belauschte. Ich erkannte, daß er vielleicht nachgab, wenn ich genug drängte. »Bitte«, wiederholte ich.

»Walter. Du warst der beste Schützling, den ich je hatte. Ich werde nie die Tage vergessen, an denen ich dich unterrichtet habe. Wenn ich dir sage, wo Hildegunde ist, mußt du dir darüber klar sein, daß dies aus Treue dir gegenüber geschieht und ich gleichzeitig anderen den Gehorsam verweigere. Ich weiß, es klingt feige, aber…«

»Natürlich werde ich es ihnen nicht sagen. Ich werde sie nie wiedersehen, zumindest nicht, solange ich es vermeiden kann. Warum sollte ich dich verraten, wo du doch mir gegenüber immer gut und freundlich gewesen bist?«

Dann geschah etwas, das ich nie für möglich gehalten hätte. Theodor trat einen Schritt vor, schloß mich in seine Arme und drückte mich fest an sich. Er flüsterte: »Sie ist mit ihrem Oheim nach Ochsenfurt gegangen. Er wird sie entweder unter die Haube bringen oder in ein Kloster stecken.«

Dann trat er jäh zurück, fand seine Selbstbeherrschung wieder. Ich lächelte ihn an, bedankte mich, drehte mich um und machte mich auf den Rückweg in meine Kammer. Theodor rief mir nach: »Bemüh dich nicht weiter um sie, Walter. Es wird für euch beide nur schmerzlich sein.«

Ich drehte mich noch einmal um. »Ich muß gehen«, sagte ich. »Es gibt mehr als genug Minnesänger, die leere Lieder über die Liebe singen. Ich singe das, was ich wirklich und wahrhaftig empfinde.«

Theodor erwiderte nichts, und ich setzte meinen Weg zu meiner Kammer fort, wo ich meine Habseligkeiten zusammenpackte. Besonders viel war es nicht: ein Beutel mit ein paar Münzen, die Bände von Vergil und Ovid, die ich vor dem Feuer in Babenberch gerettet hatte. Einmal Kleidung zum Wechseln, für die Hildegunde bei mir Maß genommen hatte, und selbstverständlich meine Fiedel und einige Handschriften meiner eigenen Lieder.

Sobald ich alles gepackt hatte, ging ich hinaus auf den Hof. Theodor war immer noch dort. Und auch Simon und Wolfi. Neben Wolfi stand ein prächtiges, frisches junges Pferd, eines der edelsten Rosse, die ich je gesehen hatte. Zunächst fürchtete ich, sie wollten vielleicht versuchen, mich aufzuhalten. Ich ging zu der kleinen Gruppe, um mich von ihnen zu verabschieden.

Theodor drückte mir einen Geldbeutel in die Hand, Wolfi die Zügel des Pferdes.

Ich versuchte mich mit angemessenen Worten zu bedanken, doch ich habe wohl nur unzusammenhängendes Zeug genuschelt.

Damals bildete ich mir noch ein, am Ende würde alles gut, ich könnte schon bald alle Mißverständnisse aufklären und das Pferd wie das Geld zurückgeben. Vor allem aber dachte ich daran, daß Hildegunde nur zwei Stunden Vorsprung hatte. Ich war fest entschlossen, sie und ihren Oheim einzuholen, bevor sie Ochsenfurt erreichten. Ich stieg auf das Pferd und ritt ihr nach.

Ich ritt den ganzen Tag, obwohl mein Bein derart schmerzte, daß ich gelegentlich befürchtete, ohnmächtig zu werden. Bei Einbruch der Dunkelheit hatte ich den größten Teil des Weges nach Ochsenfurt zurückgelegt, durch die Wälder und über die sanft wogenden Berge Frankens, durch die Dörfer entlang des Mains und die Täler, wo an den Hängen die Trauben reiften.

Von Hildegunde oder ihrem Oheim keine Spur. Erst als ich an diesem Abend vom Pferd stieg, wurde mir so richtig bewußt, was ich meinem Bein zugemutet hatte; der Schmerz war beinahe so schlimm wie am ersten Tag nach der Verletzung.

Die Nacht verbrachte ich in einer kleinen Stadt namens Breitmarkt. Ich nahm ein Zimmer in einer Schenke, und als ich allein war, zählte ich das Geld, das Theodor mir gegeben hatte; mehr als die Hälfte davon waren Goldmünzen. Ich fragte mich, wie er an soviel Geld gekommen war. Ich hoffte, daß es nicht seine Ersparnisse waren, und auch, daß das Geld nicht gestohlen war. Es war auf jeden Fall genug, damit ich eine ganze Weile unabhängig leben konnte. Sobald würde ich nicht für mein Abendbrot singen müssen.

Ich nahm eine kleine Mahlzeit zu mir. Als ich schließlich im Bett lag, war mein Bein steif geworden. Es pochte und brannte vor Schmerz. Ich entfernte den Verband und sah, daß die Wunde wieder näßte.

Am nächsten Morgen hatte ich nur wenig geschlafen, und der Schmerz war schlimmer geworden, auch wenn die Wunde selbst aussah, als wäre sie über Nacht weiter verheilt. Ich hatte keine andere Wahl, als zu bleiben. An diesem Tag wäre es mir unmöglich gewesen weiterzureiten.

Ich tröstete mich mit dem Gedanken, daß Ochsenfurt, der

nächste Ort, an dem ich Hildegunde suchen würde, nur zwei oder drei Meilen entfernt lag. Vielleicht war sie schon dort. Ich mußte ruhen, damit ich gesund und kräftig ihrem Onkel gegenübertreten konnte.

Am nächsten Morgen erwachte ich mit einem überwältigenden Gefühl der Verlassenheit. Ich hatte von der Zeit nach dem Tjost geträumt, als ich die Augen öffnen konnte, wann immer ich wollte, und stets in Hildegundes Gesicht sah. Seitdem hatte sich alles verändert. Ich gehörte keinem Hof mehr an. Ich hatte keinen Beruf und keine Zukunft. Ich besaß weder Verbindungen noch Eigentum, hatte ihr nichts zu bieten außer ein paar Liedern. Ich hatte eine strahlende Zukunft an einem der besten Höfe Frankens eingetauscht gegen das muffige Stroh einer schäbigen Herberge und die hoffnungslose Jagd nach einem herrlichen Mädchen, für das ich nicht sorgen konnte, selbst wenn ich sie tatsächlich heiraten sollte.

Wenn ich mir vorstellte, daß seit dem Turnier kaum mehr als eine Woche vergangen war... Damals war ich umringt von Leuten, die mir alles Gute wünschten, hatte an einem großen Hof im Mittelpunkt der Aufmerksamkeit gestanden; jetzt war ich allein, ein namenloser Mann ohne Wurzeln mit einem verletzten Bein in einer billigen Kaschemme.

Es dauerte drei Tage, bis es mir wieder besserging und ich meinen Weg fortsetzen konnte, aber noch immer bereitete mir mein Bein beträchtliche Schmerzen.

Ich ritt nach Ochsenfurt und holte Erkundigungen ein, wo ich den Ritter Alberich, Hildegundes Oheim, finden könnte. Sein Gut lag unmittelbar vor der Stadt. Das Land war hügelig und fruchtbar. Das Haus war auf den Ruinen eines älteren Steingebäudes errichtet worden, das früher einmal ein Kloster gewesen war, erzählte mir der Wirt einer Schenke am Ort. Die eingestürzten Gebäudeteile waren durch Holz ersetzt worden, wodurch das Haus ein ungewöhnliches Aussehen hatte, da es nun halb aus Stein und halb aus Holz bestand.

Als ich das Landgut erreichte, stand ich vor dem Tor und hämmerte und brüllte, so laut ich nur konnte. Fast eine Stunde lang machte ich dies mit Unterbrechungen. Ich wollte einfach nicht glauben, daß keiner da war. Schließlich begab ich mich auf die Suche nach der niedrigsten Stelle der Einzäunung. Selbst mit einem gesunden Bein wäre es schwer gewesen, darüber zu klettern. Wie die Dinge lagen, ging ich das Wagnis nicht ein.

Statt dessen ritt ich zu einem Bauern hinüber, der ein nahe gelegenes Feld bestellte. Der arme Bursche hatte Angst vor mir. Er erschien mir halb verhungert. Er war schmutzig, sein Haar schütter und sein Kopf gebeugt, als rechnete er damit, jeden Augenblick von mir geschlagen zu werden. Seine dunklen Augen schossen mißtrauisch und hungrig hin und her. Irgend etwas an ihm ließ mich an ein Wiesel oder Frettchen denken. Ich überlegte, ob Ritter Alberich von Ochsenfurt zu denen gehörte, die ihre Bauern mit schlechter Behandlung und Hunger knechteten.

Ich fragte ihn, ob er auf dem Landgut eine schöne junge Frau gesehen habe, mit langem, goldenem Haar. Zunächst weigerte er sich zu antworten. Ich warf ihm eine Silbermünze hin. Der arme Mann stürzte sich darauf, als hätte er noch nie in seinem Leben soviel Geld gesehen – was wahrscheinlich auch stimmte. Jedenfalls änderte sich sein Verhalten umgehend von mißmutigem Trotz zu kriecherischer Unterwürfigkeit. Er sagte, ja, jeder habe die Dame mit den langen, goldblonden Haaren bemerkt. Alle sprächen wegen ihrer großen Schönheit über sie. Sie sei vor zwei Tagen eingetroffen, aber sie und der Ritter von Ochsenfurt seien an diesem Morgen ausgeritten. Es sei nicht bekannt, wann sie zurückkehren würden.

Ich gab dem Mann eine weitere Silbermünze und sagte ihm, er bekäme noch eine, sofern er seinen Mund hielte, was meine Anwesenheit in Ochsenfurt betraf, und zur Schenke kommen und mich holen würde, sobald er die Dame zurückkehren sah. Er segnete mich, als sei ich ein Heiliger.

Ich ritt zu der Wirtschaft zurück. Mein Bein schmerzte stark, und ich mußte dringend ruhen.

Zwei ganze Tage verstrichen. Allmählich begann ich jede Hoffnung aufzugeben. Wilde Gedanken stürmten mir durch den Kopf. Ich stellte mir vor, wie ich in das Landgut einbrach und Hildegunde mit Gewalt heraustrug. Ich stellte mir vor, wie ich das Gebäude anzündete und durch den Rauch und die Flammen rannte, um sie zu retten, sie wegbrachte, damit sie für immer mein war. Dann wieder versank ich in tiefer Verzweiflung, wenn ich mir vorstellte, daß sie bereits verheiratet worden sein könnte.

Am Abend des zweiten Tages, kurz nach dem Abendessen, kam der Bauer. Er war ganz aufgeregt und außer Atem vom Laufen. Zuerst erinnerte er mich fiebrig an mein Versprechen; er fragte, ob ich bereit sei, es zu halten. Sofort war auch ich aufgeregt und wollte wissen, ob er sie gesehen hatte. Ich zeigte ihm die Münze, die ihm gehören sollte. Er lächelte mit gieriger Zufriedenheit und sagte, daß er seinen Herrn und die Dame mit dem goldenen Haar gesehen habe. Sie habe auf einem Pferd gesessen, das von seinem Herrn geführt worden sei. Sie seien nur zwei oder drei Meilen entfernt und würden schon sehr bald die Straße herunterkommen, die an der Schenke vorbeiführte. Ich gab dem Mann sein Geld und versprach ihm mehr, wenn er mich zu einer abgelegenen Stelle führte, wo ich ihnen gegenübertreten konnte.

Die Sonne ging gerade unter, als wir aufbrachen. Der Mann führte mein Pferd die Straße hinunter, die in westlicher Richtung von Ochsenfurt und dem Landgut fortführte. Die baumgesäumte Straße ging ständig bergan und bergab, da sie jedoch beinahe schnurgerade war, konnte man von jedem Kamm ein ganzes Stück weit über Land schauen.

Wir waren über eine Meile gegangen, und ich fragte mich bereits, ob der Bauer vielleicht einem Irrtum erlegen war oder schlicht und einfach log. Doch wann immer ich vorschlug anzuhalten und zu warten, bestand er darauf weiterzugehen, sagte, ich hätte mir eine schlechte Stelle ausgesucht oder hier müsse ich zu lange warten.

Als wir schließlich die Kuppe eines weiteren Hügels erreichten, blieb er stehen. Weder hörte noch sah ich etwas, aber er schien zu spüren, daß sich jemand näherte. Er führte das Pferd von der Straße und sagte, ich solle achtgeben. Woher er wußte, daß sie kamen, werde ich wohl nie erfahren. Nach wenigen Minuten erhaschte ich, gerade über dem nächsten Hügel und durch die Bäume, deren Blätter smaragdgrün leuchteten, einen Blick von Hildegundes langem, goldenem Haar, das in der Abendsonne schimmerte. Als sie die Hügelkuppe erreicht hatten, sah ich, daß ihr Pferd von ihrem Oheim geführt wurde.

Ich sagte dem Bauern, ich wolle den Ritter überraschen; doch inzwischen war er unruhig und wollte sich nicht weiter an meinen Plänen beteiligen. Ich gab ihm noch eine Silbermünze, und er machte sich aus dem Staub.

Die Bäume auf meiner Seite der Bodensenke standen recht dicht, daher konnte ich hinunterreiten, ohne entdeckt zu werden. Als ich den tiefsten Punkt erreicht hatte, ging ich ein Stück abseits der Straße in Deckung.

Dort wartete ich darauf, immer noch auf dem Rücken des Pferdes, daß die Frau, die ich liebte, und der Mann, den ich haßte, in Reichweite kamen.

Ich harrte bis zum letzten Augenblick aus, bevor ich meinem

Pferd die Sporen gab und hinausritt, um ihnen gegenüberzutreten. Als sie mich erblickten, blieben sie auf der Stelle stehen. Hildegunde war leichenblaß. Ochsenfurts gemeine, wachsame kleine Augen funkelten aus seinem runzligen, Jähzorn verratenden Gesicht zu mir auf. Einen Moment lang dachte ich, sein Kopf würde vor Wut bersten.

»Was willst du?« fauchte er.

»Ich will mit Hildegunde sprechen.«

»Das geht nicht.« Er wollte weitergehen, ohne mich länger zu beachten.

»Hildegunde!« rief ich. »Ich sagte, wir müssen reden.«

Sie blieb stumm. Ich konnte ihre Miene nicht deuten; war es Überraschung oder Verzweiflung? Ich konnte nicht mal erkennen, ob sie mich überhaupt sehen wollte. Einen Augenblick befürchtete ich bereits, daß auch sie sich gegen mich gewandt hatte.

»Laß uns in Ruhe, Stellmacher«, spottete Ochsenfurt. »Du hast Hildegunde nichts zu bieten. Kein Geld, keine Beziehungen, keine Macht. Geh mir aus dem Weg!«

»Ihr könnt mich nennen, wie Ihr wollt, Ochsenfurt, aber bedenkt das Schicksal, das Johannes von Ulm durch mich erfahren hat. Vielleicht ist es sein Schicksal, das Ihr mit ihm teilen möchtet.«

»Ja«, sagte Ochsenfurt, »du siehst aus wie ein Galgenvogel. Ich rate dir gut, verlaß dieses Land, so schnell du kannst, du Strolch. Eine Drohung gegen meine Person kommt Verrat, kommt Mord gleich. Du reitest jetzt am besten einfach davon, denn schon bald werden dir viele gute Männer nachsetzen.«

»Schluß damit!« rief Hildegunde plötzlich. »Schluß! Ich will mit Walter sprechen. Ich muß. Folge mir!«

In seiner Wut hatte Ochsenfurt die Zügel des Pferdes losgelassen, so daß Hildegunde es wenden konnte. Sie ritt den Weg hinauf in die entgegengesetzte Richtung.

Ochsenfurt starrte zu mir herauf. Sein Glatzkopf wurde rot und röter, schimmerte vor Schweiß. »Das wirst du teuer bezahlen«, drohte er. Er drehte sich um und rannte ihr nach, war jedoch schon bald außer Atem.

Ich ritt an ihm vorbei und folgte Hildegunde.

Die Sonne war bereits fast untergegangen, als ich sie schließlich einholte. Wie ein riesiger orangefarbener Feuerball stand sie genau vor uns und warf lange Schatten über den Weg.

Nebeneinander ritten wir eine ganze Weile schweigend dahin. Da war ich, nur wenige Fuß neben ihr, meilenweit kein Mensch in der Nähe, und doch empfand ich eine schreckliche Leere. Was wäre, wenn ich sie einfach in die Arme nähme und küßte? Sie schaute stur geradeaus, die Augen glasig. Ich traute mich nicht, sie zu berühren.

Sobald wir Ochsenfurt in angemessener Entfernung hinter uns gelassen hatten, schlug ich vor anzuhalten und zu reden.

So hatte ich sie noch nie erlebt. Sie war stocksteif; ich weiß nicht, ob aus Angst oder aus Ärger. Ich wollte sie berühren, aber ich traute mich nicht.

Wir führten die Pferde tiefer und tiefer in den Wald. Es war fast völlig dunkel. Hildegunde sagte immer noch nichts.

»Was ist geschehen?« fragte ich endlich.

»Weißt du das nicht?«

»Ich habe erst vor drei Tagen von deiner Abreise erfahren. Seitdem habe ich die meiste Zeit in der Schenke verbracht. Mein Bein… Einerlei, es geht jetzt wieder besser.«

Sie blieb stehen. Wir hatten eine Lichtung erreicht. Ich lauschte, aber es gab keinen Hinweis auf einen Verfolger. Zum Glück war es nicht kalt. Die Hitze des Tages würde sich noch bis weit in die Nacht hinein halten.

Hildegunde starrte mich an. Im schlechten Licht wirkte ihr

Gesicht grau und ihre Augen viel zu groß. Ich verstand einfach nicht, was sie so mitgenommen hatte.

»Mit wem hast du gesprochen, Walter?«

»Mit niemandem. Nur mit jemandem bei Hofe, der mir sagte, daß du fort seist.«

»Wer?«

»Einer der Diener. Er hat mich gebeten, seinen Namen nicht zu verraten.«

»Nicht mit dem Grafen?« Sie wurde mit jedem verstreichenden Augenblick blasser. Ich überlegte, ob sie vielleicht krank war.

»Nein.«

»Dann weißt du also nicht, was geschehen ist?«

»Nein.«

Langsam, als hätte die Zeit aufgehört, mit ihrer üblichen Geschwindigkeit zu fließen, drehte Hildegunde sich von mir weg und vergrub ihr Gesicht in den Händen. Dann krümmte sie sich wie vor Schmerz. Ich band die Pferde an einen Baum und ging zu ihr, um sie zu trösten. Ich versuchte, meinen Arm um ihre Schulter zu legen, doch sie wich zurück.

Sie schluchzte. »Faß mich nicht an.«

Ich trat einen Schritt zur Seite. Ich konnte mir nicht vorstellen, was mit ihr war. Hildegunde, die sich noch bis vor kurzem völlig sicher gewesen war, was sie wollte, und vor Lebenslust sprühte, schien sich selbst verloren zu haben. Das Leben, das einmal in ihr gesteckt, das Licht, das sie ausgestrahlt hatte, schien verblaßt zu sein. Sie war grau, ein graues Wesen des Waldes, als das letzte Licht des Tages schwand.

»Was ist vorgefallen?« fragte ich behutsam.

»Du weißt es.« Sie drehte sich um und starrte mich an; die Augen tränengerötet, wütend. »Sie müssen es dir gesagt haben.«

»Es war kaum noch jemand da. In den letzten Tagen habe ich so gut wie keinen Besuch mehr erhalten.«

»Was ist mit dem Grafen? Ist er nicht bei dir gewesen, um es dir zu erzählen? Er sagte, er würde es tun.«

»Er ist kein einziges Mal bei mir gewesen. Was ist zwischen dir und ihm vorgefallen?«

»Wenn du es wüßtest, wärst du mir nicht gefolgt. Du glaubst immer noch, ich sei dieselbe, die ich war... damals, als ich nur dir gehörte.« Sie brach zusammen und schluchzte wieder hemmungslos.

»Was ist geschehen?« fragte ich. Inzwischen war es noch dunkler geworden, die Formen der Blätter und Bäume zeichneten sich schärfer ab. Der Vollmond stand gerade hoch genug, um durch die Lücken zwischen den Bäumen ein silbernes, netzartiges Licht in den Wald zu werfen.

»Er hat mich genommen. Der Graf.«

»Was meinst du damit?«

»Du hast mich verstanden. Er hat mich genommen. In dem Zimmer im Turm. In deinem Zimmer, Walter. Er hat mich gezwungen, mich zu ihm zu legen. Er hat mich besessen, mir Gewalt angetan. Er hat mich dazu gezwungen. Wieder und wieder. Ich dachte, es würde niemals aufhören.«

»Wie?« fragte ich dumm. Mehr fiel mir nicht zu sagen ein.

»Was meinst du damit? Ich bin sein Eigentum, hat er gesagt. Er könne mit mir tun, was er wolle, da ich mit dir zusammengewesen sei. Jetzt würde mich ohnehin niemand mehr heiraten wollen, nachdem ich meine Jungfräulichkeit verloren hatte. Ich habe versucht, von ihm fortzukommen, aber er war soviel stärker als ich. Er sagte, ich hätte es gut gemacht. Er versteht jetzt, warum du mich so sehr magst. Ich habe gebrüllt und geschrien, aber das war ihm gleichgültig...«

Ich ging zu ihr, versuchte sie zu trösten. Diesmal warf sie sich in meine Arme. Ich drückte sie fest an mich. Sich vorzustellen, daß ich dort in der Burg gelegen und vom Ruhm geträumt hatte, es mußte erst vor einer Woche gewesen sein, und auf der anderen Seite des Burghofs hatte Graf Friedrich von Frankenburc sie genommen, sich an ihr vergangen.

Die Bilder in meinem Kopf wurden obszön, als ich mir vorstellte, was zwischen ihnen geschehen war. Ich sah Hildegunde nackt, den Grafen ebenfalls, wie er sich auf sie legte…

Hildegunde mußte gespürt haben, was mir durch den Kopf ging. Sie entzog sich meinen Armen.

»Es ist schon gut, Hildegunde«, sagte ich, doch so große Mühe ich mir auch gab, meine Stimme klang gebrochen. »Sag einfach, was du willst. Wenn wir nur zusammensein können.«

»Es ist sinnlos, Walter. Du weißt, daß ich in der einfachsten Hütte gelebt hätte, wenn ich nur mit dir hätte zusammensein können, so wie wir damals waren.«

»Aber es hat sich nichts geändert.«

»Es hat, Walter. Mein Onkel versucht, das Geschehene geheimzuhalten. Er hat immer noch den Ehrgeiz, mich unter die Haube zu bringen. Aus diesem Grund wird er dir, oder dem Grafen, niemals verzeihen, was geschehen ist. Er hatte ein Auge auf Johannes' Reichtum geworfen. Er dachte, weil Johannes alt war und gern kämpfte, würde es nicht lang dauern, bis ihm sein Vermögen zufiel, wenn ich ihn heiratete. Er konnte es kaum erwarten, es in seine habgierigen Finger zu kriegen. Jetzt hat von Ulm alles der Kirche vermacht. Sie sind stärker als wir, Walter. Es ist nur eine Frage der Zeit.«

»Hildegunde, was erwartest du von mir?«

Bevor sie Gelegenheit hatte, mir zu antworten, hörten wir Gebrüll und Hundegebell. Es kam aus beträchtlicher Entfernung, konnte aber nur eines bedeuten: Ochsenfurt hatte uns seine Männer auf die Fersen gehetzt.

Wir stiegen sofort auf die Pferde und ritten, so schnell wir konnten, preschten durch einen Bach, wobei wir völlig nasse Beine bekamen, was aber den Vorteil hatte, daß die Hunde unsere Fährte verloren. Inzwischen war die Sonne endgültig untergegangen, doch wegen des Vollmonds war es nicht allzu dunkel im Wald.

Wir ritten vielleicht eine Stunde, bis wir beide erschöpft waren. Ich litt stark unter meinem Bein, obwohl ich versuchte, mir nichts anmerken zu lassen. Als wir überzeugt waren, daß uns keiner mehr folgte, ließen wir unsere Pferde im Schritt gehen.

Es war eine schöne Nacht. Alle Sterne standen am Himmel. Die Bäume wölbten sich über uns wie Bogengänge einer riesigen Kathedrale. Eulen schrien, und von Zeit zu Zeit raschelte das Laubwerk unheimlich, wenn ein kleines Tier vor uns davonhuschte.

Keiner von uns sagte ein Wort. Wir waren beide müde. Ich suchte nach etwas, das ich sagen konnte, etwas, das alles wieder in Ordnung bringen würde. Aber die schlichte Wahrheit war, daß es keine Hoffnung gab – für mich nicht, für uns nicht.

Wir ritten Richtung Norden, und so erreichten wir schon bald Hohenfeld. Das Gelände erhob sich nun über den Wald. Dies bedeutete, daß wir deutlich zu sehen sein würden, falls uns immer noch jemand verfolgte. Aber es war kein Laut zu hören; wir mußten sie abgeschüttelt haben.

Schließlich begann ich von den glücklichen Tagen zu reden, die wir verlebt hatten. Hildegunde sagte nur: »Ja, ja.« Sie hatte sicherlich recht; es war nicht nötig, über diese Zeit zu reden. Sie war uns beiden gegenwärtig, jeder einzelne Tag, unausgesprochen, wie eine Welt, die man zwar spürt, die aber dennoch für immer und alle Zeiten unerreichbar bleiben würde.

Was dann folgte, war ein Traum, sowohl erhaben als auch schrecklich. Hoch oben auf dem Berg Hohenfeld lag eine Burg.

Ein Adliger hatte sie vor Jahren der Kirche vermacht, und nun beherbergte sie eine Gemeinschaft von Kartäuserschwestern. Dieses Gefühl der Stille, das ich empfand, als wir darauf zuritten, war wie in dem Traum, den ich als Kind hatte, an meinem ersten Schultag, da es mir schien, ich sei Teil einer riesigen Gemeinde unsichtbarer Seelen, die sich unaufhaltsam auf eine unsichtbare Lichtquelle zubewegte. Als wir aus dem Wald kamen und den Berg hinaufritten, lag das Gebäude hoch über uns, schimmerte silbrig blau und grau, ehrwürdig und prächtig.

Wenn man sich vorstellt, daß es mein Einfall war, an diesem Ort Unterschlupf für die Nacht zu erbitten! War es die Vorsehung, die uns dorthin führte, Vorsehung für Hildegunde? War es Zufall? Oder war es eine dunklere Macht?

Es gab so vieles, was ich Hildegunde hätte sagen wollen, so vieles, das ich nicht herausbrachte. Wie viele Male habe ich mir gewünscht, daß ich sie vom Pferd gehoben, uns in einem Tal ein einfaches Bett und sie wieder zu meiner Frau gemacht hätte. Und doch hatte es nicht sein sollen.

Wir wechselten kein weiteres Wort, bis wir das Tor erreichten und anklopften. Hildegundes Gesicht wirkte gespenstisch fahl im silbernen Licht, und ihr Haar hätte gut das einer alten Frau sein können. Die Tür ging auf. Eine alte Frau, groß und dünn, aber auf merkwürdige Weise anziehend, erlaubte Hildegunde, den Innenhof des Gebäudes zu betreten. Ich mußte draußen warten.

Nach einiger Zeit tauchten Hildegunde und die Frau wieder auf. Hildegunde wurde ein Bett im Haus gewährt.

Inzwischen stand der Mond hoch am Himmel. Das helle, silberne Licht machte mich beklommen. Es ließ alles so unwirklich erscheinen, wie einen Traum, in dem man nicht sprechen konnte.

Mir wurde gesagt, daß ich entweder außerhalb der Mauern

oder in einer Herberge schlafen könne, die etwa eine Meile weiter nördlich lag. Die große Nonne beschrieb mir den Weg und entschuldigte sich für ihre mangelnde Gastfreundschaft, aber sie sagte, es verstoße gegen die Regeln, junge Männer auf das Stiftsgelände zu lassen, von Ausnahmefällen abgesehen. Die Tür schloß sich vor mir. Ich ritt in den Wald zurück, band mein Pferd an und schlug mein Nachtlager auf.

Sofort schalt ich mich einen Narren. Warum hatte ich Hildegunde dort hineingehen lassen? Ich hätte sie jetzt haben können, hier. Ich hätte neben ihr liegen können, im Wald, wie in jener ersten Nacht, in der wir uns geliebt hatten. Wenn sie nicht gewollt hätte, dann hätte ich sie jederzeit zwingen können; wenn der Graf es konnte, warum sollte ich es dann nicht?

In dem Augenblick, als ich mich bei diesen Gedanken ertappte, erkannte ich, wie verkommen sie waren, meiner unwürdig und grausam Hildegunde gegenüber. Und trotzdem hatte ich wieder obszöne Bilder von ihr und dem Grafen im Kopf. Ich wollte ihn entmannen, ihn töten. Ich wollte, daß er tot, nicht länger Teil von Hildegundes Leben war. Und ich wollte sie für mich, voller Verzweiflung, fleischlich.

Dann schaute ich in die Richtung, wo sie jetzt war, zu der mondbeschienenen Stille des Stifts. Was geschah mit mir? Was war nur aus dem ruhigen, zurückhaltenden Walter und all seinen hohen Zielen, dem Drang nach Schönheit, Spiritualität und Reinheit geworden? Wie hatte ich es geschafft, so schnell so tief zu sinken?

Hatte Hildegunde recht? Gab es wirklich keine Möglichkeit für uns zusammenzusein? Ich dachte wieder einmal an Uqhart. Stimmte es, daß ich mehr Zeit brauchte, um ihrer würdig zu werden, so, wie die Substanzen im Athanor Läuterung erforderten?

Erinnerungen an Uqhart, Hildegunde, den Grafen gingen mir

durch den Sinn, als ich schließlich in einen unruhigen Schlaf fiel, der regelmäßig von dem pochenden Schmerz in meinem Bein unterbrochen wurde.

Ich wachte zeitig auf. Die Sonne stand bereits am Himmel, und die Vögel zwitscherten. Ich war völlig durchnäßt vom Tau, und mein Bein tat weh. Die Luft war frisch. Als ich aufstand, fühlte sich mein Bein sehr steif an. Ich schaute nach der Wunde. Sie war nicht aufgegangen, sah aber auch nicht besser aus.

Ich ritt zum Kloster und läutete an der Glocke. Dieses Mal kam eine andere Nonne, aber sie wußte, wer ich war, und bot mir Brot und Milch an, was ich dankend annahm. Ich wollte ihr Geld geben, aber sie lehnte ab.

Die Nonne war jünger als die erste. Sie strahlte eine Ruhe aus, der ich schon bei anderen begegnet war und die ich einmal für mich selbst gesucht hatte.

Ich erkundigte mich, ob Hildegunde schon bereit war, man sagte mir, ich müsse noch warten. Wieder wurde die Tür vor mir geschlossen. Ich setzte mich nieder, lehnte mich gegen die Mauer, drehte mich zur Morgensonne und ließ mich von ihr trocknen.

Ich schaute zum Horizont, über die schier endlose Weite des Waldes, während sie weiter aufstieg. Es wurde warm, und ich wurde ungeduldig. Ich hätte gern die morgendliche Frische zum Reiten genutzt, bevor die Hitze des Tages ein Weiterreiten unmöglich machte. Selbstverständlich hatte ich keinen Plan, wohin wir gehen würden.

Schließlich wurde die Tür wieder geöffnet, und ich wurde gebeten einzutreten. Diesmal war es eine ältere Frau. Sie war klein, mollig und trug eine braune Kutte mit einem großen silbernen Kruzifix um den Hals. Sie sagte, sie sei die Äbtissin, und bat mich hereinzukommen. Ich erinnerte mich, daß die Nonne am vergangenen Abend gesagt hatte, junge Männer würden nur in Ausnahmefällen in das Kloster vorgelassen. Ich brauchte eine Weile, bis ich begriff, was hier geschah.

Ich wurde in einen kleinen, gewölbten Raum geführt. Die Wände waren kahl, aber in einer Ecke stand ein schön geschnitzter hölzerner Wandschirm. Davor standen zwei Bänke und ein Schreibtisch. Hildegunde saß auf einer der Bänke; die Nonne, die ich am Abend zuvor gesehen hatte, saß neben ihr auf der anderen Bank.

Hildegunde trug nicht mehr die Kleider, die sie gestern getragen hatte; sie waren ersetzt worden von Kleidungsstücken, die die Nonnen ihr gegeben hatten. Ihr langes Haar war zurückgebunden, und ihr Gesicht wirkte ernst und doch auf gelassene Weise wunderschön. Etwas vom alten Licht war zurückgekehrt, doch jetzt war es durchsetzt von einer Schicksalsergebenheit, einer Traurigkeit, die es nur noch schmerzlicher machte.

»Kommst du?« fragte ich und beugte mich vor, um ihre Hand zu nehmen, immer noch in der aberwitzigen Hoffnung, daß nicht wahr würde, was ich bereits wußte.

»Nein, Walter«, sagte sie. »Ich möchte hierbleiben. Du weißt, warum.«

Bis zum heutigen Tag weiß ich nicht, ob sie dies aus Überzeugung sagte oder ob man ihr etwas über Tremgistus und Antonius erzählt hatte. Wenn ich sie gedrängt hätte, hätte sie mir dann die Zusammenhänge aufzeigen können? Damals war ich mir nur des Gefühls bewußt, daß etwas in mir schmolz. Ein Gefühl, als würde ich weinen, obwohl ich es nicht tat. Ich stand einfach bewegungslos da.

Ich hörte Hildegunde zu, als sie weitersprach. Sie erzählte, am vergangenen Abend der Äbtissin alles gebeichtet zu haben. An diesem Morgen hatte sie die Kommunion empfangen. Im Verlauf des Gebets sei sie immer mehr zu der Überzeugung gelangt, an diesem Ort bleiben zu müssen, zumindest vorläufig, und daher wolle sie sich bei mir bedanken, da sie in mir das Werkzeug der Vorsehung sah, das sie hergeführt habe. Sie werde mich immer lieben, wisse aber genau, daß sie mir Lebewohl sagen müsse, da wir in dieser Welt niemals zusammen glücklich werden könnten.

Ich war hin und her gerissen zwischen Zorn und Traurigkeit, Abscheu vor mir selbst und einer tiefen Achtung vor ihr. Diese widersprüchlichen Gedanken und Gefühle lähmten mich. Mir fiel nicht das geringste ein, was ich tun oder sagen konnte. Später schalt ich mich, daß ich sie nicht angefleht hatte, mit mir zu kommen. Aber ich hatte ihr außerhalb der Klostermauern nichts anzubieten, und dessen war ich mir schmerzlich bewußt.

Wenn ich mich nur gezwungen hätte, länger zu bleiben. Nachdem ich jedoch bereits so viel verloren hatte, schien es beinahe zu einfach, noch etwas zu verlieren. Ich war völlig niedergeschlagen und verzagt, also erhob ich mich langsam, sagte, ich verstehe schon, wisse, daß ich ihrer nicht wert sei, ich aber zurückkehren würde, sollte ich ihrer jemals würdig sein, in welcher Hinsicht auch immer. Ich habe wohl auch gesagt, daß ich sie immer lieben werde, was die Wahrheit war, denn das habe ich immer und werde ich immer; doch als ich diese Worte aussprach, klangen sie hohl und leer.

Sie sagte, sie sei, wenn auch nicht körperlich, so doch im Geiste immer bei mir, was sehr freundlich von ihr war; obschon solche Worte auch eine Beleidigung hätten sein können.

Nuschelnd sagte ich der Äbtissin, daß Hildegundes Pferd draußen angebunden sei. Dann ging ich, versäumte es, Hildegunde ein letztes Mal anzusehen – noch etwas, was ich bis heute bedauere.

Draußen stieg ich auf mein Pferd und ritt davon, wobei es mir völlig gleichgültig war, wohin. War ich ein Narr? Tat ich ihr unrecht, indem ich sie jetzt verließ? Ich weiß es nicht. Als ich in diesen wunderschönen frühen Morgen davonritt, schien das goldene Licht der Sonne auf die Spinnweben. Ich fühlte mich leer, zu Tode betrübt, abgeurteilt. Es gab nichts, was ich tun konnte. Und es war alles allein meine Schuld.

Als ich später in Aletus im Kerker saß, habe ich über jene Zeit und diesen Abschied immer dieses Lied gesungen:

De moi doleros vos chant
Je fuis nes en descroissant
Onques n'euc en mon vivant
Il bon jors.
J'ai a non meschëans d'amours... *

* Ich werde dir von meinen Kümmernissen singen/Geboren wurde ich, als der Mond abnahm/Ich hatte niemals/gute Zeiten in meinem Leben/ich bin vom Unglück verfolgt in der Liebe... (Gillebert de Berneville)

10

Rad des Schicksals

O nos peregrine sumus
*Quid fecimus, ad peccata deviantes?**

Die nächsten Tage ritt ich ohne jedes Ziel dahin. Ich war versucht, zum Kloster in Hohenfeld zurückzukehren, um zu sehen, ob Hildegunde es sich doch anders überlegt hatte. Ich wußte, daß das Leben der Kartäuserinnen hart ist. Die Nonnen verbringen ihre Zeit in stiller Kontemplation, eingesperrt in ihre Zellen, kommen sie nur einmal wöchentlich zum Gespräch zusammen, sofern es nicht eine besondere Angelegenheit zu besprechen gilt. Sie leben nicht in Gemeinschaften, sondern eher als Gruppen von Einsiedlerinnen. Sie bauen sogar ihr eigenes Gemüse auf kleinen Parzellen an, die sie allein für sich bestellen. Während meiner Zeit als Mönch in Frankenburc hörte ich, daß viele von ihnen verrückt wurden, sofern sie nicht früh starben.

Ich war innerlich zerrissen. Einerseits war da die Liebe, die ich vom ersten Augenblick an für sie empfunden hatte. Ich vermißte ihre Anmut, ihren Geist und Witz, ihre Gelehrtheit, die Art und Weise, wie sie meinen Verstand anregte, mich auf neue Gedanken brachte. Vielleicht hätte ich ihr Opfer als ein Abenteuer des Geistes und der Seele auffassen sollen, als einen berechtigten Versuch, Erfüllung und Nähe zu Gott zu finden.

* O wir sind Pilger/Was tun wir, uns der Sünde zuzuwenden? (Hildegard von Bingen)

Aber es war eben mehr zwischen uns. Mein Fleisch sehnte sich nach ihrem auf eine Art, die zwar auch fleischlich war, aber doch auch weit über das Fleischliche hinausging. Ich spielte mit dem Gedanken, daß geschlechtliche Beziehungen Seelen und Körper auf unergründliche, rätselhafte Weise binden und daß Ehebruch und Unzucht genau wegen dieser Bindungen sündig sind.

Dieser Gedankengang erschreckte mich. Ich erinnerte mich an einen Traum, in dem ich die reine Seele als zart, rosa, ohne Haut und in Gestalt eines Menschen sah, ausgestreckt auf einem kreuzförmigen Stein in einer Höhle hoch oben über der Welt, bewacht von engelhaften Wesen, die heiliges Salböl auf das weiche Gewebe der Seele gaben, um den Schmerz ihrer irdischen Existenz zu lindern. Beim Sündenfall der Seele, verursacht durch den Verlust der körperlichen Reinheit, entwickelte sich brauner Schleim auf ihr; die Engel verwandelten sich in Satyrn, rissen sich die Kleider vom Leib und nahmen bestialische Handlungen vor, während die Seele versuchte, sich den Schleim selbst abzuwischen. Schließlich erhob sie sich trotz ihrer Schmerzen von dem Stein und stürzte sich in dem Versuch der Selbstreinigung in das unter ihr liegende Meer. Dies war die Läuterung, nach der ich mich sehnte.

In meiner Eifersucht haßte ich manchmal sogar Hildegunde für die Rolle, die sie gespielt hatte, als sie sich dem Grafen hingab. Bestimmt hätte sie sich wehren können. Sicher wäre es besser gewesen zu sterben und jeden Schmerz zu ertragen. Dann haßte und verfluchte ich Katrin dafür, mich zur Sünde mit ihr verführt zu haben, und ich verstand meine Trennung von Hildegunde als eine Strafe für diese Sünde.

Ich war mir der Aberwitzigkeit solcher Gedanken durchaus bewußt, und doch war ich von ihnen besessen. Genauso wie von den Gedanken an Uqharts Tod und den Selbstmord meines Vaters.

Warum war Uqhart getötet worden? Es gab mehr als genug Menschen, die Juden haßten, doch der Grund dafür war fast immer der Geldverleih, das einzige Gewerbe, dem sie rechtmäßig nachgehen dürfen; und meines Wissens hatte Uqhart niemals damit etwas zu tun. Ganz im Gegenteil, er war ein Einzelgänger, der sich das wenige Geld, das er brauchte, durch seine Arbeit als Apothecarius verdiente. In Nurenberc gab es eigentlich keine richtige jüdische Gemeinde. Zudem galt er sogar unter den Juden Nurenbercs als Außenseiter, da er aus Toledo kam.

Ich konnte mir einfach nicht vorstellen, daß die bischöflichen Richter in Nurenberc, wie grausam auch immer sie Recht sprechen mochten, selbst die Geschichte geglaubt hatten, die sie den leichtgläubigen und ungebildeten Menschen erzählt hatten – daß Uqhart Paulis Tod durch Nekromantie herbeigeführt hatte. Sicherlich waren sie dafür viel zu gebildet. Aber warum hatten sie gehandelt, wie sie gehandelt hatten?

Während ich durch die Wälder ritt, dachte ich gründlicher über Einzelheiten meiner Vergangenheit nach, denen ich bislang wenig Aufmerksamkeit geschenkt hatte. Zum Beispiel über meine unerwartete Entlassung aus dem Kerker in Nurenberc, mit der Abt Quintus auf irgendeine Weise zu schaffen hatte. Und doch war es Quintus, der mir vor Uqharts Verbrennung den Urlaub verweigert hatte, um nach Nurenberc zu reisen. Ich konnte den Zusammenhang nicht erkennen, war aber sicher, daß es einen solchen gab.

Ich erinnerte mich an die Gruppe alter Männer, die am Tag des Turniers mit dem Grafen zusammengestanden hatten. Auch erinnerte ich mich an die Umstände, wie ich von Katrin getrennt worden war. Und an den Tod meines Vaters, meine plötzliche Abreise vom Hof zu Frankenburc. Inwiefern war ich für all diese Katastrophen verantwortlich, und inwieweit wurden die Ereignisse durch eine von mir nicht zu beeinflussende Macht gesteuert, die ich nicht verstand?

Ich war so sehr in diese Gedanken versunken, daß ich die Zeit und meinen Weg völlig vergaß. Die Gedanken kreisten in meinem Kopf, als befände ich mich im Mittelpunkt eines gewaltigen Rads, eines Mühlrads oder einer Tretmühle, angetrieben von Dämonen.

Nach drei oder vier Tagen trieb mich der Hunger wieder in menschliche Gesellschaft. Auf der Straße in der Nähe von Offenburg begegnete ich einer Gruppe Gaukler und Spielleute, und sie teilten ihr Essen mit mir. Als Gegenleistung brachte ich ihnen einige Lieder bei. Ich folgte ihnen für die Nacht in die Stadt. Den Nachmittag verbrachten wir singend und musizierend auf dem Hauptplatz. Abends setzten wir unsere Darbietungen im größten Gasthaus der Stadt fort. Wir kamen recht gut an und tranken bis zur Besinnungslosigkeit. Am nächsten Morgen waren sie fort, und ich war wieder allein. Es machte mir nichts aus. Ich spürte, daß sie mir den Weg gewiesen hatten, dem ich folgen mußte.

So begann ein Leben des ziellosen Treibens von Stadt zu Stadt, von Schenke zu Schenke, singend und musizierend, um Geld für Essen und Trinken zu bekommen. Ich schloß mich jedem an, der mich in seiner Gesellschaft haben wollte, und verließ sie auch wieder, sobald ich konnte. Mein größtes Vergnügen bestand darin, das Spiel der Gemütsbewegungen auf den Gesichtern meiner Zuhörer zu beobachten; wie konnte ich in anderen Gefühle wecken, wenn ich doch selbst nichts verspürte, da all meine Gefühle an Hildegunde gefesselt waren? Und jetzt empfand ich gar nichts mehr. Als wäre ich in meinem Innersten tot.

Manchmal ritt ich an den Burgen der Fürsten vorbei. Dann

war ich versucht, mich als Minnesänger vorzustellen und mein Glück zu versuchen, doch ich widerstand diesem Drang. Ich konnte den Gedanken, daß sie mich abwiesen oder gar auslachten, nicht ertragen. Trotz all meiner Gefühlstaubheit war ich von einem verbitterten Stolz besessen. Und ich war ruhelos; ich wollte an keinen Hof gebunden sein.

Trotz all meines inneren Aufruhrs blieb ein Gedanke immer gleich: Ich wollte mich mit Hildegunde vereinigen, nicht körperlich, sondern im Geiste. Ich hatte Geschichten über jene gelesen, die, wie Papst Gregorius, lange Zeiten abstinent gelebt und in der Folge wundersame Dinge erlebt hatten. Für einen wie mich wäre es sicherlich zuviel gewesen, Wunder zu erwarten, doch ich sehnte mich nach Buße und Aussöhnung mit Gott.

Ich war hin- und hergerissen zwischen dem Wunsch nach Rückkehr an vertraute Orte wie Frankenburc und Nurenberc und dem Drang, in unbekannte Gebiete im Westen weiterzureisen. Ich wußte, es gab Eremiten, die in Wäldern und Höhlen lebten, und eine meiner Überlegungen war, mir einen Platz zu suchen, wo ich als Einsiedler bleiben könnte, um auf diesem Weg Erlösung zu suchen. Andererseits genoß ich das Leben in den Gasthäusern. Theodor hatte mir eine stattliche Summe gegeben, und ich konnte mir jederzeit durch Gesang und Spiel Geld dazuverdienen.

Ich hatte nach wie vor das Bedürfnis, mich selbst von meiner Macht als Sänger zu überzeugen. Also spielte ich auf Jahrmärkten, in Schenken, auf Märkten, wo immer sich eine Gelegenheit bot. Der Zauber schien mich nie zu verlassen. Wann immer ich sang, fanden sich Zuhörer ein, zunächst nur aus Neugier, doch bald legte sich eine Art Bann selbst über die ungehobeltsten Zeitgenossen. Gelegentlich erfüllte mich eine Gefühl der Wärme, als seien die Lieder ein Mittel, verwandte Seelen zusammenzubringen, ein Bindeglied, geschmiedet durch die Zeit und durchsetzt von Erfahrungen, die ich in der Vergangenheit gemacht hatte – meine Schulzeit, die Zeit mit Katrin, mit Pauli, am Hof, mit Hildegunde –, und es schien mir, als ermöglichte die Wiederholung der Worte und Melodien einen flüchtigen Blick auf etwas Wesentliches in mir, wie ein fernes Fallen von goldbraunen Blättern in herbstlichen Gärten.

Meine Musik brachte mich mit vielen Menschen zusammen. Ich lernte einige reizende junge Frauen kennen, die wie ich umherzogen und versuchten, sich durchzuschlagen, indem sie ihren Körper oder ihre Lieder verkauften. Ich schlief nicht mit ihnen, machte mir aber einen Spaß daraus, für ein oder zwei Tage ihren ritterlichen Beschützer zu spielen. Sie müssen mich für einen merkwürdigen Kauz gehalten haben, aber andererseits fühlten sie sich auch geschmeichelt durch die höfliche Aufmerksamkeit, die ich ihnen zuteil werden ließ. Ich meinte ihnen einen Gefallen zu tun, indem ich ihnen wenigstens einmal in ihrem Leben zeigte, wie es sein könnte, geliebt zu werden. Oft schloß ich mich auch Söldnern an. Bei ihnen lief es immer gleich ab: Zuerst bedrohten sie mich, weil sie glaubten, ich könne mich nicht wehren, doch sobald sie erkannten, daß ich kämpfen konnte wie der Wackerste von ihnen, wurden wir die besten Freunde – zumindest für ein oder zwei Tage.

Dann waren da die unvermeidlichen Mönche, ständig auf Botengängen unterwegs von einem Kloster zum anderen. Sie waren meist froh, wenn ich mich ihnen anschloß. Ich kannte die klösterliche Lebensweise und konnte mit ihnen über gelehrte Dinge plaudern oder Kirchentratsch austauschen. Selbst junge Adlige waren erfreut, wenn ich mit ihnen ritt, da ich viel vom höfischen Leben wußte. Einige hatten sogar von meiner Heldentat auf der Frankenburc gehört. Aber ich war auf der Hut; es schien mir nicht ratsam, daß zu viele einflußreiche Menschen von meinem Verbleib wußten.

Ich ließ mich hierhin und dorthin treiben, wanderte mit den verschiedensten Reisenden. Schließlich beschloß ich, nach Chartres zu reisen, wohin ich ursprünglich mit Pauli hatten gehen wollen.

Das erste Mal nach meiner Trennung von Hildegunde brach ich zusammen, als ich meine beabsichtigte Pilgerfahrt nach Chartres einem gewissen Bruder Alfredus anvertraute, einem fetten und hochnäsigen jungen Benediktiner aus dem Rheinland. Ich glaubte, ihn mit meinem Entschluß zu beeindrucken, wo er doch auf seine eigenen Gelehrtheiten so stolz war. Aber ich erinnere mich noch genau an seine Worte: »Habt Ihr denn nicht gehört?« fragte er. »Die Kathedrale, die sich dort im Bau befand, ist bis auf die Grundmauern niedergebrannt.« Zu diesem Zeitpunkt führten wir unsere Pferde einen Waldweg entlang. Ich suchte einen Vorwand, um anzuhalten, und ermunterte ihn weiterzuziehen, sagte, ich werde später wieder zu ihm aufschließen.

Sobald ich allein unter den Bäumen war, fiel ich auf die Knie und ließ meinen Tränen freien Lauf. Ich weinte bitterlich bald eine Stunde lang, bevor ich mich zusammenriß. Voller Scham erinnerte ich mich daran, meinen Vater angelogen zu haben, als ich loszog, um mit Pauli zu singen, als ich sagte, daß wir auf Pilgerfahrt gingen. In diesem Augenblick verstand ich zum erstenmal, ruhig und bei klarem Verstand, was es wirklich bedeutete, Hildegunde verloren zu haben. Mein Leben hatte keine echte Substanz mehr, weder einen Sinn noch eine Richtung. Ich mußte ihm entweder ein Ziel geben oder aber einen Weg finden, es zu einem Ende zu bringen.

Ich begriff, daß für Selbsttötung immer noch zuviel Trotz in mir steckte. Wo sollte ich also nach einem Sinn suchen? Die Antwort lag auf der Hand. Ich würde zum Kloster bei Frankenburc zurückkehren und den Abt zur Rede stellen.

Zwei Wochen später war ich dort. Der Tag meiner Ankunft war kühl und wolkenverhangen. Das Grau des Himmels durchdrang alles. Wie anders doch alles war als an jenem ersten Tag, an dem ich mit Pater Jonathan hier ankam, als die Sonne strahlend am Himmel stand und alles friedlich und erhaben schien!

Als ich den vertrauten Weg zu den hohen Toren entlangging, fröstelte ich vor Aufregung und zog meinen Umhang fest um mich. Ich hatte Angst, jemandem vom Hof zu begegnen, der mich auffordern könnte, Rede und Antwort zu stehen, oder wissen wollte, was aus Hildegunde geworden war.

Ich läutete die Glocke am Tor, das ins Kloster führte. Ein mir unbekannter Novize ließ mich ein. Ich nannte ihm meinen Namen und sagte, ich müsse dringend Abt Quintus sprechen. Mein Ersuchen schien den Novizen zu beunruhigen.

Trotzdem tauchte Quintus bald darauf aus seinem Schreibzimmer auf der anderen Seite des Klosters auf und begrüßte mich herzlich wie einen alten Freund. Er stellte mir so lange Fragen, bis ich ihm auch die kleinste Kleinigkeit meines jüngsten Lebens erzählt hatte. Als wäre das noch nicht genug, drängte er mich, ihm zu beichten, hier und auf der Stelle, was ich gern tat, da ich meinte, dies könnte vielleicht der erste Schritt auf dem Weg zu meiner Aussöhnung sein, nicht nur mit ihm und dem Kloster, sondern auch und vor allem mit Gott und mir selbst.

Bei meinen Beichten bin ich immer unerbittlich ehrlich gewesen und nahm an, daß andere genauso ehrlich waren; ich habe der Autorität der Kirche stets vertraut, selbst wenn ich nicht mit ihr übereinstimmte. Nur in meinen dunkleren Augenblicken habe ich die Macht, die eine Beichte in die Hände des Beichtvaters legt, argwöhnisch betrachtet und gefürchtet.

Nach der Beichte führte mich der Abt in seine Privatkapelle, wo er nur für uns beide die Messe las. Dies war eine große Ehre, und die ganze Zeit fühlte ich mich wie der verlorene Sohn, der am Ende in den Schoß der Gemeinde zurückkehrte. Dann lud er mich in seine Gemächer ein, um ein einfaches Mahl mit Brot, Schinken und rohen Zwiebeln mit ihm einzunehmen. Die meiste Zeit redete er, und gelegentlich stellte er merkwürdige Fragen, die wenig Sinn für mich ergaben. »Was weißt du über Gebetsbruderschaften?« fragte er mich einmal mit seiner trügerisch herzlichen Stimme. Selbstverständlich hatte ich schon von solchen Gemeinschaften gehört; davon gab es zahlreiche – Bruderschaften, gegründet mit dem Zweck, für die Seelen bestimmter Verstorbener – Könige, Königinnen, Adlige und hochrangige Geistliche – zu beten. Obschon ich ausweichend antwortete, schien er doch zufrieden.

An anderer Stelle sprach er plötzlich über die Heldentaten, die Karl der Große im Verlauf seines Lebens vollbracht hatte. Wie es der Zufall wollte, hatte ich auf der Schule die Geschichte seines Lebens gelesen, daher überraschte mich nichts von dem, was er mir erzählte. Ich konnte ihn vielmehr sogar in dem einen oder anderen Punkt berichtigen.

»Du weißt sehr viel. Ich nehme an, du hast das alles *gelesen*?«

»Gewiß!« Zu diesem Zeitpunkt verstand ich den Zweck seiner Frage noch nicht.

Er redete weiter über Ruhm und Herrlichkeit der Kreuzzüge, über edle Heldentaten im Kampf, den tragischen und viel zu frühen Tod Barbarossas, daß wieder ein großer Kaiser gebraucht werde, um die Rückeroberung Jerusalems zu sichern und damit den Beginn des neuen Zeitalters einzuläuten. Was blieb mir übrig als ihm beizupflichten? Was blieb jedem Christen anderes übrig als beizupflichten? Doch warum sprach er mit mir darüber so ausführlich?

Schließlich brachte ich den Mut auf, die Frage zu stellen, die mir die ganze Zeit durch den Kopf ging. »Ich weiß nicht, wo ich schlafen soll«, sagte ich. »Darf ich eine Weile hierbleiben?«

Sein Blick schnitt mir das Wort ab. »Solange die Frankenburcer noch wütend auf dich sind? Und in Anbetracht deiner weltlichen Gesinnung und des großen Geschicks im Umgang mit Waffen? Der Graf würde dich jagen, und deine Anwesenheit im Kloster wäre wie ein zerstörerisches Krebsgeschwür.«

Das verletzte mich; aber es lag auch Wahrheit in seinen Worten. Nachdem er das klargestellt hatte, lächelte er mich freundlich an, blieb aber stumm.

»Warum haben sich der Graf und die Gräfin gegen mich gewandt?« fragte ich. »Beim Turnier habe ich mich doch zweifelsohne edel verhalten. Mit Sicherheit war auch mein Benehmen bei Hofe vorbildlich.«

»Entweder machst du dich über mich lustig«, erwiderte er, »oder deine Unkenntnis über Frauen ist größer, als ich glauben kann.«

»Dann war es also die Gräfin«, riskierte ich festzustellen.

»Ich habe in dieser Angelegenheit nichts weiter zu sagen.«

Sein Kinn war entschlossen vorgereckt, und ich begriff, daß ich nichts mehr bei ihm erreichen würde. Verzweiflung beschlich mich.

»Aber was soll ich denn tun?« platzte ich heraus und ließ meinen Kopf nach vorn in meine Hände fallen.

Dies schien das Zeichen zu sein, auf das er gewartet hatte. Er stand auf, kam zu mir und legte seine Hände auf meine Schultern.

»Ich kenne einen Propheten, einen Seher«, sagte er freundlich, aber bedächtig, »der am Hamersbach in der Nähe von Zell im Schwarzwald wohnt, nicht weit von der Burg Schouwenberg entfernt. Er ist seit vielen Jahren blind, und doch sieht er so manches, das uns anderen verborgen bleibt. Wenn du meine Meinung hören willst: Dies ist der Mann, den du aufsuchen solltest. Er heißt Antonius.«

Blitzartig erinnerte ich mich an den Blinden, den ich am Tag des Turniers mit Quintus gesehen hatte; das mußte Antonius sein. Aber wozu das ganze Getue um meine Person?

»Komm jetzt mit«, sagte er.

Mir standen noch mehr Überraschungen bevor. Er führte mich zum Wirtschaftsgebäude neben seinem Schreibzimmer, wo ein einzelner Sonnenstrahl durch das schmale Fenster in der hölzernen Wand fiel. »Das hier ist für dich«, sagte er. »Alles Silber. Als Ausgleich für unsere mangelnde Gastfreundschaft.«

Ich war wie vor den Kopf gestoßen. Womit hatte ich das verdient? Offensichtlich hatte ich eine Rolle in einem Spiel einzunehmen, das er einstudiert hatte, ich jedoch nicht.

Er führte mich zum Tor und umarmte mich mit scheinbar aufrichtiger Zuneigung. Über seine Abschiedsworte habe ich noch Monate und Jahre später nachgedacht: »Vergiß nicht, Walter: Alles, was wir tun, geschieht einzig um deinet- und des Gottesreichs willen. Wer weiß, wie sich alles entwickeln wird und welche Aufgabe du zu übernehmen hast?«

Der erste Teil der Reise, über die Berge im Westen Frankens, verlief vergleichsweise schnell, doch überall herrschte eine gedrückte Stimmung. Heinrich der Löwe war gestorben, und sein Tod brachte die Drohung eines Bruderkriegs mit sich. Zudem hatte es im letzten Jahr eine Mißernte gegeben, und im Land waren die ersten Anzeichen einer Hungersnot zu spüren.

Als ich Franken verließ und Schwaben betrat, wurde das Gelände schwieriger. In den schwäbischen Bergen herrschte schlimmer Hunger. In manchen Gegenden waren die Bauern bereits bis auf die Knochen abgemagert. Konnte Gott diesen Menschen wirklich ein solches Elend aufbürden wollen – Strafe für eine Sünde, die sie nicht begangen hatten – in diesem Leben und ewiges Fegefeuer im nächsten?

Ich erinnere mich an eine Vision, die ich am Vorabend des Johannistags in diesem Jahr hatte. Zwei Tage hatte ich schon nichts mehr gegessen und war unterwegs auch niemandem begegnet. Ich ruhte unter einem Baum und trank etwas Wasser, hing meinen Gedanken nach. Da sah ich am Himmel, nur für einen Augenblick, eine vollkommene geometrische Form; ein riesiger Kegel aus feinen Seiden- oder Silberfäden schien in der Luft zu hängen. Er schwebte dort für einen Augenblick, auch wenn ich die ganze Zeit über genau wußte, daß ich ihn mir nur einbildete, denn er stellte das System allen möglichen Wissens dar. Nur diesen einen Augenblick war mir absolut klar, wie das System funktionierte. Ich habe mich seitdem oft gefragt, ob es nur ein Traum gewesen war oder ob ich vielleicht einen flüchtigen Blick auf etwas ungeheuer Wertvolles geworfen hatte.

Schließlich gelangte ich nach Pforzheim, wo ich dann zum erstenmal beinahe der Versuchung der Dirnen erlag. Nach meiner langen Reise war ich schmutzig und wollte mich in einem öffentlichen Badehaus waschen. Wie fast überall war auch in dieser Stadt das Badehaus der Ort, wo die Dirnen auf Freiersuche gingen. Ich bemerkte, daß manche noch sehr jung – sechzehn, siebzehn, achtzehn Jahre – und sehr schön waren. Zwei von ihnen sprachen mich an, als ich gerade mein Bad nahm. Sie boten mir ihre Dienste an und begannen sich auszuziehen. Ich gab deutlich zu verstehen, daß ich nicht interessiert war. Trotzdem blieben sie bei mir, um ein wenig zu plaudern. Obwohl ich wußte, daß sie ein sündiges Leben führten, empfand ich sie als angenehme und obendrein hübsche Gesellschaft, und ich hätte ihnen gerne beigewohnt, wenn es nicht unsittlich gewesen wäre.

Eine von ihnen, Sophie, erklärte, sie sei fromm. Sie besuche regelmäßig die Messe und gebe einen Teil ihres Verdienstes der Kirche. Ich erkundigte mich, ob ein Priester sie über die Gefahren ihrer Lebensweise aufgeklärt habe. Ich erfuhr, daß er sie ganz im Gegenteil sogar dazu ermutigt habe und als Preis der Absolution ihre Dienste ohne Bezahlung in Anspruch nehme.

Bei meiner Ankunft in Pforzheim hatte ich mich so niedergeschlagen gefühlt, daß ich durchaus hätte in Erwägung ziehen können, meinem Vater und Uqhart in den Tod zu folgen; doch die Gesellschaft dieser beiden Mädchen richtete mich wieder auf. Ich dachte, wie wunderbar es wäre, ein Leben so wie sie zu führen, in aller Unschuld zu sündigen und als rein fleischliches Wesen zu leben. Ich überlegte sogar, ob vielleicht etwas von dieser Unschuld und Ungezwungenheit auf mich abfärben würde, wenn ich mich zu ihnen legte.

Die Straße, der ich aus Pforzheim zur Burg Schouwenberg folgen mußte, war grauenvoll. Ich mußte über schwierige Bergpässe und durch unwegsames Gelände. Es gab keine richtigen Pfade, der Boden war morastig nach kürzlichem Regen, und oft war das Unterholz so dicht, daß ich umkehren mußte und am Ende jede Orientierung verlor. Dann erschwerten mir die Berge, die aus der Ferne sanft und rund aussahen, durch jähe Schluchten, Steilhänge und undurchdringliche Wälder den Weg. Ich wanderte meilenweit, ohne einem einzigen Menschen zu begegnen, und oft genug mußte ich ohne etwas zu essen schlafen gehen, denn in manchen Gegenden gab es so wenig Menschen, daß ich mir keine Verpflegung kaufen konnte.

Vier Wochen nach Beginn meiner Reise erreichte ich die Burg. Es war bereits später Nachmittag, als ich zur Ebene unterhalb der Burg gelangte. Sie bot einen großartigen Anblick, hoch oben auf dem Gipfel eines Berges. Die Burg war aus rötlichem Sandstein gebaut, der vor dem Hintergrund des Abendhimmels leuchtete, als ich zu ihr aufschaute. Ich stieg hinauf, um mich nach Antonius zu erkundigen.

Oben angelangt, bemerkte ich, daß die Burg auf einer erheblich kleineren Grundfläche erbaut war als die Frankenburc, die auf einem abgeflachten Hügel steht. Als Ausgleich dafür hatten die Zähringer zwei hohe Türme von fünf oder sechs Geschossen über den großen Sälen errichten lassen. Der letzte Zähringer war schon eine ganze Weile tot, und die Gegend stand nun unter der Herrschaft einer Ministerialenfamilie, die sich nach der Burg den Namen Schouwenberg gegeben hatte.

Ich wurde von Herrn Heinrich und seiner Dame Mathilde herzlich empfangen. Schon bald sollte ich herausfinden, daß sie ein wirklich höfisches Leben führten, auch wenn sie keineswegs so reich und mächtig wie die Fürsten von Frankenburc waren. Es gab viele vornehme Leute an diesem Hof, die meine Lieder und meinen Gesang schätzten. Wäre ich jünger gewesen, hätte ich nicht so gelitten wie am Hof zu Frankenburc und wäre ich vor allem dort nicht Hildegunde begegnet, dann hätte ich mit Sicherheit sehr lange und glücklich am Hof von Schouwenberg leben können. Doch jetzt war es für mich unerträglich. Ich hatte mich zu sehr verändert. Ich begegnete nun allem und jedem nicht mehr mit Aufgeschlossenheit und Hoffnung, sondern mit Argwohn. Außerdem war es bereits Ende August, und ich wollte unbedingt wieder meiner Wege gehen, bevor die kalte Jahreszeit einsetzte.

Trotzdem könnte so für mich der Himmel auf Erden aussehen: Als Herr einer Burg wie Schouwenberg zu leben, hoch auf einem Berg gelegen, in einem Land, in dem immer Frühling ist, und mit Hildegunde als meiner Dame. Dort könnten wir uns nach Lust und Laune lieben, singen, tanzen und musizieren, und all unsere Höflinge wären unsere Freunde, Menschen, die wir kennen und lieben und die wir wegen ihrer besonderen Tugenden und Gaben ausgesucht hätten. Selbst die Diener wären unsere Freunde. Wir würden ihnen nicht auf jene überhebliche Art befehlen, wie es die meisten Adligen tun, denn als Freunde wären wir uns darüber einig, wer was zu tun hätte und warum. Die lästigen Pflichten wie Kochen und Nähen, Versorgung des Viehs und Anbau von Getreide und Gemüse würden von allen gemeinsam übernommen und mit Freuden angegangen, denn die Arbeit wäre leicht und böte uns gleichzeitig Gelegenheit, zusammenzusein. Viel Zeit würden wir mit dem Studium und dem fruchtbaren Austausch unseres Wissens verbringen. Alle würden als Paare leben, jeder Mann mit seiner Frau, und viel Zeit würde den Liebeskünsten wie auch dem Gottesdienst gewidmet.

Wüßte man doch nur, daß der Himmel tatsächlich so wäre, um wieviel leichter fiele es dann zu sterben.

Die Schouwenbergs sagten, daß Antonius von den Stadtbewohnern verehrt würde, weil sie glaubten, er bete ständig für ihre Stadt. Aus diesem Grund versorgten sie ihn mit Essen und Trinken und taten alles, um ihn nicht zu erzürnen, damit ihnen nichts Böses widerfahre.

Ich erhielt eine Wegbeschreibung zu Antonius, doch einige Tage später war ich immer noch auf der Suche nach seiner Klause, und nur weil ich unterwegs in jeder Schenke nachfragte, fand ich ihn schließlich. Hätte ein Wirt, der am Stadtrand von Zell wohnte, mir nicht seinen Sohn mitgeschickt, der mich zu Antonius' kleiner Hütte führte, wäre ich womöglich daran vorbeigegangen.

Die Reaktion des Jungen beeindruckte mich. Er muß zehn oder elf Jahre alt gewesen sein, doch trotz seiner jugendlichen Unbekümmertheit wollte er sich der Hütte, in der Antonius lebte, nicht zu sehr nähern. Es war, als sei der Ort von einer Art Aura umgeben, in die er nicht vorzudringen wagte.

An diesem Tag war es fast unerträglich heiß und das Sonnenlicht blendend hell. Lerchen sangen in den Bäumen, und über dem Wald lag ein so tiefer Frieden, als hätte es in der Welt nie eine Disharmonie gegeben, noch könnte es je eine geben. Der Himmel strahlte in einem satten Amethystblau.

Meine Laune besserte sich, als ich die Klause endlich sah. Sie kauerte unter einer großen Eiche am Fluß. Von außen betrachtet war die Hütte klein und kaum erwähnenswert. Sie neigte sich auf eine Seite, und man meinte, sie müsse jeden Moment einstürzen. Hätte ich nicht gewußt, daß es eine Klause war, wäre ich womöglich daran vorbeigegangen, ohne ihr weiter Beachtung zu schenken. Der Junge rannte davon, bevor ich mich bedanken konnte.

Als ich näher trat, sah ich, daß die Wände innen mit Bildern Unseres Herrn, der Jungfrau Maria und den Heiligen ausgemalt waren. Ein Tisch, der dem Einsiedler als Altar diente, war mit einem weißen Tuch bedeckt. Zwei Kerzen brannten darauf. Ich sah Antonius vor dem Altar knien, vermutlich in ein Gebet versunken.

Er schien meine Ankunft zu spüren, denn er drehte sich um und sah in meine Richtung. Ich sage »sah«, doch er konnte ja nichts sehen, wenigstens nicht in dieser Welt. Seine Augen waren völlig weiß, ihnen fehlten sowohl Iris als auch Pupille. Er war kahlköpfig, klein und recht stämmig, obwohl seine Bewegungen durchaus anmutig waren. Er trug eine braune Kutte. Die blinden Augen verliehen seinem Gesicht eine ehrwürdige und zugleich furchterregende Wirkung. Weil er das Licht dieser Welt nicht sehen konnte, befürchtete ich, er könne im Licht des Geistes um so deutlicher sehen, und ich sorgte mich, was er wohl in mir lesen würde.

Als ich vor ihm stand, veränderte sich seine Miene. Er schloß die Augen und lächelte auf eine beinahe freundliche Art.

»Willkommen«, begrüßte er mich auf deutsch. »Was kann ich für dich tun?« Seine Stimme war liebenswürdig, doch er betonte seine Worte auf eine merkwürdige Weise. Ich verstand, warum die Leute behaupteten, er sei entweder ein Prophet und Mystiker oder aber verrückt.

»Ich komme, um einen Rat zu erbitten«, begann ich. Ich sprach Latein, um ihm anzudeuten, daß ich ein gebildeter Mann war, wie niedrig mein Stand in der Gesellschaft auch immer sein mochte. Ich bat ihn, mir die Beichte abzunehmen, und kniete vor ihm nieder, um ihm meine Lebensgeschichte zu erzählen.

Am Anfang nickte er bloß und sagte »Ja... ja«, als habe er in seinem Leben schon so viele Beichten gehört, daß es sich kaum lohne, einer weiteren zuzuhören, weshalb er es vorzog, die Sache so schnell wie möglich hinter sich zu bringen. Einige Male unterbrach er mich sogar mit bedeutungslosen Bemerkungen. Zum Beispiel fragte er, ob ich es merkwürdig fände, daß er bemalte Wände hatte und Kerzen entzündete, wo er sie selbst doch gar nicht sehen konnte. Er sagte, er habe die Bemalung der Wände sogar beaufsichtigt, da die Ikonographie gewisse Geheimnisse der mystischen Welt reflektiere, die er gesehen habe.

Da waren tatsächlich geheimnisvolle Muster, die ich zuvor nicht bemerkt hatte. Um die Bilder der Heiligen und Engel zogen sich eigenartige Motive, darunter Raupen und Schmetterlinge. An der linken Wand befand sich eine große Schlange, deren Schwanz zu einer Spirale gewickelt war. Auf der rechten Wand bemerkte ich außerdem das Zeichen für die Unendlichkeit, das in mit von Null bis Einundzwanzig numerierte Abschnitte unterteilt war. In jedem dieser Abschnitte befand sich ein Symbol, und um das gesamte Zeichen waren eigentümliche Bilder angeordnet. Genau in der Mitte war ein Rad, über das an Affen erinnernde Tiere liefen. An anderer Stelle war ein knocheneinsammelndes Skelett und dort ein mit dem Kopf nach unten hängender Mann, dann ein Streitwagen, ein Löwe und vieles mehr. Die Zeichen können durchaus die gleichen gewesen sein wie jene auf dem Diagramm, das ich dir gegeben habe, Philippos; aber sicher bin ich nicht. Die Sonne brannte so glühend herab, daß sich die Bilder von der Wand zu lösen und lebendig zu werden schienen.

Ich fragte ihn nach der Bedeutung der Zeichen. Meine Neugier war geweckt, da ich seit Uqharts Büchern nichts mehr so Merkwürdiges und gleichzeitig Schönes gesehen hatte. Ich überlegte, ob sie ein mir bislang unbekanntes gedankliches Modell darstellten, ein Mittel, die Welt und den christlichen Glauben zu verstehen.

Antonius erklärte, ein solches Wissen sei ausschließlich Eingeweihten vorbehalten.

Ich setzte meine Beichte fort, noch immer unsicher, ob ich es mit einem gelehrten Seher oder einem Verrückten zu tun hatte. Er kam mir gedankenverloren vor, und ich hatte den Eindruck, daß er mir überhaupt nicht zuhörte.

Dann begann er vorwegzunehmen, was ich ihm berichten wollte.

Bevor ich es ihm erzählte, wußte er von Uqharts Verbrennung, vom Schicksal meines Vaters, vom Ausgang des Turniers, ja sogar von meinen Wanderungen während der letzten Wochen. Ich konnte einfach nicht glauben, was ich da hörte.

Er redete in einem gutmütigen Singsang und auf eine Weise, die nahelegte, es sei völlig belanglos, da absolut offensichtlich. Er nickte dabei mit dem Kopf wie jene, die bei einer Unterhaltung ständig die Sätze wiederholen, die man gerade gesagt hat. Für gewöhnlich wertet man so etwas als Zeichen von Tumbheit; doch Antonius wiederholte nichts, er nahm vorweg.

Es war unheimlich. Geheimnisse von sich selbst einem anderen zu offenbaren, setzt einen gewissen Mut voraus. Man hat immer Angst, den Zuhörer aus der Fassung zu bringen. Aber hier stand mir jemand gegenüber, der sich nicht nur nicht aus der Fassung bringen ließ, sondern der mich auch besser kannte als ich selbst. Tatsächlich waren seine Antworten so nüchtern und sachlich, so kenntnisreich, daß ich, wie ich dort vor der Hütte in der Spätnachmittagssonne kniete und redete, das Gefühl hatte, dieser blinde, glatzköpfige Mann sei keine eigene Person, sondern ein Teil von mir, den ich immer schon gekannt hatte, dessen ich mir aber noch nie bewußt gewesen war.

Was dann geschah, war noch merkwürdiger. Nachdem ich gebeichtet hatte, erteilte er mir die Absolution.

Da ich die seltsamen Bilder an den Wänden gesehen hatte und Zeuge seiner Weissagungskraft geworden war, machte ich mir Sorgen, die Form seiner Absolution könnte möglicherweise heidnische oder magische Elemente enthalten. Ich war fiebrig, fügte mich aber. Er bot mir an, mit ihm eine Messe zu sprechen. Dies tat ich, und ich empfing die heilige Kommunion. Die von ihm benutzten Worten folgten treu der christlichen Liturgie.

Gerade als wir die Messe gemeinsam beendeten, als die Schlußworte gesprochen waren, warf er sich mir zu Füßen und bedeckte sie mit Küssen. Er atmete stoßweise und stieß leise Grunzlaute aus. Zuerst hatte ich Angst, dann wurde mir bewußt, daß er weinte. Wegen seiner glasig weißen und mißgebildeten Augen waren diese animalischen Laute die einzige Form, die sein Weinen annehmen konnte.

Ich war erstarrt vor Verlegenheit, daß dieser heilige Mann mich so ehrte, und gleichzeitig fürchtete ich, es sei überhaupt keine Ehre, da er ein Verrückter war.

Schließlich gelang es mir, ihm auf die Beine zu helfen und zu fragen, was denn mit ihm sei.

Was er dann sagte, sollte mich nicht mehr loslassen. Noch Jahre später glaubte ich, mich selbst nicht zu kennen und in gewisser Weise ein Doppelleben zu führen.

»Nimm's nicht so schwer«, sagte er, »daß du von Hildegunde

getrennt worden bist, denn, wie du ja weißt, wartet auf dieser Erde wichtige Arbeit auf dich, und Hildegunde wäre dir dabei nur im Wege…« Er sagte, »wie du ja weißt«, immer wieder, gerade so, als wüßte ich wirklich bereits alles, was er mir sagte. »Du weißt ebenfalls«, sagte er, »daß es nur gut für dich war, von den spirituellen Gefahren befreit zu werden, die von Katrin und Uqhart ausgingen…«

Allmählich verlor ich die Geduld. »Welche Aufgabe soll ich angeblich übernehmen?« fragte ich. »Und was sind das für spirituelle Gefahren?«

»Der Jüngste Tag«, sagte er. »Es geht um deine Rolle beim Jüngsten Tag. Aus diesem Grunde ist es wichtig, daß deine Seele rein bleibt.«

Ich war so schockiert, daß ich nichts anderes tun konnte, als eine Erklärung von ihm zu erbitten.

»Es gibt Männer«, sagte er, »die Diagramme zu lesen wissen und den Verlauf des Firmaments aufzeichnen; und diese Männer interessieren sich seit deiner Geburt für alles, was dich betrifft. Wie sonst hätte ein armer Stellmacher wie du eine Ausbildung in Babenberch erhalten sollen? Ich selbst besitze als Folge meines Lebens in völliger Andacht die Gabe des Sehens, ich hatte Visionen, welche die Aussage der Diagramme bestätigen, die andere gelesen haben…«

Was er mir dann weiter berichtete, empörte mich. Er gab mir das Gefühl, daß ich nie wirklich ich selbst gewesen wäre, und alles, was ich jemals empfunden und geliebt hätte, wären lediglich Marginalien eines entsetzlichen göttlichen Plans. Mein Selbstbewußtsein sank immer tiefer. Meine Gedanken überschlugen sich, als ich mich an andere Unterhaltungen erinnerte, die ich über Bruderschaften des Gebets geführt hatte, an meine Vision des heiligen Johannes, an Dinge, die ich über den Jüngsten Tag gehört hatte, den Letzten Kaiser, den neuen Karl den

Großen und die Kreuzzüge. Ich erinnerte mich an den großen Priester, der meinen Vater aufgesucht hatte, als ich noch mit Katrin zusammen war. Ich erinnerte mich an die Geheimniskrämerei, die Uqarts Prozeß umgab. Ich erinnerte mich an die weitschweifigen Worte des Johannes von Ulm, und ich erinnerte mich, wie jäh sich mein Schicksal am Hof gewendet hatte, als meine Beziehung zu Hildegunde bekannt wurde. Plötzlich erkannte ich, daß alle diese Leute irgendwie miteinander zu tun haben mußten und es Mächte gab, die mein Leben heimlich lenkten und beeinflußten. Doch ich verstand nicht, warum oder wie.

Ich bekam einen Wutanfall und tat etwas, das ich noch Jahre später bereuen sollte. Statt Antonius einfach reden zu lassen, statt ihm zu erlauben, über mich zu denken, was er wollte, bedrängte ich ihn wütend, mir sofort zu sagen, wer sonst noch in die Verschwörung verwickelt war.

Er gab mir keine Antwort. Ich versuchte, ihn zu provozieren, indem ich ihn beschuldigte, für den Tod Uqharts und meines Vaters verantwortlich zu sein. Seine einzige Reaktion bestand darin, sich zum Altar umzudrehen, sich niederzuknien und wieder zu beten.

Fremde Worte kamen aus seinem Mund, als er betete. Es war dieselbe Sprache, die ich damals als Elfjähriger auf dem Nachhauseweg von der Ernte gesprochen hatte. Es war die Geheimsprache, in der ich in Zeiten großer Sorge und Not immer noch betete. Mir gefiel die Vorstellung, dies sei die Sprache der Engel, von der der heilige Paulus geschrieben hatte. Und dieser Mann benutzte sie!

Ich war verblüfft. Am Ende entfernte ich mich in meiner ohnmächtigen Wut schnellen Schrittes von der Hütte, schwang mich auf mein Pferd und preschte mit aberwitziger Geschwindigkeit davon, nur fort von diesem unerträglich bedrückenden Ort. Ich wiederholte mir immer wieder, daß Antonius ein törichter alter Mann war, der zufällig etwas über mich aufgeschnappt und es zu einem aberwitzigen Hirngespinst verwoben hatte, um es den Verirrungen seines schwindenden Verstandes anzugleichen.

Gegen Abend hatte ich Offenburg erreicht. Damals ging ich zum erstenmal zu einer Dirne – um vor mir selbst zu fliehen, um den Gedanken zu entfliehen, die mir immer wieder durch den Kopf kreisten.

Die Erfahrung war niederschmetternd. Sie war durchaus hübsch anzusehen, doch den Geschlechtsakt mit ihr zu vollziehen war eine traurige Groteske, eine Verhöhnung dessen, was ich mit Hildegunde erlebt hatte. Die ganze Zeit über spürte ich Hildegundes Anwesenheit. Es war fast so, als sei sie bereits tot und ihr Geist sei da, um mich zu warnen und zu ermahnen. Es gab kein Entrinnen.

Ich blieb drei Tage bei der Hure in der Stadt, bis ich den Anblick des armen Mädchens nicht mehr ertragen konnte und meine Neugier über das, was Antonius gesagt hatte, am Siedepunkt angelangt war. Dann ritt ich selbst wie ein Irrer zurück nach Zell, um Antonius zur Rede zu stellen, wobei ich mir schwor, diesmal ruhig zu bleiben.

Es war schon nach Mittag, als ich dort ankam, und eine lodernde Sonne brannte auf das Land hernieder. Ich kehrte wieder an diesselbe Stelle zurück, wo ich Antonius getroffen hatte. Es war zweifelsohne der richtige Ort: Ich erkannte den Pfad, die große Eiche, alles, sogar das Muster der Steine auf der Erde. Nur war da jetzt kein Antonius mehr, keine Klause, kein Haus, nichts – nur verbranntes Holz und Asche, wo zuvor seine Hütte gestanden hatte.

Ich bekam fürchterliche Angst. Ich fragte mich, ob ich nun wirklich verrückt geworden war, ob ich mir nur eingebildet hatte, ihn getroffen zu haben. Wie war das Feuer entstanden?

War Antonius angegriffen worden? War er aus freien Stücken gegangen? Hatte jemand das Feuer gelegt? Wer?

Völlig verwirrt ritt ich wieder nach Zell und fragte jeden, den ich finden konnte, was seiner Meinung nach aus Antonius geworden war. Zu meiner Überraschung wußte niemand etwas oder scherte sich nicht darum. Anscheinend war er nicht zum erstenmal auf diese Weise verschwunden, aber am Ende doch immer wieder in die Gegend zurückgekehrt.

Danach stürzte ich mich in ein zügelloses und ausschweifendes Leben. Ich hatte alle Hoffnung auf Hildegunde oder ein gottgefälliges Leben aufgegeben und schlief mit jedem Mädchen oder jeder Dirne, die mir über den Weg lief. Ich betrank mich in jeder Schenke, auf die ich zufällig stieß, und achtete darauf, daß meine Börse durch Gesang gefüllt blieb, wann immer sich die Gelegenheit bot.

Ich wurde wie die Goliarden, die wüsten Vaganten. Ich akzeptierte, daß ich verdammt war. Nichts nahm ich ernst. Ich lachte über mich und die Welt. Daraus ergab sich eine gewisse Beliebtheit bei anderen entwurzelten und unsteten Männern. Ein gelehrter Mann, der sich über seine Gelehrtheit lustig macht, ein Mann, der einmal Mönch gewesen war und doch über Mystiker spotten kann, ein Mann, der singen kann und seine Kunst doch nicht zu wichtig nimmt – ich nehme an, so muß ich wohl gewirkt haben. Solche Männer sind allzeit beliebt – und entbehrlich.

Ich wagte nicht, zu lange an einem Ort zu bleiben. Nach meiner Begegnung mit Antonius befürchtete ich, jene, die sich in meiner Vergangenheit für mich interessiert hatten, könnten mich einholen. Vielleicht war es die Angst, daß sich als wahr herausstellen könnte, was Antonius gesagt hatte, die in mir den Wunsch weckte, mich wegzuwerfen, zu beweisen, daß ich völlig durchschnittlich war, gewöhnlich und unfähig, eine besondere Aufgabe in dieser Welt zu übernehmen. Der Gedanke, von Gott oder dem Schicksal für eine bedeutende Rolle auserwählt worden zu sein, wirkte auf mich eher abstoßend.

Ich versuchte, den dunklen Gedanken, die mich weiterhin heimsuchten, zu entkommen. Ich redete mir ein, daß alles, was ich in meinem Leben bislang gelernt, gesagt oder getan hatte, nichts als Lüge und Täuschung war. Ich schrieb immer noch Lieder, aber es waren spöttische, derbe Stücke wie die von Pauli.

Trotz all meiner Versuche, mich über die Religion und den Glauben lustig zu machen, gab es doch auch Momente, an denen ich bei der Erinnerung an meine Vision des heiligen Johannes zitterte. Die Vision kam mir immer wieder in den Sinn. War es wirklich der heilige Johannes, der mir erschienen war? Stand die Apokalypse wirklich unmittelbar bevor? Ich hatte von den Predigten des Joachim von Fiore gehört. Der Gedanke, daß ich eine Rolle zu spielen hatte, erschien mir einfach lächerlich. Bestimmt waren all diese Visionen nichts weiter als meine eigenen irren Hirngespinste. Oder waren sie mir von Teufeln eingeflüstert, um mich auf die Probe zu stellen? Woher sollte ich wissen, ob sie wahr waren oder nicht?

Den ganzen Herbst und Winter hindurch trieb ich von Dirne zu Hure, von Burg zu Burg, von Schenke zu Gasthaus. Ich trank und sang mit vielen Menschen, die meisten anständige Leute, selbst die Gauner und Huren. Ich sehnte mich danach, wie sie ein Leben ohne Gewissen führen zu können. Doch ich konnte nicht. Noch konnte ich irgend etwas tun, um den Lauf meines Lebens zu ändern. Ich fühlte mich gefangen im Drehen des großen Schicksalsrades, ohne jedoch irgendeine Bedeutung in seiner Bewegung erkennen zu können oder zumindest nicht mehr als im Fallen der Würfel.

11

Kraft

Im Jahr des Herrn 1196 hatte die Hungersnot ungezählte Tote unter den Armen gefordert. Unser Kaiser Heinrich kämpfte für seinen Plan, ein Erbreich zu schaffen. Sein Sohn sollte ohne eine Wahl die Krone erhalten, damit das Land zur Ruhe käme. Wenn er doch nur Erfolg gehabt hätte.

Es gab Gerüchte, daß mehrere Leute einen geisterhaften Reiter auf einem schwarzen Pferd gesehen hätten. Sie hatten versucht fortzulaufen, doch er holte sie ein und sagte, sie bräuchten keine Angst zu haben, denn er sei der alte König Dietrich von Bern. Eher sollten sie Angst vor der Zukunft haben, denn das Heilige Römische Reich würde schon bald in Elend und Katastrophen vielfältiger Art versinken.

An einem Tag im März dieses Jahres kehrte ich in einem Gasthaus ein. Es war eine schmuddelige Spelunke mit nur wenigen Tischen, ein paar Ballen Stroh und einem größeren Tisch, an dem Wein und Bier ausgeschenkt wurden. Die Kerzen sorgten jedoch für ein recht gutes Licht, was schon mehr ist, als von manch anderen Gasthäusern gesagt werden kann.

In der Spelunke befanden sich bereits einige andere Männer, darunter einer, der wie ein heruntergekommener Adliger aussah. Er war drahtig, hatte eine fleckige Haut und große, starre gelbliche Augen. Seine Kleidung mußte einst von guter Qualität gewesen sein, war jetzt jedoch zerrissen und schmutzig. Einer der Gäste fragte, was die Stadt an Dirnen zu bieten habe. Der drahtige, gelbäugige Mann begann daraufhin sofort, Aussehen und Fertigkeiten einer gewissen Katrin zu loben, einer Hure, die an ihren langen, rotbraunen Haaren und ihrem musikalischen Können zu erkennen sei. Er machte derbe Witze darüber, wie gut sie Flöte spielen könne (sowohl ansaugen als auch blasen). Ausnahmsweise stimmte ich nicht in das Gelächter ein. Ich spürte, wie mir das Blut aus dem Gesicht wich. Konnte dies meine Katrin sein?

Als der Mann hörte, daß er ans andere Ende der Stadt gehen müsse, um diese Katrin zu finden, beschloß er, sein Vergnügen doch lieber im Hurenhaus um die Ecke zu suchen. Ich saß da und trank noch etwas, aber schließlich siegte meine Neugier, und ich bat den fleckigen Adligen um eine genauere Beschreibung dieser Katrin.

Der Mann bestand darauf, mich selbst dorthin zu begleiten. Vielleicht hatte er eine gewinnbringende Vereinbarung mit der Frau, vielleicht suchte er auch einfach nur einen anderen Gesprächspartner.

Er führte mich in den ärmsten Teil der Stadt, wo die meisten Häuser kaum mehr als Hütten waren. Diejenige, vor der wir schließlich stehenblieben, war größer als die anderen und die Tür durch mehrere Riegel gesichert. Ich war überrascht, daß sich mein Magen aus Angst und Erregung verkrampfte, als er an die Tür klopfte und rief, er bringe einen Freier.

Dann öffnete sich die Tür, und ein Gesicht tauchte auf. Es war verhärmt, grell geschminkt, pockennarbig, geschunden und mit Flecken übersät, die von dem weißen Puder kaum verdeckt wurden. Aber es war Katrins Gesicht. Sie war in der kurzen Zeit entsetzlich gealtert.

Zunächst erkannte sie mich nicht, sondern schenkte mir ein

buhlendes Hurenlächeln. Die dunklen Ringe unter den Augen und die geschminkten Dirnenlippen verwandelten ihr Gesicht in eine Karikatur des Gesichts, das ich einmal so geliebt hatte. Als sie die Tür ganz aufmachte, sah ich, daß sie immer noch einen recht annehmbaren Körper hatte, auch wenn sie erheblich magerer geworden war – vielleicht aufgrund von Krankheiten. Sie trug ein enganliegendes, dunkelrotes Wollkleid mit einem ungewöhnlichen Muster in roter, blauer, gelber und grüner Farbe. Es wirkte abstoßend, überhaupt nicht verführerisch; eine geisteskranke Frau hätte eine solche Kleidung gewählt.

Ich begrüßte sie. Als sie meine Stimme hörte, erkannte sie mich.

»Walter. Du bist es.« Ihre Stimme hatte sich verändert; sie war krächzend und spöttisch. »Komm doch rein, Walter. Und du... geh weg!« fuhr sie den Mann an, der mich zu ihr gebracht hatte.

Im einzigen Zimmer ihres Hauses brannte ein Feuer. Es beleuchtete ihr Gesicht. Alles andere lag im Dunkeln.

Es herrschte ein langes Schweigen. Ich bedauerte bereits, überhaupt gekommen zu sein. In der Luft hing der unangenehme Geruch von Kräuterduftstoffen, wie manche Huren sie benutzen, doch es war noch etwas anderes dabei. Ich war nicht sicher, was genau es war – Harn vielleicht oder irgendeine Arznei. Es drehte mir den Magen um. Der Feuerschein war rötlich. Ich spürte etwas Böses, Unheilverheißendes. Noch nie war ich mit einem Freudenmädchen an einem solchen Ort gewesen. Die Dirnen, die ich mir suchte, waren gewöhnlich glückliche, dumme Mädchen. Hier war es anders.

Das Schweigen hielt eine ganze Weile an; ein beklommenes, unangenehmes Schweigen, das sie bissig-spöttisch mit der Frage beendete, was ich wolle. Sie öffnete ihr Kleid und zog mich an sich. Ich sah die ersten Brüste, die ich liebkost hatte, jetzt geschrumpft und welk – durch Alter und Krankheit, vermutete ich. Irrigerweise fragte ich mich, ob es in Anbetracht ihres Gewerbes wohl unhöflich sei, geschlechtliche Handlungen abzulehnen. Ich war viel zu erschüttert, um so etwas zu wollen. Ich löste mich von ihr und fragte statt dessen, was nur aus ihr geworden war.

Zuerst sagte sie gar nichts, also erzählte ich, ich sei Mönch gewesen und ein Mann des Hofes, auch hätte ich in einem Turnier gekämpft, doch mein Glück habe mich jetzt verlassen.

Urplötzlich bekam sie einen Wutanfall. »Warum bist du mir nicht gefolgt?« schrie sie mich an. »Warum hast du zugelassen, daß ich so enden mußte? Du hast gesagt, du liebst mich. Ich nehme an, du bist jetzt wegen deinem heißgeliebten Sohn hier, stimmt's? Tja, der ist tot. Er ist mit sechs Monaten am Fieber gestorben.«

Ich blieb völlig reglos. Ich fühlte mich benommen. Konnte sie wirklich einen Sohn von mir gehabt haben? Oder sagte sie das nur, um mich leiden zu sehen. Ihr Gesichtsausdruck war aufrichtig; niemand hätte diesen anklagenden Blick vortäuschen können. Ich versuchte mich zu erinnern, was ich während dieser fünfzehn Monate getan hatte, als sie mit meinem Sohn schwanger gewesen war und sich dann um ihn gekümmert hatte. Ich dachte an das Leben bei meinem Vater, an meine gescheiterte Reise mit Pauli. Ich dachte an meine Zeit im Kloster, an das Leben bei Hofe. Und die ganze Zeit hatte ich einen Sohn gehabt, den ich jetzt nie mehr kennenlernen würde.

Ein selbstsüchtiger, gehässiger Gedanke kam mir in den Sinn: Warum hatte diese Frau meinen Sohn geboren und nicht Hildegunde? Aber das hatte ich nur mir selbst zuzuschreiben. Ich hatte die Wahl. Ich mußte nicht mit ihr schlafen, mit keiner von beiden.

»Wie war er?« fragte ich dümmlich.

Sie gab mir keine Antwort, starrte mich nur haßerfüllt an. Ihr

Kleid stand immer noch offen. Das waren die Brüste, an denen mein Sohn getrunken haben mußte. Sie bemerkte, daß ich sie anstarrte, und schloß ihr Kleid. Das Elend war wie eine greifbare Aura um sie herum, die den ganzen Raum ausfüllte, mich zu verschlingen drohte, wenn ich sie nicht in Schach hielt.

»Er hatte dein Gesicht, Walter, deine Augen«, sagte sie. »Du Schwein, du Lügner…« Sie brüllte mich an, belegte mich mit jedem erdenklichen Schimpfwort.

Ich rührte mich nicht. Ich konnte ihr nur recht geben. Ich machte mir nur Sorgen, daß jemand draußen sie hören und es zu einem Auflauf kommen könnte. Ich fürchtete, sie würde handgreiflich werden. Schließlich ging ihr die Luft aus. Sie warf sich aufs Bett und begann zu schluchzen. Eine ganze Weile blieb sie dann dort liegen.

Ich erinnerte mich, wie es gewesen war, als wir in der Mühle zusammen waren und in der Nähe von Nurenberc durch die Wälder wanderten. Ich erinnerte mich an jenen Abend, an dem ich sie zum letztenmal sah und sie sagte, ihr Stiefvater und Bruder hätten sie jedem gegeben, der sie hatte haben wollen, ich wäre der einzige, der je nett zu ihr gewesen sei. Damals war ich bloß empört über das, was sie sagte. Jedes Mitleid, das ich für sie empfunden haben könnte, wurde von Selbstmitleid und meinem gekränkten, ach so kostbaren Reinheitssinn ertränkt.

Jetzt aber setzte ich mich neben sie und wiegte sie wie ein Kind in den Armen, auch wenn es mich Überwindung kostete, sie zu berühren. Ich brachte sie schließlich dazu, mir zu erzählen, was an jenem letzten Abend geschehen war, den wir auf dem Jahrmarkt zusammen verbracht hatten.

Unter Schluchzen sagte sie schließlich, daß sie, während ich fort war, um Bier zu holen, von Männern angesprochen worden sei, die sie in eine Seitengasse führten. Zunächst dachte sie noch, sie wollten nur tanzen, wogegen sie überhaupt nichts hatte, doch sie sagten, sie würden ihr weh tun, falls sie schrie. Sie und ihre Familie seien in Nurenberc nicht mehr willkommen. Sie müßten am nächsten Morgen die Stadt verlassen. Auf gar keinen Fall dürfe sie mich wiedersehen. Sie sagten, ihre Familie habe ebenfalls Besuch erhalten. Sie stießen sie zwischen sich hin und her, grapschten sie ab, drohten damit, sich an ihr zu vergehen, ließen schließlich von ihr ab und verschwanden.

Sie hatte heillose Angst, suchte mich noch eine Weile, konnte mich aber nirgends finden. So war sie nach Hause gestürmt, wo ihre Familie bereits alles zusammenpackte. Zuerst wollte niemand mit ihr reden. Dann kam es zu einem furchtbaren Streit, als ihr Vater und Stiefbruder sie beschuldigten, schuld an ihrem Unglück zu sein.

Ihre Familie war tatsächlich von zwei Männern aufgesucht worden. Der eine war ein großer, bärtiger Kirchenmann mit glühenden Augen. Ihrer Beschreibung nach erkannte ich sofort, daß es derselbe Mann gewesen sein mußte, der auch bei meinem Vater gewesen war – Tremgistus. Der andere war ein großer, kräftig aussehender Mann, nicht mehr jung, etwa vierzig, mit kupferroten Haaren. Er war gekleidet wie ein Adliger und hatte Ringe an den Fingern, die, wie er Katrins Familie sagte, königliche Insignien trugen. Er legte ihnen eine schriftliche Verfügung vor, die es ihnen untersagte, sich weiter in Nurenberc und einem Gebiet von vierzig Meilen rund um Nurenberc aufzuhalten.

Katrin sagte, sie habe keine weiteren Einzelheiten in Erfahrung bringen können, da ihr Vater und Stiefbruder angefangen hätten, sie zu schlagen. Schließlich habe ihre Mutter ihnen Einhalt gebieten wollen, doch dies gelang ihr nur, indem sie selbst die Schläge einsteckte, während Katrin aus dem Haus flüchtete. Seitdem hatte sie ihre Familie nicht mehr wiedergesehen.

Sie war noch einmal zum Tanz zurückgekehrt, immer noch in der Hoffnung, mich zu finden. Zu diesem Zeitpunkt mußte ich wie wahnsinnig durch die Wälder Nurenbercs geirrt sein. Da sie mich nicht fand, schloß sie sich dem Sänger, der ihr gegenüber diese unflätigen Gesten gemacht hatte, ihrem einstigen Liebhaber, an. Sie hatte die Hoffnung aufgegeben, mich wiederzufinden. Eine Zeitlang war sie dann mit den Sängern umhergezogen und hatte ihrem früheren Liebhaber erlaubt, mit ihr zu schlafen, nur weil er das wollte. Dies dauerte etwa vier, fünf Monate, bis klarwurde, daß sie schwanger war – und der Sänger ihr den Laufpaß gab.

Sie war dann von Stadt zu Stadt gezogen, von Mann zu Mann, bis sie schließlich meinen Sohn gebar. Doch sie konnte sich nicht angemessen um ihn kümmern, und so war er am Fieber erkrankt und nach sechs Monaten gestorben. Danach rutschte sie schnell ins Leben einer gewöhnlichen Dirne ab, und seither hatte sie so gelebt. Anfangs hatte sie noch etwas Glück gehabt; einige reiche Adlige und Stadtbürger hatten sie regelmäßig besucht. Doch sie wurde krank, und nun mußte sie nehmen, was ihr über den Weg lief. Manche Männer schlugen sie. Sie konnte nichts dagegen tun.

Während sie sprach, blickte ich sie an. Gelegentlich sah ich das junge Mädchen hindurchschimmern, das ich einmal geliebt hatte – eine Bewegung, eine Geste, eine sprachliche Eigenheit. Sie fragte, ob ich sie mitnähme. Wie sollte ich? Der eine Mensch, den ich liebte, war Hildegunde. Ich würde die Demütigung nicht ertragen, eine Frau mit mir herumzuschleppen, die als gewöhnliche Hure gelebt hatte. Ich konnte weder ihre Gesellschaft noch die Verantwortung oder die Schmach ertragen. Ich bot ihr Geld an und Hilfe, aber ich bot ihr nicht an, sie mitzunehmen.

Als ich ihr Geld anbot, bekam sie einen weiteren Wutanfall, erbitterter und verzweifelter als der erste. Sie brüllte und schrie und ging schließlich auf mich los, zerkratzte mir mit den Nägeln das Gesicht, beschimpfte mich, sagte, ich habe ihr Leben zerstört. Als sei sie völlig verrückt geworden, als habe sie all das Leid, das sie hatte erdulden müssen, und das Erzählen davon sie endgültig in den Wahnsinn getrieben.

Ich war zutiefst erschrocken. Ich hatte nicht gedacht, daß sie zu solcher Gewalttätigkeit fähig war. Es war zuviel. In den letzten Monaten hatte ich nur meiner Vergangenheit entkommen wollen, und hier war sie, in Fleisch und Blut, und schrie mich an, klagte mich an, zerrte an mir. Das alles wollte ich vergessen. Ich wollte den Frieden, der von der Erfüllung des Fleisches kommt. Ich stieß sie zurück und zwängte mich aus der Tür.

Ich drehte mich noch einmal um. Sie war völlig außer Atem und hatte aufgehört zu brüllen. Sie war häßlich. Noch nie hatte ich jemanden gesehen, der so häßlich aussah. Sie fauchte mich an, ich solle gehen und nie mehr zurückkommen.

Das ist meine letzte Erinnerung an sie. Ich habe nie mehr über mein Kind herausgefunden, obwohl mich der Gedanke an diesen Sohn nicht mehr losläßt, genausowenig wie der Gedanke, daß er noch leben könnte, wenn ich mich richtig verhalten hätte.

Ich ließ mich weitertreiben. Trotz der Hungersnot, oder vielleicht gerade deswegen, waren die Menschen immer noch bereit, einen Sänger für seinen Vortrag zu bezahlen, daher fehlte es mir nicht an Geld.

Allerdings befand ich mich in einer erbärmlichen Verfassung. Meine Kleider stanken und hingen in Fetzen an mir. Es gab nur drei Gefühlsregungen, zu denen ich fähig war: Trauer über den Verlust Hildegundes, Haß auf alles, was bislang mein Leben beherrscht hatte, und eine Sehnsucht nach einem Zustand des Vergessens, den ich zu erreichen suchte, indem ich bei jeder sich bietenden Gelegenheit trank, soviel ich konnte.

So ging es weiter bis ins Jahr des Herrn 1197. Alles schien in einem heillosen Niedergang begriffen. Jerusalem war immer noch nicht zurückerobert worden, das Kaiserreich nach zwei ganzen Jahren der Hungersnot schwer gezeichnet. Und wieder sah es danach aus, als werde die Ernte von den schrecklichen Regenfällen vernichtet. Am schlimmsten jedoch waren die Gerüchte, unser Kaiser Heinrich sei in Messina an Typhus gestorben. Er hatte keinen anderen Nachfolger als seinen dreijährigen Sohn. Ein Bruderkrieg zwischen Welfen und Staufern schien unausweichlich.

Es ist durchaus möglich, daß ich mich weiter hätte treiben lassen und schließlich irgendwo in einem Graben den Tod gefunden hätte, wäre ich nicht Ewald begegnet.

Ich lernte ihn in der Reichsstadt Wimpfen kennen, deren mächtige Burg und glanzvollen Hof ich einmal in meiner Eigenschaft als Bote des Grafen von Frankenburc besucht hatte. Nach jener herrlichen Zeit war ich nun tief gesunken und beschränkte mich auf die bescheidensten Gasthäuser, wo ich solche Lieder spielte, die den Leuten an solchen Orten gefielen. Das Geld, das ich von ihnen erhielt, gab ich sofort fürs Trinken wieder aus, bis der Augenblick kam, an dem ich weder spielen noch denken konnte, nur um später in einem Bett des Gasthauses (wenn der Wirt freundlich war) oder draußen auf der Straße (falls nicht) wieder aufzuwachen.

An jenem Abend hatte ich Zuflucht in der einzigen einigermaßen anständigen Herberge genommen, deren Wimpfen sich rühmen kann, nachdem den ganzen Tag über ein Dreckwetter geherrscht hatte. Ich hatte bereits reichlich gezecht und viel zuviel gesungen. Ewald fiel mir auf, während ich spielte. Er war etwa Mitte Zwanzig, groß und sehr schlank, mit dunklem Haar. Er hatte mich aufmerksam beobachtet, mich fast eine ganze Stunde lang angestarrt. In ihm verband sich eine ungekünstelte, möglicherweise gelehrte Bescheidenheit mit einer ungeheuren Tatkraft, die seine Augen glänzen und seine Blicke hin und her schießen ließ, gleichgültig, wie sehr er auch versuchte, sie in Schach zu halten, und was immer ihn gerade begeistern mochte.

Ich beendete ein Lied. Es war jenes Lied, das Friedrich von Hausen sang, bevor er mit Barbarossa zum Kreuzzug aufbrach – der Kreuzzug, in dessen Verlauf er sterben sollte. In diesem Lied singt er davon, wie sehr Herz und Körper gespalten waren, denn sein Herz sehnte sich nach dem Heiligen Land, während sein Körper sich all die vertrauten Dinge zu Hause wünschte: *»mîn herze und mîn lîp diu wellent scheiden.«** Ich war versunken in meine Trinkerei und mein Spiel, und doch wurde ich kaum gewahr, was ich sang.

Ewald indes nahm sich alles zu Herzen. Er trank nur wenig, war aber berauschter als ich, nickte mit dem Kopf im Takt und lächelte jedesmal anerkennend, wann immer der Tod eines Sarazenen erwähnt wurde. Seine Augen funkelten vor Aufregung an der Stelle des Liedes, wo es um die Wiedereroberung Jerusalems geht.

Als ich geendet hatte, sagte er zu mir: »Wenn Ihr so etwas singt, was habt Ihr dann hier zu suchen?«

Die Frage überraschte mich. Ich gab ihm keine Antwort, sondern starrte ihn nur an.

Er fuhr fort. »Ich sagte, was habt Ihr hier zu suchen? Was habe ich hier zu suchen? Wir beide sind Narren. Wir wissen, was vor sich geht. Wir wissen, daß die Welt in einem fürchterlichen Zustand ist, und wir wissen auch, warum. Ihr seid ein gebildeter Mann, das höre ich an Eurem Gesang. Sicherlich wißt Ihr auch, was mit der Welt nicht in Ordnung ist, warum es schlechte Ernten gibt, warum überall Krieg herrscht und Gerüchte bevorstehender Kriege kursieren, warum es Hunger, Unfrieden und Pe-

* Mein Herz und mein Leib wollen sich scheiden … (Friedrich von Hausen)

stilenz gibt, warum kein Königreich Bestand hat, genau wie der heilige Johannes es für den Jüngsten Tag vorhergesagt hat.«

Ich starrte ihn weiter an, aber er ließ sich nicht beirren. Ich trank einen Schluck, versuchte, ihn nicht weiter zu beachten, auch wenn ich genau wußte, daß er auf einer Antwort bestehen würde. Außerdem spürte ich, daß seine Worte etwas tief in meinem Innersten anrührten, als spreche er Gedanken aus, die eigentlich mir gehörten.

Er fuhr fort: »Der Grund ist, daß der Jüngste Tag bereits angebrochen ist. Hat denn nicht der Antichrist bereits seinen Thron in Jerusalem errichtet?«

»Und?« fragte ich. »Was wollt Ihr dagegen unternehmen?«

»Habt Ihr denn noch nicht gehört? Die deutschen Kreuzfahrer unter Erzbischof Konrad haben Beirut eingenommen. Es heißt, daß sie jetzt nach Galiläa marschieren, daß sie die große Festung Toron angreifen und mit Sicherheit auch einnehmen werden.«

»Schön für sie.« Ich versuchte, Abstand zu halten, spürte jedoch, daß ich zunehmend aufgeregter wurde. Natürlich hatte ich von diesem Kreuzzug gehört. Überall sprach man davon. Es war immerhin der erste Kreuzzug, der von einem Erzbischof geführt wurde, einem Mann der Kirche. Zuweilen verspürte ich selbst die Versuchung, Kreuzfahrer zu werden, aber immer nur vorübergehend, denn damals hatte ich viel zu sehr mit eigenen Schwierigkeiten zu kämpfen.

»Versteht Ihr denn nicht?« fuhr Ewald beharrlich fort. »Sie werden den Sarazenen Jerusalem abnehmen. Wir sollten jetzt dort sein, Leute wie Ihr und ich, um mit ihnen zu kämpfen, ihnen Mut zu machen, dabeisein, wenn es soweit ist. Es geht das Gerücht, daß der Papst beabsichtigt, in Jerusalem einen neuen Orden zu gründen, wie die Templer, einen kämpfenden Orden, einen Orden Deutscher Ritter.«

»Wer hat Euch geschickt?« fragte ich.

Diese Frage brachte Ewald offenbar aus der Fassung. Es freute mich, ihn aus dem Gleichgewicht gebracht zu haben. So wie er an mich herangetreten war, lag es auf der Hand, daß er von jemandem geschickt worden war. Wahrscheinlich glaubte er wirklich, was er sagte, und doch war etwas Sonderbares an der Art und Weise, wie er sprach, es war zu gewollt, zu opportunistisch. Es gelang ihm nicht sonderlich gut, dies zu überspielen, denn er war jung und unerfahren und gewiß viel zu sehr er selbst, um seine Betroffenheit zu verbergen; er hatte nicht damit gerechnet, so schnell durchschaut zu werden.

»Niemand hat mich geschickt«, sagte er. »Ich spreche nur die Worte aus, die in meinem Herzen sind, die Worte, die in dieser Zeit im Herzen eines jeden Christen sein sollten.«

Ich war betrunken, aber auch wieder nicht so betrunken, daß mein Verstand getrübt war. Tatsächlich war ich inzwischen so an Alkohol gewöhnt, daß es mir so gut wie nie mehr gelang, mein erhofftes Ziel zu erreichen, nämlich bei Bewußtsein zu bleiben, während ich mich gleichzeitig vergaß. Damals erreichte ich mit meiner Trunksucht nur, vorzeitig einzuschlafen.

»Kommt mit nach draußen«, sagte ich.

Meine Bitte schien ihn zu überraschen. Verständnislos und verdutzt schaute er mich an.

»Kommt mit nach draußen«, wiederholte ich. »Ich habe Euch etwas zu sagen, das niemand mitbekommen soll.«

Ich klemmte meine Fiedel unter den Arm und übertrieb mein Torkeln, als wir den Tisch verließen. Wir traten in die kalte, windige Novembernacht hinaus. Der ständige Nieselregen hatte die Straße in einen einzigen Pfuhl verwandelt. Ich tastete nach meinem Messer.

Sobald wir außer Hörweite der Schenke waren und ich sicher sein konnte, daß uns niemand sah, schlug ich ihm mit aller Kraft in den Magen, packte ihn um den Hals und drückte ihm die Luft ab. Das Messer hielt ich so, daß er es sehen konnte.

»Ich werde dich umbringen«, knurrte ich.

Er leistete keinen Widerstand. Wie ich bereits vermutet hatte, war er kein erfahrener Kämpfer, sondern ein ehemaliger Geistlicher, der Dienstmann geworden war und es versäumt hatte, das Kriegshandwerk zu erlernen. Auf einem Schlachtfeld gegen die Sarazenen hätte er es kaum eine Sekunde ausgehalten. Ich hatte ihm gehörig Angst eingejagt.

Mit einer jähen Bewegung riß ich das Messer hoch. Er zuckte zusammen und winselte wie ein Hündchen.

»Ich werde dich umbringen, wenn du mir nicht sagst, wer dich geschickt hat.« Er entspannte sich ein wenig, aber er brauchte noch etwas mehr Überredung. »Du wirst mir sagen, wer dein Herr ist, und du wirst mich zu ihm bringen. Ich werde dich nicht mehr aus den Augen lassen, bis du das getan hast. Und solltest du mich hintergehen, bringe ich dich um.«

Vor lauter Angst hatte es ihm die Sprache verschlagen. Ich hielt es für angebracht, etwas versöhnlicher zu werden.

»Keine Angst«, sagte ich, »du kannst so tun, als sei ich freiwillig gekommen und du habest mich dank deiner Überredungskunst zu ihm geführt, falls dir das wichtig sein sollte.« Woher sollte ich wissen, daß ich ihm damit in die Hände spielte?

In jüngeren Jahren hätte ich es nicht für möglich gehalten, daß ich das Zeug hatte, so zu einem anderen Mann zu sprechen: Drohungen und Spott hätten mich entsetzt. Doch inzwischen hatte ich eine Menge Erfahrung mit rauhen Wirtshauskeilereien.

»Ja«, stammelte er. »Ich bringe dich sofort hin.«

Ich war überzeugt davon, richtig gehandelt zu haben, und doch überraschte es mich, daß meine Drohungen so schnell Wirkung zeigten. Vielleicht tappte ich in eine Falle.

Ich ließ ihn los. »Wohin also?« fragte ich.

Er deutete auf die Burg Wimpfen. Die Burg gehörte Friedrich von Schwaben, dem mächtigsten Fürsten aus dem Geschlecht der Staufer, der damals sicher an seiner Strategie arbeitete, wie er Kaiser werden würde, falls sich die Gerüchte über Heinrichs Tod als wahr erwiesen.

»Dann komm«, sagte ich und ließ ihn vorangehen. Ich blieb ein Stück links hinter ihm, wobei ich das Messer in meiner Hand unter dem Ärmel meines Wamses verborgen hielt, falls er plötzlich versuchen sollte zu fliehen.

Wir gingen durch die dunklen, mit Schlamm und Mist bedeckten Gassen den Weg hinauf zur Burg.

Über die Zugbrücke wurden wir eingelassen. Die Wächter mußten Ewald erkannt haben. Ich sah das Licht der Fackeln im großen Saal und hörte Gelächter. Zumindest ein paar Leute aßen an diesem Abend gut, auch wenn überall sonst die Hungersnot wütete. An diesem Hof hatte Barbarossa höchstselbst viel Zeit verbracht, und hier waren unter Anleitung seiner schönen Frau Beatrice die höfischen Künste zum erstenmal gepflegt worden.

Wir gingen nicht zum Hauptsaal, sondern an den Mauern entlang auf die Rückseite der Burg. Es war eine schwarze, mondlose Nacht. Ich konnte undeutlich erkennen, daß links von mir eine Felswand steil abfiel, durch die dunklen Bäume ins darunter liegende Tal. Es war ein trefflicher Ort, um einen Mann zu dieser nächtlichen Stunde in die Tiefe zu stürzen. Er würde in den sicheren Tod fallen, ohne daß jemand einen Schrei hörte, und es würde Tage dauern, bis seine Leiche gefunden würde.

In der Ferne hörte ich Gelächter und Gesang, doch wo wir uns befanden, war alles pechschwarz. Es war nicht leicht, einen Weg durch den Matsch zu finden. Schließlich erreichten wir eine Pforte, die in die Seite der mächtigen Burgmauer eingelassen war. Ewald klopfte an, und die Tür wurde geöffnet.

Zuerst dachte ich, wir hätten eine Art Verlies betreten, und ich zögerte weiterzugehen. Als ich dann aber um die Ecke schaute, war ich von dem Anblick überrascht, der sich mir dort bot. Es war ein prunkvoll eingerichteter, in die Burgmauer gebauter Raum. Er war großzügig von Kerzen erhellt. Ein Teppich aus dem Morgenland lag auf dem Steinboden. Es gab zwei oder drei Klappstühle, wie sie üblicherweise nur von einem König oder Grafen benutzt wurden. Sie standen vor einem der größten Schreibtische, die ich je gesehen hatte. Wunderschöne Behänge, Schilde und Wappen bedeckten die Wände. Über diesen Teppichen krümmten sich die Wände zu einer Gewölbedecke aus grobbehauenen Steinen, was den Eindruck vermittelte, sich in einer Höhle zu befinden. Der Tisch war mit zahlreichen Schnitzereien verziert: Engel, Löwen und die Gesichter von Monstren und Fabeltieren. Ich war überrascht, einen solchen Prunk an einer so abgelegenen Stelle der Burg zu sehen, fernab vom Hauptsaal und Verwaltungstrakt.

Hinter dem Schreibtisch saß ein Mann. Er war schlank, sprühend vor Tatkraft und Stärke. Sein Haar war kupferrot und gelockt, sein Gesicht schmal und faltig. Er mußte etwa Anfang Vierzig gewesen sein. Er lächelte uns freundlich an, dann schrieb er weiter. Ich bemerkte die Ringe an seinen Fingern. Er schien zu wissen, wer wir waren; es schien fast, als habe er damit gerechnet, uns heute noch zu sehen, selbst um diese späte Stunde.

Wir standen verlegen an der Tür, während er uns musterte. Er war es, der als erster das Wort ergriff: »Da seid Ihr also, Walter von der Ouwe. Ihr seid tatsächlich gekommen. Gut gemacht, Ewald, sehr gute Arbeit.«

Ich hätte ihm also gar nicht drohen müssen! Ewald lächelte verlegen.

»Wer seid Ihr?« fragte ich.

»Das ist jetzt nicht wichtig«, erwiderte er mit der geheuchelten Herzlichkeit und Freundlichkeit eines Staatsmannes. »Dann möchtet Ihr also an einem Kreuzzug teilnehmen, Walter. Das ist sehr gut.«

»Wie kommt Ihr darauf?«

»Nun, andernfalls wäret Ihr jetzt doch wohl kaum hier, nicht wahr, Ewald?« In Ewalds Verhalten lag etwas Schwächliches, Katzenhaftes, was mir ein noch stärkeres Unbehagen verursachte. Er scharrte verlegen mit den Füßen und versuchte zu lächeln.

»Das mag durchaus sein«, sagte ich. Während ich mit Ewald durch die Dunkelheit gegangen war, war mir der Gedanke, mich doch einmal an einem Kreuzzug zu beteiligen, tatsächlich immer reizvoller erschienen. Denn ich hatte nichts, für das sich zu leben lohnte.

»Ich – wir – wissen vieles von dem, was Euch in jüngster Zeit widerfahren ist, Walter«, fuhr er fort. »Wir wissen um Eure Kümmernisse und Nöte. Wir haben Kenntnis von den Umständen, unter denen Ihr den Hof zu Frankenburc verlassen habt.«

Während er sprach, sah ich ihn die ganze Zeit an. Seine Augen waren wie die einer Schlange. Sie bewegten sich mit seinem Kopf, flackerten im Kerzenlicht, während er redete, so daß es schwer war, sich seiner Suggestionskraft zu entziehen. Ich wehrte mich, so gut ich konnte, aber ich muß zugeben, daß ich von diesem Mann fasziniert war.

»Was wollt Ihr von mir?« fragte ich.

»Wir wollen nur eines, Walter, nämlich daß Ihr Euer Schicksal findet.«

»Was meint Ihr damit?« fragte ich herausfordernd.

»Wenn Ihr es wißt, dann wißt Ihr es, wenn nicht, dann nicht. Es ist für Euch genauso einfach, mit uns zu spielen, wie es für uns einfach ist, mit Euch zu spielen.«

»Aber was erwartet Ihr von mir?«

»Wir glauben, Euer Schicksal könnte durchaus auf der Straße nach Jerusalem liegen. Wenn Ihr der seid, für den wir Euch halten, dann wird Euch Euer Herz sagen, daß dies der Fall ist. Wenn Ihr aber nicht der seid, für den wir Euch halten, dann ist es vollkommen belanglos.«

»Aber für wen haltet Ihr mich?« platzte ich heraus. Nichts an seinem Verhalten ließ Rückschlüsse auf seine wahren Absichten zu. Ich mußte an Antonius' Gefasel über den Jüngsten Tag denken; sicherlich glaubte ein kluger Mann wie dieser nicht an einen solchen Unsinn.

»Ich möchte Euch folgendes sagen: Wenn Ihr nach Jerusalem gehen wollt und es Euch an Ausrüstung mangelt – und ich weiß, daß dem so ist –, dann werde ich Euch die besten Pferde, die beste Kleidung und die besten Waffen zur Verfügung stellen. Wir kennen Eure Talente, Walter. Wir wissen, wie gut Ihr singt, wie gut Ihr kämpfen könnt. Wir verstehen, daß es Gründe gibt, warum Ihr Euch von uns fernhaltet. Und doch scheint es nun so, als könnten wir Euch helfen, und wir sind stets bereit, behilflich zu sein.«

In seiner Stimme lag ein beinahe flehender Tonfall. Wie schon zuvor, als ich mit Stephanus, Quintus und Antonius sprach, spürte ich erneut, daß man mit mir wie mit einem dereinstigen Vorgesetzten redete; gerade so mochte auch ein Regent mit einem Prinzen sprechen, solange dieser noch minderjährig war.

Ich nahm wahr, daß dieser Raum etwas Prächtiges besaß, das Kerzenlicht, die Wandbehänge, das gewölbte Mauerwerk... Dann wußte ich es mit einem Schlag. Irgendwie wußte ich einfach, was zu tun war. Dort vor mir lag meine Zukunft. Meine Tage des ziellosen Umherirrens waren vorbei. Ich würde mich dem Kreuzzug anschließen. Es war mir gleichgültig, für wen oder was diese Leute mich hielten und ob sie mir Gutes oder Böses wollten. Wenn sie mir behilflich sein konnten, an dem

Kreuzzug teilzunehmen, dann würde ich sie benutzen. Doch vorher wollte ich Hildegunde finden. Ich würde ihr von meinen Absichten berichten, würde ihr auf dieser Welt für immer Lebewohl sagen und mich dann den Heeren im Osten anschließen, um für die Rückeroberung Jerusalems zu kämpfen.

Dieses unerwartete Ziel verlieh mir Kraft. Ich fühlte mich nicht mehr wie der heruntergekommene, ziellos umherschweifende Sänger, der ich noch bis vor einer Stunde gewesen war. Das alles war nur falscher Kleinmut gewesen. Ich meinte, alle Hoffnung verloren zu haben, doch in Wirklichkeit war dem nicht so. Die Maßlosigkeit und der innere Groll waren das Ergebnis meiner Weigerung, mich in mein Schicksal zu fügen. Ich spürte, wie all das von mir abfiel. Oder wenigstens glaubte ich das.

»Euer Angebot ist sehr freundlich, mein Herr. Es ist ein großzügiges und edles Angebot. Ich werde es annehmen. Es wird mich sehr freuen, es anzunehmen.«

Ich sah den Mann prüfend an, doch ich bemerkte keine Reaktion – oder zumindest keine, die ich erkennen konnte. Diese Begegnung entwickelte sich zu einer Art Traum, in dem ich ein Schauspieler war, der eine Rolle spielte, die ich zwar eingeübt hatte und in- und auswendig kannte, jedoch vergessen hatte, daß ich sie kannte.

Der Mann lächelte. »Ihr habt viele Freunde, Walter.« Ich erinnere mich, wie er meinen Namen betonte, ihn benutzte, als gehöre er mir nicht wirklich, als sei es eine Art Geheimsprache, Teil des geheimen Spiels, das wir beide spielten. »Möchtet Ihr die Nacht hier in der Burg verbringen?«

»Mein Herr, Ihr seid sehr freundlich, aber es gibt etwas, das ich vor meiner Abreise erledigen muß.«

Bis dahin hatten wir deutsch gesprochen. Ich schaute zur Seite, sah Ewald an, wie um ihn auszuschließen. Dann sprach ich mit dem Mann, der immer noch an seinem Schreibtisch saß, in förmlichem Latein. »Mein Herr, vor Euch seht Ihr einen armen fahrenden Sänger, und doch behauptet Ihr, all die Kümmernisse und Nöte zu kennen, die mich heimgesucht haben – der Tod meines Vaters und der Tod Uqharts. Was wißt Ihr über diese Dinge?«

Er dachte lange nach. Er sah aus, als würde ich ihn einer Prüfung unterziehen. Schließlich antwortete er, ebenfalls auf lateinisch: »Ihr müßt mir verzeihen, wenn ich in Rätseln spreche. Wenn Ihr derjenige seid, für den wir Euch halten, dann werdet Ihr verstehen; es wäre dumm von mir, Euch anzulügen. Wenn Ihr jedoch nicht derjenige seid, für den wir Euch halten, wäre es sinnlos, etwas erklären zu wollen, da Ihr es ohnehin nicht verstündet. Denkt nur daran, daß die Belohnung groß sein wird, wenn Ihr unsere Hilfe annehmt.«

»Welches ist die Belohnung?« fragte ich herausfordernd.

Der Mann seufzte tief. Er zögerte, und dann sprach er langsam das eine Wort aus: »Jerusalem.«

12

Der Gehängte

Ich kehrte durch die finsteren Gassen zum Gasthaus zurück. Ich war mit mir zufrieden, weil ich die Geistesgegenwart besessen hatte, keinen Wutanfall zu bekommen wie bei Antonius, und ich hatte den Zeitpunkt meines Abgangs so gewählt, daß ich mich nicht zum Gespött machte. Als ich die Schenke erreichte, stand mein Entschluß endgültig fest, obwohl ich den Verdacht hegte, daß diese Leute für so viele der Übel verantwortlich waren, die mir widerfahren waren. Ich beschloß, ihr Spiel mitzuspielen, solange es meinen eigenen Zwecken diente.

Ich hatte das Interesse an der Hure verloren, mit der ich die Nacht verbringen wollte. Ich schickte sie fort, packte meine Fiedel aus und begann, an einem neuen Kreuzfahrerlied zu arbeiten, wobei es in meinem Kopf nur so wimmelte von Plänen, wie ich die nächsten Tage verbringen sollte. Ich war so aufgeregt, daß ich kaum schlief.

Von diesem Abend an wuchs meine Begeisterung für den Kreuzzug mit jedem verstreichenden Augenblick. Den Berichten zufolge, die damals zu uns drangen, hatte Erzbischof Konrad die Festung Toron bereits eingenommen und stand jetzt kurz davor, gen Jerusalem zu ziehen. In Akkon sollte ein neuer Ritterorden gegründet werden, ein Orden Deutscher Ritter. Vielleicht würde ich den Tag noch erleben, an dem Jerusalem Teil des Heiligen Römischen Reiches Deutscher Nation und unserem Kaiser unterstellt war.

Am nächsten Tag stand ich frühzeitig auf. Als die Sonne über dem von Bäumen gesäumten Horizont aufging, war ich bereits auf dem Weg zur Burg. Der Himmel über der Stadt war strahlend türkis und rosa, es war kalt und windig. Ich sah die ersten Händler noch ganz benommen vom Schlaf zum Markt aufbrechen, und Priester, die zur ersten Messe durch die kalte Morgenluft zu ihren Kirchen eilten.

Die Wachtposten am großen Burgtor erkannten mich wieder, und ich wurde sofort eingelassen. Ewald war nicht anwesend, doch ich wurde zu anderen Ministerialen geführt, die das Hilfsangebot bestätigten, das mir am vorigen Abend gemacht worden war. Niemand wollte mir den Namen des Mannes verraten, mit dem ich gesprochen hatte; ich erfuhr lediglich, er habe den Hof vor Sonnenaufgang verlassen. Man sagte mir, ich könne am kommenden Morgen in die Burg umziehen, falls ich dies wünschte. Dort könnte ich mich an den Waffen üben und die nötigen Vorkehrungen für meine Abreise treffen.

An diesem Nachmittag und Abend hatte ich Zeit totzuschlagen. Nachmittags war es im Wirtshaus ruhig, und ich beendete mein Kreuzfahrerlied, das ich in der Nacht zuvor begonnen hatte. Ich entschied, am kommenden Abend ein letztes Mal in der Schenke zu singen.

Ich verspürte keinerlei Verlangen mehr, mich zu betrinken. Nach dem Abendessen kam Ewald mit einigen anderen Männern vom Hof. Sie wollten mich singen hören. Ich spielte zuerst mein neues Lied, das recht gut ankam. Dann machte ich mit meinen alten Liedern weiter.

Während ich sang, gewannen sie allmählich eine ganz neue Bedeutung, oder besser, wie es mir damals erschien, ihre wahre Bedeutung. Alles, wovon ich jemals gesungen hatte – Hildegunde, meine hochgesteckten religiösen Ziele, meine kriegerische Ausbildung am Hof, meine Verluste und meine Kümmernisse –, all diese Dinge wiesen in eine einzige Richtung: Ich sollte Kreuzfahrer werden. Ich sollte helfen, Jerusalem von den Ungläubigen zu befreien. Ich sollte helfen, das Ideal in diese Welt zu bringen. Ich sollte ein Instrument des Jüngsten Tages sein.

An diesem Abend fand sich eine recht ansehnliche Zuhörerschaft ein. Ich sang und sang. Ich bin überzeugt, nie besser gesungen zu haben, weder vorher noch nachher.

Am nächsten Morgen richtete ich mich am Hof von Burg Wimpfen ein. Es war eiskalt an diesem Dezembertag, doch das Licht war frisch und klar. Beinahe war mir, als spürte ich die im Boden verborgene Kraft, die das Ende des Winters bringen und den Beginn des Frühlings ankündigen würde.

Am Burgtor wurde ich von Ewald mit rehäugiger Begeisterung begrüßt. Er verkündete, daß er und vier weitere junge Männer des Hofes mit mir ins Heilige Land ziehen würden. Ich erwiderte, falls sie ebenso fähige Kämpfer seien wie er, würden sie vorher noch gründlich mit Waffen üben müssen, wobei ich ihnen meine Hilfe anbot. Er nahm bereitwillig an.

Von da an war es beinahe, als wäre ich wieder am Frankenburcer Hof. Es ist nicht schwer, die Fäden des höfischen Lebens erneut aufzugreifen. Ich schlief in dem Gemeinschaftssaal neben der Küche unter dem großen Rittersaal. Wärmer wäre es gewesen, im Gasthaus zu bleiben, doch ich genoß die Gesellschaft der jungen Adligen, die mich ständig drängten, für sie aufzuspielen, oder mich mit Fragen zu meiner Tjost mit Johannes von Ulm überhäuften.

Den größten Teil des Tages verbrachten wir mit Waffenübungen. Die Männer, die mitzunehmen ich mich einverstanden erklärt hatte, waren erbärmliche Krieger. Trotz all seiner anderen Fähigkeiten besaß Ewald überhaupt keine Veranlagung für das

Kämpfen und machte nur geringfügige Fortschritte, soviel Mühe er sich auch gab. Dennoch, ich genoß es, im Freien zu sein und das Führen von Schwert und Lanze zu üben. Es war beinahe, als reinigte die Zucht allmählich meinen Leib von all den schlechten Körpersäften, die sich in meinem monatelangen zügellosen Leben angestaut hatten.

Der Hof wurde von dem Ministerialen Alfred von Wimpfen geführt, der die Burg unmittelbar von Heinrich VI. zum Lehen erhalten hatte. Wir hatten gerade Nachricht von Heinrichs Tod erhalten, doch Alfreds Stellung in der Burg galt allgemein als sicher. Er hatte ein Alter erreicht, in dem er von allen so sehr geachtet wurde, daß er es sich leisten konnte, freundlich zu sein. Er war ein eher kleiner Mann mit einem großen, runden, rötlichen Gesicht und längerem, silbergrauem Haar. Sollte seine Frau in ihrer Jugend eine Schönheit gewesen sein, so merkte man ihr das nicht mehr an. Sie war eine kleine, verhutzelte Frau mit einem Gesicht voller tiefer Falten. Dennoch sprach sie stets liebenswürdig, und ich schmeichelte ihr auf die bei Hof übliche Art. Sie bat mich, vor den Damen zu spielen, was ich bei verschiedenen Gelegenheiten auch tat, darunter auch beim großen Festschmaus zu Weihnachten, der unmittelbar vor unserer Abreise stattfand.

Am Hof gab es viele schöne Damen, und es bereitete mir großes Vergnügen, ihnen meine höfischen Minnelieder vorzutragen. So reizend viele der Frauen auch immer sein mochten, achtete ich doch stets darauf, einen weiten Bogen um sie zu machen. Ich war selbst überrascht, wie sehr sich meine Einstellung seit der Zeit auf der Frankenburc verändert hatte. Ich hatte inzwischen so viel Umgang mit Dirnen gehabt, daß es kaum noch Fleischesfreuden gab, die ich nicht gekostet hatte, und auf gar keinen Fall wollte ich mich hier mit einer der Damen bloßstellen. Auch wollte ich keine edlen Seelen unter ihnen entdecken. Meine eigene Seele kam gerade mit der Liebe zu Rande, die ich für Hildegunde empfand. Jede weitere Verstrickung der Gefühle wäre meinem Ziel abträglich gewesen. So richtete ich all meine Anstrengungen darauf, mich körperlich zu ertüchtigen und mit Ewald und den anderen vier jungen Männern meine Fertigkeiten an den Waffen zu verfeinern.

Zu dieser Zeit befand sich ein Priester und Gefolgsmann Joachims von Fiore in der Stadt. Dieser Mann, er hieß Michael von Brügge, war sehr berühmt für seine Predigten, daher hatte sich eine große Menschenmenge um ihn geschart. Es war nicht viel nötig, ihn zu überreden, in der Kirche zu predigen.

Das Thema seiner Kanzelrede hatte ich bereits zuvor gehört: Joachims Aufteilung der Geschichte in drei Weltalter. Das erste Weltalter ist die Zeit des Vaters oder der Zeit des Gesetzes, das mit der Ankunft von Christi zu Ende ging. Das zweite Weltalter ist das gegenwärtige, das Zeitalter des Sohnes, der Liebe und der Evangelien. Die früheren Gesetze sind ersetzt worden durch das Gesetz, wir sollen einander lieben. Und doch werden wir dieses Gesetz nicht erfüllen können, bis das dritte Weltalter kommt; dann wird offenbar, daß selbst die Kirche nichts anderes war als eine große Hure. Dann wird die Kirche verschwinden, denn alle Männer und Frauen werden durch den Heiligen Geist unmittelbar zu Gott sprechen können, ohne daß zwischen ihnen und Gott noch Priester und Sakramente stehen müßten. Zuerst jedoch mußte die Zeit des Letzten Kaisers anbrechen, bevor der Antichrist seinen Tribut fordern würde.

Plötzlich fügte sich alles zu einem Bild zusammen. Ich dachte an mein Sprechen mit fremder Zunge. Ich dachte an den Kreuzzug des Erzbischofs Konrad im Heiligen Land. Ich dachte an den jähen Tod unseres Kaisers Heinrich VI. in Messina. Manche hatten ihn für den Letzten Kaiser gehalten; tatsächlich behaupteten einige sogar, Heinrich habe dies selbst geglaubt. Doch jetzt war er tot und Philipp von Schwaben als Thronfolger bei weitem nicht sicher. Es gab einflußreiche Mächte in Rom, die gegen ihn standen. Der gegenwärtige Papst Innozenz III. gehörte zu seinen Gegnern.

Der Prediger deutete an, daß der Letzte Kaiser auf dem Thron von Jerusalem sitzen würde. Dann wollte ich im Heiligen Land sein, um den Letzten Kaiser mit eigenen Augen zu sehen.

Michaels Predigt beflügelte mich noch aus einem anderen Grund. Er sagte, alle Kreuzritter erhielten ungeachtet ihrer Geburt oder ihres Rangs für die Dauer des Kreuzzugs den Status von Geistlichen. Dies bedeutete Befreiung von weltlichem Gesetz und Dienst. Als Kreuzfahrer hätte ich somit eine größere Chance, jene aufzuspüren, die für den Tod meines Vaters und für Uqharts Tod verantwortlich waren.

Wenn ich doch nur die Freude wiedererwecken könnte, die ich an diesem Weihnachtsmorgen in meinem Herzen verspürte, als ich die Beichte ablegte, die Kommunion empfing und, in Gegenwart Michaels von Brügge, des Bischofs und aller Mitgliedern des Hofes, das Kreuz nahm und schwor, nie mehr zu ruhen, bis Jerusalem wieder in christlicher Hand war. Ich befand mich in einem Zustand nahe der Glückseligkeit.

Ich entdeckte, daß meine neue Begeisterung ansteckend wirkte, und ich sammelte allmählich eine ansehnliche Gefolgschaft. Ich erzählte die Geschichte meiner Tjost mit Johannes von Ulm, sang von meiner Liebe zu Hildegunde, und ich sang ebenfalls meine derberen Lieder der niederen Liebe, die mit Gelächter aufgenommen wurden. Ewald übernahm es, als mein ständiger Begleiter aufzutreten. Schon bald wurde ich von den jüngeren Adligen bei Hof fast wie ein Held behandelt.

Inzwischen hatte ich genug gelernt, um mir meiner prekären Lage bewußt zu sein. Alfred und seine Frau gaben sich Mühe, freundlich zu mir zu sein und meinen Aufenthalt so angenehm wie möglich zu gestalten. Bei allem, was ich tat, war ich äußerst vorsichtig. Ich wollte nicht noch einmal in Ungnade fallen. Um dies zu vermeiden, beschloß ich, sobald wie möglich zu reisen.

Schließlich war eine Gruppe von einem halben Dutzend Männern zum Aufbruch bereit. Wir wollten zunächst bis Marseille reiten, wo wir uns dann Richtung Beirut einschiffen würden; von dort würden wir mit den anderen Kreuzrittern nach Jerusalem ziehen.

Doch bevor ich abreiste, mußte ich noch einer Person berichten, was aus mir geworden war, und sie um Verzeihung für vergangenes Unrecht bitten.

Mit Hilfe der am Hof in Dienst stehenden Priester dauerte es nicht lange, bis wir Hildegunde in einem kleinen Stift in der Nähe von Rothenburg aufspürten.

Es war Ende Januar, als ich allein losritt, um sie zu sehen, durch die Wälder und am Ufer der Jagst entlang. Dies war nur drei Tage vor unserer Abreise nach Marseille. Ich besaß ein neues Pferd, das ich von Freiherr Alfred bekommen hatte. Außerdem hatte er mich neu eingekleidet. Die Wamsbrust zierte das rote Kreuz der Kreuzfahrer, damit jeder von dem Schwur erfuhr, den ich abgelegt hatte.

Es war schon eine ganze Weile her, seit ich das letztemal durchs Land geritten war, und es war erschreckend, den Hunger zu sehen, unter dem die armen Leute litten. Man hatte mir mehr als genug Wegzehrung für meine Reise mitgegeben, aber ich verteilte Brot und Käse an die Hungernden, so daß ich selbst am Ende ganz schwach war, als ich das Stift schließlich fand.

Immer wieder mußte ich an die Geschichte des Ritters denken, der gesündigt und sich mit Aussatz angesteckt hatte; am Ende war er durch die Liebe eines einfachen Dorfmädchens geheilt worden. Diese Reinheit hatte ich verloren, war aber fest entschlossen, sie wiederzuerlangen, und genau dies war es, was es mir ermöglichen würde, mich Hildegunde anzubieten. Der Kreuzzug eröffnete mir die Möglichkeit der Läuterung. Ich dachte, ich würde entweder ruhmreich in der Schlacht sterben oder eines Tages Besitzungen im Heiligen Land haben, in welchem Fall ich zurückkehren und Hildegunde holen würde. Vielleicht konnten wir doch noch zusammen glücklich werden.

Das Zisterzienserinnenkloster, in dem sie jetzt lebte, war eine aristokratische Stiftung. Die Gebäude waren ziemlich neu und lagen ein Stück außerhalb der Stadt inmitten ausgedehnter Felder.

Ich wurde zu einer Zelle geführt, in der Hildegunde bereits auf mich wartete. Sie saß mir an einem Tisch gegenüber. Die ganze Zeit war eine andere Nonne mit im Raum, vermutlich, um Hildegunde vor mir zu schützen und uns von übermäßigen Gefühlsbekundungen abzuhalten.

Als ich Hildegunde zum erstenmal nach so langer Zeit wiedersah, war ich enttäuscht. Ich hatte erwartet, sie umgeben von einer magischen Aura der Schönheit, Helligkeit und Adligkeit anzutreffen. Nun saß sie aber in einem trüben Raum mit nackter Gewölbedecke aus hartem, unerbittlichem Stein, eine blasse junge Frau in ihrer weißen Zisterzienserinnenkutte, die Hände im Schoß. Wenn ich sie nicht gekannt hätte, wäre ich wahrscheinlich an ihr vorbeigegangen, ohne sie zu bemerken. War dieses mitleiderregende Geschöpf wirklich der Gegenstand all meiner Gedanken?

Sie hatte sich verändert. Zunächst war sie sehr ruhig. Sie hielt ihren Kopf bedeckt, obwohl sie an einem Punkt unserer Unterhaltung das Gesicht in den Händen vergrub, wobei sie die Kapuze ein wenig zurückschob und ihr wunderschönes Haar zum Vorschein kam, das ganz kurz geschnitten worden war. Ihre Wangen waren eingefallen, so daß ihre Augen riesig wirkten.

Und doch war sie schön. Wenn überhaupt etwas geschah, dann verliebte ich mich da nur noch mehr in sie. Ihre Blässe erweckte den Eindruck, der Tod habe ihr bereits seinen Stempel aufgedrückt, auf die gleiche Weise, wie der Tod mich für den Kreuzzug gekennzeichnet hatte, sofern wir nicht beide aufgrund göttlicher Gnade überlebten, um zusammensein zu können. Außerdem fiel mir zum erstenmal auf, daß sie einen bestimmten Duft hatte, einen natürlichen Duft, den ich nahezu berauschend empfand.

Wir verbrachten etwa eine Stunde zusammen. Zuerst sagte sie nur wenig, und ich sprach die meiste Zeit, erzählte von Quintus und Antonius, wie ich Ewald kennengelernt hatte, von meinem Leben in Wimpfen und daß ich das Kreuz genommen hatte.

Dabei lächelte sie. »Dann hast also auch du eine edle Sache gefunden...«, sagte sie. Aber in ihren Augen lag mehr Mitleid als Freude.

»Erzähl mir«, sagte ich, »wie es dir ergangen ist.«

»Das Leben im Stift Hohenfeld war hart. Es war heilsam für mich, eine Zeitlang allein in meiner Zelle zu sein. Ich dachte, ich würde Gott finden, Frieden. Aber ich wurde krank – ich habe ständig gehustet und hatte Fieber. Sie dachten, ich würde sterben. Mir hätte es nichts ausgemacht. Doch sie versetzten mich hierher.«

»Wie geht es dir jetzt?« fragte ich.

»Es geht.« Sie wischte meine Frage beiseite. »Mein Oheim war wütend, weil ich bereits das Gelübde abgelegt hatte. Ohne besonderen Dispens kann ich nicht heiraten...«

»Ich verstehe«, sagte ich. Das war ihre Art, mir zu sagen, daß keine Hoffnung bestand. Nicht jetzt.

»Mein Oheim war wütend. Aber wenn wir schon nicht zusammensein können, Walter, dann werde ich mir zumindest auch keinen anderen aufdrängen lassen müssen.« Sie streckte ihre Hand aus, um die meine zu berühren. Ich biß mir auf die Lippen, um meine Tränen zu unterdrücken. »Außerdem bin ich hier schon glücklich. Bestimmt ist es richtig zu beten, zu studieren, Gott zu suchen.«

Während sie sprach, erinnerte ich mich an meine Zeit im Kloster zu Frankenburc. Ich erinnerte mich an mein Streben und meine ehrgeizigen Ziele, mit Gebet, Studium, Musik und Arbeit ein reines Leben zu führen, die Hindernisse zu überwinden, die zwischen uns und dem Ewigen stehen. Für mich *war* diese Welt Hildegundes Welt, und es war nur recht, daß sie hier Erfüllung suchen sollte.

Dann bemerkte ich, daß sie aufgehört hatte zu reden. Ich schaute auf und sah, daß sie fast völlig weiß, ihr Atmen ungleichmäßig geworden war. Ich sah die Tränen in ihren Augen, und sie fiel schluchzend nach vorn.

Ich versuchte, sie zu trösten, und machte mir Sorgen, die andere Nonne im Raum könnte unser Gespräch beenden. Immer wieder blickte ich in ihre Richtung. Doch sie saß teilnahmslos da, während Hildegunde weinte.

»Bitte, sag etwas«, flehte ich sie an. »Wir haben nicht viel Zeit zusammen. Du weißt, schon in wenigen Tagen breche ich ins Heilige Land auf. Es können Jahre vergehen, bis wir uns wiedersehen. Wir müssen jetzt alles aussprechen, bevor es zu spät ist.«

»Walter, ohne dich ist mein Leben so leer«, sagte sie. Dann huschte ein wütender Ausdruck über ihr Gesicht, der mich unwillkürlich zurückschrecken ließ. »Ich habe von deinem sündigen Leben gehört«, fuhr sie fort. »Mit den Dirnen. Mein Oheim und seine Leute wissen alles über dich…«

Ich konnte die Wahrheit über mein ausschweifendes Leben nicht leugnen. In gewisser Hinsicht war ich erleichtert, daß sie davon wußte.

»Woher wissen sie alles über mich? Und warum?« unterbrach ich sie.

»Wie soll ich das wissen?« erwiderte sie unter Tränen. »Als er es mir erzählte, war ich wütend und eifersüchtig. Du hättest dich für mich rein halten sollen, so wie ich mich immer für dich rein halten werde. Weißt du denn nicht, daß Ausschweifungen die Liebe schwächen?«

Ich ließ den Kopf hängen. Wie selbstsüchtig ich mich verhalten hatte, wie dumm!

»Hildegunde«, sagte ich, »was du sagst, ist die Wahrheit. Ich verstehe mich selbst nicht. Ich kann dich nur bitten, mir zu verzeihen.«

»Ich werde dir verzeihen«, sagte sie. »Es wird seine Zeit dauern, aber ich werde dir verzeihen.« Wieder spürte ich den Riß, die Dunkelheit zwischen uns, wie in jener ersten Nacht, als wir uns unter der Linde geliebt hatten und ich ihr von Katrin erzählte. »Aber du mußt vorsichtig sein, Walter. Mir zuliebe, bitte. Mein Oheim sagt die schrecklichsten Dinge über dich. Er sagt, daß viele Menschen dir folgen. Manche sagen, du bist ein Mann der Vorsehung, aber er glaubt, es wird nicht mehr lange dauern, bis du als gemeiner Missetäter gehängt wirst.«

»Wer sagt solche Dinge?«

»Ich weiß es nicht, Walter. Ich will nicht, daß es so ist. Ich wollte immer nur mit dir zusammensein. Aber sie werden es uns niemals erlauben...«

Wir verstummten beide. Nichts hatte sich verändert. Ich wählte meine Worte sorgfältig. »Ich werde eine Pilgerfahrt ins Heilige Land machen«, sagte ich. »Das ist die einzige Lösung. Aber glaube mir, Hildegunde, falls ich jemals etwas Gutes tun sollte, etwas Edles, dann wird es für dich sein, und in meinen Gedanken wirst du immer bei mir sein.«

Ich stand auf. Die Nonne saß immer noch teilnahmslos in

der Ecke. Ein letztesmal schloß ich Hildegunde in meine Arme.

Ich verließ sie, erschüttert, traurig, beurteilt, geliebt, ihr mehr denn je verbunden und doch auch in meinem Ziel bestärkt. Beinahe war ich froh, sie eine lange Zeit nicht sehen zu können, denn ihre Güte war mehr, als ich ertragen konnte.

Ich kehrte nach Wimpfen zurück. Drei Tage später sattelten wir sechs unserer Pferde und machten uns auf den Weg nach Marseille.

Von Anfang an wurden wir von schlechten Nachrichten begleitet. Wir erfuhren, daß Papst Innozenz III. ein erbitterter Gegner Philipps von Schwaben in seinem Ringen um die Thronfolge war. Statt dessen begünstigte er Otto von Braunschweig, der von den Welfen und den Engländern unterstützt wurde. Wir hörten, daß Heinrich von Champagne, der die Truppen von Akkon leitete, aus einem Fenster gestürzt und getötet worden war, zusammen mit seinem Zwerg Scarlet, der sich an seine Kleider geklammert hatte, um ihn zu retten. Solche Nachrichten beunruhigten mich; wie konnten diese absonderlichen Unfälle Teil von Gottes Plan für die Wiedereroberung Jerusalems sein?

Wir hörten weitere Einzelheiten über die Belagerung von Toron. Konrad hätte die Stadt umsonst haben können. Die Truppen hatten sogar angeboten, sich zu ergeben, falls sie mit Schonung rechnen dürfte. Konrad lehnte ab, woraufhin sie noch erbitterter kämpften. Dann hatten die Kreuzfahrer Gerüchte gehört, denen zufolge ein großes Sarazenenheer aus Ägypten gen Jerusalem ziehe. Es hieß, Konrads Männer seien in heilloser Angst bis nach Antiochien geflohen, wo sie sich vor allem in den dortigen Freudenhäusern aufhielten, während sie auf Schiffe warteten, die sie nach Hause brachten.

Meine Reisegesellschaft wurde zusehends mutloser. Was für einen Sinn hatte es, auf einen Kreuzzug zu gehen, wenn es kein Heer gab, dem man sich anschließen konnte? Bernard, der jüngste unserer Gruppe, erkrankte am Fieber, und wir mußten ihn in Besançon zurücklassen.

Als uns weitere schlechte Nachrichten von zu Hause erreichten, wurde einer nach dem anderen unserer Sache abtrünnig. Die jungen Adligen mußten sich um ihre eigenen Angelegenheiten kümmern, sollte es zu einem Thronfolgekrieg kommen. Dann war da noch die Hungersnot, die sie mit Sorge an das Wohlergehen ihrer Familien denken ließ. Als wir schließlich das Gebiet der Montferrats erreichten, deren Hof berühmt ist für die Dichtkunst und Lieder, die dort geschrieben wurden, waren nur noch Ewald und ich übrig.

Wir setzten unsere Reise fort, Meile für Meile das Rhônetal hinunter, bis wir schließlich zu Beginn des Frühjahrs in Marseille eintrafen. Es war das erste Mal in meinem Leben, daß ich das Meer sah. Ich war überwältigt von seiner Erhabenheit und Schönheit; diese große Wassermasse, die sich in ständiger Bewegung befand, wie angetrieben von einem unfaßbaren, ruhelosen Geist, der sich nach der Unendlichkeit reckte.

Der Hafen von Marseille bezauberte mich. Wenn mir jemand erzählt hätte, daß es einen solchen Ort auf dieser Welt gab, ich hätte ihm nicht geglaubt. Am meisten fesselten mich die Schiffe. Es waren so viele, daß ihr Anblick allein mir den Atem raubte; so viele verschiedene, von Fischerkähnen über kleine Boote zur Beförderung von Mensch und Tier bis hin zu riesigen Schiffen, die großes Kriegsgerät trugen und Platz für mehr als hundert Soldaten boten.

Wir erhielten weitere schlechte Nachrichten. Die Gerüchte, die wir bereits vernommen hatten, bestätigten sich: Wegen der fehlgeschlagenen Eroberung Torons und wegen des Todes von

Heinrich VI. und der Angst vor einem Bruderkrieg zu Hause war der Kreuzzug aufgelöst worden. Als wir den Kapitän eines Schiffes baten, uns ins Heilige Land zu bringen, da lachte er uns aus und sagte, wir kämen zu spät. Es gebe keine Schiffe mehr, die Männer ins Heilige Land brachten, sie brachten sie lediglich wieder zurück.

Eine Weile blieben wir am Hafen, überlegten, was wir tun sollten. Manchmal fühlte ich mich so niedergeschlagen, daß ich mit dem Gedanken spielte, mich erneut in ein zügelloses Leben zu stürzen. Es gab hier viele gutaussehende Frauen. Ich litt immer noch unter Hildegundes Tadel, und nachdem der Kreuzzug nun gescheitert war, fühlte ich mich entmutigt und antriebslos, aber ich erlag der Versuchung nicht.

Statt dessen verbrachte ich einen Teil meiner Zeit mit dem Vortrag von Liedern, entweder in Hafenschenken, in denen der Wirt mir freundlich gesonnen war, oder im Freien. Außerdem verbrachte ich eine Menge Zeit damit, mich mit der provenzalischen Sprache vertraut zu machen, die in diesem Teil der Welt gesprochen wurde. Durch mein Studium der Dichtung dieses Landstrichs konnte ich sie zwar lesen, aber nicht wirklich verstehen oder sprechen.

Schließlich überredete Ewald mich, die Pilgerfahrt nach Jerusalem abzubrechen und statt dessen nach Santiago de Compostela zu gehen. Solange wir auf den Wallfahrtswegen blieben, würden wir unter den ersten sein, die erführen, wenn das nächste Heer aufgestellt werde, um Jerusalem zu befreien. Es hieß, eine Wallfahrt nach Compostela sei eine unschätzbare spirituelle Erfahrung. Außerdem war da die Tatsache, daß die Sarazenen immer noch einen Teil Spaniens besetzt hielten und gute Krieger gebraucht wurden, um sie aus dem Land zu jagen. Womöglich sei der letzte Kreuzzug nur deshalb fehlgeschlagen, weil die Zeit noch nicht reif dafür war – vielleicht weil gewisse Mächte, zu denen auch der Letzte Kaiser gehörte, noch nicht an Ort und Stelle waren. So zogen wir weiter durch die Sümpfe der Camargue Richtung Arles, wo noch riesige Gebäude aus römischer Zeit zu sehen sind, darunter ein gewaltiges Amphitheater. Von dort weiter nach Montpellier, wo es auffallend viele Kapellen für Unsere Liebe Frau gibt und auch zahlreiche Kollegs, in denen große Gelehrte zusammenkommen. Wir kamen durch die eindrucksvollen, befestigten Städte Béziers und Narbonne.

Es stellte sich heraus, daß Ewald der bestmögliche Reisebegleiter war. Er war ausgesprochen begeisterungsfähig, aber gleichzeitig ruhig – eine wahrlich seltene Verbindung. Er zeigte mir gegenüber große Zuneigung, erdrückte mich aber nicht damit. Mit ihm fiel es leicht zu schweigen. Doch wenn es angebracht war zu reden, dann konnten wir uns über alles unter dem Himmel unterhalten. Er war einer der wenigen Menschen, denen ich je alles anvertraute, was ich für Hildegunde empfand. Ich erzählte ihm auch von Katrin, der Verbrennung Uqharts und der Selbsttötung meines Vaters. Ich erzählte ihm, was mir mit Antonius widerfahren war, und auch von meinem Verdacht, daß es eine Verbindung zwischen den verschiedenen Ereignissen in meinem Leben geben könnte.

Ich erinnere mich an ihn als den stillen Mann, der er war, als wir durch das wunderschöne Land ritten, niemals weit entfernt vom Meer, über die Klippen und Buchten, Tag für Tag in der heißen Sonne, an sein langes, braunes, gelocktes Haar, diese großen Rehaugen, die im Licht funkelten.

Es war September, als wir durch das Herzland des Languedoc kamen, wo die Katharer herrschten und nicht die Christen.

Der arme Ewald.

Wir waren nicht mehr weit von Carcassonne. Wir fanden

keine Herberge, doch da das Wetter immer noch schön war, waren wir auch damit zufrieden, im Freien zu schlafen.

Dieser Abend verlief wie so viele andere, die wir gemeinsam verbrachten. Wir aßen Brot und Käse, tranken Wein, plauderten, ich sang für ihn, und dann schliefen wir ein, lauschten dem Zirpen der Zikaden. Woher sollte ich wissen, daß es das letzte Mal sein sollte?

Am nächsten Morgen wurde ich kurz vor Tagesanbruch von Gebrüll geweckt. Die Sonne ging gerade leuchtendrot zwischen den Bäumen auf. Nachts war es so warm gewesen, daß die Erde kaum mit Tau benetzt war.

Ich setzte mich träge auf und schaute in die Richtung, aus der das Gegröle kam. Eine zerlumpte Männerschar hatte das Wäldchen betreten, in dem wir schliefen. Einige von ihnen trugen Stöcke, und einer oder zwei hatten Schwerter.

Zuerst dachte ich noch, sie gingen einfach weiter, doch einer von ihnen sah mich, brüllte seinen Kumpanen etwas zu und kam in unsere Richtung. Ich schüttelte Ewald, um ihn zu wecken, doch er war zu langsam.

Ich versuchte es mit Deutsch, dann mit Latein und schließlich mit der provenzalischen Sprache. Sie gaben keine Antwort. Ihrem Verhalten war ganz klar zu entnehmen, daß sie es auf unsere Habe abgesehen hatten. Das dachte ich wenigstens zunächst.

Jeder Gedanke an Flucht war sinnlos, denn als ich mich umschaute, sah ich hinter uns ebenfalls Männer.

So wie sie aussahen, waren sie vermutlich keine besonders guten Kämpfer, andererseits waren sie uns zahlenmäßig haushoch überlegen und hatten das Überraschungsmoment auf ihrer Seite. Ewald war inzwischen wach und noch vor mir auf den Beinen, doch ihn übermannte heillose Furcht. Er begann zu laufen. Wenn er es nur versucht hätte, hätten wir sie vielleicht in die Flucht schlagen können, aber so sollte es nicht sein.

Ich versuchte ihnen zuvorzukommen und stürmte in ihre Mitte. Ich griff zwei von ihnen an und schlug sie zu Boden. Die Männer hatten nicht mit Widerstand gerechnet und bekamen es mit der Angst zu tun. Drohend hielt ich ihnen mein Schwert entgegen. Es waren sechs oder sieben, aber keiner von ihnen wagte es, sich mir zu nähern. Ich stand da, umklammerte das Schwert mit beiden Händen und forderte sie heraus, etwas zu unternehmen.

Unterdessen hatten sie Ewald erwischt und schleppten ihn wimmernd zurück. Ich kann mich noch gut an seine großen Augen erinnern, wie sie mich flehend ansahen, als sie ihn grob herumstießen.

Ich fragte sie lateinisch, was sie von uns wollten.

Sie deuteten auf unser Geld und unsere Pferde.

Ich schüttelte den Kopf. Wenn sie gewöhnliche Diebe waren, würde ich auf gar keinen Fall kampflos aufgeben.

Es folgte ein kurzes Schweigen, während sie von einem zum anderen blickten. Ich dachte daran, sie laut anzubrüllen in der Hoffnung, jemanden auf uns aufmerksam machen zu können, aber wir waren Meilen von der nächsten Ortschaft entfernt.

Dann brabbelte der Mann, der wie der Anführer aussah, irgend etwas. Die anderen nickten. Sie fingen an, Ewald gegenüber Drohgebärden zu machen, um mir zu zeigen, daß sie ihn verletzen, wahrscheinlich sogar töten würden, wenn ich nicht sofort mein Schwert niederlegte.

Ewald verstand dies ebenfalls, und statt ruhig zu bleiben, begann er sich zu wehren. Die Reaktion der Räuber war grausam. Sie stießen ihn von einem zum anderen. Dann wurde er niedergeschlagen. Einer holte ein Seil, band es um Ewalds Füße, warf es über einen Ast und zog ihn hoch, bis er mit dem Kopf nach unten dort hing. Ich zögerte immer noch, denn ich wußte, wenn ich einen angriff, war ich zwangsläufig dem Angriff der anderen ausgeliefert.

Sie schlugen auf Ewald ein, der mitleiderregend schrie. Schließlich stürmte ich mit erhobenem Schwert auf sie zu, gerade als der Mann das Seil an den Baum band.

Sehr weit kam ich allerdings nicht. Es muß jemand hinter mir gestanden haben. Vor mir machte keiner Anstalten, Widerstand zu leisten. Ich erinnere mich an einen unerwarteten Ruck, ein Gefühl der Übelkeit und tiefen Enttäuschung, dann ein erschütternder, stechender Schmerz. Danach weiß ich nur noch, daß ich nach vorn und in tiefe Dunkelheit gestürzt bin.

Ich habe eine eigenartige Erinnerung daran, wie ich aus meiner Ohnmacht erwachte, oder besser gesagt, mehrere Male halb aus der Bewußtlosigkeit auftauchte, aufschaute und Ewald über mir schwingen sah, der immer noch an diesem Baum hing. Ich konnte nicht sagen, ob er lebte oder tot war. Seine Augen waren weit aufgerissen. Er schien nach unten zu starren, als wollte er eine Nachricht entziffern, die neben mir auf dem Boden geschrieben stand, als befänden sich um mich herum heilige Runen, und er wäre Odin oder das Opfer eines heidnischen Ritus, das am Weltenbaum hing und herabstarrte, durch die Erde zu sehen versuchte, bis zu den Wurzeln unter der Welt.

Der Schmerz in meinem Kopf war unerträglich. Wann immer ich versuchte, mich zu bewegen, war der Schmerz so entsetzlich, daß ich mich nur noch nach dem Trost der Bewußtlosigkeit sehnte. Als mein Verstand in die Schwärze zurückfiel, hörte ich das Zischen der Meteore und spürte vor meinen Augen ein Flattern wie bei verbranntem Pergament. Es ist schon merkwürdig, wie eindringlich und lange ich dieses Gefühl, diesen Eindruck behalten habe.

Ich weiß nicht, wie oft ich aufwachte und ihn über mir sah.

Ich weiß nicht, wie lange ich dort gelegen habe. Schließlich wurde ich wach, und der Schmerz war erträglicher. Doch da war Ewald bereits tot. Ich versuchte aufzustehen, war aber zu schwach und wurde wieder bewußtlos.

Als ich das nächste Mal erwachte, war es dunkel. Jemand gab mir Wasser zu trinken. Von Ewald keine Spur. Dann wurde ich bäuchlings über den Rücken eines Pferdes gelegt. Als das Pferd sich in Bewegung setzte, trudelte mein Verstand erneut in die Schwärze davon.

13

Tod

Ich wachte auf, nur um mich an die Wand eines Verlieses gekettet zu finden. Die Hitze und die Kopfschmerzen waren fürchterlich. Ich erinnerte mich an die Ereignisse, die zu dem Kampf führten. Ich sah Ewald, der mit dem Kopf nach unten an diesem Baum hing und über mir pendelte. Aber ich wußte absolut nicht, wie ich in dieses Verlies geraten war.

Ich hatte immer wieder die gleiche Vision. Wenn ich die Augen schloß, sah ich über mir eine riesige Sense hin- und herschwingen. Es war, als sei Ewald, über mir pendelnd, zu der Sense geworden. In der Schwärze war jedoch ebenfalls die entsetzliche Fratze eines weißen Totenschädels. Dann sah ich in der Dunkelheit die zerstückelten Gliedmaßen, Hände, Füße, Beine, Arme, Köpfe all derer, die ich liebte, all derer, denen ich unrecht getan hatte. Katrin, mein Vater, ja sogar Hildegunde war dort, tot, verunstaltet.

Das Verlies war winzig. Durch ein Gitter fiel etwas Licht herein, so daß ich Tag und Nacht unterscheiden konnte. Hinaussehen konnte ich nicht, da es mir nicht möglich war, meinen Kopf in die richtige Lage zu bringen. Alles, was ich von draußen hörte, war das Jaulen eines Hundes in der Ferne. Zu essen bekam ich nur alte Brotstücke und Eintopfreste, die mir durch eine Klappe von einer Hand zugeschoben wurden, deren Besitzer ich nie sah. Ich rief, aber es kam nie jemand. Man ließ mich in meinem eigenen Dreck vermodern.

Nach einer Weile bemerkte ich, daß man mir mein Geld nicht abgenommen hatte. Die Börse war immer noch an meinem Gürtel.

Dann kamen sie mich holen. Sie trugen Masken. Ich dachte, sie würden mich umbringen. Zuerst waren sie grob, erkannten aber schnell, daß ich nicht in der Lage war, Widerstand zu leisten, und behandelten mich dann besser.

Sie führten mich in einen Gewölberaum, der mit seinen riesigen Säulen sehr an den, wenn auch verlassenen Kapitelsaal eines Klosters erinnerte. Obwohl wir uns in einem Steingebäude befanden, war es heiß.

Licht fiel durch die schmalen Fenster hinter dem Tisch, an dem meine Richter saßen. Das Licht blendete mich, weshalb ich zunächst die Gesichter derjenigen nicht erkennen konnte, die Anklage gegen mich erhoben. Ich erinnere mich an den merkwürdigen Hall dieses Raums, als eine Stimme etwas sagte, die ich wiedererkannte. Sie versetzte mich in ungeheure Angst. Es war Tremgistus.

»Dieses sind die Verbrechen, deren du angeklagt wirst:

Die erste Anklage lautet auf Brandstiftung. Als Schüler in Babenberch hast du in Öl getränkte Lumpen in das Skriptorium gebracht und angezündet. Du bist verantwortlich für die Zerstörung der Kathedrale und der Schule zu Babenberch.

Die zweite Anklage lautet auf Unzucht. Du hast mutwillig Unzucht getrieben mit der Hure Katrin. Du hast die Jungfrau Hildegunde, die von adliger Geburt ist, vom rechten Weg abgebracht. Sehr richtig sagte unser Herr: Wer aber Ärgernis gibt einem dieser Kleinen, die an mich glauben, dem wäre besser, daß ein Mühlstein an seinen Hals gehängt und er ersäuft würde im

Meer, wo es am tiefsten ist.* Seitdem hast du mit zahlreichen Huren Unzucht getrieben. Überdies hast du Unzucht und Ehebruch in unflätigen Liedern verherrlicht, hast dich mit deiner Blasphemie an Gott und seiner Schöpfung versündigt.

Die dritte Anklage lautet auf Nekromantie und Ketzerei. Du hast bei dem Magier Uqhart die Schwarze Kunst erlernt. Dieses Wissen hast du benutzt, um Geister zu beschwören und deinen eigenen Freund und Gefährten Pauli zu töten, den Stiefsohn Uqharts.

Die vierte Anklage lautet auf Vatermord, denn du hast mittels dieser Künste deinen Vater mit bösen Geistern gequält und ihn damit in den Tod getrieben.

Die fünfte Anklage lautet auf Verrat, denn du hast trotz des Vertrauens, das dir der Graf von Frankenburc entgegenbrachte, bei seiner Frau, der Gräfin, ehebrecherische Annäherungsversuche gemacht, sein Mündel Hildegunde mißbraucht und Johannes von Ulm bei einem Turnier durch Tücke und Hexerei getötet.

Die sechste Anklage lautet auf Mord, da du den Ministerialen Ewald aus schierer Lust am Töten und aus Habgier ermordet hast.

Hast du zu deiner Verteidigung etwas zu sagen?«

Ich hatte rasende Kopfschmerzen und mein Sehvermögen war getrübt. Ich gelangte zu der Überzeugung, tot zu sein, und daß dies die erste Stufe meines Jüngsten Gerichts war. Ich begann die Gesichter meiner Ankläger zu erkennen.

Sie saßen alle hinter einem großen Tisch unter dem Fenster, durch das blendendes Sonnenlicht fiel. Ganz links saß Antonius, der blinde Seher, den ich in Zell getroffen hatte. Er wiegte stumm seinen Kopf, während die Anklagen verlesen wurden.

* Matthäus, 18,6

Ganz rechts saß Abt Quintus, der während des Verfahrens traurig nickte, als sei er durch meine Verbrechen persönlich gekränkt. Links von ihm saß Fabricius, gekleidet in vornehme Gewänder, schlank, wachsam, der von Zeit zu Zeit den Eindruck vermittelte, schrecklich gelangweilt zu sein, wenn er mit den Fingern auf den Tisch trommelte. Rechts von Antonius saß ein großer, ganz in Schwarz gekleideter Mann, doch er hatte einen Helm auf dem Kopf, und ich vermochte nicht zu erkennen, wer er war.

In der Mitte stand, das weiße Haar abstehend wie die Strahlen der Sonne, die goldbraunen Augen wie glühende Kohlen und sogar noch leuchtender als das Sonnenlicht, derjenige, den ich am meisten von allen fürchtete – Tremgistus, der die Anklage verlas.

Ich sagte nichts. Ich blieb stumm. Vielleicht mißverstanden sie mein Verhalten als Trotz oder Willensstärke. Nichts konnte der Wahrheit ferner sein. Ich war erschöpft und verwirrt. Ich nahm die Anklagen hin. Es mochte durchaus die Wahrheit sein. Ich war neugierig. War dies die Erklärung für mein Verhalten, für den unglücklichen Verlauf meines Lebens, für alles, was ich womöglich sogar vor mir selbst verborgen hatte?

Es kam der Tag, an dem das Urteil gesprochen wurde. Ich war verwirrt und durcheinander. Ich wurde zum Tode durch Rädern verurteilt. Das bedeutete, daß meine Knochen einer nach dem anderen gebrochen würden, bis ich schließlich unter schrecklichen Qualen erstickte. Die Hinrichtung sollte erst in drei Monaten stattfinden, damit ich ausreichend Zeit hatte, über meine Missetaten nachzudenken, und auch, weil mich aus Angst vor dem Tod ja doch noch Reue überkommen könnte. Gegen das Urteil war jedoch keine Berufung möglich.

Ich konnte nicht glauben, was ich gehört hatte. Sicher war ich doch bereits tot. Ich trug den Gestank des Todes an mir. Ich befühlte meine Glieder, mein Gesicht. Mir war schwindlig. Meine Kopfschmerzen waren immer noch entsetzlich. Auf eine Art war der Schmerz so sehr zu einem Teil von mir geworden, daß ich ihn schon gar nicht mehr spürte. Ich war dieser Schmerz. Und dennoch, als das Urteil verlesen wurde, gelangte ich zu dem Schluß, daß ich doch noch lebte. Nach all dieser Zeit fühlte ich mich betrogen. Ich hatte mich mit meinem Tod abgefunden.

Das war es also, was ich nun zu erwarten hatte: drei Monate in der feuchten Zelle zu verrotten und dann einen schrecklichen Tod.

Ich dachte an Hildegunde und weinte – vielleicht zum erstenmal – reine Tränen, weil ich bereit war, mich der Gerechtigkeit zu übergeben.

Nach meiner Verhandlung verbesserten sich die Bedingungen, unter denen ich gehalten wurde. Ich wurde nicht mehr angekettet, und das Essen war ebenfalls besser. Mit zunehmenden Kräften begann auch mein Kopf wieder klarer zu werden. Der Schmerz war nicht mehr ganz so quälend. Es gab sogar Tage, an denen ich überhaupt keine Schmerzen mehr hatte.

Die Erinnerung an den Prozeß peinigte mich unablässig. Ich schlief ein, und sobald ich aufwachte, mußte ich feststellen, daß ich von der Verhandlung geträumt hatte. Dies geschah in solcher Häufigkeit, daß ich heute gar nicht mehr unterscheiden kann zwischen tatsächlichen Erinnerungen an den Prozeß und den Alpträumen, die er hervorrief.

Wie war es meinen Anklägern gelungen, eine solche Macht über meinen Geist zu erlangen? Ich war krank und erschöpft, doch war dies nicht Grund genug. Vieles war in meinem Leben mißraten, und ich hatte allen Grund zu glauben, daß die Mächte des Bösen daran beteiligt waren. Ich hatte immer angenommen, diese Mächte des Bösen stünden außerhalb meiner selbst. Sollte ich nun glauben, daß die Quelle dieser Mächte mein eigener Wille war?

Es war, als besäße ich zwei Selbst, das Selbst, von dem ich immer dachte, es wäre ich, und dieses andere Selbst, dieses bewußtere, bösere, schlüssigere Selbst. Ich hatte zugegeben, daß es mir gehörte, aber ich begann gerade erst, es zu verstehen. Im Verlauf des Prozesses hatte ich es vollkommen akzeptiert.

Nur sehr langsam begann ich über die Fehler in den Anklagepunkten nachzudenken. Ich suchte immer wieder meinen Verstand nach einer Erinnerung ab, als Junge das Feuer im Skriptorium gelegt zu haben. Da war nichts. Ich durchlebte noch einmal jeden einzelnen Augenblick. Ich war in keinster Weise verantwortlich für den Brand in Babenberch.

Auf der Schule hatte ich Bücher über okkultes Wissen studiert. Es war richtig, daß ich auch bei Uqhart solchen Studien nachgegangen war. Zum damaligen Zeitpunkt jedoch hatte ich dies, soweit ich mich entsinnen konnte, aus Liebe zum Wissen und zur Wahrheit getan und nicht mit dem Ziel, das Böse zu finden.

Die Anklage der Unzucht entsprach der Wahrheit. Und doch, wenn ich mit einer Frau geschlafen hatte, dann zuerst aus wahrer Liebe und nur in letzter Zeit aus Verzweiflung. Aber natürlich hatte ich gewußt, daß die Unzucht eine Sünde des Fleisches und das Fleisch schlecht ist. In diesem Anklagepunkt verdiente ich jede Strafe, die über mich verhängt wurde.

Mit verstreichender Zeit kam ich wieder zu Kräften. Das Essen war inzwischen erheblich besser, manchmal sogar köstlich. Meine Kopfschmerzen waren fast verschwunden. Allerdings fieberte ich immer noch, und wie an den Tagen, da ich dieses schreibe, gab es Zeiten, in denen mein Körper friedlich war und ich klar denken konnte.

Während dieser Stunden erinnerte ich mich an mich, wie ich

wirklich war. Ich konnte einfach nicht verstehen, weshalb ich so widerspruchslos aufgegeben hatte, meinen eigenen Tod einfach hingenommen hatte, das ausschließlich schlechte, böse Wesen, das man mir zuschrieb.

Auch gab es Augenblicke, in denen ich echte Angst empfand. Dann brüllte und tobte ich gegen meine Ankläger und die Strafe, die sie über mich verhängt hatten. Aber es kam niemand.

Ein andermal wieder wimmelte es in meinem Kopf nur so von den Worten, die ich ihnen gern gesagt hätte, um sie selbst anzuklagen. Dann verspürte ich die schwere Last des Selbstmitleids. Ich dürstete nach dem Leben, wie ich es gekannt hatte, und war verbittert über die mir angetane Ungerechtigkeit. Ich fürchtete mich vor dem entsetzlichen Tod, der mich erwartete.

Niemand besuchte mich. Ernährt wurde ich von der Hand eines Unbekannten. Einmal, als mir das Essen wie gewöhnlich unter der Tür durchgeschoben wurde, sah ich die Hand einen Moment zögern. Aber das war auch schon alles.

Manchmal verzweifelte ich, schrie und brüllte, weinte, hoffte, daß jemand Mitleid hätte, wenigstens kam und mit mir redete, zuhörte, was ich zu sagen hatte. Ich hatte gesündigt, aber nicht so, wie sie dachten.

Dann wieder kehrten die Sense und die Totenschädel zurück, und einer der Totenschädel trug das Antlitz des heiligen Johannes, wie ich meinte, ihn als kleiner Junge gesehen zu haben, und sagte mir, ich hätte ein Priester des Allmächtigen werden sollen.

Ich versuchte, die Zeit nicht aus den Augen zu verlieren, indem ich jeden Tag auf der Steinwand einzeichnete. Der Stein war hart. Als Werkzeug hatte ich nur meine Fingernägel. Das Licht war schlecht, und es dauerte lange, bevor der Kratzer sichtbar wurde. Wenn ich damit fertig war, bluteten meine Finger manchmal.

Es gab Tage, an denen war ich so verzweifelt, daß ich vergaß, ob ich bereits einen Kratzer gemacht hatte oder nicht. Dann zögerte ich für Stunden, versuchte zu entscheiden, ob ich einen neuen Kratzer machen sollte oder nicht, nur für alle Fälle. Es gab auch Tage, an denen war ich so außer mir, daß ich durchaus vergessen haben mochte, überhaupt einen Kratzer anzubringen.

14

Mäßigkeit

Ich erinnere mich deutlich an die Veränderung, denn es war wie ein Wunder, eine unerwartete Wiedergeburt. Eines Tages wachte ich auf und fühlte mich gut. Meine Kopfschmerzen waren fort, vollständig. Plötzlich konnte ich klar und ruhig darüber nachdenken, wo ich war und was aus mir geworden war. Immer noch zutiefst erschüttert, doch die unsinnigen Schuldgefühle waren verschwunden. Die Verzweiflung wurde zu etwas, mit dem ich zurechtkommen konnte.

Ich hörte Vogelgezwitscher oder vielmehr das Singen eines Vogels über dem Gitter, durch das Licht und frische Luft in meine Zelle drangen. Ob der Vogel auch schon früher gesungen hatte, weiß ich nicht. Wenn, dann war ich mir dessen nicht bewußt gewesen.

Die folgende Nacht schlief ich tief und traumlos. Nachdem mein Verstand jetzt wieder klar war, überlegte ich, welche Verbrechen ich tatsächlich begangen hatte und welche nicht.

Statt überall Bilder des Todes zu sehen, erinnerte ich mich an die guten Augenblicke meines Lebens. Die Gegenwart wich zurück und wurde bedeutungslos. Diese Fähigkeit besitze ich noch heute, deswegen kannst du, Philippos, diese Gedanken mit mir teilen. In mancher Hinsicht ist es, wie durch die Zeit zu reisen, und in anderer Hinsicht, als wäre die Zeit gar nicht mehr vorhanden; als wäre ich eins geworden mit meinem höheren Selbst, welches die Summe all dessen ist, was ich jemals gesagt, gespürt, gedacht und getan habe.

Während ich diese Art der Zeitreise immer besser beherrschte, gelang es mir gleichzeitig, meine Gefühle besser in Griff zu kriegen. Ich war in der Lage, mich angemessen um mich selbst zu kümmern, stand jeden Morgen zu einer festen Stunde auf und machte regelmäßig Übungen, um wieder zu Kräften zu kommen.

Ich richtete mich wieder nach den Zeiten der klösterlichen Gottesdienste, die ich natürlich verinnerlicht hatte. Dies wurde mir zu einem großen Trost. Zwischen den Andachten und zu festen Tageszeiten sang ich eine bestimmte Anzahl meiner alten Lieder. Ich sang laut, ordnete und untergliederte sie im Geiste nach unterschiedlichen Themen, Stilrichtungen und den Zeiten, in denen sie geschrieben worden waren. Indem ich dies tat, lernte ich mich besser verstehen. Die Untergliederung und Ordnung meiner Lieder war wie ein spirituelles Sezieren.

Meine Lieder erwiesen sich obendrein als vortreffliches Mittel der Zeitreise. Während ich ein Lied sang, war ich gleichzeitig in allen anderen Zeiten, zu denen ich es gesungen hatte, in der Zeit, in der ich es geschrieben hatte, und in der Zeit, als ich dazu angeregt worden war. Die Lieder waren wie Pfeile, die durch die Zeit schossen, und die Zeit war nicht wie eine endlose Rolle, sondern eher wie ein Bogen Pergament, der so gefaltet war, daß unweigerlich alle Lagen durchbohrt wurden, wenn der Pfeil eines Liedes eine durchstach.

Zu anderen Tageszeiten richtete ich meinen Verstand ganz auf das Komponieren neuer Lieder. Ich komponierte im Kerker eine ganze Reihe Lieder über die höfische Minne, dachte dabei an Hildegunde und daran, was unsere Liebe hätte sein können und sollen.

Niemand kam in meine Zelle. Einmal morgens und einmal gegen Abend schob eine Hand einen Teller Essen in meine Zelle. Ich bemerkte, daß das Essen ständig besser wurde. Ich hörte auf zu brüllen, um Aufmerksamkeit zu erregen. Statt dessen dankte ich dem unbekannten Überbringer des Essens höflich und mit lauter Stimme, um deutlich zu machen, daß es mir gutging. Ansonsten fühlte ich mich recht allein. Ich hatte allen Grund anzunehmen, daß die Strafe demnächst vollstreckt würde. Vor dem Tod hatte ich immer noch Angst, doch ich war an einem Punkt angelangt, an dem ich die Tatsache meines Sterbens annahm.

Was mich von anderen unterschied, war nicht das Wissen, sterben zu müssen, denn das ist allen Menschen gemein, sondern die Tatsache, daß ich die Art meines Todes kannte und daß er nahe bevorstand. Nachdem ich es nun so gut beherrschte, mich in mein früheres Leben zurückzuversetzen, erschien es wahrscheinlicher, daß meine Vergangenheit meinen Körper überleben würde und ich bei meinem Tod nichts zu befürchten hatte außer Schmerz und einen Übergang.

Etwa drei Wochen lang blieb ich in diesem Zustand sanfter Euphorie – mir fällt kaum ein besseres Wort dafür ein. Dann schlief ich eines Abends ein, nachdem ich wie üblich das Completorium gesprochen und leise vor mich hingesungen hatte. Ich weiß nicht, wie lange ich schlief, bevor der Traum kam. Zuerst war ich sicher, es war Hildegunde. Zum erstenmal sah ich in meiner Phantasie klar und deutlich ihr Gesicht. Sie trug ein langes Gewand, das blau auf der einen und rot auf der anderen Seite war. Das Wissen, daß sie dort war, erfüllte mich mit einer Wärme, einer spirituellen Wärme, wie man sie auch empfindet, wenn Engel vorüberziehen. Sie ist das Gegenteil der Kälte, die die Erscheinung von Geistern umgibt. Es ist die Wärme der Einsseins, der Vervollkommnung, wohingegen die gespenstische

Kälte der zurückkehrenden Toten stark an die Auflösung des Grabs erinnert.

Ich konnte ihr Gesicht deutlich sehen, jeden einzelnen Gesichtszug, und gleichzeitig konnte ich mehr spüren denn sehen, daß sie durch die tiefen steinernen Gänge des Klosters schritt, in dem ich festgehalten wurde, die steinernen Treppen hinunter und die schmalen Gänge entlang.

Sie war allein, und doch wußte ich, sie war es, und sie besaß die Macht, mich freizulassen. Gleichzeitig glaubte ich nicht, daß ich dem Tod entgehen sollte. Vielmehr dachte ich, diese Vision sei nur ein anderer Aspekt des Todes, jenes Todes, mit dem ich mich nun abgefunden hatte, so qualvoll er auch sein würde. Ich glaubte, mich erwartete schließlich eine Art Rechtfertigung, da ich als Opfer einer Ungerechtigkeit starb, und hielt es für durchaus angemessen, wenn der Tod in Hildegundes Gestalt zu mir kam.

In meinem Traum folgte ich Hildegundes Vordringen durch die Gänge zu meiner Zelle. Genau in dem Augenblick, als ich wußte, daß Hildegunde vor meiner Zelle stand, schlug ich die Augen auf. Ich hörte, wenngleich undeutlich, das Rasseln der Kette vor meiner Zellentür.

Ich war erschrocken, daß ich genau in dem Moment von Hildegunde geträumt hatte, da meine Henker und Peiniger mich holen kamen. Und doch war ich dankbar für diesen Trost. Ich fragte mich sogar, ob Hildegunde in diesem Augenblick für mich gebetet und ihr Gebet die Gestalt ihres Körpers angenommen hatte, während es zu mir eilte, um mich die Gegenwart ihrer Seele wissen zu lassen.

Das Rütteln an meiner Zellentür hielt an. Ich fragte mich, was für Männer meine Scharfrichter wohl sein würden, ob sie dumm und gewalttätig wären, listige, böse Menschen, denen es Freude bereitete, andere zu quälen, Menschen, die hämisch und höhnisch grinsen würden, während ich unter Qualen erstickte; oder vielleicht wären es auch barmherzige Seelen, die ihre Arbeit ohne überflüssige Grausamkeit erledigten, ihr Geld einsteckten und rasch gingen. Wie auch immer, bald würde alles vorbei sein, und wenigstens hatte ich die Erinnerung an meine Vision von Hildegunde, mit der ich mich während meines Leidens trösten konnte. Vielleicht war die Vision ja ein Zeichen ihres Verzeihens.

Ich schaute zum Gitter hinauf und sah, daß der Himmel verhangen und rötlich grau war. Der Morgen war noch jung. Ich hatte mir immer vorgestellt, bei Tagesanbruch zu sterben, und aus diesem Grund entspannte ich mich jeden Tag ein wenig, wenn die Zeit des Morgengrauens verstrich. Dies war die Tageszeit, zu der ich mit ihnen rechnete, und hier waren sie.

Das Rütteln ging weiter, und immer noch trat niemand ein. Mir brach der kalte Schweiß aus. Der Gedanke an die bevorstehende Folter war plötzlich greifbar. Ich spannte Muskeln an, prüfte Nervenstränge, das alles, dachte ich, zum letztenmal. Ich spürte das herrliche Strömen des Blutes, das Fließen der Körpersäfte vom Geist zu den Gliedern. Es war, als würde ich mich von meinem Körper verabschieden, Lebewohl sagen all den Sehnen, dieser Haut und diesen Knochen, die ich über die Jahre so liebengelernt hatte. Ich spürte seine Schönheit, die großartige, an eine Kathedrale erinnernde Ordnung seiner winzigsten Teile, und gleichzeitig stellte ich ihn mir vor, wie er schon bald sein würde. Ich stellte mir das Reißen an meinen Eingeweiden vor, das Brennen, das Brechen meiner Knochen und das abschließende Verzehren durch die Flammen. Es war eine Obszönität, eine Entweihung, so etwas einer Schöpfung Gottes anzutun, die so kompliziert, so vielschichtig war. Ich fragte mich, wieviel ich aushalten mußte, bevor ich in Ohnmacht fiel, bevor ich starb und in die andere Welt hinüberglitt. Ich fragte mich, wie ich den Schmerz aufnehmen würde, ob ich meine Würde behalten oder im Todeskampf schreien, wimmern, flehen und Dinge sagen würde, die mir Schande machen und mich entehren würden. Ich fragte mich, ob dieser Zustand der Gelassenheit, den ich in den letzten Wochen erreicht hatte, nicht eigentlich eine Täuschung war, die letzte meiner Selbsttäuschungen, bevor das wahre Grauen meiner weltlichen Existenz zum Vorschein käme.

Schließlich öffnete sich die Tür. Was ich sah, war nicht, was ich erwartet hatte. Dort standen drei junge Männer und eine junge Frau. Alle trugen schwarze Kleider, und doch hatten sie nichts von Scharfrichtern oder Folterknechten. Die Augen der Frau waren wunderschön. Es war ihr Anblick, der mir das meiste Vertrauen einflößte. Bestimmt hätten sie keine junge Frau in der Schar der Folterknechte geschickt.

Langsam kamen sie auf mich zu, sahen mich neugierig an. Dann gaben sie mir zu verstehen, ich solle still sein und ihnen folgen. Weder schlugen sie mich, noch demütigten sie mich auf andere Weise. Sie verlasen nicht mein Urteil. Sie führten mich nicht gewaltsam ab. Sie schienen auch nicht auf die Möglichkeit vorbereitet, daß ich mich wehren könnte. Ihre Augen verrieten weder Grausamkeit noch Mitleid, sondern vielmehr Besorgnis, Angst, gesehen zu werden.

Ich tat, was sie sagten, hoffte wider alle Vernunft, daß meine Zeit im Gefängnis gnädig endete. Meine Beine fühlten sich schwach an. Es war das erste Mal seit Wochen, daß ich irgendwohin ging, und ich befürchtete, jeden Augenblick zusammenzubrechen.

Ich überlegte: Als ich von Hildegunde geträumt hatte, auch wenn ich nicht gewagt hatte, mir dies einzugestehen, schien es, als käme sie, um mich zu befreien. Und genau das taten diese Menschen!

Wir gingen den Gang immer weiter hinunter. Sie tuschelten untereinander, aber ich verstand nichts.

Schließlich kamen wir auf einen Hof. Ich kann mich immer noch gut an die Wirkung des strahlenden Sonnenscheins auf meine Augen erinnern, die so lange nichts außer Dämmerlicht gesehen hatten. Es war ein Schmerz, gemischt mit Freude, eine Explosion aus Gold und Weiß, als wären plötzlich Myriaden Engel herangestürmt, um den Raum unmittelbar vor meinen Augen zu bevölkern,

Sobald sich meine Augen darauf eingestellt hatten, sah ich Bogen und Kreuzgänge. Allem Anschein nach war ich in einem Kloster festgehalten worden. Der Baustil des Gebäudes war alt und bedrückend, aber nicht ohne Schönheit, denn der Stein war erlesener Sandstein.

Es war merkwürdig, daß niemand sonst in der Nähe war. Ich hatte angenommen, daß sich meine Zelle im Verlies einer Burg oder eines wichtigen Klosters befand. Und doch war keine Menschenseele zu sehen, obwohl die Sonne inzwischen aufgegangen war. Links von mir sah ich die Kirche. Ich lauschte auf Gesang, konnte aber nichts hören. Beinahe war ich enttäuscht. Es gab niemanden, der uns daran hindern konnte, den Hof zu verlassen und auf die Gassen einer kleinen Stadt hinauszutreten. Hier herrschte das geschäftige Treiben von Menschen, die ihren täglichen Aufgaben nachgingen. Manche schauten in unsere Richtung, grüßten uns in ihrer Sprache und wurden zurückgegrüßt von denen, die mich aus der Zelle befreit hatten. Zunächst fühlte ich mich unbehaglich, aber die Leute nickten mir zu, als sei es das Selbstverständlichste von der Welt, daß ich hier war. Sie vermittelten nicht den Eindruck, ich sei jemand oder etwas Besonderes.

Ich wurde durch schmale Gassen zu einem Haus geführt. Es war groß und aus Stein erbaut, anders als die übrigen Häuser, die aus Holz waren. Man geleitete mich durch den Vordereingang und weiter eine Wendeltreppe hinauf. An der Wand sah ich die

SATOR-AREPO-Formel sowohl in der üblichen Schreibweise als auch erweitert in Kreuzesform, in der es dann zu PATER NOSTER wurde, wobei A und O das Alpha und Omega darstellten.

Man erlaubte mir, mich auf eine Bank vor einen stehenden Tisch zu setzen, auf dem eine Mahlzeit angerichtet war. Es gab ein Linsengericht, Backwaren, einige Zwiebeln, Früchte, Brot, ja sogar Weintrauben, aber kein Fleisch. Inzwischen hatte die junge Frau ihr Gesicht enthüllt. Sie war schön. Ihr Haar war tiefbraun, lang und lockig, und ihre Augen waren beinahe vollkommen schwarz, was ihr einen stechenden Blick verlieh. Nachdem ich lange kein menschliches Wesen mehr gesehen hatte, geschweige denn eine schöne junge Frau, fiel es mir schwer, sie nicht anzustarren.

Sie lächelte mich an und bedeutete mir zu essen. Ich wartete, ob die anderen mir wohl Gesellschaft leisten würden, doch auf ein Zeichen der jungen Frau verließen alle das Zimmer.

Ich schaute mich um. Es war ein prachtvoller Raum in einem prächtigen Haus. Ein recht großes Fenster, erheblich größer als in einem Haus dieser Größe üblich, ließ viel Licht herein. Die Wände waren mit Teppichen geschmückt. Einer der Behänge stellte ein Einhorn dar.

Am meisten sprach mich jedoch das Essen und Trinken an. Der Wein war vorzüglich, und es fiel mir schwer, mich zu bremsen. Ich befürchtete, betrunken zu werden und dem folgenden nicht mehr gewachsen zu sein. Ich fragte mich, warum es kein Fleisch gab.

Ich aß mich satt und versuchte mich ein wenig zu entspannen, überlegte, was wohl als nächstes geschehen würde.

Als ich des Wartens müde war, beschloß ich, mich die Treppe hinunterzuwagen; doch kaum hatte ich den Raum verlassen, sah ich einen älteren Mann, eingerahmt von zwei der jüngeren Männer, die mich aus dem Verlies befreit hatten, ebendiese Treppe zu mir heraufkommen. Wahrscheinlich begleiteten sie ihn zum Schutz. Der ältere Mann war ebenfalls in Schwarz gekleidet.

Er nickte mir freundlich zu, um mich wissen zu lassen, daß er mir nichts Böses wollte.

Ich fragte in verschiedenen Sprachen, wer er sei. Indes sagte er nichts, sondern forderte mich mit einem Zeichen auf, mich zu setzen, und nahm mir gegenüber Platz. Seine Ruhe beeindruckte mich ebenso wie sein Ernst und seine würdevolle Haltung.

»Mir scheint, junger Mann, daß Ihr es seid, der uns eine Erklärung über Eure Person schuldet.« Sein Latein war geschliffen.

Nach allem, was ich durchgemacht hatte, sah ich keinerlei Veranlassung, nicht offen und ehrlich zu sein. Ich erzählte ihm die Geschichte meiner Pilgerfahrt.

Die ganze Zeit nickte er. Er war ein guter Zuhörer, und ich erzählte ihm wahrscheinlich mehr, als ich hätte tun sollen.

»Wißt Ihr, wer mich gefangengenommen hat?« fragte ich. Er beantwortete meine Frage nicht sofort, sondern lächelte und schüttelte den Kopf. »Ich verzweifle an der christlichen Art«, sagte er.

Es verschlug mir den Atem. Er sah nicht aus wie ein Jude, und ich hatte noch nie jemanden außer Juden öffentlich bestreiten hören, daß sie Christen waren, gleichgültig, welche Ansichten sie zur Religion auch immer haben mochten. »Dann seid Ihr also kein Christ?« fragte ich.

»Nicht in Eurem Sinne«, erwiderte er. »Mein Name ist Markus. Ich bin der verantwortliche Ministeriale der Stadt Aletus und der umliegenden Ländereien. Ich bin dem Grafen von Toulouse verantwortlich. In dieser Gegend ist die Mehrheit der Bevölkerung katharisch, und ich hoffe, schon bald ein Vollkommener in diesem Glauben zu werden.«

»Wollt Ihr sagen, Ihr habt Christus und der Kirche abgeschworen?«

»Der Kirche ja, aber nicht Christus. Wir sind der Barbarei, Scheinheiligkeit und Habgier der katholischen Kirche überdrüssig. Der katharische Glaube bietet einen reineren, spirituellen Weg an.«

»Dann gibt es in dieser Gegend hier also keine Katholiken?«

»Doch, eine ganze Reihe. Wir versuchen, in Eintracht mit ihnen zu leben. Aber das Kloster, in dem Ihr festgehalten worden seid, wurde etwa zu der Zeit verlassen, als die Stadt zu unserem Glauben übertrat. Die Stadtbevölkerung war sich des Kommens und Gehens dort zu den merkwürdigsten Tages- und Nachtzeiten sehr wohl bewußt. Manche dachten, die Mönche würden zurückkommen, um sicherzustellen, daß sich niemand an ihrem zurückgelassenen Besitz zu schaffen machte. Ich glaube aber, daß die Mönche hofften, ihr Eigentum beschädigt vorzufinden, damit sie einen Vorwand hätten, katholische Adlige zum Angriff auf die Stadt zu überreden.«

»Aber wie habt Ihr herausgefunden, daß ich dort war?«

»Mir kamen Gerüchte zu Ohren, daß zu bestimmten Tages- und Nachtzeiten ein Gesang vernommen werden konnte – manchmal die klösterlichen Sprechgesänge der christlichen Religion und manchmal höfische Liebeslieder. Viele der schlichteren Stadtbewohner hatten Angst und glaubten, in dem Gebäude spukten Geister. Diese Gerüchte erreichten auch Gervoise. Er wurde von den Mönchen bezahlt, um Euch mit Essen zu versorgen. Der arme Mann war hin- und hergerissen. Er war mit den anderen zum katharischen Glauben übergetreten, hatte aber Angst, die Mönche zu verraten, die ihn bezahlten. Am Ende setzte sich sein Gewissen durch. Er sagte, Euer Gesang rühre ihn zuweilen zu Tränen, und es rühre ihn ebenfalls, wie Ihr Euch stets für das Essen bedankt habt, das er Euch brachte. Als erstes hat er aufgehört, unter Euer Essen Rauschmittel zu mischen. Und schließlich ist er zu mir gekommen.«

»Man hat Rauschmittel in mein Essen gegeben?« wiederholte ich… Das erklärte dann auch mein Fieber und die befremdlichen Visionen, die ich hatte. Ich erinnerte mich an die Geschichte von Orpheus. Es war mein Gesang, der mich gerettet hatte. Hätte dieser Gervoise mich nicht singen hören und hätte mein Singen ihn nicht gerührt, wer weiß, was dann aus mir geworden wäre? »Ihr wißt, daß man mich vor Gericht gestellt und zum Tode verurteilt hat«, sagte ich.

»Habt keine Angst«, sagte er. »In dieser Stadt besitze ich allein die Gerichtshoheit, und in dieser Region gibt es keinen Richter, der nicht vom Grafen von Toulouse eingesetzt wurde.«

»Was ging denn dann Eurer Meinung dort vor sich?«

»Meiner Meinung nach seid Ihr das Opfer eines grausamen Streichs geworden, den Euch eine Schar törichter christlicher Mönche gespielt hat, die nichts Besseres zu tun hatten.«

Während wir weiterplauderten, freundeten wir uns so weit an, wie es für einen älteren und einen jüngeren Mann bei einer ersten Begegnung möglich ist. Er erzählte mir, er habe einmal daran gedacht, katholischer Priester zu werden, habe dann aber die katharische Religion in philosophischer Hinsicht erheblich einleuchtender gefunden. Ihm zufolge bietet der christliche Glaube keine stimmige Antwort auf die Frage nach dem Bösen in der Welt. Die einzig mögliche Erklärung sei die der Katharer, daß es nämlich einen guten und einen bösen Gott gebe, beide ewig seien und über die gleiche Machtfülle verfügten, zumindest bis zum Jüngsten Tag. Er behauptete, unsere Seelen seien aus dem guten Gott hervorgegangen und im Himmel zurückgelassen worden, unser Geist habe es vorgezogen, Teil der Schöpfung zu werden; deshalb seien wir nun dem bösen Gott unterworfen. Die einzige Möglichkeit, der Macht dieses bösen Gottes zu entkommen, sei die Annahme des *consolamentum*, der Handauflegung, durch einen *parfait*, einen Vollkommenen, wodurch unsere Seele und unser Geist wieder vereint würden, solange wir rein blieben, all unsere Sünden beichteten, von fleischlichen Handlungen Abstand nähmen und keine Speisen äßen, die aus einer Begattung hervorgingen: kein Fleisch, weder Milch noch Eier oder Käse. Nur dann hätten wir das Recht, das Vaterunser zu sprechen, den guten Gott als »Vater« anzusprechen. Er sagte, daß manche sich in ihr Bett zurückzogen, nachdem sie das *consolamentum* erhalten haben, und lieber verhungerten, wenn sie in Not waren, als ohne zu sterben. Später erfuhr ich, daß diese Verfahrensweise die *endura* genannt wurde.

Ich war nicht sicher, was ich von diesen Auffassungen halten sollte, doch als er die Verderbtheit und die Scheinheiligkeit vieler sogenannter christlicher Geistlicher erwähnte, konnte ich ihm nur beipflichten.

Er versuchte nicht, mir seine Ansichten aufzudrängen. Ich erfuhr, daß die katharischen Vollkommenen ganz Abstand nehmen vom Geschlechtsverkehr, da dies als Teil von Satans Schöpfung angesehen wird. Er sagte, die in Satans Schöpfung gefangengehaltenen guten Engel hätten bitterlich geweint, als sie herausfanden, daß die Körper, die Satan ihnen gegeben hatte, von unterschiedlichem Geschlecht waren.

Schließlich kehrte das Gespräch wieder zu den Ereignissen der Welt zurück. Ich hörte, daß ein Priester namens Fulk von Neuilly durch das Land reiste und einen neuen Kreuzzug predigte. Wenn ich mir vorstelle, daß – wie ich von Markus erfahren hatte – Halberstadt und der Graf von Katznellenbogen das Kreuz genommen hatten, genau wie Balduin von Flandern und Hainalt! Das alles war Ergebnis eines Turniers, das Thibault von Champagne veranstaltet hatten. Damals reagierte ich zunächst mit Begeisterung, aber Markus wies mich zurecht, behauptete, der Krieg und das Töten seien böse. Dies ist eine weitere Überzeugung der Katharer. Bevor sie töteten, ließen sie sich lieber selbst töten. Damals verstand ich ihn nicht. Heute schon.

Außerdem berichtete er mir weitere Neuigkeiten aus Deutschland. Der Welfe Otto von Braunschweig und der Staufer Philipp von Schwaben waren beide zum König gekrönt worden, während ich eingekerkert gewesen war. Philipp wurde am achten September in Mainz gekrönt, mit den Insignien des Kaisers, aber ohne den Segen des Papstes. Unterdessen war Otto im Juli zwar mit dem Segen des Papstes, aber ohne die entsprechenden Insignien in Aachen gekrönt worden. Die Lage verhieß nichts Gutes für die Zukunft.

Die junge Frau kehrte kurz zurück und tischte uns mehr Essen auf. Sie hieß Margarite. Sie war Markus' Stieftochter.

Sie verließ den Raum, kehrte dann noch einmal mit einer Fiedel zurück.

»Werdet Ihr für uns singen?« fragte Markus.

»Gewiß, es wird mir eine Ehre sein.« Ich studierte die Fiedel sehr genau. Sie sah der meinen ungeheuer ähnlich, von der ich glaubte, sie für alle Zeiten bei meiner Gefangennahme verloren zu haben.

Markus reichte sie mir. »Diese haben wir vor etwa zwei oder drei Monaten auf der Straße vor der Stadt gefunden.«

»Ich glaube es einfach nicht«, sagte ich. »Denn Ihr müßt wissen, sie hat einmal mir gehört.« Ich spürte, daß es zu unhöflich gewesen wäre, auf ihrer Rückgabe zu bestehen.

»Dann sollt Ihr sie auch bekommen«, sagte er. »Wir dachten uns schon so etwas, nicht wahr Margarite? Aber wir stellen Euch eine Bedingung. Ihr müßt beweisen, daß sie Euch gehört, indem Ihr uns etwas vortragt.« Er lächelte liebenswürdig.

Es fiel mir schwer, die Tränen zurückzuhalten, als ich für sie sang. Ich war gerettet. Ich hatte meine Fiedel wieder. Ich war frei.

Zuerst sang ich einige provenzalische Liebeslieder, von denen ich wußte, daß sie sie verstehen würden. Ich sah Margarite beim Singen an und war erfreut zu sehen, daß sie errötete und ihren Blick abwandte, besonders als ich sang:

Alais! tan cuidava saber
D'amar, e tan petit en sai,
Car eu d'amar no 'm posc tener
*Celeis don ja pro non aurai…**

Markus bestand auf meinem Bleiben, bis ich wieder völlig genesen und bei Kräften war. Er verlangte nichts von mir, außer daß ich ihm gelegentlich etwas vorsang und wir uns über Philosophie unterhielten.

So entwickelte sich allmählich eine gewisse Routine, der gemäß wir uns zum Mittagessen und nach dem Abendbrot trafen. Er interessierte sich für die Gedankengebäude, die ich als Mönch gelernt hatte. Ich wiederum erfuhr eine Menge über die Katharer. Zum Beispiel glauben sie, Tiere und Vögel seien Mißgeburten schwangerer Frauen, die während der Schlachten zwischen den Mächten Gottes und des Satans vom Himmel fielen. Deshalb essen Katharer kein Fleisch.

Eines Tages wurde mir erlaubt, bei einem *apparellamentum* anwesend zu sein. Dies war die monatliche Zusammenkunft der Adepten oder Vollkommenen ihres Glaubens in Markus' Haus. Das Treffen fand in einem der oberen Gemächer statt. Der gesamte Gottesdienst wurde in der Landessprache gehalten und erinnerte mehr an ein zwangloses Zusammenkommen. Die

* O leider, ich meinte, ich verstünde soviel/von der Liebe, und wie wenig weiß ich doch tatsächlich,/Denn ich kann nicht aufhören sie zu lieben/Von der ich nichts erwarten sollte. (Bernart de Ventadorn)

Gläubigen beteten gemeinsam und beichteten sich gegenseitig ihre Sünden, selbst die winzigsten Dinge wie das Versäumnis, nicht die erforderliche Zahl Vaterunser gesprochen oder versehentlich Eier gegessen zu haben, wodurch sie den Anspruch auf das *consolamentum* verloren.

Wir saßen im Kreis beisammen, damit jeder jeden sehen konnte. Es herrschte eine wahre Atmosphäre des Friedens, und noch heute erinnere ich mich oft daran, von einem Gesicht zum anderen geschaut zu haben, dann zu den Dachsparren, dem Boden und den Stühlen. Die Holzmaserungen schienen ein wirbelndes Muster zu bilden, das sich über das Holz ausdehnte, alle Anwesenden verschlang und sich zur Unendlichkeit streckte. Unter den Vollkommenen waren Frauen, von denen manche bemerkenswert schön waren, blaß und schlank, alle in Schwarz gekleidet. Sie schienen dem Tod bereits sehr nahe, Teil einer anderen, ewigen Welt zu sein.

Viele ihrer Ideale, und besonders ihre Lebensweise, sprachen mich an, aber ich hätte niemals zu ihnen übertreten können. Ich mochte nicht glauben, daß die Schöpfung, der Mensch und die Welt, vollkommen böse sind. Auch konnte ich nicht glauben, die Seele wandere von einem Körper zum anderen und fände nur dann Erlösung, wenn sie in dem Körper eines Vollkommenen im Besitz des *consolamentum* stirbt. Es gibt Geister und Geisterstimmen, aber die Angelegenheit ist vielschichtiger, als sie glaubten. Außerdem glaubten die Katharer, Christus sei reiner Geist und habe keinen Körper haben können.

Ich lernte aus all dem, daß ich im Grunde meines Herzens glaubte, Christus sei sowohl Fleisch als auch Geist und seine Auferstehung die Gewähr für die Erlösung der Menschheit.

Nach etwa einer Woche fragte ich, ob ich den Mann kennenlernen dürfe, der mir so lange zu essen gegeben hatte, um mich bei ihm zu bedanken. Markus billigte dieses Vorhaben, und so kam es, daß ich ihm bereits am nächsten Tag begegnete.

Gervoise stellte sich als kräftiger, recht unbeholfener Mann von Mitte Dreißig heraus. Er hatte dunkles Haar und ein aufgedunsenes Gesicht mit zwei sehr ungleichen Hälften. Er war verheiratet und hatte drei Töchter. Die Familie lebte in einem kleinen Holzhaus in der Nähe des Marktplatzes. Gervoise war in seiner Jugend Schäfer gewesen, doch nunmehr fiel es ihm schwer, über das Land zu ziehen, wie er es früher getan hatte, und so lebte er von Gelegenheitsarbeiten in der Stadt. Er packte beim Bau neuer Häuser mit an, erledigte Instandsetzungsarbeiten, half beim Aufstellen der Marktstände und ähnliches mehr.

Er war ein einfacher, aber liebenswürdiger Mann. Er war aufgeregt, als wir uns das erstemal sahen. Ich sagte wenig und überließ Markus das Reden. Inzwischen verstand ich ein paar Brokken ihres Dialekts, begriff aber bei weitem noch nicht alle Worte.

Markus sprach sehr freundlich mit Gervoise. Anfangs beäugte Gervoise mich mißtrauisch oder sogar ängstlich. Als Markus ihm aber erklärte, wie dankbar ich ihm für die Verpflegung und die Hilfe bei meiner Befreiung sei, schien etwas in dem Mann zu schmelzen, denn er kam auf mich zu, warf mir die Arme um den Hals und hörte gar nicht mehr auf, mich mit Tränen in den Augen an sich zu drücken und zu küssen.

Zögernd beschrieb Gervoise die Männer, die ihn bezahlt hatten: den blinden Priester, den großen mit den weißen Haaren, den Minsterialen mit lockigem, grauem Haar und den Mann mit dem kantigen Gesicht, der wohl Abt Quintus war. Sie hatten Gervoise schwören lassen zu schweigen. Es war schwer zu sagen, ob sich Gervoise mehr schämte, weil er sie verraten oder weil er ihnen gedient hatte.

»Wo sind sie im Augenblick?« fragte Markus.

»Ich weiß es nicht«, sagte Gervoise mit hängendem Kopf.

»Wann wollten sie wiederkommen Weißt du das?«

Gervoise wurde verlegen. »Einer von ihnen taucht gewöhnlich alle zwei bis drei Wochen auf. In letzter Zeit kam nur noch der große Priester mit den weißen Haaren und den glühenden Augen.«

»Was sagt er, wenn er hier ist?«

»Er fragt einfach nur: ›Geht es dem Gefangenen gut?‹ Und ich erwidere dann: ›Er ist gut genährt und singt viel, Herr.‹ Dann gibt er mir Geld und geht wieder.«

Nach dem Gespräch gab Markus Gervoise Essen und Trinken, das er mit nach Hause zu seiner Familie nehmen sollte, und entließ ihn.

Noch bevor Gervoise ging, hatte in meinem Kopf ein Plan Gestalt angenommen. Sobald er außer Hörweite war, sagte ich: »Darf ich hier warten, bis Tremgistus zurückkehrt? Ich möchte ihm selbst sein Verbrechen vor Augen halten.«

»Ihr könnt tun und lassen, was Ihr wollt. Aber wenn Ihr ihn zur Rechenschaft ziehen müßt, dann tut dies bitte nicht auf meinem Gebiet.«

»Gewiß, obwohl er hier das Verbrechen der Freiheitsberaubung begangen hat und bestraft werden sollte.«

»Nach weltlichem Recht«, erwiderte Markus, »aber nicht nach kirchlichem Recht. Ich möchte nichts tun, was unseren Feinden einen Vorwand liefern könnte, einen Feldzug gegen uns zu führen. Ich habe den Angriff miterlebt, der vor siebzehn Jahren von Henri, dem Abt von Clairvaux, angeführt wurde. So etwas will ich nie wieder sehen, solange ich lebe. Aber natürlich könnt Ihr gern hierbleiben. Es ist ohnehin bereits so, als gehörtet Ihr zu meiner Familie. Nur stellt Tremgistus bitte außerhalb der Stadt zur Rede.«

15

Der Teufel

Die nächsten zwei Wochen wohnte ich bei Markus, seiner Frau und seiner Stieftochter Margarite und genoß sämtliche Annehmlichkeiten des häuslichen Lebens. Eines Morgens schließlich während des Frühmahls kam Gervoise hereingestürmt, nachdem er sich gewaltsam Zugang zu der Kammer verschafft hatte, wo wir gewöhnlich gemeinsam aßen. Selbst Markus schien zunächst empört. Gervoise war völlig außer Atem, und ganz offensichtlich war irgend etwas Wichtiges geschehen.

»Ich muß Euch sprechen«, sagte er. »Ich bin gerade aus der Tür getreten und wollte Marktstände aufstellen, als ich ihn sah …«

»Wen?« hakte Markus nach, während er wieder zu Atem kam.

»Den Großen, mit den weißen Haaren. Er ist wieder da. Was soll ich tun, wenn er mich sieht? Was soll ich sagen?«

Er hatte völlig die Beherrschung verloren.

»Keine Angst«, sagte Markus. »Du kannst hierbleiben, wo er dich nicht finden wird.«

»Aber er hat mich gesehen. Das wollte ich doch sagen. Er ist mir gefolgt.«

»Was?« Es war das erste Mal, daß ich Markus erregt sah. »Gervoise, du mußt ihm sagen, daß der Gefangene vor zwei Wochen am Fieber gestorben und auf dem städtischen Friedhof beigesetzt worden ist.«

Noch während er sprach, hörten wir Schritte im Treppenhaus.

»Walter, dort hinein!« sagte Markus und zeigte auf eine Tür am anderen Ende des Zimmers, die auf eine kleine Kammer führte, aus der man über eine Leiter den Dachboden erreichte. Ich griff meine Fiedel und war genau in dem Augenblick außer Sicht, als er auch schon mit großen Schritten hereinkam – der Mann, den ich wie nichts sonst auf der Welt fürchtete. Ich hatte keine Zeit mehr, die Leiter hinaufzuklettern, daher drückte ich mich in den Schatten an die Wand. Mein Herz schlug so laut, daß ich mich schon sorgte, sie könnten es im benachbarten Zimmer hören. Markus bedeutete Gervoise geistesgegenwärtig, sich dorthin zu setzen, wo ich gerade noch gesessen hatte, falls irgendwelche Fragen über das halb zu Ende gegessene Frühmahl auf dem Tisch gestellt werden sollten. Unter anderen Umständen wäre Gervoise über die Mahlzeit begeistert gewesen, aber nun war er viel zu aufgeregt, um etwas zu essen.

In der Tür, hinter der ich mich versteckte, gab es einen schmalen Spalt, und durch ihn bekam ich ungefähr mit, was auf der anderen Seite vor sich ging. Tremgistus war grimmig, beherrschend, seine Augen wild, er starrte von einem Mann zum anderen. Gervoise war eindeutig eingeschüchtert, Markus aber blieb ruhig und gelassen.

»Und«, sagte Tremgistus und sprach Gervoise barsch an, ohne Markus zu begrüßen oder sich zu entschuldigen, daß er so in sein Haus geplatzt war, »seit wann ißt du denn mit Leuten über deinem Stand? Oder bist auch du ein erbärmlicher Katharer geworden?« Er wandte sich an Markus. »Ich wußte gar nicht, daß der katharische Glaube vorsieht, mit Bauern zu essen.«

Markus und Gervoise blieben stumm.

»Gervoise, ich muß mit dir reden«, verlangte Tremgistus.

Gervoise sah Markus hilfesuchend an. Es war völlig klar, daß

Gervoise allein Tremgistus nicht gewachsen war. Zum Glück war Markus dies ebenfalls bewußt. Markus schritt ein. Er sprach ruhig und bestimmt. »Falls es um Euren gesetzeswidrigen Gefangenen geht – der ist tot.«

Tremgistus funkelte Gervoise drohend an.

»Und denkt nicht, es sei Gervoise gewesen, der es mir gesagt hat«, fuhr Markus fort. »Die ganze Stadt weiß Bescheid. Euer gesetzeswidriger Gefangener hat sehr viel geschrien, bevor er starb. Ich habe einige Männer beauftragt nachzusehen, was dort vor sich ging. Doch zu spät. Als sie zu ihm kamen, lag er bereits im Todeskampf. Kurze Zeit später ist er gestorben.«

»Und woran ist er gestorben?«

»Am Fieber.«

»Wo ist seine Leiche?« fragte Tremgistus eindeutig erschüttert, während er jedoch gleichzeitig versuchte klarzustellen, daß er nicht bereit war, Markus' Worten unbesehen zu glauben.

»Auf dem Friedhof.« Markus blieb gelassen.

Gervoise brachte mühsam ein Nicken zustande.

»Zeig mir sein Grab«, sagte Tremgistus und starrte Gervoise an.

Gervoise machte Anstalten aufzustehen, wobei er Markus flehend ansah. Doch Markus wählte seinen Augenblick gut. Er stand auf, trat vor Tremgistus und brüllte: »Ihr habt überhaupt kein Recht, weder in diesem Haus noch in dieser Stadt Befehle zu erteilen. Ich sage Euch, Euer Gefangener ist tot. Und wißt Ihr auch, zu was Euch das macht? Es macht Euch zu einem Mörder. Sollte ich Euch oder einen Eures Schlages noch einmal in dieser Stadt sehen, lasse ich Euch festnehmen und vor Gericht stellen.«

»Du«, erwiderte Tremgistus, »verstehst gar nichts. Du bist nicht mal ein Christ. Du bist ein Ketzer. Du bist derjenige, der seinem Richterspruch entgegensieht, einem furchtbaren Richterspruch im übrigen.« Er starrte Markus grimmig an, verdrehte die Augen. Gervoise wich verängstigt zurück. Und doch gelang Markus' List, denn Tremgistus beharrte nicht weiter auf seinem Verlangen. Er drehte sich um und verließ den Raum.

Keiner von uns rührte sich, bis wir sicher waren, daß er gegangen und außer Hörweite war. Markus trat zum Fenster und überzeugte sich, daß Tremgistus sich auf dem Weg die schmale Gasse hinunter befand, bevor er mich wieder in den Raum rief.

Der Zeitpunkt meines Aufbruchs war gekommen, ich würde Tremgistus folgen. Ich umarmte Markus und Gervoise und sagte: »Das sind also seine prophetischen Kräfte. Er kann nicht einmal meine Gegenwart hinter einer Tür spüren.«

Markus lächelte, doch er war nicht zu Scherzen aufgelegt. »Unterschätzt ihn nicht«, war alles, was er mir leise zuflüsterte. »Geht jetzt, aber vergeßt nicht: Wenn Ihr ihn zur Rechenschaft zieht, dann darf dies nicht auf Land geschehen, das meiner Gerichtsbarkeit untersteht.«

Ich nickte, dann nahm ich meine Fiedel und meine wenigen Habseligkeiten. Markus gab mir Geld, das ich unter der Bedingung annahm, es ihm zurückzahlen zu dürfen, sobald ich dazu in der Lage wäre. Ich nahm mir nicht einmal die Zeit, mich von Margarite zu verabschieden, sondern machte mich sofort auf den Weg und heftete mich an Tremgistus' Fersen.

Ich folgte Tremgistus fast einen ganzen Monat. Er zog in die Berge, ins Hochland, das wild und unbewohnt war. Sobald er sicher war, außer Sicht von Menschen zu sein, änderte sich sein Verhalten. Häufig setzte oder kniete er sich für eine Weile nieder, verharrte reglos, murmelte leise vor sich hin. Dann sprang er plötzlich auf, beweglich wie ein Mann halb so alt wie er, und tanzte und sang und wälzte sich auf dem Boden, rannte über Felsen und Gestrüpp, ein wildes Funkeln in den Augen, als sei er besessen von einer ganzen Legion übernatürlicher Mächte. Dieser Zustand hielt stundenlang an, während er auf den hohen Pfaden und durch die Schluchten der Pyrenäen halb lief, halb mit großen Schritten wanderte. Ich konnte nicht nahe genug herankommen, um die Worte zu hören, die er ausstieß, engelhafte oder teuflische. Ich vermutete letzteres und hielt Abstand für den Fall, daß die Geister, mit denen er verkehrte, ihm von meiner Anwesenheit erzählten.

Es war nicht schwer, ihm zu folgen; ich war jünger und in besserer körperlicher Verfassung als er. Nach meinem Martyrium im Kerker waren meine Kräfte schnell zurückgekehrt. Die Kunst des Fährtenlesens hatte ich schon als Kind während meiner Zeit im Wald und dann im Rahmen meiner kriegerischen Ausbildung am Hof zu Frankenburc erlernt. Tremgistus hatte keine solche Ausbildung, oder er machte zumindest keinen Versuch, mir zu entkommen.

Allerdings war er sehr geschickt im Fallenstellen. Ich sah, daß er feste und bewegliche Netze benutzte, um Vögel, Kaninchen, Hasen und anderes kleines Getier zu fangen. In dieser Hinsicht erinnerte er mehr an einen listigen Bauern denn an einen adligen Priester und Seher.

An den ersten beiden Abenden beobachtete ich, wie er ein Feuer entfachte. Zunächst hatte ich den Verdacht, daß er kleine Tiere verbrannte – Mäuse, vielleicht Echsen. Am zweiten Abend sah ich, daß er eine Fledermaus fing. Er pflückte sie buchstäblich aus der Luft. Ich war zu weit entfernt, um mit Sicherheit sagen zu können, was er da tat, aber was ich hörte und roch war genug, um eine Gänsehaut zu bekommen. Er gackerte und sang dann Lieder in Sprachen, die ich nicht verstand, die jedoch womöglich Geistersprachen waren. Ich hörte die Fledermaus jämmerlich quieken, und ich bin mir sicher, gesehen zu haben, wie er ihre Flügel ausriß. Ich habe gehört, daß es Männer gibt, die sich das Blut von Fledermäusen in die Augen reiben, um in der Dunkelheit der Geisterwelt sehen zu können. Es dauerte nicht lange, bis ich das verbrennende Fleisch des Tiers roch.

Am dritten Abend, dem letzten, den er in den verlassenen Teilen der Berge zubrachte, fing er einen Widder. Bis zum Einbruch der Dunkelheit hielt er ihn an einen Baum gebunden. Ich schaute aus beträchtlicher Entfernung zu, aber ich schwöre, daß er mit dem Tier Verkehr hatte, bevor er ihm die Kehle durchschnitt und seinen Körper den Flammen übergab. Der Himmel war an diesem Abend gespenstisch violett.

Plötzlich hörte ich jemanden mit einer grauenerregenden, schrillen Stimme meinen Namen rufen. Ich richtete mich jäh auf. Einen schrecklichen Augenblick lang war ich überzeugt, daß er geradewegs zu mir kommen würde; ich war überzeugt, er wußte genau, wo ich war. Nichts dergleichen geschah. Er schrie meinen Namen noch weitere dreimal und legte sich dann bewegungslos hin, wie eingeschlafen oder bewußtlos.

Nachdem Tremgistus am nächsten Morgen aufgebrochen war, untersuchte ich die Feuerstelle. Die verkohlten Überreste der Kadaver waren noch da. Um das Feuer war ein Pentagramm in den Boden gezeichnet.

Nach den Tagen in den Bergen stieg er wieder hinunter zu einer der Hauptrouten im Flachland und hielt sich Richtung Roncesvalles nach Nordwesten. Von Zeit zu Zeit schloß er sich Pilgergruppen an, die nach Santiago unterwegs waren. Von da an benahm er sich recht unauffällig, wanderte mit einem Stock in der Hand wie ein ganz gewöhnlicher Reisender oder Pilger.

Wenn er unter anderen Wallfahrern war, spielte er die Rolle des christlichen Priesters und Propheten. Ich beobachtete, wie er Pilgern predigte und sie ermahnte, sich zu bessern, da das

Ende der Zeit schon bald über uns kommen werde; hörte ihn sagen, die Zeit für die Herrschaft des Letzten Kaisers sei gekommen; hörte ihn beschreiben, welche Nöte und Leiden der Welt schon bald widerfahren würden. Das alles weiß ich so genau, weil ich Wert darauf legte, mit den Menschen zu reden, mit denen er gesprochen hatte, weil ich hoffte, er hätte ihnen sein eigentliches Reiseziel genannt. Die Pilger waren überwältigt von dem Mann, und ich sah viele von ihnen niederknien, um sich von ihm segnen zu lassen.

Ich folgte ihm von Wegkreuz zu Wegkreuz, von Kirche zu Kirche und von Weiler zu Weiler. Er übernachtete an den verschiedensten Orten, manchmal schlief er im Freien, manchmal in großen, vornehmen Klöstern und dann wieder in bescheidenen Herbergen. Einmal hätte ich ihn beinahe verloren, als er in der Bergfestung und Stadt Saint Bertrand übernachtete, in der Burg eines mächtigen Landadligen. Die Tatsache, daß er in so vielen Klöstern und beim Adel willkommen geheißen wurde, machte mir klar, daß er ein Mann mit beachtlichen Verbindungen war, ein Mann, der aufgrund seines Einflusses gefürchtet werden mußte. Es war bereits Ende Oktober, als ich ihm zu seiner Höhle in Roncesvalles folgte.

Wir kletterten steil den Pfad hinauf und hoch in die Berge, wo ich mir vorstellte, daß hier Rolands Späher nach den spanischen Heeren Ausschau gehalten hatten. Nie wieder werde ich den Anblick der Wolken und des im Tal wabernden Nebels vergessen, wirbelnd und geheimnisvoll weiß vor den dunklen Grau- und Grüntönen der Berge, als wären die Geister der Heere, die hier gekämpft hatten, gegenwärtig, als würde die Schlacht jetzt nicht mehr zwischen zwei irdischen Heeren gefochten, sondern zwischen der gegenwärtigen stofflichen Welt und der spirituellen Welt der Toten. Ich erinnerte mich an die Worte des Rolandsliedes:

Halt sunt li pui et li val tenebrus,
*Les roches bises, les destreiz merveillus.**

Am Scheitelpunkt des Pfades, wohin ich ihm an diesem Abend gefolgt war, sah ich, daß er einen schmalen Weg in eine tiefe Klamm hinabgestiegen war, und doch hatte er zum erstenmal keine deutlichen Spuren hinterlassen. Ich geriet in Panik, fragte mich, ob ich ihn verloren hatte oder ob ich vielleicht die ganze Zeit einem Geist gefolgt war oder auch einem Hirngespinst, da er vom Antlitz der Erde verschwunden schien, als hätte es ihn nie gegeben. Ich war völlig auf Vermutungen angewiesen.

Ich beschloß, in die Klamm hinunterzusteigen, denn auf dem Bergrücken würde ich ihn sicher nicht mehr finden! Ich wollte schon aufgeben, als ich den Eingang der Höhle erblickte. Und tatsächlich waren dort auch Spuren. Fußabdrücke von einem Menschen. Dann bemerkte ich zu meiner Erleichterung, daß sich an einem Stechginsterstrauch etwas Wolle von Tremgistus' Kutte verfangen hatte. Ich spürte, daß der Augenblick gekommen war, ihn zur Rede zu stellen.

Ich bückte mich, um die Höhle zu betreten. Im Innern war es nicht völlig dunkel. Hinter einer Biegung leuchtete ein unheimliches Licht. Es lag eine Kälte in der Luft – die Kälte des Bösen, gerade so, als wäre die Höhle einer der Eingänge zur Hölle selbst.

Trotzdem ließ ich mich nicht von diesem Ort einschüchtern. Während ich mich durch den Felsengang vorarbeitete, wurde ich von sonderbaren Schatten bedrängt. Ich sah das Bild des Widders, den Tremgistus geopfert hatte, und ich sah Tremgistus

* Hoch sind die Berge, düster sind die Täler/Die Felsen braun, die Pässe wundersam … (Das Rolandslied; 66)

selbst als Schattenriß auf der Felswand, jetzt allerdings mit Hörnern wie denen des Widders und mit einem Schwanz wie dem einer Eidechse.

Ich hörte Gesang oder vielmehr eine leise, eintönige Beschwörung unmittelbar hinter der nächsten Biegung. Es war Tremgistus' Stimme, schauerlich und entmutigend.

Ich ging um die Ecke und sah ihn ganz in Weiß gekleidet mit gekreuzten Beinen und glasigen Augen vor einem Altar sitzen, der aus unbehauenem Stein errichtet war. Auf dem Altar stand kein Kreuz, aber Brandgeruch hing in der Luft. Das Licht kam von fünf Kerzen, die in gleichmäßigen Abständen um den Altar aufgestellt waren.

Zunächst sah Tremgistus mich nicht. Dann brach sein Sprechgesang jäh ab. Nach einer kurzen Weile drehte er den Kopf, um mich anzusehen. Seine Augen funkelten im Kerzenlicht in einem entsetzlichen Gelbbraun. Sein Blick ließ mich bis ins Mark erstarren. Ich wollte instinktiv kehrtmachen und weglaufen, aber ich wich nicht von der Stelle.

»Lebst du, oder bist du tot?« fragte er.

Ich gab ihm keine Antwort. Ich begriff, daß ich Tremgistus überrumpelt hatte. Er schien vor mir genausoviel Angst zu haben wie ich vor ihm. Ich starrte ihn unbeweglich an und erwiderte: »Ihr werdet mir sagen, warum Ihr Euch in mein Leben eingemischt habt. Was wollt Ihr von mir?«

Als sich meine Augen auf das Licht einstellten, sah ich, daß sich an den Wänden der Höhle viele Bücher und Pergamente befanden. Auf drei oder vier Büchern lagen Steine, um sie aufgeschlagen zu halten.

Tremgistus starrte mich weiter an, als versuche er zu erkennen, ob ich nun ein Geist oder aus Fleisch und Blut sei.

»Ich habe Gewalt über Euch«, sagte ich. »Ich kann Euch töten oder ich kann Euch am Leben lassen. Ich kann Euch vor ein kirchliches Gericht bringen oder ich kann Euch laufen lassen. Was soll es sein?«

»Du bist aus Fleisch und Blut. Diese Narren in Aletus haben mich belogen.« Wütend schleuderte eine Handvoll Dreck auf den Altar. Die Kerzenflammen flackerten, und die Schatten vollführten einen irren Tanz an den Wänden.

»Ich will wissen, warum Ihr Euch in mein Leben eingemischt habt. Ihr sagt es mir entweder jetzt sofort, oder ich werde Euch töten.« Ich zog mein Messer und richtete es auf den alten Mann.

»Wenn du die Antworten immer noch nicht kennst«, sagte er, »wirst du sie auch nicht verstehen, selbst wenn ich sie dir buchstabiere. Wenn du sie bereits kennst, besteht keine Notwendigkeit für deine Frage.«

»Sagt es mir, oder ich werde Euch töten.«

Tremgistus blieb stumm. Dann schien er zu einer Entscheidung zu kommen. Er sprach, langsam zuerst. »Die Visionen. Sie lügen niemals. Zuerst hatte ich sie, dann Antonius. Wir wissen, daß diese Welt rettungslos verdorben ist. Alles muß enden. Alles muß weggefegt werden vor dem Millenium. Je früher alles weggefegt wird, desto besser. Wir wußten, daß du kommen würdest. Ich nehme an, es ist durchaus möglich, daß du selbst es noch nicht weißt. Das habe ich schon erlebt. Wir haben deine astrologischen Diagramme überprüft. Sie bestätigen die Visionen. Hast du nicht selbst auch Visionen? Natürlich hast du. Dann verstehst du auch unser Eingreifen, bei der Hure Katrin, bei Uqhart, bei Hildegunde. Hier unten ist alles verdorben und im Vergehen begriffen. Das weißt du ebensogut wie ich.«

»Für wen haltet Ihr mich? Wovon redet Ihr?«

»Wenn du die Künste kennst, wirst du die Antwort wissen.«

»Ich habe mit eigenen Augen gesehen, wie Ihr die Schwarze Kunst praktiziert habt«, sagte ich. »In den Bergen, auf den Gipfeln, und ich habe Euren Altar dort gesehen, auch den Widder. Betet Ihr zu Satan?«

Seine Augen glühten wie Kohlen, als er mich anstarrte. »Niemand könnte diese Bösen anbeten, die Prinzen der Hölle und der Luft. Und doch kenne ich sie. Und es ist wahr, daß ich sie heraufbeschworen habe. Ich bin ein Mann mit okkultem Wissen. Was ich gesehen habe und was ich weiß, würden nur wenige verstehen. Mein ganzes Leben lang war es mein Streben, die letzten Dinge zu erfahren. Dieses Verlangen habe ich, seit ich als kleiner Junge zum erstenmal die Offenbarung des heiligen Johannes gelesen habe. Das darin verborgene Wissen ist den meisten Menschen verschlossen, und auch den Engeln, wie die geheimen Bücher des Aristoteles, die allein der Antichrist wird lesen können, wenn er kommt. Und doch wissen die Dämonen Bescheid, denn was ihnen schreckliche Angst einjagt, was sie zu immer größeren Auswüchsen des Bösen auf dieser Welt treibt, ist das Wissen um die Strafe, die sie erwartet. Das ist der Grund, warum ich die Dämonen rufe. Nicht weil ich sie anbete oder verehre, sondern wegen des Wissens, das sie mir über die innersten Abläufe des Endes vermitteln können, über die letzten Dinge, bei denen du eine wichtige Rolle spielen wirst.«

»Warum habt Ihr mich dann festnehmen lassen? Warum wurden mir berauschende Mittel gegeben, warum wurde mir der Prozeß gemacht? Warum wurde ich so lange festgehalten? Warum wurde mir mit dem Tod gedroht?«

»Wir mußten dich auf die Probe stellen, dich und deine Kräfte. Du hast dich sehr gut geschlagen.«

»Wer ist noch an Eurem Spiel beteiligt?«

Er starrte mich an. Es war, als redete ich mit einer Sphinx. Er blieb bewegungslos. Sein Gesicht war aschfahl im Kerzenschein, und nur seine gelbbraunen Augen strahlten aus seinem Kopf mit dem Licht der Höllenflammen. Er mochte ja behaupten, die

Mächte des Bösen nicht anzubeten, aber es fiel mir schwer zu glauben, daß er nicht von ihnen besessen war.

Bilder all dessen, was ich in meinem Leben verloren hatte, drängten sich mir auf. Und für alles war dieser Mann hier verantwortlich. Ich spürte Flammen des Zorns in mir aufsteigen.

»Ich sagte, ich will wissen, wer noch in Euer schauriges Possenspiel verwickelt ist.«

»Ich habe geschworen, ihre Namen niemals preiszugeben. Niemandem. Nicht einmal dir.«

»Wir werden ja sehen«, zischte ich.

So schnell ich konnte trat ich hinter ihn, legte meinen Arm über sein Gesicht und drückte ihm das Messer an die Kehle. Sein wallendes weißes Haar roch fast wie Moschus.

Er blieb bewegungslos. Wenn er sich gewehrt hätte, hätte ich es vielleicht fertiggebracht, ihn zu töten. »Sagt es mir«, fauchte ich wieder.

»Dann«, sagte er, »weißt du also, wie du dich zu benehmen hast. Dann weißt du ebenso wie ich, daß Luzifer der Vorbote des wahren Lichts ist.«

Während ich noch einen Moment über seine Worte nachdachte, hob er die Hände und hebelte meine Arme fort, um sich zu befreien.

War ich überwältigt von dem, was er sagte? War er wirklich zu schnell für mich? Oder hatte er mich auf irgendeine Weise verzaubert? Wie auch immer, mein Arm fühlte sich kraftlos an, und ich konnte nicht verhindern, daß er sich aus meiner Umklammerung löste wie ein Geist. Einen Augenblick empfand ich die Demütigung, als junger Mann im Kampf von einem älteren, gebrechlicheren Mann überrumpelt zu werden.

Mit einemmal war da ein dumpfes Tosen. Eine kalte Windböe fegte durch die Höhle. Plötzlich verloschen alle Kerzen. Die Höhle lag in völliger Dunkelheit. Tremgistus hatte sich nicht in die Richtung bewegt, wie ich es erwartet hätte, nach draußen, hinaus aus der Höhle, sondern noch tiefer in den Fels hinein, nach unten, zu den Eingeweiden der Erde.

Ich brauchte eine Weile, bis ich wieder klar denken konnte – ich nahm eine der Kerzen und tastete mich nach draußen auf das Licht zu. Ich fand einen Feuerstein, zündete die Kerze wieder an und ging in die Höhle zurück.

Als die anderen Kerzen auch wieder brannten, sah ich den Gang nach unten, in dem er verschwunden war. Ich folgte ihm, nur um herauszufinden, daß er sich in verschiedene Richtungen gabelte. Ich rief Tremgistus. Keine Antwort, nur der verzerrte Widerhall meiner eigenen Stimme, die mich verhöhnte.

Auch wenn Tremgistus fort war, konnte ich mir immer noch die Schriften ansehen, die er zurückgelassen hatte.

Ich nahm sie mit hinaus ans Tageslicht und las bis zum Sonnenuntergang. Es waren die verschiedensten Texte: eine Reihe astrologischer Diagramme, einige lateinische Bücher über die Kunst der Nekromantie, einige griechische Bücher über neoplatonische Zauberpraktiken sowie Texte in einer Sprache, die ich weder verstand noch erkannte. Für mich am aufschlußreichsten war ein Stapel Pergamente, die augenscheinlich in Tremgistus' Handschrift verfaßt waren. Sie waren ein Tagebuch der Zusammenkünfte der Bruderschaft. Jeder Bogen war mit Datum und Ort versehen. Nur die Namen derer, die bei jeder Zusammenkunft anwesend waren, wurden nicht genannt. Die Namen der einzelnen Mitglieder waren durch Symbole dargestellt, fünf Symbole, die den Zeichen der vier Elemente und einer verzerrten Version des Zeichens für die Quintessenz entsprachen.

Die Zeitpunkte ihrer Zusammenkünfte waren eindeutig. Sie fanden jährlich statt, immer in der Johannisnacht. Sie reichten zurück in das Jahr vor meiner Geburt. Die Orte, wo sie durchgeführt wurden, wechselten. Die erste war in Rom abgehalten worden; dann eine in Padua, eine weitere in Paris.

Ich versuchte, Ort und Zeit der nächsten Versammlung herauszufinden. Ich erfuhr, daß sie am Johannistag des folgenden Jahres, im Jahr des Herrn 1199, in der Kirche San Saturio der navarresischen Stadt Soria stattfinden würde.

Mehr brauchte ich nicht. Ich legte die Bücher in den Höhleneingang. Ich beabsichtigte, in ein oder zwei Tagen mit Männern der Kirchenobrigkeit zurückzukommen; aus Angst, mich selbst zu belasten, wollte ich nicht im Besitz der Bücher angetroffen werden.

Ich kletterte den gewundenen Pfad durch die Berge hinauf zum Hauptweg zurück. Der Nebel hatte sich bereits tief gesenkt, doch schon bald erreichte ich den Pfad, der sich weiter bergan zu dem Kloster hinaufschlängelte, das dem Gedenken an Roland gewidmet war. Dorthin ging ich, um in der Kapelle zu beten.

Ich spürte, daß die Aura des Bösen aus der Höhle sich immer noch an mich klammerte. Ich betete wiederholt um Läuterung. Erst deutlich nach Mitternacht empfand ich schließlich einen gewissen Frieden. Kniend und gegen die Wand gelehnt schlief ich in der Kapelle ein.

Vor Tagesanbruch wurde ich von einem Mönch geweckt, der mich fragte, wer ich sei. Ich antwortete einfach, ein Pilger. Viele nahmen diesen Weg über die Pyrenäen, wenn sie unterwegs waren zur Grabkapelle des heiligen Jakob in Santiago. Der Mönch führte mich in einen großen Saal voll schnarchender Männer und Frauen. Ich fand eine Ecke und schlief eine weitere Stunde oder zwei, bevor die anderen sich zu rühren begannen.

An diesem Morgen wich ich allen Unterhaltungen aus. Keiner sollte sehen, wohin ich ging. Sobald ich sicher war, daß mich niemand beobachtete, stieg ich erneut in die Klamm hinab. Die Sonne stand wie ein strahlender, goldener Feuerball über den

Bergen. Der Himmel war kristallblau, und das Gras schimmerte smaragden unter dem Tau.

Als ich die Höhle endlich erreichte, war es bereits recht warm geworden. Zum erstenmal seit Jahren fühlte ich mich in der Lage, beim Gehen geziemend zu beten.

Die Höhle schien ein völlig anderer Ort zu sein als am Tag zuvor. Die Aura der Angst, der dunklen Vorahnungen, des Bösen war verschwunden. Im Licht einer Kerze, die ich aus dem Kloster mitgenommen hatte, betrat ich die Höhle.

Ich lauschte aufmerksam. Die Höhle war verlassen, die Bücher waren verschwunden. Ich tastete mich zur Hauptkammer vor, wo ich am vorhergehenden Tag Tremgistus zur Rede gestellt hatte. Als ich die Kammer betrat, fand sich nichts mehr darin. Der Felsblock, der ihm als Altar gedient hatte, war zwar noch da, aber man mußte darin nicht unbedingt einen Altar sehen. Alle Bücher, Pergamente und Kerzen waren verschwunden. Nichts, womit sich beweisen ließe, daß dies ein Ort gewesen sein könnte, an dem böse Geister beschworen wurden.

Während ich schweigend dastand, war ich plötzlich ganz sicher, tief aus dem Innern der Höhle Gelächter zu hören. Es war gelassen und kam von weit entfernt. Ich konnte mich aber auch getäuscht haben.

Ich schaute mich noch einmal in der Höhlenkammer um. Zum erstenmal bemerkte ich nun ein Gemälde an der Wand. Die Farbe war bräunlich schwarz im Licht der Kerze; es hätte durchaus Blut sein können. Es waren die Umrisse eines gehörnten und geflügelten Wesens, das auf einer Art Sockel stand, an den zwei weitere Kreaturen gekettet waren, beide ebenfalls gehörnt, aber ohne Flügel. Das mittlere Wesen hatte Brüste und ein männliches Glied. In der Hand hielt es einen Stab. Die Beine aller drei Kreaturen waren wie die von Tieren.

Während ich noch das Bild anstarrte, wurde ich wieder von

diesem Gefühl des Bösen beschlichen, zwar nicht mehr so stark wie am Tag zuvor, dafür aber um so heimtückischer. Ich war sicher, das Lachen noch einmal aus der Tiefe des Stollens zu hören.

Ich rannte aus der Höhle in den Trost des Lichts und des Morgens hinaus.

16
Der Turm

Ich war fest entschlossen, Tremgistus wiederzufinden. Aber wie?

Ich freundete mich mit den Mönchen der Herberge in Roncesvalles an und half ihnen, die Pilger zu versorgen, Mahlzeiten zuzubereiten und zu entscheiden, wer wo schlafen sollte. Außerdem komponierte ich Lieder über die Pilgerfahrt und unterhielt die Wallfahrer bisweilen abends im großen Hauptsaal mit Spiel und Gesang.

Ich fragte alle Mönche, die nach Santiago pilgerten oder von dort zurückkehrten, ob sie jemanden gesehen hätten, auf den die Beschreibung von Tremgistus paßte. Doch all meine Erkundigungen führten zu nichts. Schließlich entschied ich, nach Soria aufzubrechen, dort weitere Nachforschungen anzustellen und einfach bis zum Johannistag in der Kirche San Saturio zu warten. War es dumm von mir, soviel Hoffnung auf diese Handschriften von Tremgistus zu setzen, die ich durch Zufall entdeckt hatte?

Zum Herbst war der Pilgerstrom beinahe versiegt. Eine tiefe Schwermut legte sich über den Paß. Die niedrigen, wogenden Wolken verschlangen die Herberge an den meisten Tagen, und die Mönche erzählten, schon bald würden die ersten Schneefälle einsetzen, wodurch die Schlucht unpassierbar wurde. Also nahm ich meine Fiedel und wenigen Habseligkeiten und begab mich auf den Weg hinunter in das Königreich Aragon. Den Winter verbrachte ich in den verschiedenen Herbergen und Gasthäusern an der Wallfahrtsstrecke zwischen Roncesvalles und Pamplona. Die Schneefälle waren heftig, daher schob ich die Weiterreise nach Süden auf.

Die Zeit verstrich nur langsam. Ich wurde es bald überdrüssig, Erkundigungen über Tremgistus einzuholen. Statt dessen erwachte mein Interesse an der Sprache der Menschen in diesen Landstrichen. In Zubiri wohnte ich in einem Gasthaus, dessen Wirt ausgesprochen gelehrt war. Er war ein Einheimischer, hatte aber in seiner Jugend als Mönch gelebt und beherrschte Latein. Er brachte mir sehr viel über die Sprache dieser Gegend bei. Während die meisten Sprachen wenigstens gewisse Gemeinsamkeiten haben und nach Regeln gebildet werden, die sich an das Lateinische anlehnen, besaß diese, so hatte er festgestellt, völlig eigenständige Wörter und Strukturen. Er liebte diese Sprache sehr und fragte sich, ob es womöglich die Sprache war, die ursprünglich im Garten Eden gesprochen wurde, oder jene, die alle Menschen benutzten, bevor der Turm zu Babel geschleift wurde.

Ende Februar lebte ich in Pamplona, wo zu meiner Überraschung ein Großteil der täglichen Gespräche um Stiere kreiste. Die Menschen in diesem Teil der Welt unterschieden sich sehr von denen, die ich in Franken gekannt hatte. Sie waren dunkelhäutig und hatten glühende Augen. Ich erfuhr, daß jedes Jahr zu Ostern Stierherden durch die Straßen der Stadt getrieben wurden und daß Männer, Frauen und Kinder mit ihnen liefen, obwohl es sehr gefährlich ist. Jedes Jahr starben dabei zahlreiche Menschen. Dann gab es auch Feste, bei denen Stiere geopfert wurden. Bei diesen Ritualen versinnbildlicht der Stier den niederen irdischen Körper, und derjenige, der ihn tötet, steht für den triumphierenden Geist des Menschen.

Nachdem das Wetter nun besser geworden war, zog ich über das Flachland durch Olite nach Tarazona weiter, einer wunderschönen, auf Felsen erbauten Stadt, die steil aus dem Fluß aufsteigt und deren bunte Häuser wie riesige Blumen aus der kalten Felswand wachsen. Ich war froh, daß ich die Sprache der Einheimischen wenigstens ein wenig erlernt hatte, die mich ausgesprochen freundlich aufnahmen und mit Fragen über mein Leben in Deutschland überhäuften.

Nachdem ich die Wallfahrerstraße verlassen hatte, fehlte mir die Gesellschaft der anderen Pilger. Man konnte meilenweit wandern, ohne einer einzigen Seele zu begegnen. Der Boden war zwar fruchtbar, wo nicht alles von Steinen übersät war, aber zum großen Teil auch brachliegend, da die Bauern fortgezogen waren aus Angst, daß schon bald die Mauren in ihre Heimat eindringen und ihnen ihre Ländereien abnehmen könnten.

Nach der Überquerung der Lodesa veränderte sich die Landschaft in einem Maße, wie ich es noch nie zuvor gesehen hatte. Die große Ebene erstreckte sich über Meilen, doch dann erhoben sich plötzlich gewaltige Felsmassive und Schluchten, wo fremdartige schwarze und weiße Schmetterlinge sowie riesige Adler lebten und Bäume mit gespenstischen Formen auf eigenartig verbogenen Felsnasen thronten. Schließlich führte die Straße hinunter nach Soria, und ich sah die hohen Türme ihrer Kirchen und der Kathedrale, die aus der Ebene vor mir in den Himmel ragte.

Sofort nach meiner Ankunft erkundigte ich mich nach der Kirche des San Saturio und erfuhr, daß sie ein gutes Stück außerhalb der Stadt am Ufer des Duero stand.

Ich hatte mich bei meiner Reise durch das rauhe Gebiet nicht geschont und war nicht bei bester Gesundheit. Daher beschloß ich, mir zunächst in einem Gasthaus unweit der Kathedrale etwas Ruhe zu gönnen. Ich hatte viel über das nachgedacht, was der Wirt in Zubiri über die Sprache gesagt hatte, die die Menschen gesprochen hatten, bevor der Turm zu Babel einstürzte. Ich erinnere mich, während meiner ersten Nacht in dem Gasthaus recht deutlich geträumt zu haben, daß ich zwar eine Sprache beherrschte, die von allen Menschen verstanden wurde, dafür aber bestraft werden mußte, wie die Menschen in Babel bestraft wurden. Schweißgebadet und angsterfüllt wachte ich auf. Ich fragte mich, was diese Sprache wohl sein könnte. War es meine Fähigkeit, mit fremder Zunge zu sprechen, oder war es meine Musik? Und welche Strafe erwartete mich?

An diesem Tag machte ich einen Gang zum Marktplatz, der etwas außerhalb des Stadtkerns lag. Dort schufen Steinmetze ein schönes Fries in das Tympanon über dem Hauptportal der Kirche. Das Mauerwerk war noch nicht bemalt worden, doch trotzdem konnte ich nicht nur die Heiligen und Engel unseres Herrn erkennen, sondern ebenfalls Musikanten, die auf Harfen, Psalter, Fiedeln und Flöten spielten. So wie die Musikanten von den Meistern der Steinmetzkunst dargestellt worden waren, wirkten sie ungeheuer lebensecht, überhaupt nicht idealisiert, ja sie schienen beinahe lebendig. Jeder einzelne hatte einen bestimmten Platz des Bogenfelds erhalten. In der Ordnung der Schöpfung, wie sie dort dargestellt wurde, standen sie recht weit unten, weit unter den Engeln und vielen anderen Ständen. Aber zumindest gab es einen Stand der Musikanten, und wenn man das Tympanon aufmerksam betrachtete, gelangte man wegen der Art und Weise, wie die Musiker die mathematischen Beziehungen in den Bogen und der Geometrie des Giebelfelds widerspiegelten, zu dem Eindruck, daß es ihre Musik war, die die anderen Stände verband.

Das Fries ließ mich an meine alten Hoffnungen und ehrgeizigen Pläne denken. In meiner Jugend hatte ich mich als Teil eines Universums verstanden, in dem die Musik, die ich spielte, die göttliche Harmonie widerspiegelte, die sich durch die gesamte Schöpfung zog. Und doch war mein Leben ins Chaos abgerutscht, und es ließ sich schwer erkennen, welche Ordnung es darin geben könnte. Ich sah gespannt dem Johannistag entgegen, an dem ich hoffte, vielleicht wieder etwas Ordnung in mein Leben bringen zu können.

Am nächsten Tag fühlte ich mich wieder kräftig genug, um zu der Kirche zu wandern, in der die Versammlung der Bruderschaft stattfinden sollte. Sie war auf einem Felsen oberhalb des Duero erbaut. Tatsächlich schien sie mit ihrem turmähnlichen, achteckigen Grundriß wie eine geologische Verformung aus dem Fels selbst zu wachsen.

Zu erreichen war sie nur über einen schmalen Pfad, der sich an der Felsseite des Tals hinaufschlängelte. Die Kirche betrat man durch eine Höhle in der Bergwand am Ende des Pfades, und von dort stieg man Stufen hinauf, die im Höhleninnern grob aus dem Stein gehauen waren und sich schier endlos nach oben schraubten.

Andere Höhlen zweigten von dieser Treppe ab. Manche waren zu kleinen Andachtskapellen ausgebaut worden, andere waren Versammlungsräume. Wieder andere führten tiefer in die Dunkelheit. Nach meiner vorherigen Begegnung mit Tremgistus war es nicht schwer nachzuvollziehen, warum ein solcher Ort für eine Zusammenkunft der Bruderschaft ausgesucht worden war.

Die Wände der Kirche selbst waren mit merkwürdigen Bildern und Symbolen bemalt, darunter Schmetterlinge, puppenartige Formen und Oktagramme. Ich bemerkte, daß eine Darstellung des gekreuzigten Christus einen Heiligenschein besaß, der rund war wie der Mond; er trug nicht das Zeichen der Dreifaltigkeit.

Ich verbrachte einige Zeit damit, mich in der Kirche zurechtzufinden. Schließlich entdeckte ich, daß eine der Höhlen schlauchartig aus dem Treppenaufgang zunächst tiefer in den Fels führte und dann eine Biegung von einhundertachtzig Grad beschrieb, um mit einer etwa anderthalb Ellen großen Öffnung wieder auf den Treppengang zu münden. Man konnte sich mit einiger Mühe dort hineinzwängen, so daß man jeden sah, der das Höhlensystem betrat. Ich beschloß, am Johannistag hier auf das Eintreffen der Bruderschaft zu warten.

Ich überzeugte mich, daß es tatsächlich ein guter Beobachtungsposten war, der auch bei Nacht, wenn das Licht aus verschiedenen Quellen kam, ausreichend gute Deckung bot. Dann entschied ich, der rechte Augenblick wäre gekommen, Soria vorläufig wieder zu verlassen. Ich wollte nicht, daß mein Gesicht in der Stadt bekannt wurde.

Ich kehrte zu der Herberge zurück, um meine Sachen zu holen.

Ich machte mich auf den Weg Richtung Abejar und Burgos, um auf die Pilgerstraße zurückzukehren. Ich reiste langsam und ohne große Begeisterung. Es wurde von Tag zu Tag heißer. Diese sengende, trockene Hitze werde ich niemals vergessen. Ich erinnere mich genau, wie ausgelaugt ich mich fühlte. Mit der gleichen Gewalt, mit der die Hitze sogar die Steine zu verformen schien, raubte sie allen Lebewesen jede Kraft und Energie. Gegen Ende April war es nicht mehr möglich, zwischen Sext und None zu reiten. Also richtete ich mich nach dem Brauch der Einheimischen und gewöhnte mir an, jeden Nachmittag ein wenig zu schlafen.

Ich war glücklich, als ich endlich Burgos erreichte, wo seinerzeit eine prachtvolle Kathedrale errichtet wurde. Es war ein überwältigendes Erlebnis, den großen Chor die neue mehrstimmige Musik singen zu hören, in der sich die Stimmen ineinanderschlingen wie Ranken oder Zweige und so den Eindruck von etwas Lebendigem hinterlassen.

Die Zeit verging schnell in Burgos, und so blieb ich einen Monat dort, statt meine Reise auf der Pilgerstrecke fortzusetzen. Doch ich fieberte mit jeder Faser danach, wieder nach Soria zurückzukehren. Meine ganze Aufmerksamkeit richtete sich auf den Johannistag. Als es schließlich Zeit war aufzubrechen, zählte ich bereits jeden einzelnen Tag und jede einzelne Stunde.

Anfang Juni war ich wieder in Soria, verhielt mich so unauffällig wie möglich und schlug die Zeit tot. Mehr als jeden Tag zur Kirche zu gehen und meine Pläne zu überprüfen oder nachzusehen, ob ich irgendeinen Hinweis auf die Bruderschaft fand, konnte ich nicht tun. Ich verbrachte meine Zeit damit, in schäbigen Kaschemmen zu trinken, zu nutzlosen Erkundungen in das Umland der Stadt hinauszureiten, Lieder zu ersinnen und auf der Fiedel zu üben – alles nur, um beschäftigt und unbemerkt zu bleiben.

Dann war der Tag endlich da. Ich machte mich am frühen Nachmittag auf den Weg zur Kirche, da die Zusammenkunft am Abend stattfinden sollte. Die Sonne brannte immer noch vom Himmel. Eine unangenehme Hitze lag über dem Land, und ich schwitzte stark.

Ich bezog in den Bergen gegenüber der Kirche Posten und hielt Ausschau für den Fall, daß ein Mitglied der Bruderschaft frühzeitig eintreffen sollte. Etwa eine Stunde vor Sonnenuntergang wollte ich den Fluß an der Hauptbrücke überqueren. Alles andere würde sich ergeben.

Von meinem Beobachtungsposten auf dem Berg hatte ich einen guten Blick auf die Kirche. Noch immer war ich zutiefst beeindruckt, wie sie aus der Felswand aufragte, von ihrer achteckigen Form, dem geordneten Grundriß, der sich so von den ungeordneten, fließenden Formen des Felsens abhob. Auch den zu ihr hinunterführenden Weg hatte ich im Blick. Solange ich dort oben war, ging niemand zur Kirche.

Als ich etwas früher als ursprünglich beabsichtigt den Berg hinab zur Brücke stieg, hatte ich niemanden gesehen. Unmittelbar östlich an der Stelle, an der die Brücke die andere Seite des Flusses erreichte, befand sich ein Zisterzienserkloster. Ich hatte gehört, es gebe in diesem Kloster die schönsten Kreuzgänge mit Gewölbebogen, die wie durch ein Wunder in der Luft zu schweben schienen; bislang hatte ich es bewußt vermieden, meine Anwesenheit dort bekanntzumachen. Das Kloster beherrschte alle Zugänge zu dem Pfad, der hinauf zur Kirche führte, und ich fürchtete, daß es möglicherweise eine Verbindung zwischen den Mönchen und der Bruderschaft gab. Statt also die Brücke zu nehmen, schwamm ich durch den Fluß und wollte dann ein Stück unterhalb des eigentlichen Pfades zur Kirche hinaufgehen, weil ich hoffte, auf diese Weise nicht bemerkt zu werden.

Ich spürte die ersten Regentropfen in der schwülen Luft. Später am Abend oder während der Nacht würde es ein Gewitter geben.

Ich kletterte zur Kirche hinauf und war zuversichtlich, daß mich niemand bemerkt hatte.

Der in die Kirche führende Eingang besaß keine Tür; wie ein riesiges dunkles Maul verschluckte die Höhle einfach den Weg.

Inzwischen regnete es in Strömen. Weit und breit war niemand zu sehen. Ich hielt direkt auf den Eingang zu.

Als ich die Höhle betrat, hing eine Kälte in der Luft, die mich sofort beklommen machte. Es herrschte eine Atmosphäre, die wenig an eine christliche Stätte der Andacht erinnerte. Saturio soll ein Heiliger gewesen sein, der hier in den Bergen lebte und infolge seines heiligen Lebens nicht zu altern schien, sondern immer noch wie ein junger Mann aussah, als er mit über Siebzig den Märtyrertod starb. Aber der Name erinnerte stark an den römischen Gott Saturn. In der Nähe befand sich eine weitere Kirche namens San Polo, wie Apollon, der heidnische Gott des Rolandliedes, der von den Sarazenen verehrt wurde. Ich fragte mich, ob dieses Tal auch heute noch ein Ort war, wo heidnische Riten zelebriert wurden. Irgend etwas in mir wollte am liebsten fortlaufen. Doch ich hatte einen so weiten Weg hinter mir und war nun fest entschlossen, es auch zu Ende zu bringen.

Der Höhlenboden stieg zu den grob aus dem Stein gehauenen Stufen an, die in den Hauptraum der Kirche führten. An das Fußende dieser Treppe hatte jemand zwei hölzerne Säulen gestellt, die von geschnitzten geometrischen Figuren gekrönt wurden: einem Würfel auf einem Zylinder links und einer Kugel auf einem achteckigen Sockel rechts. Bei meinem ersten Besuch im März war dies nicht dort gewesen.

Die Kirche schien leer und verlassen. Ich ging die Stufen hinauf. Am Kopfende sah ich das Licht einer brennenden Kerze. Meine Augen stellten sich auf die Dunkelheit ein, und jetzt konnte ich auch erkennen, daß sich auf beiden Seiten der Treppe Öffnungen in den Wänden befanden, die in weitere Höhlen führten. Irgendwo in der Ferne hörte ich das Tropfen von Wasser.

Das Geräusch hallte in der kühlen Luft nach, vermittelte ein Gefühl der Trostlosigkeit und Einsamkeit. Es waren erst fünf Minuten vergangen, seit ich die Höhle betreten hatte, und doch erschien es mir bereits, als existiere keine Welt außerhalb der Höhlenwände, daß ich gefangen war in den Tiefen der Erde, aus denen es kein Entrinnen mehr gab.

Das Licht der Kerze ließ mich fürchten, daß doch jemand bereits hier sein könnte. Mit der aufkeimenden Sorge, einer der Mitglieder der Bruderschaft würde womöglich früher als erwartet eintreffen, beeilte ich mich, zu dem Platz zu gelangen, den ich mir als Versteck ausgesucht hatte, und zwängte mich dort hinein.

Selbst heute kann ich mich an jeden Winkel und Spalt in dieser Höhle erinnern, in der ich lag und auf sie wartete. Immer noch rieche ich die feuchten Steine und sehe den gewundenen Lauf des Rinnsals auf dem Fels links neben mir, das in einem weiteren Spalt im Boden verschwand, um vermutlich am Ende eines kaum erahnbaren Weges durch das Gestein in den Fluß unter mir zu münden.

Das Warten dauerte eine Ewigkeit. Ich konnte nur eine gezackte Linie des grauen Himmels draußen erkennen, woraus ich schloß, daß die Nacht allmählich hereinbrach. Es goß immer noch in Strömen. Ich richtete mich auf eine lange Wartezeit ein. In Gedanken wanderte ich in die Vergangenheit zurück. Das eintönige Prasseln des Regens außerhalb und das Tröpfeln des Wassers innerhalb der Höhle hatte eine einschläfernde Wirkung.

Ich muß wohl eingeschlummert oder in eine Art Dämmerzustand gefallen sein, denn als ich zum erstenmal das Geräusch einer menschlichen Bewegung hörte, war alles stockfinster.

Es war das Geräusch von Schritten in der Ferne, das mich aus meiner Benommenheit riß. Jemand kam den Weg zum Höhleneingang herauf.

Dann hörte ich Stimmen. Während die Schritte und die Stimmen deutlicher wurden, begriff ich, daß sie Fackeln getragen haben mußten, denn in der Höhle war es nicht mehr länger pechschwarz; ich konnte wieder die gegenüberliegende Höhlenwand sehen. Unheimlich und unvorhersehbar wie Irrwische verschmolzen die Lichter miteinander und trennten sich wieder. Dann wurden sie heller, und schließlich sah ich gespenstische menschliche Schatten mit Kapuzen drohend über die Höhlenwand tanzen.

Die ersten beiden Männer betraten die Höhle. Jeder trug eine Fackel. Ich roch das Pech, noch bevor ich sie sah. Das Licht war gut und warf lange Schatten. Ich hatte Angst, denn es wäre nun hell genug gewesen, um mich zu entdecken, falls sie in meine Richtung nach unten geschaut hätten. Ich wagte mich nicht zu rühren, da ich fürchtete, gehört zu werden.

Den einen erkannte ich deutlich als Fabricius, der andere war Quintus. Sie hatten ihre Kapuzen zurückgeschoben, nachdem sie aus dem Regen ins Trockene gekommen waren, durchnäßt bis auf die Haut. Ihre Kleidung war sonderbar. Beide trugen lange schwarze Gewänder mit Kapuzen wie die Benediktinermönche, nur daß in ihrem Fall der Stoff erheblich kostbarer und um die Brust sowie auf Kniehöhe bestickt war. Das Muster der Borten bestand aus einer Reihe miteinander verbundener Kreise, die wie das arabische Zeichen für die Zahl Acht ineinandergriffen. Ihre Gürtel waren goldene oder bronzene Ketten. An Lederriemen um den Hals trugen sie keine Kreuze, sondern zwei ineinandergreifende Ringe, der eine aus Silber und der andere aus Bronze oder Gold.

Sie gingen an meinem Versteck vorbei zur Kirche.

Als nächste kamen Antonius und Tremgistus. Sie trugen die gleiche Kleidung wie die beiden anderen, doch ihre Haltung war furchterregender. Tremgistus war ein großer Mann, und sein zerfurchtes Gesicht und das weiße Haar strahlten eine wahre spirituelle oder, besser gesagt, okkulte Kraft aus. Ich erinnerte mich an unsere letzte Begegnung. Es war unschwer zu erkennen, wie leicht er über andere Macht ausüben konnte. Er war unzweifelhaft hier zu Hause, ja selbst eine Verkörperung der bedrohlichen Ausstrahlung dieses Ortes. Es schien, als sei dies sein angestammtes Gebiet. Tremgistus und diesem Ort waren die gleichen Spannungen und Energien eigen, die gleiche Verknüpfung aus Okkultem und wahrhaft Mystischem.

Antonius war klein, alt, gebeugt und blind. Sein Schritt war jedoch immer noch voller Spannkraft. Auch er befand sich hier in seinem Element. Antonius' leere Augen drehten sich geradewegs in meine Richtung, als sie vorübergingen. Sie waren fast ganz glasig weiß, und ich bekam einen Schrecken. Ich wußte, daß er meine Anwesenheit spüren konnte, auch wenn er nichts sah. Aber er sagte nichts. Entweder hatte er mich doch nicht wahrgenommen oder aber vorgezogen, sich nichts anmerken zu lassen. Einen flüchtigen Moment durchfuhr mich die blanke Angst, doch schon im nächsten Augenblick wirkte er wieder wie ein harmloser, kleiner alter Mann. Ich konnte einfach nicht glauben, daß er für alles die Verantwortung trug, was mir widerfahren war.

Als sie vorbei waren, hörte ich, wie Tremgistus ihm versicherte, für den Ritus an diesem Abend sei alles vorbereitet. Sonst hörte ich nichts.

Dann kam nur noch ein Mann, ein Riese von einem Kerl, den ich nicht erkannte. Er trug einen Helm, wodurch mir sein Gesicht verborgen blieb, und eine Ritterrüstung – alles in Schwarz. Seine Haltung wirkte nicht wie die eines jungen Mannes, allerdings schien er trotz seines offenbar höheren Alters nichts von seiner Kraft verloren zu haben. Sicher wußte er mit dem Schwert an seiner Seite umzugehen.

Draußen regnete es weiterhin in Strömen, und in der Ferne konnte ich es im Osten donnern hören, was nach einer Redensart Blutvergießen im nächsten Jahr bedeutete.

Wenig später hatten sich die fünf Männer oben versammelt. Ich hörte sie sprechen. Es wurde Zeit zu beobachten, was sie dort oben trieben.

Ich schlich die Treppe hinauf, immer eine Stufe nach der anderen. Als ich mich dem von Kerzen beleuchteten Raum näherte, in dem sie sich versammelt hatten, hörte ich sie reden:

»Wie kannst du sicher sein, was diese Vision betrifft?« fragte Fabricius.

Tremgistus' Stimme war schroff und schneidend, als er erwiderte: »Wenn du so wenig Vertrauen in deine spirituellen Ältesten hast, dann hast du hier nichts verloren…«

»Es ist schwer zu verstehen für jemanden«, schaltete sich Antonius ein, wobei seine Singsangstimme beinahe versagte bei dem Versuch, beschwichtigend zu klingen, »der selbst nicht die Gabe der Prophetie besitzt. Und doch bete ich aus tiefstem Herzen, daß du die Wahrheit vollkommener erkennen mögest, indem du heute abend dem Ritus beiwohnst.«

»Darum bete auch ich«, sagte Fabricius mit gespielter Demut, »aber was soll ich meinen Herren, den Staufern, sagen? Sie sind die rechtmäßigen Kaiser und werden keine Widersacher dulden.«

»Unser Augenmerk gilt nicht den Herrschern dieser Welt, sondern dem der zukünftigen«, entgegnete Tremgistus scharf.

Dies brachte Fabricius zum Schweigen.

Dann wechselte das Gespräch zu einer Person, von der sie als »dem Einen« sprachen. Was ich hörte, beunruhigte mich zutiefst. Quintus versicherte den anderen, »der Eine« werde unter ständiger Beobachtung gehalten, und alle Schritte »des Einen« würden aufmerksam verfolgt.

»Er hat den Prozeß trefflich überstanden«, sagte Tremgistus. »Die vielversprechenden Zeichen, daß er der Auserwählte ist, sind jetzt noch eindeutiger als zuvor. Doch es bestehen weiterhin gewisse Zweifel…«

»Vielleicht wird am heutigen Abend alles offenbar«, sagte Antonius.

Die ganze Zeit über blieb der große Mann mit dem Helm stumm. Auch Quintus wirkte beklommen.

Indessen hielt ich mich im Dunkeln, während die Kerzen

flackerten und Schatten warfen, die tanzten und unheimliche Muster auf die nackten Felswände des Ganges außerhalb des Raums webten, in dem sie saßen.

Ich schüttelte mich. Mit »dem Einen« meinten sie ganz offensichtlich mich. Wußten sie, daß ich mich in der Kirche aufhielt? Während ich noch über Fabricius' Worte nachdachte, erkannte ich plötzlich, in welch großer Gefahr ich schwebte, nicht nur wegen dieser Menschen hier, sondern auch wegen der Staufer. Ich dachte an Fabricius' Worte. Wenn die Staufer wirklich glaubten, ich besäße einen Anspruch auf die Macht, würden sie mich ausfindig machen und töten, ob ich nun eine wahre Bedrohung darstellte oder nicht.

Schließlich hob Quintus die Hand und sagte, es sei Zeit zu beginnen. Sie gingen in den Hauptraum der Kirche.

Ich folgte ihnen. Als ich die Stufen hinaufschlich, bemerkte ich, woher das Kerzenlicht kam: aus einer kleinen Seitenkapelle nämlich, die in einer von der Treppe abzweigenden Höhle eingerichtet worden war. Dort stand ein Altar. Dahinter befand sich ein Wandgemälde der heiligen Katharina. Etwas fehlte in dieser Kapelle; es dauerte einige Augenblicke, bis ich erkannte, daß es kein Kruzifix gab.

Ich warf einen Blick in den Raum, den sie eben verlassen hatten. Es war eine größere Kammer, die aus dem Felsen herausgehauen worden war. In ihrer Mitte stand ein großer Tisch, umgeben von Stühlen. Ein Fenster bot Ausblick auf die andere Seite des Flusses. Ich sah, daß der Regen immer noch nicht aufgehört hatte, und in der Ferne, über den Bergen, zuckte gelegentlich ein Blitz, kurz darauf gefolgt vom schwachen Grollen des Donners.

Ich schlich die gewundene Treppe hinauf, vorbei an einer weiteren Kapelle, und dann sah ich den Hauptteil der Kirche.

Die fünf hatten sich in einem Halbkreis vor den Altar gesetzt. Sie hatten die Fackeln mitgenommen, und die Bilder an den

Wänden tanzten im Schein der Flammen. In dem gespenstischen Licht wirkten die Raupen und Schmetterlinge unheimlich, ja beinahe lebendig. Ich bemerkte die Bilder Christi, eines, auf dem er Wasser in Wein verwandelte, ein anderes, auf dem er aus dem Grab aufersteht; wieder ein anderes zeigte ihn sitzend und in tiefem Nachsinnen versunken. Mir kam es so vor, als liege ein verletzter Ausdruck auf seinem Gesicht, als sei er tief betrübt, nicht triumphierend, sondern auf eine gewisse Art außerstande, sich mit der fleischgewordenen Form des menschlichen Seins abzufinden.

Auch bemerkte ich, daß die Kirchendecke mit Tierkreiszeichen bemalt war. Ferner gab es eine Reihe Darstellungen von Moses oder doch wenigstens einer Gestalt, die ich für Moses hielt, da diese einen Stab oder eine Stange trug, wie Moses ihn während seiner Zeit in Ägypten benutzt hatte, um den sich eine Schlange wand.

All diese Dinge sah ich von meinem Beobachtungsposten hinter einer Säule, als die fünf »Brüder« einen Sprechgesang anstimmten. Anfänglich folgte die Zeremonie der gewöhnlichen Liturgie einer Messe, und ich war beruhigt. Tremgistus leitete das Amt. Dann fiel mir auf, daß sämtliche Erwähnungen unseres Herrn und Messias ausgelassen wurden. Statt dessen benutzten sie die Gottesnamen Herr von Zebaoth oder Herr der Heerscharen. Außerdem gab es keine Hostie, die zu weihen war.

Auf dem Altar stand eine hölzerne Statue von San Saturio. Der mit einem Bart dargestellte Heilige trug einen Stab gleich dem eines Bischofs, und doch war dieser so merkwürdig geformt, daß er auch leicht mit einer Sense verwechselt werden konnte. Sein Gesicht war eine außergewöhnliche Mischung aus Jugendlichkeit und Alter und wirkte so lebensecht, daß ich im Kerzenschein fast schon meinte, es sich bewegen zu sehen.

Dann wich das Gebet von der üblichen Liturgie ab. An dem

Punkt, an dem sonst die Wandlung begonnen hätte, riefen sie, Tremgistus' Sprechgesang respondierend, die Geister von Saturio, Katharina vom Heiligen Rad und aller Reinen an, die gestorben waren und durch Flammen geläutert zurückkehren würden. Daraufhin riefen sie die Geister der kreisenden Planeten, der Sonne und des Mondes an. Schließlich verfielen Tremgistus und Antonius in einen Trancezustand und begannen einen Sprechgesang, den ich nicht verstand. Ihr Gesang war ein leises, entrücktes Summen, das von Zeit zu Zeit anschwoll, je erregter sie wurden. Sie reckten die Arme empor, während sie beteten.

Ich hörte die anderen rhythmisch den Gott anrufen, den sie als dreimal Größten ansprachen. Soweit ich erkennen konnte, war die Litanei eine Mischung aus Latein und Griechisch und Mundarten oder etwas Ähnlichem. Den einen oder anderen Ausdruck schnappte ich auf: »Dreimal Größter... Schick uns die Geister... schick uns den Kaiser... schick uns Carolus... den Erhabenen... schick uns den Sänger... König von Jerusalem... den neuen David...«

Der Ritus war eine befremdliche Mischung aus katholischer Messe, Katharerritual und Nekromantie. Die ganze Zeit hörte ich das Gewitter und den auf das Dach der Kirche niederprasselnden Regen. Durch die schmalen Fenster sah ich die Blitze.

Die entsetzliche Fügung wurde mir mit einemmal bewußt. Sie glaubten, daß ich für eine besondere Aufgabe auserkoren war, in die geheimnisvolle Mächte verwickelt waren. Dort waren sie nun und versuchten mit Hilfe ihres Ritus die Geister zu rufen, an die sie glaubten. Und die Fügung bestand darin, daß ich zugegen war, als hätten sie mich herbeibeschworen.

Als mir dies bewußt wurde, gab es einen ohrenbetäubenden Donnerschlag, der sie einen Augenblick lang in ihrem Singen und Sprechgesang innehalten ließ. Ein Frösteln durchfuhr mich, und ich fragte mich, ob ich am Ende nicht doch ein Geist war, der aus der Kälte dieser Erde gerufen worden war. Doch ich kämpfte gegen dieses Gefühl an, zwang mich, an meine Vergangenheit zu denken und daran, wer ich war. Ich zwang mich, das warme Blut in meinen Adern fließen zu spüren, und erinnerte mich, ein Wesen aus Fleisch und Blut zu sein.

Schließlich glaubte ich, es nicht mehr länger ertragen zu können. Ich war diesen Leuten in nichts zu Dank verpflichtet. Woran auch immer sie glaubten, es hatte sie veranlaßt, sich auf eine Weise in mein Leben hineinzudrängen, die nicht nur mein Glück auf dieser Welt, sondern auch meine unsterbliche Seele in Gefahr gebracht hatte.

Ich hatte mit dem Gedanken gespielt, mich die Treppe hinunterzuschleichen, in die Stadt zurückzueilen und sie dort den Kirchenobrigkeiten anzuzeigen. Wenn ich schnell genug war, konnten sie noch *in flagranti* erwischt werden, während sie den Ritus zelebrierten.

Doch es sollte nicht sein. Ich wollte mich gerade umdrehen und loslaufen, als ich einen von ihnen, ich glaube, es war Antonius, »Er ist hier!« halb rufen, halb schreien hörte. Seine Stimme schnitt durch den Sprechgesang und brachte ihn jäh zum Verstummen.

Ich wußte nicht, ob sein Aufschrei sich auf meine Anwesenheit bezog oder ob er Teil des Rituals war. Als er brüllte, bemerkte ich ebenfalls ein lautes Krachen, als draußen der Blitz einschlug. Der Blitz zuckte unmittelbar vor dem Fenster vorbei. Einen Augenblick lang war die ganze Kirche in gleißendes Licht getaucht und versank wieder in dem von Fackeln und Kerzen erhellten Dämmerschein.

Statt zu fliehen, beschloß ich nun, sie zur Rede zu stellen. Ich trat hinter der Säule hervor und starrte sie an.

Ihre Reaktionen waren unterschiedlich. Quintus erbleichte

bei meinem Anblick und war offensichtlich erschüttert. Fabricius wirkte beunruhigt, wenn auch nicht im gleichen Maße. Die Reaktion des großen Mannes konnte ich nicht beurteilen: Er trug nach wie vor seinen Helm, stand aber nun auf. Tremgistus lächelte mich an. Mit einem wilden, irren Lächeln. Er packte Antonius beim Ärmel und drehte ihn in meine Richtung. Jetzt fixierten mich auch Antonius' Augen, starrten direkt in die tiefsten Tiefen meiner Seele. Er lächelte zufrieden.

Tremgistus sprach mich an, wie er einen herbeigerufenen Geist ansprechen würde: »Bist du Er, oder bis du der Verräter?«

Seine Augen brannten sich in mich hinein. Ich fühlte mich gelähmt. Was sollte ich darauf antworten?

»Ich frage dich das zweitemal. Bist du der Eine, oder bist du der Verräter?«

Inzwischen schlug meine Angst allmählich in Zorn um.

»Ich frage dich zum dritten- und letztenmal. Wenn du der Eine bist, dann gib uns ein Zeichen; wenn du der Verräter bist, dann geh und stirb!«

Das Gewitter entfernte sich kaum merklich. Das Donnern war weniger laut. Ich verlor die Beherrschung und brüllte los: »Wer seid Ihr? Für wen haltet Ihr mich?«

»Er ist der Verräter«, sagte Tremgistus langsam und drohend. Er wandte sich an Antonius, dessen Miene sich in dem Augenblick verändert hatte, als ich sprach; aschgraue Enttäuschung und unterdrückte, schwelende Wut standen jetzt darin.

»Noch nicht«, sagte er. »Es kann sein, daß er uns auf die Probe stellt.«

Die anderen waren nur Zuschauer. Wahrscheinlich waren sie völlig aus dem Gleichgewicht geraten und eingeschüchtert durch den Sturm und die ungewohnte Umgebung.

»Bist du der Eine, der Auserwählte, der Gesalbte...?«

Ich verstand nicht, was sie meinten, also setzte ich ihnen weiter zu. »Ich bin Walter von der Ouwe, Sohn des Adam von der Ouwe, ein Stellmacher. Ich bin fahrender Sänger und Krieger. Nicht mehr. Für wen haltet Ihr mich? Sagt es mir. Um Himmels willen!«

Tremgistus' Augen glühten grimmig. Er packte sich eine Fackel von der Wand und kam auf mich zu. Ich zog mein Messer und richtete es drohend auf ihn. Ich war näher an der Treppe und außerdem im Vorteil, da ich alle sehen konnte. Ich fürchtete keinen von ihnen, sollte es zu einem Kampf kommen, außer vielleicht den großen Mann mit dem Helm.

Tremgistus blickte von einem zum anderen. »Meine Freunde«, sagte er, »es ist durchaus möglich, daß wir uns in diesem Jungen geirrt haben. Wir, die Bruderschaft des Gebets von Carolus Magnus, haben diesem Kind beigestanden, haben seine Ausbildung bezahlt, haben ihn von der Sünde ferngehalten. Und doch ist er undankbar. Er haßt uns. Es steht geschrieben, es würde einen Verräter, einen Abtrünnigen, einen Vorboten des Antichrist geben. Ergreift ihn!«

Dieser letzte Befehl überraschte mich. Ich hätte mich umdrehen und weglaufen sollen, aber ich war so gebannt von Tremgistus, daß ich keine gewaltsame Handlung erwartete.

Bevor ich noch nachdenken konnte, hatte der behelmte Mann die Hand gepackt, in der ich das Messer hielt, umklammerte sie mit eisernem Griff und drehte mir den Arm auf den Rücken, so daß ich gezwungen war, es fallen zu lassen. Wer immer dieser Mann sein mochte, er war jedenfalls ungeheuer stark, und für den Augenblick konnte ich keinerlei Widerstand leisten.

Antonius sprach als nächster. »Urteilt nicht voreilig. Ich sage, er könnte trotzdem der Eine sein. Es ist möglich, daß dies nur eine Probe unseres Glaubens ist, unserer Kunst. Wir dürfen nicht vorschnell urteilen. Wir brauchen eine Prüfung. Die Feuer- und Wasserprobe.«

»Was ist das?« fragte Fabricius. Er schaute unruhig von mir zu den anderen.

»Falls er zu den Wiedergeborenen gehört«, antwortete Tremgistus, »dann, so steht geschrieben, können weder Flammen noch Wasser ihm etwas anhaben.«

»Und wenn doch?« griff Quintus ein.

Tremgistus lächelte grausam. »Dann«, sagte er, »ist er nicht mehr als ein Kuckucksei, ein Verräter, ein Unreiner, der uneingeweiht Zeuge eines der Rituale der Bruderschaft geworden ist. Ein solcher Mensch könnte uns an jene verraten, die nicht verstehen würden. Wenn er so einer ist, wird er die Probe nicht überleben.«

Tremgistus kam die Fackel schwingend auf mich zu. Er zog damit Kreise vor meinem Gesicht. Jeden Augenblick würde er nach mir stoßen, zögerte es allein in der Hoffnung hinaus, daß ich etwas sagte, was beweisen würde, ich sei derjenige, für den er mich hielt – oder vielleicht genoß er es auch, die Angst auf meinem Gesicht zu sehen. Die ganze Zeit zögerte der behelmte Mann, schien jedoch gleichzeitig den Griff um meine Arme etwas zu lockern.

»Wartet«, sagte Fabricius. Noch während er sprach, hörte ich das Gewitter wieder näher kommen. Die dicht aufeinanderfolgenden Blitze erhellten den Raum. »Es hat doch keinen Sinn …«

Was sich dann ereignete, dauerte nur den Bruchteil eines Augenblicks. Zuerst kämpfte ich mich frei oder wurde losgelassen. Tremgistus sah es und stürzte sich mit der Fackel auf mich, um mir die Flamme genau ins Gesicht zu stoßen. Ich duckte mich unter der Flamme weg, packte den alten Mann um den Leib und stieß ihn mit aller Kraft rückwärts auf das Fenster zu. Als er zu Boden stürzte, riß er den blinden Antonius mit sich.

Ich verlor ebenfalls das Gleichgewicht und fiel nach vorn. Im gleichen Moment wurde das gesamte Gebäude von einem ohrenbetäubenden Donner erschüttert. Der Raum leuchtete in gleißend weißem Licht auf. Ein Einschlag reiner zerstörerischer Energie schoß durch die Kapelle. Ich spürte, daß mir die Haare zu Berge standen und meine ganze Haut unter dem Schlag prickelte.

Dann erinnere ich mich, wie ich mich aufraffte und sah, daß die beiden alten Männer, Antonius und Tremgistus, lichterloh brannten. Alles andere war dunkel. Sie brachen zusammen und rollten sich auf dem Boden, doch die Flammen loderten nur noch stärker. Flammen züngelten nun auch an den Fresken.

Die beiden Männer schrien vor Schmerz. Antonius stieß bittere Schreie aus, während die Flammen ihn verzehrten. Tremgistus jaulte, erinnerte dabei mehr an ein wildes Tier als an einen Menschen. Er krümmte sich, bewegte sich zuckend auf dem Boden. Plötzlich stürzte er sich auf Fabricius, der bis zu diesem Augenblick mit weit aufgerissenen Augen und starr vor Entsetzen dagestanden hatte. Tremgistus packte Fabricius; ob nun mit der Absicht, daß er sein Schicksal teilen sollte, oder in der Hoffnung, Hilfe zu erhalten, wird niemand je erfahren.

Ebensowenig kann ich sagen, ob das Feuer durch die Fackel verursacht wurde, die Tremgistus geschwungen hatte, oder ob der Blitz die Ursache war. Jedenfalls breitete sich der Brand bereits in der ganzen Kirche aus. Der Rauch war entsetzlich, und der Gestank von brennendem Fleisch schnürte mir den Hals zu, beschwor Erinnerungen an jenen grauenvollen Tag herauf, an dem ich Uqhart brennen sah.

Ich drehte mich um. Der behelmte Mann war bereits auf dem Weg zur Treppe. Quintus und ich standen nebeneinander.

Ich packte ihn an der Kehle. »Du sagst mir jetzt die Wahrheit, dann lasse ich dich vielleicht gehen. Hast du mich absichtlich in Frankenburc festgehalten, während Uqhart der Prozeß gemacht wurde?«

»Was soll ich sagen?« stammelte er.

»Die Wahrheit«, sagte ich. »Nur wenn ich glaube, daß du mir die Wahrheit sagst, lasse ich dich wieder los.«

»Nein«, sagte er. »Mir wurde nur aufgetragen, dich im Kloster festzuhalten. Soviel ist richtig. Aber ich kannte den Grund nicht. Von Uqhart und deinem Vater erfuhr ich erst später.«

»Sag es mir jetzt. Wer steckt hinter allem? Die da?«

Ich deutete auf Antonius, der sich inzwischen nicht mehr rührte, und auf Tremgistus, der Fabricius losgelassen hatte und lichterloh brennend stürzte. Fabricius brannte nicht, obwohl er durch Tremgistus' Umarmung Verbrennungen davongetragen hatte. Er schwankte auf uns zu. Ich richtete mein Messer auf ihn. Er war eingekeilt zwischen meiner Klinge und dem Feuer.

»Du auch«, sagte ich zu Fabricius. »Wenn du leben willst, mußt du mir sagen, was ihr von mir wollt.«

Quintus antwortete. »Wir wissen es nicht, Walter. Du mußt es doch wissen. Antonius' Visionen, Tremgistus' Diagramme...«

»Vielleicht erhält Tremgistus seine Anweisungen auch von anderswo«, griff Fabricius ein.

»Du meinst von den Geistern der Toten?« fragte ich.

»Nein«, sagte Fabricius, »es gibt noch bedeutendere Mächte. Mächte von dieser Erde.«

»Du mußt wissen«, sagte Quintus, »du mußt wissen, daß es Mächte innerhalb der Mächte gibt, Räder innerhalb der Räder. Bei all dem sind wir genauso Opfer wie du.«

»Aber was wollt ihr von mir?«

»Was wir von dir wollen?« sagte Fabricius. »Mit Sicherheit sollten wir doch wohl eher dich fragen, was du von uns willst. Was immer unsere Schicksale miteinander verknüpft, noch ist es nicht zu Ende.«

Ich stieß sie nicht in die Flammen. In diesem Augenblick glaubte ich, daß sie genauso verwirrt waren wie ich. Ich schaute noch einmal zu Antonius hinüber, bestimmt war er inzwischen tot. Tremgistus brannte noch, wenn auch nicht mehr ganz so heftig. Er lag mit dem Gesicht zum Boden bewegungslos da. Ich war überzeugt, er würde es nicht überleben. Er und Antonius würden ihr Geheimnis mit ins Grab nehmen.

Die Wand vor uns drohte einzustürzen, und der ganze Boden schien zu beben. Es konnte nur noch Minuten dauern, bevor das Kirchengebäude über unseren Köpfen einstürzen würde.

Ich machte auf dem Absatz kehrt und rannte durch die Dunkelheit die Treppe hinunter, als ob ich in die tiefsten Tiefen der Erde hinabstieg, während hinter mir Rauchschwaden nachdrängten. Ich hörte Schritte hinter mir, doch ich drehte mich nicht um.

Wer immer hinter mir lief, er holte mich nicht ein. Ich stolperte aus der Kirche und rannte zum Fluß hinunter. Ich stürzte mich ins Wasser, um mir den Gestank aus den Kleidern zu waschen, und erst als ich das andere Ufer erreicht hatte, hielt ich inne, um mir das Schauspiel anzusehen. Dach und Teile der Außenmauern des Turms waren eingestürzt. Wie eine Fackel brannte er lichterloh vor dem schwarzen Nachthimmel, während gleichzeitig weiterhin Blitze über das Firmament zuckten und die von den Flammen und Blitzen erleuchteten Wolken wütend wie riesige geballte Fäuste vorbeizogen.

Einen Augenblick dachte ich an all die Feuer, die mein Leben bestimmt hatten: Babenberch, Uqhart und jetzt dieses hier. Zwei Feuer hatten vernichtet, was ich liebte, und jetzt vernichtete ein drittes die Vernichter.

Als ich aufschaute, war ich sicher, drei Flammenbälle den Berg hinunterstürzen zu sehen, von denen ich annahm, es wären die brennenden sterblichen Überreste von Tremgistus, Antonius und – von wem oder was noch? In diesem Augenblick war das ein befriedigender Gedanke.

17

Der Stern

Die ganze Nacht und den nächsten Tag lang wanderte ich in der sengenden Hitze über steiniges Flachland, an Flüssen entlang, in denen ich Abkühlung suchend badete, durch winzige Dörfer mit ärmlichen Häusern und Feldern, auf denen spärliche Ernten in der Hitze verdorrten. Die Bauern wirkten erschöpft und ausgezehrt vor Hunger, was durch ihre Dunkelhäutigkeit und wie sie einen aus riesigen Augenhöhlen anzustarren schienen, noch unterstrichen wurde.

Ich wollte nach Deutschland zurück, um dort mehr herauszufinden. In meinem Kopf kreisten immer wieder dieselben Fragen. Steckte hinter der Bruderschaft noch eine andere Macht? Und wenn dem so war, war es dann eine spirituelle, okkulte oder politische Macht? Wer war der Mann mit dem Helm? Was meinten sie mit »der Eine«?

Die zweite Nacht ruhte ich in einer Herberge aus, wanderte dann wieder den ganzen nächsten Tag, bis die Hitze unerträglich wurde, und erreichte schließlich eine kleine Stadt namens Villatoro.

Die Stadt bestand aus zwanzig oder dreißig Hütten, drei oder vier größeren Holzhäusern, die in ihrer Mitte einen Platz bildeten, einer großen Kirche, die noch recht neu aussah, und einem steinernen Haus mit einem achteckigen Turm, das an die Kirche angebaut war. Es war so heiß, der weiße Stein des Gebäudes schien vor meinen Augen wegzuschmelzen und dann wie ein Lebewesen wieder zu wachsen.

Ich war mir ziemlich sicher, daß dies das Haus einer Glaubensgemeinschaft sein mußte, und ich war fürchterlich durstig, müde und hungrig. Also klopfte ich an die große Eichentür. Vielleicht war es reiner Zufall, auf diesen Ort zu stoßen, und doch schien sich alles zu einem Muster zusammenzufügen.

Ich wurde von einem großen, bärtigen und weißhaarigen Mann willkommen geheißen. Er war ganz in Schwarz gekleidet und trug ein schlichtes, ehernes Kruzifix an einem Lederriemen um den Hals. Er hatte eine gesunde Farbe und ein tief zerfurchtes Gesicht. In meinem besten Latein erklärte ich, ich sei ein fahrender Sänger und Scholar, habe früher einmal nach der zisterziensischen Regel gelebt und brauche nun etwas zu essen und ein Bett, wofür ich bereit wäre zu bezahlen. Er erklärte mir, er sei der Amosenier Pater Joano, und dieses Haus gehöre dem Ritterorden der Templer. Nur drei Männer lebten dort, die nun zu alt zum Kämpfen waren, und sie führten das Haus als Herberge für diejenigen, die nach Spanien reisten oder es verließen.

Ich hatte schon von dem Orden der Templer gehört, und doch wußte ich nur wenig mehr über sie, als daß sie ein vermögender Milizorden waren und ihr Ziel darin bestand, das Heilige Land zurückzuerobern.

Pater Joano führte mich eine hölzerne Wendeltreppe zu einer kleinen Dachkammer hinauf. Die verputzten Wände waren weiß gestrichen, und das hohe Fenster ließ reichlich Licht ein. Der Boden bestand aus Holz, und es gab Strohmatratzen für Reisende, dazu Leinenlaken und wollene Decken. Das Zimmer war sauber, und ich hatte es ganz für mich allein.

Ich war ihr einziger Gast, und von den beiden anderen Templern bekam ich nichts zu sehen. Ich blieb in dem Zimmer, aß schweigend mit Pater Joano und versuchte, Pläne zu schmieden. Meine Vergangenheit kam mir völlig unwirklich vor, wahrscheinlich, weil ich so erschöpft war. Die einzige Zukunft, die ich mir für mich vorstellen konnte, bestand in meiner Rückkehr nach Franken oder vielleicht noch in dem Versuch, auf dem Weg dorthin Lehnsmann eines Fürsten zu werden.

Am dritten Tag wachte ich auf und entdeckte noch jemanden in diesem Raum. Auf der Matratze mir gegenüber saß ein Mann von wahrscheinlich Ende Fünfzig mit kurzgeschnittenem grauen Haar. Er trug eine lange, graue Kutte und um den Hals eine Kette mit einem achteckigen goldenen Anhänger, der auf seiner Brust lag. Die Stirn des Mannes war tief zerfurcht, und seine Augenbrauen bildeten ein V zwischen den Augen. Seine Haltung ließ darauf schließen, daß er es gewöhnt war, als ein ehrfurchtgebietender Mann von hohem Rang behandelt zu werden.

Es war offensichtlich, daß er nicht in der Kammer geschlafen hatte, sondern hier nur wartete, bis ich aufwachte.

»Walter, ich bin der verantwortliche Provinzialmeister der Templer. Ich schlage Euch folgendes vor. Nehmt diese Karte und folgt ihr nach Richerenches. Dort befindet sich eines der größeren Templer-Häuser. Auf dem Weg dorthin sind andere Häuser, in denen Ihr übernachten könnt. In Richerenches könnt Ihr der Gemeinschaft der Templer beitreten. Wenn Ihr geduldig und fleißig seid, könnt Ihr ein vollwertiger Ritter der Templer werden. Wir wissen, Ihr seid auf der Suche, Walter, und vielleicht können wir Euch helfen zu finden, wonach Ihr sucht.«

Ich wollte ihn unterbrechen, indem ich sagte: »Aber woher wißt Ihr überhaupt von mir? Was wißt Ihr?«

Er hob eine Hand, um mir Schweigen zu gebieten. Er sagte: »Ich überbringe lediglich eine Nachricht. Wenn Ihr diesen Vorschlag annehmt, so wurde mir gesagt, wird ein *Besucher* kommen, der alles aufklärt – nicht hier, aber irgendwann in der Zukunft. Im Augenblick kann ich Euch als Antwort nur dieses anbieten.«

Er gab mir ein Pergament, verbeugte sich und ging. Ich war noch viel zu verschlafen, viel zu überrascht, um ihn aufzuhalten. Auf dem Pergament waren merkwürdige Figuren, halb Hieroglyphen, halb Bilder, die kreisförmig angeordnet und von eins bis elf numeriert waren. Eine Figur erinnerte an einen Narren, der mit einem Netz einen Schmetterling jagte. Eine andere war ein junger Mann, der irgendeine Zauberei vollführte. Wieder eine andere war eine schöne Frau, gekleidet wie eine Priesterin, die auf einem Thron saß. Irgend etwas kam mir an den Bildern bekannt vor, doch was es war, konnte ich nicht sagen.

Später bat ich Pater Joano, mir mehr über den Meister zu erzählen. Ich zeigte ihm das Pergament.

»Meiner Meinung nach solltet Ihr zwei Dinge im Auge behalten«, sagte er. »Erstens, was Euch im guten Glauben gegeben wurde, solltet Ihr niemandem zeigen. Zweitens, ich weiß über diesen Mann auch nicht mehr als Ihr, aber selbst wenn es anders wäre, würde ich Euch ohne ausdrückliche Anweisung nichts verraten. So lautet die Regel unseres Ordens. Der Feind, gegen den wir kämpfen, ist groß und erbarmungslos. Ich bin sicher, daß Ihr eines Tages die Notwendigkeit der Geheimhaltung verstehen werdet. Es gibt für alles eine Zeit und einen Ort.«

Den Rest des Tages verbrachte ich wieder allein, spielte auf meiner Fiedel und versuchte eine Entscheidung zu treffen. Zur None aß ich mit Pater Joano und sagte, ich wolle das Angebot seines Meisters annehmen. Pater Joano lächelte zufrieden. Er führte mich auf den Hof zwischen Haus und Kirche, wo es einen Stall gab. Darin standen drei prächtige Pferde, und ich durfte mir eines aussuchen. Ich entschied mich für ein stark aussehendes Pferd namens Astrum. An diesem Abend tranken wir zusammen

Wein, und wahrscheinlich erzählte ich Pater Joano viel zuviel über meine Vergangenheit. Er war ein guter Zuhörer, lächelte und äußerte sich mit genau den richtigen Worten.

Am nächsten Tag brach ich frühzeitig nach Richerenches auf. Die Reise verlief ereignislos, obwohl ich mich in jedem Ort, den ich passierte, fragte, ob ich hier den sogenannten *Besucher* treffen würde oder ob es irgendeinen Hinweis darauf gab, was von mir erwartet wurde.

Doch nichts geschah.

Im großen und ganzen versuchte ich mich von der Gesellschaft anderer fernzuhalten. Nachdem mich nun die Templer unter ihre Fittiche genommen hatten, empfand ich das Bedürfnis, mich dessen als würdig zu erweisen, und mir schien, ich könnte dies am besten tun, indem ich so wenig Aufmerksamkeit wie möglich auf mich lenkte. Ich muß allerdings gestehen, daß es mir schwerfiel, nicht vor anderen zu singen, wenn sich eine Gelegenheit bot, da dies einen solch wichtigen Teil meines Lebens darstellte.

Ich verbrachte viel Zeit damit, das Diagramm zu studieren, das der Ritter mir gegeben hatte. Elf Zeichen waren in einem Kreis angeordnet. Die ersten drei habe ich bereits erwähnt. Andere erschienen mir wie ein Herrscher, eine Herrscherin, ein Priester, ein junges Liebespaar, ein Engel mit einer Waage in einer Hand, ein Streitwagen, ein Eremit und ein mächtiges Rad. Ich versuchte zu verstehen, was es damit auf sich hatte. Sie schienen gleichzeitig bedeutungsvoll und bedeutungslos zu sein.

Bei meiner Ankunft in Richerenches wurde ich willkommen geheißen, als habe man mich bereits erwartet. Zwei der jüngeren Brüder, ein Deutscher namens Wolfbert von Sachsen und ein Mann aus dem Norden Frankreichs namens Olivier, nahmen sich meiner an und halfen mir, mich bei den Templern einzugewöhnen.

Der Meister des Hauses war ein gewisser Raymond von Perpignan, ein grimmig wirkender Mann mit silbergrauem Haar und hohem, anmutigem Kopf, der im krassen Gegensatz stand zu seinem kräftigen, muskulösen Körper. Er sagte, zu Anfang sollte ich als Sarjant leben. Er erklärte mir alles Wissenswerte und war sehr liebenswürdig, zeigte mir gegenüber aber gleichzeitig keinerlei besonderes Wohlwollen. Jedesmal, wenn ich versuchte, das Gespräch auf einige Dinge meiner Vergangenheit zu lenken, die mich am meisten beschäftigten, lächelte er nur und wich der Frage aus. Und doch schien er viel über mich zu wissen.

Da ohnehin ein Großteil des Tages in Schweigen verbracht wurde, da die Unterhaltungen entsprechend der Ordensregel auf das Notwendigste beschränkt waren, mußte ich erst einmal den Mut aufbringen, diese Punkte überhaupt zu erwähnen.

Ich schlief in einer zugigen Ecke des Heubodens und hatte zwei andere Sarjanten als Gesellschaft. Der eine war ein mürrischer und schweigsamer Mann, ein Bauer, der auf seine Art nichtsdestoweniger zutiefst gläubig war. Der andere Mann, dessen Vater als Ministeriale in Diensten des hiesigen Landadels gestanden hatte, war zwar einerseits wohlmeinend, andererseits aber auch wieder so peinlich genau in allem, daß es fast schon schmerzte.

Die Gebäude der Templer in Richerenches bestanden zunächst einmal aus einer Eingangshalle mit einem auf die Hauptstraße führenden Tor; diese Halle war aus Stein gebaut. Davon ging das große hölzerne Gebäude ab, in dem die gewöhnlichen Ritter und Männer schliefen, die Ritter im Erdgeschoß und wir anderen auf dem Heuboden. Daran schlossen sich die Stallungen an. Gegenüber von unserem Holzhaus lag die wiederum steinerne Unterkunft, wo die Befehlshaber und wichtigen Besucher schliefen und wo sich ferner, wie man erzählte, eine unterirdische Schatzkammer befand. Links davon standen die achteckige Kapelle und eine Reihe kleinerer Gebäude, von denen einige für Verwaltungsaufgaben genutzt wurden. Hinter diesen Gebäuden waren weitere Ställe, und dann kam das Heideland, wo wir unsere Waffenübungen durchführten.

Das Tagwerk begann um Mitternacht. Wir standen auf, zogen einen Umhang über Hemd und Hose und gingen schweigend in die Kapelle. Dort sprachen wir dreizehn Vaterunser. Danach gingen wir, unter strenger Beachtung des Schweigegebots, zu den Stallungen, um unsere Pferde zu versorgen. Ich liebte diesen Augenblick, wenn es eine schöne Nacht war und Sterne am Firmament standen; war es aber kalt, frostig oder frisch, konnte es die reinste Qual sein.

Im Anschluß daran schliefen wir bis Tagesanbruch und hielten dann die Messe. Nach einem kurzen Abschnitt des Studiums folgten die kanonischen Stundengebete Prim, Terz und Sext, die eines nach dem anderen gesprochen wurden und nicht über mehrere Stunden verteilt, wie es bei den Zisterziensern Brauch gewesen war. So konnten wir uns den Rest des Tages unseren Aufgaben widmen: Verwaltung, Versorgung der Pferde, kriegerische Ausbildung, Kampfübungen mit Lanze, Schwert und Streitkolben, Ausritte und Märsche, um unser Durchhaltevermögen zu steigern, kleinere Turniere, bei denen eine Seite die Sarazenen abgab und die andere die christlichen Ritter. Gelegentlich erhielten wir auch Unterweisung in Belagerungsmaßnahmen und lernten den Bau der großen Kriegsmaschinen, mit denen Stadtmauern eingerissen und Verteidigungswälle durchbrochen werden konnten.

Bei der ersten Mahlzeit des Tages wurden wir, die Ritter und Sarjanten, als erste bedient und dann erst die adligen Knappen und Bewirtschafter. Wir hatten unsere eigenen Näpfe und Schalen, anders als im Kloster zu Francenburg, wo wir alles teilen mußten. Wir aßen gut, denn wir brauchten kräftige Nahrung, um die Härten der Ausbildung zu überstehen. Alle Reste wurden den Armen gegeben. Während der Mahlzeiten wahrten wir Schweigen, während ein Bruder aus der Bibel oder einem anderen geistlichen Werk vorlas.

Nachmittags setzten wir unsere Arbeit fort, lediglich unterbrochen von None und Vesper. Bei Sonnenuntergang, wenn zum Completorium geläutet wurde, versammelten wir uns, um mit Wasser verdünnten Wein zu trinken und unsere Befehle für den kommenden Tag entgegenzunehmen. Danach herrschte wieder Schweigen.

Die Regeln mußten peinlich genau befolgt werden. Wir durften nichts ohne Erlaubnis tun. Ich mußte sogar fragen, wenn ich Lieder, die mir durch den Kopf gingen, auf Pergament festhalten wollte. Ich tröstete mich mit dem Gedanken, daß der Zweck all dessen darin bestand, uns zu einer gut ausgebildeten Truppe zu machen, und daß es andere Templer gab, die genau in diesem Augenblick im Heiligen Land nach derselben Regel lebten und auf die Ankunft eines größeren christlichen Heeres warteten, um den endgültigen Sieg über die Sarazenen in Jerusalem zu erringen.

Eines Abends, kurz nach meiner Ankunft, bat ich, den Meister des Hauses sprechen zu dürfen. Ich wollte ihn ohne Umschweife fragen, ob er irgend etwas über den *Besucher* wisse, den ich erwarten sollte, oder ob er mir etwas über das Diagramm sagen könne, das man mir gegeben hatte. Ich erinnerte mich noch genau daran, wie er mich lächelnd angesehen, mich prüfend betrachtet hat.

Er sagte, es gebe Geheimnisse, die er nicht preisgeben dürfe, bevor ich ein vollwertiges Mitglied des Ordens sei. Er sagte, ich solle trotz der Kosten zum vollwertigen Ritter gemacht werden, da die ihm vorliegenden Berichte über mich vielversprechend seien und ich bestimmt ein großer Gewinn für die Templer sein würde.

Er erzählte mir nähere Einzelheiten von dem neuen Kreuzzug und daß unter der Führung des jungen Thibaut, des Grafen von Champagne und Brie, regelmäßige Versammlungen in Compiègne stattfänden. Er nannte mir die Namen vieler großer Männer, die das Kreuz genommen hatten. Damals sagten mir die Namen nicht viel, auch wenn sie mir heute nur zu vertraut sind.

Mir war schnell klar, daß ich von ihm keine weiteren Informationen erhalten würde. Und doch hatte ich Hoffnung. Vielleicht würde ich ja mehr in Erfahrung bringen, sobald ich zum vollwertigen Ritter geschlagen worden war.

Es gab Unterrichtsstunden von den älteren Rittern, in denen wir von den Heldentaten der Templer und der Lage ihrer verschiedenen Festungen erfuhren. Ich liebte den Klang der Namen ihrer Burgen im Heiligen Land. Tortosa, Krak des Chevaliers, Chastel Rouge, Belfort. Ich erfreute mich an den Geschichten, die die anderen Ritter über die großen Taten des Ordens erzählten, und sogar an jenen Berichten, die sie über ihre Feindschaft zu den Hospitalitern zum besten gaben. Manchmal fragte ich mich, ob die Templer die Hospitaliter nicht mehr haßten als die Sarazenen. Doch das war alles Gerede. Der Idealismus der Ordensbrüder wurde von nüchternen Zwecküberlegungen gemildert, wenn es um die Kriegskunst ging. Zum Beispiel hatte Richard von England auf Anraten des Ordens davon abgesehen, Jerusalem im Jahr des Herrn 1191 einzunehmen, obwohl er nur zwölf Meilen vor der Stadt stand, da die Templer wußten, daß es unmöglich gewesen wäre, Jerusalem nach der Einnahme mit den zur Verfügung stehenden Streitkräften zu verteidigen.

Wenn ich Zeit hatte, schrieb ich Heldenlieder in Anlehnung an die Geschichten, die ich hörte, und sang sie jenen vor, die Zeuge davon geworden waren oder sie selbst vollbracht hatten. Dies trug mir eine ganze Reihe Freunde ein, auch wenn es andere gab, die Gesang als etwas Oberflächliches und Unnützes ansahen, wo es doch ernste kriegerische Arbeit zu erledigen galt, um Jerusalem von den Sarazenen zurückzuerobern.

Der Gedanke an Hildegunde und wie sehr ich sie liebte, ließ mich nie los. Ich versuchte mich damit abzufinden, daß ich sie nie mehr wiedersehen würde, versuchte meine Gedanken statt dessen auf Jerusalem zu richten und mir immer wieder zu sagen, daß auf die Wiedereroberung Jerusalems hinzuarbeiten in jeder Hinsicht edler war, als danach zu trachten, Hildegunde aus ihrem Stift fortzulocken. Und doch gab es Augenblicke, in denen ich das Verlangen spürte, das Haus der Templer zu verlassen und genau das zu tun.

Ich war neugierig darauf, was viele der älteren Ritter über die Sarazenen zu sagen hatten. Jene, die im Heiligen Land gewesen waren, schätzten unseren Todfeind als in jeder Hinsicht edle Ritter; nur daß sie eben Christus nicht liebten.

Mehr als einmal fühlte ich mich an Uqhart erinnert und daran, wieviel ich von ihm gelernt hatte. Wie war es möglich, daß diese ehrbaren Männer, und es gab außer Uqhart noch viele andere, zu ewigem Fegefeuer und Verdammnis verurteilt waren, weil sie Christus nicht kannten? Ich fragte einen der anderen Ordensbrüder danach. Er lachte mich aus und zitierte den Vers aus dem Matthäusevangelium: *»Richtet nicht, auf daß ihr nicht gerichtet werdet.«*

Mehr als einmal ist mir der Gedanke gekommen, es stecke mehr hinter der Beziehung zwischen den Sarazenen und den Templern, als gemeinhin zugegeben wurde. Könnte es sein, daß es vielschichtigere, weit tiefere Beweggründe in der Geschichte unserer Völker gibt, die über den Kampf um Jerusalem hinausreichen?

Während des Frühlings im Jahr des Herrn 1201 wuchs die Aufregung, als wir Neuigkeiten über den geplanten Kreuzzug hörten. Thibaut von Champagne, der den Feldzug anführen sollte, hatte Abgesandte zu Dandolo nach Venedig geschickt. Nach der Messe in der Basilika San Marco hatte der Doge die Boten wie Bittsteller empfangen, sie vor der jubelnden Menge in den Himmel gelobt, ihnen Verpflegung und Unterkunft für viertausendfünfhundert Ritter, neuntausend Knappen und zwanzigtausend Fußsoldaten sowie zusätzlich fünfzig Galeeren versprochen, die sie an jeden Ort bringen sollten, für den sich ihre Führer entschieden. Das alles für fünfundachtzigtausend Silbermark.

Als ich dies hörte, war ich zunächst überglücklich. Endlich sollte die große Heerfahrt beginnen, die zur Befreiung Jerusalems führen würde, und ich wäre dabei. Es kam mir nie in den Sinn, auch keinem anderen von uns, daß fünfundachtzigtausend Silbermark vielleicht eine viel zu große Summe für den Dogen sein könnten. Es war immerhin weniger, als die Engländer für die Freilassung von König Richard bezahlt hatten. Ich wußte, daß es manche gab, wie etwa den Bischof von Autun, die mißtrauisch waren. Er beabsichtigte, unmittelbar von Marseille aus nach Syrien in See zu stechen. Doch ich dachte, er wäre einfach nur knauserig.

Erst später, als Thibaut gestorben war und Bonifaz von Montferrat die Führung des Kreuzzugs übernahm, wurde auch ich argwöhnisch. War es möglich, daß Thibauts vorzeitiger Tod eine Strafe Gottes für den überstürzt mit dem Dogen geschlossenen Vertrag war? Oder war da vielleicht Menschenhand im Spiel?

Zu Beginn der Fastenzeit wurde ich noch einmal zum Meister gerufen. Er sagte, ich werde zu Pfingsten als vollwertiger Ritter aufgenommen. Ich erinnerte mich, daß er an einem Punkt unseres Gesprächs nachdenklich sagte: »Es muß schwer für Euch sein, wenn ich an all die Dinge denke, die Euch im Verlauf Eures Lebens widerfahren sind. Aber eines Tages wird zumindest Euch alles klarwerden, wenn schon nicht uns anderen.«

Auf diese Offenbarung war ich nicht gefaßt, daher bedrängte ich ihn auch nicht weiter. Außerdem war ich das Warten inzwischen gewöhnt. All die Mitternächte in der Kapelle, die vielen Morgen, an denen ich die Ställe ausmistete, die Pferde versorgte, Gemüse kleinschnitt für die gemeinsame Suppe, den Gebrauch des Bogens lehrte, mich im Nahkampf übte, las und in stiller Andacht betete – diese Monate schienen eine Ewigkeit zu dauern. Und doch hatte das Warten etwas Gutes.

Ich bedauerte nur eines, daß nämlich der Empfang der Ordensweihen einen letzten, endgültigen Bruch mit Hildegunde bedeutete. Es war kein Verrat, denn wahrscheinlich hätte Hildegunde genau das gewollt. Doch als Geste, als Eingehen einer Verpflichtung, war es sogar noch endgültiger, als eine andere zu heiraten.

Ich glaubte, in jeder Hinsicht auf die Zeremonie vorbereitet zu sein, doch dann geschah folgendes.

Wie üblich erwachte ich vor Tagesanbruch und versorgte die Pferde. Darauf ging ich in den Vorraum der Kapelle und wartete allein, verbrachte wie angewiesen eine Stunde in stiller Kontemplation. Die Türe zur Kapelle war mit Seilen zugebunden. Die Küchenhilfen und Stallburschen hatten zu dieser Tageszeit keinen Zutritt. Entweder ruhten sie noch oder begannen bereits früh mit ihrem Tagwerk.

Es schien eine Ewigkeit zu dauern, bevor die Morgenröte den Horizont erhellte. Im Vorraum der Kapelle gab es kein anderes Licht, und für die Jahreszeit war es recht kalt.

In dem Augenblick, als das erste Gold der Sonne am Horizont erschien, wurden die Türen geöffnet. Zuerst traten der Meister und ein anderer Ritter an mich heran und fragten, wie es Brauch war: »Begehrt Ihr die Gemeinschaft des Templerordens und wollt Ihr an seinen geistlichen und weltlichen Werken teilhaben?«

Ich bejahte dies.

»Ihr begehrt, was groß ist«, fuhr er fort, »und Ihr kennt die harten Vorschriften nicht, die in diesem Orden befolgt werden. Ihr seht uns mit schönen Gewändern, schönen Pferden, großer Ausrüstung, aber das strenge Leben des Ordens kennt Ihr nicht; denn wenn Ihr auf dieser Seite des Meeres sein wollt, so werdet Ihr auf die andere Seite des Meeres geschickt und umgekehrt; wollt Ihr schlafen, so müßt Ihr wachen, und hungrig müßt Ihr fortgehen, wenn Ihr essen wollt. Ertragt Ihr all dies zur Ehre, zur Rettung um das Heil Eurer Seele willen?«

Ich sagte, ich könnte und würde. Ich blieb auf den steinernen Bodenplatten knien, wie es der Brauch verlangt.

Mir wurden die üblichen Fragen gestellt: Ob ich verheiratet sei oder einem anderen Orden verpflichtet, ob ich als freier und ehelicher Mann geboren sei, ob ich jemanden bestochen hätte, um Aufnahme in den Orden zu erhalten, ob ich ein verborgenes körperliches Gebrechen hätte, das meinen Dienst unmöglich machen könne, ob ich verschuldet sei und vieles andere mehr... Jedenfalls konnte ich dem Orden reinen Gewissens meinen Treueid leisten.

Dann öffnete der Meister die Seile, mit denen die Tür verschlossen war. Zwei Brüder traten vor und führten mich hinein. Ich kniete in der Mitte vor dem Altar, wie mir geheißen wurde. In der Kapelle herrschte ein gespenstisches, dunkelrotes Licht. Es war, als schien die Sonne des anbrechenden Tages durch ein Meer von Blut. Der Weihrauchduft war beißend, und der Rauch hing in dichten Schwaden in der Luft. Alle Ritter waren versammelt und saßen oder knieten entlang der Wände. Jeder rezitierte oder sang ein Gebet der Templer, still und leise; in der Kapelle summte und brummte es, als ob ein Schwarm Bienen sich hinein verirrt hätte.

In dem seltsamen Licht erkannte ich den Offizianten. Es war

nicht Raymond von Perpignan, sondern ein anderer Mann von durchschnittlicher Größe und Gestalt. Ich bemerkte beinahe sofort, daß sich seine Augenbrauen in der Mitte berührten und ein V bildeten. Seine Lippen waren schmal, und die Form seines Mundes war ein Nachhall seiner Augenbrauen. Auch seine Nase war lang und spitz. Es war derselbe Mann, der mich in meiner Kammer in Villatoro aufgesucht hatte. Er machte mir angst.

Ich wurde zu ihm geführt, und man sagte mir, er sei der Großmeister des Gebiets. Genau in diesem Augenblick geschah etwas Unerwartetes, oder doch zumindest etwas, wovon man mich vorher nicht unterrichtet hatte.

Er nahm das Kruzifix vom Altar und trug es in die Mitte der Kapelle, wo er sich niederkniete. Er sagte, ich müsse auf das Kruzifix spucken, um meine Treue zum Orden zu beweisen. Während er das sagte, verstummte der Sprechgesang der anderen Ritter. Alle Augen waren nun auf mich gerichtet.

Ich war entsetzt. Tatsächlich geriet ich beinahe in heillose Furcht, während sich mir Erinnerungen an Tremgistus aufdrängten. War dieser Mann ein Nachfolger der Bruderschaft, ein neuer Tremgistus. Und doch beherrschte ich mich. Besser eine Demütigung ertragen, dachte ich, als ein Leben ohne Antworten zu leben. Ich erinnere mich noch genau an die spannungsgeladene Stimmung. Ein helleres, blasseres Rot strömte nun allmählich durch die schmalen Fenster der Kapelle herein. Da war ich, ein junger Mann, bislang unerprobt im Kampf, umgeben von diesen körperlich und seelisch abgehärteten Kriegern, und wurde aufgefordert zu entweihen, was uns allen heilig war.

Ich spuckte nicht.

Der Meister befahl es wieder.

Ich sagte, ich würde niemals auf die spirituelle Idee der Kreuzigung Christi spucken. Keiner der anderen Ritter rührte sich.

Ich nahm weder Wohlwollen noch Feindseligkeit wahr. Sie starrten mich einfach nur an.

»Dann spuckt auf das Holz und das Metall!« brüllte der Meister.

Das tat ich. Aber bis zum heutigen Tag schwöre ich: Ich spuckte allein auf das Holz und das Metall – nicht auf Christus selbst.

Der Meister lächelte und sagte, daß wir nun mit der Zeremonie fortfahren könnten. Er forderte mich auf, einen Eid zu schwören: »Ich werde den Tod meines Herrn nachahmen, denn wie Christus sein Leben für mich gegeben hat, so bin auch ich bereit, mein Leben für meine Brüder zu geben.« Dies tat ich, ohne zu zögern.

Dann wurde ich gefragt, ob ich den Quell aller wahren Versenkung kenne. Ich erwiderte, nein, diesen kenne ich nicht.

Kaum hatte ich gesprochen, traten auch schon drei der jüngeren Ritter zu mir und starrten mich ein oder zwei Augenblicke an. Dann packten zwei von ihnen plötzlich meine Arme und zwangen mich nach vorn, so daß ich nun flach auf dem Bauch lag, das Gesicht auf dem Boden; darauf zog mich der dritte von der Leibesmitte an abwärts aus. Ich konnte es nicht ausstehen, nackt zu sein, und es gelang mir fast, mich zu befreien, als der Meister befahl, ich solle mich nicht rühren, wenn ich in den Orden aufgenommen werden wolle.

Ich reckte den Kopf nach hinten und sah einen der älteren Brüder vortreten. Er kniete sich und küßte meinen Steiß. Ich war entsetzt. Doch sobald er an seinen Platz zurückgekehrt war, wurde ich losgelassen. Es herrschte Stille.

Hierauf verkündete der Meister mit ernster Stimme, ich würde niemals kämpfen wie ein wahrer Templer und hätte niemals die Kraft, Gott zu dienen, wenn ich nicht die Kraft der Kontemplation auf eine solche Weise freisetzte, damit sie meinen ganzen Körper ergriff.

Heute weiß ich, daß sich dies alles auf die geheime spirituelle Vorgehensweise der Templer bezieht, die den Körper in spirituelle Bereiche aufteilt und eine Quelle der spirituellen Energie am Steißbein ausmacht, die, wenn sie freigesetzt wird, durch das Rückgrat und in den Kopf geleitet werden kann – zum Sitz des Verstandes. Diese mentalen Übungen steigern die Fähigkeit, durch die Zeit zu reisen, die ich mir in der Zelle in Aletus aneignete und derer ich mich auch jetzt wieder bediene. Doch ich sollte nicht mehr davon schreiben, denn es ist ein Geheimwissen.

Dann wurde ich ermahnt, keusch und rein zu leben, die Bräuche und guten Sitten des Ordens zu wahren und niemals zuzulassen, daß ein Christ, Mann oder Frau, getötet oder zu Unrecht entrechtet werde, stets genaue Rechenschaft abzulegen über jeden Besitz, den der Orden mir anvertraute, und niemals den Orden zu verlassen ohne die ausdrückliche Erlaubnis meiner Vorgesetzten.

Inzwischen erfüllte strahlend goldenes Licht die Kapelle. Der Rest der Zeremonie verlief dann wie eine gewöhnliche Messe. Nachdem ich das Brot genommen hatte, kniete ich mich wieder in der Mitte der Kapelle nieder. Zwei Ritter kamen zu mir. Der eine trat langsam hinter mich. Er packte meine Arme so, daß ich mich nicht wehren konnte. Er hob eine Hand und schlug mich mit aller Kraft seitlich gegen den Kopf. Ein scharfer, harter Schlag, der mich beinahe bewußtlos gemacht hätte.

Ich versuchte, wieder einen klaren Kopf zu bekommen, auch wenn sich der Raum immer noch drehte, und behielt den Blick stur geradeaus gerichtet. Dieser Schlag war die *collée,* womit ich in den Orden aufgenommen war. Ich war überglücklich.

Nach den abschließenden Gesängen wurde ich aus der Kapelle in den Vorraum am anderen Ende geführt. Dort war ich noch nie zuvor gewesen, da dieser Raum zu den Teilen des Hauses gehörte, die nur vollwertigen Mitgliedern des Ordens zugänglich waren.

Dies war der Augenblick, auf den ich so lange gewartet hatte. Endlich, dachte ich, würde ich etwas Neues erfahren. Konnte es sein, daß die Bruderschaft des Gebiets von Carolus Magnus auf irgendeine Weise mit den Templern in Verbindung stand? Oder standen sie sich feindlich gegenüber? Was hatte das alles mit dem Kreuzzug zu tun, der nun vorbereitet wurde, oder mit dem vorherigen, der fehlgeschlagen war?

Zunächst einmal erläuterte Meister Raymond feierlich die strengen Übungen und Regeln des Alltags. Dann erklärte er den Aufbau des Ordens, daß die Meister und Großmeister von Zwölferkollegien gewählt werden, deren Zahl für die Apostel stand. Natürlich gab es noch andere Dinge, von denen ich hier allerdings nicht schreiben sollte.

Danach war der Mann mit den V-förmigen Augenbrauen an der Reihe. Er schien ausschließlich in Rätseln zu sprechen. Er sagte, ich müsse einfach glauben, was er sage, und keine Fragen stellen. Er sei nicht der *Besucher,* aber der Besucher werde kommen, und dann würde ich ihn auch erkennen. Ich hätte eine Mission zu erfüllen, die ich verstehen würde, wenn die Zeit gekommen sei. Schließlich tat er mir kund, worin meine Aufgabe bestünde: *»Du sollst Wächter sein über den Blinden. Geht er zu weit, mußt du ihn töten.«*

Abschließend gab er mir eine weitere Bildtafel ähnlich der ersten, nur waren es diesmal zwei miteinander verbundene Kreise, die aus den Buchstaben des hebräischen Alphabets gebildet wurden.

Während ich sie mir noch anschaute, ging er, ohne sich zu verabschieden. Seitdem habe ich ihn nie wiedergesehen. Pater Raymond übernahm alles Weitere.

Ich erhielt Kleidung und Ausrüstung: zwei Leibhemden,

einen Ordensrock mit enggeschnittenen Ärmeln, der darübergezogen wurde, zwei Paar Schuhe und zwei Hosen, ein langes Wams mit Schößen ab der Leibesmitte, einen langen, geraden Umhang, der am Hals gebunden wurde, einen Überwurf für den Sommer und einen mit Schafwolle gefütterten für den Winter, einen breiten Ledergurt, eine wollene Haube und einen Filzhut. Ferner erhielt ich zwei Tücher, das eine für den Tisch, das andere zum Waschen, und eine dicke Decke. Im Unterschied zu meiner Sarjantenausrüstung war alles schwarz und weiß, den Farben des Ordens.

Diese Ausrüstung hatte einmal einem anderen Ritter gehört, einem Landsmann von mir, der im Heiligen Land gefallen war. Sein Name war Bruder Manfried gewesen. Man sagte mir, ich solle seinen Tod immer vor Augen behalten und für seine unsterbliche Seele beten, damit er wiederum für meine bete.

Dann sagte Raymond: »Ihr werdet Richerenches morgen verlassen, Walter. Ihr werdet Euch wie ein gewöhnlicher, weltlicher Ritter kleiden. Geld und Kleidung werden Euch zur Verfügung gestellt. Ihr werdet nach Venedig reisen und bei den Vorbereitungen des Kreuzzugs behilflich sein. Nach Eurer Ankunft dort werdet Ihr weitere Weisungen erhalten.«

Wir verbrachten eine weitere Stunde mit der Besprechung der Einzelheiten meiner Reise. Am Ende des Gesprächs überreichte er mir einen Brief. Beinahe wäre ich zusammengebrochen. Ich erkannte die Handschrift. Ich erinnerte mich an diese schöne, reich ausgeschmückte Handschrift noch aus Frankenburc. Es war Hildegundes Schrift. Folgendes hatte sie geschrieben:

Walter. Es ist wichtig, daß Du nicht glaubst, was Du über mich hörst. Ich werde zu Dir kommen, wenn die Zeit reif ist. Nur vergiß mich nicht und tu, wovon du weißt, daß es das Richtige ist. Dann wird alles gut.

Hildegunde

Ich bedankte mich bei dem lächelnden Meister. Was meinte sie damit? Wer sollte mir Lügen über sie erzählen wollen? Wie würde sie zu mir gelangen? Wie kam der Orden dazu, als Mittler zwischen uns aufzutreten? Ich wäre überglücklich gewesen, nur ist es in mancher Hinsicht schmerzhafter zu hoffen, als alle Hoffnung aufzugeben.

Dies sollte mein letzter Abend in Richerenches sein. Während der mitternächtlichen Matutina in der Kapelle schaute ich mich um und prägte mir jede winzige Einzelheit genau ein: die merkwürdig stumpfen Winkel der Wände, die in ihrer Summe den achteckigen Grundriß der Kapelle ergaben, das Kreuz auf dem Altar, die schlichten Fensterbogen und den staubigen, rauchigen Geruch dieses Ortes.

Meine Gedanken kehrten immer wieder zu Hildegunde zurück.

Nach dem Gottesdienst mußte ich in die Ställe, um zu überprüfen, ob meine Pferde gefüttert und getränkt waren. Nachdem ich dies erledigt hatte, kehrte ich nicht sofort in das Dormitorium zurück, sondern stand noch eine Weile reglos da und blickte zu den Sternen auf. Es war eine klare, schöne Nacht, und ich meinte, sie noch nie zuvor so strahlend leuchten gesehen zu haben. Ich folgte den Sternbildern und schaute in die Richtung, in die ich am nächsten Tag reiten würde.

Ich erinnere mich noch genau, wie ruhig und still es in jener Nacht war. Nur der leichte Frühlingswind bewegte die Blätter in den Bäumen, ich hörte das Atmen der Pferde und die kaum wahrnehmbaren Geräusche aus den Schlafsälen, wo die anderen sich nun wieder zur Ruhe begaben, um weiterzuschlafen.

Dort, genau im Osten, schien der schönste Stern von allen. Er hatte eine wunderbare orangerote Farbe. Durch meinen Unterricht bei Uqhart wußte ich, daß es Aldebaran war, das Auge des

Stiers. Er erinnerte mich an jenen Stern, der einst die Geburt Christi ankündigte. Ich dachte, daß er jetzt, genau in diesem Augenblick, auch am Nachthimmel über Jerusalem sichtbar sein mußte.

Ich blickte wieder zu dem Stern. Es war nicht schwer, sich vorzustellen, wie wahre Heerscharen von Engeln kaskadengleich zwischen dem Stern und dem so viele Meilen entfernten Jerusalem auf- und abstiegen. Ich fragte mich, ob diese Stille den Wohlklang ihrer Gesänge barg. Dann sah ich Sterne, die in Vollendung die Umrisse von Hildegundes Gesicht bildeten, und es war, als stünde ihr Gesicht dort oben am Himmel, leuchtete wie Jaspis und Karneol, umstrahlt von einem smaragdenen Regenbogen. Die Vision dauerte nur einen kurzen Augenblick, verschwand dann, und es schien, als verhüllten dieselben Sterne ein geheimes Leiden, ein Grämen, das nur dem Himmel allein bekannt war.

Der Beginn meiner Fahrt stand nun unmittelbar bevor. Schon am nächsten Morgen.

Plötzlich, und zum allerersten mal seit Jahren, fühlte ich mich Hildegundes würdig. Ich spielte kurz mit dem Gedanken, sie auf dem Weg nach Venedig zu besuchen. Doch das wäre undenkbar gewesen.

Mein Blick richtete sich auf diesen einen Stern. Aristoteles hatte geschrieben, die Sterne und Planeten seien aus der fünften Essenz geschaffen. Und dann war dieser Stern für einen Augenblick der Brennpunkt, der Fluchtpunkt all meiner Hoffnungen und ehrgeizigen Bestrebungen. Genau wie Hildegunde. Sie war die Quintessenz all meiner Gedanken geworden, genau wie dieser Stern über Jerusalem aus der Quintessenz all dessen bestand, was erschaffen war. Und ich spürte, daß etwas von mir, mein wahres Wesen, für immer eins mit ihm war. Es war mit ihr an einem unermeßlich kleinen Punkt verbunden, der irgendwo in der Unendlichkeit im Nichts verschwand. Ein weiteres Gedicht kam mir in den Sinn:

Ich wölt daz ich do heime wer
und aller welte trost enber,
Ich mein doheim im himmelrich
do ich got schowet ewenclich… *

Ich war überzeugt, zum erstenmal seit Jahren eine Nachtigall singen zu hören, als ich anschließend ins Dormitorium zurückkehrte. Ich dachte an Jersusalem und lächelte. Jerusalem würde die Antworten auf all meine Fragen bringen, doch in welcher Form, konnte ich nicht mit Sicherheit sagen. Und ich dachte an jene erste Nacht, die ich mit Hildegunde unter den Sternen verbrachte.

Jerusalem. Würden wir je dorthin gelangen? Würde ich je wieder mit Hildegunde vereint sein?

* Ich wünscht, ich wäre zu Hause/und fort von all den Tröstungen dieser Welt/ich meine zu Hause im himmlischen Königreich/wo ich Gott schauen könnt für alle Ewigkeit… (Heinrich von Laufenberg)

18
Der Mond

Während meiner Reise wurde ich immer wieder von den außerordentlichen Werken von Mensch und Natur überwältigt, die ich jeden Tag aufs neue entdeckte. An so vielen Orten entstanden neue Kirchen und Heiligtümer zum Ruhme Gottes, mit leuchtendbunten Gemälden spiritueller Visionen. Ich sah riesige Berge, die sich zum Himmel reckten, Klippen über der wilden See, gewaltige Wälder und fremdartige Tiere. Ich begegnete Männern und Frauen unterschiedlicher Rassen und Stände. Und stets war ich umsichtig im Umgang mit meinen Mitmenschen, fragte mich bei jeder neuen Begegnung, ob dies der *Besucher* sein könnte. Und stets hatte ich die Worte im Gedächtnis: *»Du sollst Wächter sein über den Blinden. Geht er zu weit, mußt du ihn töten.«*

Ich reiste als weltlicher Ritter nach Venedig, als wäre ich nie ein Ritter der Templer geworden. Manchmal machte ich in Schenken halt und verdiente mir etwas Geld mit meinem Gesang. Zuweilen schlief ich im Freien. Doch die Tatsache, daß ich ein Doppelleben führte, verlieh mir eine ungeheure Zielstrebigkeit.

Wann immer meine Stimmung sich trübte, suchte ich, nachdem ich mich vergewissert hatte, daß mir niemand folgte, für ein oder zwei Tage ein Haus der Templer auf, wo ich in den Alltag des Ordens schlüpfte, wie man in vertraute Kleider schlüpft. Ich knüpfte neue Bande zu anderen Ordensbrüdern, fand spirituelle Erquickung und sprach über die Aktivitäten des Ordens und seine geheimen Absichten.

Was mich selbst betrifft, so litt ich unter manchen Entbehrungen – Hunger, Durst, die eisige Kälte des frühen Morgens und die sengende Hitze der Nachmittage. Ich litt unter den Versuchungen des Fleisches, denn ich begegnete vielen verführerischen Frauen, die sich mir hingegeben hätten.

Die Reise dauerte zwei Monate, und du kannst dir sicher meine Freude vorstellen, als ich Venedig endlich erreichte. Die prächtigen Gebäude der Stadt schienen sich aus dem Wasser zu erheben, in dem sie sich spiegelten, als erwachten die herrlichsten illuminierten Handschriften plötzlich zum Leben. Die Stimmung marmorner Stille, resultierend aus diesen Wasserstraßen, auf denen Boote aller Formen und Größen dahinglitten, schien alles geschäftige Treiben in sich aufzunehmen, als gebe es geheimnisvolle Mächte unter diesem Wasser, das die Stadt wiegte, nährte, ihr Kraft verlieh und doch auch über ihre Vergänglichkeit lächelte.

Andere Ritter und ihre Mannen trafen gleichzeitig mit mir ein. Sie kamen aus Italien, Frankreich, Spanien, dem Reich, ja sogar aus England. Es war eine wunderbare Arbeit, die Insel San Niccolo di Lido auf den Zustrom der Kreuzfahrerheerscharen vorzubereiten.

Jerusalem. Es schien, als wären wir alle wie ein Mann, viele Hände, aber ein einziger Leib. Dies ist eines unserer Lieder – es schmerzt mich, jetzt daran zu denken; ich war so voller Hoffnung damals:

Du voll wahrer Liebe, erwache! Schlafe nicht mehr!
Der Lerche Lied verkündet, der Tag ist da,
Gekommen ist der Tag des Friedens,
Den Gott in Seiner Güte
all jenen schenkt, die Ihn so lieben,
Daß sie das Kreuz auf sich nehmen
Und Schmerz erleiden bei Tag und Nacht.
Jetzt wird Gott sehen, wer Ihn wahrhaft liebt.

Zur damaligen Zeit gewährte man uns noch freien Zugang zur inneren Stadt von Venedig. Ich war berauscht von ihren Düften. Jeder Kanal, jede Straße, jeder Platz hatte seinen eigenen, ganz besonderen Duft, der mit allen anderen verschmolz zu einem vielstimmigen Chor der Düfte, so völlig anders als in jeder anderen Stadt. Es war eine köstliche Harmonie der Gerüche von Kanälen, gekochten Speisen, Gewürzen, die entladen wurden, dem Harz von Holzfässern, dem salzig-scharfen Geruch des Meeres, das an die hölzernen Grundfesten der Gebäude plätscherte. Der Hafen war Brennpunkt dieses gewaltigen Duftteppichs, der Gerüche des Meeres, der fremdländischen Früchte, der Essenzen, der Fische, der Holzkisten und Truhen, die zur Lagerung verwendet wurden. Selbst der Abfall barg eine herbe Frische in seinem Gestank und wirkte wie ein Lösungsmittel, in dem alle Gerüche aufgelöst, aber gleichzeitig auch bewahrt wurden. Alles in allem lag ein moschusartiges Aroma in der Luft, das von unbändigem Leben strotzte und zugleich nach der verstreichenden Zeit duftete, harmonisch und doch in feinen Abstufungen zu unterscheiden; ich dachte, ein blinder und tauber Mann würde in dieser Stadt ein erfülltes Leben führen können, wenn er sich durch ihre Gassen bewegte und sich dabei anhand ihrer Gerüche orientierte.

Auch meine Augen waren hingerissen von dem Reichtum

der Plätze und Kirchen, die sich alle wie durch ein Wunder aus dem Meer erhoben, als schwebten sie dort über den Wassern. Ich war überwältigt von den Schiffen, die aus dem Osten kamen; Schiffe mit feiner Wolle aus Syrien, Seide aus Byzanz, Leder aus dem Heiligen Land, kostbaren Steinen, Glas, Gewürzen, seltenen Speisen, Datteln, Feigen, Mandeln, Salben, Arzneien, Schmuck, alles, um auch noch die geringste Laune der Bewohner dieser Stadt zu befriedigen. Ich konnte mir nicht vorstellen, daß Jerusalem, daß irgendeine Stadt reicher und überquellender als diese sein könnte.

Zunächst wurden wir kreuzfahrenden Ritter von der Bevölkerung willkommen geheißen. Vielleicht sahen sie in uns, was wir auch selbst in uns sahen: Helden, die die Ungläubigen vernichten, die ganze Welt zu Christi Welt machen, Jerusalem befreien und den Weg ebnen würden für die Wiederkunft des Herrn. Vielleicht wird das alles eines Tages geschehen, wenn auch nicht in der kurzen Zeit, die mir noch bleibt.

In jener ersten Zeit in Venedig ließ der Doge noch prächtige Messen in der San-Marco-Basilika für uns lesen. Von außen betrachtet ist San Marco die großartigste Kathedrale, die ich je gesehen habe, mit ihren wuchtigen Torbogen, prächtigen, schlanken Türmen und den fünf Kuppeln, von denen manche sagten, sie versinnbildlichen die vier Elemente und die Quintessenz. An den Wänden befanden sich Steinschneidereien seltsamer, geflügelter Wesen, Vögel und Tiere, die es im Paradies geben mußte. Innen waren die Wände und Kuppeln wie die Himmelsgewölbe selbst, bemalt mit den Aposteln und Geschichten aus der Bibel; die Engel in ihrem Glanz mit vielen Flügeln schienen über der Menge zu schweben. Wie berauschend diese Atmosphäre der Hingabe war, die Macht des Gesangs, die Herrlichkeit des Weihrauchs und die schiere Freude, als wir, Ritter und Krieger, bei jenen frühen Messen Gott unsere Seelen anboten, als wir gelobten, Seinen Willen zu erfüllen bei unserem Zug gegen die Ungläubigen.

Vielleicht kannst du dir meine Erregung vorstellen. Die Musik in der Kathedrale schien von jenseits dieser Welt zu kommen! Sie wurde von vielen Chören gesungen, die sich alle an verschiedenen Stellen der Kirche befanden, manche zu ebener Erde, andere auf Säulengängen hoch über dem Boden, und ein jeder sang eine andere Stimme in völligem Einklang mit den anderen. Mir schwanden fast die Sinne. Ich glaubte, ich sei im Himmel, als ich den Sphärenklängen dieser Chöre lauschte, die durch alle Menschenalter zu uns drangen und sich mit dem satten Wohlgeruch des Weihrauchs zu einer harmonischen Einheit vermischten. Der Doge scheute keine Kosten bei der Musik, und ich fragte mich, ob die Lieder für ihn vielleicht eine Art Ausgleich für sein verlorenes Augenlicht darstellten.

Ich erinnere mich noch, daß ich einmal während des Abendgottesdienstes hingebungsvoll meine Augen schloß. Ich fiel in eine Art Dämmerzustand, und als ich daraus erwachte, erblickte ich auf der anderen Seite der Kirche ein Mädchen mit langen blonden Haaren. Zuerst konnte ich ihr Gesicht nicht sehen, da sie den Kopf von mir abgewandt hielt, aber ich stellte mir vor, es leuchtete wie Jaspis und Karneol, umrahmt vom flimmernden Licht der Kerzen, wie Sterne. Ich versuchte, durch die Menge zu ihr zu gelangen, mich zu vergewissern, daß nicht sie es war, doch es gelang mir nicht, weil zu viele Menschen da waren. Einmal drehte sie sich um. Es hätte Hildegunde gewesen sein können, und doch konnte ich nicht sicher sein. Von da an fuhr ich jeden Tag in den Stadtkern, um vielleicht doch noch einen Blick von ihr zu erhaschen.

Jeden Abend, wenn ich zur Insel San Niccolo di Lido zurückkehrte, wo wir unser Lager aufgeschlagen hatten, schaute ich auf die Stadt, auf die prachtvollen Kuppeln der Basilika San Marco, die sich als Schattenriß gegen das Dunkelrot des Abendhimmels abzeichneten. Ich habe noch den Geruch der Feuer in der Nase, auf denen das Essen bereitet wurde, und wie sich dieser Geruch mit den salzigen Meeresbrisen vermischte. Ich erinnere mich an das Geräusch der plätschernden Wellen, den Ausdruck der Zufriedenheit und Ruhe in den Augen meiner Ritterbrüder und den wunderbaren Anblick der Stadt, die vor dem Hyazinth, Purpur und Gold des Abendhimmels verblaßte wie eine Vision des neuen Jerusalem.

Allerdings lag auch Traurigkeit in dieser Schönheit, genau wie in unserer Sehnsucht nach Jerusalem. Denn wenn die Sonne unterging und wir bei unseren Feuern unter den Sternen saßen, lag eine gewisse Zerbrechlichkeit und Vergänglichkeit über allem. Spürten wir in unserem tiefsten Innern die Tragödien und den Verrat, die noch vor uns lagen?

Etwa zu jener Zeit erwarb ich einen kräftigen Schimmelhengst. Er war größer als die meisten Streitrosse, hatte Augen wie Jade und das stolzeste Feuer, das ich je bei einem Pferd erlebt hatte. Ich stellte mir vor, auf seinem Rücken in Jerusalem einzureiten. Ich nannte ihn *Sîger*, Bezwinger, und er wurde mir schnell lieb und teuer.

Ich erinnere mich, wie sehr ich damals den Dogen bewunderte. Ich war so mit meiner Arbeit beschäftigt, so voller Hoffnungen für Jerusalem und war überzeugt, daß alles, was geschah, sich schließlich zu einem großen Ganzen zusammenfügen würde. Ich arbeitete hart und sang oft, tat alles, um neue Menschen kennenzulernen und stets über alles auf dem laufenden zu sein, was sich im Lager zutrug, damit ich den Templern regelmäßig Bericht erstatten konnte. Zunächst entwickelte sich alles ordnungsgemäß. Graf Balduin von Flandern war bereits eingetroffen, ebenso der Graf Hugh von Saint Paul, Geoffroy, der Marschall der Champagne, und viele andere.

Meine dunklen Vorahnungen begannen am siebenundzwanzigsten November dieses Jahres. Ein Bote der Templer kam, um mir mitzuteilen, daß die Gruppe um Villain von Neuilly, Henry von Arzillières, Renaud von Dampierre und andere beschlossen hatte, sich selbständig in das Heilige Land einzuschiffen, wobei sie Venedig und unsere dort lagernden Heere mieden.

Ich erinnere mich sehr genau an diesen Zeitpunkt. Ich teilte gerade eine Gruppe Fußsoldaten ein, die Baumstämme bearbeiteten, um die behelfsmäßigen Unterkünfte zu errichten – Unterkünfte für jene, die nun bereits nach Apulien in See gestochen waren. Bis zu diesem Moment war es ein klarer Tag gewesen. Der Himmel war blau mit einem merkwürdigen, leichten Braunstich, der ins Dunkelrote spielte. Während ich noch versuchte, mir über die ganze Tragweite dieser Neuigkeit klarzuwerden, bemerkte ich plötzlich, daß viele Männer zum Himmel aufschauten und in ihrer Arbeit innehielten.

Ich wollte schon einige Söldner schelten, als ich Augenzeuge eines schrecklichen Zeichens wurde, das mich bis ins Mark traf. Obwohl hellichter Tag, war der Mond deutlich am Himmel zu erkennen, und er wurde schwarz und gleichzeitig größer und größer, während er sich immer weiter der Sonne näherte. Wir starrten alle hinauf und fragten uns, was geschehen würde, wenn die beiden Himmelskörper zusammenstießen.

Schließlich stand der Mond so dicht neben der Sonne, daß er sie tatsächlich berührte und schließlich sogar verdeckte, als würde er sie verschlingen. Die Sonne wurde schwarz, und eine entsetzliche, kühle Dunkelheit legte sich über das Land. Viele Krieger bekreuzigten sich und warfen sich auf den Boden, beteten für ihre Seelen, heulten und weinten in ihrer Angst angesichts dieses Wunders.

Ich stand immer noch stocksteif da. Bald war alles pechschwarz. Ich weiß nicht mehr, wie lange die Dunkelheit andauerte, aber es kam mir vor wie eine Ewigkeit. Etwas Böses war auf die Erde gefallen, das uns nicht mehr verlassen sollte.

Endlich tauchte die Sonne wieder auf, und das Licht und der Tag kehrten zurück. Doch diese Kälte blieb. Ich spüre sie noch heute.

An diesem Abend nahmen die Wolken am Himmel die Gestalt eines blutroten Pferdes an, das über die Länder im Osten zu reiten schien.

Meine schlimmsten Befürchtungen erwiesen sich als wahr. Als endlich alle eingetroffen waren, bestand unser Heer lediglich aus viertausendfünfhundert Rittern, neuntausend Knappen und zwanzigtausend Fußsoldaten. Es war nicht möglich, genug Geld aufzubringen, um den mit den Venezianern geschlossenen Vertrag zu erfüllen. Etwa fünfzigtausend Silbermark kamen zusammen, was auch nicht annähernd an die fünfundachtzigtausend heranreichte, die wir eigentlich aufbringen mußten.

Das Lager Geoffroys von Villehardouin beschuldigte jene, die bereits nach Apulien gezogen waren. Andere äußerten sich argwöhnisch oder mißbilligend über den Vertrag, den Villehardouin in unserem Namen unterzeichnet hatte. Sie sagten, der ganze Kreuzzug sei schlecht geplant und solle aufgegeben werden. Dies war der Beginn der Zwietracht, die manchmal in offene Feindseligkeit umschlagen sollte.

Von Monat zu Monat nahm die Verbitterung zu. Die Kriegsvorbereitungen wurden weniger, aber gleichzeitig war ich mehr damit beschäftigt, Erkundigungen für die Templer einzuholen. Soweit es uns betraf, kreiste der eigentliche Disput um die Frage, ob wir uns Villehardouins Gruppe anschließen und versuchen sollten, das Beste aus einer schlechten Sache zu machen, oder ob wir mit denen an einem Strang ziehen sollten, die den Kreuzzug sofort beenden wollten, um später einen neuen Anfang zu wagen.

Im Juni wußte jeder im Lager um unsere Not. Wir wären bereit gewesen, in See zu stechen, doch weil wir den Venezianern noch immer Geld schuldeten, mußten wir bis zur Begleichung unserer Schulden warten. Statt also zu feiern, erstickte das Heer in Wut und bitterer Hilflosigkeit. Soweit es uns betraf hatten wir unsere Überfahrt bereits bezahlt. Nur weil wir so wenige waren, verlangte man von uns, zusätzlich ein zweites zu dem vereinbarten Entgelt zu zahlen.

Auf kurze Sicht wurde die Lage durch einige Adlige wie den Grafen von Flandern und Graf Lewis gerettet, die ihren gesamten Besitz zur Vertragserfüllung anboten. Dies wiederum beschämte die anderen, so daß sie in mißgünstiges Schweigen verfielen. Es gab viele, die bereits ihr gesamtes Geld ausgegeben hatten und von den Schulden erdrückt wurden, die sie in den letzten Monaten angehäuft hatten. Viele von ihnen waren gute Ritter mit durchaus edlen Absichten, denen es aber an der nötigen Zucht und Ordnung mangelte; sie hatten schon lange alles für Lebensmittel, vermeintlich kostbare Gegenstände, die ihnen von gewieften Händlern als Andenken aufgeschwatzt worden waren, und selbstverständlich für Wein und die Dienste einheimischer Frauen ausgegeben.

Die Venezianer fühlten sich offensichtlich geprellt. In zunehmend größerer Zahl erschienen Händler, die versuchten, ihr Geld einzutreiben. Oft kam es zu heftigen Auseinandersetzungen und immer häufiger zu Schlägereien. Einige wurden sogar aus dem Hinterhalt überfallen und getötet, wenn sie es wagten, das Lager zu verlassen. Viele verloren die Beherrschung und kochten vor Wut über; ich befürchtete bereits, es könnte sogar zu regelrechten Kampfhandlungen zwischen den Venezianern und den Kreuzfahrern aus anderen Gegenden der Christenwelt kommen.

Ab Juni standen wir unter strenger Bewachung und durften

die Insel nicht mehr verlassen. Die meisten waren hungrig und erschöpft. Manche waren dem Hungertod nahe. Es reizte uns über alle Maßen, daß die Venezianer für Lebensmittel inzwischen nachgerade Wucherpreise verlangten.

Krankheiten brachen aus: Viele litten an unangenehm brennenden Hautausschlägen und Mattigkeit, und viele erkrankten auch an Skrophulosis, Sankt-Laurentius-Feuer oder Tuberkulose. Manche erwarben sich ein Vermögen, indem sie sich als Medicus ausgaben. Sie führten Aderlässe durch, verkauften Abführmittel und dergleichen mehr, wovon es den Männern meistens nur noch schlechter ging als zuvor.

Dann kamen Gerüchte auf, wir würden nicht auf Jerusalem marschieren, sondern zuerst Ägypten angreifen. Diese Gerüchte, zusammen mit der Schuldenlast und der Enttäuschung, machten die Männer noch unzufriedener. Jerusalem war unser Ziel. Jerusalem war der Zweck all unserer Opfer und Bemühungen. Was für einen Nutzen hatte für uns ein fernes Land wie Ägypten? Gewiß waren die dort lebenden Menschen Heiden. Doch es war Gottes eigene Stadt, die wir befreien wollten, und wir waren überzeugt, sie würde uns mit Gottes Hilfe auch zufallen, wenn wir nur den Mut aufbrachten, die Stadt geradewegs zu erstürmen. Wir sahen einfach keinen Sinn darin, einen feigen Umweg einzuschlagen.

Doch selbst das wäre immer noch besser gewesen als alles, was dann tatsächlich geschah. Durch meine geheimen Quellen (von denen ich nichts weiter schreiben darf) erfuhr ich, daß der Doge mit Al-Adil zu einer Übereinkunft gekommen war, in der er versprach, einen Angriff auf Ägypten zu verhindern, wofür er als Gegenleistung wichtige Handelszugeständnisse erhielt.

Ende Juni drohten die Venezianer damit, unsere Lebensmittelversorgung ganz einzustellen. Ich konnte die Lage immer noch nicht beurteilen. Wer war schuld? Diejenigen, die ohne uns nach Apulien abgezogen waren? Lag es an Thibauts und Villehardouins Leichtsinn? Oder war alles nur Teil der Strategie des Dogen? Glaubte er, sich das Heer Gottes aneignen und zu seinem Vorteil einsetzen zu können.

Als Gegenleistung für die wiederaufgenommene Unterstützung durch Venedig mußten die Kreuzfahrer als Leibtruppe des Dogen die christliche Stadt Zara angreifen, die einige Jahre zuvor an den König von Ungarn gefallen war. Dies sollte der erste Abschnitt des Kreuzzugs sein. Die Venezianer zogen aus Wachskugeln gemachte Lose, um zu ermitteln, wer von ihnen teilnehmen sollte. Es war außergewöhnlich, wie geordnet dies verlief.

Meine fränkischen Landsleute waren anfänglich verzweifelt. Warum sollten wir gegen einen christlichen König für eine Sache kämpfen, die wir nicht verstanden? Und doch hatten wir Schulden, weshalb uns kaum eine andere Wahl blieb. Zudem war alles besser, als auf dieser Insel zu bleiben, und wenn wir in Zara erfolgreich waren, bestand wenigstens die Aussicht, nach Jerusalem weiterzuziehen.

Ich bemühte mich um eine Audienz beim Dogen. Durch versteckte Hinweise ließ ich ihn wissen, daß ich ein Tempelritter war, und unter anderen Umständen hätte dies genügt, um Zugang zu ihm zu erhalten. Doch seine Verwaltung behauptete stur, er sei beschäftigt, und der früheste Zeitpunkt, den man mir anbieten könne, sei das Fest des heiligen Remigius im Oktober. Ich war einverstanden und dachte, dies würde mir die Zeit geben, mehr über seine Pläne und Absichten herauszufinden, so daß ich ihn gegebenenfalls davon abbringen könnte; sollte ich aber – ich werde es schreiben – in meinem Eindruck bestätigt werden, daß er der besagte Blinde war, und zu der Auffassung gelangen, daß er den Kreuzzug verhindern wollte, wäre ich somit in der Lage, auf andere, geeignetere Weise zu reagieren.

Würde ich ihn töten? Nicht sofort. Zunächst mußte ich herausfinden, worin seine Pläne wirklich bestanden. Dann würde ich weitersehen.

Die Wartezeit kam mir schier endlos vor. Ich wurde zunehmend schwermütiger. Ich beteiligte mich nicht mehr an der Ausbildung, den Plänkeleien und Tjostes, die wir deutschen Ritter unter uns ausrichteten. Auch andere nahmen nicht mehr daran teil, und bald hörten diese Freizeitturniere ganz auf.

Weiterhin vermied ich, vor anderen zu singen und Geschichten sowie höfische Heldengedichte vorzutragen. Obwohl ich soviel Zeit wie nur möglich allein verbrachte und darüber nachgrübelte, was im Verlauf meiner Besprechung mit dem Dogen geschehen könnte, schrieb ich weiterhin meine Lieder. Durch die Kampfübungen und mein Singen hatte ich zwar Freunde gewonnen, sah jedoch davon ab, zu eng mit ihnen zu verkehren, da ich meine Zugehörigkeit zu den Templerrittern nicht bekanntwerden lassen wollte. Jeder Kontakt mit meinen Vorgesetzten im Orden fand im geheimen statt. Für den Austausch von Nachrichten benutzten wir eine Geheimschrift. Desgleichen wollte ich nicht, daß sie in Situationen gerieten, die für sie unverständlich waren. Falls ich den Dogen tötete, würde ich allein die Verantwortung dafür übernehmen und den Orden aus allem heraushalten müssen.

Die Bedingungen im Lager verschlechterten sich weiter. Immer mehr Männer ließen sich zu Schlägereien, Trunkenheit und Hurerei hinreißen. Es war wie ein Krebsgeschwür, das sich unaufhaltsam im Lager verbreitete. Ich selbst war gegen das Böse nicht gefeit. Sogar mein Pferd starb. Als Ersatz kaufte ich einen Rappen. Ich nannte ihn Justus. Er war zwar stark, hatte aber ein eher träges Temperament wie eine Kriegsmaschine, und sein Kopf erinnerte mich an eine Totenmaske.

Kurz darauf nahm ich trotz meines Keuschheitsgelübdes eine liederliche Dirne aus der Stadt. Sie war ein schlankes, dunkelhäutiges Mädchen, nicht sehr alt und von einnehmender Art. Ich benutzte sie, um die Gelüste zu befriedigen, die sich all die Jahre in mir aufgestaut hatten, dann schickte ich sie wieder ihrer Wege. Ich versank in Schwermut und begann auch wieder zu trinken. Ich vernachlässigte meine kriegerischen Pflichten und verbrachte die Stunden damit, aufs Meer hinaus- oder zum Schattenriß von Venedig hinüberzustarren, zupfte tiefbetrübt meine Fiedel und sang mir selbst Lieder.

Vermutlich wäre ich geflohen, hätte es einen Ort gegeben, an den ich hätte gehen können. Ich hatte kein Geld, keine Verbindungen außer zu den Templern, die wollten, daß ich dortblieb, und es widerstrebte mir, an einen der Schauplätze meiner Vergangenheit zurückzukehren, wo es Beziehungen zur Bruderschaft geben könnte. Mein von den Templern erhaltener Auftrag war alles, was ich noch hatte – abgesehen von den verzweifelten Hoffnungen, daß sich am Ende doch noch alles zum Guten wenden würde.

Der Tag meines Gesprächs mit dem Dogen rückte beständig näher, und die Zeit bis dahin schien mir immer mehr wie eine Ewigkeit. Wie sollte ich vor dem Dogen auftreten? Geradeheraus, offen und ehrlich? Oder sollte ich diplomatisch vorgehen, nur in Phrasen reden und mich hinter Andeutungen verstecken, um mich selbst zu schützen? Würde ich den Mut besitzen, ihn auf der Stelle zu töten? War es wirklich das, was ich tun sollte, oder waren meine Gedanken die eines Irren?

All meine Sorgen waren vergebens. Das Fest des heiligen Remigius sollte der Tag unserer Abreise nach Zara sein, und ich erhielt eine Nachricht, daß meine Besprechung mit dem Dogen verschoben werden müsse. Es war zu spät, als nun daran noch etwas ändern zu können.

Ich fuhr auf einem der für Ritter vorbehaltenen Schiffe mit

unseren Pferden im Laderaum. Einen Großteil der Zeit verbrachten wir an Deck. Es war ein ehrfurchtgebietender und wunderschöner Anblick. Die Schiffe segelten in dichtem Verband. Die Menge der von uns zusammengetragenen Ausrüstung war ungeheuer. Unsere Schiffe transportierten mehr als dreihundert Wurfmaschinen für kleine und große Steine. Die Flotte wurde angeführt von der Galeere des Dogen, die in einem leuchtenden Zinnoberrot gestrichen war. Sein Thron stand unter einem seidenen Baldachin am Heck. Es schien, als sei das Meer zum Leben erwacht, und wir, die Schiffe, das Heer und die Menschen, seien Meereslebewesen, die sich auf seiner Oberfläche dahinbewegten.

Die ganze Strecke schlugen die Trommler die Pauken und bliesen die Trompeter tagsüber immer wieder die Sequenz, die nur zu Ehren des Dogen gespielt werden durfte. Der Lärm war ohrenbetäubend, und nur wenn er erstarb, konnten wir die Priester die Hymne auf den Heiligen Geist singen hören: »*Venri creator spiritus.*« Ihre Stimmen wurden meistens von den Trompeten übertönt, die andere Geister zu rufen schienen, sonderbare Geister des Meeres, mit denen der Doge bei seiner Amtseinsetzung vermählt wird.

Im Rückblick sehe ich die See als ein fahles Pferd und unsere Schiffe und Heere als tödliche Reiter, die Vernichtung über die Bewohner von Zara brachten.

Am Tag vor Martini trafen wir vor Zara ein. Die hohe Stadtmauer ragte wie ein Kliff unmittelbar aus dem Meer auf, und es ließ sich unmöglich erkennen, wie man einen erfolgversprechenden Angriff durchführen sollte. Obendrein wußten die Einwohner Zaras von unserem Kommen. Sie hatten sich an den Papst gewandt, der daraufhin erklärte, unser Heer werde für den Fall eines Angriffs auf die Stadt exkommuniziert. Hohe Türme und Minarette überragten die Stadtmauer. Auf diesen und entlang der Wälle hatten die Einwohner Kreuze aufgestellt, um unseren Streitkräften unmißverständlich klarzumachen, daß unser Angriff gegen eine christliche Stadt gerichtet war.

Also riegelten wir den Hafen ab und setzten die Truppen im Norden und Süden der Stadt an Land. Nach einigen kleineren Gefechten gelang es, die Stadt auf dem Landweg zu umzingeln. Wir bereiteten uns auf eine Belagerung vor und hofften dabei die ganze Zeit, daß bald eine Übereinkunft zustande käme und wir die Reise nach Jerusalem fortsetzen könnten.

Zu dieser Zeit unterhielt ich mich häufig mit einem gewissen Bertrand aus Ray in Burgund, dem Spielmann des Grafen Balduin. Er sagte, es sei sicher, daß sein Herr der Letzte Kaiser der Apokalypse sei, und fragte mich, was ich auf dem Kreuzzug zu suchen habe. Ich versuchte zu ermessen, ob es eine Verbindung zwischen ihm und der Bruderschaft des Gebets von Carolus Magnus gab oder ob er irgend etwas mit den Templern zu schaffen hatte. Ich fand nichts dergleichen heraus und begann mich statt dessen zu fragen, ob er entweder einfach nur verrückt war oder aber ob die Geschichte, in die ich verwickelt war, an anderer Stelle fortgesetzt wurde.

Vor der Schlacht kam es zu schwierigen Verhandlungen, doch der Doge tat so, als hätten die Zaraner zunächst die Bedingungen angenommen, sie dann aber wieder gebrochen. Ich war damals sehr damit beschäftigt, gemeinsam mit den Templern nach einer friedlichen Lösung des Konflikts zu suchen. Doch die Befehlshaber wollten nichts davon wissen.

Am Abend vor der Schlacht meinte ich, den Verstand zu verlieren. Wie konnten wir, ein christliches Heer auf dem Weg zur Befreiung Jerusalems, eine christliche Stadt angreifen? Die Frage machte mich schier rasend. Es war, als würde die Erde nicht stillstehen und der Himmel wäre aufgerollt wie Pergament und die Sterne fielen allesamt auf die Erde herab. Irgendwie gelang es mir, meine Gemütsverfassung zu verbergen, da ich befürchtete, sie könnte als Feigheit mißverstanden werden. Am nächsten Tag ging es mir gerade gut genug, um zu kämpfen.

Ich schaute zu, wie hölzerne Türme und die Steinschleudern herangeschafft wurden. Ich sah, wie Schanztruppen Mauern unterhöhlten und Leitern an die Masten der Schiffe gebunden wurden, wodurch sie bis auf die Stadtmauern reichten.

Die Stadt hielt fünf Tage stand, bevor sie sich ergab. Man sagte mir, ich habe tapfer gekämpft. Ich gehörte zu den ersten, die die Stadtmauern überwanden, als der Hauptangriff begann. Ich tötete drei oder vier Männer, Gott habe sie selig. Zuweilen vergesse ich meine eigene Stärke und auch den Eindruck von Selbstvertrauen und Kraft, den ich hinterlasse, weil ich groß bin und von kräftiger Gestalt. Doch was jene, die mich später lobten, sahen, war weniger Heldenmut als ein selbstzerstörerischer Drang, der mehr und mehr Besitz von mir ergriff.

In all dem, was darauf folgte, fand sich auch nicht die Spur von Ehre oder Edelmut. Die Venezianer eigneten sich alles an, was in der Stadt von Wert war: die Werften, die Schiffe, den Hafen und die Gegend um den Hafen. Trotz der Übergabebedingungen, auf die man sich zu Beginn der Schlacht mit den Zaranern geeinigt hatte, wurde rücksichtslos geplündert. Die Söldner zogen in die Häuser der gewöhnlichen Bürger ein und setzten sie in den Rang von Huren und Leibeigenen herab.

Drei Tage nach unserem sogenannten Sieg brach ein offener Kampf zwischen den Venezianern und dem Rest des Kreuzfahrerheeres aus. In nahezu jeder Gasse wurde verbissen gerungen. Schwerter, Lanzen, Armbrüste und Speere wurden dabei eingesetzt. Die Auseinandersetzungen zogen sich über die ganze Nacht hin, und es gab viele Tote. Selbst nachdem man sich morgens auf eine Art Frieden verständigte, gingen die Kämpfe weiter und wurden erst nach gut einer Woche eingestellt.

Ich war beschämt und empört über das, was ich mit eigenen Augen gesehen hatte. In den Geheimbotschaften, die ich meinen Vorgesetzten nach Venedig schickte, machte ich unmißverständlich klar, daß meiner Ansicht nach jede Anstrengung unternommen werden müsse, den Feldzug sofort abzubrechen.

Manche Männer versuchten zu flüchten. Ein Schiff setzte Segel, kenterte jedoch. Fünfhundert ertranken. Andere versuchten, ins Landesinnere zu entkommen, wurden aber von Bauern getötet. Es gab andere Ritter, die darum baten, nach Syrien geschickt zu werden, doch von ihnen hörte man nie wieder etwas.

Am meisten zu bedauern waren die Frauen und Kinder von Zara. Ich frage mich, ob sie bei der Auferstehung Jesu das Licht wiedersehen.

Etwa drei Wochen später hatte sich alles ein wenig beruhigt. Jetzt kam es nur noch zu gelegentlichen Kämpfen und Plünderungen, wenn mehr oder minder fest zusammengefügte Banden einzelne Häuser überfielen, wobei die Bewohner herausgeschleppt und nach Lust und Laune der Soldaten vergewaltigt, getötet oder freigelassen wurden.

Insbesondere ein Zwischenfall ist mir im Gedächtnis geblieben. Eines Abends, als die Sonne gerade unterging, wanderte ich durch die Stadt. Wegen des Rauches, der immer noch über einigen Teilen der Stadt stand, hatte das Licht eine widerlich bräunlich-gelbe Farbe. Zusammen mit dem Gestank und Dreck war die Aura des Bösen fast greifbar.

Ich schlenderte durch eine von Holzhäusern gesäumte Gasse, in denen recht wohlhabende Zaraner lebten. Plötzlich hörte ich Geschrei. Eine Horde junger flämischer Söldner, Rüpel von achtzehn oder neunzehn Jahren, führten eine junge Frau aus dem Haus, in dem sie sich versteckt haben mußte. Sie war vermutlich sechzehn oder siebzehn. Obwohl sie dunkles Haar hatte, sah ich in ihr etwas von Katrin und Hildegunde. Sie war hübsch.

Zunächst bewahrte sie ihre Würde. Sie schüttelte die Männer ab und bemühte sich, sie gewinnend anzulächeln. Dann versuchte sie, so schnell sie konnte, davonzulaufen und durch eine schmale Lücke zu entkommen, die sich zwischen ihnen aufgetan hatte. Doch sie fingen sie mühelos wieder ein, zogen sie an ihren langen Haaren und stießen sie von einem zum andern, rissen an ihren Kleidern.

Dann zwangen sie das Mädchen zu tanzen. Sie klatschten in die Hände. Der Himmel hatte sich in ein ekelhaftes Orangerot verfärbt, mit einem Stich ins Bräunliche wegen all der Brände, die in der Stadt noch schwelten, und es war, als regnete ein schrecklicher Hagel aus Feuer und Blut von der untergehenden Sonne herab.

Ich weiß nicht, wie lange es so weiterging. Schon bald tanzte sie nackt. Dann bewegten sich Leiber, schoben und brüllten, als sie sich auf sie warfen.

Zuerst schrie sie noch, doch das hörte bald auf, entweder weil sie bereits tot war oder weil ihre Schreie erstickt wurden.

Warum ich nicht einschritt?

Da war eine sich windende Masse Leiber – etwas, das ein eigenständiges Leben anzunehmen schien. Dann rührte sich nichts mehr. Einer nach dem anderen raffte sich auf, brüllte nicht mehr. Manche zogen ihre Hose hoch, stützten sich dabei gegenseitig. Einer begann trunken zu singen, wurde aber von den anderen zum Schweigen gebracht. Sie gingen fort, suchten nach ihrem nächsten Opfer, ihrem nächsten Saufgelage, der nächsten zügellosen Ausschweifung.

In der zunehmenden Dunkelheit ließen sie nur ein verrenktes, geschundenes Stück Fleisch zurück, ein paar blutverschmierte Fetzen und einen aufgeschlagenen Kopf, dessen Augen immer noch weit aufgerissen waren und zum Himmel hinaufstarrten, auch wenn sie jetzt glücklicherweise nichts mehr sahen. Sie hatten die junge Frau schier in der Mitte auseinandergerissen. Sie war so hübsch gewesen, eine einzigartige und wunderschöne Schöpfung Gottes, und doch war sie jetzt nur noch ein Haufen totes Fleisch, Dreck, der weggeräumt werden mußte. Nichts konnte sie jetzt noch auf diese Welt zurückbringen. Nichts, vermutete ich, außer der errettenden Macht Gottes. Und doch ist dies eine Macht, die Er offenbar nur ungern einsetzt.

Gewiß kam es zu vielen Schändungen, zu zahllosen Morden; und doch läßt mich die Erinnerung an diese zum Tanzen gezwungene junge Frau nicht mehr los. Für mich ist sie ein Sinnbild für alles, was unsere Streitmächte, unsere christlichen Heere taten und immer noch tun. Und es ist auch ein Sinnbild für mein eigenes Versagen: Warum stand ich einfach da und sah zu?

In dieser Nacht ging ich Stunden später, da ich aus Abscheu vor mir selbst nicht schlafen konnte, aus der Stadt und über die Felder, die Küste hinauf nach Norden. Ich weiß nicht mehr, wie weit ich ging, etwa eine Meile vielleicht.

Ich setzte mich an den Strand und schaute zurück zur Stadt, die gewissermaßen zu einer schwärenden, brandigen Wunde auf dem Antlitz der Erde geworden war. Es war kühl. Selbst die Sterne schienen sich verdunkelt zu haben. Ein großer, widerlich gelber Vollmond hing über dem Meer. Irgendwo in der Ferne hörte ich das Gebell von Hunden.

Ich dachte an Hildegunde. Ich fragte mich, ob sie noch lebte. Fragte mich, ob sie wohlauf war und jetzt in ihrem Stift im Rheinland schlief. Ich fragte mich, ob sie je an mich dachte oder für mich betete.

Ich bemühte mich, mir ihr Gesicht vorzustellen. Ich nahm meine Fiedel und versuchte einige der Lieder zu spielen, die wir gemeinsam gesungen hatten. Doch alles, was ich hervorbrachte, schien falsch zu klingen, und der Nachhall meines Spiels, vermischt mit dem Jaulen der Hunde, weckte ein Gefühl unsäglicher Einsamkeit und Leere, weshalb ich schon bald wieder aufhörte. Als ich dort saß, erkannte ich, daß es mir alles andere als gutging. Ich hatte Magenkrämpfe, mir drehte sich alles vor den Augen, und die Erde schien sich unter meinen Füßen zu bewegen.

Ich schaute zum Meer. Es lag völlig ruhig da. Ich hörte das leise Klatschen der Wellen. Ich folgte der Wasserlinie. Mein Blick wurde wie magnetisch von der Leiche eines Mannes angezogen, der mit der Bewegung der Meeresbrandung vor- und zurückrollte. Ich weiß nicht, ob meine Einbildung mir nur etwas vorgaukelte, jedenfalls war ich überzeugt, daß es auf dem Körper nur so wimmelte von Krebsen, Hummern und Skarabäen, die an dem toten Fleisch rissen.

Ich starrte. Dann krabbelten diese Kreaturen in meine Richtung. Ich fing an zu zittern, und gleichzeitig trat mir der Gestank der Leiche in die Nase. Die Bauchkrämpfe wurden unerträglich, und ich drehte mich zur Seite, um mich zu übergeben. Und als ich würgte, war es, als zerberste ein riesiger Feuerball mit einem alles verzehrenden Schmerz in meinem Kopf wie ein Stern, der ins Meer fällt.

Ich schüttelte mich und versuchte, zu meinem Zelt und zu der Wärme und Gesellschaft des Heerlagers zurückzukehren. Doch alle Kräfte hatten mich verlassen, und ich war nur noch zu einigen, wenigen Schritten fähig, bevor ich zusammenbrach und ohnmächtig wurde.

19

Die Sonne

Am nächsten Morgen erwachte ich in einem kleinen Haus. Ich weiß nicht, wer mich gefunden oder dorthin gebracht hatte. Neben meinem Bett fand ich wieder diese Nachricht: *»Du sollst Wächter sein über den Blinden. Geht er zu weit, mußt du ihn töten.«* Sie war an ein weiteres Diagramm geheftet, ähnlich den beiden ersten, die man mir gegeben hatte, nur erweitert. Jetzt waren die Buchstaben des hebräischen Alphabets um die Figuren des oberen Kreises der Tafel angeordnet. Der Magier stand neben Aleph, die Hohepriesterin neben Beth...

Der untere Kreis trug keine Abbildungen. Was bedeutete dies? Sollte ich dem Dogen sofort gegenübertreten oder warten, bis das Diagramm vollständig war oder bis ich es verstand?

Ich blieb den Winter über in diesem Haus. Es mußte wohl ehedem einem allein lebenden Zimmermann gehört haben. Ein schlichtes Holzhaus, zwar zugig bei Kälte, das meine Bedürfnisse jedoch befriedigte, solange ich kein Fieber hatte, in welchem Fall es fast zur Hölle wurde. Trotzdem war es erheblich besser als das, womit sich die meisten Söldner abfinden mußten – es gab jede Menge Stroh, und die Vorratslager befanden sich ganz in der Nähe.

Ich erinnere mich an jenen schrecklichen Morgen, als ich von der Messe zurückkehrte, um von befreundeten Rittern zu erfahren, das ganze Heer sei vom Papst exkommuniziert worden. Es sah wirklich aus, als sei alles verloren, selbst meine Seele. Es war beißend kalt, und wir begannen alle erneut unter Nahrungsmangel zu leiden.

Wie viele der Männer, die diesen Heereszug nach Zara abgelehnt hatten, fühlte ich mich zutiefst niedergeschlagen. Es gab für uns keine Hoffnung mehr, keine Hoffnung auf Erlösung, weder in dieser noch in der nächsten Welt, keinen Sinn in allem, wonach wir gestrebt hatten, nur Dunkelheit und die Aussicht auf einen schmachvollen Tod. Es schien mir, als wären die Wasser des Lebens durch himmlisches Eingreifen bitter und giftig geworden.

Ich hatte immer noch den Geschmack von Brot und Wein auf den Lippen. Fürchterliche Angst überkam mich. Hatte ich gesündigt, indem ich kommuniziert hatte, obwohl ich doch bereits exkommuniziert war? Auch wenn ich es zu dem Zeitpunkt noch gar nicht wußte? War dies eine Sünde wider den Heiligen Geist, die nicht vergeben werden kann?

Noch Wochen später gab es nichts anderes zu tun, als mit den kärglichen Zuteilungen auszukommen, Feuer mit allem zu machen, was irgendwie verfügbar war – ich schien ständig irgendeinen Brandgeruch in der Nase zu haben. Niemand hatte die Kraft zu Kampfübungen. Ich verbrachte Stunden damit, einen Adler zu beobachten, der über unserem Lager kreiste, am kalten, marmornen Himmel schwebte, und sein heiseres Kreischen und Schreien schien nichts als Trostlosigkeit anzukündigen.

Dann mehrten sich unsere Zweifel und unser ungutes Vorgefühl noch, als wir vom Tod Fulks von Neuilly erfuhren, des heiligen Mannes, der unter den ersten gewesen war, die den Kreuzzug predigten. Er war gestorben, als wir gerade Zara eingenommen hatten. Auch dies schien ein böses Omen zu sein. Früher hatte er Kranke geheilt und Blinde sehend gemacht;

nachdem unsere Pilgerfahrt nun aber vom rechten Weg abgekommen war, konnte er, wie wir anderen auch, nicht mal mehr sich selbst retten. War auch dies ein Zeichen für Gottes Zorn?

Ich dachte an meine Zeit in der Schule und auf der Frankenburc zurück, als ich noch ernsthaft glaubte, das Universum besitze eine Ordnung. Ich hatte geglaubt, diese in Musik und Lied gespiegelt zu finden. Wo lag der Fehler? Alles war nur noch Disharmonie, und was ich tat, vergrößerte sie nur noch. Es schien, als seien selbst die Sterne dunkel geworden. Nur der widerliche, gespenstisch gelbe Mond grinste hämisch durch die Wolken und den Rauch über der Stadt.

Im Februar erfuhren wir, daß der junge byzantinische Prinz Alexios in Zara zu uns stoßen sollte. Er war, nachdem sein Oheim die Macht an sich gerissen hatte, mit seinem Vater ins Gefängnis geworfen worden und hatte dessen Blendung miterleben müssen. Unser nächstes Ziel würde daher nicht Jerusalem heißen, sondern Konstantinopel. Und nur, weil dieser Vierzehnjährige leichtfertig Subsidien versprach, sollten wir ihn wieder auf den Thron setzen.

Als nächstes hob der Papst die Exkommunikation unter der Bedingung auf, daß wir nie wieder über Christenbrüder herfielen, sofern diese sich nicht vorsätzlich gegen den Heiligen Krieg stellten!

Ich schöpfte wieder Hoffnung. Vielleicht waren die Prüfungen nun vorüber, und die Kirche würde wie eine große Sonne über der ganzen Welt erstrahlen, nicht nur über Rom und Konstantinopel, sondern auch über Jerusalem.

Noch etwas. Ich erhielt eine Nachricht von den Templern, daß eine junge Adlige mit langen blonden Haaren und blauen Augen in Venedig Nachforschungen nach mir angestellt habe. Ihren Namen hatte sie nur mit »H« angegeben.

Alexios traf am fünfundzwanzigsten März in Zara ein, und wir stachen am Ostermontag, dem siebten April, in See. In diesem Jahr war der Ostersonntag auf den Jahrestag meiner ersten Begegnung mit Katrin gefallen.

Von da an war ich stark mit den Vorbereitungen für unseren Aufbruch beschäftigt, und merkwürdigerweise besserte sich mein Gesundheitszustand schlagartig. Auf Anraten des Ordens zog ich in einen anderen Teil des Lagers um und schloß mich Halberstadts Verband an. Ich freundete mich mit einer Gruppe von Rittern aus dem Rheinland an. Einer von ihnen hatte bereits mit Friedrich Barbarossa an einem Kreuzzug teilgenommen und den Sänger Friedrich von Hausen gekannt.

Am Ende eines jeden Tages, wenn die ersten Abendfeuer entfacht waren und das Essen zubereitet wurde, sang ich im Hafen von Zara für diese Ritter. Sie waren dankbar, Kreuzfahrerlieder in ihrer Sprache zu hören. Niemand ahnte etwas von einer Verbindung zwischen mir und den Templern.

An manchen Abenden kam eine ansehnliche Zuhörerschaft zusammen, um mich zu hören und mitzusingen. In gewisser Weise waren dies glückliche Augenblicke für mich. Die Macht des Gesangs, der Worte und der Musik ging fast ohne mein Zutun von mir aus und schlug die Krieger in ihren Bann, so daß sie wie sanftmütige Kinder mit großen Augen dasaßen, einmal von Ruhm, dann von Schlachten und schließlich von ihrer Heimat und den geliebten Menschen träumten.

Als wir Zara verließen, segelten wir die Küste entlang nach Konstantinopel, wobei wir in dichtem Verband blieben. Es waren so viele Schiffe und so viele von ihnen bunt gestrichen, daß es schien, als stünde das Meer in Blüte. Wir kamen an herrlichen Buchten und Inseln vorbei. Ich beobachtete immerzu die Sonne, wenn sie aufging und wenn sie unterging. Wiederholt kamen mir Abschnitte von Vergil in den Sinn, und es bereitete mir große Freude, sie mir selbst oder befreundeten Rittern vorzutragen, in deren Gesellschaft ich mich gerade befand.

Noch bevor wir in See stachen, gab es erhebliche Unstimmigkeiten, weil wir wieder nicht geradewegs nach Jerusalem reisten. Ich nehme an, daß diese zum Teil auf der Nachricht des Dogen beruhten, der junge Alexios werde zum Kaiser von Byzanz gekrönt, noch bevor wir Konstantinopel erreichten.

Also liefen wir in Durazzo ein. Dort versammelten sich die Heere, um an den Krönungsfeierlichkeiten teilzunehmen. Pomp und Prunk waren überwältigend und flößten vielen Männern Mut ein. Wer weiter mißtrauisch blieb, behielt seine Meinung für sich. Zwischenzeitlich machten sich Gerüchte breit, daß unsere Befehlshaber überhaupt nicht beabsichtigten, weiter nach Jerusalem vorzustoßen, wenn wir erst unseren Auftrag in Konstantinopel beendet hätten.

Einerseits war da all der Pomp der Krönungsfeier unter der brennenden Sonne, das kostbare Geschmeide, die herrlichen Gewänder und die schönen Worte. Andererseits nagte gleichzeitig dieser quälende Zweifel an mir: Würden wir wirklich nach Jerusalem ziehen?

Ich hatte mich mit meinen Ordensoberen in Verbindung gesetzt und erhielt die Nachricht, daß sie die Heeresfahrt nicht mehr guthießen.

Ich erinnerte mich noch lebhaft an jenen Abend: an den klaren Himmel, den aufsteigenden Rauch der Lagerfeuer und den Geruch der Kiefern in der Luft. Es war unsere letzte Möglichkeit, und wir versäumten es, sie zu ergreifen. Die Männer hatten sich wie gewöhnlich zum Essen und Erzählen versammelt. Ich war von meinen Freunden umgeben und sang Lieder darüber, wie ein wahrer Kreuzzug sein würde. Zwischen den Liedern sprachen wir davon, sofort zum Heiligen Land zu segeln und Konstantinopel zu umgehen.

Die Sonne verfärbte sich dunkelrot, während sie über den Bergen unterging, und die Gerüche von Fleisch, Brot und Lagerfeuern vermischten sich mit den Düften des hohen Grases, der wilden Blumen, von Heidekraut und Kräutern, die im Tal wuchsen. Und dann brüllten urplötzlich Hunderte, vielleicht sogar Tausende von Stimmen wie aus einem Mund: *»Ire Accaron! Ire Accaron!«* – »Geht nach Akkon!«

Der rhythmische Ruf breitete sich über das gesamte Heerlager aus – sogar die Ritter, die bei mir waren, stimmten ein. Die Sonne ging unter, und der blaue Himmel wurde purpurn. Der Rauch unserer Feuer stieg zu den Wolkenfetzen auf.

Wie ein Mann nahm mehr als die Hälfte von uns Pferde und Habe und zog vom Hauptlager fort in das benachbarte Tal. Wir bahnten uns mit unseren Schwertern den Weg durch den tief dunkelroten Stechginster und das Heidekraut, die auf den Anhöhen wuchsen, welche die Täler trennten.

Einige wollten, daß ich sie führte. »Walter, Walter«, brüllten alle, »du könntest der Eine sein. Du könntest uns führen.« Ich wollte nichts davon wissen. Doch diese Worte, »du könntest der Eine sein«, gingen mir durch Mark und Bein.

Ich schlief in dieser Nacht sehr unruhig, fragte mich, was die Zukunft bringen würde. Ich erinnere mich an eine Vision von riesigen Tieren, größer als Pferde, mit Schwänzen wie von Skorpionen, die erst durch die Nacht flogen und dann über die Erde krochen, Boten der bevorstehenden Zerstörung, manche rot wie Feuer, andere blau wie Saphire, wieder andere gelb wie Schwefel. Ich war nicht in der richtigen Verfassung, einen Aufstand anzuführen.

Am nächsten Morgen, kurz nach Tagesanbruch, als wir gerade gemeinsam unser Frühmahl einnahmen, sahen wir etwa dreißig Reiter über den Berg in unsere Richtung kommen. Sie trugen feierliche Gewänder und boten in der Morgensonne einen blendenden Anblick. Unter den Männern befanden sich Bonifaz, der Marquis von Montferrat, Balduin, Graf von Flandern, Louis, Graf von Blois, und der junge Alexios.

Alle Augen waren auf sie gerichtet, als sie durch den leichten Frühnebel preschten, über den noch nicht getrockneten Tau.

In einiger Entfernung von unserem Lager stieg zuerst Bonifaz vom Pferd, dann die übrigen. Unbewaffnet kamen sie zu uns, und sofort scharte sich eine größere Menge um sie, neugierig, was sie tun würden. Als sie in der Mitte unseres Lagers anlangten, warfen sich Bonifaz und sein Gefolge auf die Knie. Kahlköpfig und fett mochte er ja gewesen sein, den Frauen, gutem Leben und der Gesellschaft von Dichtern zugetan – aber ein Narr war Bonifaz gewiß nicht. Die Wirkung war ungeheuer. Die von Bonifaz und den anderen getragene Kleidung war in den sattesten Rot- und Violettönen, und die Sonne funkelte auf den kostbaren Steinen, mit denen ihre Ketten und Ringe besetzt waren. Und doch waren sie da, erniedrigten sich vor uns.

Bonifaz wartete, bis Stille herrschte, bevor er ernst verkündete, daß er einiges mit uns besprechen wolle. Verwunderung und Fassungslosigkeit legte sich über unser Lager wie ein Pfeilhagel. Selbstverständlich waren wir sofort einverstanden.

Bonifaz erhob sich. Er war ein ausgezeichneter Redner. Er flehte uns an, bat uns, redete uns gut zu. Er stellte uns den jungen Kaiser vor und sagte, daß es für ein christliches Heer richtig und angezeigt sei, ihn als Kaiser wieder einzusetzen, ja es sei geradezu unsere Christenpflicht. Er sagte, wegen Alexios' Angebot, uns Geld, Schiffe, Verpflegung und weitere Männer zur Verfügung zu stellen, sei dies zweifellos auch Gottes Wille. Hätten wir diese Pflicht erst erfüllt, sagte er, würden wir ohne weiteren Aufschub ins Heilige Land segeln.

Und so nahm uns Bonifaz alle Leidenschaft, genau wie der Tod das Leben aus einem Menschen nimmt – der Aufstand verpuffte folgenlos, und wir kehrten zum Heer zurück, um uns zum Aufbruch vorzubereiten, als sei nichts geschehen.

Binnen weniger Tage hatten unsere Schiffe den Peloponnes umrundet und hielten nach Norden auf die Insel Andros zu. Dort konnten wir an den Quellen unsere Wasserfässer auffüllen. Die Dardanellen wurden nicht verteidigt, und das thrakische Getreide war reif. Wir liefen in Abydos ein, um einzubringen, was wir konnten, doch selbst dort gab es Vorzeichen für das, was uns erwartete. Die Bauern hatten solche Angst vor uns, daß sie uns nehmen ließen, was wir wollten, ohne auch nur den geringsten Widerstand zu leisten. Trotzdem sah ich, wie Hunderte zusammengetrieben, verhöhnt, geschlagen, geschändet und getötet wurden. Ganze Familien wurden blutend und sterbend auf ihren abgeernteten Feldern zurückgelassen. Und alles völlig grundlos.

Was dies wirklich Teil des göttlichen Plans? Waren diese Menschen wirklich so schlecht, daß sie eine solch schreckliche Vergeltung verdienten?

An dem Morgen, als wir vor Konstantinopel einliefen, ging die Sonne über einer Wolkensäule auf, von schimmernden Ringen in den Farben des Regenbogens eingefaßt gleich den Heiligenscheinen um den Kopf eines Engels, der auf Beinen wie Feuersäulen über dem Meer steht.

Es herrschten viel Lärm und Aufregung unter den Männern, als wir uns Konstantinopel näherten – Konstantinopel, die goldene Stadt, die Stadt der Jungfrau, die Stadt, deren Handwerker, wie mein Vater mir erzählt hatte, sich darauf verstünden, Automaten herzustellen, die sich von selbst bewegten, trompetenblasende Engel, Uhren mit Reitern, die die verstreichenden Stunden anzeigten, in Bronze gegossene Bäume, auf denen verschiedenartige metallene Vögel hockten, die singen konnten –

ein jeder mit dem eigenen Gesang seiner Art –, verkleinerte Nachbildungen von Salomons Thron, der von Metallöwen bewacht wurde, die mit ihren Schwänzen auf den Boden schlugen und brüllten.

Bei unserem Eintreffen wurde jede Trommel auf jedem unserer Schiffe geschlagen und auf jeder Trompete eine Fanfare geblasen. Der Lärm war ohrenbetäubend. Die Griechen standen auf den Dächern ihrer Häuser und schauten verwundert zu.

Ich hätte nie geglaubt, daß es eine solch reiche Stadt geben könnte. Ich blickte zu den hohen Mauern und stattlichen Türmen auf, die sie wie ein Ring umgaben, zu den herrlichen Palästen und den alles überragenden Kirchen. Es gab so ungewöhnlich viele wunderschöne Gebäude, daß ich es niemals geglaubt hätte, wäre ich nicht selbst dort gewesen und hätte es mit eigenen Augen gesehen. Am frühen Morgen des dreiundzwanzigsten Juni sahen wir die Stadt zum erstenmal. Aus der Ferne hatten alle Gebäude die Farbe von Honig, schimmerten golden im Morgenlicht.

Wir wendeten und ankerten einige Stunden später im Marmarameer gegenüber der Abtei Sankt Stephanos. Der Wind war nicht günstig, doch wir konnten an weniger dichtbesiedelten Küstenabschnitten nach Belieben an Land gehen und soviel Nahrung einsammeln, wie wir brauchten.

In dieser Nacht träumte ich von jener Frau in der Apokalypse, die mit der Sonne bekleidet ist und den Mond zu Füßen hat. Ich sah, wie sie von dem roten Drachen mit den sieben Köpfen und den zehn Hörnern verfolgt wurde. Ich wachte auf, schweißgebadet und verstört, denn die Frau hätte Konstantinopel sein können, oder auch Hildegunde – was bedeutete, daß ich der Drache war!

Damals gab es jedoch immer noch Grund zur Hoffnung. Wir glaubten Alexios, und wir glaubten dem Dogen. Wir dachten wirklich, die Einwohner Konstantinopels würden sich freuen, den rechtmäßigen Kaiser willkommen heißen zu können, weil sie den Tyrannen loswerden wollten, der seinen eigenen Bruder geblendet und gefoltert hatte, um an die Macht zu kommen.

Der erste Schlag gegen diese Hoffnungen erfolgte, als die Venezianer beschlossen, ein Spectaculum zu veranstalten. Sie schickten zehn der prächtigsten venezianischen Galeeren mit einer weißen Flagge nach Konstantinopel. An Deck des herrlichsten Schiffes war der junge Alexios, der auf einem prunkvollen Thron saß und kaiserliche Gewänder trug. Als sie hintereinander unter den Mauern der Stadt vorbeisegelten, verkündeten Ausrufer: »Erkennt ihr den jungen Alexios als euren Herrn an?« Weit davon entfernt, Alexios willkommen zu heißen, schmähten die Einwohner ihn. Sie verspotteten die Venezianer, sagten, sie würden ihn nicht anerkennen, wüßten nicht einmal, wer er sei.

Einige Tage später gelang es einem venezianischen Schiff, der *Aquila*, die Kette vor der Einfahrt in das Goldene Horn zu durchbrechen. Der Turm von Galata und die dort ankernden griechischen Schiffe wurden gekapert. Das war die Gelegenheit für uns. An jenem Abend erhielt das gesamte Heer den Segen, und in der dunkelblauen Stille der Nacht, zum Geräusch des plätschernden Wassers stiegen wir in die hierfür vorgesehenen Frachtschiffe, die eigens so gebaut waren, daß unsere Pferde geradewegs vom Schiff an Land geritten werden konnten. Niemand sagte ein Wort. Niemand schlief. Wir blickten alle zum Himmel auf, zu den Sternen, lauschten auf die Geräusche des Meeres und das Wiehern der Pferde.

Am nächsten Morgen wurden wir bei Tagesanbruch, unter einem klaren Himmel und bei strahlender Sonne über die Meerenge von Skutari nach Galata an der Einmündung des Goldenen Horns übergesetzt. Ich befand mich auf einem der Schiffe und hatte den Auftrag, im Norden vor den Stadtmauern Konstantinopels an Land zu gehen. Da lag das Schiff des Dogen. Ich sah sein Wappen: ein Leopard mit Bärenpranken und Löwenmaul. Ich sah den Dogen mit eigenen Augen. Er stand am Bug und lotste das Schiff an die Stelle, wo die heftigsten Kämpfe tobten. Zweihundert Trompeter und doppelt so viele Trommler kündigten das Vorrücken an. Der Lärm war ohrenbetäubend. Ich sah den Dogen an Land springen: als erster und trotz seiner Blindheit ohne Angst vor dem Feind. Jetzt verstand ich, weshalb er so bewundert wurde, weshalb seine Soldaten alles für ihn taten. Er stand außerhalb aller Maßstäbe von Gut und Böse, großmütig und habgierig. Er war eine Naturgewalt.

Auch sah ich die außergewöhnlichen venezianischen fliegenden Brücken, Sturmbrücken, die an den hohen Masten der Galeeren befestigt waren und von einer ausgeklügelten Anordnung aus Zugwinden und Gegengewichten nach oben geschwungen wurden, um so die Zinnen der hohen Stadtmauern zu erreichen. Manche dieser Brücken waren bis zu dreißig Meter lang und breit genug für drei Mann in voller Rüstung. Manche Brücken waren mit Fellen überdacht, die sie vor Pfeilen und Brandsätzen schützten, andere waren wie Tunnel angelegt, so daß man völlig unbehelligt bis zu den Mauerkronen gehen konnte.

Die Kämpfe vor jenem Teil der Stadtmauer, in dem ich focht, waren heftig, erzielten aber kaum Fortschritte. Die Angriffe an den Toren kosteten uns viele tapfere Männer. Schließlich erklommen einige unserer Recken die Leitern und brachten die Stadtmauer in ihre Gewalt. Es wurde mit äußerster Härte gekämpft, aber unsere Männer wichen nicht zurück.

Ich versuchte eine der Leitern hinaufzuklettern, bekam aber an der linken Seite des Brustkorbs einen Streifschuß von einem Armbrustbolzen ab. Ich stürzte zu Boden. Meine Brust blutete, ich schien jedoch nicht ernsthaft verletzt zu sein. Jedenfalls wurde ich fortgebracht und erhielt die Anweisung, die Männer zu beaufsichtigen, die weitere Leitern zusammenbauten. Gleichzeitig kamen die venezianischen Schiffe immer näher heran, nahmen mit Steinschleudern, Armbrustbolzen und tödlichen Pfeilen die Griechen unter Beschuß, die weiter auf den Mauern standen. Die Schiffe versuchten anzulanden und ihre Leitern an die Mauern zu legen. Es herrschte ein solches Getöse, daß man meinte, Land und See würden miteinander verschmelzen.

Am Ende des Tages waren fünfundzwanzig Türme eingenommen worden. Angesichts der zahlenmäßigen Überlegenheit der Griechen hätten wir sie unmöglich halten können. Allerdings war es kleinen Spähtrupps gelungen, über die fliegenden Brücken in die Stadt einzudringen und Brände zu legen. Die Flammen wurden durch den Wind angefacht, der von unserer Seite her wehte, und loderten rasch so hoch, daß die Griechen unsere Leute nicht mehr sehen konnten.

Ich erinnere mich, die ganze Nacht in Galata gelegen zu haben, während die Flammen immer höher in den Nachthimmel stiegen. Wegen meiner Verletzung fieberte ich, und mein Fieber schien eine Fortsetzung der Hitze der Flammen zu sein. Das Licht der Brände blendete mich. Es war, als hätte die Sonne sich geweigert unterzugehen oder, besser noch, als wäre sie – wie eine Gottesstrafe gegen die Menschen dieser Stadt – zur Erde gefallen.

In dieser Nacht floh Kaiser Alexios, nahm sein Geschmeide und seine Töchter und machte nicht eher halt, bis er Mosynopolis erreichte. Am nächsten Morgen erfuhren wir, daß Isaak, der geblendete Bruder Alexios', den die meisten von uns für tot gehalten hatten, von den Palastbeamten wieder auf den Thron gesetzt worden war.

Unsere Heere schickten Abgesandte, und man einigte sich

darauf, daß der junge Alexios, der mit uns aus Zara gekommen war und für den wir kämpften, als Mitherrscher neben seinem blinden Vater Isaak gekrönt werden sollte. Die Krönungsfeier fand am ersten August in der Hagia Sophia statt.

Alles sah danach aus, als sei Konstantinopel unser Verbündeter geworden und das Blutvergießen hätte ein Ende.

Von da an hatten wir freien Zugang zur Stadt. Es schien einem, als wandle man auf den Straßen des Himmels. Die Kirchen und Paläste waren voller Gold, Silber und Elfenbein. Ja die Straßen selbst glänzten in einem goldenen Licht, so daß alles in Schattierungen von Chrysolith, Bernstein, Honig und Safran schimmerte. Ich konnte nicht glauben, wie viele der gewöhnlichen Häuser aus Stein gebaut waren und nicht aus Holz wie die Häuser in Nurenberc, die im Vergleich bloß Hütten waren. Es gab viele gelehrte Menschen, und ihrem Gebaren nach zu schließen, verstanden sie, gut zu leben.

Und doch war es nicht schwer, die zweifache Verderbtheit in der Stadt zu spüren. Zunächst war da die Verderbtheit der Griechen selbst, die unehrlich, von sich selbst eingenommen sowie saft- und kraftlos waren. Dann gab es noch die Verderbtheit, die durch die Anwesenheit unseres Heeres verursacht wurde. Es kam zu Plünderungen, Mord und Schändungen – es entwickelte sich alles wieder genau wie in Zara.

In meiner Erinnerung habe ich oft jenen Tag noch einmal durchlebt, als ich den Blachernen-Palast aufsuchte, über die mit Marmor ausgelegten Innenhöfe schritt, überall die goldenen Verzierungen sah, die großen Säle ausgekleidet mit Porphyr. Es war ein gewaltiges Labyrinth fürstlicher Wohnbereiche, Schreib- und Amtszimmer, Bäder, Gärten, Grabkapellen, Kirchen, Kasernen, Schlafsäle, Werkstätten, Küchen, Ställe, Museen, eine Universität, Räume voller Kunstwerke und ein Tiergarten. So etwas hatte ich noch nie zuvor gesehen. Ich sah sogar die halbkugelförmige, engsitzende Krone, die der Kaiser bei besonderen Anlässen trug, üppig besetzt mit Perlen und Edelsteinen, manche eingesetzt, andere als Anhänger gearbeitet, und ich sah auch die beiden Perlenstränge, die seitlich an den Wangen des Kaisers herunterhängen.

Beim Verlassen, unmittelbar hinter dem Hauptausgang, entdeckte ich sie dann. Sie sah genauso aus wie im Stift. Sie trug ein schlichtes Kleid, nur ihre Haare waren länger geworden, und ihr Kopf war unbedeckt. Sie erblickte mich nicht, und ich war so überrascht, daß ich eine ganze Weile einfach nur dastand und nicht wußte, was ich tun sollte. Beinahe hatte ich Angst, es wäre vielleicht nur eine Erscheinung. Sie drehte sich um und ging die Gasse hinunter, bevor ich etwas tun konnte. Ich lief ihr nach. Ich war sicher, sie in der Menge in der schmalen Straße gesehen zu haben, und versuchte, mich zum Fluß durchzuzwängen. Doch sie war fort, wer immer sie auch war.

Von da an nutzte ich jeden freien Augenblick, um das Heerlager und die Stadt abzusuchen, hoffte, noch einmal diejenige wiederzusehen, die Hildegunde so ähnlich sah. Mein Verstand und meine Gefühle lagen miteinander im Kriegszustand. Ein Teil von mir war überzeugt, daß sie es gewesen war. Der andere befürchtete fast, sie könnte tatsächlich hier sein, und dieser Teil wollte beweisen, daß sie es nicht gewesen war.

Den Herbst verbrachte ich im Heerlager in Estanor. Wir hofften, nahezu täglich nach Jerusalem aufzubrechen, doch der Doge bestand darauf, daß wir nicht abzogen, bevor der junge Alexios sein Versprechen eingelöst hatte, uns mit Männern und Geld für den Kreuzzug zu unterstützen. Alexios hielt uns hin. Er konnte das Geld nicht aufbringen, und er benötigte das Kreuzfahrerheer, um seine Macht zu sichern.

Nach einem Kampf zwischen Lateinern und Griechen, die in

Konstantinopel lebten, brach später im Herbst dieses Jahres ein Feuer aus, das sich auf einen großen Teil der Stadt ausdehnte. Es brannte zwei Tage und Nächte. Wunderbare Kirchen, Paläste und Bibliotheken wurden vernichtet. Wie viele Männer, Frauen und Kinder bei dem Brand ums Leben kamen, kann ich nicht sagen. Noch in Estanor war der Gestank entsetzlich. Ich hatte schreckliche Alpträume und fürchtete, Hildegunde könnte in den Flammen umgekommen sein.

Das Feuer erhellte den ganzen Himmel. Wir dachten, die römisch-katholische Kirche sei das wahre Licht, das wie eine Sonne über dieser Stadt und der ganzen Welt leuchten würde, während es nun so aussah, als hätten wir ganz andere, schreckliche Kräfte entfesselt. Würde unsere Strafe darin bestehen, daß dieses brennende Licht am Nachthimmel niemals mehr verschwinden würde, daß es für immer Tag bliebe?

Anfang Januar gingen Geoffroy von Villehardouin, der Marschall von Champagne, Conon von Béthune, Miles der Brabanter von Provins und drei Abgesandte des Dogen zu Alexios, um Bedingungen auszuhandeln. Im Palast wurden sie von den griechischen Würdenträgern recht unsanft behandelt, und es kam zu einem Handgemenge, das sich zu einem ausgewachsenen Kampf hätte entwickeln können. Nur weil sie sich mit ihren Schwertern verteidigten, konnten sie die Griechen abwehren; es gelang ihnen mit knapper Not, lebend aus dem Palast zu entkommen.

Wir warteten und warteten. Es wurde von Vergeltung gesprochen, aber den ganzen Januar über geschah nichts, und wir hungerten wieder. Mein Fieber war wieder ausgebrochen und verschlimmerte sich noch wegen der schlechten Ernährung. Viele Männer litten unter schrecklich anzusehenden Schwären.

Ende Januar schickte der kaiserliche Verwalter Murtzuphlos, der uns Franken leidenschaftlich haßte, Brandschiffe gegen unsere Flotte. Wegen der für uns günstigen Windrichtung richteten sie kaum Schaden an. Ich sah die Flammen Hunderte Fuß über dem Meer lodern. Es schien so, als sei das ganze Meer in Brand geraten.

Dann kam es zu heftigen Unruhen in der Stadt, in deren Verlauf die große Statue der Athene, die mit Blick nach Westen auf dem Forum stand, von dem betrunkenen Pöbel in Stücke geschlagen wurde, da sie glaubten, es gebe unseren Kriegern ein Zeichen, in die Stadt einzuziehen. Das Standbild der Helena von Troja wurde ebenfalls von dem lärmenden Plebs fortgeschafft und zerstört. Mir kamen fast die Tränen, als ich dies hörte, denn ich hatte die Statue gesehen – sie war schöner als die Abendluft, gehüllt in die Schönheit unzähliger Sterne. Sie erinnerte mich an Hildegunde, als ich sie das erstemal sah. Unablässig quälte mich die Frage, ob sie sich in der Stadt aufhielt.

Als nächstes hörten wir, Alexios sei in ein Verlies geworfen worden. Murtzuphlos hatte Isaak eingesperrt und verhungern lassen. Alexios wurde mit einer Bogensehne erdrosselt. Die Beerdigung beider fand mit allen Ehren statt, doch es wurde schon bald allgemein bekannt, was wirklich geschehen war.

Ich gehörte dem Sturmtrupp unter der Führung von Graf Henry von Flandern an, der die Stadt Phile einnahm. Dort fanden wir reichlich Verpflegung, und die Griechen leisteten kaum Widerstand. Auf dem Rückweg zum Lager wurden wir kurz vor einem Wald von Murtzuphlos' Männern angegriffen.

Ich kämpfte wacker an diesem Tag, führte einen Haufen ins vorderste Feld. Viele starben. Einmal sah ich Murtzuphlos selbst. Wir verfolgten ihn durch einen regenfeuchten Wald. Zahllose Vögel flatterten bei unserem Anrücken davon und entschwanden durch die Wipfel. Wir trieben ihn einer Schar Venezianer zu. Murtzuphlos selbst gelang gerade noch die Flucht, aber sein Fahnenträger konnte die Venezianer nicht abwehren, die ihn niederschlugen, mit ihren Piken aufspießten und ihm die kaiserlichen Hoheitszeichen abnahmen: den goldenen Helm, die kaiserliche Standarte und die Ikone der Jungfrau Maria.

Den Venezianern bereitete das großen Spaß. Von da an glitt jeden Tag eine venezianische Galeere langsam die Meerenge vor den Seemauern auf und ab, um die Menschen der Stadt zu verhöhnen: am Mastkorb der Helm, die Standarte und die Ikone.

Doch was scherte es mich? Ich wollte Hildegunde. Ich wollte Jerusalem. Die kleinlichen Streitereien zwischen Griechen und Lateinern bedeuteten mir nichts. Wir konnten uns nicht mehr gefahrlos der Stadt nähern. Im Lager weit und breit keine Spur von Hildegunde. Sie war sicher nicht in der Stadt geblieben.

Den ganzen März über wurde etliche Male Kriegsrat in Galata abgehalten, um den nächsten Schritt zu besprechen. Ich war unterdessen damit beschäftigt, Erkenntnisse für die Templer zu sammeln und nach Möglichkeiten zu suchen, einen weiteren Angriff zu verhindern – allerdings vergeblich.

Als dann der Sturm auf den April festgelegt wurde, mußte ich meine Zeit kriegerischen Aufgaben widmen, mit anderen Rittern üben und die Maschinen und Steinschleudern vorbereiten. Ich beobachtete, wie die Venezianer auf ihren Schiffen die großen Sturmleitern bauten. Wir sahen, daß die Griechen hölzerne Befestigungen auf den Mauern errichteten, die ohnehin schon so hoch waren, daß es unmöglich erschien, die Stadt jemals einzunehmen. Ich hatte Angst – nicht um mich selbst, sondern um Hildegunde. Doch selbst diese Angst hätte ich leichter ertragen können, wäre ich felsenfest überzeugt gewesen, daß ich tatsächlich *sie* gesehen hatte; die Zerrissenheit machte mich nur noch verzweifelter.

Der erste Versuch, in die Stadt einzudringen, fand am sechsten April statt, genau ein Jahr nach unserer Ankunft. Zugleich jährte sich zum fünfzehntenmal der Tag, an dem ich Katrin das erstemal gesehen hatte.

Ich kämpfte unterhalb der Mauern in der Mitte der Festungsanlagen. Zur Zeit der None hatten wir schon viele Männer verloren, waren erschöpft und machten kaum Fortschritte, also zogen wir uns zurück. Während der folgenden Beratungen wurde entschieden, daß es ein Fehler gewesen war, jedem Turm nur ein Schiff zuzuweisen. Beim nächsten Angriff würden weniger Türme angegriffen, dafür jeder aber von zwei oder drei Schiffen gleichzeitig.

Der nächste Angriff fand am folgenden Montag statt. Die Griechen hatten alle Angst verloren und standen nun auf den Mauern und Türmen, um einen besseren Blick auf die Schlacht zu haben. Als wäre alles nur ein müßiger Zeitvertreib.

Der Himmel war grau und verhangen, als wir uns den Mauern näherten, und sofort prasselten Pfeile und Bolzen auf uns nieder. Auf diese Entfernung richteten sie kaum Schaden an, sofern man achtgab. Auch wenn wir zuvor zurückgeschlagen worden waren, ließen die Männer sich nicht unterkriegen; wir schienen den Verteidigern ohne Zweifel überlegen.

Ich wurde einer Schar zugeteilt, die den unteren Teil der Mauern angreifen sollte. Kundschafter hatten berichtet, einige der Tore zum Meer wären nur notdürftig zugemauert worden, so daß wir an diesen Stellen möglicherweise durchbrechen könnten.

Das war unser Aufgabe. Ich half, die Männer unter dem Kommando von Robert von Clari einzuweisen. An die Stadtmauer heranzukommen, bereitete überhaupt keine Schwierigkeiten. Die Griechen schienen uns nicht zu bemerken. Wir verließen unsere Schiffe und entluden das Kriegsgerät. Erst als alle an Land waren, brach die Hölle los. Ich wußte nicht, ob die Griechen uns vorher nicht bemerkt hatten oder ob sie uns überraschen und auf diese Weise so viele wie möglich von uns töten wollten. Jedenfalls ging urplötzlich ein Hagel aus Bolzen, Steinen, Felsbrocken und brennendem Pech auf uns nieder.

Inzwischen erreichte uns die Nachricht, daß es zwei venezianischen Schiffen, der *Peregrino* und der *Paradiso*, gelungen war, Ritter und Männer auf zwei Türmen abzusetzen, und daß sie diese hielten.

Unterdessen setzten wir unsere entsetzliche Arbeit fort, während immer noch brennendes Öl, Pfeile und Steine um uns herum niederregneten wie eine Heimsuchung des Himmels. Die Schreie derjenigen, die von Pech verbrannt wurden, genügten, um jeden Mann an Umkehr und Flucht denken zu lassen. Aber irgendwie schafften wir es, uns mit unseren Schilden zu schützen. Aleaumes von Clari, Roberts Bruder, arbeitete wie ein Besessener, als wir weiter unablässig auf die Ziegelmauern einschlugen.

Nach zwei oder drei Stunden brachen wir endlich auf die andere Seite durch. Die Wand war tatsächlich so schmal, wie wir gehofft hatten. Mein Gespür sagte mir, jetzt Verstärkung zu rufen und die Bresche weiter zu vergrößern, damit mehrere Männer gleichzeitig hindurchstürmen und einen nachhaltigeren Angriff führen konnten, doch Aleaumes von Clari war nicht aufzuhalten. Sobald er sah, daß das Loch groß genug für einen Ritter in voller Rüstung war, stürzte er sich hinein. Für eine kurze Weile hielt sein Bruder ihn an den Beinen fest und belegte ihn mit allen Schimpfworten unter der Sonne. Doch schließlich wurde er von einem Tritt seines Bruders nach hinten geschleudert. Aleaumes kletterte durch, und dann kam es zu einem irrwitzigen Gedrängel unter den Männern, die ihm folgen wollten. Ob nun beabsichtigt war anzugreifen oder den Narren zurückzuholen, ist schwer zu sagen. Jedenfalls waren schon bald ein Dutzend von uns auf der anderen Seite, und ständig drängten weitere nach.

Man muß sich den Anblick vorstellen, der sich uns bot. Während wir noch unsere Waffen vorbereiteten, sahen wir Kaiser

Murtzuphlos in voller Amtstracht sowie die Berittenen der kaiserlichen Leibwache durch die schmalen Gassen auf uns zupreschen.

Auf halbem Weg vor unseren Reihen hielt der Kaiser inne. Er wartete eine Weile, die ewig zu dauern schien. Wir rüsteten uns für den Kampf, den wir mit Sicherheit verloren hätten. Doch der Kaiser befahl seinen Männern kehrtzumachen. Sie traten jedoch keinen geordneten Rückzug an, sondern stoben in heilloser Flucht davon. Ein ungeheurer Jubel erhob sich, die restliche Mauer wurde eingerissen, und unsere Männer begannen mit der Besetzung der nächsten Türme und Gebäude.

Unterdessen brach Peter von Amiens an anderer Stelle durch eines der Tore in der Seemauer. Er stieß auf keinen Widerstand und konnte geradewegs zu den scharlachroten Zelten reiten, aus denen Murtzuphlos die Verteidigungsmaßnahmen geleitet hatte. In den Zelten befanden sich Truhen voller Schätze. Die erste Beute der Schlacht.

Ich war bei denen, die dem griechischen Heer die Hauptstraße hinauf nachsetzten. Die Griechen, Frauen und Kinder eingeschlossen, die vor die Türen gestürzt waren, flüchteten immer noch in panischer Angst.

Im oberen Stockwerk eines hohen Hauses meinte ich Hildegunde hinter einem Fenster gesehen zu haben. Sie könnte es gewesen sein, mit diesem blonden Haar, diesen Augen, der anmutigen Bewegung ihres Kopfes, so wunderschön, daß es mich wie ein jäher Feuerstrahl aus der Sonne durchfuhr. Ich starrte hinauf, doch sie sah mich nicht. Sie trat vom Fenster zurück, und dann verschwand ihre Gestalt in den Schatten des dahinterliegenden Raums.

Ich schlug gegen die Tür, doch sie war fest verschlossen. Andere Söldner sahen mich und mußten mich für verrückt gehalten haben, wo es in Murtzuphlos' Zeltlager doch genug

Beute zu machen gab. Schließlich schlug ich die Tür ein und stürmte durch das Haus, suchte jedes einzelne Zimmer ab. Alle waren leer. Die Bewohner hatten ihre gesamte Habe ausgeräumt. Wurde ich allmählich irre? Hatte ich einen Geist gesehen? Vielleicht war Hildegunde in Deutschland gestorben, und dies hier war nun ihr Geist, der gekommen war, mich zu suchen.

Ich schloß mich den anderen Kriegern an. Es gab viel zu tun. Wir mußten uns neu formieren, falls es zu einem weiteren Angriff kommen sollte. Wir bezogen Stellung in und um das Kloster des Allwissenden Christus, dem Pantepoptes.

An jenem Tag kam es zu keinen weiteren Gefechten mehr; die Griechen waren aus diesem Stadtteil geflohen. Doch es brach erneut ein Feuer aus, eine Feuersbrunst, wie wir sie noch nie zuvor gesehen hatten. Es begann in einem Teil der Stadt, den wir eingenommen hatten und von dem wir glaubten, daß sich dort das griechische Heer befände. Es breitete sich schneller als erwartet aus, und wir hatten Glück, daß der Wind nicht drehte und die Flammen in unser Heerlager trieb. Wir fühlten uns wehrlos, als der Rauch über der Stadt aufquoll und wir die Schreie derjenigen hörten, die elend verbrannten.

Ich verbrachte die Nacht im Kloster. Ich war erschöpft, konnte jedoch nicht schlafen. Unser aller Stimmung war gedrückt. Es gab weder ein Festgelage noch eine Feier. Wir waren uns sehr wohl bewußt, daß es der Montag nach Palmsonntag war. Statt in einer Prozession in Jerusalem einzuziehen, hatten wir, eine christliche Streitmacht, gerade eben gegen ein anderes christliches Heer gekämpft. Wir hatten den Tag mit Gemetzel und Abschlachten verbracht, und so wie es aussah, würde der nächste Tag nicht anders werden. Und wir besaßen die Dreistigkeit, im Kloster des Allwissenden Christus unser Lager aufzuschlagen.

Wie würde der Allwissende Christus über uns urteilen? Mit

einer Niederlage am kommenden Tag, mit einem langsamen, qualvollen Tod; waren die Feuer dort draußen vielleicht Vorboten der ewigen Verdammnis, die uns bevorstand? In Erwartung der kommenden Ereignisse herrschte im ganzen Lager bange Grabesstille. Die gefangengenommenen Griechen, größtenteils Mönche, trieb man zusammen und stellte sie in einem großen Saal unter Bewachung, aber niemand von ihnen wurde verletzt oder mißhandelt, zumindest nicht in jener Nacht. Es waren heilige Männer. Und ich vermutete, wir befürchteten wohl auch, schon sehr bald ihre Gebete dringend nötig zu haben. Wir wußten nur zu gut, daß schon am kommenden Tag wir ihre Gefangenen sein könnten.

Bei Tagesanbruch ging die Sonne hinter dem beißenden Rauch auf, der so dicht über der Stadt hing, daß es kaum heller war als während der Nacht. Eine unheimliche Stille lag über allem. Keine Schlacht. Kein Angriff. Wir blieben in unserer Stellung und warteten.

Dann kamen am Vormittag Männer von der kaiserlichen Leibwache, selbst größtenteils Franken und Engländer, um unseren Truppen ihre Dienste anzubieten. Sie sagten, Murtzuphlos und sein Gefolge seien aus dem Bukoleon-Palast geflohen, wo sie zuvor noch einmal versucht hätten, ihre Streitkräfte zu sammeln, was ihnen jedoch nicht gelungen war. Kaum hatte sich diese Neuigkeit herumgesprochen, brach die Hölle los. Die Männer gebärdeten sich wie irre und gingen auf Raubzug. Von da an kam es zu keinen richtigen Kämpfen mehr – nur noch zu Mord, Plünderung und Schändung.

20

Gericht

Durch den Rauch der zahllosen Feuer waren die nächsten beiden Tage völlig dunkel. Aufgelöst und verzweifelt irrte ich auf der Suche nach Hildegunde durch die Stadt.

Es war schlimmer als jede Vision der Hölle, schlimmer noch, als es in Zara gewesen war. Überall nur Brände, Zerstörung, Söldner, die mit verzerrten Gesichtern wüteten und sich die Beutel und Taschen mit kostbaren Gegenständen vollstopften; schreiende Frauen und Kinder, verwesende Leichen, kranke und weinende alte Männer, die vor ihren geplünderten Häusern hockten, blutende Mädchen, die sich in ihren Qualen vor und zurück wiegten, geschändet und gedemütigt, auf den Straßen allerorten die kleinen Kinderleiber, achtlos weggeworfen wie Abfall.

Die Erde schien zu beben unter dem Getrampel der wogenden Menschenmassen, und wie Hagel gingen überall dicke Aschewolken nieder.

Am zweiten Tag versuchte ich, in die Palastbibliothek zu gelangen. Dort mochte Hildegunde sein, inmitten der Bücher. Niemand sonst, dachte ich, würde in einer solchen Zeit das Wissen in Bibliotheken suchen, außer vielleicht Hildegunde. Aber zu spät. Die Bibliotheken brannten bereits. Falls das Geheimnis der Sphärenmusik dort aufbewahrt worden war, dann entschwebte es nun mit dem Rauch hinauf zum Himmel und war für immer verloren.

Auf offenen Plätzen hatte man große Feuer entzündet, um die Statuen einzuschmelzen, damit die Söldner sich die Taschen mit Gold und Silber vollstopfen konnten. Kein Mensch ließ sich von der Schönheit der kunstvollen Arbeiten an der Zerstörung hindern, alle dachten nur an den Wert des Metalls.

Auf einer Straße sah ich Griechen, junge und alte Männer, Frauen und Kinder, die sich auf Befehl fränkischer Söldner in einer Reihe aufstellen mußten. Sie würfelten, um zu entscheiden, wie man sie umbringen sollte, und wetteten darauf, wie lange ihr Tod dauern würde. Und so wurden für ein paar Silberstücke Männer, Frauen und Kinder mit einer unfaßbaren Herzlosigkeit zuerst ausgeraubt und dann erstochen, erhängt, erschlagen, gesteinigt oder verbrannt. Ihr Schreien und Brüllen und Weinen während ihres qualvollen Sterbens entlockte den Söldnern nur ein Lachen.

Am dritten Tag beschloß ich, zum Palast zu gehen, um mir den Thron des heiligen Patriarchen anzusehen. Eine große Menge hatte sich eingefunden, und zunächst dachte ich, einer der Großen wolle eine Ansprache halten. Aber nein, ich sah nur eine Dirne, die halbnackt auf dem Thron tanzte, ihre purpurnen und scharlachroten Gewänder um sich herumwirbeln ließ, während ihr Kuppler brüllte, daß es zwanzig Silberstücke koste, sie auf dem heiligen Thron zu nehmen. Dutzende standen um dieses Vorrecht an.

Ich dachte an Katrin. Gab es im Leben dieser Dirne auch jemanden wie mich, jemanden, der sie verraten hatte, wie ich Katrin verraten hatte? Ich gelobte hoch und heilig, falls ich jemals zu Geld käme, falls ich jemals zurück nach Deutschland käme, so würde ich Katrin ausfindig machen und für ihren Unterhalt sorgen.

Der Gestank in der Stadt war überwältigend.

Durch die zerstörten und geplünderten Straßen entfernte ich mich vom Palast und sehnte mich nach frischer Luft und Platz. Im Stadtkern von Konstantinopel steht ein großer Turm – oder zumindest stand er einmal dort, denn ich weiß nicht, ob die Einwohner ihn nicht geschleift haben, weil nämlich Kaiser Murtzuphlos von ebendiesem Turm hinuntergestürzt worden war. Ich wollte diesen Turm hinaufsteigen, von dort oben auf das Grauen hinunterschauen und darüber nachdenken, welchen Beitrag ich selbst zu dieser schrecklichen Pervertierung der Geschichte geleistet hatte. Danach wollte ich entscheiden, ob ich mich von diesem Turm stürzen und damit selbst richten sollte, indem ich für all die Schrecken mit meinem Leben bezahlte.

Wie im Traum stieg ich den Turm hinauf, setzte mich, oben angekommen, auf eine Stufe und schaute zu den Bergen weit hinter der Stadt hinaus. Unentwegt mußte ich daran denken, wie wir Jerusalem noch erobern könnten. Ich stellte mir eine wahre Armee vor, eine Armee der Armen, der Söhne von Lazarus, ein Rest der verderbten Truppen Konstantinopels, die dort drüben ihren Marsch antreten würden, der lang und beschwerlich sein, am Ende aber nach Jerusalem führen würde.

Ich stellte mir vor, wie wir immer weiter zogen, zuerst durch die Länder im Osten, dann nach Syrien, ohne uns von den Entbehrungen beirren zu lassen, die ganze Zeit singend, während unser Glaube mit jedem Schritt, jeder Schwierigkeit geläutert und stärker wurde; unterwegs schlossen sich uns immer mehr Menschen an, und unser Glaube wuchs stetig; wie wir schließlich vor Jerusalem eintrafen, wo die Luft klar wie Kristall war, die Sonne so licht und hell wie der kostbarste Juwel und sich ihre goldenen Strahlen über die Welt ergossen, um die Stadt zu erhellen, ihre gewaltigen Mauern, ihre Türme und Minarette.

Ich stellte mir vor, wie wir Jerusalem einnehmen würden,

nicht mit Waffen, sondern mit der Macht der heiligen Liebe und des Liedes. Wegen unseres tiefen Glaubens würden sich andere unserem Zug anschließen; ja selbst die Sarazenen würden eins mit uns sein wollen, wenn sie unsere Reinheit und Heiligkeit sähen, die wahre Freude, die von uns ausging.

Eine kleinere Gruppe, die um die Geheimnisse des Jüngsten Tags wüßte, darunter auch Hildegunde, wäre vorausgegangen und hätte die Einwohner auf unser Kommen vorbereitet. Und weil sie wüßten, daß wir das gute Heer waren, die Heerschar der Armen, die im Namen des wahren und einzigen Christus und der Gerechtigkeit käme, würden sich die Sarazenen von Jerusalem nicht zum Kampf rüsten, sondern uns vielmehr zur Begrüßung entgegenkommen und Tische vor uns aufbauen, die gedeckt wären mit köstlichen Speisen, Apfelsinen, Äpfeln, Backwerk, süßen Leckereien, Milch, Honig, Wein und Speisen, von denen noch nie jemand auch nur geträumt hatte.

Als die Sonne hinter der Heiligen Stadt unterging, ertönte überall wunderschöne Musik; manche spielten Harfe, einige Laute und Flöte, andere Fiedel, Trompete, Zimbel, und wieder andere sangen, so daß die Musik wie von einer Engelschar war. Der Himmel wurde dunkelblau, die Sterne leuchteten wie Juwelen am Firmament. Unter diesem Gewölbe schlenderte ich Hand in Hand mit Hildegunde. Sie trug ein langes weißes Gewand, und ihre Augen waren wie die reinen Gewässer des Paradieses. Wir gingen zum Heiligen Grab, das mit einem rätselhaften Licht aus sich heraus zu leuchten begonnen hatte. Dies war das Zeichen für uns und die Menschen, daß wir Herrscher und Herrscherin sein sollten, bis der Antichrist käme, durch den der glorreiche Tag eingeleitet würde, an dem Christus der Herr selbst erschien, um bis ans Ende der Zeit zu herrschen.

Dies war meine Vision. Tod, Schändung und Zerstörung gab es nicht mehr, nur noch Männer und Frauen, die friedlich den

Tempel wiederaufbauten; manche arbeiteten mit Gold, Silber, Bronze und Eisen, andere mit blauen, purpurnen und roten Stoffen, manche bauten Musikinstrumente, Harfen und Lyren aus libanesischem Wacholderholz und Trompeten und Flöten aus Gold und Silber. Ich stellte mir vor, wie die bronzenen Säulen neu gegossen wurden, geschmückt mit den Bildnissen Tausender Granatäpfel, wie die inneren Räume des Tempels getäfelt wurden mit Zeder und Wacholder, verkleidet mit Gold, verziert mit Blumen- und Kettenmustern sowie den geflügelten Wesen, die eines Tages erscheinen werden.

Einen Moment lang war es beinahe, als könnte ich sehen, wie die Wände des Tempels wiederaufgebaut wurden aus Jaspis, Saphir, Achat, Smaragd, Onyx, Karneol, gelbem Quarz, Beryll, Topas, Chalzedon, Türkis und Amethyst.

All dies wirkte in meiner Vorstellung so lebendig und wirklich, daß ich beinahe vergessen hatte, wo ich mich befand, oben auf diesem Turm nämlich, von dem ich mich hatte stürzen wollen. Ich war allein, oder zumindest meinte ich, allein zu sein. Ich schaute in den mattblauen Himmel über Konstantinopel, sah den Rauch, der sich nach oben schraubte, sah über die Dächer, Turmspitzen und Kuppeln der Stadt. Wegen der entsetzlichen Brände, die unsere Heere zu verantworten hatten, waren weite Teile der Stadt jetzt kaum mehr als Trümmer, Schutt und Asche.

Über dem Meer hing eine Wolke, die die Form einer von Mauern umgebenen Stadt zu besitzen schien. Ich stellte mir vor, zu einem dieser Wolkentürme hinüberzufliegen.

Ich wußte, ich würde abstürzen und dieser Sturz mich töten; doch es war mir gleichgültig. Nach dem Sturz wäre ich in Jerusalem oder in der Hölle oder in der schrecklichen Leere des Nichts. Alles wäre besser als das wirkliche Konstantinopel, die Zerstörung, das Gefühl des Versagens und der Empörung über mich selbst und darüber, daß von all meinen hehren Zielen nur dies Grauen übrigblieb.

Was nun die nächsten Ereignisse betrifft, Philippos, mußt du verstehen, daß ich glaubte, verrückt zu werden. Ich wollte schon aufstehen, und bis zum heutigen Tag bin ich überzeugt, ich hätte mich tatsächlich von diesem Turm gestürzt, als ich spürte, wie sich Hände auf meine Schultern legten. Die Berührung erschütterte mich. Mir schien, als sei ich bei meinen Gedanken ertappt worden, und plötzlich hatte ich ein schlechtes Gewissen und schämte mich für diese Gedanken. Zunächst wagte ich nicht, mich umzuschauen.

Dann hörte ich diese Stimme. So vertraut und so beunruhigend: »Enttäusche uns nicht, Walter. Erinnere dich an alles, was du in der Schule, bei Uqhart und im Kloster zu Frankenburc gelernt hast. Du weißt, wie gefährlich es ist, gegen sein Schicksal aufzubegehren, dem falschen Pfad zu folgen, dem Weg der Selbstsucht. Ich bedaure von Herzen all den Schmerz, für den wir verantwortlich sind. Aber du wirst es verstehen.«

Ich war so benommen, von der Stimme und von den Worten, daß ich mich nicht rührte. Und doch war alles so klar, so deutlich. Ich spürte sogar, wie sich mir die Nackenhaare unter der Berührung seines Atems sträubten. Oder kam es von dem leichten Wind? Nein, da war noch das Gefühl seiner Hände auf meinen Schultern. Wurde ich irre? War es eine Vision?

Ich schaute kurz zu der Wolke hinauf, in der ich das neue Jerusalem erblickt hatte, und sah – vor meinem geistigen Auge – auf ihr zuerst Uqharts und dann Katrins Gesicht, wie sie als junges Mädchen ausgesehen hatte, als wir uns liebten und sie mir das Singen beibrachte.

Abt Quintus. Seine Stimme. Mein Verstand taumelte zurück zu meiner Schulzeit, zu meiner Zeit im Kloster, zu diesem wunderbaren, trügerischen Frieden, auf dem Weg zur Andacht, als die einzigen Geräusche von der Wassermühle kamen, dem Gesang der Vögel, den Kuhglocken in der Ferne und der Glocke, die zum Gottesdienst rief. Es war seine Stimme. Ich spürte, wie der Druck seiner Hände auf meinen Schultern verschwand. Dann konnte ich mich einige Minuten nicht rühren; ich starrte hinauf in den blauen Himmel, zu meiner Wolke, die jetzt aussah wie jede andere auch.

Ich bot all meine Kraft auf und erhob mich. Der Abt, oder wer immer – was immer – er war, war bereits fort. Ich drehte mich um und rannte in großen Sprüngen die Wendeltreppe hinunter. Ich holte weit genug auf, um noch seinen kantigen Kopf zu sehen, das gräuliche Weiß seiner Kutte. Aber wie konnte er nur so schnell laufen? Jagte ich vielleicht einem körperlosen Geist nach?

Ich ging zurück in die Stadt und setzte meine Streifzüge fort.

In jener Nacht schlief ich fiebrig und unruhig. In meinem Kopf wimmelte es nur so von Erinnerungen an meine Vergangenheit, und ich wurde von dem unbändigen Verlangen gequält herauszufinden, ob ich Hildegunde und den Abt Quintus wirklich und wahrhaftig gesehen hatte.

Am nächsten Morgen begab ich mich erneut auf meine Streifzüge durch die Gassen, diesmal mit der festen Absicht, den Dogen von Venedig zur Rede zu stellen. Ich hatte zunehmend das Gefühl, daß er der Blinde war und alles um ihn kreiste. Was genau ich tun wollte, wenn ich ihm schließlich gegenüberstand, wußte ich nicht. Würde ich mich höflich erkundigen, ob er mir behilflich sein könnte, Hildegunde und Quintus aufzuspüren? Oder würde ich ihn beschuldigen, uns im Stich zu lassen, verantwortlich zu sein für all die Greuel, zu denen es in Zara und Konstantinopel gekommen war?

Ich erreichte den Blachernen-Palast, in dem sich meines Wissens der Doge aufhielt. Ich hatte gehört, daß er den Palast häufig verließ, um durch die Stadt zu reiten und das Plündern zu steuern oder allein durch seine Anwesenheit bei der Beilegung von Auseinandersetzungen zwischen verfeindeten Gruppen behilflich zu sein. Ich wartete eine Stunde vor dem Palast, hockte mich auf eine niedrige Steinmauer unter einem Zitronenbaum. Ich war unendlich erschöpft und mit den Nerven völlig am Ende, und doch hielt ich die Augen offen, weil ich jeden Moment damit rechnete, den Abt, den Dogen oder Hildegunde zu erspähen.

Eine Stunde verstrich, dann eine weitere. Ich nahm meine Fiedel zur Hand und zupfte langsam und traurig ein Lied über Jerusalem – eine merkwürdige Dissonanz zu dem Gebrüll und Geschrei aus der Stadt. Gegen Mittag erblickte ich dann schließlich den Dogen von Venedig. Er trug prächtige Gewänder und befand sich inmitten einer Schar Adliger und Söldner.

Dies war die Gelegenheit. Dort war das Monstrum, das für all die Gemetzel und Entweihungen die Verantwortung trug. Wütend schritt ich auf ihn zu, drängte mich durch die Menge.

Einen Augenblick schien der Doge mit seinen blinden Augen in meine Richtung zu sehen. Irgend etwas in mir brach. Auf einmal empfand ich eine Mischung aus Angst, Haß und Faszination. Doch er und sein Gefolge verließen den umfriedeten Palastbereich nicht. Sie zogen lediglich von einem Saal in einen anderen.

Ich erwägte kurz, auf das Gelände zu stürmen und in die Gemächer einzudringen, die er sich angeeignet hatte, wußte jedoch genau, daß man mich niemals so weit kommen lassen würde.

Ich schaute zum Himmel auf. Die Sonne hatte den ganzen Morgen strahlend über dem aufsteigenden Rauch gestanden, doch jetzt zogen sich Wolken zusammen, die die gleiche widerlich braune Schattierung des Rauchs annahmen.

Schließlich war ich der Warterei überdrüssig. Ich beschloß, ans Meer zu gehen. Doch bis zum Meer sollte ich nie kommen.

Gerade als ich einen ruhigeren Innenhof hinter dem großen Palast überquerte, meinte ich, erneut Hildegunde zu sehen. Jetzt trug sie Blau, wie beim ersten Mal, als ich sie sah. Es war ein schlichtes Kleid. Wie anmutig sie sich bewegte! Wie sie sich von der Menge abhob! Nur, was hatte sie dort zu suchen?

Ich rief ihren Namen, aber sie hörte mich nicht. Wieder überkam mich das Gefühl, ein Wesen aus einer anderen Welt zu sehen. Sie strahlte eine Ruhe aus, die in krassem Gegensatz stand zu all den widerlichen, erschütternden Geschehnissen um sie herum. Sie schien etwas, jemanden zu suchen.

Ich rief noch einmal, doch sie verschwand um eine Ecke. Ich rannte zu der Stelle, an der sie gestanden hatte, und sah gerade noch, wie sie in einem anderen Garten der Palastanlage verschwand. So laut ich konnte, rief ich ihren Namen, aber als ich den Garten erreichte, war sie schon nicht mehr zu sehen.

Es gab nur eine Möglichkeit, wo sie hingegangen sein konnte: wieder hinaus auf die Straße und in die Menge. Ich machte mich auf den Weg über den äußeren Palasthof und dann auf der Rückseite wieder Richtung Meer, das, da sich der Himmel immer mehr zuzog, in einem grünlichen Grau schimmerte.

Beinahe so, als wäre es geplant gewesen, sah ich dann aus einem der Seitentore, in einen matt rostroten und nicht wie üblich blutroten Umhang gekleidet, den Dogen von Venedig in Begleitung von nur vier Männern treten. Wieder war mir, als wandte er seine blinden Augen in meine Richtung, als wäre er sich auf irgendeine Weise meiner Anwesenheit bewußt. Mich durchfuhr ein eiskalter Schauer.

Die kleine Gruppe befand sich auf dem Weg in ein reiches Viertel der Stadt. Warum streifte der Doge im geheimen durch die Stadt? Ich entschied, ihm zu folgen.

Das Licht über Konstantinopel war inzwischen trüb. Die Wolken hingen tief und unheimlich über der Stadt, ein warmer Regen hatte eingesetzt. Wenigstens, dachte ich, werden so einige der Brände gelöscht.

Ich schlich dem Dogen nach und wollte den richtigen Moment abpassen, um ihn zur Rede zu stellen, war dabei jedoch unsicher und unschlüssig. Was würde aus mir werden? Würde er mich anhören? Mich einfach festnehmen lassen? Würde es mir gelingen, etwas Gutes zu tun?

Sie entfernten sich weiter und weiter aus der inneren Stadt. An niedergebrannten Mauern und Gebäuden vorbei, kamen wir in eine Gegend, in der es erst letzte Nacht Plünderungen und Kämpfe gegeben haben mußte, denn in den Gassen lagen überall Leichen. Schließlich erreichte unser merkwürdiger Zug, im Schatten hoher Häuser durch schmale Gassen schleichend, einen der reicheren Vororte der Stadt. Hier schien es kaum Brände oder Plünderungen gegeben zu haben, trotzdem war weit und breit kein Mensch zu sehen. Der Ort hatte etwas Gespenstisches.

Zuletzt blieb der Doge vor dem Kuppelbau einer kleinen Kirche stehen. Es war ein gedrungenes Gebäude, das außer den Hundszähnen an den Bogen keinerlei Verzierungen trug. Einer der Männer des Dogen machte sich an den Ketten vor der Tür zu schaffen. Selbst hier draußen konnte ich spüren, daß etwas Unheimliches von der Kirche ausging. Ich sah, wie der Doge darin verschwand. Die Tür blieb einen Spalt offen.

Sobald ich es für sicher hielt, schlich ich mich zur Tür und schaute hinein. Ich erkannte sofort, warum die Kirche eine solch merkwürdige Ausstrahlung hatte. Sie war nicht länger für den Gottesdienst geeignet, sondern mit geplünderten Schätzen vollgestopft; sie wurde als eine Art Lagerhaus benutzt.

In dem Licht, das durch die wenigen schmalen Fenster hereinfiel, schienen die Wände, die Kisten, die Truhen und die dikken Segeltücher blutbefleckt zu sein, befleckt vom Blut derer, die getötet und verstümmelt worden waren, um den Reichtum und die Macht des Dogen zu mehren. Zumindest dachte ich das damals. Von irgendwo in der Nähe, nur ein oder zwei Gassen entfernt, vernahm ich wieder Gebrüll und Geschrei.

Plötzlich, wie in einem Traum, hörte ich eine Stimme meinen Namen intonieren. Es war die Stimme des Dogen. »Walter von der Ouwe«, sagte er, »kommt herein, Ihr werdet erwartet.« Er hatte sich zu mir umgedreht, und selbst in diesem Zwielicht sah ich, daß sich seine blinden Augen auf mich zu heften schienen. Woher wußte er, daß ich dort war? Welches Interesse konnte er an mir haben?

Mein erster Gedanke war Flucht. War ich durch eine List dazu verleitet worden, ihnen zu folgen? Vielleicht war man auch mir gefolgt. Vielleicht standen hinter mir weitere Söldner. Doch dies war meine große Chance. Vielleicht würde jetzt alles klarwerden. Selbst wenn es mein Leben kostete.

Ich trat vor und schaute zu der Ikonostase hinüber. Die Gemälde waren unter dem Schmutz zwar noch sichtbar, aber ich konnte nicht erkennen, was diese Ikonen darstellten.

Über den Altar war eine dunkelrote Plane geworfen worden. In der Mitte des Altars brannte eine einzelne Kerze in einem schlichten Bronzehalter. Daneben stand ein Kelch.

Auf einer Seite stand der Doge. Jetzt allerdings trug er ein langes Gewand, ganz in Purpur, und eine Goldkette um den Hals. Der Anhänger bestand aus zwei ineinandergreifenden Goldringen. Wie hatte er es so schnell fertiggebracht, dieses Gewand anzulegen?

Einerlei. Zum erstenmal hatte ich nun meine Audienz bei Dandolo, dem Dogen von Venedig, und dies zu einem Zeitpunkt, an dem ich es am wenigsten erwartet hätte. Als erstes fiel mir auf, daß trotz seines Alters und seiner Blindheit ein großer, stattlicher Mann vor mir stand. Sein Haar war grau und sein Gesicht faltig, doch er strahlte eine gewisse Jugendlichkeit aus. Ein Mann, dessen Lebenskräfte alles andere als verbraucht waren. Hinter ihm schien ein unheimliches Licht zu schimmern.

Ich erinnerte mich, wie tapfer er vor Galata gewesen war, der erste, der vom Schiff auf den Strand sprang und die Heere anführte. Gleichzeitig erinnerte ich mich an die Worte des Templermeisters: *Du sollst Wächter sein über den Blinden. Geht er zu weit, mußt du ihn töten.* War es das, was jetzt von mir verlangt wurde? War er zu weit gegangen? Wie sollte ich das beurteilen?

Aber ich trug keine Waffe.

Er sprach als erster: »Nun, Walter von der Ouwe, was wünscht Ihr von mir?«

Ich dachte fieberhaft nach. Ich mußte ihn in ein Gespräch verwickeln. Ich mußte es herausfinden. Aber was? Ich schaute mich in der Kirche um, betrachtete all die kostbaren Gegenstände und dachte daran, wie ich selbst Geschichte wurde in dieser stickigen Rumpelkammer der Geschichte.

Ich dachte, und denke es manchmal heute noch, daß dies alles ist, was uns letzten Endes ausmacht: daß wir Geschichte werden. Wir beginnen unser Leben mit der Illusion, Individuen zu sein. Dann werden wir von großen Ereignissen wie der Schändung Konstantinopels überrollt, und uns bleibt nichts anderes, als unsere Rolle dabei zu spielen, eine Rolle, die von Anfang an feststeht.

Was sollte ich dem Dogen sagen? Ich platzte einfach mit dem ersten heraus, was mir in den Sinn kam.

»Glaubt Ihr wirklich, daß ich Walter von der Ouwe bin? Es gibt welche, die schienen mich für etwas oder jemand anderen zu halten.«

Er starrte mich an. »Der Letzte Kaiser vielleicht?« Er sagte dies mit tonloser Stimme, daher war es mir unmöglich zu sagen, ob es spöttisch oder fragend gemeint war.

»Für wen haltet Ihr mich?« fragte ich.

»Ihr seid ein Narr«, sagte er, »ein wahrer Narr.«

Wieder konnte ich seine Stimme nicht deuten. War dies eine Beleidigung? Sagte er mir vielleicht, ich hätte etwas Offensichtliches übersehen? Oder wollte er mir sagen, ich sei ein Narr, wie Parzifal ein Narr war, daß ich genauso ein Narr war, der die Welt erben würde, vielleicht als Letzter Kaiser? In meinem Kopf drehte sich alles unentwegt im Kreis.

Ich spürte eine große Wut in mir aufsteigen. Die Stimme – *Geht er zu weit, mußt du ihn töten* – klang in meinen Ohren.

Er fuhr fort. »Einer der Gründe, warum Ihr ein Narr seid, ist, daß Ihr Euch immer habt beeinflussen und täuschen lassen. Die Bruderschaft hatte nur deshalb Macht über Euch, weil Ihr es so wolltet.«

Auf seinem Gesicht spielte ein Lächeln, das mich entwaffnete. Es war weder grausam noch hämisch, vielmehr menschlich, heiter, ja sogar liebevoll. So dachte ich zumindest. Seine blinden Augen schienen an mir vorbei zu sehen, durch mich hindurch. Was wußte er von der Bruderschaft? Gehörte er auch dazu? Gleichwohl war er sicher ein Mann wie jeder andere, wegen seiner Blindheit sogar noch verwundbarer. Ich wagte es, auf Verständnis seinerseits zu hoffen, auf so etwas wie eine Antwort.

Ich versuchte, das Lächeln zu erwidern. Doch die Maske war zurückgekehrt.

Ich sagte nichts. Ich versuchte, mir eine Erwiderung auszudenken. Der Doge hatte die Bruderschaft freiheraus erwähnt. Teils verstand ich ja, was er meinte, wenn er davon sprach, daß ich die Bruderschaft genauso brauchte wie sie mich. Hatte ich mir die Bruderschaft nicht selbst erschaffen? Hatte ich ihr nicht

Macht über mich zugestanden? Hatte ich nicht – irgendwie – gewollt, daß mein Leben genau so war?

»Es gibt jemanden, den Ihr kennenlernen müßt, Euren Besucher…« Jetzt sprach der Doge, als habe er nur noch Verachtung für mich übrig. »Denn Ihr versteht immer noch nicht…«

Noch während er dies sagte, traten Söldner aus den Schatten hervor, packten meine Arme und führten mich in die Kellergewölbe unter der Kirche hinunter. Ich schrie auf und versuchte zu kämpfen. Es gelang mir sogar, einen Arm freizubekommen, doch im Verlauf des Gemenges holte einer der Söldner aus und erwischte mich an der linken Schläfe. Ich spürte, wie meine Kräfte schlagartig schwanden und ich von Schwärze verschlungen wurde.

Aber es war nicht so, als hätte ich das Bewußtsein verloren, sondern vielmehr, als sei ich ohne Umwege von einer Welt in die andere übergewechselt, denn ich fand mich in etwas wieder, das entweder ein Traum oder eine Vision gewesen sein mußte. Ich sah mich in eine Unterwelt, eine Hölle verbannt, die eine Burg mit tausend Fenstern war, und trotzdem gab es kein Licht, keinen Himmel, nur Schwärze, und jedes Fenster der Burg wurde vom schwachen Schein einer Kerze erhellt.

In jedem Fenster der gespenstische Umriß eines Musikanten. Und jeder dieser Musikanten glich mir aufs Haar und sang von einer Untugend, einer Sünde, einer grausamen oder lüsternen Handlung, die ich begangen hatte. Die Kakophonie ihres unmelodischen Vortrags erfüllte die schwefelige Luft, und die Verdammten brüllten in den Verliesen unter der Burg, während sie in den feurigen Pfuhl hinabstiegen.

Ich wurde zu der Burg geführt, die ich betreten sollte. Dort gab es eine Grube. Und jeder Verdammte wurde gezwungen, in dieser Grube Satan selbst gegenüberzutreten. Sie stiegen eine Leiter hinunter oder wurden hinuntergestoßen und dann gezwungen, eine dunkle Höhle zu betreten. Dort wurden sie von Satan empfangen. Er nahm verschiedene Gestalten an: beispielsweise die eines eitlen, plappernden Priesters, dann die einer wunderschönen, halb von Würmern zerfressenen Frau, auch eines mächtigen Fürsten, darauf wieder eines unerbittlichen Mühlsteins, eines erhängten und verwesenden Leichnams, der sinnlose Worte faselte, einer geflügelten Kreatur mit Hufen, eines abscheulichen Skarabäus, einer zischenden und mit Unrat und Schleim überzogenen Schlange – und jeder Verdammte mußte diese Schlange küssen.

Ich schüttelte mich. Ich versuchte mit Gewalt, mich ins Bewußtsein zurückzuholen.

Als ich wieder zu mir kam, hörte ich unmittelbar neben mir einen stöhnenden, wimmernden Laut und das metallische Klirren von Ketten. Neben mir auf dem Boden erkannte ich in der Dunkelheit die angekettete Gestalt eines Mannes. Er war groß und versuchte, den Kopf hoch zu halten, doch sein Rücken war gekrümmt, und jede Bewegung schien ihm schwerzufallen.

Ich versuchte, mich zu rühren, bemerkte aber, daß auch meine Hände an die Säule gebunden waren, gegen die gelehnt ich kauerte.

»Das ist dein Besucher«, sagte einer der Söldner.

Der Schmerz in meinem Kopf war entsetzlich. Dann kam mir die Erkenntnis wie ein gewaltiges Beben, das von meinem Körper und Verstand Besitz ergriff. Der Besucher. Dort, in Fleisch und Blut. Doch es war so offensichtlich, daß ich laut gelacht hätte, wäre nicht dieser Schmerz in meinem Kopf gewesen.

Obwohl ich ihn erkannte, erkannte ich ihn nicht wieder. Er war ein völlig veränderter Mann, und was er tat, verschlug mir den Atem.

Er drehte sich so weit, bis er eine kniende Stellung einnahm, dann schaute er zu mir auf und weinte, als sei ich ein Edler, dem er unrecht getan hatte.

Er sah mich an und begann zu murmeln. Ich erkannte die Stimme, aber sie war gebrochen. Langsam begann ich zu verstehen, was er sagte. Er sprach zu mir wie ein verloren geglaubter Bruder, bat mich um Verzeihung. Ich meinte zu träumen, hielt dies nur für eine weitere Sinnestäuschung. Ebenfalls wurde mir jetzt klar, daß er der fünfte Mann in Soria gewesen war, der große Behelmte ganz in Schwarz. Warum hatte ich ihn damals nicht erkannt? Beinahe war es, als hätte ich es bewußt nicht gewollt.

Er schien Schmerzen zu haben. Er rang keuchend nach Luft. Von seinem Hochmut war nichts mehr geblieben, seine gebieterische Kraft verschwunden. Wie prächtig hatte er bei Hofe rittlings auf seinem Schimmel ausgesehen. Wie tief war er gefallen, um so zu enden. Es war der Graf.

»Verzeiht mir, Walter, bitte, verzeiht mir.« Er wiederholte dieselben Worte immer und immer wieder. Das Licht der Fackel flackerte unheimlich über die steinernen Wände und verlieh seinem Gesicht ein merkwürdiges Leuchten.

Der Graf verstummte und atmete tief ein, während er sich zu sammeln versuchte. Dann sprudelte es aus ihm heraus: »Wir waren für so vieles verantwortlich, Walter. Ich habe Quintus geholfen, den Plan auszuarbeiten, Euch mit Hilfe des ehemaligen Priesters Josephus zu entführen. Er wollte Euch für sein Kloster, bereits als Kind. Doch Josephus und die Frau hatten Mitleid mit Euch und brachten Euch zum Haus Eures Vaters zurück. Den Rest kennt Ihr…«

Als er sprach, hatte ich das Gefühl, als wäre ich von diesem Ort fort – und zurück in den Wald meiner Träume gebracht worden; das Sonnenlicht fiel durch die Blätter wie durch eine Million Smaragde, und ich sah mich als kleinen Jungen über die satte, braune Erde laufen, gierig die frischen, vollen Gerüche des deutschen Waldes im Frühling einsaugen.

Vor meinem geistigen Auge sah ich Josephus an jenem Tag, als er gehängt wurde, wie seine Beine in eine weit entfernte Welt davonzulaufen schienen, und meine Beine waren seine Beine. Und dann war mir wieder, als liefe ich durch die Wälder…

Plötzlich keimte eine Frage in meinem Kopf, eine Frage, die ich seit langen Jahren vergessen hatte. »Wer war sie, die Frau bei Josephus?«

»Eine junge Adlige, die Tochter eines meiner Lehnsleute, die ihr Heim und ihre Familie verlassen hatte, um mit dem Priester zu leben, da sie ihn angeblich liebte… Weil Josephus sein Wort gehalten und uns nicht verraten hat, wurde sie verschont. Jetzt betet sie für ihn in Hohenfeld.«

Hohenfeld. Ich dachte an Hildegunde. Ich erinnerte mich an diese mondhelle Nacht, als ich Hildegunde dort zurückgelassen hatte, ohne zu wissen, was ich tat, an das sich wie ein gespenstischer Schattenriß vor dem dunkelblauen Himmel abzeichnende Stift. Was für eine Vorstellung, daß sie dortgewesen war, am selben Ort wie die liebenswürdige Fru, die sich im Wald um mich gekümmert hatte, meine zweite Mutter, die Frau, die vielleicht als erste in meinem jungen Verstand etwas von der wahren Liebe zu den Frauen geweckt hatte. Ich fragte mich, ob sie sich kennengelernt hatten. Ob sie je über mich gesprochen hatten…

»Hildegunde«, sagte ich. »Ist sie hier? Was ist aus ihr geworden?«

»Ich habe sie nicht mehr besucht. Nicht mehr nach dem, was zwischen uns geschehen ist. Aber ich habe Neuigkeiten von ihr. Als sie hörte, daß Ihr bei den Templern das Gelübde abgelegt habt, hat sie das Werben eines jungen Adligen erhört. Sie hat ihm zwei Söhne geschenkt. Wer sie kennt, sagt, daß sie oft Eure Lieder singt.«

»Aber sie ist bestimmt hier. Ich habe sie zweimal gesehen. Und auch in Zara.«

»Das halte ich nicht für möglich, Walter. Ich weiß, daß sie verheiratet ist. Ich habe die Schriftstücke selbst gesehen. Und mit kleinen Kindern würde sie niemals… Es sei denn, es war ihre Seele, die Ihr gesehen habt«, fügte er wehmütig hinzu.

Er schwieg eine Zeitlang, bevor er leise wieder zu sprechen begann.

»Könnte ich nur sagen, daß die anderen mich heimlich gelenkt haben! Aber das entspräche nicht der Wahrheit. Ich bin genauso schuldig, vielleicht sogar noch mehr als die anderen. Mir ist die meiste Schuld zuzuschreiben. Ich habe es bereut, aber viel zu spät. Wir haben jeden Eurer Schritte beobachtet. Über Jahre. Schließlich fiel es mir zu, mich um Euch zu kümmern. Ich tat für Euch das Beste, aber ich habe Euch dennoch im Stich gelassen. Das alles nur, weil ich stolz und eifersüchtig war, ein dummes Verlangen nach Rache…« Er seufzte.

»Mir hätte klar sein müssen, daß Ihr unschuldig wart. Ich war mir jedoch nicht sicher, bis ich eines Morgens in der Kapelle eine Vision von Euch und Hildegunde hatte, wie Ihr getrennt auf dieser Erde wandeltet, hungrig und verloren. Damals habe ich beschlossen, Euch zu folgen. Durch die Bruderschaft habe ich Euch in Soria ausfindig gemacht, dann wurde ich von ihnen getrennt. Schließlich gelang es mir, Euch in Venedig wiederzufinden, dann in Zara und am Ende hier. Im Augenblick meiner Ankunft in Estanor entdeckten sie mich und nahmen mich gefangen, drohten, mir als Spitzel des Feindes den Prozeß zu machen. Dann erzählten sie mir die Wahrheit über Euch, daß Ihr hier seid. Sie sagen, sie werden mir nur dann verzeihen, wenn Ihr mir verzeiht. Ihr seid mein Richter.«

Ich überlegte, daß ich ohne die Bruderschaft bis zu diesem Tag noch immer ein Stellmacher in Nurenberc gewesen wäre.

»Walter, ich habe Euch im Stich gelassen, und ich habe auch sie im Stich gelassen. Und ich habe Hildegunde im Stich gelassen... Ich besitze nicht die Gabe des Sehens wie die anderen der Bruderschaft, doch sie haben meine weltliche Macht ausgenutzt...«

Eine weitere Frage. Nach all den Jahren mußte ich es wissen: »Graf«, sagte ich, »warum ist mein Vater gestorben?«

»Wir wissen es nicht. Wir hatten nicht damit gerechnet. Vielleicht geschah es aus Verzweiflung, Euch verloren zu haben. Oder vielleicht... hatte er andere Überzeugungen.«

Einen flüchtigen Augenblick sah ich das liebevolle Gesicht meines Vaters, wie er mich lächelnd angesehen hatte, als ich noch ein kleiner Junge war. Zum erstenmal seit Jahren empfand ich eine große Liebe für ihn. Ich fühlte mich versöhnt mit ihm. Die Vernunft sagte mir, daß nichts anderes mehr eine Rolle spielte.

»Ich verzeihe Euch«, sagte ich, »wozu es auch immer nutzen mag...«

Er begann zu schluchzen.

Ich spürte zunehmend deutlicher, wie allein wir in diesem feuchten, erdigen Verlies unter der Kirche waren. Der Graf sprach nicht mehr, gab nur noch Laute von sich, die wie Schluchzen klangen. Es gab so vieles zu begreifen, während all die Bilder aus meiner Vergangenheit vor meinen Augen flimmerten.

Wir verbrachten den Rest des Tages ohne Essen oder Trinken in diesem Verlies. Niemand kam. Der Graf legte sich schließlich zurück, wurde ruhiger und schlief ein. Während er schlief, sang ich leise *»Under der linden«* und versuchte an die glückliche Zeit zu denken, die ich mit Hildegunde verbracht hatte, bevor all dies geschah.

Irgendwann war der Tag gegangen und mit ihm das wenige

Licht, das es in der Zelle gab. Nirgendwo der Schein einer Fakkel, nur vollkommene Schwärze. Mehrere Male rief ich den Grafen, doch er schlief oder war bewußtlos, vielleicht auch tot. Ich versuchte, mich hinüberzubeugen, um zu hören, ob er noch atmete.

In der undurchdringlichen Finsternis dieses Ortes konnte ich nicht mehr zwischen Wirklichkeit und Einbildung unterscheiden. Ein Schreckensbild entstand allmählich in meinem Kopf. Es war das Gesicht des Dogen, an dessen Lippen und Ohren große Metallhaken hingen; sein Gesicht wurde kohlrabenschwarz, seine Augen loderten, seine Ohren wurden plötzlich zu Eselsohren.

Dann sah ich ihn als das zehnfach gehörnte Tier, die letzte der weltlichen Mächte. Mit einiger Mühe erinnerte ich mich, daß geschrieben stand, der wahre Antichrist würde ein Jude aus dem Stamme Dan sein, geboren als Sohn einer Hure in Palästina und erzogen von Hexern, die den alten Künsten treu geblieben waren. Er würde eine Kirche gründen, deren Name sei die große Hure Babylon, »die Frau trunken vom Blut der Heiligen«. Ganz sicher traf nichts davon auf den Dogen zu. Oder würde sich das alles erst noch ereignen? War er vielleicht nur ein Vorbote und nicht der Antichrist selbst?

Mit diesen Gedanken ringend, diesen Visionen, muß ich wohl ebenfalls bewußtlos geworden sein.

Ich kam wieder zur Besinnung, als jemand an meinem Arm zog und die Fesseln löste, mit denen ich an die Säule gebunden war. Ich erinnerte mich, wie ich auf die Beine gestellt wurde und wie benommen losstolperte, durch Bogengänge, Flure, Gewölbe, Abwasserkanäle und Durchgänge, umgeben von tiefer Stille unter den Gassen und Straßen von Konstantinopel. Ich war erschöpft, fiebernd und hatte keinerlei Anhaltspunkte, um auch nur zu erahnen, wohin wir gingen oder in welche Richtung.

Eine Weile nahm ich etwas wahr, das sich wie das Schwappen des Meeres anhörte. Dann stiegen wir endlose Treppen hinauf, die in größeren Abständen von Fackeln erhellt waren. Ich versuchte mit den vorausgehenden Gestalten zu sprechen, die ihre Kapuzen tief ins Gesicht gezogen hatten, erhielt jedoch keine Antwort.

Schließlich schwang eine Tür auf, und mit sanfter Gewalt wurde ich in einem vornehm eingerichteten, von Kerzen beleuchteten Raum auf ein weiches Bett gelegt. Durch ein schmales Fenster sah ich Mondlicht. Neben dem Bett standen Obst, Brot und etwas Käse. Ein Krug Wasser und ein Krug Wein standen ebenfalls dort.

Die Männer, die mich dorthin geführt hatten, gingen. Ich war ganz allein.

Ich schaute mich um. Es gab eine Tür, die in einen anderen Raum führte, und eine Tür zu einer kleinen Kammer. In einer Ecke stand alles Nötige, um sich zu waschen.

Ich spritzte mir Wasser ins Gesicht, schaute dann aus einem der Fenster, konnte aber nur den dunklen Horizont des Meeres und einen schwarzen Himmel sehen, an dem nicht ein Stern schien.

Die Räume mußten sich im obersten Stockwerk des Stadthauses eines Adligen oder reichen Händlers befunden haben. Die ganze Nacht hörte ich das Plätschern des Meeres an den Mauern.

Diese Zimmer sollten die kommenden zwölf Wochen mein Gefängnis und meine Zuflucht sein.

Trotz meiner Gefangenschaft mangelte es mir an nichts. Ich hatte die drei Zimmer für mich allein und erhielt frische Kleidung, ausreichend Essen, Wasser und Wein. Meine Fiedel wie auch meine Aufzeichnungen wurden mir zurückgegeben.

Aber einen Weg hinaus gab es für mich nicht – nur eine

Treppe ins Erdgeschoß. Diese Tür war verschlossen, und ich wußte, daß sie von einem Söldner bewacht wurde. Es wäre sicherlich möglich gewesen, mich durch eines der Fenster zu zwängen und hinunterzuspringen, aber es war so hoch, daß ich bei dem Versuch bestimmt zu Tode gekommen wäre. Die Außenwände waren steil und glatt, es gab nichts, woran man sich festhalten konnte. Davon abgesehen wurde das Haus auf der Landseite Tag und Nacht von Söldnern bewacht, so daß ich höchstwahrscheinlich nicht hätte fliehen können, selbst wenn ich dank irgendeines Wunders auf den Erdboden gelangt wäre.

Ich versuchte, den Söldnern etwas zuzurufen, doch sie verstanden offenbar keine mir bekannte Sprache. Ganz bestimmt waren es keine Griechen. Ich nehme an, sie waren wohl von irgendwo aus dem Fernen Osten.

Am zweiten Tag begannen die Besuche des Mannes, der sich selbst Pater Martinus nannte. Er kam stets mit einem der Söldner. Vermutlich geschah dies, um jeden Fluchtversuch von vornherein zu unterbinden. Er kümmerte sich um mich und war in jeder Hinsicht freundlich, brachte mir Bücher und Noten. Er bot sogar an, mir Frauen zu bringen; auch wenn ich stark versucht war, lehnte ich ab.

Während der ersten paar Tage überhäufte ich ihn mit Fragen, wo ich mich befände, warum ich gefangengehalten würde, was aus mir werden sollte. Wann immer ich dies tat, verstummte er, erkundigte sich freundlich, ob ich noch irgend etwas benötigte, und ging mit dem Wächter hinaus.

Ungefähr eine Woche lang war dieser Mann meine einzige Verbindung zur Welt. Er kam einmal täglich am frühen Morgen und schaute nach dem Rechten. Er trug eine Kutte nicht unähnlich dem Gewand der Zisterzienser, auch wenn er behauptete, ihrem Orden nicht anzugehören. Welchem Orden er jedoch angehörte, wollte er mir nicht verraten. Er reagierte auf keines der Geheimzeichen, und ich war ziemlich sicher, daß er kein Tempelritter war. Zunächst hatte ich Angst vor ihm, da sein Gesicht so vernarbt und mit gelben, braunen und roten Flecken übersät war. Hautlappen verunstalteten ihn so, daß sein Gesicht weniger an einen Menschen als vielmehr an ein Reptil erinnerte.

Seine Augen hatten eine merkwürdig gelbliche Farbe, und es war gewiß schwer, sein entstelltes, pockennarbiges Gesicht längere Zeit anzusehen, ohne Ekel und Abscheu zu empfinden. Ich vermutete, er sei von Geburt an mißgestaltet, und ich wußte, daß ich nicht nach seinem äußeren Erscheinungsbild urteilen sollte. Trotzdem bereitete mir seine Anwesenheit Unbehagen. Irgend etwas an ihm war mir vertraut und erinnerte mich an etwas – an etwas Unheimliches, das ich nicht ganz einzuordnen wußte.

Aber wie ich bereits sagte, er war sehr freundlich. Er brachte mir jeden Tag eine warme Mahlzeit und ließ Brot, Fleisch und Früchte, dazu reichlich Wasser und Wein da.

Manchmal war ich überzeugt, sie würden mich dort umbringen; aber tief in meinem Innersten spürte ich, daß etwas anderes geschehen würde, daß die Worte, die man mir über den Blinden gesagt hatte, sich noch erfüllten.

Ich marterte mich wegen meines Versagens, den Dogen getötet zu haben. Es wäre so einfach gewesen, und doch spürte ich, das Richtige getan zu haben.

Ich fragte mich, was aus dem Grafen geworden war. Befand er sich immer noch in diesem Gewölbe, war vielleicht bereits tot? Hatte der Doge ihn freigelassen?

Ungeachtet dessen, was der Graf mir erzählt hatte, war ich mir sicher, Hildegunde dreimal gesehen zu haben. Der Gedanke, sie könnte sich in dieser gefährlichen Stadt aufhalten, gleichgültig, wer immer sie auch beschützen oder lenken mochte, erfüllte mich mit Furcht. Ich fragte mich, ob jene Mächte, die mich hier festhielten, Hildegunde wohl ebenfalls hergebracht hatten. Und wenn dem so war, wozu?

Ich erinnere mich noch deutlich, daß die Räume an manchen Tageszeiten lichtdurchflutet waren. Der Frühling muß in diesem Jahr wunderschön gewesen sein. Bei Vollmond war der Nachthimmel mit einem blauschimmernden Licht erfüllt, und die Sterne schienen glänzender zu leuchten, als ich sie je zuvor hatte scheinen sehen.

Nichts hätte mich auf die ungeheure Überraschung vorbereiten können, die mir bevorstand. Eines Abends wurde zur üblichen Zeit die Tür aufgestoßen, doch diesmal war es nicht Pater Martinus.

Ich konnte es kaum glauben. Vor mir sah ich einen jungen Mann mit braunem Haar, vielleicht etwas jünger als ich. Diese strahlenden Rehaugen, die ich das letztemal totenstarr über mir gesehen hatte, damals, als wir in der Nähe von Carcassonne überfallen worden waren. Ewald.

»Wie geht es Euch?« fragte er und schritt durch den Raum, um mich in die Arme zu schließen.

Da er meine tägliche Verpflegung mitbrachte, war sofort klar, daß er ebenfalls in das Komplott verwickelt war, dank dessen ich hier festgehalten wurde.

Ich erwiderte seine Umarmung, aber sosehr es mich freute, ihn wiederzusehen, war ich doch auch zutiefst mißtrauisch. Ich blieb stumm.

»Seht«, sagte er, »ich habe Euch dies mitgebracht.« Neben Speisen, Wasser und Wein brachte er eine übergroße Schriftrolle, Schreibzeug und stapelweise Pergament.

Ich warf einen Blick auf die Schriftrolle und erkannte darauf ein Diagramm gleich jenen, wie ich sie in Richerenches und in Zara erhalten hatte. Dieses hier war ausführlicher gestaltet. Die unter Verwendung verschiedenfarbiger Tinten wunderschön ausgemalten Hieroglyphen waren zu einer großen Acht – oder vielmehr dem Zeichen für die Unendlichkeit – angeordnet, und auf diesem Diagramm ließ sich erheblich leichter erkennen, was jede Figur darstellte.

»Warum seid Ihr hier?« fragte ich schließlich.

»Habt Ihr es immer noch nicht begriffen? Ich bin einer der Auserwählten, einer von Euch. Seit Antonius durch den Blitz getötet wurde.«

Ich betrachtete immer noch das Diagramm, und mein Blick fiel auf die Zeichen für das Schicksalsrad, den Gehängten und den Turm. Ich erinnerte mich wieder an meine Wanderungen durch die Länder der Staufer, quer durch den Süden Frankreichs zu den Pyrenäen, an diesen grausamen Scheinprozeß und wie ich hernach Tremgistus nach Soria gefolgt war. Also gehörte auch Ewald zu ihnen.

»Was wollt Ihr von mir?« fragte ich.

»Walter, wir haben soviel gemeinsam. Ich... wir alle wollen nur, daß Ihr akzeptiert, einer von uns zu sein, und uns förmlich beitretet.«

»Aber wer seid Ihr?« Ich verstand es einfach nicht. Nach allem, was sie mir angetan hatten – nach all dem Schmerz, für den sie verantwortlich waren –, mußte ich jetzt hören, daß ich bereits längst einer von ihnen war, ihnen nur noch förmlich beitreten sollte... Was bedeutete das?

»Wer wir sind, wißt Ihr bereits. Die Bruderschaft des Gebets von Carolus Magnus.«

»Was geschieht, wenn ich mich weigere, euch beizutreten?«

»Ihr versteht noch nicht. Oder zumindest meint Ihr, noch nicht zu verstehen. Deshalb habe ich Euch dies alles gebracht.« Er deutete auf das Diagramm, das Schreibzeug. »Studiert das

Diagramm, Walter, und schreibt auf, was Ihr von uns, von Euch selbst wißt. Dann entscheidet Euch.«

Während er sprach, schaute ich an ihm vorbei aus dem Fenster auf den unendlichen Himmel über dem Meer. Ich dachte an die ewige Bewegung des Wassers und an meine Wanderungen – an all die unerklärlichen Momente meines Lebens. Ich überlegte, ob es womöglich doch einen größeren Zusammenhang, ein Muster gab, das ich allerdings noch nicht sah, noch nicht begriffen hatte.

Ich unterhielt mich geraume Zeit mit Ewald, der freundlich und voller Zuneigung war und allen Ernstes von mir hören wollte, daß ich dieser Bruderschaft angehörte, die mir soviel Schmerz zugefügt hatte. Wie kam er darauf, daß ich einer von ihnen war?

Von sich selbst erzählte Ewald, er sei, als man ihn damals an diesem Baum hatte hängen lassen, von einem – wie er ihn nannte – »weisen alten Mönch« gerettet worden, einem deutschen Augustiner namens Bruder Foden. Er weigerte sich, mehr zu sagen. Er deutete nur kurz an, daß dort zu hängen, den Tod vor Augen und darauf wartend, daß ich endlich käme und ihn abschnitt, eine Erfahrung gewesen war, die sein Leben grundlegend verändert hatte. Dieser Bruder Foden habe sich um ihn gekümmert, sagte er, und ihn auf den Weg gebracht, der schließlich zu seiner Anwesenheit hier geführt hatte.

Die letzte Frage, die ich ihm an diesem Tag stellte, betraf den Dogen. Ich wollte wissen, wie er einem solchen Monstrum dienen konnte, das verantwortlich war für all das Grauen, das über Konstantinopel gekommen war.

Ewald starrte mich lange und scharf an. Er sagte nur: »Aha, dann versteht Ihr den Dogen nicht. Ihr müßt schreiben, wie man es mir aufgetragen hat, Euch zu sagen. Dann wird alles klarwerden.«

»Was ist mit Hildegunde? Wo ist sie?« fragte ich leidenschaftlich, aufgebracht. »Und der Graf, was ist aus ihm geworden?«

»Beide sind in Sicherheit, und es geht ihnen gut.« Mehr wollte er nicht sagen, weil er spürte, daß ich sehr erregt war. Dann stand er auf und ging.

Sein Fortgang ärgerte mich, doch ich machte mich sofort an die Aufgabe, die er mir gestellt hatte. Ich schrieb alles auf, woran ich mich erinnern konnte, und studierte gründlich das Diagramm.

Pater Martinus kam wie üblich, und ich erhielt weitere Besuche von Ewald. Beide waren stets höflich und freundlich. Sie unterhielten sich mit mir ausführlich über alles, was mit Kunst, Musik, Literatur und Philosophie zu tun hatte, erzählten von den Bestrebungen, in Konstantinopel die Ordnung wiederherzustellen, und berichteten mir Neuigkeiten aus unseren Heimatländern, aber sobald ich meine Fragen zu stellen begann, verstummten sie jäh und fanden irgendeinen Vorwand, um bald zu gehen.

Was ich im Verlauf dieser Wochen schrieb, bildet die Grundlage dieser Seiten hier, Philippos, auch wenn ich vieles, wie du noch sehen wirst, angesichts späterer Erkenntnisse berichtigt habe. Damals wie heute war mir das Schreiben eine große Hilfe, einen klaren Kopf zu bekommen und die Zusammenhänge in den Dingen zu erkennen, und zwar in einem Maße, daß ich mich schon häufig gefragt habe, ob nicht vielleicht das, was wir Realität nennen, tatsächlich ein gewaltiges Buch ist, geschrieben und gelesen von Gott, in dem wir nur Hieroglyphen sind.

Während meiner Gefangenschaft habe ich meine Tage folgendermaßen verbracht. Im Morgengrauen stand ich auf, sagte oder sang Prime und Matutina, begann zu schreiben. Ich schrieb, bis ich entweder von Martinus oder von Ewald Besuch erhielt. Ich nahm mein Frühmahl mit ihnen ein und wusch mich, sobald sie fort waren. Dann studierte ich das Diagramm oder las bis zum Mittagessen. Nach dem Mittagsmahl setzte ich das Schreiben fort, bis ich müde war, dann schlief ich ein wenig. Nach dem Aufwachen studierte ich wieder das Diagramm oder las andere Bücher, bis es Zeit für die Vesper war. Nach dem Abendgebet aß ich, trank Wein und sang Lieder, bis ich müde genug war, um schlafen zu gehen.

Dieses Leben begann als Qual, denn ich wollte nichts anderes als fliehen, mich auf die Suche nach Hildegunde machen und Rechnungen mit jenen begleichen, die mich hier gefangenhielten. Dann tauchten allmählich Regelmäßigkeiten in meinem Schreiben, in den Diagrammen und in meinen Liedern auf. Und je mehr ich diesen Strukturen nachging, desto faszinierender wurde es. Überall fanden sich Übereinstimmungen, ganz besonders in den Diagrammen. Es war wie ein unheimlicher Traum, Sinn und Unsinn unentwirrbar zu einem Bündel verquickt.

Ich fragte mich, ob das Diagramm irgend etwas Teuflisches barg. Vielleicht enthielt es eine Formel, um die Geister des Bösen oder der Toten herbeizurufen. Vielleicht war es auch ein Raster, mit dessen Hilfe sich die Entwicklung der Seele hin zur Vollkommenheit und zur Vereinigung mit Gott verfolgen ließ, oder eine andere Deutung der Zickzacklinie des Blitzes, mit der Uqhart früher stets die Anatomie Gottes beschrieb.

Dann erinnerte ich mich an den Kegel aus feinen Seiden- oder Silberfäden, den ich in der Luft hatte hängen sehen, als ich mit Ewald unterwegs war. Ich erinnerte mich, daß der Kegel die Form allen Wissens zu verkörpern schien. Das vor mir liegende Diagramm spiegelte offenbar die gleichen Formen wider, und ich bildete mir ein, in den zweiundzwanzig Symbolen Bilder der drei mal sieben Fächer der freien Künste zu erkennen.

Dann wieder leuchteten die Hieroglyphen in meinem Kopf,

und ich sah in ihnen die Stufen, die ein Ausgangsstoff – ein unedles Metall – nacheinander durchlaufen muß, wenn es vom Alchimisten in Gold verwandelt wird.

Dann schlichen sich die Bilder, die ich in den Symbolen sah, in meine Träume, so daß ich mir einbildete, wer immer sie zusammengestellt hatte, mußte den Verlauf meines Lebens vorausgesehen haben.

Schließlich gelangte ich zu der Überzeugung, jedes der Bilder beziehe sich auf einen bestimmten Abschnitt meines Lebens. Der über eine Felsenkette tretende Narr war ich als Kind, und der Magier wiederum ich in meinem Stolz auf mein Wissen in der Schule. Die Hohepriesterin war Katrin, die mir als erste die Verbindung zwischen Liebe und Musik zeigte... Der Turm stellte die Kirche in Soria dar. Der Stern, Aldebaran, war jener Stern, den ich in der Nacht vor meiner Abreise nach Venedig sah. Der Mond war der Mond über Zara und die Sonne das Feuer in Konstantinopel.

Allmählich begann ich all diese Dinge aus meiner Vergangenheit wie ein Außenstehender zu sehen, geblendet von einer Präsenz, einer lodernden Präsenz, mit der ich mich wegen ihrer gleißenden Helligkeit nicht abfinden konnte. Alles war darin enthalten – meine Kindheit, mein Vater, mein Studium, mein Gesang, mein Lieben, meine Wanderschaft.

Und doch flößte mir die Zwangsläufigkeit all dessen Angst ein, denn es war, als hätte ich keinerlei Einfluß darauf. Aus diesem Grund konnte ich nicht unterscheiden, was gut und böse war an der Geschichte, was mir gehörte und was nicht.

Ich erinnere mich, daß mich die einem Engel ähnelnde Gestalt in der Mitte der arabischen Ziffer Acht zunehmend faszinierte. Sie war von einer Art Kranz und vier sonderbaren Wesen umgeben. Aber damals verstand ich noch nicht, was sie darstellte. Gold vielleicht, dachte ich, oder den Tod. Meinen eigenen Tod.

Es gab noch etwas anderes, etwas, das mir zunehmend größere Angst machte. Etwas, das tief in mir schlummerte, trat manchmal in mein Bewußtsein, Erinnerungen an eine Zeit, die sehr weit zurück in der Vergangenheit lag. Zum Beispiel sah ich mich einmal ein großes Heer anführen, das von einer schrecklichen Seuche heimgesucht wurde. Wir befanden uns in den weiten Ebenen Norditaliens, und ich starb. Ich fragte mich, ob ich wohl vom Geist des schlafenden Kaisers berührt worden war, der eines Tages zurückkehren wird. Auch keimte in mir das Gefühl, in die Zukunft sehen und mit jenen sprechen zu können, die erst noch geboren werden, um sie zu warnen und ihnen zu berichten. Zum Beispiel sah ich große eiserne Monstren am Himmel meiner Heimatstadt, die Feuer über sie ausgossen. Ich sah jene, die eines Tages meine Lieder singen werden, sah sie an merkwürdigen, himmlischen Orten leben, in Zimmern, die aus sich heraus leuchten.

Auch fragte ich mich, ob es jene gibt, die nicht sterben, sondern für immer und ewig auf der Welt wandern, sich wiederholende Muster flechten, zu sterben scheinen, manchmal in anderen, manchmal als sie selbst weiterleben, bis schließlich das Werk vollendet ist. Tremgistus, Antonius, Quintus, Stephanus, der Graf, der Doge. Und mein eigener Geist. Ich erinnere mich an eine weitere Prophezeiung über den Letzten Kaiser: *»Vivit et non vivit.«** Vielleicht, dachte ich, könnte sich dies auf sie und mich beziehen. Vielleicht habe ich aber jetzt zuviel geschrieben.

Deutlich erinnere ich mich an den Tag, an dem ich zum erstenmal diese Gedanken niederzuschreiben begann, denn zur gleichen Zeit geschah noch etwas anderes.

Pater Martinus stattete mir seinen üblichen Besuch ab. Zu-

* Er lebt und lebt doch nicht.

nächst wirkte er liebenswürdig und nett wie immer. Als ich ihm dann meine Gedanken zu dem Diagramm zu erklären versuchte, bemerkte ich mit einemmal seine Augen. Wegen seines mißgestalteten Gesichts hatte ich es bis dahin noch nie gewagt, ihn zu lange direkt anzusehen, damit er nicht dachte, ich starre ihn mit grausamer Neugier an.

Hatten sich diese Augen verändert oder bemerkte ich sie ganz einfach zum erstenmal? All die gewohnte Liebenswürdigkeit schien aus ihnen gewichen zu sein, denn jetzt glühten sie in einem schrecklichen goldbraunen Gelb. Ich erkannte diesen Blick. Er begann zu lachen. Es war nicht sein übliches Lachen. Es war ein Lachen, von dem ich geglaubt hatte, es nie wieder hören zu müssen. Und es lief mir eiskalt den Rücken hinunter.

Ich dachte an das Feuer in Soria. Die Narben, die Pockennarben, die verletzte Haut seines kahlen Schädels, all dies konnte durch Verbrennungen verursacht worden sein. Ich versuchte, in ihm Tremgistus zu erkennen. Die richtige Statur hatte er, aber das Gesicht war so anders. Trotzdem konnten diese Augen nur seine gewesen sein.

Er hörte auf zu lachen und sagte: »Ihr seht in mir zwei Menschen. Zwei von vielen. Es ist wahr, daß ich die Fähigkeit besitze, mich zu verändern. Wie Quecksilber.«

Ich versuchte zu sprechen. So viele Gedanken wollten in meinem Kopf zerbersten. Zuerst sehnte ich mich nach Rache, da er sich zwischen mich und Katrin gestellt hatte, mich und meinen Vater, Uqhart… Dann begriff ich, daß meine Rache bereits gestillt war, wenn er bei dem schrecklichen Feuer in Soria so schwere Verbrennungen erlitten hatte. Sodann erinnerte ich mich an die Güte, mit der er sich in den letzten Wochen um mich gekümmert hatte. Er hatte mich gepflegt, mich über die Ereignisse in der Außenwelt auf dem laufenden gehalten, mir Essen und Wein gebracht, ja sogar beim Schreiben geholfen.

Sein Gelächter verklang allmählich. »Fragt nicht, Walter. Ihr kennt die Antwort. Es gibt keine Antwort. Nur die Muster und Regelmäßigkeiten, die Ihr selbst erkennt. Und es ist auch nicht nötig zu sagen, es täte Euch leid« – er wedelte mit der Hand vor seinem Gesicht –, »denn dies… Das war der Blitz, und es geschah, weil ich bin, der ich bin. Viel eher sollte ich Euch sagen, wie leid es mir tut. All der Schmerz, den ich Euch bereitet habe. Aber jetzt versteht Ihr wahrscheinlich.«

Ich war wie gelähmt. Ich wußte nicht, ob ich ihn schlagen oder umarmen sollte. Letztendlich stand er auf, legte eine Hand auf meine Schulter und ging. Ich hörte die Tür hinter ihm zufallen. Ich war immer noch ihr Gefangener.

Du kannst dir sicherlich den inneren Aufruhr vorstellen, in dem ich mich inzwischen befand. Gedanken an unsere Truppen, an Jerusalem, an Konstantinopel waren mir jetzt sehr fern. Meine Vergangenheit und die durch meine Vergangenheit gebildeten Strukturen, diese überraschenden Gegenüberstellungen mit jenen, von denen ich glaubte, sie niemals wiederzusehen, das alles wogte und brodelte in meinem Kopf wie das geschmolzene Gestein in einem Vulkan.

21

Die Welt

In dieser Nacht schlief ich erst ein, als der Mond hoch über dem Fenster stand. Tagsüber hatte ein kräftiger Wind geweht, der hohe weiße Schaumkronen auf die Wellen des unruhigen Meeres zauberte. Den ganzen Abend über hörte ich das Klatschen der Brandung gegen die Felsen unter meinem Fenster. Es war erheblich lauter als gewöhnlich.

Als ich schließlich dennoch einschlief, war mein Schlaf so tief und gleichzeitig so klar, daß mir – selbst im Traum – schien, ich sei gestorben und stünde im Begriff, in eine andere Welt zu wechseln.

Ich werde dir soviel von diesem Traum schildern, Philippos, damit du dir den Rest selbst erschließen kannst, denn es ist schwer, eine solche Vision in Worte zu kleiden.

Es begann damit, daß ich, zunächst noch in weiter Ferne und dann allmählich näher kommend, das letzte Zeichen des Diagramms auf mich zuschweben sah. Als erstes bemerkte ich die vier darauf dargestellten Wesen: ein Adler, ein Stier, ein Engel und ein Löwe. Obwohl ich selbstverständlich ebensogut weiß wie du, daß dies die Symbole für die vier Evangelien, die vier Elemente und vieles mehr sind, kann ich dir versichern, daß es sich in diesem besonderen Fall nicht bloß um Symbole handelte, sondern um lebende Wesen. Aber nicht genug damit, daß sie lebten, es ging überdies von jedem eine merkwürdige Musik aus, die sowohl harmonisch als auch verhalten war. Man könnte meinen, diese Wesen bewachten ein Tor – kein Tor im üblichen Sinne, sondern vielmehr eine Art Raum, durch den man hindurch mußte.

Je lauter ihre Musik wurde, desto deutlicher erkannte ich, daß die Klänge zu einer neuen, herrlichen Musik verschmolzen. Diese neue Musik war der Ursprung der Musik der vier Wesen, und doch unterschied sie sich auch wieder davon und war wegen ihrer weiblich-weichen Klangfarbe unendlich viel schöner als diese. Und sie veränderte sich unablässig weiter, war harmonisch und zeitlos friedlich. Jede weltliche Musik, ja selbst die, die ich gehört hatte, wenn ich in fremden Zungen sang, war kaum mehr als ein blasser Widerhall hiervon. Diese Musik rührte von einem fünften Geschöpf her.

Zunächst hatte ich dieses Wesen nicht deutlich gesehen, zum einen, weil sich er oder sie weit hinter den anderen jenseits des erwähnten Tors befand, und zum anderen wegen des Trauerkranzes aus Lorbeer, der mir nahezu den Blick verstellte. Wer war dieses Wesen? Es war Hildegunde, und sie war der Tod, und sie war die Musik. Oder vielleicht war sie auch die wahre Quintessenz, vereinigte die anderen Elemente in sich und existierte doch unabhängig von diesen, repräsentierte das wahre Ziel allen Strebens und Suchens der Alchimisten, war jenes Element, durch welches das Blei der irdischen Materie verwandelt wird in das Gold der Ewigkeit.

Während ich langsam aufwachte, begann sie zu tanzen. Und mir dämmerte allmählich, daß die Musik, zu der sie tanzte, Quell und Ursprung aller Musik ist, die in der gesamten Schöpfung erklingt, hätten wir nur Ohren, sie zu hören. Während ich aus tiefem Schlaf auftauchte, veränderte sie sich wieder. Sie war nicht mehr nur Hildegunde. Sie vereinigte plötzlich männliche und weibliche Merkmale, denn in der Vision waren ihr Körper und ihre Züge eins geworden mit denen Christi.

Ich erwachte mit dem Gefühl, in einem reinen, ruhigen und klaren Licht gebadet worden zu sein. Dieses Gefühl hat mich seither nie mehr verlassen.

An diesem Morgen verbrachte ich einige Zeit damit, über den Traum nachzudenken. Ich erinnerte mich an den Eindruck von Frieden, den die Musik vermittelt hatte, und versuchte, ihn wieder einzufangen. Ich starrte hinaus in den Himmel über dem Meer und stellte mir vor, wie dieses wunderschöne Wesen dort oben über den Wolken schwebte.

Dieser Geisteszustand erklärt in gewisser Weise denn auch meine Reaktionen auf das, was folgte.

Irgendwann am Vormittag hörte ich ein lautes Klopfen an meiner Tür. Ich stand auf, um den Hereinkommenden zu begrüßen, konnte die Tür natürlich nicht selbst öffnen, da ich ja keinen Schlüssel dazu besaß.

Das Klopfen ging unbeirrt weiter. Am Ende verlor ich die Geduld, schritt wütend auf die Tür zu und wollte schon brüllen, daß, wer immer da klopfte, sich doch gefälligst den Schlüssel von den Wachen holen sollte.

Als ich gegen die Tür drückte, schwang sie zu meiner Überraschung wie von selbst auf.

Hinter der Tür standen Fabricius und der Doge von Venedig. Fabricius erkannte ich sofort an seinem rötlichen, jetzt ergrauenden, lockigen Haar und seinem ausgefallenen Gewand. Es hätte mich eigentlich nicht wundern dürfen, schließlich war er der letzte der fünf von der Bruderschaft. Dennoch war ich erstaunt.

Der Doge trug ein weites, purpurnes Gewand, bestickt mit Gold. Er war der größere der beiden, und sein von tiefen Falten überzogenes, sonnengebräuntes Gesicht hätte eher das Gesicht einer Holzstatue als das eines Menschen sein können.

Er sprach zuerst. »Kommt mit uns, Walter, denn es ist an der Zeit, daß Ihr diesen Ort verlaßt.«

Hinter Fabricius und dem Dogen wartete ein Gefolge von etwa einem Dutzend Söldnern. Manche von ihnen waren groß und blond. Sachsen aus der Vangarischen Garde. Andere hatten die gelbliche Haut und die stechenden Augen jener, die aus dem Fernen Osten kommen.

Ich wurde die Treppe hinuntergeführt und hinaus auf die Gassen. Es schien mehr Ordnung zu herrschen als unmittelbar nach der Eroberung der Stadt – kein Geschrei oder Gebrüll –, aber über allem lag eine gewisse Leere und Trostlosigkeit, weit entfernt vom üblichen Alltag.

»Kommt, Walter, wir werden einer Verbrennung beiwohnen«, sagte Fabricius.

Entsetzliche Angst wallte in mir auf. Ich erinnerte mich an Uqharts Tod. Sollte ich nun den Tod eines ihrer Feinde bezeugen? Würde ich wieder den Gestank brennenden menschlichen Fleisches ertragen müssen?

Dann kam mir ein noch schrecklicherer Gedanke: Vielleicht war ich es, der verbrannt werden sollte. Sollte ich ein derart bitteres Ende nehmen?

Ich erinnerte mich an meinen letzten Traum; ich hatte den Eindruck, daß dieser Traum, sollte mein Tod nun kurz bevorstehen, vielleicht Wirklichkeit werden würde oder doch zumindest die erste Stufe einer neuen Wirklichkeit, die unendlich gewaltiger war als dieses weltliche Reich.

Schon bald erreichten wir einen großen Platz. Wir waren nicht mehr in der Innenstadt Konstantinopels, sondern in einem Vorort, wo viele reiche griechische Händler gelebt hatten. Dort stand eine große Kirche.

Wir blieben auf dem Platz vor der Kirche stehen. »Der Priester dieser Kirche«, sagte Fabricius, »weigert sich, die Hoheit des Papstes anzuerkennen, und die Bevölkerung dieses Bezirks ist aufrührerisch. Deshalb wird unser Heer ihre Kirche niederbrennen. Der Priester sagt, er wird die Kirche nicht verlassen. Er tut dies aus freien Stücken. Niemand zwingt ihn. Sonst hält sich keiner darin auf. Die Söldner haben die Kirche geräumt. Vielleicht möchtet Ihr ihm Gesellschaft leisten.«

Überall um uns standen Söldner. Viele Griechen hatten sich eingefunden, um zuzuschauen. Sie waren weder zornig noch schadenfroh. Das hatten sie längst hinter sich. Sie wirkten erschöpft und eigenartig ruhig; sie waren einfach viel zu benommen, um wütend zu sein, nur noch neugierig zu sehen, wie allem ein Ende gemacht würde.

»Warum sollte ich verbrannt werden wollen?« fragte ich.

»Wer weiß?« sagte Fabricius und warf dem Dogen einen Blick zu, der nur die Schultern zuckte und lächelte.

»Wenn Ihr nicht verbrannt werden wollt«, fuhr Fabricius fort, »könnt Ihr Euch jederzeit uns anschließen oder eingestehen, daß Ihr bereits einer von uns seid.«

Ich verstand. Wieder die gleiche Herausforderung. Ich starrte zur Kirche hinüber. All die vielen Jahre der Handwerkskunst – der fein behauene Sandstein, die vollendete Kuppel. Niedrig hängende Wolken zogen von Osten heran, aber die Sonne war gerade noch zu sehen.

»Wie kann ich eingestehen, einer von Euch zu sein?« fragte ich. »All diese Barbarei. All diese Grausamkeit…« Trotz meiner Angst spürte ich, daß die Gelassenheit meiner letzten Vision mich nicht verlassen hatte. Ich fühlte mich schon eins mit ihnen. Und ich wollte leben. Nur wollte ich es nicht zugeben. Nicht jetzt.

Aus der Menge erhob sich Gemurmel, und ich sah den ersten

dicken, beißenden Rauch aus einem der Kirchenfenster quellen. Warum hatten sie mir mit Verbrennung gedroht? Es war bereits zu spät, als daß ich noch in die Kirche hätte gehen können. Oder war dies nur Hohn, ein Hinweis auf ein anderes, schlimmeres Schicksal, das sie für mich bereithielten? Ich dachte an den Priester, der in der Kirche war. Was mochte ihm jetzt wohl durch den Kopf gehen?

»Macht ist grausam, Walter. Ihr wolltet Jerusalem erobern, um zu dem Kreuzfahrerheer zu gehören, das Jerusalem für immer von den Ungläubigen befreite, nicht wahr?«

»Gewiß.«

»Die einzige Möglichkeit, Jerusalem den Sarazenen abzujagen und es auch in Zukunft vor ihnen zu bewahren, besteht darin, einen Handelsweg zwischen dem Heiligen Land und dem Machtzentrum in Europa auszubauen. Dies ist nur möglich, wenn alle uns feindlich gesinnten Mächte vernichtet werden. Und Ihr wißt doch, daß sich die Griechen schon immer allen Versuchen widersetzt haben, Jerusalem zu befreien.«

Ich dachte über seine Worte nach. Die Logik darin konnte ich nicht bestreiten. Aber sie war das Gegenteil meiner Hoffnungen, in eine Heerschar der Reinen und Aufrechten, der Söhne des Lazarus…

»Ich weiß genau, was Ihr denkt, Walter.« Jetzt sprach der Doge. »Wir sind mächtig. Aber wir sind nicht allmächtig. Wir können nichts an den Regeln der Macht ändern. Wir können ihnen nur entsagen. Doch dann verzichten wir auf die Macht selbst. Und dann können wir den Lauf der Geschichte nicht mehr beeinflussen. Ich persönlich habe mich entschieden, der Macht nicht zu entsagen. Wie steht es mit Euch?« Jetzt sprach er in freundlichem Tonfall zu mir, wie zu einem Gleichgestellten. Warum mußte er sich mir gegenüber so rechtfertigen?

Inzwischen loderten weiße und gelbe Flammen aus dem Dach der Kirche. Ich spürte die Hitze. Ich dachte an die wunderschönen Wandgemälde, die nie wieder jemand sehen würde.

Genau in diesem Augenblick stürmte eine Gestalt aus der Kirche. Ich hörte das höhnische Gelächter einiger Zuschauer und Söldner. Es war der Priester, der sich diesem Tod nicht hatte stellen können und nun floh, um sein Leben zu retten.

Jene Worte, jene mir von den Templern anvertrauten Anweisungen, die ich so lange vergessen hatte, kamen mir wieder in den Sinn: *Du sollst Wächter sein über den Blinden. Geht er zu weit, mußt du ihn töten.*

Ich konzentrierte mich, um mir meine kriegerischen Fähigkeiten in Erinnerung zu rufen. Ich fragte mich, ob ich eine Möglichkeit hätte, den Dogen mit mir in die Flammen zu schleppen. Aber es waren viel zu viele Söldner in der Nähe.

Die nächsten Worte des Dogen überraschten mich völlig. »Wir alle haben geweint, Walter, all diejenigen von uns, die – wie Ihr – *sehen* können. Ebenso wie Ihr habe auch ich Visionen und wünsche mir Wahrheit, Schönheit und Gerechtigkeit. Vielleicht sogar mehr. Ihr müßt Eure Wahl treffen, Walter. Meine Macht, die Macht, die ich durch Männer wie Fabricius ausübe, politische Macht, die Macht des Handels, der Söldner, die Macht von Angst und Schrecken, Arglist, Erpressung und Verrat, die wird es immer geben. Die Frage ist doch nur, wer sie ausübt. Denkt über den Priester nach, der gerade aus der Kirche geflohen ist. Und sagt mir dies: Wenn Ihr an die Folgen Eurer Handlungen, Eurer Liebe, Eurer Lieder, Eures Verrats, Eures Strebens, nach Jerusalem zu gehen, denkt und dies alles mit der von mir ausgeübten Macht vergleicht, könnt Ihr dann sagen, was besser oder schlechter ist als das, was Ihr vor Euch seht?«

Während ich zuhörte, starrte ich in die Flammen. Eines der benachbarten Häuser würde jeden Augenblick Feuer fangen.

Eine Frau begann zu schreien. Es mußte ihr Haus gewesen sein. Aber niemand rührte sich, um ihr zu helfen. Für diese Menschen bedeutete der Verlust eines weiteren Hauses nichts mehr. Zwei Soldaten traten vor, um ihr den Weg zu versperren – weniger, weil sie sie beschützen wollten, sondern einfach, weil sie zufälligerweise dort standen. Sie schrie lauter, versuchte sich gegen sie zu wehren. Einer der Söldner schlug ihr roh ins Gesicht. Sie brach auf dem Boden zusammen.

Ich dachte an all die Menschen, denen ich herzlos und selbstsüchtig weh getan hatte, auch an die Männer, die ich getötet hatte – und alles nur um meines Ideals von Jerusalem willen.

»Ich bitte Euch um nicht mehr«, sagte der Doge, »als daß Ihr uns verzeiht und zugesteht, einer von uns zu sein.«

Das Feuer wütete inzwischen unbändig und breitete sich auf immer mehr Nachbarhäuser aus. Die Menge blieb stumm. Würde es jemals aufhören? Die Hitze wurde allmählich unerträglich, und heiße Asche wehte uns ins Gesicht.

Konnte ich dem Dogen vergeben? Konnte ich mir selbst und der Welt vergeben? Die Fragen schmolzen in meinem Kopf zu einer einzigen, und diese gefiel mir nicht.

»Kommt«, sagte der Doge. Er nahm meinen Arm und führte mich fort. Mir drehte sich alles. Schon bald gingen wir durch Gassen, die mir völlig fremd waren. Hohe Häuser wölbten sich rechts und links neben uns empor. Am Himmel zogen bedrohliche Wolken über uns hinweg.

Was sollte ich dem Dogen sagen? Daß ich ihm verzieh? Oder sollte ich einen Weg suchen, ihn zu töten?

Während wir die Gassen entlanggingen, keimte in mir die Frage, warum ich mit einem solchen Wohlwollen behandelt wurde. Für die meisten Sterblichen wäre es die größte Ehre gewesen, in einer solchen Gesellschaft, an der Seite des Dogen von Venedig höchstselbst, einherzugehen. Ich bemerkte, wie uns alle,

Griechen und Lateiner, ehrfürchtig Platz machten, je nach ihrem Rang an die Wände ihrer Häuser zurückwichen oder sich verbeugten. Wie furchtlos der Doge unserem kleinen Zug voranschritt. Und doch war es derselbe bedeutende Mann, der mich gerade erst um Verzeihung gebeten hatte.

Ich glaubte, die Orientierung verloren zu haben, doch schließlich kamen wir um eine Ecke, und ich stellte fest, daß wir uns vor ebenjener Kirche befanden, zu der ich dem Dogen etwa zwölf Wochen zuvor gefolgt war. Diesmal betraten wir sie durch die Tür auf der anderen Seite, über der sich ein Fries befand, das ein vermutlich längst vergessener griechischer Bildhauer gemeißelt hatte.

Das Fries stellte die Rangstufen der Schöpfung dar und darüber die vier Wesen der Evangelien und der Elemente: Adler, Stier, Engel und Löwe – Luft, Erde, Wasser und Feuer. Und während ich hochschaute, erkannte ich ein weiteres Muster: In den Gesichtern der Geschöpfe erkannte ich die Gesichter von Quintus, dem Grafen, Antonius und Fabricius.

»Gehen wir hinein«, sagte der Doge.

Ich schaute zum Himmel auf. Die Wolken hingen inzwischen sehr tief. In der Ferne, draußen über dem Meer und im Osten, blitzte es.

Wir betraten die Kirche. Seit meinem letzten Aufenthalt dort hatte sich der Innenraum verändert. Nun waren die geplünderten Dinge gegenüber dem Altar aufgestapelt. Schwaches Kerzenlicht beleuchtete die Kirche.

Vor der Ikonostase standen sieben Sitze. Auf dem links außen saß der Graf von Frankenburc. Was machte er dort? Er wirkte recht erholt, ziemlich gelassen. Besaß denn meine Vergebung die Macht, ihn zu läutern? Ich wollte etwas sagen, doch er nickte förmlich und gab mir zu verstehen, ich solle schweigen. Auf dem Platz daneben saß Quintus und neben diesem Tremgistus. Die größte Sitzgelegenheit in der Mitte war frei, ebenso der Platz rechts davon. Auf dem nächsten Platz saß Ewald.

Fabricius und der Doge traten vor. Fabricius nahm auf der Sitzgelegenheit rechts außen Platz, und der Doge setzte sich auf den Platz rechts von der Mitte.

Ich blickte mich forschend um. Der Lettner war gereinigt worden, und darauf sah ich nicht etwa die üblichen Ikonen der griechischen Kirche, sondern merkwürdige Ornamente, Schmetterlinge und Raupen, die sich um Katharina von Alexandria mit dem Rad, Maria Magdalena und Lazarus rankten. Es gab auch einige Bilder von Heiligen der Ostkirche, die ich nicht kannte.

Hinter mir befanden sich hoch aufgestapelt Truhen, Kisten und Schätze aller Art. Die uns begleitenden Söldner bezogen bis auf zwei, die vor der Tür blieben, an den Wänden links und rechts von mir Posten.

Ich bemerkte ferner, daß vor den aufgestapelten Schätzen kostbare Gegenstände auf dem Boden verstreut lagen. Mir fiel ein mit blutroten Rubinen reichbesetztes goldenes Kreuz von unschätzbarem Wert auf. Auf dem Altar hinter dem Dogen sah ich einen uralten Kelch.

Nachdem er sich gesetzt hatte, sprach der Doge. »Ich habe Euch um Vergebung gebeten, Walter. Dies alles tut mir sehr leid. Weit mehr, als Ihr jemals wissen werdet. Wir haben diese Finsternis kommen sehen. Und wir hätten sie durch eine Pilgerfahrt nach Jerusalem abgewendet. Wir glaubten, Ihr seid derjenige, der uns dabei hilft. Aber die Macht der Ereignisse ist für uns einfach zu gewaltig.«

Ich erinnerte mich an das Gefühl, das ich bei meinem letzten Aufenthalt an diesem Ort hatte, das Gefühl, mich in einer Rumpelkammer der Geschichte zu befinden, mich selbst zu verlieren, Geschichte zu werden, Vergangenheit zu werden, ob ich es wollte oder nicht. Doch die Vision der vorausgegangenen Nacht kehrte immer wieder zurück. Sie nahm meiner Verzweiflung alle Schärfe. Der gleiche seltsame Geruch hing in der Luft. Schwefel. Als würden aus der Krypta der Kirche die Dämpfe der Hölle an die Oberfläche steigen. Wieder erinnerte ich mich an Uqharts Worte: *»Schwefel und Quecksilber, Schwefel und Quecksilber – solve et coagule.«*

Der Doge fuhr fort. »Wenn Ihr mir nicht verzeihen wollt, dann richtet über mich, richtet über uns alle. Das ist Euer Recht.«

Ich versuchte, meine Gedanken zu ordnen. Welche Fragen blieben noch? Ich ahnte das Ergebnis bereits, doch ich war immer noch gespalten. Einerseits war ich beherrscht von dem Gefühl, das sich aus meinem Studium der Diagramme ergeben hatte, daß ich nämlich bereits längst eins war mit diesen Leuten, dieser selbsternannten Bruderschaft, daß sie in gewisser Hinsicht *ich* waren; und andererseits waren da immer noch der alte Haß und diese Stimme: *»Du sollst Wächter sein über den Blinden. Geht er zu weit, mußt du ihn töten.«*

»Seid Ihr der Anführer der Bruderschaft?« fragte ich den Dogen.

Die Antwort kam schnell und stolz. »Warum sollte ich ihr Anführer sein wollen? Ich bin der Doge von Venedig. Ich bin bedeutender als sie alle, ich kann mich hinsetzen, wo immer ich will. Ich bin der Nexus eines Gespinstes von Beobachtern. Ich bin der Knotenpunkt, an dem alles Wissen zusammenläuft. Jedes Rad verbirgt andere Räder, und jede Pyramide verbirgt andere Pyramiden. Ich folge nur meinem eigenen Willen. Und doch bin ich, genau wie Ihr, einer von diesen.«

»Ihr anerkennt nichts Höheres als Euren eigenen Willen?«

Der Doge lächelte immer noch, aber jetzt war sein Lächeln bitter und hämisch verzerrt. Mich beschlich zunehmend deutlicher das Gefühl, in Gegenwart von etwas Ehrfurchtgebietendem und zugleich Blasphemischem zu sein. Inzwischen war es noch finsterer geworden, und das Licht der einzigen Kerze ließ sein Gesicht gelblich erscheinen wie das einer Wildkatze – oder eines sogenannten Tigers, den ich kurz nach meiner Ankunft im Tiergarten von Konstantinopel gesehen hatte.

»Früher einmal habe ich einen Willen höher als meinen eigenen gesucht«, erwiderte er. »Und ich habe keinen solchen gefunden. Dies ist mein Geheimnis der Macht, die ich erworben habe.«

Ich mußte herausfinden, ob dies die Überschreitung war, die Blasphemie, die ich gemäß dem Befehl der Templer rächen sollte. Ich klagte ihn also freiheraus an. »Ihr habt Euch bewußt gegen den Kreuzzug gestellt«, sagte ich. »Ihr wolltet uns daran hindern, Jerusalem zu erreichen. Venedig, Zara und jetzt dies…«

Ich bemerkte, wie sich seine Augen verdrehten, sein Atem schneller und ungleichmäßiger wurde. Es donnerte bereits, und durch das schmale Kirchenfenster sah ich, daß der Himmel ein glühendes, dunkles Violettgrau angenommen hatte. Kalte Luft wehte von draußen herein.

Ich fuhr fort. »Ihr hättet uns die fünfzigtausend Silbermark leihen können. Dort hätte es mehr als genug Gewinn gegeben. Echten, wahren Gewinn…«

»Ich bin die Macht.« Er sagte diese Worte langsam und sorgfältig. Die Blitze waren jetzt hell genug, um Licht in das Kircheninnere zu werfen, ein grauenerregendes, silbrig weißes Licht, das vom blassen, rotgelben Schein der Kerze abstach.

Ich erinnerte mich an die Vision der Hölle, die ich einst hatte. Die Schlange. Die Schlange, die ich küssen mußte. Ich brüllte: »Ihr sagt nicht die Wahrheit. Um Gottes willen, sagt mir die Wahrheit!«

Es folgte ein langes Schweigen. Dann atmete er tief ein.

Schlagartig verließ ihn all seine weltliche Liebenswürdigkeit, die aufgesetzte Menschlichkeit und die Freundlichkeit verschwanden. Er sprach die folgenden Worte mit einer kalten, zischenden Stimme, die im staubigen Halbdunkel der Kirche nachhallte: »Ich habe genug gesagt. Jetzt ist es an Euch, ein Urteil zu fällen. Ich habe Euch um Vergebung oder einen Richterspruch gebeten.«

Verbitterung durchfuhr mich. Ich nahm den Gestank des Bösen wahr, des wahren Bösen, eisiger als alles, was ich in der Höhle bei Roncesvalles oder in der Kirche in Soria gespürt hatte. Ich verstand seine Verleugnung. Dies war der ungestrafte Kain, Judas ohne Reue, ein Bote des Satans, der gefallene Engel, der Prinz der Lüfte. Die Worte der Templer kreisten durch meinen Kopf: *»Du sollst Wächter sein über den Blinden...«*

Ich bückte mich, nahm das mit Rubinen besetzte Kruzifix in die rechte Hand und hob es hoch über meinen Kopf. Ich ging auf ihn zu. Hätte ich ihn geschlagen, wie ich es beabsichtigte, dann hätte ich ihn zweifellos auch getötet.

Merkwürdigerweise rührte sich niemand. Als ich mich ihm näherte, begann er zu lächeln. Und mit seinem Lächeln schien der Schwefelgeruch zu weichen. Die Vision von der Nacht zuvor, das Gefühl von Frieden, die Strukturen und Zusammenhänge, die ich gefunden hatte, das alles strömte nun auf mich ein. Der Doge war Teil des Ganzen. Warum rührten sich die anderen nicht?

Plötzlich war es, als wäre der Fluß der Zeit selbst zum Stillstand gekommen. Der Wunsch, ihn zu vernichten, wurde zunehmend schwächer. Ich wollte ihn ebensowenig töten, wie ich mich selbst töten wollte.

Ich schaute auf und sah über mir im Zwielicht das dunkle Deckengewölbe der Kirche. Von draußen fiel jetzt nur noch ein kaum merkliches Schimmern herein. Ich sah meine Hand mit dem Kruzifix nach oben gereckt, den Dogen vor mir, all meine Bewegungen wie der träge Flug eines Vogels durch die Luft. Dann erstarrte ich – wie es mir schien – für eine Ewigkeit.

Es rührte sich immer noch niemand. Weder der Doge noch die anderen Mitglieder der Bruderschaft, noch die Söldner.

Ich sah dem Dogen in die Augen, und sie schienen sich verändert zu haben. Es war, als könnten sie sehen. Oder besser gesagt, als könnte ich mit ihnen sehen, über alles hinaus und trotz allem. Und in ihnen lag ein Lachen. Kein spöttisches, hohles Lachen wie noch wenige Minuten zuvor. Vielmehr ein warmes, herzliches, menschliches Lachen.

Sorgfältig legte ich das Kruzifix auf den Boden zurück. Dann trat ich vor und umarmte den Dogen. Meine Umarmung wurde erwidert.

Irgend etwas war zwischen uns geschehen, etwas Überwältigendes, etwas innerhalb jenseits aller Strukturen, Muster und Diagramme, und um zu verstehen, was dies war, Philippos, mußt du diese Seiten sehr sorgfältig und aufmerksam lesen, denn verschlüsselt steht alles hier.

Kurz gesagt, es war dieser Augenblick, in dem ich den Kelch annahm und wirklich und wahrhaftig der Bruderschaft des Gebets von Carolus Magnus beitrat, der Bruderschaft jener, die wissen, was es bedeutet, sich durch die Zeiten zu bewegen.

Der Doge und ich gingen voran, als wir die Kirche verließen, gefolgt von Tremgistus und Quintus, Ewald, Fabricius und dem Grafen. Wir wurden von den Söldnern eingerahmt. Die Wolken hatten sich zerstreut, und eine strahlende Sonne kam nun durch. Wir gingen zum Blachernen-Palast, wo bereits eine Mahlzeit für uns vorbereitet worden war.

Unterwegs schloß sich uns eine schöne junge Frau an. Sie trug ein blaues Gewand, und ihr Haar war lang und golden. Mein Herz setzte einen Schlag aus. Hildegunde. Doch nur für den Bruchteil eines Augenblicks verwechselte ich dieses Mädchen mit ihr.

Sie sah den Dogen an, bat um Erlaubnis zu sprechen, und sagte dann: »Ihr müßt mir verzeihen. Ich habe nur die Anweisungen befolgt. Ich weiß, daß das Mädchen, das Ihr liebt, mit einem anderen verheiratet ist. Es tut mir leid. Ich weiß, daß ich niemals ihren Platz einnehmen könnte. Sie haben mich gebeten, Euch diesen Brief zu geben.«

Sie sprach Latein, und ihre Stimme klang süß und herrlich. Wäre ich jünger gewesen, wäre so vieles andere nicht geschehen, wie leicht hätte ich mich in dieses Mädchen verlieben können, genau wie ich mich in Hildegunde verliebt hatte.

Dann begriff ich, daß sie dieses Mädchen benutzt hatten, um mich zu verführen. Gewiß hatte sie recht; ich hätte sie nicht lieben können, auch wenn sie wunderschön war. Außerdem hatte ich erkannt, daß das, was ich an Hildegunde liebte, nicht nur Hildegunde eigen war, sondern vielmehr allen Frauen und auch mir selbst. Ich erinnerte mich an den androgynen Christus des Diagramms und meiner Vision. Ich hatte etwas verstanden.

Ich las den Brief. Er war von Hildegunde. Er bestätigte, was der Graf gesagt hatte, daß sie einen anderen geheiratet und zwei Söhne hatte, daß sie immer noch meine Lieder sang und mich nie vergessen würde.

Noch einen Tag zuvor hätte mich deswegen heftige Wut übermannt. Jetzt lächelte ich das Mädchen voller Zuneigung an, da es mir geholfen hatte.

Im Palast, im großen Ehrensaal mit den Büsten der römischen Kaiser, den großartigen Mosaiken und prächtigen Marmorsäulen, unterhielten wir uns über die Vergangenheit und die Zukunft, nur daß wir jetzt, endlich, Gleiche unter Gleichen waren.

Dann gesellten sich andere zu uns. Der Meister von Richerenches trat vor. Er umarmte mich herzlich, und ich entnahm unserer Unterhaltung, daß es keinen Gegensatz zwischen den Templern und der Bruderschaft gab. Walter von Montbeliar war ebenfalls dort. Du kennst ihn, Philippos, denn er war viele Jahre lang Herrscher dieser Insel. Von ihm erfuhr ich viel über die Vorgehensweise der Bruderschaft, wie sie Machtgebilde benutzt und erschafft, die alle ineinandergreifen wie ein Räderwerk, von denen viele von außen betrachtet feindselig erscheinen, die jedoch tatsächlich ein scheinbar unüberschaubares Mosaik bilden, vermittels dessen jedoch die Bruderschaft ihre Macht ausübt.

Im Verlauf dieser Unterhaltungen wurde beschlossen, daß ich für die Bruderschaft auf Zypern eine neue Bastion schaffen sollte, da der alte Stützpunkt der Templer zu Fall gebracht worden war – angesichts der Verderbtheit des dortigen Meisters auch völlig zu Recht. Deswegen kam ein Haus der Templer nicht in Frage, und es wurde entschieden, sich des lockeren Dachs des Augustinerordens zu bedienen.

Ich kann dir unsere Gespräche und Dispute nicht in allen Einzelheiten wiedergeben, Philippos, denn es gibt vieles, das du selbst herausfinden mußt, indem du dir sorgfältig ansiehst, was ich bereits geschrieben habe.

Kurz gesagt, am Ende des Abends wurde ich gebeten zu singen. Dies war das letzte Lied, das ich ihnen vortrug:

Vrô Welt, ir sult dem wirte sagen
daz ich im gar vergolten habe.
Mîn grôziu gülte ist abe geslagen;
*daz er mich von dem brieve schabe…**

* Frau Welt, Ihr sollt dem Wirt sagen/daß ich meine Verbindlichkeit beglichen habe./Und meine große Schuld ist abbezahlt,/so daß er die Tafel reinwischen kann… (Walther von der Vogelweide)

Was als nächstes geschah, ist dir wohlbekannt, Philippos. Ein Jahr später gründete ich das Kloster hier in Bellapais. Ich verbringe viel Zeit damit, in Angelegenheiten des Klosters kreuz und quer über die Insel zu reiten, da wir eine Zufluchtsstätte für Brüder, die aus Jerusalem vertrieben wurden, eingerichtet und viele gute Werke hier getan haben.

Sicherlich habe ich vieles auch nicht erreicht. Der Neubau des Klosters in Stein, entsprechend meinen Plänen, hat gerade erst begonnen. Wir wohnen noch in Holzhütten und feiern unsere Gottesdienste in einer hölzernen Kirche. Sehr gern hätte ich das große Refektorium gesehen, das ich geplant habe, mit Blick hinaus über das Meer, und auch die Anordnung des Hofes und der Kreuzgänge gemäß den Mustern und Strukturen der heiligen Geometrie. Ich bin überzeugt, daß meine Pläne eines Tages verwirklicht werden, auch wenn ich es wohl nicht mehr erlebe.

Du weißt, wie sehr ich diesen Ort liebe, jede kleinste Kleinigkeit, bis zum letzten Stein und der letzten Echse. Ich liebe den Blick über das Meer, ich liebe es zu beobachten, wie sich die Farben des Himmels ändern von Rosarot und Gold zu Blau am Morgen, und von Blau zu Lachsfarben, Grün, Violett und Lila am Abend. Ich liebe die wundervollen Berge, die sich hinter mir erheben, wie sie jeden Tag die Farben des Sonnauf- und Sonnenuntergangs einfangen. Ich liebe die uralten Weinstöcke und Feigenbäume, den Überfluß an Zitronen, Apfelsinen und Pampelmusen.

Um diese Jahreszeit gibt es eine solch wunderbar verschwenderische Fülle gelber Blumen – gelber Mohn, Mittagsblumen und Mimosen –, die ein Widerhall sind vom Gold des Sonnenlichts inmitten des leuchtenden Grüns der Gräser und Bäume. Auch liebe ich die Myrte, die Hundsrose, das Immergrün und die vielfarbigen Orchideen, die zwischen den Felsen wachsen;

die Veilchen, den Klee, die Alpenveilchen, die Schwertlilien – die Landschaft anzusehen ist, wie nach langen Zeiten der Kontemplation die inneren Blumen der Seele anzuschauen. Im Klostergarten habe ich eine Rose und eine Weinrebe am selben Spalier angepflanzt – da hast du ein Geheimnis.

Es gibt hier sogar goldene Schmetterlinge. Du erinnerst dich, Philippos, an die Geschichte des Narren, der am Rande einer steilen Felswand einen goldenen Schmetterling jagt? Nur hier, auf dieser Insel, habe ich überhaupt je einen goldenen Schmetterling gesehen, der geeignet wäre, daß ein Narr ihn jagte.

Das Leben ist so einfach. Wenn man es wollte, könnte man wie Johannes der Täufer leben, nur Johannisbrot und wilden Honig essen.

Gewiß gibt es auch hier das Böse. Man spürt es in der Abenddämmerung, in den Rudeln wilder Hunde, die auf den Bergen unterhalb des Klosters herumstreunen, auch in den wunderschönen Häusern und Kirchen, die von Richard von England während seines Aufenthalts hier geplündert, niedergebrannt und geschleift wurden, und schließlich in der Erinnerung der Steine an das Blut all jener, die in den zahllosen Schlachten getötet wurden, welche sich auf der Insel schon zugetragen haben. Aber dieses Böse ruht, ist ein notwendiger Schatten, der von der goldenen Sonne geworfen wird, die hier das ganze Jahr über scheint. Und du weißt ja durch unser Studium der Musik und der Destillation von Stoffen im Athanor, daß solche Dinge in aller Ruhe umzuwandeln sind.

Jerusalem habe ich noch nie gesehen, auch ist das Heer des Dogen dort nie angekommen. Hier jedoch bin ich Jerusalem näher als die meisten Menschen. Außerdem spielt es für mich heute kaum noch eine Rolle, wenn ich Jerusalem niemals sehe. Und der Grund dafür ist Teil der in diesen Seiten verschlüsselten Botschaft, Philippos. Es ist an dir zu verstehen.

In so vieler Hinsicht hat sich der Kreis geschlossen. Sogar die Sonnenaufgänge und -untergänge hier, die Buchten, Häfen und Berge wecken in mir Erinnerungen an Beschreibungen, die ich als Kind bei Vergil gelesen habe. Mir scheint, daß ich jetzt endlich wirklich all das verstehe, was ich damals lernte – die Philosophie des Boethius, die Numerologie, all die Dinge, die ich dir beigebracht habe.

Oder vielleicht ist es nicht richtig, wenn ich schreibe, daß »ich *jetzt* verstehe«, denn es gibt immer noch mehr zu entdecken. Ich weiß jedoch, daß alles, was ich durchlitten habe, notwendig war, um das geringe Wissen zu erwerben, das ich heute besitze.

Du hast wahrscheinlich inzwischen längst erkannt, daß ich Uqharts Nachfolger bin und auch immer sein wollte. Selbstverständlich wurde er nicht von der Bruderschaft getötet, wie ich ursprünglich dachte, sondern auf Befehl des Bischofs von Babenberch, dem die Gerüchte über Paulis Tod zu Ohren gekommen waren und der dies zum willkommenen Anlaß nahm, seinem Haß auf die Juden freien Lauf zu lassen. Ich weiß, du wirst sagen, wie seltsam es doch ist, daß mein Vorgänger ein Jude war, doch denke an die biblischen Schriften über den Tempel, und vielleicht gelangst du dann zu dem Schluß, daß der Kelch womöglich viel älter ist, als gemeinhin behauptet wird.

Es heißt, als seine Zeit gekommen war, starb Uqhart frohen Herzens. Ich schreibe dies, damit du weißt, wenn meine Zeit kommt, wie immer sie kommen mag, wird sie mich zufrieden antreffen, und du sollst nicht unter den gleichen Ängsten und dem gleichen Groll leiden wie ich.

Weder Katrin noch Hildegunde sah ich jemals wieder, doch wenn ich an sie denke, dann schaue ich zurück und lächle, denke nach über die Liebe, Amor oder Caritas – es gibt so viele Namen für die verschiedenen Arten der Liebe, die alle zusammen den prachtvollen Stoff unseres Lebens weben. Als ich aus Konstantinopel hier eintraf, schickte ich Boten nach Deutschland, um beide ausfindig zu machen. Ich trieb Geld auf, das ihnen ausgezahlt werden sollte, falls sie es brauchten. Katrin verwandte das Geld, um Schulden zu begleichen, und versuchte hernach, Nonne zu werden. Kurz darauf lernte sie jedoch einen wohlhabenden Händler kennen und ist heute seine Ehefrau. Nach allem, was ich höre, ist sie glücklich. Sie lebt mit ihm in Nurenberc und hat vier Kinder.

Hildegunde war mit einem vermögenden Ritter verheiratet, wie der Graf sagte und wie sie in diesem Brief selbst schrieb. Sie schenkte ihm drei Söhne, ehe er vor einigen Jahren verstarb. Als ihre Kinder für sich selbst sorgen konnten, ist sie wieder in das Rupertsbercer Stift zurückgegangen. Dort ist sie immer noch.

Was mich betrifft, kann ich dir versichern, daß ich mein Keuschheitsgelübde gehalten habe. Hier fällt dies sehr leicht. Es heißt, diese Insel sei einmal die der Aphrodite gewesen, und ich kann schon glauben, daß dem auch so ist. Bei Paphos erhob sie sich aus dem Meer, genau an der Stelle, wo im Frühjahr so oft der Abendstern erscheint. An vielen Stellen in den Bergen stehen Tempel zu Ehren der Aphrodite. Wage ich es auszusprechen, ehrwürdiger Abt, der ich bin? Abends, ganz besonders im Frühling, spüre ich im Duft der Orangenblüte und des Jasmin ihre Gegenwart.

Ich erinnere mich deutlich an einen Tag kurz nach meiner Ankunft. Ich ritt auf meinem Esel die Küste entlang zu der Ruine des römischen Amphitheaters in der Nähe von Soli. Du kennst die Stelle, denn ich habe dir einmal das Mosaik gezeigt, in dem es einen Schwan und eine Lilie gibt, und ich habe das Bild benutzt, um Platos Idee der reinen Vorstellung eines Schwans zu veranschaulichen. Du wiederum deutetest auf die prächtigen, ineinander verschlungenen Muster des Mosaiks und bemerktest, daß du, wenn du die Augen schlössest, genau solche

Muster auch in deiner Seele sähest. Du erinnerst dich, wie sehr mich das ermutigte…

Jedenfalls, hinter dem Theater befindet sich ein gewundener Pfad, der in die Gebirgsausläufer und schließlich hinauf ins Gebirge führt. Dort steht einer der eindrucksvollsten Tempel der Aphrodite.

Als ich diesen Weg hinaufritt, spürte ich die Anwesenheit von Scharen junger Menschen, die sich, Hunderte von Jahren vor Christi Geburt, den Hang hinauf in die Berge machten, um die Göttin zu verehren. Plötzlich war ich eins mit einem der jungen Männer, und ich konnte das Gesicht seiner zukünftigen Geliebten im Fackel- und Sternenlicht sehen, die aromatische Essenz riechen, die sie aufgetragen hatte, und auch den Schweiß auf ihrem leichten Gewand, den Duft ihrer Vorfreude. Ich ahnte die Form ihrer Brüste unter dem Gewand, und ich sah den Ausdruck in ihren großen Augen – genau wie der Ausdruck in Katrins Augen –, als sie sich ihm zuwandte, ihn zu dem Ort hinter den Tempel führte, wo sie zu Ehren der Göttin eins werden sollten.

Ich zeichne dir diese Vision nicht aus einer lüsternen Absicht heraus auf, sondern damit du verstehst, wie leicht es ist, die Gegenwart des Weiblichen zu spüren, ganz besonders hier auf Zypern. Doch die Quelle dieser Weiblichkeit liegt in uns selbst, genau wie ich in dieser Vision die Gefühle beider, die des jungen Mannes und der jungen Frau, in mir barg. Dies ist Teil unseres Geheimnisses und des Geheimnisses meiner Lieder, von denen du behauptest, sie so zu lieben. Du könntest es auch so sehen, daß für manche von uns Keuschheit nicht Selbstverleugnung ist, sondern vielmehr ein notwendiger Luxus angesichts der Visionen, die uns gewährt werden.

Du mußt einem alten Mönch dieses Geschwafel verzeihen, aber du wirst durch meine Lieder und diese Aufzeichnungen verstehen, daß Venus, die Heilige Jungfrau und der androgyne Christus auf dem Diagramm, das ich dir gegeben habe, allesamt Symbole des Schlüssels zu jener Tür sind, die wir suchen.

Unsere Herren, die Lusignans, denen die Burgen hoch in den Bergen unterstehen – Kantara, Buffavento, Sankt Hilarion –, besitzen ebenfalls ein Symbol dafür. Einer ihrer Ahnen verliebte sich in eine Jungfrau, der er eines Tages bei der Jagd im Wald begegnete. Er wußte nicht, daß sie eine Fee war, als sie seine Liebe erwiderte. Die Königin der Feen war zornig, gestattete jedoch ihre Hochzeit unter zwei Bedingungen: Die Feenbraut mußte auf ihre Unsterblichkeit verzichten, und einmal wöchentlich mußte sie eine Feengestalt annehmen, die eines Drachen. Während dieser Zeit war es dem Grafen selbstverständlich untersagt, sie zu sehen. Die Hochzeit fand also statt, und eine Zeitlang lebte das Paar in großer Glückseligkeit. Dann war es eines Tages wieder an der Zeit, daß sie ihre Feengestalt annahm, und sie verschwand in einem abgelegenen Gemach. Der Graf konnte es nicht ertragen, von ihr getrennt zu sein, und brach die Tür auf, hinter der sie kauerte. Er sah sie als ekelhaften Drachen. Dieser Anblick erschütterte ihn bis ins Mark und ließ sein Haar auf der Stelle ergrauen. Sie hauchte weinend zwei Worte: »Dein Versprechen…« Dann flog sie aus dem Fenster, und für den Rest seines Lebens verzehrte er sich nach ihr. Wann immer heute Tod oder Unglück die Lusignans heimsucht, sieht man sie um die Türme ihrer Burg fliegen.

Hier kommt eine Frage für dich, Philippos. Wann hat er sie mehr geliebt, bevor oder nachdem er wußte, was sie war, bevor oder nachdem sie, wieder einmal, ein Luftgeist wurde? Wenn du dies verstehst, dann wirst du auch verstehen, was ich jetzt für Hildegunde empfinde und warum es mir nicht schwerfällt, enthaltsam zu bleiben.

Wie du weißt, sind die Lusignans mir ausgesprochen wohlgesonnen, was sie durch ihre großzügigen Spenden für unser kleines Kloster hier in Bellapais immer wieder beweisen. Auch waren sie so nett, meine Musik und Lieder zu fördern und uns Bücher schicken zu lassen. Ich zähle Walter von Montbeliar zu meinen besten Freunden. Wie viele Male, seit ich hier angekommen bin, muß ich schon mit ihm hinaus in die Berge geritten sein, um Widder zu jagen oder mit ihm auf Sankt Hilarion zu speisen, wo ich seinem großartigen Hof meine Lieder vortrug.

Man sagt mir, meine Lieder würden heute an vielen Höfen in Europa gesungen, und viele Mächtige wären glücklich, mich in ihren Burgen zu beherbergen. Sie verstehen nicht, daß ich wirklich und wahrhaftig bei ihnen bin, wenn sie meine Lieder hören und spielen. Es ist nicht nötig, daß mein alter Körper zu ihnen kommt und ihren Wein trinkt. Außerdem lebe ich hier in Frieden. Würde ich zurückkehren, würden sie mich in Stücke reißen wie Orpheus.

Du wirst begreifen, wie glücklich ich gewesen bin, hier in Frieden zu leben, während in Konstantinopel so viele Katastrophen über die habgierigen Lateiner hereinbrachen, die nur auf irdische Reichtümer aus waren. Du fragst, wie ich einen Mann wie den Dogen nur habe umarmen können, der verantwortlich ist für all das Konstantinopel zugefügte Leid und die Zerstörung. Die Antwort steht hier, wenn du gewillt bist, sie zu suchen.

Jedenfalls, der Doge ist lange tot. Balduin geriet in Gefangenschaft und wurde von griechischen und bulgarischen Aufständischen verschleppt, um später hingerichtet zu werden. Aus Europa höre ich von endlosen Kriegen. Ich höre ebenfalls, daß für die Katharer überall Scheiterhaufen errichtet werden und daß überall nur Haß und Blutvergießen herrschen.

Erinnerst du dich an meine letzte Vision, von der ich dir schon einmal erzählte? Ein junger Mann, der nachts in einem kalten, fernen Land auf einer Flöte spielt, während Nebelschwaden um ihn wabern? Das Lied, das er spielt, ist von mir. Ich weiß, daß er mit uns in Verbindung steht oder stehen wird; obwohl ich noch nicht sicher bin, wie oder wann dies sein wird. Dies ist nur eine von meinen zahlreichen Visionen, über die ich nicht schreiben sollte. Es gibt viele Türen, und wenn sie sich zeigen, besteht die Kunst darin, zum richtigen Zeitpunkt durch sie hindurchzugehen und nur nachzusehen, was sich auf der anderen Seite befindet.

Ich schreibe dies während meiner geliebten Stunden des Studiums zwischen Prim und Terz. Wenn ich jetzt hier draußen auf der Terrasse vor der hölzernen Zelle sitze, die in den letzten zwanzig Jahren mein Zuhause gewesen ist, wenn die Hähne krähen und die Luft erfüllt ist von dem Gesang der Vögel, wenn ich die Flöten der Schäfer höre, die ihre Herden hinauf in die Berge führen, wenn die strahlende, goldene Sonne über dieser verzauberten Welt aus Meer und Bergen aufgeht und wenn ich hinausblicke auf das unendliche Veilchenblau des Meeres und des Himmels, der noch getönt ist von dem rosafarbenen Licht der Morgendämmerung, sage ich Dank für alles, was vergangen ist, und für deine Zukunft, Philippos.

Es heißt, Kaiser Friedrich werde bald hier eintreffen, auf seinem Weg nach Jerusalem. Manche glauben, er sei der Letzte Kaiser der Apokalypse; doch ich habe zuviel *gesehen*, um dies zu glauben. Es gibt zu viele Schleifen und Sphären und Kreise in der Welt, als daß sie das jähe Ende nehmen könnte, das manche vorhergesagt haben.

Dennoch, wenn ich manchmal an den Köhlern vorbeireite und den Rauch aus den Spalten der kuppelförmigen Meiler quellen sehe wie Rauch aus der Hölle, befürchte ich in der Tat das Schlimmste...

Die Glocke läutet jetzt zur Terz; darauf wird das Tagewerk folgen. Ich werde diese Aufzeichnungen nun beiseite legen, Philippos, denn ich möchte nicht, daß du sie findest, bevor die Zeit gekommen ist, wenn ich nicht länger auf dieser Erde weile und wenn der Kelch an dich weitergereicht ist. Du weißt, daß du auserwählt wurdest wegen deiner vielen Talente, die ich in dem Augenblick in dir erkannte, als ich dich mit deinem Vater im Hafen von Kyrenia arbeiten sah.

Ich muß jetzt gehen, Philippos. Ich wünsche dir alles Gute in diesem Leben.

Bellapais, am 6. April 1227

Ich, Philippos, Bruder der Abtei von Bellapais, war bei Walter von der Ouwe, als er kurz vor dem Johannistag im Jahre des Herrn 1227 starb. Seine sterblichen Überreste wurden am Johannistag desselben Jahres hier an diesem Ort bestattet.

Diese Manuskripte sind meine Abschriften der von ihm hinterlassenen Pergamente, die ich seinen Wünschen entsprechend geordnet habe.

Außer diesen Aufzeichnungen, dieser Abtei und den vielen von ihm komponierten Liedern, die jetzt in der ganzen Christenheit gesungen werden, gibt es kein Zeugnis von ihm.

En seintes flurs il les facet gesir. *Möge auch seine Seele ruhen inmitten himmlischer Blumen.*

Bellapais, im Jahre des Herrn 1227

APPENDIX 1

Die Auferstehung des G

0 Der Narr

Alles begann am sechsten April letzten Jahres, als ich aus dem Schlaf auftauchte und den Ghettoblaster einschaltete. Radio Three brachte ein Konzert mittelalterlicher Musik.

Als ich wieder in den Zustand der Halbbewußtlosigkeit wegnickte, pfuschte die Musik in meinen Träumen herum. Ich träumte von wunderschönen Wäldern, von einer Frau mit langen blonden Haaren in einem blau-goldenen Kleid. Ich sah einen mit herrlichen Wandbehängen geschmückten Raum im oberen Stockwerk einer Burg, und es roch nach frischen Kräutern und Blumen. Ein wunderbarer Frühlingsduft lag in der Luft.

Ich träumte von fratzenhaften, verbrannten und grotesk entstellten Gesichtern. In meinem Traum roch es brandig.

Ich zwang mich aufzuwachen. Es war Frühling. Aber von einer Burg war nichts zu sehen; nur meine miese möblierte Bude mit dem üblichen Chaos, den über den Fußboden verteilten Klamotten und Kaffeebechern sowie dem Haufen halbgelesener Bücher und »noch einzuarbeitender« Forschungsunterlagen auf meinem Schreibtisch.

Ich versuchte erneut in die Phantasielandschaft einzutauchen, um den Moment hinauszuzögern, in dem meine Erinnerungen zurückkehrten, wer ich war, mit all meinen Sorgen und Ungewißheiten.

Ich war fünfundzwanzig und hatte in Oxford ein erstklassiges Examen hingelegt. Statt mir nun aber einen anständigen Job zu suchen, hatte ich unbedingt ein Forschungsprojekt über mittelalterliche Dichtung annehmen müssen, das im übrigen geradezu spektakulär schlecht lief. Während alle meine Freunde sich also Eigentumswohnungen und Häuser kauften und sich in teuren Londoner Restaurants herumtrieben, lebte ich immer noch in einem einfach möblierten Zimmer und zählte jeden einzelnen Penny meines mickrigen Stipendiums, selbst wenn ich nur auf ein Bier in den Pub um die Ecke ging.

Anders als in den Mansardenromanzen, die ich gelesen hatte, mußte ich die leidige Erfahrung machen, daß es absolut niemanden beeindruckte, wenn man fünfundzwanzig und völlig pleite war. Mein Vater verachtete mich. Rosemary, das Mädchen, das ich heiraten wollte, hatte mich gerade verlassen. Die Amateurrockband, in der ich sang, hatte sich aufgelöst, was meine Chancen bei Frauen noch weiter verringerte, da es immer ein guter Aufreißerspruch gewesen war, »ich bin in einer Band« sagen zu können.

Als ich aufstand, schwor ich mir wie üblich, demnächst mit einem regelmäßigen Fitneßprogramm anzufangen. Ich versprach mir sogar eine abwechslungsreichere Ernährung als die ständigen Sandwiches mit Erdnußbutter und Marmite, nach denen ich süchtig war.

Solche Gedanken quälten mich also, während ich dem ausklingenden mittelalterlichen Lied zuhörte. Ich bekam noch mit, wie der Ansager den Titel durchgab: *»De moi doleros vos chant«* – »Von meinen Kümmernissen werde ich singen.«

Ich ging zum Waschbecken und machte Katzenwäsche, versuchte die Knoten aus meinem verfilzten braunen Wuschelkopf zu kämmen, mühte mich mit meinen Kontaktlinsen ab (meine einzige Konzession an die Eitelkeit), zog T-Shirt und Jeans an und warf einen Blick aus dem Fenster. Mein allmorgendlicher Trost war der dicke Lindenbaum, der im Vorgarten dieser entsetzlichen Pension stand. Er erinnerte mich an Schubert, erste Liebe, an all meine mittelalterlichen Lieblingsgedichte… Dann legte der Nachbarspudel wieder los; er kläffte, was das Zeug hielt. Der Hund ging mir unendlich auf die Eier.

Ich wußte genau, daß ich stramm auf eine Depri zumarschierte, wenn ich nicht so schnell wie möglich hier rauskam. Also warf ich eine Vitamin-B-Pille ein, schnappte mir meine Literaturliste sowie den Hefter mit Notizen und wollte mich schon tapfer in die große, weite Welt oder doch wenigstens die Straßen von North Oxford und die Bibliothek hinauswagen, als ich auf der Fußmatte vor meiner Tür einen Brief von Rosemary fand.

Ich war ganz aufgeregt, als ich ihn öffnete. Vielleicht hatte sie ja doch nicht alles so gemeint, wie sie es mir um die Ohren geknallt hatte. Vielleicht wollte sie, daß wir es doch noch mal miteinander versuchten.

Aber nein. Das Herz wurde mir schwer. Sie entschuldigte sich, sollte sie meine Gefühle verletzt haben (wie einfühlsam von ihr), versicherte mir, daß ich echt ein toller Typ sei – obwohl ich wirklich mehr aus meinem Leben machen müßte. Sie schrieb, sie hoffe, daß wir gute Freunde bleiben könnten, nachdem wir nun Schluß gemacht hatten, und daß sie sich jetzt wirklich besser fühlte, deshalb sollte ich mir keine Sorgen um sie machen (da lacht mein Herz!). Und übrigens treffe sie sich mit einem anderen. Sie werde später alles erklären.

Also hatte sie mich nicht nur verlassen, nein, sie setzte noch einen drauf, indem sie mich gönnerhaft behandelte. Ich erinnerte mich wieder an etwas, das sie, eher nachdenklich als verletzend, im Verlauf unseres letzten, verhängnisvollen Krachs sagte: »Weißt du, ich hab immer gedacht, du wüßtest alles. Jetzt weiß ich, daß du gar nichts weißt, genau wie wir anderen auch.« Was Rosemary sagte, war für gewöhnlich klar, konkret und eindeutig. Trotzdem kam ich da nicht mit. Ich schätze, deshalb dachte ich wahrscheinlich immer wieder darüber nach.

Dann klingelte das Telefon. Zufall? Wäre ich früher aufgestanden, hätte Rosemary nicht geschrieben, hätte ich nicht noch auf dem Flur herumgestanden und mich in eine verärgerte, grüblerische und selbstbemitleidende Stimmung manövriert, dann hätte ich Lilian nicht kennengelernt, und die nächsten beiden Tage hätten einen völlig anderen Verlauf genommen, und wer weiß schon, was danach passiert wäre?

Es war eine Nachricht vom College. Mein Kolloquium bei G wurde abgesagt. Eine der Institutssekretärinnen war am Apparat. Schon merkwürdig, denn normalerweise hätte G selbst angerufen, um ein Tutorium abzusagen. Er hätte vor ein paar Tagen aus Spanien zurückkehren sollen.

Schon damals hatte ich ein mulmiges Gefühl. G war ein arroganter Arsch, und irgendwelche Termine persönlich abzusagen, entsprach durchaus seiner überheblichen Art. Aber um fair zu sein, normalerweise war er hyperkorrekt, was Termine für Kolloquien betraf, und nahm sie auch sehr ernst. Sie boten ihm Gelegenheit, seine Studenten fertigzumachen und seiner Lieblingsbeschäftigung zu frönen: der Selbstbeweihräucherung.

Ich sollte wirklich nicht so über G schreiben. Ich schreibe das alles überhaupt nur, um ein ausgewogenes Bild zu skizzieren. Von unserer ersten Begegnung an, die bei meinem Bewerbungsgespräch für Oxford stattfand, hatte G stets eine gewisse Macht über mich. Ich war damals noch auf der Schule. Später, als ich Student und er mein Tutor und auch danach, als ich Doktorand und er mein Doktorvater war, verbrachte ich die halbe Zeit mit blinder Bewunderung, und die andere Hälfte haßte und verabscheute ich ihn. Trotzdem hatte ich mich nie von seinem Einfluß befreien können.

Kaum hatte ich den Hörer aufgelegt, klingelte es auch schon wieder. Zu Hause rief mich eigentlich nie einer an. Wenn jemand irgendwas von mir wollte, dann lief das normalerweise über zumeist beknackte Zettel in meinem Fach im College ab.

Die Stimme am anderen Ende der Leitung war jung, weiblich, angenehm wie Samt und hatte einen leichten Akzent. Die Frau sagte, sie sei einer der jüngeren Anwälte einer Kanzlei namens Arott und Marcanu aus der St. John's Street. Ich hatte noch nie von ihnen gehört und fragte, wahrscheinlich viel zuwenig selbstbewußt, ob sie auch sicher sei, mich sprechen zu wollen. Die Frau bestand darauf, daß ich die richtige Person sei, nachdem sie sich meinen Namen und die Anschrift hatte bestätigen lassen. Allerdings wollte sie sich am Telefon nicht weiter dazu äußern, warum sie auf diese Weise Kontakt zu mir aufnahm, und ließ durchblicken, daß es um Geld ging und es zu meinem Vorteil sei. Mir wurde versichert, es sei am besten, wenn ich so bald wie möglich in die Kanzlei an der St. John's Street käme, da es sich um eine wichtige Angelegenheit handle, die nur persönlich besprochen werden könne.

Noch bevor sie das Geld erwähnte, hatte ich schon beschlossen hinzugehen. Ich vermute, daß ich bereits damals von ihrer Stimme und der Aussicht angezogen war, mir über etwas anderes als mein Forschungsprojekt Gedanken machen zu können.

Wäre ich doch nur schnurstracks in die Bibliothek gegangen, wohin ich gehörte.

1 Der Magier

Bevor ich mich ausführlich darüber auslasse, was in der Anwaltskanzlei geschah, sollte ich noch etwas über G und meine Beziehung zu ihm sagen.

Als erstes muß festgehalten werden, daß man nie sagen konnte, ob G nun ein brillanter Intellektueller oder ein Scharlatan war. Er war ungeheuer belesen, aber ein Wissenschaftler war er eigentlich nicht; dafür hatte er viel zu viele eigene Ideen.

Er hatte über zahllose Themen geschrieben, doch spezialisiert hatte er sich auf geschichtsphilosophische Erkenntniskritik und mittelalterliche Geschichte. Er war groß, recht schlank für einen Mann von über Fünfzig, hatte volles, elegant nach hinten gekämmtes silbergraues Haar, und die Falten auf seinem sonnengebräunten Gesicht ließen es distinguiert erscheinen, ausdrucksstark und stets lächelnd. Er hatte etwas von einem Dandy, bevorzugte Fliegen sowie maßgeschneiderte Anzüge und Sakkos.

Sehr beliebt war G unter anderem, weil er ein unglaublicher Schauspieler war. Ganz anders als manche Universitätsdozenten, die von ihren Notizen ablasen, nuschelten, dauernd auf die Uhr schauten und sich überhaupt nicht dafür interessierten, ob sie irgendwem irgendwas vermitteln konnten. Selbst wenn er ein relativ nebensächliches Argument anbrachte, tat G es doch so, daß man überzeugt davon war, das Universum würde von nun an nie mehr ganz dasselbe sein.

Nehmen wir zum Beispiel seine Erstsemestervorlesung mit dem Titel *Was ist die Zahl?*, die den Bereich von Plato bis Hawking, von der Kabbala bis zum Poststrukturalismus abdeckte. Während der Vorlesung betrachtete er verschiedene Ansichten über das Wesen der Zahlen: göttliche Essenzen, himmlische Wesen, angeborene Eigenschaften, mechanische Prinzipien, die die Funktionsweise des Universums bestimmen, okkulte magische Entitäten, die wir nur vage verstehen, rationale Aprioris, linguistische Konventionen und so weiter. Dann wies er darauf hin, wie wichtig es ist, den Unterschied zwischen dem Weltbild vor der Aufklärung, als Zahlen in der Welt zu existieren schienen, und der gegenwärtigen Situation, in der es möglich ist, Zahlen allein in unseren *Beschreibungen* der Welt zu orten, im Hinterkopf zu behalten.

Er erinnerte seine Zuhörer an die Tatsache, daß im Mittelalter das Studium der Arithmetik das Studium der mystischen Bedeutung, der *Qualität* von Zahlen umfaßte, denen eine eigenständige, individuelle Existenz zuerkannt wurde, wohingegen wir uns heute niemals fragen, was Zahlen sind, und uns statt dessen dazu erziehen, virtuose Dinge mit ihnen anzustellen. Er frage sich, ob dies nicht ein stillschweigendes Eingeständnis sei, daß Zahlen nichts mehr *bedeuten*.

Dann behauptete er, die moderne Wissenschaft verstehe alles völlig falsch. Vielleicht beweise die Entdeckung mathematischer Strukturen im Universum genausowenig, daß das Universum mathematisch funktioniert, wie es bewies, daß das Universum Mathematik »kennt«. Vielleicht beweise es nicht mehr und nicht weniger, als daß wir, als Menschen, nur in der Lage sind, es so zu sehen.

Oder vielleicht war das Gegenteil richtig. Vielleicht irrt die Quantenmechanik, und die Kabbala hat recht. Vielleicht besteht das Universum nicht aus Wellen und/oder Teilchen, sondern aus Zahlen. Das würde die Wirkung von Musik erklären, die letzten Endes nichts anderes ist als mathematisch geordnete Wellenformen. Musik könnte Geist sein, wenn Geist eine Zahl wäre.

An diesem Punkt konnte er sich wie ein großer Raubvogel vom Podium stürzen und zwei nichtsahnende Studenten, Mann oder Frau, am Genick packen. Dann schleppte er sie mit aufs Podium.

Als nächstes erschreckte er seine Zuhörer mit der Frage, ob jemand die Zahl der Studenten zählen könne, die bei ihm auf dem Podium standen. Natürlich bekam er von niemandem eine Antwort. Alle waren viel zu verlegen. Ich vermute, jeder rechnete wohl mit einem Trick. G schimpfte und zeterte, wie entsetzlich es sei, daß die Universität Studenten aufnahm, die nicht einmal bis zwei zählen könnten.

Irgendwer konnte sich dann schließlich nicht mehr zurückhalten und sagte, es seien zwei Studenten auf dem Podium. Daraufhin wurde die betreffende Person aufgefordert, ebenfalls aufs Podium zu kommen. Dort angekommen, wurde er oder sie sodann gefragt, wie viele Studenten nun dort stünden. Wenn das bedauernswerte Opfer zwei antwortete, erntete es blanken Spott, denn natürlich waren sie jetzt zu dritt da oben. Falls der Betreffende das aber schnell genug durchschaute, wurde das Opfer aufgefordert, sich zu rechtfertigen, warum es seine Meinung geändert habe, seit es aufs Podium gekommen war.

Anschließend fragte G einen nach dem anderen, wie es sich *anfühlte*, drei statt bisher zwei zu sein. Er stellte die Frage, weshalb es für ihre Dreisamkeit so wichtig sei, daß sie oben auf dem Podium stünden. Warum sollte sich ein Unterschied ergeben, wenn man ein Podium betrat? Warum nicht auf Stühlen stehen, auf- und abspringen? Würde das an ihrer Zahl etwas ändern? Sodann forderte er seine Hörer auf, Gruppen unterschiedlicher Größe zu bilden, sich an die Hand zu nehmen, auf Stühle, Tisch und Fensterbänke zu stellen, zu versuchen, die Essenz, das Wesen ihrer Zwei-, Drei- oder Viersamkeit zu empfinden. Er verwandelte einen Hörsaal voller ernster Studenten in etwas, das eher an einen Spielplatz für Grundschüler oder ein Kindertheater oder eine Quizshow im Fernsehen erinnerte. Kurz bevor sich alles im Chaos auflöste, schlich er sich aus dem Saal.

Gs Art kennzeichnete ihn eindeutig als Produkt des englischen Privatschulsystems, soweit »System« nicht ein zu schmeichelhaftes Wort dafür ist. Ich selbst habe ein altmodisches Gymnasium besucht. Ich gehörte zu einem der letzten Jahrgänge, bevor die Schule in ein College mit Abiturklasse umgewandelt wurde. Für mich waren Schule, Lernen, Examen, Wissen immer Dinge, die als Fluchtmöglichkeit mit Schwierigkeiten verbunden waren. Nichts ist mir in den Schoß gefallen. Für G jedoch waren akademische Dinge stets Teil seines Geburtsrechts. Er mochte ja durchaus den Wert dessen, was wir Wissen nennen, auf einer theoretischen Basis in Frage stellen, aber niemals *in realiter*. Wenigstens ließ sein gesamtes Verhalten darauf schließen. Er wirkte immer ganz frei und unbefangen, als sei alles nur ein Spiel.

Er hatte jedoch auch eine Seite, die mir stets Unbehagen verursachte, von Anfang an: nämlich sein Interesse für das Okkulte. Er sammelte okkulte Denkmodelle, einfach alles, von Abhandlungen über Alchimie bis zum Tarot und der Kabbala. Meistens rechtfertigte er dies mit seinem akademischen Interesse am Strukturalismus, wobei er argumentierte, solche Dinge seien aufschlußreiche Beispiele sozialer, mythologischer und intellektueller Strukturen für in der Vergangenheit benutzte Methoden, sich in einer Welt zurechtzufinden, in der Sinn und Bedeutung scheinbar ständig dem Wandel oder jähen Veränderungen unterworfen waren oder eine Sinnfindung unmöglich erschien.

Was alles schön und gut war. Doch es gab Momente, da sah ich seine dunkle Seite. Dann wirkte er niedergeschlagen, müde, blaß und teilnahmslos. Er sagte Dinge wie, sein ganzes Lebenswerk sei Schwindel, alle jüngsten Trends in Forschung und Lehre seien eine Art Exorzismus, ein Versuch, die Geister, Teufel und Stimmen der Vergangenheit auszutreiben, die jedoch erheblich realer seien als jede moderne Theorie des Ich als illusorischem Produkt der sozialen Interaktion.

Bei mehr als nur einer Gelegenheit fragte er mich, ob ich die Stimmen hörte. Ich wußte nicht, was er meinte. Er sagte, er höre Geisterstimmen, Stimmen aus der Vergangenheit, die ihm von ihren Leben erzählten. Dies war so merkwürdig, daß ich beim erstenmal recht erschüttert war. Nach ein oder zwei Tagen hatte er sich wieder erholt und machte sich über das lustig, was er mir gesagt hatte. Ich bemerkte jedoch, daß er regelmäßig am Gottesdienst in der Kapelle des College teilnahm – ein merkwürdiges Verhalten für jemanden, dessen offizielle akademische Position streng antitranszendental war.

2 Die Hohepriesterin

Auf dem Weg zu dieser Anwaltskanzlei durch die Straßen North Oxfords wanderten meine Gedanken wieder zu Rosemary. Wir waren etwa sechs Monate zusammengewesen. Wir hatten uns über gemeinsame Freunde auf einer Party in London kennengelernt. Aus irgendeinem, mir noch immer nicht bekannten Grund steuerte sie damals schnurstracks auf mich zu, und wir landeten noch in derselben Nacht gemeinsam im Bett. Seitdem waren wir zusammengewesen, auch wenn unser Zusammensein, bedingt durch die Tatsache, daß sie als freiberufliche Musiklehrerin und Studiomusikerin in London arbeitete, auf die Wochenenden beschränkt war, an denen sie nach Oxford kam und in meinem möblierten Zimmer nächtigte.

Was kann ich über sie sagen? Sie war hübsch, schlank und hatte lange, wallende, schwarze Locken. Und sie hatte einen starken Geschlechtstrieb.

Musik hatte sie an einem der Londoner Colleges studiert. Ihr Spezialgebiet war Querflöte, aber sie besaß zudem eine ausgezeichnete Sopranstimme. Sie hatte auch andere Talente. Sie konnte äußerst gut zeichnen. Sie hatte ungeheuer viel gelesen, vor allem wenn man sich vor Augen führte, daß sie nicht seit ihrem fünfzehnten Lebensjahr Literatur studiert hatte. Auch konnte sie brillant auf dem Klavier improvisieren.

Und doch schien sie nie etwas aus diesen Talenten machen zu wollen. Sie lebte einfach in den Tag hinein, trieb von einem Mann zum nächsten, spielte und sang, wann immer ihr danach war, Amateurkram und auch ernsthafte Studioarbeit. Sie schnappte Dinge auf, lernte Stücke mit einer spielerischen Leichtigkeit und vergaß sie danach einfach wieder, genau wie ihre Beziehungen.

Das war der große Unterschied zwischen ihr und mir. Ich habe das Bedürfnis, alles fest zu verankern, es dauerhaft zu machen. Vielleicht war das der Grund, der mich dazu trieb, mit der Forschungsarbeit für diesen erbärmlichen Dr. phil. zu beginnen.

Der Unterschied zwischen uns trat ebenfalls in unserer unterschiedlichen Herangehensweise an die Musik zutage. Ich mag an der Musik das Gefühl von Zeitlosigkeit und Beständigkeit. Ich lese, kommentiere und analysiere gern Partituren, damit der Text sich mir dauerhaft einprägt. Während meines Musikstudiums erfreute ich mich an der Struktur von Harmonie und Kontrapunkt. Aufführungen interessierten mich nicht sonderlich; sie waren mir zu vergänglich, zuwenig greifbar, außer natürlich sie waren auf Platte oder CD aufgezeichnet. Ich fand es ungeheuer faszinierend, eine Aufnahme mit einer zweiten desselben Stücks zu vergleichen.

Ich habe mich schon oft gefragt, ob der Musik fundamentale, ewige Regeln zugrunde liegen, die wir nur unvollkommen erkennen können, wobei es jedoch manchen gegeben ist, diese vollkommener und besser zu sehen als andere. G hat einmal laut gefragt, ob eine Symphonie von Mozart bereits existiert haben könnte, bevor Mozart sie zu Papier brachte.

Vermutlich war es genau das, was mich an Rosemary frustrierte. Solche Gedanken bedeuteten ihr überhaupt nichts. Und warum auch? Sie war völlig uninteressiert, soweit es meine Überlegungen betraf. Ein Teil von mir sah in ihr jemanden, der über eine tiefe Wahrheit verfügte, von der ich ausgeschlossen war. Gleichzeitig wollte ich in ihr zuviel von mir selbst sehen, und es ärgerte mich, wenn sie nicht das zurückgab, was ich wollte. Vielleicht habe ich zu sehr versucht, sie zu ändern, und das war es dann, was sie letzten Endes vertrieb.

Während der gemeinsam verbrachten Wochenenden gingen wir kaum unter Menschen. Ich wollte sie nur heiraten, um zwischen uns alles dauerhaft zu machen; um sie in die Falle zu locken, sagte sie. Also blieben wir in meinem möblierten Zimmer, das für mich zu einem Himmel auf Erden wurde, wenn sie da war, vögelten und redeten viel. Und doch waren es keine wirklichen Unterhaltungen. Wir redeten so viel über uns selbst, daß wir zunehmend weniger ein Paar und mehr wie zwei Psychoanalytiker wurden, die sich gegenseitig auf den Zahn fühlten.

Ich war eifersüchtig auf ihre Talente, ihre Leichtigkeit und ihre früheren Liebhaber. Sie war meine erste Frau, während sie alles andere als unerfahren war. Das nahm ich ihr übel, ich kann nicht erklären, warum. Vielleicht lag es an meiner Erziehung, irgendwelchen seltsamen religiösen Aspirationen. Ich dachte immer, daß das Ich eine Dimension besäße, etwas wie die Seele oder das Evestrum, von dem Paracelsus schrieb, die durch unehelichen Sex verunreinigt würde. G gegenüber erwähnte ich dies nie. Er hätte mich ausgelacht. Oder vielleicht nicht?

Vielleicht war dies ja, wie Rosemary sagte, eine ungesunde Zwangsvorstellung als Folge meiner puritanischen Erziehung. Vielleicht steckte aber auch etwas Wahrheit in meinen Intuitionen.

Irgend etwas an meiner Beziehung zu Rosemary läßt mich an Gs Vorlesung über Caillois' Betrachtungen zur Gottesanbeterin denken. Wenn die Gottesanbeterin in Gefahr ist, erstarrt sie, wird bewegungslos, benutzt den Tod als Verteidigungsmechanismus, täuscht Tod vor, um ihr Leben zu retten. Aber was wäre, *wenn* die Gottesanbeterin in diesem Zustand tatsächlich stirbt? Dies wäre ein Spiegelbild dessen, wie das Leben den Tod imitiert, um sich selbst zu bewahren.

Anscheinend jedoch kann eine tote Gottesanbeterin immer noch gewisse Funktionen ausführen, die dem Leben eigen sind. Sie kann sich fortbewegen, das Gleichgewicht halten, ja sogar Eier legen. Ihr Tod imitiert das Leben, das zu verlieren das Leben ja zuvor vorgetäuscht hat, um sich selbst zu bewahren. Das Insekt hat, genau wie der Marathonläufer, einfach nicht bemerkt, daß es nicht mehr lebt. Es ist tot, indes viel zu beschäftigt; es hatte noch nicht die Zeit für die Erkenntnis, daß es nicht mehr lebt.

Der letzte Grad ist erreicht, wenn unter den Lebenszeichen, die das tote Insekt immer noch gibt, das Phänomen der »vorgetäuschten leichenähnlichen Existenz« erscheint, wie Caillois es nennt. Dies ist die Rückkehr an den Ausgangspunkt. Das Insekt spielt wieder tot. Aber jetzt *ist* es tot. Es hat das Leben verloren, das es weiterhin schützt. Im Tod täuscht es Leben nur deshalb vor, weil es im Leben den Tod vortäuschte. Es ist ein doppelter Tod, gleichzeitig real und fiktiv: Die Leiche gibt vor zu sein, was sie ist.

Irgendwie beschreibt das recht gut, was aus meiner Beziehung zu Rosemary wurde, was aus den meisten Dingen wird, die ich anfasse. Außerdem ist es genau das, was G widerfahren ist.

Doch davon später mehr.

3 Die Herrscherin

Manchmal frage ich mich, ob es eine Verschwörung unter Innenarchitekten gibt, Anwaltskanzleien so zu gestalten, daß sie indischen Restaurants zum Verwechseln ähnlich sind. Dieser Effekt wird durch den roten Plüsch erzielt, mit dem auch die Büros an der St. John's Street ausgestattet waren. In meiner Jeans und dem T-Shirt fühlte ich mich sofort fehl am Platz und überlegte, ob ich vielleicht besser einen Anzug angezogen hätte.

Als ich meinen Namen nannte, schenkte mir die Empfangsdame – sie war Mitte Vierzig und ein bißchen zu aufgedonnert – zur Begrüßung ein viel zu strahlendes Lächeln, als daß es echt sein konnte, und bedeutete mir, auf einem der mit Seidenimitat bezogenen roten Sofas Platz zu nehmen. Während ich mich niederließ und schier endlos nach hinten in die weiche, gepolsterte Leere fiel, empfand ich etwas, das auch Astronauten spüren müssen, wenn sie im Weltraum spazierengehen. Als ich schließlich überzeugt war, daß meinem Fallen Einhalt geboten worden war und die Schwerkraft mich wieder mit einem gewissen Grad an Normalität behandelte, musterte ich den pseudoantiken Couchtisch aus meinem neuen, niedrigeren Blickwinkel. Dort lag der übliche Stapel *Country Life* neben einer ordentlich gefalteten und unberührten Ausgabe der *Financial Times*, damit die Mandanten sich einbildeten, sie seien wohlhabende und gewichtige Männer und Frauen.

Ich beugte mich vor und schaffte es, mit einigen Schwierigkeiten, mir die *FT* zu schnappen, wie ich meine kultivierten Freunde aus der City sie hatte nennen hören. Zum Ausgleich für meine Jeans und das T-Shirt tat ich, als werfe ich einen Blick auf die Aktien- und Börsenspalten. Ich hatte damals ja überhaupt keinen Schimmer, wieviel diese kleinen Zahlen schon bald für mich bedeuten würden.

Schließlich klingelte das Telefon auf dem Empfangsschreibtisch, und ich wurde zu dem Büro mit dem Schildchen MISS MARCANU geschickt. Bis zu diesem Augenblick hatte ich mich dem Vorurteil angeschlossen, alle Rechtsanwälte seien langweilige Männer mittleren Alters, die fade, nach Yorkshirepudding riechende Anzüge tragen und halbmondförmige Brillen auf ihren Nasenspitzen balancieren. Es verschlug mir glatt den Atem, als ich durch die Tür trat, um mich sodann in Gesellschaft zweier sehr schöner Frauen wiederzufinden. Auf der anderen Seite des Raums und hinter dem Schreibtisch saß Miss Marcanu, die langes braunes Haar und ein hübsches, lächelndes Gesicht hatte. Sie trug eine – man könnte sagen – etwas enge weiße Baumwollbluse und einen doch recht kurzen schwarzen Rock. Sie saß mit einer solch lockeren Anmut und Würde da, daß sie automatisch Autorität bekam; ihre Schönheit verlieh ihr eine Ausstrahlung, die weit über das rein Sexuelle hinausging.

Die andere junge Frau war mir zugewandt. Sie hatte mittellanges, blondes Haar. Sie trug ein kurzes blaues Sommerkleid mit gelbem Muster. Zunächst schien mir das Muster aus Punkten zu bestehen, doch später bemerkte ich, daß es irgendwelche Vögel waren, möglicherweise Adler. Um den Hals hatte sie einen leichten Sommerschal gelegt.

Es lag ein berauschender, fast erotischer Duft in der Luft, eine Mischung aus den Parfüms der jungen Frauen und ihrem Schweiß. Der Duft war moschusartig, orientalisch, und gewiß hätte man ihn eher mit einem Boudoir denn einer Anwaltskanzlei assoziiert.

»Bitte, Mr. Mothing, nehmen Sie doch Platz«, sagte Miß Marcanu, auf einen Stuhl neben der Blondine zeigend. Ich erkannte die Stimme von unserem vorausgegangenen Telefonat.

»Das hier ist Miß Maani«, sagte sie und deutete mit dem Kopf auf die blonde Frau.

Mein Blick wanderte von Miß Macanus Gesicht zu Miß Maani.

Ohne Frage war Miß Maani die hübschere der beiden. Ihre Haut war hell, aber auch leicht gebräunt, ihre Wangenknochen waren ausgeprägt auf eine Art, die ihre Würde unterstrich, ohne auch nur irgendwie zu prononciert zu sein. Doch darüber hinaus strahlten ihre Gesichtszüge eine Art Harmonie, eine Ruhe aus, die in mir Erinnerungen an Gemälde der italienischen Renaissance, an Michelangelo und da Vinci, weckte.

»Nennen Sie mich Lilian«, sagte sie und lächelte.

»Miss Maani ist die Verlegerin des verstorbenen Professor G«, fügte Miß Marcanu hinzu.

Ich war dermaßen hingerissen von den beiden Frauen, daß ich zunächst gar nicht mitbekam, was gesprochen wurde.

Ich wandte mich an Miß Marcanu. »Was meinen Sie mit ›verstorben‹?«

»Haben Sie es noch nicht gehört?«

»Was soll ich gehört haben?«

»Entschuldigen Sie bitte. Ich dachte, Sie hätten es inzwischen erfahren. Professor G ist vor zwei Tagen während des Kongresses in seinem Hotel in Toledo gestorben.«

Sie erzählte mir den Rest. Er war auf einem Kongreß über die Bedeutung mystischer Zahlen in der arabischen Architektur und dem Weiterleben dieser Systeme in Europa gewesen. Er hatte an jenem Abend gut gegessen und sich recht früh auf sein Zimmer zurückgezogen, anscheinend guter Laune, obwohl er geäußert habe, sich ein wenig unwohl zu fühlen. Am nächsten Morgen war er tot in seinem Bad gefunden worden. Die Ärzte sagten, es sei ein Herzinfarkt gewesen, auch wenn sie erst nach Vorliegen des Autopsiebefundes eine definitive Aussage über die Todesursache machen könnten; die Leichenöffnung fand an diesem Morgen statt.

Mir schossen die üblichen Gedanken durch den Kopf, die den Beginn der Trauer kennzeichnen. Ich versuchte, mich an unsere letzte Begegnung zu erinnern, unser letztes Gespräch. All dies stand im Widerstreit mit dem Bild der Autopsie, das sich in meinem Kopf formte; G, immer so voller Leben, lag jetzt ausgestreckt in einem Krankenhaus irgendwo in Spanien, aufgeschnitten, passiv, leblos. Ich überlegte, wie es in dem Autopsieraum wohl riechen mochte. Plötzlich wirkte der weibliche Duft in dem Büro beruhigend statt erotisch, und ich war beschämt, versuchte abzuschätzen, wieviel Emotion ich zeigen sollte.

Miß Marcanu hatte eine weitere Überraschung für mich auf Lager. Laut Gs Testament sollten Lilian Maani und ich seinen gesamten Nachlaß zu gleichen Teilen erben unter der Bedingung, daß ich, als sein treuester Student, es mir zur Lebensaufgabe machte, die Veröffentlichung seiner Arbeit und ihre Vermarktung sicherzustellen – Werbung, Vortragsreisen und und und.

Es ging dabei um atemberaubende Summen. Ich hatte überhaupt keine Ahnung gehabt, daß G so reich war. Es war ausreichend Geld vorhanden, um sehr gut zu leben, solange es dauerte, Gs Gesamtwerk herauszugeben – und vielleicht auch noch jeden Verlag aufzukaufen, der sich weigerte, seine Bücher zu publizieren.

4 Der Herrscher

Ich bedankte mich bei Miß Marcanu und sagte, ich würde über die implizierten Folgen all dessen noch nachdenken müssen.

Ich habe schon versucht, mich zu erinnern, warum ich nicht sofort ja gesagt hatte. Mir war mein Vater eingefallen. Der Gedanke an ihn war nicht mehr als eine flüchtige Impression – mehr ein Gefühl als sonst etwas. Jedenfalls genügte es, um mich nicht sofort festlegen lassen zu wollen.

Mein Vater hatte sein ganzes Leben für seine Firma gearbeitet, die ihm am Ende seines Berufslebens eine goldene Armbanduhr und ein paar Drinks im Pub schenkte. Er hatte gerade genug Geld, um zu leben und sich ein kleines Auto leisten zu können – nicht mehr. In mir regte sich ein gewisses Ressentiment, weil G sich als jemand herausgestellt hatte, der um so vieles mächtiger, reicher und bedeutender gewesen war als mein eigener Vater, zumindest in den Augen der Öffentlichkeit. Sie waren etwa gleich alt. In all der Zeit, während G gelebt hatte, dachte, etwas tat, hatte mein Vater dies ebenfalls getan. Warum war G soviel wichtiger als mein Vater?

War es nur das Geld? Lag es an der Qualität ihres Denkens und ihrer Erfahrungen? Mein Vater hatte Fernsehen geschaut; G Bücher gelesen.

War das wirklich ein so großer Unterschied? Das Bild, das ich mit Gs Tod verbinden würde, wären ungelesene Bücher. Das Bild, das ich mit dem Tod meines Vaters assoziierte, war viel grauenerregender: ein laufendes Fernsehgerät, auf das niemand mehr schaute.

Was war es, was mich an G faszinierte, mir selbst nach seinem Tod noch zu gebieten?

Miß Marcanu sagte, es bestünde überhaupt keine Veranlassung, sich sofort zu entscheiden. Sie erklärte, Miß Maani habe ebenfalls um Bedenkzeit gebeten. In der Zwischenzeit jedoch seien wir beide zu Testamentsvollstreckern bestimmt worden, daher gebe es verschiedene Dinge, die zu regeln seien.

So kam es, daß ich mich in Gesellschaft einer schönen Fremden, nämlich Lilian Maani, mit einer Liste zu erledigender Aufgaben auf den Straßen Oxfords wiederfand.

Die erste Station mußte Gs College sein, um eventuell dort liegende Post abzuholen. Dann wollten wir sein Haus in North Oxford aufsuchen, wo wir eine erste Sichtung von Gs Papieren und Besitztümern vornehmen und nachsehen würden, ob es irgend etwas gab, worum man sich sofort kümmern mußte. Anschließend sollte ich wegen der Einzelheiten der Beerdigung zum Kaplan gehen.

Während wir uns durch die Horden von Touristen und einkaufenden Einheimischen drängten, unterhielten wir uns über G.

Lilian war genauso überrascht und verwundert wie ich über die Bedingungen von Gs Testament. Ich überlege, ob Lilian wohl Gs Geliebte gewesen war, doch sie besaß eine gewisse naive Unschuld, die nahelegte, daß sie es nicht gewesen sein konnte. Außerdem stellte sie mir ständig Fragen über Gs Familie. Bestimmt, dachte ich, hätte er doch, falls sie seine Geliebte gewesen wäre, mit ihr über seine Familie geredet. Trotzdem war es mir nicht möglich, dies definitiv zu sagen, und ich genoß ihre Gesellschaft im übrigen so sehr, daß es auch kaum eine Rolle spielte.

Mir gegenüber hatte G nie viel von seiner Familie erwähnt. Soweit ich wußte, war er Halbjude und hatte seine Kindheit in Deutschland verbracht. Seine Eltern waren während des Krieges getötet worden, als er selbst noch ein Kind war. Irgendwie war er dann nach England gekommen und mit einem Stipendium auf eine der bedeutenden Privatschulen geschickt worden.

Ich war im Hier und Jetzt immer so fasziniert von G gewesen, von seinen Ideen und vermutlich auch von dem Bild, das er von mir hatte, daß ich nie daran gedachte hatte, mich nach seiner Vergangenheit zu erkundigen. Im Rückblick betrachtet war das schon merkwürdig, denn bei der Abfassung einer Dissertation, zum damaligen Zeitpunkt meine einzige Rechtfertigung, überhaupt, am Leben zu sein, geht es doch gerade darum, in vergangenen Leben herumzustöbern – allerdings immer in den Leben von Toten. Ich hatte nie daran gedacht, die gleiche Methode auch auf lebende Menschen anzuwenden. Jetzt war er nicht mehr da, und somit drohte G, ein Forschungsobjekt zu werden.

Während wir durch die Straßen gingen und uns unterhielten, keimte in mir die Frage, ob G sich seine intellektuelle Leichtigkeit vielleicht doch nicht so mühelos angeeignet hatte. Einerseits konnte er bereitwillig – sofern er sein Gegenüber kannte – Einzelheiten über seine persönlichen Ansichten und sein Seelenleben preisgeben, andererseits jedoch verriet er praktisch nie etwas über sein Privat- und Familienleben. Es war durchaus nicht so, daß er überhaupt nichts sagte, vielmehr drehte er den Spieß der Unterhaltung um, wenn das Gespräch auf solche Dinge kam, so daß man am Ende ihm von sich erzählte statt umgekehrt. Außerdem fällt es schwer, sich nach der Familie eines Mannes zu erkundigen, wenn man vermutet, daß sie ein dunkles Schicksal ereilt hat.

Auf dem Weg zum College brachte ich ein wenig über Lilian in Erfahrung. Wie ich war sie fünfundzwanzig. Sie hatte an der University of Sussex studiert. Sie hatte nicht promoviert, sondern war statt dessen direkt in die Verlagsbranche gegangen. In nur vier Jahren hatte sie es zur Cheflektorin der für Philosphie, Kunst, Kritik und Erziehung zuständigen Abteilung des Universitätsverlags gebracht. Ich warf einen Blick auf ihren Ringfinger. Kein Ring.

Lilian besaß eine unter englischen Frauen äußerst seltene Eigenschaft: Es war unmöglich, sie in eine Schublade einzuordnen. Sie war weder Yuppie noch Hippie oder Mittelschicht oder Arbeiterklasse, weder naiv noch weltklug. Sie war ganz offensichtlich intelligent und hatte absolut nichts Affektiertes an sich. Sie war nicht auf den ersten Blick als Intellektuelle zu erkennen. Wenn sie lachte, dann, weil sie irgend etwas komisch fand. Wenn sie scherzte, und sie konnte ausgesprochen amüsant sein, dann auf eine Weise, die sie, als Persönlichkeit, unbeschädigt und unverzerrt ließ. Sie war sehr aufgeschlossen. Ihre Ausstrahlung bezog Stärke eher aus einem Potential denn aus etwas klar Umrissenem. Schon als ich damals neben ihr ging und mein Fahrrad schob, wobei ich mir wie ein verliebter Abiturient vorkam und wahrscheinlich auch so aussah, fiel mir auf, daß es nicht möglich war, sie auf einen Charaktertypus, ein Stereotyp festzunageln.

Etwas wie Abenteuerlust überkam mich. Es war, als seien mir plötzlich magische Kräfte verliehen worden, um ein Königreich zu betreten, das bisher verschlossen gewesen war. Dies lag sicher teilweise an der Erregung, einige Dinge über G erfahren zu können, hatte aber erheblich mehr mit Trauer zu tun. Ich bemerkte, daß die Trauer in sonderbaren Schwaden oder Wellen kam. Am Scheitelpunkt fühlte ich mich erschüttert, um etwas beraubt. Ich beklagte den Tod des Verstorbenen, weinte, verspannte mich, all die überkommenen und naheliegenden Dinge eben. Wenn die Welle sich aber näherte oder bereits wieder entfernte, waren da andere, subtilere Empfindungen. Eine davon war genau die bereits erwähnte jungenhafte Abenteuerlust, die Erregung, das Gefühl, emotional wie spirituell neue Territorien zu erforschen, das Gefühl, etwas zu lernen. Dann erkannte ich den Egoismus derartiger Gedanken, und es kehrte dieses andere Gefühl zurück, das so oft die Trauer begleitet: Abscheu vor sich selbst. Auf eine merkwürdige Weise wurde all das entwertet, weil ich bei dem Gedanken an das Geld, das ich bald erben würde, so fassungslos war.

Wir erreichten Gs College und begaben uns über die Innenhöfe und gewundenen Durchgänge zu seinen Arbeitszimmern. Eine große Vier war auf die Tür gemalt, und über der Tür stand Gs Name. Mit Hilfe des uns von Miß Marcanu (ich fragte mich immer wieder, wie ihr Vorname lautete) ausgehändigten Schlüssels betraten wir das Zimmer.

Ich erklärte Lilian, daß die Verfügungsgewalt über Arbeitsräume wie diese an einem College in Oxford oder Cambridge eine der höchsten Auszeichnungen war, die einem Mann oder einer Frau in der Welt der Wissenschaft zuteil werden konnte. Als sei ihr Lernen, all die vielen lernend verbrachten Stunden, alles Schreiben und Denken irgendwie alchimistisch in einem privilegierten physischen Raum transformiert worden. Dem mit dem Geist verbundenen Körper wurde von anderen erlaubt, dort einzuziehen und darin zu existieren. Lilian lächelte unergründlich

Ein Großteil der gemeinsamen Zeit mit G hatte ich in diesen Räumen verbracht. Meist herrschte hier ein Durcheinander aus verstreuten Büchern und Unterlagen. Zu meiner größten Überraschung war alles bestens aufgeräumt. Konnte er es gewußt haben? Oder brachte er immer alles in Ordnung, bevor er verreiste?

Auf Gs Schreibtisch lag ein Blatt mit vier Gedichten. Ich reichte es Lilian. Sie las schweigend.

»Ich hätte nicht gedacht, daß er Gedichte schrieb«, sagte sie.

»Tja«, sagte ich, »ich würde es auch nicht unbedingt Lyrik nennen. Es sei denn, man mag diese Art von symbolistischem, viktorianischem Zeug. Meinen Sie wirklich, er hat es geschrieben?«

»Es ist nicht sein üblicher Stil. Sie wissen nicht, um was es da geht, oder?«

»Nein. Vermutlich könnten wir es in einem Wörterbuch der Symbole nachschlagen. Es erinnert mich irgendwie an diese seltsamen Verse, wie man sie in der phantastischen Kinderliteratur findet, wo Zwerge vom Zauberer Hinweise erhalten, damit sie losziehen und den schwefelspeienden Drachen erlegen können.«

Lilian lächelte. »Ja, vielleicht haben Sie recht«, sagte sie, und zum erstenmal sahen wir uns direkt an. Irgend etwas knisterte zwischen uns. Ich wollte ihre Hand nehmen und sie küssen, konzentrierte mich aber darauf, jeden Muskel in meinem Gesicht und Körper erstarren zu lassen, bis dieses Gefühl vorbei war.

Die Gedichte sind am Ende dieses Buches abgedruckt.

5 Der Hierophant

Auf dem Weg zu Gs Haus erzählte Lilian mir von verschiedenen Büchern, die sie von G veröffentlicht hatte. *Die Unmöglichkeit der Erkenntnis* liebte sie besonders. Darin demontierte er systematisch die Grundhypothesen aller Hauptformen des Wissens: Religion, Ästhetik, Ethik, Geschichte, Humanwissenschaften, Mathematik und schließlich auch seine eigene Variante der Philosophie.

Es war eine Glanzleistung der permanent skeptischen Argumentation, bewundernswert vielleicht vor allem wegen der unerwarteten Wendung gegen Ende, wenn G seine brillanten Methoden der Kritik auf sich selbst anwandte und die Grundthesen seiner eigenen kritischen Methodologie freilegte, wodurch er den Leser auf einem Meer von Ideen treiben ließ, ohne daß er sich an etwas festhalten konnte. Gleichzeitig illustrierte der Aufbau des Werks – die Schlange beißt sich in den eigenen Schwanz –, die den Argumenten des Buchs zugrundeliegende philosophische Methode: Die Vorstellung, daß der Zusammenbruch des Wissens von der Entdeckung, oder Erfindung, der Selbstbezüglichkeit in theoretischen Konstrukten verursacht wurde.

Das Buch wurde, natürlich, vom Wissenschaftsestablishment angeprangert. Gs Methodologie wurde verspottet. Man warf ihm Oberflächlichkeit, mangelnden Respekt, ja sogar Nihilismus vor – letzteres trotz der Tatsache, daß die Schlußworte des Buches lauteten: »Vielleicht beginnt wahres Wissen, und wahre Güte, *jenseits* des Nihilismus.«

Ich wußte, daß G etwa zur gleichen Zeit nach Spanien abgereist war, als die Kritiken veröffentlicht wurden. Mir war nicht klar gewesen, und ich erfuhr es auch erst von Lilian, daß er vor allem abgereist war, um sich von einem richtiggehenden Nervenzusammenbruch zu erholen.

Das Buch hatte sich gut verkauft.

Schließlich erreichten wir Gs Haus. Es war eines dieser unmöglichen viktorianischen Bauwerke, irgendwas zwischen einer mittelalterlichen Burg und einem öffentlichen Pissoir, die während der siebziger Jahre durch Betjeman und seine neogotischen Kumpane für kurze Zeit gesellschaftlich akzeptabel gemacht worden waren. Die Häßlichkeit der gemusterten roten Ziegel, die Asymmetrie, die schlechte Nachahmung einer längst vergangenen Zeit, die theatralische Wirkung, Exzentrizität und schiere Dimension des Hauses machten es zum idealen Rahmen für G und sein Denken.

Ich war bisher erst einmal dort gewesen. G hatte mich eines Morgens auf einen Kaffee eingeladen, kurz nachdem er mein Doktorvater wurde. Auch hatte sich mein damaliger Besuch auf den einen Raum im Erdgeschoß beschränkt, das Wohnzimmer mit den Bücherregalen, Ledersesseln und italienischen Gemälden des siebzehnten Jahrhunderts.

Plötzlich wurde mir bewußt, wo ich Lilians Gesicht schon einmal gesehen hatte. Auf einem der Gemälde. Sie war die Ceres, streute Blumen und trug Früchte.

Ich war nervös und fühlte mich beklommen, als ich den Schlüssel drehte und wir das Haus wie Eindringlinge betraten. Ich bezweifle, daß ich den Mut aufgebracht hätte hineinzugehen, wenn ich allein gewesen wäre. Mit Lilian fühlte ich mich seltsamerweise wie ein Hausherr.

Ich fragte, ob sie schon einmal hiergewesen sei. Keine Antwort.

Es herrschte eine unheimliche Totenstille, als wir die Eingangshalle betraten. Niemand war hiergewesen, seit G das Haus verlassen hatte, und alles genauso, wie er es zurückließ. Er war der letzte, der das alles gesehen hatte. Mir war zum Heulen. Beinahe war mir, als könnte ich spüren, wie die Gegenstände um mich herum seinen Tod betrauerten.

Ich weiß nicht, was Lilian dachte, aber ich sah, daß auch sie überwältigt war. Ich schlug vor, wir sollten uns eine Weile in das vordere Zimmer setzen, das mit dem Ceres-Gemälde. Ich schaute mir alle Bücher an, die Gemälde, das Astrolabium, den Globus, die Stehlampe aus den dreißiger Jahren, die G vermutlich beim Lesen eingeschaltet hatte. Ich suchte nach etwas, das ich hätte sagen können. Doch wir blieben beide stumm.

Plötzlich bemerkte ich, daß ich hungrig und durstig war. Ich schlug vor, in die Küche zu gehen und nachzusehen, ob wir vielleicht Kaffee und einen Happen zu essen fänden. Lilian beantwortete meinen Vorschlag mit einem Lächeln, also machten wir es.

Die Küche war riesig, führte auf eine große Terrasse mit weißgestrichenen, schmiedeeisernen Gartenmöbeln hinaus, von der man auf einen Garten sah, den man passender als Park hätte beschreiben können.

Einen Moment lang war ich entmutigt, sogar zornig. Ich hatte keine Ahnung von Gartenarbeit. Wie konnte man allen Ernstes von mir erwarten, mich um dieses Anwesen zu kümmern? Dann wurde mir klar, daß jemand mit Gs Vermögen vermutlich auch so viele Gärtner beschäftigen konnte, wie er brauchte und wollte. Fast schon durchfuhr mich der übliche Neid, bevor ich mir bewußtmachte, daß ich schon sehr bald an seiner Stelle stehen könnte. Die Hälfte von allem hier könnte mir gehören, wenn ich wollte.

Unterdessen hatte Lilian in der Küche herumgestöbert und Kaffee gefunden. Sie hatte die Kaffeemaschine eingeschaltet, die bereits die ersten Gluckerlaute von sich gab. Lilian öffnete ein paar Dosen, die sie in der Speisekammer gefunden hatte. Sie bekam wieder Farbe. Es war, als ergreife sie auf archetypisch weibliche Art Besitz von der Küche. Oder ist das zu sexistisch gedacht?

Alles an ihr war so anmutig: ihr Lächeln, ihr reiner Teint, die Form ihrer Beine, ihre schmale Taille. Doch mehr als das schien sie eine Aura zu besitzen, die alles in ihrer Umgebung gut und an seinem richtigen Platz erscheinen ließ. Als würde die Dunkelheit, die Gs Tod in das Haus gebracht hatte, durch ihren Glanz vertrieben werden. Ich habe oft versucht, diesen Glanz zu verstehen. Sie war blond. Ihre Augen waren strahlend hellblau und scheinbar für alles weit offen. Ihre Haut war hell, leicht von der Sonne gebräunt. Außerdem hatte sie ein ungezwungenes Lächeln und bewegte sich geschmeidig. Diese Leichtigkeit wurde noch unterstrichen durch die kurzen Kleider und Röcke, die sie bevorzugte. Diese wiederum verliehen ihr eine Mädchenhaftigkeit, die in angenehmem Kontrast zur Ruhe und Würde in ihrem Gesicht stand. Ihr Strahlen schien eher von innen heraus zu kommen, als daß man es leicht an ihrer äußeren Erscheinung hätte festmachen können.

»Ich mach uns was zu essen«, sagte sie. »Warum schauen Sie sich nicht inzwischen weiter im Haus um? In einer Viertelstunde ist es fertig. Sie können mir dann beim Essen Bericht erstatten.«

Ich nahm ihren Vorschlag an. Als ich von Raum zu Raum ging, stellte ich fest, daß auch ich Besitz von diesem Haus ergreifen, mich dazu zwingen mußte, mich frei und ungezwungen zu fühlen. Jedes neue Zimmer, das ich betrat, machte mich nervös, gerade so, als könnte G darin sein, ein Geist, ein Monster aus Kindheitsphantasien, das in dem Haus lebte und nicht erwartet hatte, daß wir dort aufkreuzten.

In jedem Raum gab es Unmengen Bücher, Papiere, Gemälde, Artefakte. Die große Anzahl Bücher über das Okkulte überraschte mich. An den Wänden hingen alle möglichen seltsamen Diagramme, manche alchimistischer, andere astrologischer Art, chinesische und indische Anatomien, Variationen der kabbalistischen Sefirot und andere, die ich überhaupt nicht verstand.

Auch gab es einige seltene Gegenstände, die man eher in einem Museum vermutet hätte als in einem Privathaus. In einem Zimmer befand sich eine Vitrine mit mittelalterlichen Kunstgegenständen: gläserne Kelche, Schwerter, Reitausrüstung, zwei Schilde – der eine mit einem wuchtigen schwarzen Adler und der andere, auch anders geformt, trug rote Schleifen und einen Halbmond. War das ein echter Sarazenenschild? Außerdem gab es eine ganze Auswahl schöner byzantinischer Elfenbeinschnitzereien.

Es dauerte nicht lange, bis mir auffiel, daß die verschiedenen Räume jeweils Stile und Objekte bestimmter Epochen beherbergten. Das Zimmer ganz oben in einem der Türme war beinahe vollendet viktorianisch. Einer der Salons enthielt fast alle georgianischen Artefakte. Ein anderes Schlafzimmer war gänzlich im Stil der dreißiger Jahre eingerichtet... Wenn man von einem Zimmer in das nächste ging, beschlich einen das merkwürdige Gefühl, durch die Zeit zu reisen.

Ich erinnerte mich an eine der eher sonderbaren Spekulationen von G: Der Raum, durch den die Erde sich bewegt, sei nicht einfach nur Raum, sondern auch Zeit, und diese Raum-Zeit besitze eine wahrnehmbare psychische Geographie. Könnte die Erde also physisch an die Stelle zurückbewegt werden, an der sie sich vor, sagen wir, fünfzehnhundert Jahren befand, dann würde sich der damalige *Zeitgeist* durchsetzen, da dieser ein fester Bestandteil von Raum-Zeit-Geographie ist. Verschiedene Götter, mythologische Tiere, ja auch Geisteszustände und vieles andere würden wieder real werden, da sie die reale übernatürliche Flora und Fauna (ich meine, er hätte diesen Ausdruck benutzt) dieses Gebiets darstellen. Sie sind Wesen, die zuweilen versuchen, mit uns in Kontakt zu treten, aber lediglich unterschwellig wahrgenommen werden und vor allem in den Arbeiten von Künstlern und Musikern an die Oberfläche treten. Hierin liegt der Grund, warum sich Künstler zu unterschiedlichen Zeiten in der Geschichte plötzlich für die gleichen Dinge interessieren, wie zum Beispiel Nymphen und Satyrn, Engel und Erzengel, Rentiere oder abstrakte Quadrate. Diese Dinge existieren als reale übernatürliche Kräfte in dem Bereich der Raum-Zeit, durch den die Erde gerade saust. Es erklärt auch, so meinte er, warum zu bestimmten Zeiten gewisse Harmoniearten in der Musik dominieren. Sie seien unsere Möglichkeit, die vorherrschenden psychogeometrischen Formationen wahrzunehmen.

Ich erinnere mich, daß G matt hinzufügte, der Bereich der Raum-Zeit, den wir derzeit durchquerten, müsse ganz besonders öde und leer sein.

Bei einer anderen Gelegenheit hörte ich ihn sagen, wie seltsam und merkwürdig apokalyptisch es doch sei, daß die zeitgenössischen Menschen geradezu besessen seien von der systematischen (im Gegensatz zu idealistischen) Kultivierung der Vergangenheit – »klassische« Musik, Kunstgeschichte, Literaturwissenschaft, Architektur, mittelalterliche Romane, um nur einige zu nennen.

Beim Mittagessen beschrieb ich Lilian das Haus in allen Einzelheiten. Wir sprachen über eines von Gs Büchern, *Erscheinungen des Mittelalters. Eine phänomenologische Untersuchung*. In diesem Buch hatte er die These aufgestellt, daß wir eigentlich nichts über das Mittelalter wissen, jedoch versuchen könnten, das heraufzubeschwören, was er die Mythen des Mittelalters nannte. Statt die übliche wissenschaftliche Analyse zu liefern, hatte er sich darangemacht, eine Reihe von Skizzen, Impressionen oder was er Phänomenologien des mittelalterlichen Lebens nannte, darzulegen, und dies aus der Perspektive eines Priesters, eines Bauern, eines fahrenden Sängers, eines Bischofs, eines Herzogs und so weiter.

Für G war diese Welt unerreichbar – tot für uns. Seit der Aufklärung, der Entstehung der Naturwissenschaften und der Kritik der Vernunft ist allein der *Glaube* an eine platonische Weltordnung möglich geblieben. Es kann kein *Wissen* davon geben, daß die Welt – im kosmologischen Sinn – von einem göttlichen Wesen geordnet ist, da sich die Natur des Wissens verlagert hat, die Erkenntnis selbstreflexiv geworden ist und sich in sich selbst zurückgezogen hat.

Die Faszination, die diese Welt, dieses unzugänglich geordnete Universum, auf G ausübte, erklärte all die Diagramme, die Astrologie, die Alchimie, den besonderen Reiz, den System, Struktur, Ordnung auf ihn ausübten. Es erklärte außerdem, warum er sich, obwohl von Haus aus Philosoph, so eingehend mit Astrophysik befaßt hatte. G war ein Sucher nach Ordnung, nach der großen Antwort, und er meinte es sehr ernst. Seine Frustration erklärte die Schärfe seiner Angriffe gegen bequemes, aber dennoch unhaltbares Denken.

Es war wunderbar, mit Lilian zu reden. Sie war eine phantastische Zuhörerin. Sie hatte so eine Art, Menschen Ideen zu entlocken. Ich vermute, das ist wohl ein wichtiges Talent für einen Verleger. Dann die Art und Weise, wie sie sprach, prägnant, verständnisvoll, ohne Eile, aber gleichzeitig auch ohne jemals langweilig zu wirken oder Dinge zu sagen, die sich von selbst verstanden. Ihre Stimme war nett, offen, entspannt und klar. Es gelang ihr, völlig akzentfrei zu sprechen, obwohl sie offensichtlich aus dem Süden kam. Keine schleppend nasale Aussprache, nicht die Spur von Cockney, keine Oxford-Aufgeblasenheit oder die gezierte Ausdrucksweise privater Mädchenpensionate. Es war eine ausgesprochene Freude, ihr zuzuhören.

6 Die Liebenden

Nachmittags vereinbarten wir, daß Lilian im Haus bleiben und mit der Bestandsaufnahme des gesamten Inventars beginnen sollte. Ihr Augenmerk sollte sie vor allem auf die Manuskripte richten, die ja von besonderer Bedeutung für unsere Entscheidung waren. Während sie damit beschäftigt war, würde ich in die Stadt gehen und mich mit den bizarren bürokratischen Ritualen befassen, die einen Todesfall begleiten: die Sterbeurkunde besorgen, Formulare ausfüllen, um die Ausstellung eines Erbscheins zu beantragen, und all das.

Wir beschlossen, daß ich zuerst den unverbesserlichen anglokatholischen Collegekaplan aufsuchen sollte. Eine Stunde später befand ich mich in seinem überladenen, eichengetäfelten Arbeitszimmer mit geschnitzten viktorianischen Paneelen, kleinen Glöckchen, verzierten Holzkistchen, Weihrauchhaltern und subpräraffaelitischen Drucken, die ich sentimental und widerwärtig fand. Um ihm gegenüber fair zu sein: Gs Tod schien ihn aufrichtig zu erschüttern. In seinem Testament hatte G auf einer stillen Einäscherung im hiesigen Krematorium bestanden und gewisse Details vorgegeben. Er hinterließ Geld für einen anschließenden Empfang im College.

Ich plauderte eine Weile mit dem Kaplan über G. Die zwei hatten sich relativ nahegestanden, und es gelang mir, einige weitere Einzelheiten über G in Erfahrung zu bringen. Anscheinend hatte G seine

Kindheit in Nürnberg verbracht. G hatte dem Kaplan erzählt, daß es seinem jüdischen Vater dank gefälschter Ausweispapiere gelungen war, den Nazis zu entkommen. Mit Hilfe dieser Papiere hatte er während des Krieges ein annähernd normales Leben führen können, nur um dann 1945 von alliierten Bomben getötet zu werden. Der Kaplan meinte, dies erkläre Gs kompromißlosen Pazifismus. G sagte immer wieder, niemand habe das Recht, einem anderen außer sich selbst das Leben zu nehmen. Ich wünschte, ich hätte dieser Einschränkung mehr Beachtung geschenkt.

Meine persönliche Meinung zu Gs Pazifismus war, daß er menschliches Leben tatsächlich sehr hoch einschätzte. Da uns in unserer gegenwärtigen Welt absolute Werte fehlten, müßten wir sie erfinden. Der absolute Wert des menschlichen Lebens war für G ein lohnender Ansatzpunkt.

Bei Kriegsende war G vier Jahre alt. Seine Mutter fand zunächst Trost in den Armen eines englischen Colonel, erlitt dann aber einen Nervenzusammenbruch, in dessen Folge sie sich umbrachte. Im Rückblick erklärte der Selbstmord seiner Mutter eine Menge.

Der englische Colonel hatte Mitleid mit G, nahm ihn mit nach England und richtete mit Geld seiner Familie ein Treuhandvermögen für ihn ein, das es G ermöglichte, anfangs auf eine damals als gut angesehene private Vorbereitungsschule und später nach Winchester und Oxford geschickt zu werden; er hatte in allen Instituten zu den Besten gehört.

Unter anderen Umständen hätte mich diese Geschichte fasziniert. Sie erklärte Gs besonderes Interesse an der deutschen Kultur, den jüdischen Traditionen und der Kabbala. Um jedoch ehrlich zu sein, es fiel mir schwer, mich auf das zu konzentrieren, was der Kaplan sagte. Die Zeichen waren unverkennbar, auch wenn ich in meinem Leben nur zweimal damit konfrontiert worden war.

Ich war in Lilian verliebt.

Bei meiner Rückkehr fand ich Lilian vor dem Bechstein im Wohnzimmer. Sie spielte eine Mozart-Sonate, den langsamen Satz der frühen F-Dur. Sie spielte wunderbar. Ich schlich mich hinein, weil ich sie mit meinem Erscheinen nicht zum Aufhören veranlassen wollte.

Durch das Fenster fiel Sonnenlicht herein. Sie saß von mir abgewandt, und die Sonne fiel gerade noch auf ihr Gesicht. Sie hatte das rote Halstuch abgelegt und es über einen Stuhl geworfen. Ich bemerkte das Motiv darauf: Es war ein gelber Adler in einem verschlungenen Jugendstildesign. Später erzählte Lilian, daß sie Kleidung, Schmuck und Accessoires mit Adlermotiven sammelte.

Lilian wirkte entspannt und bezaubernd. Die Musik hatte dieses glücklich-traurige Moment, wie es typisch ist für Mozarts beste Werke. Sie schien sich perfekt in Lilians Persönlichkeit zu spiegeln, leicht und anmutig und doch mit einer Tiefe, einem Geheimnis, das sie vollkommen machte, schön, statt einfach nur hübsch. Für einen Moment war Lilian die Musik und die Musik Lilian. Es ist eine Erfahrung, die ich niemals vergessen werde. Ich weiß nicht, ob es so etwas wie Liebe auf den ersten Blick gibt. Jedenfalls sind dies die einzigen Worte, die mir einfallen, um zu beschreiben, was ich für Lilian empfand.

In unseren rationalen Zeiten lassen wir gern anklingen, daß uns der Verstand einen Streich spielt, wenn wir uns verlieben. Ich könnte mich leicht vom Gegenteil überzeugen lassen. Vielleicht erfassen wir genau dann, wenn wir verliebt sind, wenn wir die Schönheit der anderen mit all der Besessenheit, Freude und Begeisterung wahrnehmen, die Verliebtheit impliziert, die Wahrheit über die geliebte Person. Vielleicht sehen wir sie dann genauso, wie Gott sie sehen würde, wenn es Ihn nur gäbe. Vielleicht ist es so für Gott: daß er immer wahnsinnig, bis über beide Ohren und in alle verliebt ist.

Obwohl manche behaupten, daß der Zustand des Verliebtseins durch Vitamin B-Mangel verursacht wird…

7 *Der Wagen*

Ich machte uns Tee, und wir setzten uns wieder in die Küche.

Lilian sagte, sie würde schon bald nach London zurückkehren müssen. Aus irgendeinem Grund geriet ich dabei in Panik. Ich bemühte mich, es mir nicht anmerken zu lassen.

»Sie kommen doch zurück, oder?« fragte ich und versuchte, so beiläufig wie nur möglich zu klingen.

»Vielleicht. Ich meine… wahrscheinlich. Ich bin nicht sicher.«

»Aber…« Ich versuchte, meine Gefühle nicht zu zeigen.

»Es kommt alles so plötzlich. Ich muß darüber nachdenken. Alles für G aufgeben. Das ist eine folgenschwere Entscheidung. Ich kann das nicht überstürzen.«

»Was aufgeben?«

Eine ausgesprochen blöde Frage. Sie verriet viel zuviel. Wenigstens sagte ich »was?« und nicht »wen?«, was noch schlimmer gewesen wäre.

»Meinen Job, meine Wohnung in London, meine Freunde, meinen Lebensstil.«

»Sind Sie verheiratet oder verlobt oder so was?«

Ich hatte beschlossen, alle Hemmungen fallenzulassen und offen damit herauszurücken. Es gab keinen Grund, nicht zu fragen. Ich sah, daß ihr Ringfinger nackt war. Aber man kann ja nie wissen.

Lilian errötete leicht. »Nein«, sagte sie, »nichts.« Ihre Ehrlichkeit war entwaffnend – keine Rechtfertigung, kein »also, es gibt einen Mann…« und die üblichen, endlosen Geschichten. Dafür bewunderte ich sie.

»Und Sie?« fügte sie hinzu.

»Nein«, sagte ich. »Also, um ehrlich zu sein, ich hab gerade mit jemandem Schluß gemacht.« Egal, was ich sagte, es klang falsch, entweder so, als würde ich mich entschuldigen wollen, oder als suchte ich Mitgefühl. Ich spürte deutlich, wie auch ich errötete.

Ich merkte, daß Rosemary mir plötzlich überhaupt nichts mehr bedeutete. Wenn sie in dem Augenblick durch die Tür hereingekommen wäre und mir ihre ewige Liebe erklärt hätte, sich nackt ausgezogen und sich mir an den Hals geworfen hätte, dann hätte ich sie höflich, aber bestimmt gebeten zu gehen, damit ich meine Unterhaltung mit Lilian fortsetzen konnte. Soviel zu Beständigkeit.

»Möchten Sie… Gs Angebot annehmen?« fragte sie.

Nachdem sie mich jetzt so überraschend mit der Frage konfrontierte, begriff ich, daß ich es bis zu diesem Augenblick vermieden hatte, der Sache klar ins Auge zu blicken. Wie lauteten die Alternativen? Ich konnte weitermachen, meiner eigenen Arbeit nachgehen, meine eigenen Fehler begehen, in meinem miesen möblierten Zimmer wohnen bleiben, andauernd pleite, aber ich wäre frei. Oder ich konnte hier einziehen, ein Leben im Luxus führen, müßte mir nie wieder Sorgen um

Geld machen ... und wäre Gs intellektueller »Sklave noch über den Tod hinaus«. Frei wäre ich nicht mehr. Statt meiner Arbeit würde ich Gs erledigen müssen.

»Gibt es viel von dem Zeug? Wie lange würde alles dauern?« unterbrach Lilian meine Gedanken.

»Tonnen«, sagte ich. »Es würde ein Leben dauern. Wahrscheinlich sogar mehr als nur ein Leben.«

Sie war aufrichtig erschüttert. Sie machte sich die Entscheidung nicht leicht. Ihre Verwirrung rührte mein Herz nur noch stärker. In diesem Augenblick wollte ich sie nur noch mehr. Vielleicht war ich auf ihren Trost angewiesen. Auch ich war verwirrt und durcheinander. Jeder normale Mensch hätte allein schon wegen des Geldes Freudensprünge gemacht und keinen Gedanken an die damit verknüpfte Verpflichtung verschwendet. Aber nicht wir. In dieser Hinsicht schienen wir vom gleichen Schlag. Wir wollten sicher sein, daß wir dieses Geld auch verdienten.

»Sie haben recht«, sagte sie. »Man muß darüber nachdenken.« Plötzlich hatte ich nur noch eine Sorge: Ich wollte sie um keinen Preis verlieren. Der beunruhigende Gedanke keimte in mir, ich würde sie nie mehr wiedersehen, wenn sie erst einmal nach London zurückfuhr. Ich mußte mir irgendwas einfallen lassen, um sie hier zu halten. »Hören Sie«, sagte ich, »Sie müssen nicht zurück nach London. Wir könnten zusammen zu Abend essen, und Sie könnten später noch zurückfahren. Oder Sie könnten einfach hierbleiben.«

Sie sah mich fragend an. Ich wußte nicht, ob sie mich quälen wollte oder ob sie mißtrauisch, beleidigt und wachsam war.

»Ich kann jederzeit in meine Pension zurück«, fügte ich schnell hinzu, während mein Verstand einen Looping machte. Ich bedauerte, »Pension« gesagt zu haben, denn es verriet meinen sozialen und finanziellen Status. Dann erinnerte ich mich, daß mein sozialer und finanzieller Status phänomenal sein könnte, genau wie der ihre, wenn wir nur Gs Wunsch entsprächen.

»Allein bleibe ich nicht hier.«

Ich kann nicht sagen, daß ich ihr daraus einen Vorwurf machte. Welche normale junge Frau würde allein im Haus eines Toten schlafen wollen, eines Mannes, dessen Leiche genau an diesem Tag einer Autopsie unterzogen worden war. Trotzdem, ich ließ nicht locker. »Es gibt jede Menge Schlafzimmer hier. Wir könnten beide bleiben. Ich bin ziemlich anständig, müssen Sie wissen.«

»Ich weiß«, sagte sie. Sie lächelte mich mit ihren großen Augen an. Meine letzten Abwehrkräfte schmolzen dahin. Ich liebte sie, ich liebte sie.

»Sehen wir einfach, wie's läuft«, sagte ich. »Jedenfalls bestehe ich darauf, daß wir zunächst essen gehen. Wir müssen hier raus, und wir müssen gründlich über alles reden. Ist das in Ordnung?« schob ich nach, damit es nicht zu herrschsüchtig klang.

»Ja«, sagte sie. »Okay.«

8 Gerechtigkeit

Das war typisch für mich. Ich mußte immer Pläne haben. Rosemary hat mich damit oft aufgezogen. Ich erinnere mich noch genau, wie sie sagte: »Dein Problem ist, daß du Zeit nicht einfach genießen kannst. Du mußt sie immer verplanen.«

Vermutlich hatte sie recht. Mich reizte die Vorstellung, daß Zeit vielleicht nicht linear war, sondern, wie ein paar moderne physikalische Theorien es postulieren, kreisförmig und imaginär. Mit dem Verstreichen der Zeit habe ich mich noch nie wirklich abfinden können. Vielleicht ist das der Grund, warum ich mich von geschriebenen Texten angezogen fühle. Die Welt der Worte ist großmütig. Ob man nun liest oder schreibt, es ist einem stets ein weiterer Anlauf gestattet.

Wir gingen in ein schickes italienisches Restaurant in einer einst reizvollen, heute trendy gewordenen Straße nicht weit von Gs Haus, die häufig auch North Yuppy Street genannt wurde. Wir begannen den Abend mit ernsthaftem Gespräch, dachten eingehend über das Für und Wider des Angebots nach, das uns unterbreitet worden war.

Als wir dann mehr Wein tranken, begannen unsere Skrupel und unser Ehrgefühl zu schwinden. Irgendwann zwischen dem zweiten und dem dritten Gang (am Ende schafften wir fünf; ich hatte schon immer einen Riesenappetit, was auch für Lilian galt) begannen wir zu kichern. Wir gewöhnten uns allmählich an unser Glück und begannen es zu genießen. All das Geld, das Haus – es gehört uns, und wir können damit tun und lassen, was wir wollen. Als Gegenleistung mußten wir nur Gs Unterlagen durchsehen.

Plötzlich kamen mir meine Sorgen, einen Lehrstuhl an der Universität ergattern zu wollen, albern vor. G bot mir mehr Geld an, als ich in einem ganzen Dozentenleben je verdienen würde. Wenn ich einen Status als Forscher und Akademiker wollte – ich brauchte nur zuzugreifen, denn Gs Gedanken und sein Leben waren sicherlich ein lohnendes Studienobjekt.

Lilian sprach ebenfalls davon, wie gut es wäre, die kleinliche Machtpolitik des Büros hinter sich zu lassen und statt dessen Gs Œuvre für die Veröffentlichung vorzubereiten. Wir sahen uns (unter dem Einfluß des Weins kam zu meiner größten Freude endlich das Personalpronomen »wir« in Gebrauch) bereits auf Weltreisen, wobei ich Vorträge über die Ideen des großen G hielt und Lilian ausgesprochen schöne, bibliophile Ausgaben seiner Werke vorstellte, die alle unsere Namen in der Zeile »herausgegeben von…« tragen würden.

Wie kann ich Lilian beschreiben? Sie war einnehmend, erregend, und in ihrer Gegenwart fühlte ich mich ungeheuer lebendig. Wir verstanden uns so gut, daß mit ihr zu reden mir das Gefühl größter Vertrautheit vermittelte, geradeso, als wäre ich mit mir allein, und unsere Gedanken flossen so ungehindert, vielleicht sogar noch ungehinderter, als wären wir allein gewesen. Am Ende des Abends sah es so aus, als hätten wir uns schon Monate und nicht erst einen Tag gekannt. Doch trotz all der Vertrautheit in unserer Unterhaltung, war da immer auch eine gewisse Distanz, ein Respekt, was das Zusammensein mit ihr um so aufregender, ja zu etwas ganz Besonderem machte.

Wir beschlossen, in Gs Haus zu schlafen. Lilian würde ein Zimmer im zweiten Stock nehmen, in einem der Ecktürme, wie eine bedrängte Jungfer in Not, und ich würde in einem der Gästezimmer im Stock darunter schlafen.

Es war schon merkwürdig, aber inzwischen war ich dermaßen in Lilian verliebt, daß ich nicht mehr mit ihr schlafen wollte. Ich wollte ihr ihre Freiheit lassen, sie liebevoll umsorgen, ihre Gesellschaft genießen ohne eine der Komplikationen, die sich aus Sex ergeben können.

Außerdem wollte ich allein sein, um an sie und meine Liebe zu ihr denken zu können.

Erst auf dem Nachhauseweg ließ die Euphorie nach. Es war ein wunderschöner Abend, die Luft war mild und sanft, berauschend mit den Düften von Blumen und Blüten. Der Mond stand am Himmel. Der ideale Rahmen für die Liebe.

Und doch gab es einen Todesfall, der berücksichtigt werden mußte. Irgendwo, viele Meilen über dem Meer, lag eine Leiche in einem Leichenschauhaus, aufgeschnitten, ein Ding, das einmal ein Mensch war.

Als wir zurück waren, zeigte Lilian mir weitere Gedichte von G, die sie am Nachmittag gefunden hatte. Die Gedichte waren voller obskurer Querverbindungen zu Astrologie, griechischer Mythologie und allen möglichen anderen Dingen. Es war klar, daß ich mir darüber gründlich den Kopf zerbrechen müßte, falls ich die Herausgabe der gesammelten Werke von G übernehmen sollte. Ich überlegte, ob sie ein mystisches System darstellten, das G entdeckt oder ersonnen hatte, und mir fiel auf, daß mich die beiden Frauen in dem Gedicht »Die Liebenden« an Rosemary und Lilian denken ließen. Aber wenn ich in einer Beziehung stecke oder gerade eine hinter mir habe, erinnert mich alles an die Frau, die ich liebe oder gerade verloren habe; daher war es kaum überraschend, daß dieses Gedicht so ausgezeichnet zu meiner momentanen Situation paßte.

Ich erinnerte mich an eine Zeile von Eliot, die besagte, man würde sein Leben in Kaffeelöffeln abmessen. Ich fragte mich, ob das Tragische dieser Zeile auf der Tatsache beruht, daß Männer ihr Leben tatsächlich mit ihren Frauen abmessen: Mutter, Freundinnen, Geliebte, Ehefrau, Ehefrauen, Beinahe-Ehefrauen. Wenn dem so war, dann wäre der Kaffeelöffel ein ziemlich gutes Sinnbild von der Abwesenheit der weiblichen Liebe.

Ich war sehr tugendhaft. Ich gab Lilian einen höflichen Kuß auf die Wange, als sie meine Hand einen Moment lang festhielt, und dann trennten sich unsere Wege in Richtung verschiedener Betten.

9 Der Eremit

In dieser Nacht drangen die Bilder aus den Gedichten, so abgenutzt sie auch sein mochten, in meine Träume ein. Ich wachte auf und fragte mich, um was es bei den Gedichten wohl ging. Wären sie nicht von G gewesen (ich nahm jedenfalls an, sie *waren* es), hätte ich angenommen, daß sie von einer Suche nach dem inneren Ich handelten. G hätte sich über eine solche Idee kringelig gelacht. »Woher könnten wir denn wissen«, habe ich ihn einmal zu diesem Thema sagen hören, »ob nicht das innere Ich, erst einmal entdeckt, auch wieder ein inneres Ich besitzt, das wiederum ein inneres Ich haben könnte, und so fort? Vielleicht sollten wir einfach das Offenkundige zugeben, das da lautet, das innere Ich ist bloß eine andere Betrachtungsweise des äußeren Ich, die uns bislang entgangen ist.«

Von Lilian war nichts zu sehen, als ich aufstand, also machte ich ihr einen Tee. Um halb neun war sie immer noch nicht aufgetaucht; ich klopfte an ihre Tür. Ich klopfte wieder und rief ihren Namen. Ich schaute im Bad nach. Ich rief wieder und wieder.

Schließlich hielt ich das Warten nicht länger aus. Behutsam drückte ich die Tür auf. Da war niemand. Das Bett sah aus, als habe keiner darin geschlafen, obwohl sie es auch gemacht haben konnte, bevor sie gegangen war. Ich kniete mich davor, um daran zu riechen. Ich schnupperte einen Hauch von ihrem Duft, von ihrem eigenen, sehr speziellen Duft.

Ich geriet in Panik. Ich konnte nicht glauben, daß sie ohne ein Wort gegangen war. Ich rief ihren Namen. Ich sah in jedem Zimmer des Hauses nach, rief dabei die ganze Zeit ihren Namen, dann brüllte ich, bis ich heiser wurde.

Schließlich gab ich auf. Ich ging wieder nach unten in die Küche, schenkte mir eine neue Tasse Tee ein und noch eine und noch eine. Dabei rechnete ich die ganze Zeit damit, daß sie jeden Augenblick auftauchen würde. Ich saß da und blies Trübsal.

Schließlich versuchte ich mir einzureden, daß es töricht war, soviel von ihr zu halten. Sicherlich war sie sehr schön. Aber dieses Undefinierbare an ihr – war es eine Form der Überheblichkeit? Als sie gestern so nett zu mir gewesen war, hatte sie es unter Umständen nur getan, um sich alle Möglichkeiten offenzuhalten. Es wäre doch großartig für sie, wenn ich für sie schwärmte. Dann könnte sie in finanzieller wie gesellschaftlicher Hinsicht aus dem toten G herausholen, was sie wollte, und mich für die Arbeit als ihr Schoßhündchen halten. Ich wußte so wenig von ihr. Sie könnte durchaus Gs Geliebte gewesen sein. Ich wußte nicht, wo sie wohnte und ob es stimmte, daß sie wirklich ungebunden war, wie sie behauptete. Ich versuchte, ihr gegenüber mißtrauisch zu sein, sie zu verschmähen, mich von ihr zu distanzieren, ja sogar sie nicht mehr gern zu haben.

Doch nichts davon funktionierte. Sie war die reizendste junge Frau, der ich je begegnet war. Daran ließ sich nicht rütteln. Das Problem war nur, daß ich offensichtlich nicht gut genug für sie war. Das war es, was weh tat.

Aus irgendeinem Grund dachte ich an ein Interview, das G vor einigen Jahren gegeben hatte. G wurde gefragt, was er geworden wäre, wenn er kein berühmter Philosoph, kein Intellektueller geworden wäre. Er antwortete, es hätte ihm sicherlich gefallen, Mönch zu werden. Jeder lachte darüber. Jeder kannte seinen Ruf als *bon viveur*, als Lebemann, als Schürzenjäger, als intellektueller Bilderstürmer.

Für mich ergab seine Antwort durchaus Sinn. Tatsächlich konnte ich ihm das sehr gut nachfühlen. Eine Sache, die uns beide verband, etwas, das wir voneinander wußten, war die Tatsache, daß wir beide zu periodischen Anfällen von Frömmigkeit der einen oder anderen Art, von Mystizismus neigten, wie immer man es nennen will. Meine Adoleszenz hindurch und während meiner Studienzeit hatte ich mich häufig zu religiösen Gruppen hingezogen gefühlt. Diese Flirts waren stets mit Empörung über mich oder die Institutionen, denen ich mich angeschlossen hatte, zu Ende gegangen. G fand, wie ich bereits sagte, einen gewissen Trost in seinen Besuchen in der Collegekapelle, was schon paradox war, denn lautstärker als die meisten auf der Universität prangerte er das an, was er die Heuchelei des institutionalisierten Christentums im allgemeinen und des Oxforder Anglikanismus im besonderen nannte.

Einmal äußerte er sein Interesse an der Pfingstbewegung. Die Vorstellung, unseren höchsten religiösen Zielen Ausdruck zu verleihen in einer Sprache, die wir nicht verstehen konnten, übte einen ungeheuren Reiz auf ihn aus. Er verfaßte sogar einen Aufsatz über die reine Logik der Unlogik der Glossolalie, des ekstatischen Redens in fremden Zungen. Für jemanden, der sich für sprachliche Strukturen interessierte, war dieses Thema natürlich ein Geschenk des Himmels. Er beschrieb das ekstatische Reden als eine Sprache der reinen Struktur und reinen Bedeutung ohne Syntax oder Semantik, als ultimativen Ausdruck des Unbeschreibbaren, das damit auch unausgedrückt blieb.

Sein Interesse an Mönchen war ähnlich gelagert. Das Schweigen, die bewußte Wortlosigkeit des Mönchtums, seine Stille zog ihn an. Für einen Mann, dessen Existenz vollkommen von Worten beherrscht und eingerahmt wurde, bot die mönchische Existenz den idealen Ausweg. Die Vorstellung, endlose Tage mit niemandem sprechen zu müssen, in großen Abschnitten der Stille denken zu können, wäre das allerletzte Abenteuer, die ultimative Befreiung und der höchste Ausdruck des Unausdrückbaren gewesen, anders als sein eigenes Leben, welches er als professionelle Krittelei am Unvermögen anderer, sich verständlich auszudrücken, bezeichnete.

Was seine eigenen religiösen Ansichten betraf, so sagte er, er schließe sich der »Knapp-daneben«-Theorie des Christentums an: Wenn es etwas, ein Jenseits, einen Gott gibt, dann kann das Christentum insofern manchmal einen Teilerfolg verbuchen, indem es zumindest eine Art Vehikel zur Verfügung stellt, wenn es schon keine angemessene Ausdrucksform dafür findet. Ein Rückzug ins Kloster böte vielleicht die Chance herauszufinden, was immer das war.

Ich fragte mich, ob er im Tod gefunden hatte, wonach er suchte.

Was mich betraf – ich sehnte mich nach einem Leben, das weniger von Leidenschaft erschüttert wurde. Ich vermißte Lilian sehr, auch wenn ich sie nicht einmal vierundzwanzig Stunden kannte.

10 Rad des Schicksls

An diesem Morgen wirkte das Haus, ohne Lilian, bedrückend. Nur weil sie ebenfalls da gewesen war, hatte ich dort überhaupt schlafen können. Jetzt, ohne sie, war es ein totes Haus, ein Monument, so unheimlich wie ein ägyptisches Grabmal.

Ich versuchte, mir über meine nächsten Schritte Klarheit zu verschaffen. Jeder Vorwand, aus dem Haus zu kommen, war mir recht. Es gab noch eine Reihe von Dingen, die in der Stadt zu erledigen waren. Leute im College mußten aufgesucht werden, bei der Bank und mit den Anwälten war noch verschiedenes zu klären.

Der Gedanke, mit den Anwälten anzufangen, war reizvoll. Ich würde über den Erbschein und Details des Erbes reden können. Außerdem wollte ich wissen, was passierte, falls sich Lilian aus dem Arrangement zurückziehen wollte. Um ehrlich zu sein, ich wollte mehr über Lilian herausfinden, etwa, wo man sie erreichen konnte und so etwas. Ich wollte sie nicht verlieren.

Es war ein schöner Frühlingsmorgen. Alle Bäume standen in voller Blüte, und die Gärten im Norden Oxfords erstrahlten in einem Farbenmeer.

Ich brauchte Zeit, um nachzudenken, also beschloß ich, zu Fuß zu gehen.

Mein Verstand drehte sich im Kreis. Ich fühlte mich vollkommen verloren.

Eine Anekdote, die G mir einmal erzählte, kam mir immer wieder in den Kopf. Es war eine Geschichte aus der Zeit seines Studiums Ende der fünfziger Jahre. Während der langen Semesterferien war er eingeladen worden, ein Wochenende bei einem Freund in Ryde zu verbringen. Der besagte Freund war Mathematiker. Darüber hinaus genoß er den Ruf, ein großer Rock-and-Roll-Kenner zu sein und Partys zu organisieren, die in der damaligen Zeit als »wild« bezeichnet wurden. Die Eltern des Mannes lebten im Ausland, und so stand ihm ein ganzes Haus zur Verfügung. Im Lauf des Nachmittags und frühen Abends trafen weitere Oxforder und einige ortsansässige Freunde ein – junge Männer und Frauen. Die Frauen waren attraktiv und – angeblich – leicht zu haben.

Den ersten Teil des Abends wurde getrunken und getanzt. G hatte beidem bereits ausgiebig gefrönt, als er in eine Unterhaltung über ein Problem geriet, mit dem er zur damaligen Zeit rang: die Frage nämlich, ob wir einen freien Willen besitzen oder nicht und ob sich unsere Sichtweise der Welt durch die Hypothesen ändert, die wir über den freien Willen aufstellen.

Ich kann mir G als jungen Mann vorstellen, wie er in der Ecke eines verräucherten Raumes sitzt, ein Glas Wein in der Hand, das dunkle Haar fällt ihm in die Augen, und mit seinem Freund über die Wahrscheinlichkeitsrechnung diskutiert, während um ihn herum zur Musik getanzt, geflirtet und geschmust wird. Ich kann mir vorstellen, wie G seinen Freund auffordert, sich ein Ereignis ohne Ursache vorzustellen, um damit zu widerlegen, daß der freie Wille unendliche Gabelungen unendlicher Universen beinhaltet… und und und.

Um eine Aussage zu veranschaulichen, die er gerade über Freiheit machen wollte, sagte G, er werde schwimmen gehen, und dies ungeachtet der Tatsache, daß es fast Mitternacht war. Es schien eine gute Idee zu sein, und eine ganze Reihe von ihnen ging hinunter zum Strand. G zog sich bis auf die Unterwäsche aus und schwamm in die schwarze See des Ärmelkanals hinaus.

Das Wasser war warm und dunkel, und G spürte, während er sich weiter und weiter von der Küste entfernte, daß er alles hinter sich ließ und in eine Welt eintauchte, die wunderbar ungestört und abgeschlossen war, und er sich unendlich sicher, unendlich stark fühlte.

Er hatte Lärm vom Ufer gehört, Leute, die riefen. Er war sich vage bewußt, daß er zuweit ins Meer hinausgeschwommen war und nun Gefahr lief, von der Strömung mitgerissen zu werden. Die Leute am Strand sahen unendlich klein und unbedeutend aus, und er war zufrieden in seinem abgeschlossenen Universum. Schon bald war er außer Hörweite, und er konnte nur noch vage sehen, wie sie ihm wild gestikulierend Zeichen machten umzukehren. Sie waren so winzig, und das Licht der Häuser und Straßenlaternen schien aus unendlicher Ferne zu leuchten, wie aus einer anderen Welt.

Es gab keinen Grund zur Umkehr. Nur auf eine sehr distanzierte Weise begriff er, wie gefährlich diese Gemütsverfassung war, daß sie der Beginn einer Erschöpfung oder Ohnmacht sein könnte. Dann bemerkte er, wie die Wellen höher und er von der Strömung weiter vom Strand weggezogen wurde. Er drehte sich langsam um und versuchte zurückzuschwimmen. Aber er schien sich auf der Stelle zu bewegen.

Zuerst schwamm er ganz ruhig. Dann wurde ihm bewußt, daß er nicht vorankam. Er wurde einfach von der Strömung und der Tide weiter mitgezogen.

In diesem Augenblick hatte er eine Vision von der unendlichen Zahl unendlich kleiner Atome und Moleküle des Wassers im Meer, die all die Atome und Moleküle trugen, aus denen sein Körper bestand. Diese Vision verließ ihn seitdem nie wieder. Es war schön und schrecklich zugleich; die Bewegung der Wellen, das unendlich komplexe Kreuz und Quer der Partikel und Energie, alles unvorhersehbar, unerbittlich und doch irgendwie eine geordnete Strömung bildend, einen Tanz, der seine Zerstörung und Auflösung zum Ziel hatte. Es war eine faszinierende und zugleich beruhigende Vision. Es bestand keinerlei Notwendigkeit, zum Strand zurückzuschwimmen. Als würde er unaufhaltsam in die riesige geordnete Unordnung der geometrischen Formen und Strukturen der Vision hineingezogen, all der winzigen, tanzenden Teilchen und Wellen, aus denen sich das Meer, die Luft, sein Körper zusammensetzten. Er glaubte verstanden zu haben, daß diese Vision die Wahrheit offenbarte, daß er die Wahrheit über das Universum sah, über alles, was um ihn herum war.

Gerettet hatte ihn schließlich die Angst, die plötzliche Erkenntnis, daß er die Kontrolle verlieren, ja sterben würde, wenn er nachgab. Diese Angst trieb ihn zur Höchstleistung. Die Strömung war so stark, daß er fast eine Stunde brauchte, um wieder an die Küste zurückzuschwimmen. Einige seiner Freunde jubelten, aber viele, besonders die Frauen, stauchten ihn mächtig zusammen.

Er versuchte ihnen zu erzählen, was er empfunden hatte, doch sie waren nicht in der Stimmung, ihm zuzuhören – mit Ausnahme eines Mädchens, einer Mathematikerin. Sie führte ihn zum Haus des Freundes zurück, brachte ihm etwas zu essen, suchte ihm warme Kleidung und steckte ihn ins Bett.

Sie leistete ihm dort Gesellschaft. Es war sein erstes Mal. Als sie sich liebten, hatte er wieder das Gefühl, Teil einer riesigen, zufälligen, trotzdem unvermeidlichen Ebbe und Flut von Energieteilchen zu sein – reiner Energie also!

Er sagte, er habe das Gefühl *erfahren*, in dem es keine mathematischen Gewißheiten gab. Er kenne jetzt nicht nur die Implikationen, habe sie nicht nur intellektuell verstanden, sondern sie darüber hinaus auch gesehen und körperlich gefühlt. Nach außen hin nahm sein Verständnis die Form eines Nervenzusammenbruchs an. Als er in seine eigene

Wohnung zurückkehrte, ging er ins Bett und blieb tagelang still, absolut bewegungslos liegen. Er brauchte eine Weile, bis er sich wieder aufraffen konnte, überhaupt etwas zu tun. Diese Lethargie hielt für den Rest der Semesterferien an. Er sagte, noch eine ganze Weile danach habe er sich nicht mehr in der Lage gesehen, irgendwelche Entscheidungen zu treffen.

Er fing sich wieder, indem er würfelte. Jedesmal, wenn er sich mit mehreren Alternativen konfrontiert sah, zwischen denen er sich nicht entscheiden konnte, würfelte er einfach und tat das, was die Würfel sagten.

Schon eigenartig. Als ich in der Frühlingssonne so dahinschlenderte, war mir, als erlebte ich diese Erfahrung von G noch einmal. Im Rückblick scheint sich aber doch alles in ein größeres Raster einzufügen.

11 Kraft

Von der Banbury Road ging ich an St. Mary's vorbei in die Little Clarendon Street – mit all ihren kommerziellen Attraktionen, die solche Leute ansprechen sollen, bei denen Kaufkraft ein Ersatz für Kreativität ist –, vorbei an der Universitätsverwaltung auf den Wellington Square.

Gerade als ich in die St. John's Street einbog, sah ich – ich schwöre es – Lilian in die Kanzlei gehen. Sofort schlug mein Herz schneller vor Aufregung, und in der Hoffnung, sie einzuholen, rannte ich los. Vor dem Empfang war ich sicher, Lilians Parfüm zu riechen. Aber die Empfangsdame bestritt vehement, daß sie in der Kanzlei gewesen sei.

Ich war geknickt, und es gelang mir nur mit Mühe, wenigstens einen Anschein von Liebenswürdigkeit zu wahren. Miß Marcanu mit ihrem schwarzen Minirock und der engen weißen Bluse war immer noch charmant und sexy. Doch all meine Gedanken galten jetzt Lilian, und mein Besuch verlief förmlich und geschäftlich. Es gelang mir, eine – an meinen Verhältnissen gemessen – nicht unbedeutende Summe zur Deckung der unmittelbaren Kosten in Zusammenhang mit der Einäscherung loszueisen.

Die Vereinbarung sah so aus, daß ich den Zahlmeister spielte, während der Gottesdienst und die Einzelheiten des anschließenden Empfangs der Collegeverwaltung überlassen bleiben sollte. Ich war erstaunt, daß alles so reibungslos ablief. Anscheinend war in Spanien die Autopsie prompt durchgeführt worden. Der Leichnam befand sich bereits auf dem Weg nach Heathrow.

Es gab noch einige weitere Formulare auszufüllen und zu unterschreiben, und dann machte ich mich auch schon wieder auf den Weg. Mir entging durchaus nicht, daß Miß Marcanu alles in ihrer Macht Stehende unternahm, mich zufriedenzustellen und auf mich anziehend zu wirken. Noch vor vierundzwanzig Stunden wäre ich nicht nur in Versuchung geraten, sondern hätte vor Aufregung wahrscheinlich gesabbert. Jetzt jedoch war da Lilian, und ich konnte einfach nichts dagegen tun: Ich glaube, Miß Marcanu war nur wegen des Geldes, das ich erben würde, an mir interessiert.

Ich war nicht sicher, ob Miß Marcanu nicht vielleicht ein wenig zu übertrieben bestritt, Lilian gesehen zu haben. So vieles an ihr war exaltiert und unaufrichtig, daß ich es einfach nicht sagen konnte.

Als nächstes gönnte ich mir ein Bacon-Sandwich in dem Café neben dem Taylorian, der neusprachlichen Fakultät, wohin auch die Politessen gehen, um sich stundenlang von ihren beschwerlichen Pflichten zu erholen. Danach ging ich vorbei an jener Stelle, wo Thomas Cranmer, der Erzbischof von Canterbury, bei lebendigem Leib verbrannt worden war, quer durchs Stadtzentrum zu Gs College.

Um zu seinen Zimmern zu gelangen, mußte man sich einen Weg durch ein Labyrinth von Durchgängen und winzigen Innenhöfen suchen. Ich hatte mich früher oft gefragt, ob G sich diese Räume absichtlich als eine Art äußeren Ausdruck der labyrinthartigen Struktur seines Geistes ausgesucht hatte.

Dann passierte es wieder. Gerade als ich um die pseudobarocke Ecke auf den Hof trat, an dem Gs Räumlichkeiten lagen, erblickte ich eine weibliche Gestalt, die in Gs Treppenhaus verschwand. Ich hätte schwören können, daß es Lilian war. Ich stürmte über den Hof, in den Eingang, die Treppe hinauf und in seine Räume.

Ich konnte ihr Parfüm riechen. Es gab noch zahlreiche andere Zimmer an diesem Treppenaufgang, und ich konnte mich auch geirrt haben. Aber ich war überzeugt, daß sie in seine Zimmer gegangen war, und ich verbrachte eine ganze Weile damit, mit den Schlüsseln herumzufummeln und mein Ohr an die Tür zu drücken.

Schließlich ging ich hinein und konnte mich einfach nicht bremsen, überall nachzusehen, selbst in den Schränken und unter dem Bett. Ich drückte sogar gegen einige der eichenen Wandpaneele in der Hoffnung, einen Geheimausgang zu finden. Aber jeder konnte an der Geometrie der Räume sofort erkennen, daß so etwas unmöglich gewesen wäre.

Von Lilian keine Spur, obwohl ich überzeugt war, immer noch ihr Parfüm zu riechen.

Es war, als würde ich von einem Geist verfolgt und gequält. Entweder war ich auf dem besten Weg, verrückt zu werden, oder aber ich war verdammt schwer verliebt.

Ich setzte mich in einen von Gs präökologischen Ledersesseln und versuchte, meine Selbstbeherrschung wiederzuerlangen. Dann machte ich mit der selbstgesetzten Aufgabe weiter, seine Papiere durchzuschauen.

Ich war überrascht, denn G war normalerweise, zumindest oberflächlich gesehen, ein unordentlicher Mensch, der überall Papiere und Unterlagen liegengelassen hätte. Er schien jedoch sein Zimmer im College ausgeräumt zu haben. Das ließ irgendwie nichts Gutes ahnen, aber zu dem Zeitpunkt fiel mir beim besten Willen nicht ein, was.

Zum Schluß schaute ich in seinen Schreibtischschubladen nach. Und dort fand ich einen Schwung Gedichte, die von acht bis zwölf numeriert waren.

Ich setzte mich wieder in den Sessel und versuchte, sie zu lesen, mich auf sie zu konzentrieren. Es ist schon merkwürdig, wie der Verstand sich aufteilen kann. Ein Teil von mir versuchte, aus den Gedichten schlau zu werden, während der andere von Lilian besessen war. Alles potentiell Gute in meiner Zukunft schien mit ihr verbunden zu sein.

Irgendwie hatte es sich mir in den Kopf gesetzt, daß die Gedichte, die G überall hatte herumliegen lassen, so etwas wie Hinweise waren. Eine Art Schnitzeljagd. Es war seltsam, sie in der richtigen numerischen Ordnung vorzufinden, gerade so, als wären meine Schritte vorausgesehen worden.

Nach einer Weile beschloß ich, mir einen malerischen Spaziergang durch die verschiedenen Colleges zu gönnen. Aber mein Kopf war nicht in der Lage, die Schönheiten, die ich sah, von dem Gedanken an Lilian zu trennen. Die Linien der Architektur brachten mir Musikfetzen in Erinnerung – Mozart, Schubert, Beethoven, Monteverdi –, und in dieser Schönheit hörte ich ihre Stimme, sah die Formen und Kurven ihres Gesichts und Körpers. Doch am wenigsten ließ mich dieses mittelalterliche Lied los, das ich am vergangenen Morgen im Radio gehört hatte.

Ich überlegte, wie es ist, Ideale zu haben. Ich erinnerte mich an eine Idee von G, daß uns in der heutigen Zeit, nachdem Religion, Politik, ja sogar die Kunst gescheitert sind und diskreditiert wurden, nur noch sexuelle Ideale geblieben sind. Da wir keine objektiven Wertesysteme, keine Kosmologie, keine sinnvollen sozialen Strukturen oder Hierarchien mehr besitzen, haben wir nur noch uns. Daher kann es leicht vorkommen, daß wir jenen, die wir sexuell attraktiv finden, all die Tugenden, all die Güte, all die Schönheit und all die Qualität zuerkennen, die wir so kläglich bei anderen Aspekten unseres Lebens vermissen.

Es ist kaum überraschend, daß es geliebten Menschen nur äußerst selten gelingt, solchen Erwartungen gerecht zu werden, und so viele Beziehungen und Ehen in Katastrophen enden. Schon merkwürdig: Genau in dem Moment, als die Religion im neunzehnten Jahrhundert zum erstenmal durch die Naturwissenschaften bedroht wurde, kam die romantische Liebe so richtig in Fahrt.

Ach, vor dem Zeitalter der Naturwissenschaften gelebt zu haben, in einem neuplatonischen Universum, in dem das Ganze der Schöpfung in Gestalt einer Riesenpyramide geordnet war mit Gott an der Spitze, dann den Ordnungen der Erzengel, Engel, Throne, Herrschaften, Kräfte, des Menschen, der Tiere, der Pflanzen und der unbelebten Materie. Damals waren Werte, Leben, Geschöpfe und Beziehungen nicht nur frei erfunden oder Nebenprodukte sozialer Strukturen, »unvermeidliche Unfälle des sozialen Wandels«, wie G sie einmal nannte. Alles hatte seinen Platz, einen objektiven, verifizierbaren Wert und gehörte zu einer Ordnung mit einem klaren Zweck und einem Ende. Demnach hatte sexuelle Anziehungskraft, Liebe, eine Rolle zu spielen, aber sie fügte sich in den größeren Rahmen ein, sie hatte einen Platz. Sie war nicht alles.

Es ist wunderbar menschlich, daß man solchen Gedanken nachgehen, auf eine so distanzierte und analytische Art über den eigenen Gemütszustand reflektieren und doch gleichzeitig seine obsessiven Emotionen verfolgen kann, und das in einem irrwitzigen Zustand der Erregung – wissenschaftlich, bewußt und irrational, bis zum bitteren Ende.

In dieser ambivalenten Verfassung befand ich mich, bis ich die Banbury Road zum Fluß hinunter verließ. Zum drittenmal war ich überzeugt, sie gesehen zu haben, wie sie etwa hundert Meter vor mir um eine Ecke verschwand. Ich brüllte aus Leibeskräften und rannte los. Doch als ich die Ecke erreichte, war bereits fort, wen immer ich gesehen hatte.

12 Der Gehängte

Wieder in Gs Haus, machte ich mich daran, noch einmal die Gedichte zu lesen, die ich gefunden hatte.

Ich empfand es als sehr ungewöhnlich, daß G, bei all seinem Bedürfnis, bestehende Wissensstrukturen zu entlarven, ihnen zu widersprechen und sie zu unterminieren, immer noch ein solches Interesse an dieser semiokkulten Metaphorik besessen haben sollte. Alle Symbole waren mir vertraut, auch wenn ich nicht ganz sicher war, wo sie mir schon einmal begegnet waren.

Ich machte mir noch eine Tasse Kaffee und setzte mich in das vordere Zimmer, in dem das Porträt im Stil der italienischen Renaissance hing. Es hatte die gleiche Ruhe wie ein da Vinci. Ich verstehe wenig von Maltechniken, daher konnte ich nicht erkennen, ob das Gemälde eine jüngere Imitation war oder wirklich aus dem sechzehnten Jahrhundert stammte. Die wunderschönen Haare des Mädchens waren auf eine Weise zurechtgemacht, wie man sie häufig auf Drucken und Gemälden dieser Epoche sieht. Sie hatte einen zarten Teint, große, melancholische, aber auch strahlende Augen. Und sie sah genauso aus wie Lilian.

Über dem Kaminsims bemerkte ich einen kleinen Druck, der einen jungen Mann mit lockigen, braunen Haaren zeigte. Dieser sah nach einem Dürer aus, obwohl das übliche AD fehlte. Vielleicht gehörte es der Schule von Dürer an. Und das war bestimmt ein Zufall: Der junge Mann sah genauso aus wie ich.

Ich setzte mich wieder in einen der Ledersessel. Ausgelöst vielleicht von der Betrachtung des Drucks, verlor ich mich in Erinnerungen an die glückliche Zeit, die ich in Nürnberg verbracht hatte, als ich Deutsch lernte. Besonders gut erinnerte ich mich an das Albrecht-Dürer-Haus oben im Norden der Stadt, in der Nähe der Burg. An Sommerabenden wurde die Stadt so lebhaft, so lebendig, so voller Freude und Freundschaft. Selbst das Frauentor, wo die Prostituierten in Schaufenstern posierten, um Freier anzulocken, hatte einen eigentümlichen Charme.

Ich hatte kurze Zeit in Nürnberg gewohnt, damals, bevor ich G kennenlernte. Oft dachte ich über die Schrecken der Bombardierungen der Stadt nach. Es schien einfach nicht möglich, daß so etwas geschehen sein konnte. Selbst das Zeppelinfeld, wo Hitler auf den Reichsparteitagen gesprochen oder, besser gesagt, wirres Zeug gefaselt hatte, strahlte jetzt Ruhe und Frieden aus. Was für ein Monument der Vergänglichkeit dieser Ort doch ist. Hitlers Tausendjähriges Reich. G hatte ein leidenschaftliches Interesse an der Doktrin des Letzten Kaisers, der unmittelbar vor der Ankunft des Antichristen herrschen würde. Und er war Experte für das Okkulte am Dritten Reich. Selbst der Ausdruck Drittes Reich bezog sich nicht wirklich auf das dritte deutsche Reich, sondern vielmehr auf die okkulte Vorstellung einer neuen Zeit der Freiheit für die Auserwählten.

In mancher Hinsicht blieb nur sehr wenig von der Vergangenheit in der Atmosphäre eines Ortes. Dennoch ließ sich mühelos erkennen, wo in Nürnberg die Bomben gefallen waren. Die Geographie der alten und neuen Gebäude war überwältigend eindeutig. Man sollte meinen, daß eine Stadt, die wie Nürnberg gelitten hatte, voller Geister sein müßte, doch dies schien nicht der Fall zu sein, zumindest nicht aus der Perspektive eines Besuchers wie mir.

Ich nehme an, falls Geister existierten, dann leben sie in unseren Köpfen oder vielmehr in unseren Wunden. Ich dachte daran, was G dort als Kind gelitten haben mußte, an die ständige Gefahr, in der sein Vater gelebt hatte. Wenigstens sah ich es zum damaligen Zeitpunkt so.

Vielleicht erklärt Gs Beziehung zu seinem Vater die schizoiden Bedürfnisse, die als Antrieb hinter Gs akademischem Wirken stand. Einerseits war da das Bedürfnis zu kritisieren, in Stücke zu reißen, ein für allemal zu zeigen, daß es keine absoluten Fundamente, keinen Punkt gibt, von dem aus grandiose Behauptungen über alles mögliche aufgestellt werden können. Andererseits war da die akribische Erforschung der Vergangenheit, das Bedürfnis, Systeme und Strukturen zu sammeln, ja zu erschaffen, wie zum Beispiel jene in diesen merkwürdig symbolistischen Gedichten.

Allerdings steckte mehr hinter seinem Bewußtsein der Vergangenheit. G hat mir einmal erzählt, daß er die Musik von Mozart, Beethoven und Schubert deshalb für so kraftvoll halte, weil sie die Möglichkeit zum Trauern böten. Er hat mir von einem Erlebnis erzählt, das er bei einem Schubert-Liederabend in der Queen Elizabeth Hall hatte. Er döste ein und stellte sich vor, in einem Landhaus zu sein. Es war umgebaut wie eines der Häuser auf dem Land in der Nähe von Wien, wo Schubert seine Ferien verbracht haben könnte. Und doch war es ein Geisterhaus. Auf allem lag Staub. Im Keller befanden sich Regale voller Manuskripte. Plötzlich stand Schubert neben ihm und sagte, er könne sich bei den Papieren bedienen, denn im Land der Lebenden seien sie wertvoll. Allerdings stehe darauf eine Strafe. Nach dem Tod müsse er dem Haus Gesellschaft leisten. Er werde von Himmel und Hölle ausgeschlossen sein, denn dies sei das Haus der Kunst, der grauen Geister, weder gut noch böse. Dann legte sich eine Kälte über das Haus, ein bedrückendes Grau, und G wachte auf. Er konnte sich nicht erinnern, ob er Manuskripte mitgenommen hatte oder nicht.

Ich weiß, G war für solche Gefühle, oder Zustände, ausgesprochen anfällig, und dies trotz der Tatsache, jedenfalls nach außen hin, ein Vertreter der »nüchternen« Schule der Vernunftkritik zu sein, mit allem, was das implizierte. Trotzdem wußten er und ich, daß solche äußerlichen Gedanken die wahre Natur der Vergangenheit nicht einmal berühren. Es gab Stimmen und nicht exorzierte Geister, die riefen und umgingen.

Erschreckt erinnerte ich mich, daß G jetzt selbst einer von diesen war. Es war so leicht zu vergessen, daß er tot war. Seine Gedanken, sein Lebenswerk waren in diesem Haus derart präsent, daß es beinahe undenkbar schien, er habe jemals als wirklicher, atmender Körper existiert. Tot war er nun seine Arbeit, seine Gedanken geworden. Doch tot war er am Ende genauso wie alle Toten. Auch wenn er erst vor vier Tagen gestorben war, war die Vergangenheit, zu der er gehörte, bereits so weit entfernt, so unerreichbar wie die der Pharaonen, des Dritten Reichs oder des Mittelalters.

Er hatte sich ein anderes, posthumes Leben gewünscht. Darauf hatte er die ganze Zeit hingearbeitet. Er wollte in der wissenschaftlichen Denkwelt auf die gleiche Weise präsent sein wie, Paracelsus zufolge, die Astralkörper der Toten in der Luft, wie die Pharaonen in den Gegenständen, mit denen sie ihre Pyramiden füllten, auf die gleiche Weise, wie Komponisten in ihrer Musik.

Eine weitere Ungereimtheit. Warum sollte er dies für sich wünschen, wo er doch so mißtrauisch anderen gegenüber war, denen dieses Weiterleben vergönnt war? Genau dieses Mißtrauen veranlaßte ihn dazu, solch scharfsinnige Werkzeuge der Textkritik zu entwickeln. Ich erinnere mich, daß er einmal sagte: »Geschichte ist wie Sex; was Menschen tun und was Menschen behaupten zu tun, ist praktisch nie dasselbe.«

Ich dachte an das letzte der von mir gefundenen Gedichte. Odin, der hängende Gott, der mit dem Kopf nach unten am großen Lebensbaum hängt; der Preis, den er für das Verständnis der Runen zahlen muß. Allein aus der Perspektive der Toten könne Erkenntnis erlangt werden. Es sei denn…

Dann wanderten meine Gedanken zu den Bedingungen des Testaments. An diesem Punkt kam ich ins Spiel. Ich sollte ihm erlauben, daß er von mir Besitz ergriff. Der Prozeß hatte bereits begonnen. Ich verstand allmählich, warum Lilian und ich solche Angst davor hatten anzufangen, vielleicht auch, warum Lilian verschwunden war. Eine furchterregende Vorstellung, einem Geist zu erlauben, einen in Besitz zu nehmen – um es milde auszudrücken.

Ich mußte eine Entscheidung treffen. Und doch war mir diese Entscheidung bereits abgenommen worden. Ich konnte nicht widerstehen. Ich mußte mitmachen. Nicht des Geldes wegen. Nicht des Prestiges wegen. Es gab einen tiefer liegenden Grund. Ich schätzte G. Ich schätzte sein Denken. Trotzdem schwor ich mir, falls ich das alles durchziehen sollte, dann nur zu meinen Bedingungen. Ich würde nicht Gs Sklave sein. Ich würde ihm treu bleiben, aber mir ebenfalls. Wenn ich mich auch entscheiden würde, sein Verfechter zu sein, so würde ich dennoch gleichermaßen auch sein schärfster Kritiker.

In diese Gedanken war ich vertieft, als es an der Tür klingelte. Fast hätte ich einen Satz aus meinem Sessel gemacht. Ich ging zur Tür. Ich wollte meinen Augen nicht trauen. Es war Lilian.

13 Tod

Es freute mich so sehr, sie zu sehen, daß ich einfach nicht widerstehen konnte, sie auf französische Art zu begrüßen, sie in den Arm zu nehmen und ihr einen Kuß auf jede Wange zu geben. Sie lächelte. Wieder benebelte ihr Parfüm mir die Sinne, und sie sah noch schöner aus.

»Ich bin nach London gefahren, um verschiedene Dinge zu holen«, sagte sie einfach. Sie hatte eine Tasche dabei. Voller Freude erkannte ich, daß sie bleiben wollte.

»Ich habe mich schon gefragt, wo Sie stecken«, sagte ich.

»Tut mir leid. Ich hätte eine Nachricht hinterlassen sollen. Aber um ehrlich zu sein, ich war nicht sicher, was ich tun würde. Es ist keine einfache Entscheidung.«

In ihren Augen lag ein gewisser Ausdruck. Wie sie mich anlächelte – konnte es sein? Konnte sie meine Gefühle für sie erwidern, in welch bescheidenem Maß auch immer?

»Es ist nicht leicht«, sagte ich. »Ich habe vorhin darüber nachgedacht. Ich werde es machen.«

»Tja, dann weiß ja wenigstens schon mal einer von uns, was er tut«, sagte sie.

»Wie steht's mit Ihnen?«

»Ich bin noch nicht sicher. Aber ich mußte zurückkommen.«

»Warum?«

»Es gibt einen Grund«, sagte sie geheimnisvoll, »und ich habe eine Weile gebraucht, mir über ihn klarzuwerden. Ich werde es Ihnen sagen. Eines Tages. Aber nicht jetzt.«

Einen Augenblick wußte ich nicht, was ich sagen sollte. Ich wollte weiterbohren, wagte es aber nicht aus Angst, unhöflich zu sein oder zuviel von mir selbst zu verraten. Zum Glück wechselte Lilian das Thema und erdete die Spannung, die sich zwischen uns aufgebaut hatte.

»Übrigens«, sagte sie, »Sie kennen doch die Anwälte Arott und Marcanu.«

»Ja.«

»Ich habe versucht, sie anzurufen, aber ich hatte vergessen, mir die Nummer zu notieren. Im Telefonbuch standen sie nicht, und auch bei der Auskunft hatte noch nie jemand von ihnen gehört. Als nächstes habe ich es bei der Anwaltskammer versucht. Arott und Marcanu sind dort unbekannt.«

»Vielleicht sind sie erst kürzlich zugezogen. Die Kanzlei machte einen recht neuen Eindruck auf mich«, sagte ich.

»Durchaus möglich«, erwiderte Lilian, »aber bei der Anwaltskanzlei sagte man mir, ihre Unterlagen befänden sich normalerweise stets auf dem aktuellen Stand.«

Es war fünf Uhr. Wir beschlossen, um sieben essen zu gehen und bis dahin noch weitere Papiere von G durchzuarbeiten. Ich zeigte Lilian die Gedichte, die ich gefunden hatte. Sie hatte mir auch etwas zu zeigen. Es war ein Manuskript, das G ihr erst drei oder vier Wochen zuvor gegeben hatte. Es hieß »Walter.« Es war ein handgeschriebenes Manuskript, aber merkwürdigerweise nicht in Gs Handschrift abgefaßt. Es ist der Text, der den ersten Teil dieser Edition bildet.

»Hat G das geschrieben?« fragte ich.

»Ich bin nicht sicher. Es ist nicht sein Stil«, sagte sie.

Ich blätterte es durch und bemerkte, daß es zahlreiche Hinweise auf okkulte und mystische Systeme enthielt.

»Was hat er dazu gesagt?« fragte ich.

»Es war schwierig, mit ihm darüber zu reden«, antwortete sie. »Als ob er ein Spiel spielte. Manchmal war er sehr ernst bei der Sache, dann wieder ausgesprochen schnodderig. Anfänglich behauptete er, die Geschichte sei medial von einer Geisterstimme diskutiert worden, die sich mit ihm in Verbindung gesetzt hatte, und er habe nichts weiter getan, als es in das Format eines modernen Romans zu bringen. Bei einer anderen Gelegenheit sagte er, der Text sei eine Studie darüber, warum es unmöglich ist, über das Mittelalter zu schreiben. Ein anderes Mal sagte er, das Buch sei ein Schlüsselroman und im Grunde die Erläuterung eines Geheimnisses – das der Leser selbst austüfteln müsse. Wieder ein anderes Mal sagte er, es sei ›einfach ein Thriller‹, den ein Freund von ihm in einer Mußestunde ›runtergeknallt‹ habe. Einmal hat er behauptet, es sei eine ernsthafte Studie über soziale und Machtbeziehungen im ausgehenden zwölften Jahrhundert.«

Ich verbrachte eine Dreiviertelstunde damit, das Manuskript durchzublättern, um einen groben Eindruck von der Story zu bekommen. Bei der Hauptfigur hatte ich so ein komisches Gefühl. Irgend etwas an ihr war mir einfach zu vertraut.

14 *Mäßigkeit*

An diesem Abend im Restaurant sprachen wir über die Vorbereitungen zu Gs Beisetzung. Als dann die Wirkung des Weins spürbar wurde, wechselten wir zum Thema Religion. Ich fragte Lilian, ob sie an die Verdammnis glaube.

»Ach, das«, sagte sie lächelnd. »Man sagt, das sei eine Erfindung männlicher Eliten, um die Frauen und solche Männer, die nicht zur Elite zählen, in ihre Schranken zu verweisen, indem man ihnen Angst einjagt. Matriarchalische Gesellschaften kannten keine Kosmologien mit ewiger Bestrafung.«

»Das mag ja sein«, sagte ich, »aber bei mir hat es sicher gewirkt. Als ich dreizehn war…« Ich habe keine Ahnung, was mich dazu brachte, meine pubertären religiösen und sexuellen Komplexe preiszugeben. Aber ich tat es. Auch das gehörte zu ihrem Charme. Sie war eben eine ausgezeichnete Zuhörerin.

»Was halten Sie denn dann für das Schlimmste?« fragte sie. »Höllenfeuer, totale Auslöschung oder als körperloses Bewußtsein zu überleben und auf ewig durch die Erinnerungen an dieses Leben zu wandeln?«

»Was für eine furchtbare Vorstellung! Ich denke, lieber wäre mir der Himmel…« Fast hätte ich »mit dir« hinzugefügt, konnte mich aber noch rechtzeitig bremsen.

»G hatte sich einmal mit einer Evangelistin angelegt. Die Frau versprach ihm das ewige Leben, wenn er die Dinge tue, von denen Protestanten sagten, man müsse sie tun...«

»Und das wäre...?« fragte ich.

»Sie wissen schon, bekennen, daß er ein Sünder sei, Gott um Vergebung bitten, Jesus in sein Leben treten lassen und so weiter.«

»Was hat G geantwortet?«

»Er hat sie angestarrt und gesagt: ›Welches *Ich* bekäme denn das ewige Leben? Mein gegenwärtiges, denkendes *Ich* überlebt nicht mal von einem zum nächsten Augenblick, da es sich ständig verändert. Das *Ich*, welches die Summe meiner früheren Erfahrungen ist, könnte überleben wie ein gigantisches Fotoalbum, aber dann bleibt die Frage, wer oder was würde es sich anschauen? Es kann sich nicht selbst betrachten. Oder meinen Sie das *Ich*, das ein Potential für neue Erfahrungen besitzt? Aber dieses *Ich* hat keine Vergangenheit, ist nur über zukünftige Erfahrungen definiert... Wie soll ich, ich *selbst*, also in den Genuß des ewigen Lebens kommen?‹ Ich glaube, so hat er sich ausgedrückt. Können Sie es sich ungefähr vorstellen?«

»Sie haben G haargenau getroffen. Wie hat die arme Frau reagiert?«

»Die Sache bei Protestanten«, sagte Lilian, »ist die, daß sie die absonderlichsten Dinge glauben und selbst auf aberwitzige Herausforderungen einigermaßen vernünftig reagieren.«

»Es sei denn, man betrachtet es nicht als vernünftig, sondern als spezielle Form der Dummheit oder Unempfänglichkeit«, unterbrach ich. »Tut mir leid...« Bei Unterhaltungen muß ich mich immer zwanghaft entschuldigen. Was eine Menge Leute nervt. Rosemary zum Beispiel sagte einmal: »*Ich hab überhaupt kein Problem damit, daß du ein schlechtes Gewissen hast, Ian, aber deine Paranoia ist langweilig...*« Lilian hingegen lächelte charmant, als hätte ich ihr gerade ein großes Kompliment gemacht.

»Die Protestantin sagte einfach: ›Ich weiß, wer ich bin, und Gott weiß es auch.‹«

»Wie hat G reagiert?«

»Nun, inzwischen war es fast peinlich, denn die anderen Anwesenden begannen zu lachen. G und ich wechselten einen Blick. Er war der einzige, der über ihre Antwort nachgedacht hatte und beeindruckt war.«

Ich versuchte schlau daraus zu werden, warum G beeindruckt gewesen sein sollte, und entschied, die Beantwortung dieser Frage auf einen anderen Tag zu verschieben. Eine andere Erinnerung perlte an die Oberfläche. »Erinnern Sie sich an Gs Rangstufen der Ethik?«

»Sie meinen die Reihe in der *Sunday Times*: ›Philosophie, von der Sie nicht wußten, daß Sie nichts wußten‹?«

»Ja. Ich hab sie mir an meine Toilettentür geklebt.« Trotz des Weins und der ausgezeichneten Antipasti zuckte ich bei diesem Eingeständnis zusammen.

»Also, wo wir gerade beim Beichten sind«, sagte Lilian, »bei mir hängt's am Pinnbrett in der Küche, zwischen meinen Lieblingsrezepten.« Sie lachte.

»Erinnern Sie sich an die einzelnen Rangstufen?« fragte ich. »Ich bin nicht ganz sicher, aber...«

Die Rangstufen waren Parodien auf die platonischen Ordnungen. Es sollte gezeigt werden, daß in der Gesellschaft unterschiedliche Niveaus moralischen Verhaltens existierten, das in eine siebenstufige Hierarchie gegliedert werden kann. Wir zitierten sie abwechselnd, wobei wir Gs süffisante, aber jungenhafte Sprechweise nachahmten. Lilien begann:

»Ordnung Nummer eins. Heilig: totale Selbstaufopferung für ein mystisches oder ethisches Ideal...«

»Ordnung Nummer zwei. Vollkommen: totale Selbstaufopferung für eine soziale Rolle oder ein Ideal, das tatsächlich anderen nutzt...«

»Ordnung Nummer drei. Ästhetisch: totale Selbstaufopferung für ein ästhetisches Ideal...«

»Ordnung Nummer vier. Ehrenwert: die relativ Erfolgreichen, Guten, hart Arbeitenden und Langweiligen fallen in diese Kategorien. Diese Menschen sind nicht von einem Ideal motiviert, sondern wollen nur gefallen. Daher tun sie, was in den Augen ihrer Gesellschaft richtig ist...«

»Ordnung Nummer fünf: Unschädlich: diejenigen mit einer ähnlichen Motivation wie vier, die jedoch infolge von Unglück, Unwissenheit, Dummheit oder einer Kombination daraus scheitern. Diese Menschen versuchen, ihr Leben auf eine Weise zu leben, die wenigstens keinen Schaden anrichtet, auch wenn es wenig Gutes bringt. Dies ist ein nobleres und schwierigeres Unterfangen, als es zunächst aussieht...«

»Ordnung Nummer sechs: Zwanghaft: jene, die versuchen sollten, in die fünfte Kategorie zu gehören, sich aber vorstellen, sie gehörten zur Kategorie vier oder darüber. Diese Menschen rechtfertigen gemeine, egoistische und engstirnige Handlungen mit höheren Motiven. Es gelingt ihnen, jahrelang damit durchzukommen, weil die anderen zu eingeschüchtert, gelangweilt oder müde sind, um sie auf ihre Irrtümer und Fehler aufmerksam zu machen...«

»Ordnung Nummer sieben: Sadistisch: jene, die anderen tatsächlich gern Leid zufügen und gar nicht erst versuchen, sich deswegen zu rechtfertigen. Solche Menschen können wegen ihrer ehrlichen Brutalität erfrischend sein (verglichen mit denen aus Kategorie sechs), vorausgesetzt, man ist nicht gerade Objekt ihres Sadismus... Das war's, oder?« fragte Lilian.

Es war für mich ausgesprochen erstaunlich, mit einem anderen G-Fan zu essen! So etwas war mir noch nie zuvor passiert, und ich amüsierte mich glänzend.

Inzwischen waren wir beim Käse angelangt. Ich genoß den Anblick Lilians, die mit Vergnügen und ohne alle Hemmungen aß. Nichts über Diäten und dies und das ist gut oder schlecht für einen.

»Zu welcher Ordnung meinen Sie selbst zu gehören?« fragte sie mich.

»Nummer fünf«, sagte ich.

»Sie sind zu bescheiden.«

»Und wie steht's mit Ihnen?«

»Oh, ich bin bestenfalls die fünf... manchmal auch sechs...«, sagte Lilian und ließ den Kopf sinken.

Ich verkniff mir zu sagen, wenn es so etwas wie eine Ästhetik des Seins gäbe, dann wäre Lilian meiner Meinung nach ganz sicher eine Drei... Statt dessen versuchten wir die Leute zu kategorisieren, die wir beide kannten. Bei G war es am schwersten. Manchmal paßte er in die Kategorien zwei und drei, dann wieder in sechs oder sieben.

»Erinnern Sie sich auch noch an den nächsten Artikel?« fragte ich. »Über ›Futilitarismus und Konfusianismus‹?«

Lilian lächelte. »In- und auswendig«, sagte sie und zitierte, während ich ein Stück köstliche Schokoladentorte vertilgte: »›Der Unterschied zwischen diesen beiden konkurrierenden Philosophien ist folgender:

Der Futilitarist geht davon aus, daß alles sinnlos ist. Sinnlos ist alles aus folgenden Gründen:

Erstens – Konsequenzen sind nicht vorherzusagen.

Zweitens – Gleichgültig, wieviel Mühe wir auch aufwenden mögen, gibt es doch keine Garantien, daß wir das erreichen, was wir wollen.

Drittens – Gleichgültig, wie gut sich etwas entwickelt, können wir uns doch immer vorstellen, daß es noch besser hätte kommen können.

Daher werden wir niemals vollkommen zufrieden mit unserem Los sein, was immer auch geschieht…‹«

Teile dieses Aufsatzes kannte ich ebenfalls auswendig, und so fuhr ich fort, da ich nicht zusehen wollte, während Lilian sich über ihre mit Baiser überbackene Eiscreme hermachte: »›Aus diesen Gründen behaupten Futilitaristen, daß es keinen Sinn hat, überhaupt irgend etwas zu tun. Gleichzeitig aber gibt es ebenfalls keinen Grund, nicht irgend etwas zu tun. Demzufolge hat die Tatsache, Futilitarist zu sein, keine äußerlich sichtbaren Auswirkungen auf das Verhalten. Man ist sich nur der absoluten Sinnlosigkeit der Dinge bewußt.‹« An diesem Punkt hatte ich eine Mattscheibe – was vermutlich mit dem Brandy zusammenhing. »Können Sie sich noch erinnern, wie der Konfusianismus funktioniert?« fragte ich.

»So ungefähr. Er ist optimistischer. Der Ausgangspunkt ist ähnlich: ›Wir wissen, daß wir niemals alles über alles wissen können, daß Systeme immer Elemente enthalten, die nicht systematisierbar sind, daß wir uns nicht einmal bewußt sind, wieviel uns nicht bewußt ist…‹ Doch statt Trübsal zu blasen – wozu laut G Futilitaristen neigten, obwohl doch gerade sie die ersten sein müßten, die wissen, daß Trübsal zu blasen letzten Endes sinnlos ist – zieht es der Konfusianist vor, ›sich zu erfreuen‹« (ich war so beeindruckt von der Art, wie sie zitierte – und argwöhnte nichts) »›und aus ganzem Herzen die KONFUSION und VERWIRRUNG zu genießen (wobei darauf hinzuweisen ist, daß sie für abstrakte Substantive gern Großbuchstaben verwenden), die überall zu entdecken ist. Er lebt in einer Welt voller WUNDERBARER ÜBERRASCHUNGEN, UNVORHERSEHBARER

RÜCKSCHLÄGE und GEHEIMNISVOLLER PROBLEME, die, sobald sie gelöst scheinen, sofort Unmengen weiterer PROBLEME nach sich ziehen, auch wenn dies natürlich nicht unbedingt der Fall sein muß…‹«

»Erinnern Sie sich an den Artikel über konfusianistische Subtheorien?« fragte ich.

»Falls der in der folgenden Woche erschienen ist, habe ich ihn wahrscheinlich verpaßt. Ich war unterwegs oder irgendwas«, sagte Lilian.

»Dann lassen Sie mich erklären. Der Grundgedanke war, daß Konfusionisten eine Menge Zeit damit verbringen, Subtheorien zu erfinden, obwohl sie eigentlich gar nicht daran glauben – wie zum Beispiel das Gesetz der INTELLEKTUELLEN ENTROPIE, welches postuliert, daß alle Probleme tendenziell noch mehr Probleme schaffen, und je mehr Mühe man auf den Versuch verwendet, sie zu lösen, desto mehr beschleunigt sich dieser Prozeß.«

Lilian lächelte und nippte an ihrem Brandy. Sie hatte nicht weniger getrunken als ich, wirkte aber nicht im mindesten angeschlagen. »Fahren Sie fort«, sagte sie.

»Es gab noch eine weitere Subtheorie, das Prinzip der GENERIERUNG ONTOLOGISCHER VERBLÜFFUNG (kurz auch das ›GOV‹-Prinzip genannt). Es ist eine Weiterentwicklung von Hofstaedters Gesetz und postuliert: ›Man ist immer verwirrter als man meint, selbst wenn man das GOV-Prinzip berücksichtigt.‹ Möchten Sie noch einen Brandy?«

»Einen Port, sehr gern.«

Ich bestellte ihr einen Port.

»Gerade ist mir noch eine Subtheorie eingefallen«, sagte ich, unfähig, mir Einhalt zu gebieten. »Die Bürokratie-Kosmos-Theorie, kurz auch BÜROKOSMO, mit der Begründung, dies klinge wie ein frisch privatisiertes Staatsmonopol. Entsprechend dieser Theorie lautet die WAHRHEIT über ALLES und JEDES, daß alles ein einziges, gigantisches bürokratisches Durcheinander ist. BÜROKOSMO-Konfusionisten behaupten, daß die Neuplatoniker recht hatten, was die Existenz verschiedener Ebenen, Hierarchien und Klassen im Universum betrifft, nur hätten sie übersehen, daß diese auf die gleiche Weise funktionieren oder, besser gesagt, eben nicht funktionieren, wie die Managementebenen in einer großen Bürokratie, und daß sich diese Ebenen in einem konstanten SOS-Zustand befänden – einem SEFIROTISCH ONTOLOGISCHEN SCHLAMASSEL.«

»Verstehe«, sagte Lilian. »So eine Art umgekehrter Platonismus.«

»Genau«, bestätigte ich. »Die WAHRHEIT nach der BÜRO-KOSMO-Schule ist, je höher man in den platonischen Ordnungen aufsteigt, desto größer ist die VERWIRRUNG. Eine Version dieser Theorie besagt, daß sich an der absoluten Spitze der pyramidenförmigen Machtstruktur eine weit offenstehende Bürotür befindet, an der ein Zettel klebt: ›Sorry, bin gleich zurück.‹ Kein Mensch ist sicher, ob überhaupt JEMAND jemals dort gewesen ist.«

»War das alles?« fragte Lilian.

»Es geht weiter und weiter«, sagte ich. »Zum Beispiel sagte G, daß die bürokratische Vorstellungswelt das HÖHERE INKOMPETENZ-PRINZIP erzeuge (kurz auch HIP-PRINZIP), welches konstatiert, daß die WESEN in jeder KOSMOLOGISCHEN ORDNUNG JENSEITS ihrer ›ONTOLOGISCHEN NORMALKOMPETENZ‹ arbeiten (kurz ›JONK‹, woraus sich im übrigen ›JONKleur‹ ergibt, was ja bekanntermaßen im Mittelalter ein umherziehender Witzbold war). Das ist dann auch der Grund, warum sie nie etwas getan bekommen, das der Mühe wert ist. Erfolg resultiert aus der unmittelbaren Beförderung auf eine höhere Ebene, auf der das WESEN zwangsläufig inkompetent werden muß. ... Wie auch immer, was sind Sie denn, Konfusionistin oder Futilitaristin?«

»Ich sehe mich selbst gern als positiven Menschen, also würde ich mal sagen, ich bin Konfusionistin. Wie steht's mit Ihnen?«

»Ich fürchte, ich bin wohl einer dieser schwärmerischen Trübsalbläser, was mich demnach vermutlich zum Futilitaristen qualifiziert«, gestand ich.

In solchen Bahnen bewegte sich unsere Plauderei auch den ganzen Heimweg. Wichtiger jedoch als der Inhalt dieser Unterhaltungen war unsere Körpersprache.

Lange Rede, kurzer Sinn: Es war klar, daß wir nach Rückkehr zu Gs Haus miteinander schlafen würden.

15 Der Teufel

Auf dem Nachhauseweg erhielt die Unterhaltung eine düsterere Nuance. Als wir Arm in Arm dahinschlenderten, fragte Lilian mich: »Glauben Sie, daß G Selbstmord begangen hat?«

»Darüber habe ich auch schon nachgedacht«, erwiderte ich. »Selbstmord paßt sicherlich zu Gs Charakter. Denn trotz all seiner Brillanz hatte er auch eine dunkle Seite. Oder vielleicht ist ›dunkel‹ nicht das richtige Wort. Da war eine Abwesenheit, eine Leere.«

»Ich glaube, ich weiß, was Sie meinen«, sagte Lilian.

Ich lächelte. »Das Problem ist, daß es keine Möglichkeit gibt, eine Leere zu beschreiben, denn *per definitionem* ist dort nichts...« Ich wußte es, weil sie in mir war. Bei G war sie quälend, zerstörerisch, obwohl gerade dies ihm ermöglichte, flexibel zu sein, ja sogar wechselhaft. Lilian schien zu verstehen, und das zog mich noch stärker an. Vielleicht irrte ich mich, was Lilian betraf. Vielleicht sah ich sie zu romantisch. Ich messe Frauen, die ich liebe, häufig einen untrüglichen Sinn für Gewißheit bei, von dem ich ausgeschlossen bin. Ich beneide sie als Trägerinnen eines geheimen Wissens, durch das die Leere erobert werden kann. Eigenartig, denn die meisten von ihnen wollen nichts anderes, als ein paar Jahre arbeiten und dann heiraten und Kinder kriegen. Oder vielleicht ist das auch die Antwort.

Die Straßen von North Oxford wirkten geradezu malerisch im Licht der Straßenlaternen. Der Duft der Blumen vermischt mit Lilians Parfüm berauschte mich. Ich fühlte mich außerhalb jener Zeit, als gäbe es kein »jetzt« mehr, so als gingen wir einfach, körperlos, auf einer zeitlosen Ebene und stießen in der Frühlingsnacht mit Geistern zusammen.

»Wissen Sie«, sagte Lilian, »es gibt Gerüchte, daß G mit okkulten Gruppen in Verbindung stand.«

Ich hatte die Gerüchte gehört, daß er satanistische Kulte zelebrierte und sich mit Gruppen eingelassen habe, die unter dem Deckmantel therapeutischer Zwecke heidnische Rituale praktizierten.

»Er hat mir einmal erzählt – er war an diesem Tag sehr deprimiert –, er habe Leute kennengelernt, die Rituale kannten, welche nach dem Tod ein Überleben als Geist sicherstellen.« Während ich das sagte, fröstelte es mich unwillkürlich.

»Glauben Sie, da war was dran?« fragte Lilian.

Ich versuchte, das Gespräch zurück auf den Boden der Tatsachen zu bringen. »Falls er je zu okkulten Treffen gegangen sein sollte, dann nur, um zu sehen, was dort vor sich ging, um herauszufinden, welches System sie benutzten. Beiwohnen ist nicht das gleiche wie teilnehmen.« Das alles sagte ich, und normalerweise hätte ich es auch so gemeint. An diesem Abend jedoch war ich nicht völlig überzeugt, und ich sah, daß auch Lilian nicht völlig überzeugt war. Doch wie wunderbar war es für mich, nach all den Jahren, in denen ich mich allein mit meinen Gedanken über G herumschlug, plötzlich jemanden zu haben, mit dem ich offen reden konnte, jemanden, dem ich mich anvertrauen konnte.

Auf dem Nachhauseweg blieb ich zwei-, dreimal stehen, um sie zu küssen. Ich war überrascht, daß sie nervös, gierig, mit geschlossenen Augen und wackelig auf den Beinen küßte wie ein Schulmädchen. Zwischen den Küssen schauten wir zum Himmel hoch. Ich mußte immer wieder an die aristotelische Theorie der Kristallsphären denken, und ich sagte Lilian, wie traurig es meiner Meinung nach sei, daß sich diese Theorie als falsch erwiesen hatte.

Lilian nickte, und wir küßten uns wieder. Sie zitterte vor Nervosität, vor Verlangen. Genau wie ich.

Gs Haus zu betreten war, wie einen Traum zu betreten, ein Märchen. Alles war so großartig, so herrlich, so harmonisch, daß es wie die Projektion einer inneren Landschaft wirkte, weit mehr zu sein schien als etwas aus der realen Welt. Diese wunderbaren, urnenähnlichen Vasen, riesigen Spiegel, Orientteppiche und Wandbehänge, polierten Holzstühle und Tische mit geschnitzten Tieren auf den Rücken- und Armlehnen, Gemälde, Zeichnungen – alles schien zu mir zu sprechen, aber ich konnte nicht sagen, ob es herzlich und einladend war oder warnend.

Jedenfalls, das Haus verschlang uns. Lilian war sehr ruhig geworden. Wie geführt, eher schwebend als gehend, gingen wir in das Turmzimmer, in dem sie die vergangene Nacht geschlafen hatte. Das Zimmer war im viktorianischen Stil eingerichtet, einschließlich der gestreiften Tapete, einem Schreibtisch mit winzigen Schubladen, einem gekachelten Kamin mit einer bronzenen Stiluhr auf dem marmornen Kaminsims, ja sogar polierten Messingwerkzeugen, um im Winter ein Feuer anzünden zu können.

Ich schloß die Tür. Ich zog Lilian an mich, küßte sie und trat schließlich zurück, damit ich sie bewundern konnte. Sie war schön.

Sie ließ sich von mir ausziehen.

Als sie nackt war, sagte sie: »Weißt du eigentlich, daß mich noch kein Mann so gesehen hat?«

Ich legte meine Hände auf ihre Schultern und schaute ihr in die Augen. Ehrlich gesagt, ich glaubte es nicht. Zunächst. Dann bemerkte ich die Tränen in ihren Augen. Ich wußte nicht, was ich tun sollte.

»Was ist mit dir?« fragte sie.

Ich war klug genug, um zu sagen: »Reden wir nicht jetzt darüber.« Trotzdem füllte plötzlich Rosemary, auch wenn sie nicht da war, den Raum aus.

»Weißt du«, sagte Lilian, »ich wollte mich rein halten bis zur Heirat. Heute sehe ich das nicht mehr so.«

Was versuchte sie mit mir zu machen? Ich war fast versucht, mich zu entschuldigen und vorzuschlagen, daß wir vielleicht jetzt, an diesem Punkt, aufhören und kalt duschen sollten. Dann sah ich sie an. Sie war so schön. Es gibt so etwas wie einen Punkt, von dem an es kein Zurück mehr gibt, und den hatten wir bereits hinter uns gelassen. Ich griff nach ihrer Hand und führte sie zum Bett, beabsichtigte strategische Sanftheit, fragte mich, wie man es bei einer Jungfrau am besten anpackte und wie nicht (ich hatte noch nie mit einer Jungfrau geschlafen; ich hatte vergessen, daß es so etwas überhaupt gab).

Ich starrte in ihre Augen, küßte ihre Tränen fort, zog sie näher an mich, ließ eine Hand ihre Seite hinabgleiten, von ihrer Schulter, über ihre Brust.

Ich wollte sie gerade aufs Bett heben. Genau in diesem Moment begannen die Geräusche. Von unten. Ein Klopfen. Dann das Geräusch einer Tür, die geöffnet und wieder geschlossen wurde, quietschende Scharniere, dann Schritte.

Wir erstarrten, so wie wir waren.

In meinem Kopf drehte sich alles, während ich nach rationalen Erklärungen suchte. Alle Türen waren abgeschlossen gewesen. Könnte eine Katze oder ein Hund oder ein Igel irgendwie ins Haus gekommen sein? Vielleicht war es auch ein Einbrecher, jemand, der von Gs Tod gehört hatte und davon ausging, ein leerstehendes Haus vorzufinden.

Ich versuchte mir das Haus vorzustellen, wie es unten war: dunkel, leer. Dem Ausdruck in Lilians Augen nach zu schließen, schien ihr der gleiche Gedanke gekommen zu sein: G. Die Nacht vor seiner Beisetzung. Seine Präsenz…

Dann war wieder alles still. Ich flüsterte: »Was glaubst du…?«

Dann wieder Geräusche, diesmal unverkennbar Schritte. Es bewegte sich etwas die Treppe herauf, kam langsam auf uns zu.

»Zieh dich an«, sagte ich schnell. Lilian war plötzlich ziemlich weiß geworden. Alles Blut war aus ihrem Gesicht gewichen. So schnell sie konnte, zog sie sich wieder an.

Meine Gedanken überschlugen sich. Ich versuchte, mich an die Karatetechniken zu erinnern, die ich während der fünf Stunden gelernt hatte, an denen ich in meinem ersten Studiensemester teilgenommen hatte. Dann wurde ich unruhig bei dem Gedanken, daß der Eindringling bewaffnet sein könnte. Ich überlegte, mich unter dem Bett zu verstecken, aber das Licht brannte, und damit hatte sich das dann von selbst erledigt.

Außerdem war da noch Lilian. Was, wenn der Eindringling ein Perverser war? Irgendwer mußte sie beschützen. Ich sah mich kurz als mittelalterlicher Ritter, der flink und geschickt die bösen Buben abwehrte und die Maid rettete, welche in der Folge für immer und alle Zeiten mein war.

In dieser doch recht infantilen Verfassung gab ich Lilian, sobald sie wieder salonfähig war, mit einem Zeichen zu verstehen, sich hinter dem Kleiderschrank zu verstecken, und ich selbst schlich auf Zehenspitzen aus dem Zimmer in die Dunkelheit.

Ich spürte Gs Präsenz. Es lag eine gewisse Kälte in der Luft. Es war die Kälte des Grabes. Mir brach am ganzen Körper der kalte Schweiß aus. Ich hatte noch nie in meinem Leben eine solche Angst gehabt. Aber das Schlimmste sollte erst noch kommen.

Alles war wieder ruhig. Ich ging einige Stufen hinab. Nichts rührte sich. Ich wünschte, ich hätte nicht ganz soviel getrunken. Ich klammerte mich an die Hoffnung, mir alles nur eingebildet zu haben. In ihrem Gesicht war zwar zu lesen gewesen, daß Lilian das Geräusch ebenfalls gehört hatte, aber andererseits war es tröstlich, daß wir nicht darüber gesprochen hatten. Vielleicht hatte sie die Geräusche ganz anders interpretiert. Vielleicht zog ich vorschnelle Schlüsse.

Ich schwankte zwischen umkehren und nach unten gehen. Geradezu schmerzlich war ich mir der Kandelaber auf den Treppenabsätzen und der Wandlampen bewußt, die wie menschliche Arme von den Wänden vorstanden.

Ich holte tief Luft und ging einige Stufen weiter hinunter. Ich zögerte. Auf einem der Bilder an der Wand war ein Gesicht – es war ein viktorianisches Gemälde eines Ritters und eines Mädchens – und das Gesicht besaß eine unheimliche Ähnlichkeit mit G.

Dann passierte es. Es jagte mir einen eiskalten Schauer durch den Körper, von den Haarspitzen bis zu den Zehen. Ich schwöre, daß mir die Haare zu Berge standen. Panische Angst durchfuhr mich.

Ich hörte ein Lachen. Nicht laut, aber laut genug. Ein schrilles Lachen, das durchaus hysterisch geklungen haben könnte, wäre es mir nicht so vertraut gewesen. Gs Lachen. Aber irre, entrückt. Doch in dem Moment, als es aufhörte, konnte ich es nicht mehr glauben.

Dann hörte ich Schritte. Dieses Mal schien das Geräusch sich von mir fort zubewegen, die Treppe hinunter. Meine Reaktion war beherzter, als ich es von mir erwartet hätte. Ich rannte die Treppe hinunter und schaltete unterwegs alle Lichter an.

Aber ich kam zu spät. Ich bekam den Eindringling nicht mehr zu sehen, der inzwischen das Fußende der Treppe erreicht hatte. Dann nichts mehr. Vermutlich machte ich wohl zuviel Lärm. Ich stoppte auf dem Treppenabsatz, um zu lauschen. Könnte, wer immer oder was immer es nun war, einfach wieder verschwunden sein?

Dann waren da wieder Schritte, diesmal jedoch hinter mir. Ich drehte mich um und sah Lilian, wieder vollständig angezogen.

»Wer war das?« fragte sie.

»Keine Ahnung.«

Ihre Anwesenheit an meiner Seite bewirkte, daß ich meine Tapferkeit ein weiteres Mal unter Beweis stellte. Ich sagte Lilian, sie solle zurück in ihr Zimmer gehen, während ich weiter die Treppe hinunterging. Lilian ignorierte das und folgte mir.

Sosehr ich auch die Ohren spitzte, nach dem Lachen hörte ich keine weiteren Geräusche mehr, keine Tür, die geöffnet wurde, kein Fensterriegel, an dem sich jemand zu schaffen machte. Ich ging schnell von einem Zimmer zum anderen, von Fenster zu Fenster, schaltete dabei unterwegs jedes Licht ein.

Nirgendwo eine Spur von irgendwem. Trotzdem gab es keinen Weg aus dem Haus, zumindest entdeckte ich keinen. Ich kontrollierte alles noch einmal. Sämtliche Türen waren verschlossen, und alle Fenster waren zu. Ich ging zur Haustür und schaute hinaus. Wäre ein Auto fortgefahren, hätten wir es mit an Sicherheit grenzender Wahrscheinlichkeit hören müssen. Doch auf der Straße draußen rührte sich nichts.

Ich gab die Suche auf, gemeinsam gingen wir in die Küche. Es wirkte beruhigend auf mich, bei ihr zu sein, aber sie hatte Angst, auch wenn sie, wie ich, alles tat, sich nichts anmerken zu lassen. Dafür bewunderte ich sie.

Die Küche war für uns der vertrauteste Ort im ganzen Haus. Sie gehörte uns, war der Teil, den wir uns angeeignet und mit unserer eigenen Atmosphäre gefüllt hatten. Das sichere Gebiet, von dem aus wir losgezogen waren, um den Rest des Hauses zu erkunden. Jetzt war es der Ort, an den wir uns zurückzogen. Ich bezweifle, daß einer von uns in das Schlafzimmer hätte zurückkehren können, als wäre überhaupt nichts geschehen. Wir mußten uns neu organisieren, Bilanz ziehen. Falls unsere Absicht, miteinander zu schlafen, auf irgendeine Weise ein Akt der Kolonisation, der Erforschung oder ein Versuch gewesen war, uns mit unserer neuen Situation anzufreunden, dann war er fehlgeschlagen. Wir waren zurückgeschlagen worden.

Ich machte uns einen Tee. Zunächst blieben wir stumm. Als wir zu sprechen begannen, geschah dies in dem Versuch, uns zu überzeugen, tapfer einen Einbrecher in die Flucht geschlagen zu haben. Bis wir einander gestanden, wie sehr das Lachen Gs Lachen geähnelt hatte. Wir versuchten uns zu überzeugen, daß wir uns alles nur eingebildet hatten; wir mußten es uns eingebildet haben, denn es gab keine Möglichkeit, das Haus zu verlassen.

Dann unterhielten wir uns über Geister. Wir glaubten beide nicht wirklich an sie, und doch würde am nächsten Tag Gs Beisetzung stattfinden. Wir hatten beide schon Geschichten gehört, daß am Tag vor einer Beerdigung im Haus des Verstorbenen Sicherungen herausflogen, Türen aufschwangen, Möbel sich zu bewegen schienen, Schritte gehört wurden und so weiter. Wir überlegten, ob wir gerade eine ähnliche Erfahrung gemacht hatten. Ich weiß, es gab Leute, die glaubten, daß Sex, besonders die Entjungferung, wegen der dabei freigesetzten Energie Türen zur Geisterwelt öffnen konnte. Das hätte ich Lilian gegenüber nicht erwähnen sollen, denn sie sah anschließend ziemlich erschüttert und sehr blaß aus.

16 Der Turm

Wir gelangten zu dem Schluß, daß wir in dieser Nacht nicht länger in Gs Haus bleiben konnten. So packten wir ein paar Sachen zusammen und machten uns auf den Weg zu meiner Pension, die nur ein paar Straßen entfernt lag. Bevor wir gingen, wollte ich mich noch einmal vergewissern, daß es keine Tür gab, durch die ein Eindringling hätte entkommen können.

Ich ließ Lilian in der Küche zurück und fing an, jede Tür im Erdgeschoß zu überprüfen. Alle nach draußen führenden Türen waren fest verschlossen. Nicht befriedigt kontrollierte ich auch noch alle Schränke und die Türen im Haus.

Es gab eine Tür, die in einen großen, begehbaren Schrank unter der Treppe führte, der geräumig genug für das Waschbecken und ein Regal voller Schuhe und Putzmittel war und trotzdem noch genug Platz für zwei oder drei Leute bot. Ich hatte schon einmal hineingeschaut, ihm aber keine weitere Aufmerksamkeit geschenkt. Jetzt bemerkte ich zum erstenmal, daß es am anderen Ende des Schranks noch eine weitere Tür gab. Darauf befand sich eine Kachel mit dem Bild eines bärtigen Heiligen: San Saturio.

Ich schaltete das Licht ein und drückte gegen die Tür. Sie gab sofort nach. Sie hatte einen automatischen Türschließer und fiel langsam wieder zu, als ich sie losließ. Es gab also doch einen möglichen Fluchtweg.

Ich stieß die Tür auf. Eine Treppe führte unmittelbar hinter ihr nach unten. Ich fand den Lichtschalter. Dort unten befand sich ein riesiger Keller.

Ich beschloß, ihn zu erkunden, aber vorher wollte ich Lilian Bescheid sagen. Ich wollte wirklich, daß sie in der Küche blieb, aber sie bestand darauf mitzukommen, also gingen wir Hand in Hand, ich voraus, durch die Diele und schlichen auf Zehenspitzen die Treppe in den Keller hinab.

Auf halbem Weg legte ich einen Finger an die Lippen, damit Lilian nicht erschreckte. Ich rief: »Ist da jemand?«

Keine Antwort.

Wir gingen weiter. Die Holztreppe wurde von einer einzelnen Glühbirne mehr schlecht als recht beleuchtet. Das Holz knarrte. Auf den Wänden waren merkwürdige Kritzeleien, hier eine Mondform, da ein griechischer Buchstabe, Tierkreiszeichen und ähnliches mehr. Am Ende der Treppe fand ich einen weiteren Lichtschalter.

Das Licht war alles andere als strahlend, doch was es beleuchtete, hätte mich kaum mehr überraschen können. Der Keller war riesig; er erstreckte sich über den gesamten Grundriß des Hauses. Unverputzte Ziegelwände teilten ihn in drei Bereiche. Wir knipsten alle Lampen an und erkundeten einen nach dem anderen.

Im ersten Bereich fanden wir ein Labor. An den Wänden standen Flaschen mit Chemikalien, und auf einem Schreibtisch lagen aufgeschlagene alte Manuskripte. In der Mitte des Raums stand eine große Glasretorte, die an einen riesigen, unansehnlichen Vogel erinnerte. In der Retorte befand sich eine Chemikalie, die aus sich selbst heraus zu glühen schien und mal in der einen, mal in einer anderen Farbe leuchtete. Unter der Retorte war ein eiserner Rost mit Asche und den verkohlten Resten eines Holzfeuers. Das Feuer war aus, und das schon seit geraumer Zeit, auch wenn ich nicht genau sagen konnte, wie lange, da ich kein Experte für so etwas war.

Voller Verwunderung schauten wir uns um. Uns schien, als wären wir durch die Zeit zurückversetzt worden und hätten das Arbeitszimmer eines Alchimisten der Renaissance betreten. Ich wollte mich weiter umsehen, wollte wissen, was G hier unten gemacht hatte. Die Vorstellung, daß er die ganze Zeit, die ich ihn kannte, insgeheime Alchimie oder etwas Ähnliches praktiziert hatte, raubte mir den Atem. Ich warf einen Blick auf die Manuskripte. Ich fragte mich, ob sie aus den Bibliotheken des Colleges stammten, und überlegte, daß Oxford die ideale Umgebung für solcherlei Beschäftigungen war. Dort war alles vorhanden: das Wissen, die Tradition, das Geld, die Verschwiegenheit.

Ich hätte die ganze Nacht damit verbringen können, einfach nur die Handschriften zu lesen und herauszufinden, was G bislang erreicht hatte. Dinge, die er über die Alchimie gesagt hatte, fielen mir wieder ein. Ich erinnerte mich, daß er einmal äußerte: »Es gibt keine Alchimie in der dinglichen Welt, nur im Text.« Ich fragte mich, was er damit gemeint hatte. Dort unten gab es bestimmt mehr als genug Texte.

Doch Lilian wollte sich den Rest des Kellers ansehen. Es erwarteten uns noch weitere Überraschungen.

Der zweite und gleichzeitig größte Raum war leer bis auf eine Holztreppe, die zu einer Falltür führte. Dieser Raum hatte kein elektrisches Licht, daher lag er im Halbdunkel. Ich stieg die Leiter hoch und drückte vorsichtig gegen die Falltür, die sofort nachgab. Ich hob sie an und schaute in Bodenhöhe auf den Garten hinaus, der in Mondlicht gebadet war und an eine Kulisse aus einem viktorianischen Feenbild erinnerte. Auf diesem Weg dürfte dann wohl unser Eindringling, sofern er aus Fleisch und Blut gewesen war, entkommen sein.

Von der Leiter aus schaute ich hinunter in den kahlen Raum unter mir, der in krassem Gegensatz zu dem alchimistischen Labor stand, das ich in dem anderen Raum gesehen hatte. Erst in diesem Moment sah ich, mit Kreide auf den Betonboden gezeichnet, einen Davidstern und ein Pentagramm. Als sich meine Augen an das Dämmerlicht gewöhnten, sah ich, daß um die Kante jedes dieser Symbole weitere Symbole gemalt waren. Zunächst sahen sie wie die Symbole der Planeten aus, doch als ich von der Leiter herunterstieg und sie genauer untersuchte, stellte ich fest, daß dem nicht so war. Ich kannte sie nicht. Irgend etwas an ihnen verursachte mir jedoch ein beklommenes Gefühl.

Während ich in die Mitte des von den beiden Kreidezeichnungen gebildeten Raums starrte, hatte ich fast den Eindruck, etwas leuchten zu sehen. Aus irgendeinem Grund fielen mir plötzlich Sätze ein, die ich in dem Walter-Text gesehen hatte. Es war, als könnte ich den Protagonisten manche der Worte sprechen hören, die ich gelesen hatte. Vor meinem geistigen Auge tauchte sogar ein recht deutliches Bild auf, wie Walter ausgesehen haben mußte. Als ich dann aber blinzelte, verblaßte der Eindruck sofort. Ich war überzeugt, daß mir nur das Licht einen

Streich spielte, meine Müdigkeit vielleicht – es sei denn, die durch die Kreidezeichnungen definierten Räume bildeten eine andere Art von Ausgang, wie in einigen alten Texten zu lesen war.

Lilian hatte den Stern und das Pentagramm ebenfalls gesehen. Inzwischen wurde ihre Aufmerksamkeit jedoch mehr von dem in Anspruch genommen, was sich im dritten Raum befand. Sie winkte mir zu, ich solle ihr folgen.

Wieder nahm sie meine Hand. Wir waren beide nervös, und die körperliche Nähe vermittelte uns ein beruhigendes Gefühl.

Der dritte Raum hätte zu den beiden anderen in keinem größeren Kontrast stehen können. Wenn der erste Renaissance war und der zweite Mittelalter, dann war dieser eindeutig zwanzigstes Jahrhundert. Hier standen Reihen von Computern, Monitoren, Druckern und Tastaturen. In einer Ecke befand sich eine komplette Videoausrüstung, einige Kameras und Stative sowie Scheinwerfer, alles wie in einem Fotostudio.

Ich sah Lilian an. Sie hatte es auch bemerkt: Einige Geräte schienen warm zu sein, als seien sie erst kürzlich benutzt worden.

Auf der anderen Seite des Raums war eine Tür. Ich öffnete sie. Dahinter befand sich nur eine Ziegelwand, die allerdings merkwürdig warm war. Die Wärme ließ mich spontan an die Hölle denken.

Lilian deutete auf den großen AN – AUS-Schalter an der Wand über der Monitorbank.

»Sollen wir's mal ausprobieren?« fragte ich.

»Warum nicht?« erwiderte sie.

Ich betätigte den Schalter, und schlagartig flammten sämtliche Bildschirme vor uns auf.

Manche der Monitore zeigten Texte von G, einige, an denen er noch gearbeitet hatte, und einige ältere, die ich kannte. Auf einem Bildschirm standen die Gedichte, die wir gefunden hatten. Ich fummelte ein bißchen herum, und schließlich gelang es mir, in die nächste Datei zu kommen. Klarer Fall, diese Datei enthielt Gedichte numeriert von XIII bis XVI. Ich versuchte herauszufinden, wie ich sie ausdrucken konnte. Überhaupt kein Problem, und schon bald trat der High-Tech-Drucker surrend in Aktion.

Während das Gerät druckte, sahen wir uns die übrigen Monitore an.

Außer Gs Texten gab es Bildschirme, auf denen Ziffern und Symbole zu sehen waren, die ich nicht einordnen konnte. Ich entschied, nichts daran zu machen; dazu hatten wir noch den Rest unseres Lebens Zeit.

Ich nahm die Gedichte und wollte sie schon lesen, hoffte, vielleicht irgendeinen Hinweis darauf zu finden, was hier los war, als Lilian sagte: »Sieh nur!«

Ich drehte mich zu ihr um. Irgend etwas hatte sie aus der Fassung gebracht, richtig erschüttert. Ich steckte die ausgedruckten Gedichte in meine Tasche, um sie später zu lesen.

Lilian starrte auf mehrere Bildschirme über den Computermonitoren. Ich hatte noch nicht richtig registriert, was darauf zu sehen war. Dann begriff ich, daß jeder Monitor ein anderes Zimmer des Hauses zeigte. In jedem Zimmer mußten Videokameras versteckt sein. Einer zeigte die Küche, war genau auf den Tisch ausgerichtet, an dem wir gesessen hatten. Ein anderer zeigte die Diele, wieder ein anderer den Raum, in dem das Gemälde hing, das soviel Ähnlichkeit mit Lilian hatte. Dann waren da noch die Gästezimmer einschließlich des Raums, in dem Lilian und ich uns angeschickt hatten, ins Bett zu gehen. Die Kamera war exakt auf die Stelle gerichtet, wo wir uns ausgezogen hatten.

»Sie... sie müssen uns nackt gesehen haben«, sagte Lilian. Ihre Stimme klang weit entfernt und verletzt.

»Komm«, sagte ich und nahm ihre Hand, um sie die Treppe hinaufzuführen.

Wir stiegen die knarrende Treppe hinauf in die Diele. Ich ließ Lilian an der Tür zurück und ging unsere Sachen aus dem Schlafzimmer holen. Ich war ganz besonders darauf erpicht, mich zu vergewissern, daß wir den Walter-Text noch hatten; ich hatte so das vage Gefühl, daß er uns einen Hinweis liefern könnte.

Als ich zu Lilian zurückkehrte, hatte sie sich wieder einigermaßen gefaßt. Sie versuchte zu lächeln, als ich ihren Arm nahm und wir gemeinsam das Haus verließen.

Unterwegs unterhielten wir uns nicht. Oder vielmehr, ich bemühte mich, ihr zu sagen, wie sehr ich sie liebte, und sie bemühte sich zu lächeln. Aber tatsächlich waren wir beide in Gedanken mit den Ereignissen der letzten Stunde beschäftigt und versuchten, sie zu verarbeiten.

Als wir meine Pension betraten, lagen auf dem Fußabtreter zwei Briefe. Ich hob sie auf, und wir gingen die mit Linoleum ausgelegten Stufen nach oben.

17 Der Stern

Wir betraten das schäbige Zimmer, in dem man so leicht Platzangst kriegen konnte und das bis vor zwei Tagen noch alles enthielt, was ich mein eigen nannte. Lilian drehte sich um und lächelte verkrampft, wie um mir zu sagen, sie wisse, wie es ist, so zu leben.

Ich bot ihr etwas zu trinken an, doch sie lehnte dankend ab. Ich versuchte ein Gespräch zu beginnen, aber sie erwiderte, durchaus freundlich, sie sei müde und schockiert und wolle nur noch schlafen.

Ich deutete auf mein Bett. Sie legte sich hin. Ich legte mich neben sie. Sie protestierte nicht. Ich versuchte, sie zu berühren, sie auszuziehen, aber sie sagte: »Bitte, jetzt nicht.«

Sie hatte recht. Es war wohl kaum der richtige Augenblick. Ich begehrte sie, kann mich aber durchaus beherrschen. Außerdem respektierte ich sie, und ihr Wohlergehen lag mir mehr als alles andere am Herzen.

Ich lag neben ihr auf dem Rücken und starrte die Decke an. Ich suchte nach den richtigen Worten. Ich weiß nicht mehr, was ich dann sagte, jedenfalls erhielt ich keine Antwort. Lilian war eingeschlafen.

Eine Weile rührte ich mich nicht. Das Licht war noch an. Ich kuschelte mich an sie, vorsichtig, um sie nicht zu wecken, aber ich konnte nicht einschlafen.

Dann fielen mir die zwei Briefe wieder ein, und ich stand auf.

Der erste war von Arott und Marcanu. Er sah langweilig und schrecklich offiziell aus. Ich hielt es für das übliche Anwaltsschreiben, mit dem noch einmal bestätigt wurde, was wir besprochen hatten. Als ich den Brief dann aber las, bemerkte ich einen gewissen, verzweifelten Unterton in Miß Marcanus Mitteilung. Sie schrieb, es hätten sich völlig neue Umstände hinsichtlich Gs Testament ergeben, ich solle keine weiteren Schritte bezüglich seines Eigentums unternehmen, und wir müßten uns so bald wie möglich treffen, um die Angelegenheit zu besprechen. Sie schrieb weiter, daß sie zur Beisetzung kommen werde und wir dort einen Termin vereinbaren könnten.

Ich zählte einfach zwei und zwei zusammen und nahm an, daß die Erbschaft nun doch nicht mir zufiel, womit ich wieder da war, wo ich vor zwei Tagen stand.

Der andere Brief war von Rosemary. Normalerweise hätte ich die Schrift erkannt und ihn sofort geöffnet; diesen hier jedoch hatte sie mit ihrer neuen Textverarbeitung geschrieben und ausgedruckt, einschließlich Umschlag und allem. Wenig einladend.

Vom Tonfall war es, verglichen mit der Post, die ich zwei Tage zuvor von ihr erhalten hatte, ein ausgesprochen lieber Brief. Aber der Inhalt brachte das Faß zum Überlaufen. Sie schrieb, wie leid es ihr tue, daß wir uns getrennt hätten, sie wäre wirklich gern mit mir zusammengewesen, und es täte ihr schrecklich leid, mich belogen zu haben. Der wahre Grund, warum sie unsere Beziehung beendet habe, sei jedoch, daß sie sich mit G getroffen habe und mit ihm im Bett gewesen sei. Sie wisse, daß zwischen uns danach nichts mehr sein würde, wie es war, und es täte ihr wirklich sehr leid.

Sie hatte recht. Ich hätte ihr nie verziehen. Und ich würde G niemals verzeihen. Natürlich war es dumm gewesen, sie G überhaupt erst vorzustellen, wo ich doch Gs Ruf kannte und wußte, wie fasziniert Rosmary von Gs theatralischer Art, seinem guten Aussehen (sie erzählte mir häufiger, sie »stehe« auf ältere Männer) und natürlich seinem Geld sein würde. Aber ich dachte ja gar nicht daran, mir diesen Schuh anzuziehen. Rosemary hatte mir das angetan, und ich war sauer auf sie – was dumm war, wenn man bedenkt, daß ich jetzt mit Lilian zusammen und erheblich glücklicher war, als ich es jemals mit Rosemary gewesen war.

Dann stand da noch ein Postskriptum: »Übrigens, falls du zufällig einem hübschen Mädchen namens Lilian oder Iris oder was ähnlich Geblümtem begegnen solltest, fall nicht auf sie rein. Sie ist eine Betrügerin. G hat sie ziemlich oft erwähnt, auch wenn ich nie ganz dahintergekommen bin, was die zwei tatsächlich miteinander zu tun hatten.«

Ich konnte es nicht glauben. Ich sah das schlafende Mädchen auf meinem Bett an, ihr langes blondes Haar, das sich wie ein honigfarbener Wirbel über das Kopfkissen gelegt hatte. Was sollte ich tun? Sie wecken? Zur Rede stellen? Es wäre zu grausam gewesen, sie zu wecken. Außerdem liebte ich sie und vertraute ihr bereits mehr, als ich Rosemary jemals vertraut hatte. Was konnte Rosemary gemeint haben? Wie konnte Lilian eine Betrügerin sein? War Rosemary vielleicht eifersüchtig und gehässig?

Das alles würde bis morgen warten müssen. Ich starrte die schlecht gestrichenen, gelblich-weißen Wände meines möblierten Zimmers und die billigen, mit weißen Heftzwecken befestigten Poster an. Ich wußte, daß ich nicht schlafen könnte, also nahm ich den Ausdruck der Gedichte und den Walter-Text heraus. Die ganze Zeit dachte ich dabei über das merkwürdige Gefühl nach, das ich in Gs Keller gehabt hatte. Dann entdeckte mein Verstand nach und nach eigentümliche Übereinstimmungen zwischen dem, was mir im Verlauf der letzten paar Tage widerfahren war, und der Metaphorik der Gedichte sowie dem Walter-Roman.

Ich lachte leise in mich hinein, als ich mich an eine von Gs Theorien erinnerte, die er TSZE nannte (Theorie zur Systematisierbarkeit zufälliger Ereignisse). Es handelte sich um eine komplexe mathematische Theorie (deren mathematische Aspekte ich, wie ich leider zugeben muß, nicht verstand), mit deren Hilfe sich die Wahrscheinlichkeit der Entdeckung systematischer Strukturen in zufälligen Ereignissen berechnen ließ.

Am besten kann man die Theorie mit einem einfachen Experiment veranschaulichen. Man denkt sich irgend etwas aus, um ein zufälliges Punktemuster auf Papier zu bringen. Das konnte alles mögliche sein, vom Dartwerfen bis hin zu den Spritzern, die ein Affe mit Tinte zustande bringt. Anschließend füttert man damit einen Computer, der so programmiert ist, daß er mathematische Systeme sucht, um die Verteilung der Punkte zu beschreiben. Der Computer findet praktisch immer Lösungen. Es ist nahezu unheimlich, wie elegant viele davon sind und einen daran zweifeln lassen, daß Zufallsverteilungen tatsächlich möglich sind. Überdies berechnet der Computer eine Verteilungskurve. Anscheinend findet man nichtzufällige Verteilungen eher, wenn die Punkte in kleiner und großer Zahl vorhanden sind. Nur dazwischen wird es für den Computer schwer, Muster zu erkennen, die gar nicht da sind.

G glaubte, diese Verteilungsanalyse könnte auch auf Ereignisse in der realen Welt übertragen werden. Wenn man sich Systeme anschaut, die sehr viele oder sehr wenige Ereignisse enthalten, erkennt man leichter ein Muster als bei einer mittleren Anzahl. Daher ist es auch einfacher, in einem Krieg ein Muster zu erkennen als in einer Schlacht, und ebenso, die Beziehung zwischen zwei Menschen zu beschreiben als zwischen sechs. Mit TSZE kann man erklären, warum solche Erklärungsansätze wie Horoskope und Soziologie zu funktionieren scheinen. Dies liegt nämlich schlicht daran, daß sie so große und komplexe Ereignismuster beschreiben, daß sich praktisch jede Systematisierung mit hoher Wahrscheinlichkeit auf die eine oder andere Weise als wahr erweisen wird.

Diese Theorie ließ auch Schlußfolgerungen hinsichtlich der Lektüre und des Abfassens von Texten zu. Daher rührten auch Gs moderne Sonette. Er schrieb sie unter Verwendung einer Technik, die er *flèche proximale* nannte. Was bedeutete, daß er einen Pfeil auf seine Bücherregale warf, um zufällig ein Buch auszusuchen. Dann warf er den Pfeil auf eine Seite, um zufällig ein Wort zu erhalten. Dieser Vorgang wurde so lange wiederholt, bis er schließlich ein Wort fand, das sich in die Rhythmus- und Reimstruktur eines Sonetts einfügte. Das Ergebnis wirkte beim ersten Lesen stets unsinnig, aber nach einer Weile schien es alle möglichen Anspielungen auf etwas zutiefst Bedeutungsvolles zu enthalten, ja sogar selbstreferentiell zu sein. Hier ist eines, das wir einmal zusammen im Rahmen eines Kolloquiums geschrieben haben. Das willkürlich ausgewählte Buch war in diesem Fall *Roget's Thesaurus*. Um die Sache zu beschleunigen, ignorierten wir Antakrusen.

Befriedigend deftige Sprache
Tümpel Befestigungen erheben ungebrochen Holocaust
Geschichte aufgewühlt mehrzellig
Post hellwach Besitzer Soldat falsch
Spekulieren Abkürzung See
Faustkampf Bibliolatrie
Verschlimmern häuslich gewiß machen
Einfluß Fort ungläubig sein
Lagerung abnehmen Hindernis Stadt abscheulich
Thermodynamik Multiplikant Reptil

Adliger unveräußerlich launisch
Adjektiv unelegant Substantive unterwürfig
Unbeliebtheit justitiabel
Feuergeher Leistungswillen metrisch.

All diese Gedanken schwirrten mir durch den Kopf. Erst jetzt, im Rückblick, kann ich alles in eine klar umrissene Form einfügen. Trotzdem, sie erscheinen eng verbunden zu sein mit dieser endlosen Nacht, der Trostlosigkeit der weißen Wände, der einzelnen Glühbirne, der schmerzenden Erschöpfung... dem wunderschönen Nachthimmel vor dem Fenster. War ich wirklich Teil eines Musters, einer Struktur, zu der auch die Gedichte und das Buch gehörten? Ich wollte glauben, daß es keine Regelmäßigkeit gab und nie eine gegeben hatte, daß alle Bedeutungen, die ich erkannte, allein meiner Phantasie entsprangen und eine zwangsläufige Folge nicht etwa davon waren, wie die Dinge nun mal lagen, sondern wie ich sie zwangsläufig sehen mußte.

Ich war immer noch viel zu nervös um zu schlafen. Lilian schlief weiterhin, atmete sanft und ruhig. Ich nahm Papier und Kugelschreiber, schloß die Augen und malte willkürlich einige Punkte auf das Blatt.

Ich starrte eine Zeitlang darauf. Dann entdeckte ich eine Möglichkeit, die Punkte zu verbinden. Als ich fertig war, hatte ich einen nahezu perfekten Davidstern.

Ich blickte die schöne, schlafende junge Frau in meinem Bett an. Vielleicht spielte es gar keine Rolle, welche Ereignisse uns hierhergeführt hatten; wichtig war nur, daß sie hier war.

Ich schaute aus dem Fenster. Ein riesiger Vollmond schien durch die Zweige und Äste des Zitronenbaums. Das war das letzte, woran ich mich erinnere, bevor ich endlich einschlief.

18 Der Mond

Als ich aufwachte, war es bereits hell. Das erste, was ich bewußt registrierte, war der Schmerz in meinem Nacken. Ich hatte auf dem Boden geschlafen und mein Kopf in einem blöden Winkel gelegen. Eine Lerche sang.

Dann machte sich ein Gefühl von Düsternis und Bedrücktheit breit, als ich mich an die Ereignisse des vergangenen Tages erinnerte. Einen Moment lang fragte ich mich, warum ich auf dem Boden schlief. Ja, Lilian. Sie war da. In meinem Zimmer. Ich spürte, wie Verlangen in mir aufstieg – und Liebe. Mit dem Gedanken, zu ihr ins Bett zu schlüpfen, stand ich auf.

Der Duft war da. Genau wie die zerwühlten Laken. Aber sie war fort. Ich starrte darauf, ähnlich wie Orpheus – zu spät.

Ich ging zur Tür, lief den Korridor hinunter, schaute die Treppe hinab. Keine Spur von ihr. Ich fühlte mich benommen und taub, als die Erinnerung an die Ereignisse des gestrigen Tages wieder mit Macht zurückkehrte.

Einen Augenblick lang wollte ich G umbringen. Dann erkannte ich, wie dumm dies war, und beschloß, statt dessen seine Beisetzung zu boykottieren. Aber ich wußte sofort, daß dies ein kindischer und sinnloser Protest wäre.

Ich konnte kaum glauben, daß Lilian tatsächlich hiergewesen war. Wie ein träumerischer Pubertierender ging ich zu meinem Bett, in dem sie geschlafen hatte. Ich kniete mich davor und schnupperte. Es war tatsächlich ihr Duft, berauschend, sinnlich, und doch frisch und rein wie die Wälder nach einem Frühlingsregen. Ich unterdrückte das quälende Verlangen, das mich plötzlich durchfuhr. Ich hätte sie haben können! Erst vor wenigen Stunden…

Dann bemerkte ich einen Zettel links neben dem Kopfkissen. Es war ihre Handschrift, wenn auch sehr eng und fast unleserlich hingekritzelt:

Liebster Ian,

Du wirst mich deshalb hassen. Ich bin vor Dir wach geworden, und ich habe Rosemarys Brief gelesen. Ich weiß, was Du jetzt von mir denken mußt. Besonders nach dem, was im Keller passiert ist. Es ist besser, daß es so aufhört.

Alles Gute
Lilian

Ich las den Brief wieder und wieder, und je öfter ich ihn las, desto weniger verstand ich, was sie meinte. Ich dachte darüber nach, was vergangenen Abend in dem Keller eigentlich geschehen war. Da war dieses seltsame Gefühl gewesen, daß irgend etwas Alchimistisches passierte, wenn wir zusammenwaren. Und dann dieses Gefühl, daß da noch jemand war. Walter. Ich schüttelte mich.

Aber ihr Brief war völlig unverständlich. Was meinte sie damit?

19 Die Sonne

Eine ganze Weile stand ich schweigend da. Ich werde gar nicht erst versuchen, die Gefühle zu beschreiben, die ich in diesem Moment empfand. Ich befand mich jenseits von Überraschung, jenseits von Bestürzung. Vielleicht läßt es sich am besten so ausdrücken: Ich sah mich mit mir selbst konfrontiert. So viel war mir genommen worden, daß jetzt nur noch ich da war, und ich stellte fest, wie wenig ich mich eigentlich mochte. Doch dafür war jetzt keine Zeit. Ich beschloß, alle Gefühle bis auf später aufzuschieben, wenn ich weniger zu tun hätte. Wenigstens gab Lilian mir auf nettere Art den Laufpaß als Rosemary.

Unterdessen warf ich einen Blick auf meinen Wecker und erkannte, daß ich zu spät zur Beisetzung käme, wenn ich mich jetzt nicht beeilte.

Ich besaß nur einen halbwegs anständigen Anzug, und der war eher nadelgestreift als schwarz; der Anzug, den ich wenig erfolgreich benutzt hatte, um Banker während meines letzten Studienjahrs zu beeindrucken, als ich wahrhaftig noch einer von ihnen werden wollte. Natürlich hatte ich keine schwarze Krawatte. Warum hatte ich nicht gestern daran gedacht, daß ich noch alles Geld und alle Zeit der Welt hatte, um mir etwas zu kaufen?

Ich hätte nie gedacht, einmal so dankbar zu sein, die alte Collegekrawatte wiederzufinden, die ich mir als Erstsemestler in einem hanebüchenen Anfall von Begeisterung über Oxford gekauft hatte. Ich zog sie an und musterte mich im Spiegel. Das Ergebnis war entsetzlich, aber es würde reichen müssen. Ich kämmte mich und war soweit, nach unten zu gehen.

Durch meinen Kopf schwirrten immer noch Bilder. Sie hatten irgend etwas mit Tarot zu tun. Individuationsprozesse.

Dann warf ich einen Blick auf meine Uhr. Jetzt würde ich mit Sicherheit zu spät zur Beerdigung kommen. Ich stopfte den Walter-Text in die alte Aktentasche, die ich deshalb benutze, weil sie genau die richtige Form hat, um auf den Gepäckträger meines Fahrrads geschnallt zu werden, stürmte die Treppe hinunter in den Garten, befreite das Fahrrad aus dem vollgestopften Schuppen meiner Vermieterin und radelte los.

Es scheint irgendwie etwas Unziemliches an sich zu haben, auf einem Fahrrad zu einer Beisetzung zu fahren, besonders dann, wenn man einen schlechtsitzenden Nadelstreifenanzug trägt; vielleicht, weil die öffentliche Zurschaustellung von Fitneß, die das Fahrradfahren ebenso mit sich bringt, in hartem und fast anstößigem Kontrast steht zur Verfassung der betrauerten Person. Als ich aufs Rad stieg, entschied ich, daß die Zahl Acht, die annähernd von den Rädern gebildet wird, vielleicht ein kosmisches System repräsentierte. Stellte das Fahrrad möglicherweise das ultimative »Glücksrad« dar? Wenn ich rechtzeitig an meinem Ziel eintraf, konnte ich mich jedenfalls glücklich schätzen.

Ich fahre gern mit meinem Rad. Man kann dabei wunderbar nachdenken. Was vielleicht mit dem Schwall Sauerstoff zusammenhängt, der ins Gehirn gepumpt wird. Folgende Gedanken gingen mir während der Fahrt durch den Kopf:

Ich verübelte es Lilian nicht, einfach so aus meinem Leben verschwunden zu sein. Merkwürdigerweise bestand meine Reaktion auf ihren Brief darin, daß ich nur noch mehr mit ihr zusammensein wollte. Was immer zwischen ihr und G gelaufen war – ich vermißte sie. Ich war nicht sauer, auch nicht beleidigt, gekränkt oder verbittert durch die Ereignisse der letzten Tage. Komisch zwar, aber mehr als alles andere war ich amüsiert.

Denn im Grunde hatte sich ja gar nichts verändert. Ich war immer noch derselbe Mensch wie vor drei Tagen. Ich hatte nichts verloren – nichts außer G, und sein Tod war die Folge eines unvermeidlichen Naturprozesses. So, wie er mich im Zusammenhang mit Rosemary behandelt hatte, konnte ich kaum sagen, daß ich ihn grenzenlos vermissen würde.

Mir hingegen ging es eigentlich gut. Ich hatte immer noch Zeit, etwas aus meinem Leben zu machen. Ich war Opfer einiger kleiner Perfidien geworden, aber ich würde es überleben.

Was die Ereignisse des vergangenen Abends betraf, gab es zweifellos eine rationale Erklärung. Und wenn nicht, würde ich mich eben mit einer irrationalen begnügen müssen.

Ich betrachtete die prachtvollen, so majestätischen, so herrlich geometrischen Häuser Oxfords. Wie sehr doch diese Stadt, wie so viele andere schöne Städte, ein Tribut an die Philosophie des Neuplatonismus ist.

Ich sinnierte über die Erhabenheit der mittelalterlichen Vorstellung, daß wir Menschen in unserem Handeln und in unserer Kunst fähig sind, die göttliche Ordnung zu reflektieren und zu integrieren, und daß es uns möglich ist, Städte, Kathedralen, Kirchen, Universitäten unter Verwendung geometrischer Systeme zu bauen, die die göttliche Geometrie widerspiegeln und die himmlische Stadt nachahmen, womit wir einen Vorgeschmack auf das Paradies liefern, die mineralische Stadt, die die Apotheose der vegetarischen Glückseligkeit des Gartens Edens ist. Auch wenn die Architekten von Milton Keynes* vielleicht keinen Sinn für solche Vorstellungen haben.

Andererseits, seit dem Zusammenbruch der neuplatonischen Weltordnung waren jene, die versucht hatten, ihren Idealen wieder Leben einzuhauchen, wenige und weit verstreut. Vielleicht war ja G einer von ihnen gewesen. Und doch saß ich nun auf meinem Fahrrad und flitzte auf dem Weg zu seiner Beisetzung durch schäbige Straßen voller enger Häuser.

20 Gericht

Ich nahm zum erstenmal an einer Beisetzung in einem Krematorium teil. Genaugenommen war ich auch noch nie in einem Krematorium gewesen. Deshalb wirkte es auch schockierend auf mich. Die Schornsteine waren zwar deutlich sichtbar, aber harmlos modern. In dieser Zeit der Marktgesetze werden die Toten wohl als Kunden gesehen, die einen angemessenen Abgang erwerben. Ich dachte an Auschwitz und

* Aus dem Boden gestampfte Stadt zwischen Oxford und Bedford. Berühmt berüchtigt für die atemberaubend langweilige moderne Architektur.

vermutete, wenn man diesen entsetzlichen Ort mit einem Großmarkt kreuzte, dann erhielt man genau das hier.

Auf dem Parkplatz gab es überall Blumen, aber ironischerweise keine Abstellmöglichkeiten für Fahrräder, weswegen ich meines an eine Wand lehnen mußte. Es schien Meilen brandneuer, moderner Ziegelwände zu geben, mit denen man sich erst einmal auseinanderzusetzen hatte, bevor man einen Eingang fand. Allmählich bekam ich schon Angst, am Ende durch eine falsche Tür hineinzugehen, einen Personaleingang oder so etwas, weil ich dann womöglich etwas sehen könnte, was ich nicht sehen sollte.

Schließlich fand ich doch noch den Haupteingang. Ich mußte mich an Sargträgern und Trauergästen vorbeikämpfen, um zu einem Schalter zu gelangen, der sich aus irgendeinem Grund hinter Glastüren befand, die von selbst aufschwangen, wenn man sich ihnen näherte. Oder wurden sie von den unsichtbaren Händen der Toten geöffnet?

Eine sehr freundliche junge Amerikanerin hinter dem Schalter erklärte, sie arbeite nur aushilfsweise hier, und führte mich dann in die Kapelle, wobei sie mich ziemlich unpassend anlächelte und dabei viel Zahn zeigte.

Wie ich befürchtet hatte, kam ich zu spät. Die Trauergemeinde mühte sich gerade redlich mit dem Kirchenlied »Jerusalem« ab. Einer von Gs kleinen Scherzen, vermutete ich. Sie nahmen gerade ihre Pfeile der Sehnsucht auf, als ich mich in die hinterste Reihe schob. Ich senkte den Kopf und tat andächtig. Es waren erheblich mehr Leute da, als ich vermutet hatte.

Ich hob den Blick und schaute zu den Bänken vor mir. Da saßen jede Menge von Gs alten Kumpeln aus dem *Senior Common Room* des College, Männer und einige Frauen, mit denen er trank, aß und gesellig verkehrte, von denen er jedoch die meisten unverhohlen verachtete.

Ganz vorn stand der Sarg. Ein Ding, ein Objekt. Ich konnte mir nicht vorstellen, daß eine echte Leiche darin lag, etwas, das einmal ein Mensch gewesen war.

Der Collegekaplan begann, die übliche Passage aus dem Johannesevangelium über das neue Jerusalem, den neuen Himmel und die neue Erde vorzulesen. Ob Gott eines Tages tatsächlich zurückkehren und alles klären wird? Ich erinnerte mich an etwas, das ich einmal an der

Wand eines Kneipenklos gelesen hatte: »Gott ist nicht tot. Er lebt, es geht ihm gut. Man munkelt, er arbeitet derzeit an einem weniger ehrgeizigen Projekt.«

Stimme und Ausstrahlung des Kaplans wirkten durchaus beruhigend, und dennoch mußte ich mich einfach immer wieder fragen, was er wohl gesagt hätte, wenn ich ihm von den Vorkommnissen des vorherigen Abends erzählt hätte, den Ghouls und Erscheinungen in Gs Haus.

Der Moment des Gottesdienstes, der mir am besten in Erinnerung blieb, kam, als der Kaplan sich liebevoll über den Sarg beugte und sagte, wie um der Trauergemeinde die Gewißheit eines seligen Lebens nach dem Tod zu versichern: »G…« (lange Pause der Wirkung wegen) »G geht es gut!« Allein ein Geistlicher, dachte ich, oder vielleicht ein Akademiker kann auch nur im Traum glauben, mit so was ungeschoren durchzukommen.

In der ersten Reihe saß Rosemary. Sie war leicht an ihrem langen, wallenden schwarzen Haar zu erkennen. Sie schien extra für diesen Anlaß beim Friseur gewesen zu sein. Ein Teil von mir freute sich schon darauf, nachher besser sehen zu können, wie sie ganz in Schwarz aussah. Ich war überzeugt, daß es ihr stand.

Beim Leichenschmaus würden wir uns ein paar sehr interessante Dinge zu sagen haben. Ich überlegte, ob sie sich wohl beherrschen konnte. Ich wußte, daß ich es konnte. *La vengeance est und repas qui se mange froid,* dachte ich mit meinem kultiviertesten französischen Akzent.

Ich suchte Lilian überall. Ich brauchte wenig, bis der Groschen fiel und ich begriff, daß sie das Mädchen mit den Zöpfen direkt neben Rosemary war. Mit diesem schwarzen Beerdigungshut sah sie völlig anders aus. Zuerst hielt ich sie für eine erheblich ältere Frau. Plötzlich verspürte ich eine seltsame Unruhe. War es nur Zufall, daß sie neben Rosemary saß?

Endlich kam der Augenblick, in dem der Kaplan den Hebel betätigte, woraufhin der Sarg – genau wie im Kino – hinter den hübsch bestickten Vorhängen verschwinden würde. Zur Begleitung dieses letzten Verschwindens hatte G sich einen Satz aus einem späten Quartett von Beethoven ausgesucht. Es hieß »Heiliger Dankgesang eines Genesenen an die Gottheit, in der lydischen Tonart«. Eine Musik, die ich liebte, und der Scherz wirkte eher ergreifend und bedeutungsvoll als geschmacklos. Auf jeden Fall erheblich weniger plump als der Kaplan. Und erheblich origineller als »Der Herr ist mein Hirte«. Schließlich wurde der Hebel heruntergezogen, und der Sarg trat seine letzte Reise an. Gott sei Dank, daß mir alles so unwirklich vorkam.

Danach folgte die Fürbitte, und hierauf herrschte Schweigen, als jeder versuchte, nicht als erster aufzustehen und sich umzuschauen. Die Leute schauten sich an, ohne wirklich etwas zu sehen.

Und genauso mußte er es gedeichselt haben. Ich weiß nicht, wie lange er schon dort gesessen hatte, direkt links von mir. Hatte ich ihn gesehen, als ich hereinkam? Falls ja, hatte ich ihn nicht bemerkt. Vielleicht akzeptierte ich einfach seine Anwesenheit, weil seine Gestalt mir so vertraut war. Oder vielleicht ist man unter solchen Umständen auch so befangen, daß man von anderen Menschen nichts wahrnimmt. Jedenfalls, da stand er, nur ein paar Meter entfernt, in einem tadellosen schwarzen Anzug, gedeckte dunkle Krawatte, dunkelblaues Einstecktuch…

Das Lächeln war typisch, ironisch, aber auch herzlich und jungenhaft.

»Wie geht's Ihnen, Ian?« raunte er mir zu und beugte sich zu mir, als die anderen sich zu unterhalten begannen. Ich lächelte beklommen. Mein erster Gedanke war, daß ich einen Geist sah. Aber ich war neugierig und unsicher, weniger verängstigt. Dann fragte ich mich, ob er vielleicht kein Geist im traditionellen Sinn war, sondern ein Wesen, das nie wirklich stirbt.

»Was machen Sie denn hier? Ich dachte, Sie wären…?« Ich bremste mich, bevor ich etwas zu Blödes sagte.

»Schnell, nach draußen. Ich muß Ihnen noch Verschiedenes sagen, bevor alle anderen etwas mitbekommen.«

Niemand sonst hatte etwas bemerkt. Alle waren viel zu versunken in ihrer Trauer, damit beschäftigt, sich selbst zu trösten oder doch zumindest nach außen hin so zu wirken.

Wir traten auf den Hof hinaus. Dort lagen die Blumen für die Einäscherungen, die an diesem Tag angesetzt waren. »Für Daddy«, »Meiner geliebten Frau« – Karten mit all den Platitüden über den Tod, auf denen die Tinte verlief, da es inzwischen zu regnen begonnen hatte. Die Trauergäste waren fort, hatten die Blumengestecke auf eisernen Ständern zurückgelassen, und die Mitteilungen, die von... ja, von wem eigentlich gelesen werden sollten?

G sagte: »Kennen Sie den Witz über den Unterschied zwischen einer Hochzeit und einer Beisetzung?« Er wartete genau die richtige Zeit ab. »Bei einer Hochzeit hat man die Chance, seine Blumen zu riechen.« Er grinste.

Es dauerte, bis der Groschen fiel. So viele verschiedene Emotionen zerrten in mir in so viele verschiedene Richtungen. Ich freute mich, ihn lebendig zu sehen. Ich war sauer wegen eines so grausamen und makabren Streichs. In gewisser Weise war ich erleichtert, daß ich jetzt vielleicht wieder mein normales Leben aufnehmen konnte. Auf eine Art bewunderte ich ihn auch wegen der Virtuosität des Betrugs. Ein erstaunlicher Streich. Sollte ich jemals seine Biographie schreiben... Doch dann erkannte ich, daß mir das jetzt aus den Händen genommen worden war. Ich fühlte mich wieder einmal um etwas betrogen. Dann wieder hatte ich das merkwürdige Gefühl, mich an einem Übergang zwischen zwei Welten zu befinden, an einem Schnittpunkt, an dem ich auf sonderbare Weise und einzigartig präsent war.

»Ich muß Ihnen verschiedene Dinge erklären, Ian. Zunächst einmal, all die Streiche und Tricks tun mir leid – Lilian und die Scharade letzte Nacht. Es gab einen Grund für das alles, aber das werden Sie jetzt noch nicht verstehen. Bevor wir weitermachen, möchte ich Ihnen einige Fragen stellen. Hätten Sie das Angebot angenommen?«

Ich zögerte.

»Sagen Sie schon«, sagte er, »wir haben nicht viel Zeit. Sie werden jeden Augenblick rauskommen.«

»Ja«, sagte ich, »ich hatte mich dafür entschieden.«

»Was ist mit Lilian?«

»Ja. Nur...« Er ließ mich nicht ausreden. Als kenne er die Antwort bereits.

»Was haben Sie von ihr gehalten?«

Ich sah keinen Grund zu lügen. »Sie ist reizend«, sagte ich.

»Das freut mich. Ich war nicht gut für sie. Oder besser gesagt, sie war zu gut für mich. Sie sind genau der Mann, den sie braucht. Sie zwei waren Modelle für die Walter-Geschichte. Sie haben die Bilder gesehen, nicht wahr?«

Mein Blick senkte sich auf die schäbige Aktentasche, in der ich das Manuskript mit mir herumschleppte. »*Sie* haben es also geschrieben?« fragte ich.

»Nur gewissermaßen. Sie und Lilian waren die Medien. Wahrscheinlich dämmert es Ihnen inzwischen, was?«

Ich wußte nicht, was er meinte, aber ich befand mich in einer solchen Verfassung, daß ich nicht wagte zuzugeben, es nicht zu wissen. Es ist doch zweifellos so, daß man etwas schreibt oder eben nicht. Ich dachte wieder an Lilians Brief. Was hatte sie gemeint?

Bevor er mir Gelegenheit ließ, ihn zu bedrängen, fuhr er fort. »Ich habe übrigens dank der Videokamera gesehen, was letzte Nacht zwischen Ihnen gelaufen ist. Keine Angst. Es gibt keine Aufzeichnungen. Es war ausgesprochen rührend… ausgesprochen rührend.«

Irgend etwas an seinem Tonfall verhinderte, daß ich die Geduld mit ihm verlor. Er schien wirklich unter Zeitdruck mit mir zu reden, als käme es auf jedes einzelne Wort an. Vielleicht sprach ich ja doch mit einem Geist. Vielleicht würde der Hahn jeden Augenblick krähen.

»Warum tun Sie das alles? Wie…?«

»Der Tod? Das ist ganz einfach, wenn man Geld hat. Es gibt immer noch so etwas wie korrupte spanische Beamte, und der Mann, der die Todesursache feststellte, ist ein guter Freund von mir. Die Kanzlei Arott und Marcanu war überhaupt kein Problem. Miß Marcanu ist eine frühere Geliebte, fürchte ich. Ihr richtiger Name ist Tracy Smith. Sie sollten mehr über Anagramme nachdenken.«

»Aber warum?«

»Theater. Außerdem hatte ich etwas zu sagen. Sie werden sehen. Hören Sie, bevor gleich alle rauskommen, muß ich Ihnen folgendes sagen. Das Testament. Es gilt immer noch. Mein echter Rechtsanwalt besitzt eine identische Kopie. Die Adresse finden Sie in meinen Unterlagen. Sie werden es für eine Biographie benötigen. Die relevanten Dokumente befinden sich in meinem Safe. Noch was. Mein Vater war kein Jude, er war bei der SS.«

»Was ist mit den Pentragrammen, den Sachen im Keller?« fragte ich.

»Fragen Sie Walter«, sagte er.

Ich starrte ihn an. Er starrte mich an. Ich wollte lachen, weinen, ihn schlagen. Die Mischung aus Wut und Zuneigung war, vermute ich, wie ein Rausch.

»Ach, übrigens«, sagte er. »Hier ist der Rest.« Er drückte mir einige Blätter in die Hand: die restlichen Gedichte, Nummer XVIII bis XXI...

Inzwischen kamen die ersten Leute aus dem Krematorium. Ich mußte einfach bewundern, was dann folgte. Ein urkomisches, wenn auch geschmackloses Spektakel. Es hätte wunderbar sein können, wäre es nicht so haarsträubend gewesen. Zuerst mischte G sich unauffällig unter die Trauernden, sagte Dinge, wie man sie bei Beerdigungen eben so sagt. Wie lange es dauerte, bis jemand reagierte, weiß ich nicht – wahrscheinlich nur Minuten, Sekunden, auch wenn es mir länger vorkam.

Zuerst war da Ungläubigkeit, mit einer Spur von Angst. Dann, komisch genug, Verärgerung, fast so, als wären die Leute, nach allem, was sie durchgemacht hatten, enttäuscht, daß G nicht tot war.

G konnte darüber nur lachen. Er sagte, es komme ja schließlich nicht jeden Tag vor, daß man in der modernen Welt eine Auferstehung erlebte. Hätte er es nicht so charmant gesagt, dann hätte es entsetzlich messianisch geklungen.

Schließlich erkannten natürlich alle die komische Seite der Sache und begannen den Streich zu genießen, der ihnen gespielt worden war. Alle wetteiferten darum, wer ihn am meisten zu schätzen wisse. Es wurden tiefschürfende und bedeutungsvolle Bemerkungen gemacht, einschließlich angeberischer Verweise auf Gs Arbeiten, wobei auf die sich gegenseitig übertrumpfende Art, zu der nur Akademiker auf einer Beerdigung fähig sind, mit Kapitel, Absatz und Veröffentlichungsdatum zitiert wurde.

Endlich wurde man sich bewußt, daß für die Stimmung hochnäsiger Frivolität, die zunehmend von der Trauergemeinde Besitz ergriff, dies nicht ganz der passende Ort war. Es war den Trauergesellschaften gegenüber kaum fair, die gerade aus den anderen Kapellen kamen und Menschen betrauerten, die wirklich gestorben waren. Also stiegen wir alle in unsere Autos oder, in meinem Fall, auf ein Fahrrad, und kehrten zum College zurück. Ich suchte überall nach Lilian, aber sie war bereits von jemandem mitgenommen worden.

Beim Imbiß im *Senior Common Room* war G der Star der Show. Er gab sich überschwenglich, charmant und geistreich wie selten. Er schien so erfreut, daß so viele nette Menschen zu seiner Beisetzung gekommen waren, und sie waren ganz angetan, daß er so angetan war, und alle plauderten über alte Zeiten. Ein großes Fest der Liebe. Er war wie ein Kaiser, der hofhielt, der Kaiser Lazarus, der Eine, der vor dem Antichrist kommt.

Niemand bemerkte, wie er nach etwa einer Stunde auf die Toilette verschwand. Alle waren leicht angetrunken und redeten so viel *über* ihn, daß unbemerkt blieb, daß niemand *mit* ihm redete.

Ich war mitten in einer frivolen Unterhaltung darüber, daß sich das Image des SCR in den letzten paar Jahren verändert habe und es noch gar nicht so lange her war, daß hier nur Ledersessel standen und Jagdtrophäen über dem mittelalterlichen Kamin hingen, Schädel und Geweihe, die die jetzt gesellschaftlich vorherrschenden Vegetarier empörten. Seit dem Auftauchen weiblicher Fellows sahen die Sofas, Sessel und Tapeten aus, als kämen sie direkt aus einem Laura-Ashley-Katalog…

Dann fielen kurz hintereinander zwei Schüsse. Wie er es geschafft hat, den Abzug zweimal zu ziehen, ist und bleibt mir ein Räsel, auch wenn dies nicht zu der Sorte Fragen gehört, die man gern stellt. Es herrschte atemlose Stille. Dann folgte das eine oder andere gezwungene Kichern. Ich hörte jemanden fragen: »Wo ist G?«, aber schließlich wurden die Unterhaltungen fortgesetzt – noch hatte niemand begriffen, daß es Pistolenschüsse gewesen waren.

Unterdessen versuchten der Butler des Colleges und jemand aus der Küche der Ursache des Lärms auf den Grund zu gehen. Auf der Herrentoilette fanden sie Gs Leiche. Er hatte sich zweimal in die Schläfe geschossen. Ein Teil des Kopfes war weggerissen worden und das Hirn nur noch eine breiige rote Masse, für jeden deutlich sichtbar.

21 Die Welt

Ich kann mich nicht klar an das erinnern, was als nächstes geschah. Etwa an diesem Punkt verlor ich wahrscheinlich die Beherrschung. Nicht, daß ich durchdrehte oder einen Nervenzusammenbruch erlitt. Nur, daß ein paar merkwürdige Dinge passierten.

Zunächst herrschte ein ziemliches Durcheinander von Leuten, die schoben und drängelten, Weingläser fallen ließen, brüllten, versuchten, an ein Telefon zu kommen. Dann Sirenengeheul.

Ich gehörte zu denen, die zur Toilette gingen, dorthin, wo Gs Leiche gefunden worden war. Der Geruch überraschte mich. Beinahe süßlich. Ich weiß nicht, warum ich hingegangen bin; vermutlich wollte ich mich vergewissern, daß er auch wirklich tot war. Woran nicht der geringste Zweifel bestand. Es war Gs Körper, und es war definitiv ausgeschlossen, daß jemand überleben konnte, was G sich angetan hatte. Wenn nur seine Augen geschlossen gewesen wären, der Anblick des verspritzten Hirns, des Bluts und der fleischähnlichen Masse hinter dem Gesicht wäre vielleicht gerade noch erträglich gewesen.

Ich stolperte zu einem Waschbecken und übergab mich. Dann wimmelte es überall von Polizisten. Jemand half mir aus der Toilette und brachte mir zuerst Wasser, dann süßen Tee. Ich erinnere mich, gesehen zu haben, wie Gs Leichnam – jemand hatte ihm eine Decke übergeworfen – hinausgetragen wurde.

Ich saß neben Lilian und trank törichterweise Wein. Heute ist mir klar, daß ich wahrscheinlich viel zuviel geredet habe, über G, was er mir bedeutete, über meine Vergangenheit und über Probleme, die ich mit meinem Vater gehabt hatte… Dinge, die völlig unangebracht waren. Alle möglichen Gedanken und Gefühle, die ich normalerweise für mich behalte, sprudelten heraus, als wären Dämme gebrochen.

Am Ende wurde mir bewußt, daß sie sich ziemlich über mich ärgerte. Als ich endlich den Mund hielt, entschuldigte sie sich unter einem Vorwand und ging.

Ich saß da und starrte eine Weile vor mich hin. Mehr als alles andere war ich ungeheuer erschöpft. Schwankend stolperte ich die Treppe hinunter. Ich fühlte mich wie betäubt. Meine erste Reaktion war weder Zorn noch ironische Belustigung, verstärkte Trauer oder irgend etwas anderes, das man zu Recht erwartet hätte. Vielmehr ein extremes, quälendes Gefühl der Leere.

Eine ganze Weile war mein Verstand nur zu zwei Dingen fähig. Einerseits zu einer vagen Verärgerung darüber, eine weitere Beisetzung organisieren zu müssen. Andererseits zu der Erinnerung an etwas, das G einmal gesagt hatte und das stärker nachhallte: »Die Anwort liegt nicht in der Antwort, sondern in der Struktur.«

Gleichzeitig schien mir, als müsse der ganze entsetzliche Vorfall irgend etwas *bedeuten*, als bedeutete er *tatsächlich* etwas, auf das ich nur kommen mußte.

Während ich durch Summertown fuhr, vorbei an all den normalen alltäglichen Geschäften, war ich hin- und hergerissen zwischen den Alternativen, zu Gs Haus oder zu meiner Pension zurückzukehren.

Das Komische war natürlich, daß sich überhaupt nichts geändert hatte. Ich hatte gedacht, G sei tot, und jetzt war er es. Bestimmt steckte nichts weiter dahinter.

Rückblickend kann ich beinahe immer noch diese Benommenheit spüren, die mich nicht losließ, mich wie ein Kokon umhüllte, aus dem ich ausbrechen wollte. Sicher erklärt sich das einerseits durch den Schock. Und andererseits durch eine Unentschlossenheit. Brachte ich es denn nach allem, was passiert war, wirklich fertig, Gs Erbe anzutreten?

In Gs Haus befanden sich immer noch Sachen von mir. Ich beschloß, zuerst dorthin zu fahren. Ich wollte versuchen, irgendwie zurechtzukommen, sehen, wie ich mich fühlte. Wieder war alles so still, und die blühenden Bäume im Vorgarten waren wunderschön. Nur, daß mich jetzt ein eiskalter Schauer durchfuhr bei dem Gedanken, durch dieses schwarz gestrichene, schmiedeeiserne viktorianische Tor zu gehen. Als ob das Haus von einer Art Kraftfeld umgeben war.

Ich schob mein Rad über den Kies zur Haustür. Plötzlich sah ich, daß sich in dem Vorbau etwas bewegte. Zuerst hörte ich ein Schlurfen, dann erblickte ich etwas auf Kopfhöhe, das wie Haare aussah, dann schob sich eine Hand vor. Genau in diesem Augenblick und an ebendiesem Ort hatte ich am allerwenigsten erwartet, jemanden zu sehen, und plötzlich war da eine Gestalt, die Schwarz trug und auf mich zukam. Lilian!

»Tut mir leid«, sagte sie. »Ich wollte nicht unhöflich sein – auf der Beerdigung.«

»Wir waren alle ein wenig gestreßt«, sagte ich. »Kommst du mit rein?«

Sie nickte. Ich fummelte mit dem Schlüssel herum, und wir betraten die Eingangshalle. Ich versuchte, einen Arm um sie zu legen, doch sie entzog sich mir.

»Was ist los?« fragte ich.

»Nichts.« Sie sagte »nichts« in diesem Tonfall, der eigentlich bedeutet, »natürlich ist was los, aber da du Teil des Problems bist, wirst du dir schon ein bißchen mehr einfallen lassen müssen, um es mir aus der Nase zu ziehen«.

Ich ging in die Küche und machte uns einen Tee. Ich brauchte Zeit, Ordnung in meine Gedanken zu bringen. Ich hatte nicht erwartet, sie hier anzutreffen. Ich wußte nicht, was ich sagen sollte. Ich versuchte, mich zu sammeln, aber unablässig wanderten meine Gedanken zur vergangenen Nacht zurück, zu der Erkenntnis, daß G die ganze Zeit über dortgewesen war und uns beobachtet hatte. Ich kam nicht von dem Gedanken los, daß er jeden Augenblick auftauchen und sagen könnte, alles sei nur ein Scherz gewesen, und in gackerndes Gelächter ausbräche.

Aber ich hatte die Leiche gesehen. Ich wußte, er war tot. Wenn er jetzt noch einmal zurückkehrte, dann nicht mehr in einem Körper. Andererseits…

Ich reichte Lilian eine Tasse Tee, und wir setzten uns in das Zimmer zur Straße, das Zimmer, in dem die Porträts hingen, die mir und Lilian so ähnlich sahen.

»Was wirst du jetzt tun?« fragte ich. »G sagte, das Angebot gelte immer noch. Theoretisch hat sich nichts geändert.«

»Theoretisch.« Sie sah entmutigt und niedergeschlagen aus.

Ich beschloß, sie nicht zu bedrängen. »Kein Grund zur Eile«, sagte ich.

»Ich weiß nicht«, entgegnete sie. »Ich glaube eigentlich nicht, daß ich es schaffe.« Ich setzte mich neben sie und nahm ihre Hand. Diesmal zog sie sich nicht zurück.

Daraufhin klingelte das Telefon. Das Timing hätte nicht schlechter sein können. Es war das Bestattungsunternehmen. Ja, sagte ich, ich würde mich um alles Nötige für die nächste Beisetzung kümmern. Ja, ich sei froh, daß es keine Autopsie geben würde. Ja, ich sähe wirklich keinen Grund, warum die Beisetzung nicht übermorgen stattfinden sollte. Nein, ich wolle mir ihre Auswahl an Särgen nicht ansehen, und der Eichensarg wäre schon in Ordnung. Natürlich könnten sie mir die Rechnung unter dieser Adresse zuschicken.

Kaum hatte ich den Hörer aufgelegt, da klingelte es schon wieder. Der Kaplan. Dieses Mal werde alles ganz schlicht sein: Todesanzeige in der landesweiten Presse und ein kleiner Empfang in Gs Haus. Das College werde den Wein und einen kleinen Imbiß stellen. Standard.

Ich hörte Bewegung aus dem Wohnzimmer, und während der Kaplan redete, mußte ich hilflos mit ansehen, wie Lilian ihren Mantel holte, das Teegeschirr abräumte und an der Tür darauf wartete, daß ich auflegte.

Der Kaplan war in Plauderstimmung und gab sich allergrößte Mühe, mich zu trösten, wo er doch eigentlich nur sich selbst zu trösten suchte.

Lilian wirkte ungeduldig und gab mir zu verstehen, daß sie gehen wollte. Ich hingegen bemühte mich verzweifelt, ihr zu signalisieren, daß sie noch bleiben sollte. Leider verwechselte der Kaplan die Eindringlichkeit in meiner Stimme mit Bewegtheit und steigerte sich in seinem Sermon nur noch mehr.

Schließlich war ich ihn los.

»Die Beisetzung findet also übermorgen statt?« fragte Lilien.

»Ja.«

»Ich muß jetzt gehen, Ian. Ich brauche Zeit, um nachzudenken.«

Ich versuchte noch, ihr einen Abschiedskuß zu geben, doch sie drehte ihr Gesicht zur Seite, und so endete es damit, daß ich unbeholfen eine Mischung aus Wange, Haaren und Ohr küßte. Als sie ging, schaute sie nicht mehr zurück.

Wenn ich die Energie gehabt hätte, wäre ich ihr vielleicht nachgelaufen und hätte versucht, alles zu erklären. Aber es gab nichts zu erklären. Ich kehrte in das Wohnzimmer zurück, das wir gerade erst verlassen hatten, und brach in einem Sessel zusammen.

Als ich mich dann endlich wieder rührte, geschah dies nur, um den

Walter-Text und die Gedichte zu holen, die ich den ganzen Tag in der schäbigen Aktentasche mit mir herumgeschleppt hatte.

Die nächsten achtundvierzig Stunden waren für mich schmerzhaft. Auch wenn ich heute weiß, daß sie einen Teil von einem Muster bildeten, damals erschien es mir, als würde ich allmählich den Verstand verlieren.

Kurz, ich las den Text mehrere Male. Ich hatte immer wieder den Eindruck, ich wäre tatsächlich bei vielen der beschriebenen Ereignisse dabeigewesen. Ich sah sie so plastisch und lebhaft vor mir, hatte fortwährend den Eindruck, Walters Stimme spreche nicht aus der geschriebenen Seite, sondern komme aus meinem eigenen Kopf.

Es gab so vieles in dem Text, das meine eigene Vergangenheit widerspiegelte. Die Passagen über Walters frühe Jahre ließen mich an meine eigene Kindheit denken, an den Tod meiner Mutter, die Wiederverheiratung meines Vaters, an Ferien, die ich bei einer Tante und einem Onkel verbrachte. Die Beschreibung von Walters Schulzeit erinnerte mich an meine eigenen Gefühle, als ich aufs Gymnasium ging. Katrin glich meiner ersten Freundin, und Walters Wissensdurst entsprach genau meinem eigenen, als ich noch jung war. Das Kloster erinnerte mich an meine erste Zeit in Oxford… und so ging es weiter. Am verblüffendsten waren jedoch die Abschnitte über die Träume und Visionen. Sie ähnelten Erfahrungen, die ich selbst gehabt, über die mit jemandem zu sprechen ich aber nie gewagt hatte.

Auch ließ mich nicht mehr los, daß die Ereignisse in dem Walter-Text haargenau mit der Entwicklung der Ideen in jenen Gedichten in Einklang standen, die G mir hinterlassen hatte. Die Gedichte schienen der entscheidende Anhaltspunkt, der Schlüssel zu allem zu sein. Ich starrte und starrte sie an, bis sie zu realen, lebenden Dingen wurden, zu inneren Landschaften, die den Walter-Text, mein eigenes Leben und sogar die Ereignisse der letzten Tage spiegelten und erklärten. Daher auch die gegenwärtigen Kapitelüberschriften.

Zum damaligen Zeitpunkt war es mehr als müßige Spekulation. Jede Erkenntnis war wie ein Stich in meinen Hinterkopf. Mir kam es so vor, als verlöre ich mich selbst. Manchmal fragte ich mich, ob ich nicht in Wirklichkeit Walter war. Ich ging im Haus auf und ab, stampfte auf, brüllte, rief, sang Walters Lieder. Ich stellte mir vor, ich sei Walter auf dem Kreuzzug, und warf mich auf den Boden, schluchzte, grub die Fingernägel in mein Fleisch. Mir war, als verlöre ich meinen Platz in der Gegenwart. Der geringste Stimulus schleuderte mich an einen anderen Ort und in eine andere Zeit. Ich erinnere mich, irgendwann das Radio angestellt, Fetzen eines Streichquartetts von Mozart gehört und *gewußt* zu haben, wie der Raum aussah, in dem Mozart es komponiert hatte.

Mir läuft es immer noch kalt den Rücken hinunter, wenn ich jetzt daran zurückdenke, aber ich ging sogar in den Keller und versuchte, in dem Pentagramm stehend, Walters Geist heraufzubeschwören. Bei einem dieser Ausflüge fand ich den Kelch.

Ich weiß, daß ich im Verlauf der folgenden zwei Tage ziemlich viel von Gs Wein getrunken habe, und ich bediente mich auch von den Lebensmitteln im Kühlschrank. Aber weder aß noch schlief ich richtig. Und ich wusch mich auch nicht oder wechselte die Kleidung.

Am dritten Tag hatte ich Gs Beisetzung, die an diesem Nachmittag stattfinden sollte, völlig vergessen. Zum Glück rief Lilian am frühen Morgen an, um mir zu sagen, daß sie kommen werde. Ich versuchte zu erklären, was mir widerfahren war, aber sie ließ mich nicht ausreden.

Als sie einige Stunden später kam, war sie sehr freundlich, half mir, mich wieder in den Griff zu bekommen, und setzte mir ein Frühstück vor. Sie empfahl mir auch, mich zu waschen und umzuziehen. Und die ganze Zeit versuchte ich ihr zu erklären, was passiert war, ich redete von meiner Vergangenheit, von seltsamen Erfahrungen, die ich von Zeit zu Zeit gehabt hatte. Ich dachte, sie würde es verstehen, angesichts der Unterhaltungen, die wir geführt hatten und die ich oben wiedergegeben habe. Aber nein. Sie versuchte anzudeuten, ich wäre wegen der Ereignisse der letzten Tage überreizt.

Ich gab zu, überreizt zu sein, bestand jedoch darauf, daß diese Erfahrungen real waren, realer als alles andere, das mir jemals widerfahren war. Sie unterbrach mich einfach – wurde plötzlich ein Bild von Effizienz und Distanziertheit; im Rückblick betrachtet, hatte sie wahrscheinlich auch Angst.

Sie kümmerte sich fast allein darum, das von der Collegeküche angelieferte Essen und Trinken aufzubauen, und machte die Küche sauber, die ziemlich fürchterlich aussah.

Zur Bestattung kamen nur dreizehn Leute, den Kaplan nicht mitgerechnet. Ich denke, wir empfanden wohl alle das gleiche. Genau wie es vor drei Tagen undenkbar gewesen war, daß G jemals von den Toten zurückkehren würde, war es uns jetzt unmöglich, nicht immer wieder einen Blick über die Schulter zu werfen, nur für den Fall, daß er erneut auftauchte.

Ich war dankbar, Rosemary zu sehen. In vielerlei Hinsicht war sie einfühlsamer als Lilian. Sie sah, daß ich in ziemlich übler Verfassung war, und gab sich wirklich Mühe, nett zu mir zu sein. Sie selbst sah blaß und verhärmt aus und war kein einziges Mal sarkastisch.

Nach der Bestattung entschuldigten sich die meisten Trauergäste und gingen. Rosemary und Lilian begleiteten mich zurück zum Haus, außerdem fünf weitere Personen, ausnahmslos enge Freunde Gs von der Universität. Eine alles in allem recht schwierige Situation. Anwesend waren Pater Anthony, der Kaplan des Colleges, dann Professor Fabrizzio, Dozent für Politische Wissenschaften vom Trinity, Professor Dreigross, ein Kollege und Mediävist vom Worcester, Doktor Quentin, der dem psychologischen Fachbereich angehörte, und der amerikanische Tycoon James F. Franks, der bei einer Reihe von Geldbeschaffungsprojekten für die Universität mit G zusammengearbeitet hatte.

Wir standen etwas unbeholfen in einem Halbkreis in dem Zimmer zusammen, wo der Sarazenenschild hing, und plauderten gestelzt. Aus irgendeinem Grund machte mich die Tatsache verlegen, daß ich mich im gleichen Raum mit einem Mädchen befand, das ich liebte, und einem anderen, das ich einmal geliebt hatte. Die Sache wurde noch dadurch verschlimmert, daß die älteren Männer ganz offensichtlich von den beiden jungen Frauen angetan waren und Schwierigkeiten hatten, ihnen nicht zuviel Aufmerksamkeit zu schenken. James F. Franks flirtete besonders schamlos. Im Rückblick wirkt heute alles recht amüsant.

Der Wein wurde kaum angerührt, und die Trauergäste verabschiedeten sich zum Glück recht schnell. Rosemary ging als erste, dann der Kaplan, schließlich die anderen – aber erst, nachdem sie darauf bestanden hatten, irgendwann in den nächsten Tagen vorbeizuschauen, um zu sehen, wie ich zurechtkam.

Lilian blieb noch, um mir beim Aufräumen zu helfen. Sie war ruhig, freundlich und effizient.

Nachdem alles in Ordnung gebracht war, sagte sie: »Es tut mir leid, Ian. Ich weiß, du möchtest, daß ich bleibe. Aber es gibt zwei Dinge, die du verstehen mußt. Erstens bin ich nicht die, für die du mich hältst. Ich habe die ganze Zeit auf Anweisungen von G gehandelt. Er wollte, daß ich dich an der Nase herumführe, und das habe ich getan. Sogar als wir in diesem Restaurant waren. All das Zeug, das ich auswendig lernen mußte. Das Ganze war eine abgekartete Sache – deinetwegen. Allerdings habe ich nie damit gerechnet, daß er sich umbringt. Jetzt habe ich selbst mehr als genug Schwierigkeiten. Ich mag dich, Ian, und ich hoffe, wir können Freunde bleiben. Aber ich liebe dich nicht, und ganz sicher werde ich nicht hierbleiben, um die Krankenschwester für deine Seele zu spielen.«

Ich bedankte mich ganz ruhig. Was gab es sonst noch zu sagen? Ich meinte, ja, mir täte es auch leid, und begleitete sie zur Tür. Ich versuchte nicht, sie zu küssen, und sah ihr auch nicht nach, als sie ging.

An diesem Nachmittag warf ich wieder einen Blick in den Walter-Text. Ich war nun völlig ruhig. Die Erfahrungen, die ich gemacht hatte, waren alle noch ganz nah, aber jetzt wußte ich, daß ich mit ihnen leben konnte. Ich hatte mich wieder im Griff.

Ich ging ins Musikzimmer, sah die CDs durch und fand etwas von Walters Musik. Ich drehte die Lautstärke ganz auf, dann setzte ich mich allein in die Küche, zog mir die übriggebliebenen Häppchen des Leichenschmauses rein und leerte die Weinflaschen, die geöffnet, aber nicht getrunken worden waren. Zur Abwechslung empfand ich kein Selbstmitleid, vielmehr erfüllte mich das beruhigende Gefühl, daß ich keine Rolle spielte.

Ich dachte immer wieder an die Katharer, die so bereitwillig in die Flammen marschiert waren, nachdem ihnen wegen Ketzerei der Prozeß gemacht worden war. Ich dachte über den Selbstmord von Walters Vater und Uqharts Tod auf dem Scheiterhaufen nach. Ich meinte, ein Muster zu erkennen, auch wenn ich es nicht in Worte fassen konnte.

Ich holte einen Recorder aus dem Musikzimmer und hörte mir einige von Walters Liedern an. Ich beschloß, einen Spaziergang zu machen, und steckte den Recorder in meine Tasche.

Es war wunderbar. Oxford im Frühling. Ich schlenderte durch die Colleges, über die Meadows, hinunter zur Magdalen Bridge. Dann wurde mir bewußt, daß Johannistag war. Es konnte gar nicht anders sein. Also ging ich nach North Oxford zurück und weiter nach Port Meadow, um mir den Sonnenuntergang anzusehen. Er war traumhaft. Und ich hatte es in meinem ganzen Leben noch nie so genossen, allein zu sein.

Als die Sonne untergegangen war, setzte ich mich an den Fluß und schaute dem Wabern des Nebels zu. Ich nahm den Recorder heraus und lauschte wieder den Liedern Walters, an die ich mich erinnern konnte. Während ich dies tat, erlaubte ich den Ereignissen, Gedanken und Ideen der letzten Tage, vor meinem geistigen Auge ein Muster zu bilden.

Gegen Mitternacht wurde es ziemlich frisch, obwohl doch Sommer war, und das Gras und die Butterblumen glitzerten vom Tau. Dennoch war da eine merkwürdige Wärme wie nicht von dieser Welt. Ich erinnerte mich an die verschiedenen Legenden, die den Johannistag umrankten; wenn zum Beispiel eine Jungfrau Johanniskraut sammelt und unter ihr Kopfkissen legt, wird sie von ihrem zukünftigen Liebhaber träumen.

Die Nebelschwaden wurden dichter; schließlich konnte ich in Bodennähe nicht mehr weit sehen. Aber die Sterne waren sichtbar, hier und da verstreut hinter Wolkenfetzen. Der Recorder lief immer noch, und die Klänge von Walters Liedern boten Linderung für mein zerrüttetes Nervenkostüm.

Ich dachte ständig über den Walter-Text nach, daß er in genauso einen Fluß gestarrt hatte, als er vom Tod seines Vaters erfuhr, daß er in jener Nacht, als er zum erstenmal mit Hildegunde schlief, zu den Sternen aufgeschaut und von Aristoteles' Kristallsphären geträumt hatte, und dann, in jener Nacht, bevor er nach Venedig aufbrach, hatte er zu Aldebaran aufgeschaut, dem Auge des Stiers… All der Idealismus führte zu der historischen Katastrophe Konstantinopels im Jahr 1204, zu einem der abartigsten Witze der Geschichte.

Ich dachte an die Ironie, daß Walter die ganze Zeit über glaubte, der Bruderschaft Widerstand zu leisten, wo er doch tatsächlich bereits ein Teil von ihr gewesen war.

Ständig hatte ich Gs Gedichte im Kopf, die Zahl Acht auf Walters Diagramm. Dann Gs Worte: *»Die Antwort liegt nicht in der Antwort, sondern in der Struktur.«* Vielleicht war das die Lösung. Die Zahl Acht, die ewige Widerkehr, die Selbstbezüglichkeit der beiden Nullen, die jede für sich das Zeichen für sterile Beständigkeit bildeten und gemeinsam das Zeichen der Ewigkeit.

Zu meiner Rechten stand eine Baumgruppe. Der Nebel wickelte sich wie eine riesige Spirale um sie. Einen Augenblick schien dort ein silbernes Leuchten zu sein. Dann wieder Dunkelheit. Dann sah ich, unmittelbar vor den Bäumen, eine Gestalt mit einer roten Mähne. Sie war in einen dunkelroten Umhang und rostrote Hosen gekleidet, hielt etwas in der Hand, das wie eine Fiedel aussah. Und dort, nur wenige Meter weiter, war ein Mädchen mit langen blonden Haaren, und sie trug ein blaues Kleid. Als ich wieder hinschaute, war die männliche Gestalt noch die gleiche, nur älter, hatte nun graues Haar und lächelte, war gekleidet in die Kutte der Augustiner. Das Mädchen war fort.

Es war keine gespenstische, unheimliche Erscheinung. Es lag keine Kälte in der Luft, sondern ein friedliches, warmes Gefühl.

Sie konnten nur einen Moment lang dort gestanden haben. Oder besser, ihre Auren waren so lebendig und plastisch, wie eine Erinnerung lebendig und plastisch ist.

Das war der Augenblick, an dem ich wirklich verstand, was es heißt, sich durch die Zeit zu bewegen, in dem ich beschloß, die Arbeit an Gs Unterlagen fortzusetzen und sein Angebot anzunehmen. Ich würde sein Nachfolger werden. Kurz, so ergab es sich, daß ich den Kelch nahm und damit Mitglied der Bruderschaft des Gebets von Carolus Magnus wurde.

APPENDIX 2

Die Gedichte

0 Der Narr

Der Narr steht an der Klippe Rand,
Eine Weiße Rose in seiner Hand,
In der andren ein Netz, und wenn's denn ging,
will er fangen den Goldnen Schmetterling.
Der Schwarze Hund aus voller Lung',
beginnt zu jagen den glücklosen Jung',
Während jenseits der Klippe im Abgrund am Fluß,
Die Sirenen warten mit ihrem Kuß.

1 Der Magier

Der Magier Besten einer, vernarrt in das Feuer,
Das er dem Himmel gestohlen in heimlich verborgener Glut
Und die Angst vor Vergeltung gibt dem jungen Seher den Mut
Zu benutzen den Kelch, der nimmer versiegend von Blut überfließt
Die Lanze, die des Herrn Jesu Lende durchspießt,
Das Schwert, das niemals ermüdet im tödlichen Streiten,
Die heilige Schale, die Unrecht vom Rechten kann scheiden:
Scheinbar Wahrheit suchend, doch nur ein egoistisches Ungeheuer.
Nur Haaresbreite trennt seinen Kopf vom Ende der Zeiten,
Er, der meinte, er kenne das Leben genau,
Wollte Jupiter als Vater und Myrto zur Frau.
Es sind Rosen und Lilien, die zu seinen Füßen sich breiten.
Er umklammert den Baum, aus dem Macht und Schönheit sprießen;
Doch erntet nur Täuschung und Zwietracht und Tränen, die fließen.

0 The Fool

Upon the cliff the Fool will stand,
Clutching a White Rose in one hand,
In the other a net with which he'll try
To capture the Golden Butterfly.
Nearby the Black Dog barks with joy;
He starts to chase the hapless boy,
While over the cliff-top in the Abyss
The Sirens are waiting with their Kiss.

1 The Magus

At first he ist the Magus, clutching Fire
Stolen in fennel stalks from Heaven. Fear
Of Retribution drives the youthful seer
To use the Chalice which will never tire
Of yielding Blood, the Lance which pierces Christ's side,
The Sword which never fails in mortal fight,
The Sacred Platter which knows wrong from right,
For selfish purposes which merely hide
The Truth. And yet Eternity hangs low
About his head. He thinks he knows all Life,
Claiming Jove for Father, Myrto for Wife.
Yet round his feet the Rose and Lily grow.
He grasps the Tree where power and beauty flow;
Yet all it bears is pain, deceit and strife.

2 Die Hohepriesterin

Schimmernd im Mondenschein erblickt er,
Zwischen des Himmels Wolkensäulen,
Die Königin der Alten Zeit, Prinzessin der Nacht,
Vergessen gebettet in ihrem sternklaren Seufzen,
Ergreifend und zugleich mit ihrem traurig angedeuteten
Lächeln werbend,
Gekleidet in goldnem, purpurnem Engelsgewand,
Thronend über der Erde tiefem Peristyl,
Königin der Weisen, Beschützerin der Verwirrten,
Sie, die nicht früh genug sein Herz hätte rühren können,
Strahlender als der verblassende Zauber dieser Welt,
Königin des silbernen Sterns, des finstren Neumonds,
Hält halb aufgeschlagen auf den Knien das Buch der Erkenntnis.

3 Die Herrscherin

Dann begegnet er der Herrscherin, Königin des Lebens,
Mit wallendem Gewand, mit Zepter, Engelsthron –
Die Eins subtrahiert, kehrt Drei zurück als Weib;
Der junge Mann erkennt sie und bleibt doch allein.
Ihre Welt ist wie die zunehmende Mondsichel;
Er spürt, kann ihrem Gesetz doch nicht gehorchen.
Der Schild in ihrer Hand trägt die unbarmherzige Rune:
Der Gelbe Adler, Alter Vogel des Kriegs.
Und doch ist ihre Abwesenheit Harmonie,
Eine Musik, die von oben kommt,
Und sein Schicksal ahnen läßt,
Ihrer Liebe wert zu sein dereinst.
Dann ist sein Wandern nicht länger sinnlos;
Der Adler verwandelt sich in eine Taube.

2 The Papess

He sees, translucent in his lunar sight,
Between the cloudy pillars of the sky,
The Queen of Ancient Days, Princess of Night,
Forgetfulness breathed in her starry sigh,
Enthralling, wooing with her sad half-smile,
In gold, red, angel garments brightly clad,
Enthroned above the earth's deep Peristyle,
Queen of the Wise, Protectress of the Mad,
She who could not have touched his heart too soon,
More bright than fading magic of this World,
Queen of the Silver star, the dark New Moon,
Bearing the sacred rune-scroll half unfurled.

3 The Empress

Next he confronts the Empress, Queen of Life,
With flowing robes, with sceptre, angel throne –
The One subtracted, Three returns as Wife;
The young man knows her, yet remains alone.
Her world is like the waxing crescent moon;
He senses, yet cannot obey her law.
The shield she holds bears the unyielding rune:
The Yellow Eagle, Ancient Bird of War.
And yet her absence is a harmony,
A kind of music coming from above,
Which hints that it will be his destiny
One day to become worthy of her love.
The he'll no longer wander fruitlessly;
The Eagle will have turned into a Dove.

4 Der Herrscher

Als Träume ihm ihre Macht geschenkt,
Als alle Garben ihre Köpfe gesenkt,
Da wurden die von ihm beherrschten Elemente
Ein geheimer Quell finstrer Angst.
Er fürchtete die Hölle, die Schreie des Gefangenen des Todes,
Er fürchtete die Brüder, und das Blut
Das sein Schwert einst fließen ließ, er füchtete die Seufzer
Einsamer Geister, jener die brüten
Des Nachts. Alles, was nicht sein,
fürchtete er. Ernst, das Zepter in der Hand,
Mit Adlerschild und Herz aus Stein
Herrschte er um des Herrschens willen. Sein Land
Ward karg um den mit Widderkopf geschmückten Thron:
Alles, was fruchtbar, verwandelte sich zu Sand.

5 Hierophant

Daher suchte er jenseits der Vier den Fünften,
Sucht den Schlüssel zu höherem Gesetz als dem eignen;
Er suchte die alles verbindende Macht, um zu beleben
Seine leeren Lieben, die tauben Samen, die er gesät.
Er fand den Hierophant mit dreifacher Krone,
Mantel aus rotem Blut, die Zwei kniend davor,
Hermes der Dreimal Größte, der Meister, den Blick gesenkt,
Sein dreigeteiltes Kreuz steht für das alte Gesetz
Von Geist, Äther, Erde. Wie Flammen seine Worte waren.
Als Inbegriff des allwissenden Erzählers, benennen
Konnte er den Lügner und ihm doch nicht widersprechen;
Verstand und konnte doch den Sündenfall nicht abwenden.
Den Phönix zu kennen läßt uns mehr verlangen:
Sich der Liebe zuzuwenden, die Überlieferung neu zu beleben.

4 The Emperor

When dreams had given him their power,
When all the sheaves had bowed their heads,
His ruled Elements came to be
A secret source of sullen dread.
He feared the pit, death's prisoner's cries,
He feared the Brothers, and the blood
His sword one shed, he feared the sighs
Of lonely spirits, those which brood
At night. All that was not his own
He feared. Sternly, sceptre in hand,
Whith eagle-shield and heart of stone
He ruled for ruling's sake. His land
Grew barren round his ram's-head throne:
All that was fertile turnes to sand.

5 The Hierophant

Therefore, beyond the Four he sought the Five,
Seeking the Key to Laws above his own;
He sought the binding Power to bring alive
His empty loves, the futile seeds he's sown.
He found the Hierophant with triple crown,
Cloak of red blood, the Two kneeling before,
Hermes thrice great, the Master, eyes cast down,
His triple cross spelling the ancient Law
Of Spirit, Ether, Earth. His words were Fire.
As quintessential teller of the All,
He named, yet could not contradict the Liar;
He understood, yet could not fight the Fall.
To know the Phoenix leaves us wanting more:
To turn to Love, to resurrect the Lore.

6 Die Liebenden

Unter dem grausamen Antares der Liebende steht
Zwischen zwei Frauen; die erste mit finstrem Haar,
Dunkel wie das Verlangen, gehüllt in einen roten Mantel, ihre Hände
Greifen hinab zum sinnlichen Symbol der Illusion.
Die andere Frau, goldnes Haar und strahlend
Voller Liebe für ihn, eine Hand auf seinem Herzen,
Hat gelernt, Verlangen zu binden an das Gute und Rechte
Ihre goldne Krone das Symbol ihrer Kunst.
Über den dreien fliegt Eros mit verbundnen Augen,
Ein Bote der Liebe, des Ideals.
Zwischen der goldnen Krone und sinnlichem Raunen,
Zwischen Freiheit und Verstand, Schein und Sein,
Kann der Liebende sich nicht frei entscheiden –
Alles wird davon abhängen, wohin der Pfeil trifft.

7 *Der Wagen*

Er kann nicht verlieren. Er sieht sich triumphieren,
Und wie ein dionysischer Wagenlenker
Frisch von einem Siegesfest, oder Jupiter jubelnd,
Schmiedet er an seinem von sich selbst besessenen Auftrag,
Gefällt weder Mann noch Frau, nur sich selbst,
Meister nicht der wahren Natur, sondern der Würfel,
Nicht des wahren Lichts, nur des eitlen Ruhms
Erfolg keine Tugend, sondern ein wertloses Laster.
Trotz seines weißen Haars, des Zepters, blauen Harnischs,
Die Natur, die er zu beherrschen glaubt,
Treibt tatsächlich ihn. Er meint, Mars helfe ihm.
Und doch ist er Marsens irdische Puppe an unsichtbarem Band.
Das Schicksal
Streckt ihn nieder, denn der Triumph kann nicht dauern.
Er suchte jenseits der Welt, wo gewürfelt wird.

6 The Lovers

Under cruel Antares, the Lover stands
Between two women; first, hair Saturnine,
Dark as Desire, wears a red cloak, her hands
Reach down towards Illusion's sensual sign.
The other woman, golden haired and bright
With love for him, her hand upon his heart,
Has learnt to bin Desire to Good and Right
Her gold crown is the token of her art.
Above the three, blindfolded Eros flies,
A messenger of Love, of the Ideal.
Between the golden crown and carnal sighs,
Freedom and Sense, Appearance and the Real,
The Lover cannot choose just as he likes –
All will depend on how the Arrow strikes.

7 The Chariot

He cannot lose. He thinks himself triumphant,
And like a Dionysian charioteer
Fresh from a victory feast, or Jove exultant,
He forges on his self-obsessed career,
Pleasing no man or woman but himself,
Master, not of true Nature but of Dice,
Not of true Light, only of empty wealth,
Success no virtue, but a hollow vice.
Despite his white hair, sceptre, blue cuirass,
The Nature which he thinks he dominates
In fact drives him. He feels he's served by Mars.
Yet he is Mars' sublunar puppet. Fates
Strike him down, for the triumph cannot last.
He sought beyond the world where dice are cast.

8 Gerechtigkeit

Er wandte sich an Themis mit ihrer goldenen Waage,
Die Titanin, die Mutter Erde entthronte
Aus Delphi. Er suchte einen Blick unter ihre Schleier zu werfen
Um ihr Gesicht zu sehen, sein Strahlen, ihren Wert.
Und sah doch nichts. Er trachtete zu packen ihr Schwert,
Ihr durch Gewalt zu dienen, doch dann war sie entschwunden.
Er sprach. Sie floh vor dem gesprochnen Wort.
Je mehr er sie suchte, desto größer ward sein Bangen.
Er hatte sie verloren. Nirgends im lärmigen Treiben
Dieser Welt war sie. Ihm blieb nur Warten
Und der Versuch, sie zu finden, indem er nach innen blickte
Nach neuen Dimensionen der Acht hoch drei.

9 Der Eremit

Der Eremit mit seinem Stab und sternenklaren Licht,
Das schien wie Gold vor dunkelblauem Firmament,
Schritt weiter über den weißen Weizen, durch die Nacht,
Nicht Schlangen beachtend noch das Jaulen der wilden Hunde.
Sein Gesicht erglühte wie eine Lilie. Er wandte sich ab
Von alltäglichen Dingen, von Geld, Macht und Liebe,
Er suchte in der Stille, Dunkelheit, nach einem Weg
Spirituelle Kräfte von oben zu destillieren.
Doch Saturn war der erste Gott, den er sah,
Sein Spiegel die Welt bewachend mit Zeit und Sand,
Aber schon bald schleiften die Götter von Triumph und Zorn
Seine arme Seele durch ihre weiten, finstren Länder;
Außerhalb von ihm gediehen Frieden und Harmonie,
Und doch brodelten in ihm Gelüste, Schmerzen und Kümmernisse.

8 Justice

He turned to Themis with her golden Scales,
The Titaness who dethroned Mother Earth
From Delphi. He tried to glimpse beneath her veils
To see her face, its radiance, her worth.
He saw nothing. He tried to grasp her sword,
Serve her through force, yet then she disappeared.
He spoke. She fled before the spoken word.
The more he sought her out, the more he feared
He'd lost her. She was nowhere in the din
Of this world. All that he could do was wait
And try to find her by looking within
For new Dimensions of the cubic Eight.

9 The Hermit

The hermit with his staff and starry light,
Which shone like gold against the deep blue sky,
Trod on across the white wheat, through the night,
Not heeding serpents nor the wild dogs' cry.
His face glowed, lily-like. He turned away
From daytime things, from money, power and love,
He sought in silence, darkness, for a way
To distil spirit powers from above.
Yet Saturn was the first god to be seen,
His glass guarding the world with time and sands,
Yet soon the gods of Triumph and of Spleen
Dragged his poor soul throughout their vast, dark lands;
outside him peace and harmony both breathed,
And yet within, lusts, pains and sorrows seethed.

10 Rad des Schicksals

Ein lügnerisches Mädchen verführte nun den König
Sich zu setzen hoch auf ein riesiges Rad;
Sie sagte, die ganze Welt, alles,
Gehöre ihm und sei seinem Willen untertan.
Er schaute sich um: Burgen und Städte sah er,
Wälder, Seen und Haine weit und breit,
Alles seinem Gesetz unterworfen.
Sein Stolz kannte keine Grenzen.
Ein Rosenstrauch wuchs unter dem Rad.
Ein Affe kletterte hinter den König.
Der fürstliche Blickwinkel begann zu schwanken,
Langsam begann sich das Rad zu drehen.
Der Affe schob sich nach vorn: ein Untier
Kletterte heimlich dahinter, Fisch und Hund zugleich,
Panische Angst machte den König blind,
Und abwärts stürzte er mit all seinem Reichtum.
Er fiel in den tiefen Abgrund
Und wußte, er hatte alles verloren, was er gewonnen.
Ein goldnes Licht flackerte wie ein Kuß,
Wie Licht gespiegelt von der Sonne.

11 Kraft

Das erste Ungetüm, dem er begegnete, sah aus wie ein wilder Löwe,
Sein Rachen aufgehalten von der Kraft,
Der Tochter des Flammenschwerts, deren Verbindung
Mit dem entsetzlichen Ungetüm er mißverstand,
Darin Spannung, Disharmonie, Zwietracht wahrnahm.
Wär er unbesonnen genug gewesen, das Ungetüm zu töten,
Er hätte sie wieder zum Leben erwecken müssen,
Andernfalls wäre er ausgeschlossen vom Fest der Geliebten.
Zuerst sieht das Ungetüm aus wie der Leibhaftige,
Und doch könnt seine Mähne die sengende Sonne sein.

10 The Wheel of Fortune

A lying girl now led the king
To sit high on a massive wheel;
She said the whole world, everything,
Was his and subject to his will.
He looked around: castles and towns he saw,
Woods, lakes and forests, far and wide,
All of it subject to his law.
There was no limit to his pride.
A rose-bush grew beneath the wheel.
A monkey climbed behind the king.
The king's royal sight began to reel,
Slowly the wheel began to spin.
The monkey pushed in front: behind,
A fish-dog monster climbed with stealth,
Wild terror struck the poor king blind
And down he plunged with all his wealth.
He fell into the vast abyss
And knew he'd lost all he had won.
A gold light flickered like a kiss,
Like light reflected from the Sun.

11 Fortitude

The first beast that he met looked like a fierce lion,
Its jaws were held apart by Fortitude,
The daughter of the flaming sword, whose Union
Whith the appalling beast he misconstrued,
Perceiving in it tension, discord, strife.
Had he been rash enough to kill the Beast,
He would have had to bring her back to life
Or be excluded from the Lover's Feast.
At first the Beast looks like the Evil One,
And yet her mane might be the burning Sun.

12 Der Gehängte

Über dem alten Abgrund der Liebende hängt
Während der weinende Mond die Sonne verhüllt,
Die Toten werden klagen, und Meteore werden
Einen wilden, unlenkbaren Weg nehmen mit schicksalsschwerem Fauchen,
Und seufzen wird er nach des Todes heiligstem Kuß
Bevor seine angsterfüllten Qualen vorüber,
Und schreckliche, betäubende Leere
Sein Dasein erstarren läßt zu schmerzvoller Leblosigkeit,
Und über die alte Esche wird sich Frost legen
Bis zum Erwachen des Hirtenkönigs,
Dessen uralte Seele zerrissen, dessen Lebensfaden verloren war,
Dessen Flöte spielen, dessen zarte Stimme singen wird,
Daß er die Zeichen erkannt hat und den Preis gezahlt;
Jetzt kann er Winter in Frühling verwandeln.

13 Tod

Die Körper hören auf sich zu krümmen.
Der Todesengel mit seiner Sense
Harkt ihre Knochen ein,
Weiß gebleicht, wie Steine.
Alle Menschen sind Eins im Tod
Während sie warten auf das neue Fleisch:
An diesem Tag werden sie
Immer noch Eins sein, aber frei.

12 The Hanged Man

The lover hangs above the old abyss
Whilst weeping moon obliterates the sun,
The dead will moan and meteors will run
A wild ungoverned course with fateful hiss,
And he will groan for death's most sacred kiss
Before his fear-struck agony is done,
And horrifying emptiness will stun
His being into pain-racked lifelessness,
And then the old ash tree will hang with frost
Until the wakening of the Shepherd King,
Whose ancient soul was torn, whose lifeblood lost,
Whose pipe will play, whose gentle voice will sing,
That he has learned the runes and paid the cost;
And now he can turn Winter into Spring.

13 Death

The bodies cease to writhe.
Death's Angel with his scythe
Rakes in their bones,
Bleached white, like stones.
All men are One in death
As they await new flesh:
That Day they'll be
Still One, but free.

14 Mäßigkeit

Um ihn zu retten vor dem Adler und dem Löwen,
Von Kelch zu Kelch und wieder zurück gießt der Engel
Das Wasser, das sie in Wein verwandelt,
Destilliert Übermaß und unmäßige Gesetze
Zu einer Harmonie, in der alle Dinge singen
Mit der wahren Ausgewogenheit der Natur;
Und helfen wird sie ihm, das Leid zu ertragen
Und die Angst, daß sich die nächste Rune entfaltet.
Der gelb und blau gewandete Engel schaut vom Himmel herab:
Um ihre Füße wachsen gelbe Schwertlilien –
Auf der Erde ist ihr Zeichen die Vierzehn, zweimal Sieben.
Ihre Blumen beben in der kalten, bösen Brise.

15 Der Teufel

Er schneidet eine Grimasse vor dem Leibhaftigen,
Baphomet, halb Ziege, halb Hermaphrodit,
Fledermausflügel und Hörner, dessen Droge Satyrion
Obszön verzerrt das Wissen, das Wahre Licht;
Alles was gut ist. Er ist die falsche schwarze Sonne.
Zwei heulende Dämonen gefesselt an den Sockel
Auf dem er triumphierend steht, ihre Seile gesponnen
Aus Hanf, bindend wie der finstre Absinth der Täuschung.
Herr aller Materie, geflügelter Schamane
Oder Betrüger, ist er der Drache an der Schwelle
Zur hoffnungslosen Hölle? Oder ist er mehr wie Pan,
Wie Luzifer, der Träger des alten
Lichts, der alten Energie, die man erkennen muß
Bevor ihre Quelle, das Wahre Licht, enthüllt werden kann?

14 Temperance

To save him from the Eagle and the Lion,
From cup to cup and back the angel pours
The water which she transforms into wine,
Distilling Excess and intemperate Laws
Into a harmony where all things sing
With the true balance of the natural world;
And she will help him bear the suffering
And fear of the next rune to be unfurled.
The yellow-blue clad angel looks from heaven:
About her feet grow yellow irides –
On Earth her sign is Fourteen, two times Seven.
Her flowers shake in the frigid, evil breeze.

15 The Devil

He grimaces before the Evil One,
Baphomet, half goat, half hermaphrodite,
Bat-winged and horned, whose drug, Satyrion,
Obscenely distorts Knowledge, the True Light;
All that is good. He is the false black Sun.
Two howling demons are chained to the plinth
On which he stands triumphant, their ropes spun
From hemp bindings as Deceit's dark absinth.
Lord of the Gates of Matter, winged shaman
Or fraud, is he the Dragon of the Threshold
Of hopeless Hell? Or ist he, more like Pan,
Like Lucifer, the bearer of the old
Light, the old energy, which must be known
Before ist source, the True Light, can be shown?

16 Der Turm

Der Blitz schlägt ein in den Turm, Menschen stürzen herab,
Inmitten der brennenden, zur Erde hinabtrudelnden Steine;
Die Turmspitze fällt wie eine Krone.
Kein Wissen, das er je besessen, hatte einen Wert:
Alles war Täuschung. Wenn das Millenium kommt
Wird es so sein: Feuersbrunst in der Nacht,
Die lodert, um alle vertrauten Weisheiten zu vertilgen.
Dann werden wir richtig lernen, was wir von Neuem lernen.

17 Der Stern

Jenseits des Turms leuchtet der Stern.
Sie kündigt den Frühlingsregen an wie die Plejaden;
Wie Aldebaran, Auge des Stiers, weit
Jenseits der Dunkelheit der Erde, sieht sie
Die jungfräuliche Liebende frisches, blaues Wasser
Ausgießen, und wirft Licht in die Leere
Des Bewußtseins, wo das, was nur Schein,
Endlich und für immer vernichtet wurde.
Das Wasser vermischt sich mit der üppig grünen Erde.
Verlangen und Wissen sind endlich eins;
Amor, die Nachtigall, singt von Wiedergeburt,
Und die Blumen der Ideale wachsen, wo reine Wasser fließen.
Sie ist die wiedergeborene Priesterin, Geliebte, Königin,
Die Eine mit sechzehn Strahlen, die Siebzehn.

18 Der Mond

In den gedämpften blauen Wassern der Seele,
Der Skarabäus reckte rote Klauen zum Mond;
Zwei Fleisch-Hunde der Begierde begannen zu heulen,
Und die Laute des fahrenden Sängers spielte falsch.

16 The Stricken Tower

The Lightning strikes the Tower, men hurtle down,
Amidst the flaming rocks spinning to Earth;
The top of the Tower tumbles like a crown.
No Knowledge he possessed had any worth:
All was deceit. If the millennium comes
It will be thus, a firebrand in the night,
Which burns to chaff all familiar wisdoms.
Then what we learn anew, we'll learn aright.

17 The Star

Beyond the Stricken Tower shines the Star.
She heralds spring rain like the Pleiades;
Like Aldebaran, eye of Taurus, far
Beyond the darkness of the Earth, she sees
The virgin lover pouring fresh blue streams
Of water, and sheds light into the void
Of consciousness, where that which merely seems
Has finally, for ever, been destroyed.
The water mingles with the lush green earth.
Desire and knowledge now at last are one;
Amor, the Nightingale, sings of rebirth,
And ideal flowers grow where pure waters run.
She is the reborn priestess, lover, Queen,
The One with sixteen rays, the Seventeen.

18 The Moon

Within the drugged blue waters of the soul;
The scarab stretched red claws towards the moon;
Two flesh-dogs of desire began to howl,
And the sick minstrel's lute played out of tune.

Der Mond weinte stumme Strahlen über die Türme
Wo Geliebte darauf warteten, daß Täuschungen vergehen,
Hoffen auf Wiederausrichtung der Mächte
Geträumt zu werden in Sinnbildern jenseits der Sterne.
Und doch schien keine echte Lichtquelle am Himmel:
Der Mond warf wäßriges, gespiegeltes Licht
Der Melancholie, der letzten, der größten aller Lügen.
Wie der Krebs, brillant in der Sommernacht,
Begrüßte das Herbstheim, war es der Erde Grün
Der Skarabäus so ersehnte: zweimal Neun, die Achtzehn.

19 Die Sonne

Unter der Sonne tanzen eine Maid und ein Knabe,
Tragen blaue Schals, Verlangen in Unschuld:
Ihr Haar ist weiß vor Reinheit, kein Gefühl von
Alter oder Schuld kann ihre Freude trüben.
Jetzt ist die Eklipse vorüber, das reine Licht
Gottes, des Intellekts, fällt auf das Paar.
Nur als Kinder können diese Alten ertragen
Die Brillanz, die Macht der Vision des Sehers.
Neunzehn, zwei balancierte Sieben, und die Fünf,
Die Energie, die bislang versiegelt war
In allen Dingen schicklich und lebendig,
Wird schließlich dem Blick der Lebenden enthüllt.
Und doch befürchten manche, die Ihn nicht gut kennen
Diese glühende Sonne wird brennen wie die Höllenfeuer.

20 Gericht

Der Engel bläst seine Posaune. Die Toten erheben sich
Aus grünen Gruften, um wieder zu atmen reine Luft.
Sie werden nicht gerichtet. Ihre Herrlichkeit ist der Preis
Des Seins. Alles, was sie je waren, ist da.

The moon wept silent rays over the towers
Where loved ones waited for deceits to pass,
Hoping for realignments of the powers
To be dreamed of in signs beyond the stars.
Yet no true source of Light shone in the skies:
The Moon shed watery, reflected light.
Of melancholy, last, greatest of lies.
As Cancer, brilliant in the summer night,
Greeted the harvest home, it was Earth's green
The Scarab yearned for: twice nine, the Eighteen.

19 The Sun

Beneath the Sun dance a young girl and boy,
Wearing blue scarves, desire in innocence:
Their hair is white with purity, no sense
Of age or guilt can undermine their joy.
Now the eclipse is over, the pure light
Of God, the Intellect, shines on the pair.
Only as children can these Ancients bear
The brilliance, power of the Seer's sight.
Nineteen, two sevens balanced, and the five,
The energy that hitherto was sealed
Within all things becoming and alive,
At last to living vision is revealed.
And yet some fear, who do not know Him well
This fiery Sun will burn like fires of Hell.

20 Judgement

The Angel blows his Trump. The dead arise
Out of green tombs once more to breathe the air.
They are not judged. Their glory is the prize
Of being. All they ever were, is there.

21 Die Welt

Die perfekte Null verdeckt vom Schicksalsrad
Wird umwunden vom Lorbeerkranz, sowohl zum Begräbnis
Wie zum Ruhm, eine Bande und ein Siegel formend.
Außerhalb sind vier Symbole, der himmlische
Adler, der Stier, der für die Erde steht,
Der Löwe, dessen Element das Feuer ist, der Engel
Der spirituellen Wasser: jedes ein Evangelium.
Im Kranzes Inneren der Spiegel der Wiedergeburt,
Er ist Liebender und Geliebter, Hermaphrodit,
Der Sucher und das Gesuchte, die Seele und Christus.
Die Einheit des Niedrigsten und Höchsten.
Wo Licht Harmonie ist, und Musik Licht.
Und in dieser Harmonie, in der alle Mächte herrschen,
Findet er den Kelch des Narren wieder.

21 The World

The perfect nought abscured by Fortune's Wheel
Is wreathed in laurel, both funereal
And glorious, forming a bond and seal.
Outside are four Signs, the ethereal
Eagle, the Bull which signifies the Earth,
The Lion, whose element is Fire, the Angel
Of spiritual waters: each a Gospel
Within the wreath, the mirror of rebirth,
He is Lover and Loved, Hermaphrodite,
The Seeker and the Sought, the soul and Christ.
The union of the lowest and the highest,
Where Light is Harmony, and Music Light,
And in this harmony, where all powers rule,
He finds again the chalice of the Fool.

Danksagung

Ich möchte mich bei den im folgenden Genannten für ihre großzügige Hilfe und Unterstützung bedanken. Ohne sie würde es *Die Bruderschaft* nicht geben:

Gwen Armstrong
Philip Buckley
Suzanne Burrows
Ernest Carwithen
John Considine
Geraldine Cooke
Elsa Coudon
Jackie Jones
Simon Lowe
John Mitchell
Linden Mitchell
Soraya Mitchell
David Molian
Jonathan Perl
Jonathan Sims
John Sweet
Dinah Wiener

Der Übersetzer dankt vor allem Tim J. Armstrong und Stefan Linster für ihre freundliche Hilfe und so bereitwillig geopferte Zeit. Auch Thomas Kahlix und Reinhard Wolpers gebührt Dank für einige wichtige Hinweise. Nicht zu vergessen sind ebenfalls zwei »Kaffeelöffel«, die – jede auf ihre Weise – die Entstehung dieser Übertragung begleitet haben: vor allem Doris Becker, aber auch Sonia Schirsad.